CW01011340

INHUMAINE

Patricia Cornwell est internationalement connue pour la série Kay Scarpetta, traduite en trente-six langues dans plus de cent vingt pays. Son premier roman, *Postmortem*, a créé le genre qui a inspiré tant de séries télé consacrées aux experts scientifiques. Quand elle n'écrit pas chez elle à Boston, Cornwell, une pilote d'hélicoptère et plongeuse qualifiée, intervient en tant que consultante spécialiste pour la chaîne américaine CNN et approfondit sa grande maîtrise des sciences légales en menant ses propres recherches.

PATRICIA CORNWELL

Inhumaine

Une enquête de Kay Scarpetta

ROMAN TRADUIT DE L'ANGLAIS (ÉTATS-UNIS)
PAR ANDREA H. JAPP

ÉDITIONS DES DEUX TERRES

Titre original :

DEPRAVED HEART
Publié par William Morrow, HarperCollins Publishers, New York

Le poème *Dame Lazare* a été publié avec l'accord
de Faber and Faber Ltd.
Pour la traduction française du poème par Valérie Rouzeau :
© Éditions Gallimard, 2009.

À Staci

Définitions légales du crime
de « cœur vil et malfaisant »

Absence d'intérêt pour le devoir social et inclination naturelle vers la méchanceté.

Mayes contre le ministère public,
Cour suprême de l'Illinois (1883).

Indifférence dépravée à l'égard de la vie humaine.

Le ministère public contre Feingold,
cour d'appel de New York (2006).

Les agissements d'un cœur vil et malfaisant ; *un disposition a faire un male chose* ; peuvent être clairement exprimés ou inclus de façon implicite dans la loi.

William Blackstone,
Commentaires sur les lois d'Angleterre (1769).

N.d.T. : « Depraved heart murder » est un terme reconnu par le code pénal américain. Cette accusation n'existe pas en droit français, même si, de fait, elle est prise en considération par les jurés. Elle aggrave les charges contre un meurtrier puisqu'elle souligne qu'il a fait preuve d'une totale indifférence vis-à-vis de sa victime.

Herr Dieu, Herr Lucifer
Méfiez-vous
Méfiez-vous.

De la cendre je surgis
Avec mes cheveux rouges
Et je dévore les hommes –

Dévore les hommes comme l'air.

Sylvia Plath,
Dame Lazare, 1965.

1

J'ai offert le vieil ours en peluche à Lucy pour ses dix ans. Elle l'a aussitôt baptisé Mister Pickle. Il est installé assis, sur un lit fait au carré, recouvert de draps institutionnels aux coins impeccablement rabattus.

Le pauvre petit ourson, qui semble en permanence dépité, me fixe d'un regard vide. Sa bouche dessinée au fil noir s'affaisse aux commissures en un sourire contrit. Sans doute ai-je imaginé qu'il serait heureux, et même reconnaissant que je le sauve un jour. Certes, ce sont des pensées irrationnelles puisqu'elles concernent un animal en peluche, surtout si la personne qui les formule est une avocate, une scientifique et un médecin que l'on suppose logique, clinique et maîtrisée.

Des émotions brouillonnes se mêlent à ma surprise alors que je découvre une vidéo inattendue de Mister Pickle sur mon téléphone. La caméra fixe, sans doute logée dans le plafond et filmant par un mince orifice, devait être inclinée selon un angle plongeant. Je distingue le tissu moelleux des coussinets du jouet, les bouclettes du mohair vert olive qui couvre son corps, les pupilles noires, les yeux en verre ambré, l'étiquette jaune de la marque Steiff cousue à son oreille. Je me souviens de l'avoir mesuré : il n'excédait pas trente centimètres de hauteur, le compagnon idéal pour une comète du nom de Lucy, mon unique nièce, en fait mon seul enfant.

J'ai découvert l'ours il y a une vingtaine d'années parmi le bric-à-brac de Carytown, à Richmond, Virginie. Il gisait sur l'étagère éraflée d'une bibliothèque bourrée d'anciens beaux livres de jardinage ou consacrés aux maisons du Sud américain, dont se dégageait une odeur de moisi. Il était vêtu d'une sorte de blouse blanche miteuse dont je l'avais débarrassé. J'avais réparé ses accrocs grâce à des sutures dignes d'un chirurgien plastique. Il avait ensuite eu droit à un bain dans de l'eau tiède additionnée de savon antibactérien non agressif envers les couleurs, puis à un brushing très doux au sèche-cheveux. J'avais alors décidé qu'il était de sexe masculin et qu'il avait bien meilleure allure sans blouse ou autres vêtements ridicules. Enfin, j'avais annoncé à ma nièce qu'elle devenait l'heureuse propriétaire d'un ours nu.

Malicieuse, elle avait alors commenté : *Si tu restes trop longtemps immobile, ma tante Kay t'arrachera tes vêtements, te douchera et te videra comme un lapin avec un couteau. Et puis, elle te recoudra et t'abandonnera tout nu sur une table.*

Inapproprié. Affreux. Pas drôle, de surcroît. À sa décharge, Lucy était âgée de dix ans à cette époque. Je crois presque entendre sa voix aiguë d'enfant, son débit rapide. Je m'écarte de la nappe de sang coagulé rouge brun, aux contours d'un jaune aqueux, qui macule le sol de marbre blanc. La puanteur semble obscurcir et souiller l'air ambiant. Des myriades de mouches s'entrecroisent, leurs ailes produisant une rumeur pleurnicharde. La mort est vorace et hideuse. Elle assaille nos sens. Elle déclenche tous les signaux d'alarme de nos cellules et menace notre survie. Soyez prudent. Restez en dehors. Cachez-vous. Et si vous étiez le suivant ?

Nous sommes programmés pour trouver les cadavres répugnants, pour les éviter du mieux possible. Pourtant, afin de préserver la tribu humaine, une exception est tolérée par ce puissant instinct de survie. Certains d'entre nous, fort rares, naissent sans être révulsés par les manifestations macabres. Au contraire, elles nous attirent, nous fascinent, nous intriguent. Une excellente chose. Quelqu'un doit prévenir et protéger ceux qui sont restés de l'autre côté. Quelqu'un doit se charger de la pénible et désagréable vérité, afin de déterminer le pourquoi, le comment et le qui avant de se débarrasser des restes putréfiés, avant qu'ils n'indisposent davantage ni ne propagent d'infections.

Selon moi, ces êtres divergent des autres individus. De fait, nous ne sommes pas semblables, pour le meilleur ou pour le pire, et je l'ai toujours su. Offrez-moi cinq scotchs serrés et j'avouerai que je ne suis pas tout à fait « normale » et ne l'ai jamais été. Je ne redoute pas la mort. Je remarque à peine ses manifestations, hormis lorsqu'elles m'apprennent ce que je cherche. Les odeurs, les humeurs, les asticots, les mouches, les vautours et les rongeurs. Tous contribuent aux vérités qui m'importent. Il me faut reconnaître et respecter la vie qui a précédé la biologie finissante que j'examine et prélève.

Tout cela pour dire que je ne suis pas dérangée par ce que la plupart jugent bouleversant, perturbant ou repoussant. En revanche, je perds vite mon flegme dès que Lucy est concernée. Je l'aime trop, depuis le début. Dès que j'ai ouvert cette vidéo guet-apens, reconnu la porte couleur vanille du dortoir, je me suis sentie responsable, coupable, et peut-être était-ce le but. Je reste le principe d'autorité, la planificatrice, la tante trop aimante qui a envoyé sa nièce dans cette chambre en compagnie de Mister Pickle.

Il n'a pas beaucoup changé depuis ce jour où je l'ai secouru dans cette boutique poussiéreuse de Richmond, puis shampouiné. J'ai commencé ma carrière de médecin expert dans cette ville de Virginie. J'ai beau fouiller ma mémoire, je ne me souviens pas de la dernière fois où j'ai aperçu le jouet, ni à quel endroit. J'ignore si Lucy l'a perdu, offert ou si elle l'a remisé dans un placard quelconque. Mon attention s'effiloche lorsqu'une violente quinte de toux résonne quelques pièces plus loin, dans cette magnifique demeure où une jeune femme riche est morte.

— Mon Dieu, c'est quoi ça ? Mary Typhoïde est de retour ? braille le détective Pete Marino, enquêteur criminel du département de police de Cambridge.

En flic qui se respecte, il rouspète, invective, plaisante avec ses collègues.

Le policier du Massachusetts, dont j'ignore le nom, se remet peu à peu d'un prétendu « rhume d'été ». Cependant, je finis par me demander s'il n'a pas plutôt attrapé la coqueluche.

— Écoute-moi, espèce de chiffe molle… Tu me repasses pas ta saloperie, d'accord ? Je ne tomberai pas malade à cause de toi. Dégage un peu de mon passage, menace Marino avec sa coutumière délicatesse envers les malades.

— Je ne suis pas contagieux...

La phrase se perd dans une nouvelle quinte de toux.

— Bordel ! Mets la main devant ta foutue bouche !

— Et je fais comment avec des gants de latex ?

— Eh ben, tu les retires !

— Exclu. Je ne serai pas celui qui a semé son ADN sur une scène !

— Ah ouais ? Parce que tu n'asperges pas les lieux de ton ADN chaque fois que tu craches tes poumons ?

Les yeux rivés sur l'écran de mon smartphone, j'évacue de mon cerveau Marino et le policier. Les secondes défilent sur la vidéo et la chambre reste déserte. Personne, hormis Mister Pickle, assis sur le lit martial, austère et inconfortable de Lucy. On croirait presque que des draps blancs et une couverture brun-roux ont été peints sur le mince et étroit matelas, orné d'un unique oreiller. Je déteste les lits qui évoquent une peau de tambour fermement tirée. Je les évite autant que faire se peut.

Le lit que j'ai fait installer chez moi est un de mes luxes préférés, avec son douillet matelas Posturepedic, ses parures en coton haut de gamme et ses couettes en duvet. C'est dans ce lit que je me repose enfin, que je fais enfin l'amour, que je rêve ou, encore mieux, que je ne rêve pas. Je déteste me sentir empaquetée. Je refuse d'être ficelée, ligotée, enveloppée telle une momie, la circulation dans mes jambes gênée. Certes, les casernements, les dortoirs institutionnels, les hôtels pouilleux et les baraquements de toutes sortes ne me sont pas étrangers, mais je ne les ai jamais choisis.

Néanmoins, Lucy est différente. Il serait très abusif de prétendre qu'elle a aujourd'hui adopté un mode de vie spartiate. Cependant, elle accorde beaucoup moins d'importance au confort domestique que moi.

Elle peut se contenter d'un duvet au beau milieu d'un bois ou du désert. Elle n'y verra aucun inconvénient pour peu qu'elle dispose de ses armes, de la technologie et qu'elle puisse se défendre de ses ennemis, qui que cela puisse être à ce moment précis. Lucy contrôle son environnement avec une telle opiniâtreté qu'il est impossible qu'elle se soit doutée que sa chambre était espionnée.

Elle ne savait pas. Absolument pas.

Selon moi, cette vidéo a été filmée il y a seize ans, au plus dix-neuf, avec un équipement espion en haute résolution très en avance sur son temps. Un système multicaméra mégapixel. Contrôlé par ordinateur. Une plate-forme flexible et ouverte. Un logiciel facile. Aisément dissimulable. À télécommande. Un produit issu d'un département recherche et développement en avance, sans toutefois être anachronique, ou faux. Exactement ce à quoi j'aurais pu m'attendre.

L'environnement technique de ma nièce est toujours en avance sur son temps. Elle aurait été informée des développements les plus sophistiqués des équipements de surveillance bien avant tout le monde, même durant la seconde moitié des années 1990. Cela ne signifie en rien qu'elle ait installé elle-même des gadgets espions indécelables dans la chambre qu'elle occupait lorsqu'elle était encore à la fac, interne à l'académie du FBI, et déjà aussi secrète et circonspecte qu'aujourd'hui.

Les mots « surveillance », « espionnage » ne cessent de surnager dans mon esprit, puisque je suis convaincue que la vidéo que je visionne a été enregistrée à son insu. Je suis certaine qu'elle n'y a pas consenti et il s'agit d'un point important. Je ne crois pas non plus que Lucy m'a envoyé cette vidéo, même si elle semble avoir été expédiée de son numéro de portable « *In Case of Emergency* » (ICE), réservé aux urgences. Un autre point crucial. Problématique, également. Rares sont ceux qui connaissent ce numéro. En fait, les privilégiés se comptent sur les doigts d'une main. J'étudie avec soin tous les détails de la vidéo. Elle a commencé il y a dix secondes. Onze. Quatorze. Seize, maintenant. Je scrute les images filmées de différents angles.

Sans la présence de Mister Pickle, je n'aurais sans doute pas reconnu l'ancienne chambre du dortoir qu'occupait ma nièce, avec ses stores blancs à lattes, rabattues à l'envers comme une fourrure ou un tissu feutré brossé à contresens, une de ses manies qui m'a toujours un peu agacée. Elle a l'habitude de refermer les stores de cette manière. J'ai cessé de répéter que c'était un peu comme de porter un imperméable doublure à l'extérieur. Elle rétorque chaque fois que, ainsi, il est impossible de voir l'intérieur. Quiconque pense de cette façon est sur le qui-vive, s'inquiète d'être épié, suivi, espionné. Et ça, Lucy ne le tolérera jamais.

Sauf si elle n'était pas au courant. Sauf si elle avait confiance en cette personne.

Les secondes s'égrainent et la chambre semble figée. Vide. Silencieuse.

Des murs de blocs de ciment et un sol carrelé blancs, des meubles bon marché au placage d'érable, tout est pratique, sans concession à un quelconque esthétisme. Pourtant, ce décor s'insinue dans un coin lointain de mon esprit, une zone de ma mémoire saturée de douleur que je garde scellée comme un squelette sous une dalle de béton coulé. Ce que je découvre sur l'écran de mon smartphone pourrait être une chambre privée d'hôpital psychiatrique. Ou les quartiers réservés à un officier en visite sur une base militaire. Ou alors un pied-à-terre minimaliste. Pourtant, je connais cet endroit. J'identifierais cet ours en peluche mélancolique n'importe où.

Mister Pickle accompagnait Lucy partout. Alors que je regarde l'ourson attendrissant, je me souviens de ce qui s'est déroulé durant ces jours anciens des années 1990. J'étais devenue médecin expert en chef de l'État de Virginie, la première femme à obtenir ce poste. Je m'étais aussi retrouvée avec Lucy sur les bras après que mon égoïste de sœur, Dorothy, avait décidé de s'en débarrasser en me la refilant. Ce qu'elle avait présenté comme une courte visite à la tata s'était transformé en séjour à durée indéterminée. À cela près qu'il n'aurait pu survenir à un pire moment.

Mon premier été à Richmond : une véritable guerre des tranchées alors qu'un tueur en série étranglait des femmes chez elles, dans leur lit.

Le tueur était en pleine surenchère et ses meurtres gagnaient en sadisme. Nous ne parvenions pas à remonter sa piste. Nous n'avions aucun indice. J'étais toute nouvelle à ce poste. La presse et les politiciens me tombaient sur le dos en avalanche. Je devenais une sorte d'inadaptée. J'étais glaciale et distante. J'étais bizarre. Quel genre de femme pouvait se complaire à disséquer des cadavres dans une morgue ? J'étais désagréable, désobligeante, dépourvue de la moindre trace de charme sudiste. Je n'étais pas issue de Jamestown ni ne descendais du *Mayflower*. Une catholique non pratiquante, un pur produit du multiculturalisme de Miami, un peu trop large d'esprit. Néanmoins, il avait fallu que je débute ma carrière dans l'ancienne capitale des États confédérés, où le taux de meurtre par habitant était le plus élevé du pays.

Pour quelle raison la ville de Richmond détenait-elle le record des homicides ? Je n'ai jamais pu trouver d'explication satisfaisante, pas plus qu'au fait que les flics du coin s'en vantaient. Je ne comprenais pas non plus toutes ces reconstitutions de la guerre de Sécession. Pourquoi célébrer cet événement crucial aux yeux de beaucoup alors qu'ils avaient perdu la guerre ? Toutefois, j'appris vite à taire mes interrogations et lorsqu'on me demandait si j'étais yankee, je répondais que le base-ball m'intéressait peu. En général, cela coupait court à la discussion.

La griserie que j'éprouvai après avoir été une des premières femmes médecin expert en chef des États-Unis perdit de son charme et se ternit bien vite. La Virginie de Thomas Jefferson me semblait ressembler bien plus à une ancienne et obstinée zone de combats qu'à un bastion de culture et de courtoisie. La vérité s'imposa, dans sa redoutable clarté. Mon prédécesseur à ce poste, un misogyne sectaire et alcoolique, était mort brutalement en laissant un désastreux héritage. Aucun anatomopathologiste certifié et expérimenté, d'une réputation digne de ce nom, ne souhaitait s'y coller. Du coup, une brillante idée s'était imposée aux messieurs qui se trouvaient aux manettes. Pourquoi pas une femme ?

Les femmes sont parfaites lorsqu'il s'agit de nettoyer le foutoir laissé par d'autres. Pourquoi donc ne pas trouver une femme médecin légiste ? Après tout, quelle importance si elle était jeune et sans l'expérience requise pour diriger les services médico-légaux de tout un État ? Tant qu'elle était experte qualifiée, acceptée devant les tribunaux, qu'elle savait se tenir, elle ferait l'affaire. Pourquoi pas une femme d'origine italienne, surdiplômée, perfectionniste dans chaque détail, obsédée par son travail, qui avait grandi dans l'extrême pauvreté, avait tout à prouver, d'une énergie sans faille, divorcée et sans enfant ?

Sans enfant, du moins jusqu'à l'inattendu. Lucy Farinelli, l'unique enfant de mon unique sœur, joua alors le rôle du bébé abandonné sur le paillasson. À cela près que le bébé en question avait dix ans, connaissait mieux l'informatique et la mécanique que moi, ce qui ne s'est pas amélioré avec les ans, et qu'en matière de comportements appropriés, elle avait tout de la *tabula rasa*. Affirmer que Lucy était une enfant difficile relève de la lapalissade, comme de dire que la foudre présente des dangers. Il s'agit d'un fait incontournable et qui le restera.

Ma nièce est, et demeurera, un défi. Immuable et insoluble. Toutefois, dans sa grande jeunesse, c'était une gamine impossible, une véritable sauvageonne. Une sorte de génie dès le début, en colère, belle, sans peur, sans remords, ardente, presque intouchable, ultrasensible et insatiable. Rien de ce que j'ai tenté pour elle ne pouvait être suffisant. Pourtant, j'ai essayé. J'ai essayé sans relâche, contre toute attente. J'ai toujours redouté d'être une mère médiocre. Je n'ai aucune raison d'en être une bonne.

En flânant dans cette boutique de Richmond, j'avais pensé qu'un ours en peluche pourrait apporter un peu de confort à une petite fille laissée pour compte, lui donner la sensation qu'elle était aimée. Tandis que je détaille Mister Pickle assis sur le lit de la chambre spartiate par l'intermédiaire d'une vidéo dont j'ignorais l'existence une minute auparavant, le choc se transforme en calme plat. Je me concentre. Je m'efforce de penser avec objectivité, clarté, de façon scientifique. Il le faut. La vidéo qui défile sur mon smartphone est authentique. Il est crucial que je l'admette. Ces images n'ont pas été bidouillées ou Photoshopées. Je reconnais ce que je regarde.

L'académie du FBI. Le dortoir Washington. La chambre 411.

Je tente de me souvenir avec précision de la date à laquelle Lucy était interne là-bas, avant de devenir jeune agent. Avant de se faire virer. Virée par le FBI. Puis par l'ATF. Avant qu'elle ne devienne une sorte de mercenaire pour des opérations spéciales, ne disparaisse lors de missions dont je ne veux rien savoir. Puis qu'elle monte sa société de sciences légales informatiques à New York. Puis qu'elle doive également quitter cette ville.

Les « puis » se sont succédé pour devenir aujourd'hui, un vendredi matin de la mi-août. Lucy a trente-cinq ans. Elle est maintenant une entrepreneuse très fortunée qui partage généreusement ses talents pour m'en faire bénéficier, ainsi que mon quartier général du Centre de sciences légales de Cambridge (CFC). Alors que je détaille la vidéo de surveillance, j'ai le sentiment de me trouver dans deux endroits à la fois. Dans le passé, et ici maintenant. Tout est connecté. Un continuum.

Tout ce que j'ai fait, ce que je suis devenue, a progressé droit devant, une inexorable coulée de terre, me propulsant vers ce moment précis, ce lieu : dans ce vestibule de marbre éclaboussé de sang. Le passé m'a conduite ici, boitant, la douleur électrisant ma jambe blessée, alors que je contemple un cadavre en décomposition, étendu au sol, non loin de moi. En effet, le passé. Et sans doute bien davantage celui de ma nièce. Une galaxie de formes brillantes qui tourbillonnent et de secrets perdus dans un immense vide d'un noir d'encre. Les ténèbres, les scandales, les trahisons, des fortunes gagnées, perdues, puis regagnées, des tirs maladroits, d'autres réussis, d'autres à peine ratés.

Ces vies que nous partageons ont débuté pleines d'espoir, de rêves, de promesses. Elles ont progressivement viré au pire, puis au meilleur et finalement au tolérable, au presque bien, jusqu'au cauchemar survenu en juin dernier lorsque j'ai failli mourir. J'ai pensé que cette histoire d'horreur s'était évanouie, qu'elle avait libéré l'esprit de tous. J'avais profondément tort. On dirait que je suis parvenue à prendre de vitesse un train et que, brusquement, à la faveur d'un détour, il revient vers moi, sur d'autres rails, pour me heurter de plein fouet.

2

Une voix, celle de l'officier Hyde, de la police de Cambridge, surnage.

— Quelqu'un a posé la question à la Doc ? Je veux dire… l'herbe pourrait être en cause, non ? Tu fumes un max, tu planes et t'as la connerie de penser soudain *oh, et si je changeais l'ampoule alors que je suis à poil ?* C'est malin, non ? Ah ! Vraiment trop futé. Et tu te casses la figure de l'escabeau, au beau milieu de la nuit, alors que tu es seule dans la baraque, et tu te fractures le crâne.

L'officier Hyde se prénomme Park. Quelle idée ahurissante de baptiser ainsi un enfant, quitte à lui réserver tous les surnoms vexants possibles, surnoms qu'il ne laissera pas passer sans réagir, bien sûr. Pour couronner le tout, il s'agit d'un petit homme grassouillet aux joues constellées de taches de rousseur et aux cheveux roux carotte ondulés qui le font ressembler à une poupée de chiffon. Je ne peux distinguer sa silhouette d'où je me tiens. Cependant, j'ai l'ouïe très fine, presque bionique, tout comme mon odorat (du moins est-ce ce qui se répète).

Je me représente les sons et les odeurs à la manière des couleurs du spectre ou des différents instruments d'un orchestre. Je les différencie sans hésitation. Par exemple, les after-shave ou les eaux de toilette. Certains flics ont parfois la main lourde. Le parfum musqué de Hyde est aussi véhément que sa voix. Elle me parvient de la pièce qui fait suite à celle dans laquelle je me tiens. Il parle de moi, demande ce que je fais et si je sais que la victime consommait des drogues, qu'elle était sans doute timbrée, avec une grosse case de vide, bref, tarée. Les flics errent dans la maison, plaisantent comme si je n'étais pas présente. Hyde mène la danse avec ses lourds et bruyants sarcasmes, ses incessantes digressions. Rien ne l'arrête, surtout lorsque je suis concernée.

Et Mordoc, qu'est-ce qu'elle a dégotté ? Et comment va la jambe du Chef Zombie après que ?... (Murmures et re-murmures.) À quelle heure le comte Dra-Kay-la rejoint-elle son cercueil ? Merde ! Je suppose que c'est pas très adapté comme remarque, après ce qui s'est déroulé en Floride il y a deux mois de ça. Je veux dire, qui sait au juste ce qui a pu se produire au fond de l'océan ? Qui peut affirmer que c'est pas un requin qui l'a esquintée ? Ou alors, peut-être qu'elle s'est accidentellement blessée avec son propre harpon ? Elle va mieux maintenant, non ? Je veux dire, ça a dû salement lui bousiller le moral ? Elle peut pas m'entendre, là ?

Ses paroles et ses murmures perceptibles m'environnent telles des échardes de verre, coupantes. Des bribes de pensées. Banales et sottes. Hyde est passé maître dans l'art d'inventer des surnoms stupides et des jeux de mots affreux. Me revient cette scène, le mois dernier, lorsque certains d'entre nous se sont rejoints au « point d'eau » de Cambridge, le bar Paddy's, pour célébrer l'anniversaire de Marino. Hyde a insisté pour m'offrir un verre, un truc bien *raide*, peut-être un *bloody mary*, une *mort soudaine* ou encore une *combustion spontanée*.

La composition du dernier cocktail me reste mystérieuse. Hyde affirme qu'il s'agit d'un whisky de maïs, servi flambé. Peut-être n'est-ce pas *létal*, mais vous souhaiterez que ce soit le cas, a-t-il répété à cinq reprises au moins. Il est convaincu de posséder des dons pour la comédie et se produit parfois dans des boîtes et des pubs du coin. Il se croit très amusant. À tort.

— Mordoc est toujours dans les parages ?

Je jette mes gants de nitrile violet dans un sac rouge prévu pour les déchets biologiques. Mes boots recouvertes de protections en Tyvek arrachent un geignement au sol de marbre ensanglanté alors que je me déplace, le regard rivé sur l'écran de mon téléphone. Je réponds :

— Dans l'entrée.

— Désolé, docteur Scarpetta. Je savais pas que vous étiez à portée de voix.

— Si.

— Oh ? Alors je suppose que vous avez entendu ce que je disais.

— En effet.

— Désolé, vraiment. Comment va votre jambe ?

— Toujours attachée à l'articulation.

— Je peux vous apporter quelque chose ?

— Non, merci.

La voix de Hyde me provient de la salle à manger et j'ai vaguement conscience des flics qui vont et viennent, ouvrent placards et tiroirs.

— On va faire une descente au Dunkin' Donuts.

Marino n'est pas avec eux. Je n'entends plus le grand flic et j'ignore quelle partie de la maison il inspecte, non que cela m'étonne. Il a l'habitude de procéder à sa manière et l'émulation n'est pas un vain mot pour lui. S'il y a quoi que ce soit à trouver, il veut être le premier. Je devrais d'ailleurs m'intéresser davantage à mon environnement. Mais pas maintenant. Ma priorité du moment se résume à cette image du 4-11, puisque c'est ainsi que nous avions appelé la chambre de Lucy au FBI, à Quantico, Virginie.

Jusque-là, la vidéo s'écoule seconde après seconde, sans qu'aucune silhouette apparaisse, sans commentaires, pas même un sous-titre. Une image fixe de l'ancienne chambre austère de ma nièce. Je me concentre sur les sons lointains et diffus que je perçois dans le fond, augmentant le volume, mon écouteur sans fil à l'oreille.

Un hélicoptère. Une voiture. Des détonations distantes qui proviennent des champs de tir.

Un écho de pas, et je tends l'oreille. Mon attention rejoint le monde réel, le ici et maintenant, dans cette belle demeure ancienne qui s'élève en limite du campus de Harvard.

Les plaintes des grosses semelles en caoutchouc des policiers en uniforme me parviennent comme ils se rapprochent de l'entrée. Hyde, pas plus que les autres, n'est enquêteur, ni technicien de scène de crime. Bref, des gens non essentiels qui n'ont pas grand rôle à jouer dans ce genre de circonstances. Cependant, nombre d'entre eux sont allés, venus, sortis, entrés depuis que

28

je suis arrivée environ une heure plus tôt, peu après la découverte du corps sans vie de Chanel Gilbert, trente-sept ans. Elle gisait dans le vestibule lambrissé d'acajou, non loin de la belle et robuste porte d'entrée principale.

Une découverte affreuse. J'imagine la femme de ménage qui pénètre par la porte de la cuisine, comme à son habitude ainsi qu'elle l'a expliqué aux policiers. Elle a dû aussitôt remarquer la chaleur qui régnait dans la maison. Elle a dû se rendre compte de la puanteur en provenance de l'entrée. Là, elle a découvert le corps de son employeuse affalée au sol, en décomposition, le visage livide et déformé au point que l'on croirait presque que notre présence l'insupporte.

Ce qu'a affirmé Hyde un peu plus tôt est en partie exact. Il semble que Chanel Gilbert se soit tuée en tombant de l'escabeau sur lequel elle avait grimpé afin de changer une ampoule du lustre. On dirait une mauvaise blague éculée. Et pourtant, détailler son corps svelte corrompu par les premières étapes du processus de décomposition, boursouflé, certaines zones de la peau commençant à se désolidariser des chairs, ne prête pas à sourire. Elle n'est pas morte sur le coup de ses blessures au crâne. Elle a vécu assez longtemps pour présenter des contusions et que ses plaies enflent. Ses yeux exorbités ne sont plus que des fentes. Ses cheveux châtains, visqueux de sang, m'évoquent l'enchevêtrement d'une paille de fer rouillée. Selon moi, après être tombée, elle est restée au sol, inconsciente, saignant. Le cerveau a enflé, comprimant la moelle épinière en partie supérieure, jusqu'à provoquer une paralysie respiratoire et cardiaque.

La cause de la mort ne fait aucun doute dans l'esprit des flics, quoi qu'ils argumentent ou affirment. En réalité, leur voyeurisme l'emporte. Ils apprécient ce type de drames, c'est même un de leurs favoris, et peu importe si leur conduite frise l'indécence. *La victime devient coupable.* Au fond, tout est sa faute. Elle est, quelque part, responsable de sa mort prématurée, une mort *stupide*. J'ai entendu l'adjectif à plusieurs reprises. Je suis toujours agacée lorsque je constate que les gens chassent de leur esprit les autres hypothèses. De fait, la théorie d'une mort accidentelle ne me convainc pas. Trop d'incohérences et d'étrangetés. Si elle est bien morte la nuit dernière ou tôt ce matin, ainsi que le soupçonne la police, pourquoi le processus de décomposition est-il si avancé ? Alors que je tente de déterminer l'heure du décès, une expression de Marino ne cesse de s'imposer à moi.

Un véritable merdier. Grossier mais très évocateur. De plus, mon intuition s'oriente vers autre chose. Je perçois une présence dans la maison. Autre que celles des policiers ou de la femme défunte. Autre que la femme de ménage, arrivée à 7 h 45 ce matin, et qui a fait une découverte de nature à lui gâcher la journée, pour le formuler de façon bien plate. Une sensation me trouble, pour laquelle je n'ai aucune explication recevable, et dont je ne ferai part à personne.

En général, je ne partage pas mes « réactions instinctives », ainsi qu'on les nomme, mes intuitions, et certainement pas avec les flics ou Marino. Je ne suis pas censée avoir des impressions non démontrables. D'ailleurs, c'est encore plus cru que cela. Je ne suis pas censée éprouver de sentiments, et pourtant on me reproche une prétendue froideur. D'un côté comme de l'autre, je suis perdante. Rien de nouveau sous le soleil et j'y suis habituée.

Je suis plantée dans l'entrée, couverte de la tête aux pieds d'une combinaison de Tyvek blanc, mon téléphone serré entre mes mains dénudées, le corps de la femme morte à quelques mètres de moi, non loin de l'escabeau toujours en place. Une voix que je ne reconnais pas m'interpelle :

— M'dame ?

Je ne lève pas les yeux. Profession de la victime : non renseignée. Assez solitaire. Séduisante mais d'une façon plutôt sèche, presque dissuasive avec des cheveux châtains, des yeux bleus, si je me fie à la photo de son permis de conduire que l'on m'a montrée. La fille d'une productrice de Hollywood, un poids lourd dans sa profession, Amanda Gilbert, propriétaire de cette belle demeure, en ce moment sur un vol qui relie Los Angeles à Boston. Voilà ce que je sais, et cela explique pas mal de choses. Deux flics de la police de Cambridge et un troisième des forces de police de l'État du Massachusetts traversent la salle à manger et discutent à perdre haleine des films qu'a, ou n'a pas, produits Amanda Gilbert.

— Non, j'l'ai pas vu. Mais j'ai regardé l'autre, celui avec Ethan Hawke.

— Et ce film, celui qu'ils ont mis douze ans à tourner. Celui où on voit un gamin grandir ?…

— Assez cool, je trouve.

— J'attends avec impatience de voir *American Sniper*.

Hyde y va d'un commentaire :

31

— C'est dingue ce qui est arrivé à Chris Kyle, non ? Incroyable ! Enfin quoi, tu rentres au pays, héros de guerre, avec cent quatre-vingts ennemis tués à ton actif et un tocard te bute dans un foutu stand de tir. C'est comme si Spiderman claquait d'une morsure d'araignée.

Les deux autres policiers restent dans leur coin, non loin de l'escalier situé à l'extrémité du vestibule. Ils ne s'approchent pas, rebutés par la puanteur qui s'élève tel un mur d'air chaud et pestilentiel. Hyde me détaille de ses yeux largement espacés, d'un ambre pâle, presque jaune, qui m'évoque un chat.

— Docteur Scarpetta ? Comme je vous disais, on va aller chercher du café. Vous voulez qu'on vous rapporte quelque chose ?

— Merci, ça va.

Non, ça ne va pas.

Je suis très loin d'aller bien, en dépit de mon attitude, alors que j'entends d'autres détonations en fond sonore de la vidéo et que les champs de tir me reviennent en mémoire. J'entends le claquement sourd du plomb contre des silhouettes mobiles en acier découpé. J'entends le ricochet plus clair des douilles sur les blocs de ciment des bancs de tir. L'écrasant soleil sudiste me brûle à nouveau le crâne et je sens presque la sueur sécher sous mes vêtements de terrain. Une autre époque de mon existence, une époque où le pire et le meilleur se sont enchevêtrés.

Le policier du Massachusetts parvient à me proposer, entre deux quintes de toux :

— Une bouteille d'eau, peut-être, m'dame ? Ou un soda ?

Je ne le connais pas. Toutefois, nous n'allons pas nous entendre s'il persiste à m'appeler « m'dame ».

J'ai étudié à Cornell, à l'université de Georgetown pour le droit et à la faculté de médecine de l'université Johns Hopkins. Je suis une réserviste spécialiste de l'Air Force avec le grade de colonel. J'ai déjà témoigné devant des sous-comités du Sénat et j'ai même été invitée à la Maison-Blanche. Je suis le médecin expert en chef du Massachusetts et je dirige les labos de sciences légales, entre autres choses. Je ne suis pas parvenue à ce niveau pour m'entendre appeler « m'dame ». Cependant, je réponds de façon affable :

— Rien pour moi, merci.

— On n'a qu'à acheter une dizaine de litres de café, dans leurs emballages spéciaux. Comme ça, on n'en manquera pas et ça restera chaud.

— Tu parles d'une journée pour boire un jus bouillant. Et si on optait plutôt pour une version glacée ?

— Bonne idée, parce que ici on pourrait se faire une séance de yoga Bikram ! Je veux même pas penser à la fournaise que ça devait être plus tôt.

Une quinte de toux lui répond d'abord, puis :

— Un four. Ni plus ni moins.

— J'ai l'impression d'avoir perdu deux litres de sueur.

— On devrait bientôt plier l'affaire, non ? Un simple accident, sans plus, hein, Doc ? La toxico devrait se révéler intéressante. Vous verrez ce que je vous dis. Elle était *stone* et, quand les gens sont dans cet état euphorique, ils pensent être parfaitement maîtres de ce qu'ils font, mais ils se plantent.

« Euphorique » et « *stone* » sont deux états différents, et je ne pense pas que l'herbe puisse expliquer ce qui s'est produit dans cette maison. Cependant, je n'ai nulle intention de communiquer mes réserves à Hyde ou au policier du Massachusetts, et les laisse à leur ping-pong sarcastique, alors qu'ils se renvoient leurs piques et leurs prétendus bons mots. Aller-retour. Dieu, que c'est monotone et ennuyeux. En réalité, je souhaite qu'ils me laissent seule. Je voudrais consulter mon smartphone, tenter de comprendre ce qui m'arrive, qui est à l'origine de cette vidéo et pourquoi. Aller-retour. Les flics refusent de la fermer un peu.

— Et depuis quand t'es devenu un super-expert, hein, Hyde ?

— Je constate juste l'évidence.

— Ouais, avec Amanda Gilbert qui va débouler ? On ferait mieux d'avoir les réponses à tout, même si on nous pose pas de questions. C'est clair qu'elle doit connaître plein de gens super importants, très haut placés, du genre à pouvoir nous filer des aigreurs d'estomac. Les médias vont s'emparer du truc et grouiller partout, s'ils sont pas déjà au courant.

— Je me demande si elle avait une assurance vie, si maman avait souscrit une police au nom de sa chômeuse de fille, camée de surcroît.

— Parce que tu crois qu'elle a besoin du fric ? Tu sais combien pèse Amanda Gilbert ? Deux cents millions de dollars, d'après Google.

— Moi, c'qui m'chiffonne, c'est que la climatisation ait été éteinte. Pas normal, ça.

— Ouais, comme je le répète. C'est exactement le genre de trucs que font les gens lorsqu'ils sont défoncés. Ils versent du jus d'orange sur leurs céréales du petit déjeuner ou enfilent des bottes de neige pour se rendre sur un court de tennis.

— Le rapport avec des bottes de neige ?

— J'affirme juste que c'est pas la même chose que d'être bourré.

3

Ils échangent, au point qu'on croirait que je suis invisible. Je continue de visionner la vidéo qui défile sur mon smartphone. J'attends que quelque chose se produise.

Elle a débuté il y a quatre minutes et je ne peux ni la sauvegarder ni la mettre sur pause. Quels que soient la touche, l'icône ou le menu que je sélectionne, rien ne se produit. Les images défilent sans changement. Le seul mouvement à peine perceptible que j'ai remarqué jusque-là se résume aux modifications de la lumière qui filtre par les lattes abaissées des stores.

J'ai l'impression d'une journée ensoleillée, mais des nuages doivent défiler dans le ciel, sans quoi la luminosité resterait stable. Les subtils changements m'évoquent ceux que l'on obtiendrait si l'on ajustait le variateur d'éclairage d'une chambre. Un peu plus lumineux, un peu moins. Des nuages qui occultent par instants le soleil, en déduis-je, alors que le policier du Massachusetts et Hyde restent scotchés près de l'escalier en acajou, exprimant leurs opinions à voix forte. Ils commentent, cancanent, comme si j'étais stupide ou aussi morte que la femme qui gît au sol.

Hyde en est toujours à l'arrivée prévisible d'Amanda Gilbert à Boston.

— Moi, je dis que si elle pose la question, on lui raconte rien. La climatisation éteinte, c'est un détail, et on n'a pas envie qu'elle l'apprenne et encore moins les médias.

— C'est le seul truc qui cloche dans cette histoire. Ça me turlupine vraiment.

Ce n'est certainement pas le seul truc qui cloche dans cette histoire, je rectifie pour moi-même.

— Ouais, mais bon, c'est de nature à déclencher un ouragan bien pourri de rumeurs, de théories complotistes qui finiront par se répandre sur Internet.

Le policier du Massachusetts s'adresse enfin à moi, avec cet accent typique du coin qui transforme les « r » en « w », du moins lorsqu'il ne s'étouffe pas dans sa toux :

— Sauf que parfois, les tueurs coupent l'air conditionné, poussent le chauffage, bref, se débrouillent pour que l'endroit soit aussi chaud que possible de manière à accélérer la décomposition. Le but, c'est de perturber l'évaluation de l'heure de la mort, histoire de s'organiser un alibi et de faire foirer les indices. Pas vrai, docteur ?

— En effet, la chaleur accélère les processus de décomposition, au contraire du froid, j'explique sans le regarder.

Je viens de comprendre que la couleur coquille d'œuf des murs de la chambre de ma nièce revêt une importance non négligeable.

Lorsque Lucy s'est installée dans le dortoir Washington, les murs de sa chambre étaient beiges. Ils ont été repeints plus tard. Je tente à nouveau d'évaluer quand cette vidéo a pu être tournée. En 1996. Peut-être en 1997.

Le policier du Massachusetts, d'une soixantaine d'années, s'adresse de nouveau à moi, son ventre sanglé dans son uniforme bleu et gris. Il n'a pas l'air en forme. Des cernes sombres soulignent ses yeux et son visage se fripe de fatigue.

— Chez Dunkin, ils préparent des sandwichs de petit déjeuner assez sympas. Ça vous dit rien, m'dame ?

Enfin, que fait-il sur cette scène de crime ? En quoi sa présence est-elle utile ? En plus, il a l'air assez malade. Cela étant, il ne m'appartient pas d'appeler qui que ce soit sur les lieux. Je jette un regard au visage tuméfié de Chanel Gilbert, à son corps nu, ensanglanté, présentant déjà cette coloration verdâtre et ce gonflement dans la zone abdominale qui résultent de la prolifération des bactéries intestinales et de leur production de gaz, une des étapes clés des phénomènes de décomposition.

La femme de ménage a relaté à la police qu'elle n'avait pas touché le corps de sa patronne, ni ne s'en était approchée. Je suis sûre que Chanel Gilbert gît exactement comme on l'a trouvée, avec son peignoir de soie noire ouvert, ses seins et son sexe exposés à la vue de tous. Cela fait bien longtemps que j'ai appris à résister à cette impulsion qui me poussait à couvrir la nudité d'un défunt, hormis lorsqu'il est décédé dans un endroit public. Je ne changerai rien à la position du corps jusqu'à ce que je sois certaine que toutes les photographies ont été prises et qu'est venu le temps de fourrer le cadavre dans une housse et de le transporter jusqu'au Centre de sciences légales de Cambridge. Bientôt. Très bientôt.

Je détaille les petites mares de sang visqueux, rouge-brun, cerclées d'un liseré sec et noir. Je voudrais pouvoir lui dire : *Je suis désolée. Quelque chose d'urgent vient de me tomber dessus. Il faut que je parte, mais je reviendrai.* Ainsi lui parlerais-je. Je suis vaguement consciente de l'activité et du bruissement de plus en plus perceptible des mouches qui sont parvenues à pénétrer à l'intérieur du vestibule. Les portes ont été ouvertes et fermées au fur et à mesure que les flics entraient ou sortaient. Les mouches se sont infiltrées, envahissant l'espace, luisantes telles des gouttelettes de pétrole. Elles piquent vers leur proie. Elles rampent à la recherche de plaies et d'orifices afin d'y pondre leurs œufs.

Mon attention se reporte vers l'écran de mon téléphone. L'image n'a pas bougé. La chambre déserte de Lucy. Les secondes s'écoulent. Deux cent quatre-vingt-neuf. Trois cent dix. Nous en sommes maintenant à presque six minutes, il va bien se produire quelque chose. Qui m'a envoyé cela ? Ma nièce ? Elle n'aurait eu aucune raison de le faire. D'ailleurs, pourquoi se serait-elle décidée aujourd'hui ? Après tant d'années ? Une sorte d'instinct me prévient que je connais la réponse. Mais je refuse de l'accepter.

Mon Dieu, pourvu que j'aie tort. Néanmoins, il s'agit d'un vœu pieux et j'en suis consciente. Il faudrait que je sois dans le déni complet pour ne pas additionner deux et deux.

Un des flics me propose :

— Ils ont même des sandwichs végétariens, si c'est votre truc.

Je ne peux détourner mon regard et je sens autre chose alors que je réponds de façon mécanique :

— Non, merci.

Hyde a dirigé son téléphone vers moi. Il prend une photographie. Sans même lever les yeux vers lui, j'intime :

— Vous ne ferez rien avec cela, n'est-ce pas ?

— J'allais le poster sur Twitter et ensuite sur Facebook et Instagram. Non, j'rigole, là. Vous visionnez un film ou quoi ?

Je lui jette un bref regard, suffisant pour saisir l'espèce de lueur qui brille dans ses yeux alors qu'il me dévisage. Cette lueur narquoise ou malveillante qui étincelle lorsqu'il s'apprête à lancer une autre de ses vannes stupides et vaseuses. Ça ne rate pas.

— Oh, j'vous en veux pas de tenter de vous distraire. C'est un peu *mort* ici.

Le policier du Massachusetts commente :

— Moi, j'peux pas. Je suis de la vieille école. Il me faut un écran de taille correcte pour regarder un film.

— Ma femme lit des romans sur son téléphone.

— Moi aussi, mais seulement quand je conduis.

— Ha ha, t'es trop marrant, Hyde.

— Vous pensez que les ficelles s'imposent ici ? Hein, Doc ?

Je ne me rends compte qu'à cet instant qu'un autre flic nous a rejoints. Il poursuit en expliquant comment on doit exploiter les traces de sang. J'ignore son nom. Ses cheveux gris s'éclaircissent et il arbore une moustache. Il est assez petit, trapu, un peu pot à tabac. Il ne fait pas partie des enquêteurs. Cependant, je l'ai déjà aperçu dans les rues de Cambridge fréquentées par les étudiants des plus prestigieuses universités. Il arrêtait des conducteurs, jouait de son carnet de contraventions. Encore un non-essentiel qui ne devrait pas se trouver ici. Il ne m'appartient pas, non plus, de renvoyer des flics. Le corps et tous les indices biologiques associés font partie de ma juridiction, rien d'autre. En théorie, du moins.

En effet, *en théorie*. En réalité, je décide de ce qui est important et tombe sous ma responsabilité. Il est rare qu'une contestation s'élève. D'une façon générale, je collabore avec les forces de l'ordre et leurs représentants sont plus que satisfaits que je m'occupe de ce qui m'arrange sur une scène de crime. Personne, ou presque, ne me remet en cause. Du moins ne tentaient-ils qu'exceptionnellement d'argumenter lorsque je décidais de quelque chose. Peut-être cela a-t-il changé. Peut-être l'humeur ambiante a-t-elle varié en deux petits mois.

Le policier qui se dégarnit lance :

— Au cours de ce stage de formation que j'ai suivi sur les traces de sang, ils ont dit qu'on devait matérialiser le trajet des gouttes par des ficelles, toutes les taches, parce qu'on nous poserait la question au tribunal. Et si vous admettez que vous ne vous êtes pas cassé la tête avec ça, ça la fout mal devant le jury. C'est ce qu'ils appellent les réponses « en non ». L'avocat de la défense va les passer en revue parce qu'il est certain que vous allez répondre non et que les jurés penseront que vous n'avez pas fait votre boulot correctement. Vous passez pour un incompétent.

41

— Surtout si les jurés regardent *Les Experts*.

— Sans blague !

— Et qu'est-ce qui te déplaît avec *Les Experts* ? T'as pas de baguette magique dans ta mallette de scène de crime ?

L'échange se poursuit sans que j'y prête une réelle attention. Cependant, je leur lance que relier toutes les gouttes de sang par les ficelles serait une perte de temps.

Un des flics rétorque :

— Ouais, c'est bien ce que je pensais. D'ailleurs, Marino a dit que c'était pas la peine.

Je suis bien contente que Marino ait déclaré cela. Du coup, bien sûr, ça devient sérieux.

Le policier du Massachusetts souligne :

— Si vous le voulez, on peut y coller tous nos moyens. Je veux juste vous rappeler que nous en avons la capacité.

Il poursuit en m'expliquant ce que peuvent accomplir les théodolites électroniques capables de calculer les triangulations, bien qu'il n'use pas de termes techniques.

Je connais vos moyens mieux que toi et j'ai examiné plus de scènes de crime que tu ne pourras jamais l'imaginer. Je balaye sa proposition :

— Merci, c'est superflu.

Je jette un regard rapide aux hiéroglyphes abandonnés par des taches de sang noirâtre sous ou autour du corps.

J'ai déjà traduit ce que je voyais. Un recours à l'ancienne méthode des ficelles tendues entre la victime et une goutte de sang, ou à des instruments très perfectionnés capables de cartographier des traînées, des éclaboussures, des traces, des giclures, des gouttelettes, n'apportera rien de nouveau. La zone d'impact n'est autre que le sol, c'est aussi simple que cela. Chanel Gilbert n'était pas debout lorsqu'elle a reçu le coup fatal à la tête, c'est aussi simple que cela. Elle est morte où nous l'avons trouvée, c'est aussi simple que cela.

Cela n'exclut en rien l'hypothèse d'un meurtre. Du tout. Je n'ai pas encore vérifié si elle avait été victime d'une agression sexuelle. Je n'ai pas fait réaliser un CT-scan en 3-D, ni ne l'ai autopsiée. Je passe en revue les différentes options du diagnostic différentiel et exige que l'on m'informe de ce qui se trouvait dans sa salle de bains et sur sa table de chevet.

— Tous les médicaments sur ordonnance m'intéressent. Des préparations pouvant contenir des immunosuppresseurs, par exemple. Surtout, un traitement antibiotique aurait aussi pu contribuer à une explosion des bactéries résistantes. Par exemple, cela aurait pu favoriser les Clostridia, expliquant la rapidité avec laquelle se sont déclenchés les processus de décomposition.

Je leur explique que j'ai expertisé quelques cas de sujets chez qui une surpopulation de clostridiums intestinaux, des bactéries souvent très gazogènes, avait provoqué des changements comparables à ceux que nous constatons douze heures *post mortem*. Et pourtant, je ne lâche pas des yeux l'écran de mon portable.

Le policier du Massachusetts s'étrangle dans une salve de toussotements, mais parvient à s'écrier :

— Vous voulez parler de *Clostridium difficile* ?

— Il fait partie de ma liste.

— Mais elle aurait pas été hospitalisée pour un truc comme ça ?

— Pas nécessairement. Il s'agit d'une bactérie commensale du côlon, en d'autres termes, avec laquelle nous pouvons vivre en bonne entente. Sauf déséquilibre de la flore intestinale. Avez-vous remarqué des boîtes d'antibiotiques dans sa chambre ou dans la salle de bains ? Ou des médicaments qui puissent indiquer qu'elle souffrait de diarrhées ?

— Ben, j'suis pas sûr d'avoir vu des médicaments, mais j'suis certain d'avoir vu de l'herbe.

Le policier de Cambridge, celui dont les cheveux gris se raréfient, observe à contrecœur :

— Moi, ce qui m'inquiète, c'est si on se trouvait face à un truc contagieux. J'ai pas envie de me choper un fichu *C. difficile.*

— Un cadavre peut vous le refiler ?

Je réplique, presque amusée et non sans une pointe d'ironie :

— Je vous déconseille le contact avec ses selles.

— Oh, merci, sympa, j'y aurais pas pensé !

— Gardez vos vêtements protecteurs. Je vérifierai les médicaments moi-même. D'ailleurs, je préfère voir où ils sont stockés. Quant à votre descente chez Dunkin' Donuts, souvenez-vous qu'on ne mange ni ne boit sur une scène.

— Vous tracassez pas avec ça, Doc.

Hyde précise :

— Y a une table dans le jardin, derrière la maison. Je me suis dit qu'on pouvait y installer une sorte de zone protégée pour les pauses, du moins tant qu'il flotte pas. L'énorme orage prévu par la météo devrait nous tomber dessus dans deux heures environ.

Sans prendre de gants, j'observe :

— Et donc, nous sommes certains que rien n'a pu se produire à cet endroit. Nous sommes assurés qu'il est hors périmètre de la scène de crime et que nous pouvons y manger et y boire ?

— Oh, allez, Doc ! Enfin, vous trouvez pas que la façon dont les choses se sont déroulées saute aux yeux : elle est tombée, ici, dans le vestibule, alors qu'elle était grimpée sur l'escabeau, et elle s'est tuée.

Je regarde à peine les trois hommes avant de répondre :

— Je n'aborde jamais une scène de crime en présupposant que les choses sont évidentes.

Le policier du Massachusetts intervient :

— Pour être honnête, je crois que ce qui s'est déroulé cette nuit est quand même clair. Bon, bien sûr, il vous revient de déterminer les causes de la mort, c'est pas notre boulot, m'dame.

Il m'agace avec ses « m'dame ceci », « m'dame cela ». Une tactique d'avocat de la défense qui tente de faire oublier aux jurés que je suis anatomopathologiste, avocate et médecin expert.

Je me tourne vers Hyde et débite d'un ton qui ne souffre pas la controverse :

— Personne ne mange, ne boit, ne fume ni n'utilise les toilettes ici. Personne ne balance de mégots de cigarettes, de papiers de chewing-gum, d'emballages de fast-food ou de gobelets de café – bref, rien – dans la poubelle. Il est exclu que vous partiez du principe qu'il ne s'agit pas d'une scène de crime.

— Mais vous y croyez pas, quand même ?

— Je l'aborde comme telle. Au vu des informations que je détiens, j'ignore au juste ce qui s'est produit. La réponse tissulaire a été très importante, avec un saignement profus, un gros volume, sans doute plusieurs litres. Le cuir chevelu est presque spongieux et on pourrait découvrir plusieurs fractures. Quant aux modifications *post mortem*, elles m'étonnent. À part cela, je ne pourrai pas vous en dire plus tant qu'elle n'aura pas été transférée au CFC. Je m'interroge aussi sur le fait que l'air conditionné ait été éteint, en plein mois d'août, en période de canicule. N'attribuons donc pas de façon prématurée son décès à la seule consommation de marijuana.

Les trois hommes se sont encore reculés de quelques pas. Le policier du Massachusetts semble perplexe et demande :

— Pourquoi ?

— Il convient de s'assurer s'il y a eu consommation d'autres psychotropes, dont l'alcool.

— Parce que ça dépend de ce qu'on a fumé, et de ce qu'on aurait pu prendre en plus comme médicaments ?

— En effet.

— J'ai une question : vous vous attendriez à ce qu'une personne qui est tombée d'un escabeau saigne à ce point ?

— Tout dépend de la nature des blessures.

— Attendez, je résume votre pensée : si elles sont pires que ce que vous constatez à première vue, et qu'en plus la victime n'a consommé ni drogue ni alcool, on a un gros problème, c'est ça ?

Entre deux quintes de toux, le policier du Massachusetts parvient à répliquer :

— Ben, pour moi, c'est déjà un gros problème.

Je renchéris :

— Dans son cas à elle, ça ne fait aucun doute. Quand vous êtes-vous fait vacciner contre le tétanos pour la dernière fois ?

— Pourquoi ?

— Parce que les vaccins qu'on utilise aujourd'hui, les DTP, sont combinés à la coqueluche. Votre toux ne me plaît pas.

— Je croyais que seuls les gamins chopaient la coqueluche.

— Erreur. Comment vos symptômes ont-ils débuté ?

— Un rhume banal. Le nez qui coulait, des éternuements, il y a environ deux semaines. Et puis, cette toux s'y est mise. J'ai de véritables quintes, au point d'avoir du mal à respirer. Je me souviens pas quand on m'a fait le dernier rappel contre le tétanos.

— Vous devriez aller consulter votre médecin. Certaines complications sont très sérieuses, une pneumonie ou un pneumothorax, par exemple.

Enfin, tous les policiers me laissent seule.

4

La vidéo défile depuis huit minutes. Rien, hormis la chambre déserte de Lucy. Je tente à nouveau de l'enregistrer ou de marquer une pause, en vain. Les secondes s'écoulent, comme si la vie avait disparu.

Neuf minutes maintenant, sans modification. Le lieu reste vide, paisible alors que les rafales se succèdent sur les champs de tir. Seuls signes du défilé du temps : l'écho des détonations et une vive lumière qui filtre par les interstices des stores blancs rabattus à l'envers. Le soleil frappe directement les fenêtres et je me souviens que la chambre de ma nièce ouvrait à l'ouest. La séquence a donc été tournée tard dans l'après-midi.

Bang-bang. Bang-bang.

Je perçois le grondement des moteurs de voitures, trois étages plus bas, le long de J. Edgar Hoover Road, la rue principale qui s'étend au centre de l'académie du FBI. L'heure de pointe. Les cours sont terminés. Des flics et des agents rentrent des stands de tir. Durant un instant, j'ai presque l'impression de sentir les arômes de banane de l'acétate d'isoamyle, ceux du solvant Hoppe's utilisé pour le nettoyage des armes. L'odeur de la poudre brûlée m'environne. Je me souviens de la chaleur lourde de Virginie. J'entends le bourdonnement constant des insectes autour des douilles aux reflets or et argent abandonnées sur l'herbe tiédie par le soleil. Les sensations déferlent en vagues puissantes. Enfin, quelque chose se produit.

Le titre de la vidéo s'incruste à l'image, d'abord avec une lenteur exagérée.

CŒUR VIL ET MALFAISANT – Scène I
par Carrie Grethen
Quantico, Virginie – 11 juillet 1997

Le nom me secoue. La vision de ces lettres en gras, rouges, qui défilent avec une langueur calculée, coulant sur l'écran, pixel après pixel, m'évoque une hémorragie au ralenti et me hérisse. Un fond musical a été ajouté. Karen Carpenter chante *We've Only Just Begun*. Quelle idée odieuse d'illustrer la vidéo avec cette voix angélique et les douces paroles signées Paul Williams : « Nous venons tout juste de commencer. »

Une charmante chanson d'amour métamorphosée en menace, en sarcasmes, en promesse d'autres saccages à venir, de malheur, de harcèlement et peut-être de mort. Carrie Grethen s'affiche et raille. Elle me fait un bras d'honneur. Je n'ai pas écouté les Carpenter depuis des lustres. Cependant, j'étais fan au point d'user jusqu'à la trame leurs cassettes et CD. Carrie le savait-elle ? Sans doute. Voici donc le nouvel épisode qu'elle nous réserve, un épisode qu'elle doit ruminer depuis des lustres.

Le défi est limpide et ma réaction immédiate, telle de la lave en fusion. La fureur déferle en moi, l'envie irrépressible de détruire la pire, la plus vicieuse criminelle qui ait jamais croisé mon chemin m'étreint. Quand je pense que, depuis treize ans, elle était sortie de mes pensées, après que j'avais vu son hélicoptère s'abîmer en mer. Du moins l'avais-je cru. Je me trompais. Elle n'avait pas pris place à bord. Lorsque je l'ai enfin découvert, j'avoue que ce fut la vérité la plus difficile à admettre de mon existence. C'est un peu comme d'apprendre que la rémission dont on bénéficiait cesse, que la maladie fatale qui nous menaçait redresse la tête. Ou alors de comprendre soudain qu'une effroyable tragédie ne se résume pas à un simple cauchemar.

Carrie Grethen poursuit donc ce qu'elle avait entrepris. Au fond, rien d'étonnant. Me reviennent en mémoire les mises en garde récentes de Benton, mon époux. Il s'inquiétait que je tisse une sorte de lien avec elle, du fait que je m'adressais à elle mentalement et que je me rassurais à peu de frais en songeant qu'elle ne mènerait pas son plan jusqu'au bout. Elle ne souhaite pas me tuer parce qu'elle a imaginé une fin encore plus abjecte pour moi. Elle refuse de m'éliminer. Pour preuve, j'étais à sa merci en juin dernier. Benton est analyste pour le FBI, spécialisé en renseignement criminel, ce que les gens désignent toujours du nom de profileur. Il pense que je me suis identifiée avec l'ennemie. Il a même suggéré que je pouvais souffrir du syndrome de Stockholm. Dernièrement, il est souvent revenu à la charge à ce sujet. Et, chaque fois, nous nous sommes disputés.

Le chuintement de protège-chaussures en tissu plastifié, puis une voix masculine qui se rapproche :

— Doc ? Comment ça le fait ? J'suis prêt pour la petite tournée si ça vous va.

Karen Carpenter continue de chanter dans mon écouteur alors que je réponds :

— Pas encore.

Nous progressons ensemble, au jour le jour, ensemble, ensemble...

Il pénètre de sa démarche pesante dans le vestibule. Peter Rocco Marino, que tout le monde, dont moi, appelle par son patronyme. Ou alors Pete, ce qu'en revanche je ne fais pas. J'ignore au juste pourquoi, si ce n'est que notre relation n'a pas commencé sur une base amicale. D'autres sobriquets lui sont attribués : *enfoiré* quand il se conduit à la manière d'un abruti et *connard* lorsqu'il… en est un. Il mesure un peu plus de 1,90 mètre et pèse dans les 110 kilos. Ses cuisses m'évoquent des troncs d'arbres et ses mains de vrais battoirs. Quant à sa présence massive, je manque de métaphores pour la caractériser.

Son gros visage buriné s'éclaire parfois d'un sourire qui laisse apparaître ses dents blanches et fortes. Il a cette mâchoire carrée qu'on associe aux hommes d'action, un cou de taureau et le torse large. Il porte un polo gris Harley-Davidson, des chaussures de tennis – de véritables péniches –, de hautes chaussettes de sport et un bermuda treillis aux poches gonflées. Son badge et son pistolet se balancent à sa ceinture. Néanmoins, Marino n'a pas vraiment besoin de lettres de créance pour en faire à sa guise et obtenir le respect qu'il exige.

Marino se moque des frontières. Cambridge est sa juridiction. Cela ne l'empêche pas de poursuivre son enquête et d'empiéter hors des limites privilégiées du MIT ou de Harvard, plus loin que les têtes très pleines qui y vivent ou les touristes qui y passent. Le grand flic déboule partout où on le sollicite et encore plus volontiers lorsqu'on se passerait de lui. Il a un problème avec les bornes à ne pas franchir. Avec les miennes, surtout.

Ses yeux injectés de sang inspectent le corps, le marbre souillé, et terminent sur ma poitrine, leur aimant favori. Il déclare :

— C'est du cannabis médical, je me suis dis que ça vous intéresserait. J'sais pas du tout où elle a pu se le procurer.

Peu importe que je sois engoncée dans mes vêtements de morgue, une combinaison en Tyvek, une blouse de chirurgie ou de labo, ou même harnachée pour affronter le blizzard, Marino scrutera toujours mes seins avec le même sans-gêne.

Il hausse l'épaule afin d'essuyer la sueur qui dégouline de son visage et complète :

— Sommités fleuries, teintures, et un truc enveloppé dans du papier alu qui ressemble à du gâteau.

— C'est ce que j'ai cru comprendre.

Je fixe toujours l'écran de mon smartphone. Est-ce tout ce que contient cette vidéo, la chambre désertée de ma nièce, cette lumière qui filtre par les lattes inclinées des stores et Mister Pickle installé sur le lit, un peu boudeur, un peu esseulé ? Le grand flic reprend :

— C'était dans un très vieux coffret en bois que j'ai retrouvé planqué sous un tas de machins dans la penderie de sa chambre.

— J'irai, mais pas maintenant. Pourquoi aurait-elle caché du cannabis à visée médicale ?

— Peut-être parce qu'elle l'a pas obtenu de façon légale. Ou alors parce qu'elle avait la trouille que la femme de ménage en pique. J'sais pas trop. Mais bon, son analyse toxico sera intéressante, pour connaître sa concentration de THC. Dans ce cas, ça pourrait expliquer pourquoi elle a soudain décidé de grimper en haut de l'escabeau et de faire l'idiote avec des ampoules au beau milieu de la nuit.

— Vous avez trop discuté avec Hyde.

— Peut-être qu'elle s'est cassé la figure. Dans ce cas, inutile de se creuser plus la tête. Après tout, c'est assez logique.

— Je ne partage pas votre opinion. De plus, nous ignorons si les faits se sont produits au beau milieu de la nuit. En toute franchise, j'en doute. En effet, si elle est morte à minuit ou un peu plus tard, ça signifie que son décès remonte à huit heures, ou moins, avant qu'on la découvre. Je suis certaine que les événements ont eu lieu plus tôt.

— Il fait tellement chaud ici que c'est pas possible de déterminer au juste l'heure du décès.

— Vous avez presque raison. Presque. J'en aurai le cœur net lorsque nous pousserons les examens.

— Ouais, n'empêche qu'à l'instant où j'vous parle, on peut pas préciser plus. Gros problème, parce que sa mère va exiger des réponses. C'est pas le genre de bonne femme avec laquelle on s'amuse aux devinettes.

— Je laisse les devinettes aux autres. J'évalue. Dans le cas présent, mon estimation se situe dans une fourchette de plus de douze heures et moins de quarante-huit. Impossible de resserrer l'évaluation pour le moment.

— Avec une pointure de ce type ? Une productrice colossale comme Amanda Gilbert ne va pas du tout apprécier ce type de réponse.

Ces mentions continuelles de Hollywood commencent à m'exaspérer et je rétorque :

— La mère ne m'inquiète pas. En revanche, je suis très préoccupée par ce qui s'est déroulé ici, parce que ce que je constate est incohérent. L'heure de la mort est un véritable sac de nœuds. Aucun des détails ne concorde. Je ne me souviens pas d'avoir déjà rencontré une situation aussi embrouillée, et peut-être est-ce l'objectif.

— L'objectif de qui ?

— Pas la moindre idée.

— On est monté jusqu'à 34 °C hier. Dans la soirée, la température n'est pas descendue au-dessous de 28 °C. La femme de ménage affirme avoir vu Chanel Gilbert pour la dernière fois aux environs de 16 heures hier.

Je sens le regard de Marino posé sur moi. Je rétorque :

— Du moins si l'on se fie au témoignage qu'elle a donné à Hyde avant que nous n'arrivions. Ensuite, elle a quitté les lieux.

Il n'entre pas dans nos habitudes de croire quiconque sur parole si nous pouvons vérifier par ailleurs. Marino aurait dû discuter avec la femme de ménage. Je suis bien certaine qu'il s'y résoudra avant la fin de la journée.

Marino répète ce qu'il a entendu :

— Elle a dit avoir aperçu Chanel remonter l'allée en direction de la maison, au volant de la Range Rover rouge qui est garée à l'extérieur. Si on récapitule, elle serait morte à un moment quelconque après 16 heures hier. On a retrouvé son corps en très mauvais état ce matin, à 7 h 45. Ça concorde avec votre estimation ? Douze heures ou peut-être un peu plus.

Je continue de m'entretenir avec lui, le regard rivé sur l'écran de mon téléphone.

— Non, ça ne cadre pas. Pourquoi vous entêtez-vous à penser qu'elle est morte au milieu de la nuit ?

— Ben, la façon dont elle est vêtue. À poil, avec rien sur le dos, à l'exclusion d'une sorte de peignoir en soie. Comme une femme qui s'apprête à se coucher.

— Sans chemise de nuit ni pyjama ?

— Plein de femmes dorment nues.

— Vraiment ?

— Peut-être que c'était son cas. Bordel, mais qu'est-ce qui vous fascine sur ce téléphone ?

Il m'affronte avec son habituel manque de tact, qui frôle le plus souvent l'incorrection, et poursuit :

— Depuis quand vous êtes scotchée à votre téléphone sur une scène ? Y a quelque chose qui cloche ?

— Peut-être un problème avec Lucy.

— Ce serait nouveau ?

— J'espère que ce n'est rien.

— C'est le plus souvent le cas.

— Il faut que je l'appelle, pour m'assurer que tout va bien.

— Ça non plus, c'est pas trop nouveau.

Je fixe toujours l'écran sans lever le regard vers lui.

— Marino, s'il vous plaît, évitez de banaliser ceci.

— Ben, le problème c'est que je ne sais pas ce qu'est *ceci*. Bordel, qu'est-ce qui se passe ?

— Je l'ignore encore. Cependant, quelque chose ne tourne pas rond.

— C'est comme vous le sentez.

Il a lâché cela d'un ton indifférent. On pourrait croire qu'il ne se préoccupe pas le moins du monde de ma nièce, mais rien ne saurait être plus faux.

En réalité, Marino a sans doute été l'image masculine la plus proche d'un père que Lucy ait jamais eue. Il lui a appris à conduire, à tirer, mais également à ne pas se laisser impressionner par les gros beaufs intolérants, ce qu'il était lorsque nous nous sommes rencontrés, il y a bien longtemps, en Virginie. Marino se complaisait dans ses attitudes phallocrates et homophobes, s'efforçant de séduire toutes les petites amies de Lucy jusqu'à ce qu'il prenne enfin conscience de ses erreurs. Aujourd'hui, en dépit des insultes ou des dénigrements, malgré toutes ses protestations du contraire, il reste le plus ferme allié et défenseur de ma nièce. Il l'aime, à sa manière.

J'incline le smartphone de telle sorte qu'il ne puisse apercevoir son écran et la vidéo qui défile, la chambre déserte du dortoir de l'académie du FBI dans laquelle trône un petit ours en peluche verte qu'il reconnaîtrait aussitôt. Je demande :

— Pourriez-vous me rendre un service et appeler Bryce pour lui préciser que j'ai besoin de Rusty et de Harold ici, au plus vite. Je veux qu'on transporte le corps au CFC.

— Pour info, c'est vous qui avez le fourgon, balance-t-il.

Je détecte une nuance accusatrice dans son ton, comme si je lui cachais quelque chose. C'est le cas.

— Je veux que mon équipe de transport s'occupe de la défunte. (Il ne s'agit pas d'une suggestion de ma part.) Je ne m'en chargerai pas, pas plus que je n'ai l'intention de me précipiter au Centre. Quant à vous, j'ai besoin de votre aide au sujet de Lucy.

Marino s'accroupit à côté du corps. Il prend garde à ne pas piétiner la nappe de sang visqueux et noirâtre, chasse les mouches d'un moulinet de la main. Leur constant vrombissement tape sur les nerfs.

— D'accord, si vous êtes sûre que Lucy est plus importante que cette morte. Et si vous demandez à Luke de réaliser l'autopsie.

— Et c'est non négociable ?

— En réalité, disons que je comprends pas votre attitude, Doc.

Je le rassure en lui affirmant que mon assistant en chef, Luke Zenner, s'occupera de la dépouille de Chanel Gilbert, ou que je m'en chargerai une fois de retour au Centre. Toutefois, je doute d'y parvenir avant cet après-midi, voire en fin de journée.

La voix de Marino prend en ampleur :

— Enfin, bordel ! J'y comprends rien. Pourquoi est-ce que vous ne transportez pas vous-même le corps au Centre afin qu'on sache ce qui est arrivé à cette fille avant que sa productrice de mère nous tombe dessus ?

— Je dois m'absenter. Je reviendrai un peu plus tard.

— Ouais, ben, je vois toujours pas pourquoi vous pouvez pas transporter le corps d'abord.

— Je le répète, je n'ai pas l'intention de me rendre de ce pas au CFC. Nous filons à Concord et je ne peux pas me balader avec un cadavre à l'arrière du fourgon. Il doit être placé en chambre froide au plus tôt. Que Harold et Rusty rappliquent de façon pressante.

Un air renfrogné, presque hargneux, sur le visage, il persiste :

— Je comprends pas. Vous comptez sortir de la propriété avec un foutu fourgon de la morgue, alors qu'est-ce qui vous empêche de passer d'abord par le CFC ? Vous avez rendez-vous chez le coiffeur ? la manucure ? Vous et votre nièce allez vous détendre au spa ?

— Je n'ai pas entendu ce que vous venez de dire.

— Nan, je plaisante. En vous regardant, tout le monde sait bien que je déconne. Rien ne semble vous intéresser, depuis des mois.

La voix de Marino s'est faite rugueuse d'une colère à peine rentrée. J'y décèle une forme de jugement. Nous voilà repartis !

Accusez la victime. Punissez-moi parce que je suis presque morte. Ce doit être ma faute.

— Que voulez-vous dire au juste, Marino ?

— Que vous êtes en train de vous laisser aller. Remarquez, je peux comprendre. Je me doute que ça doit pas être facile de se déplacer, du moins pas autant qu'avant. Je m'imagine la galère pour vous habiller, vous préparer.

Il n'a pas tout à fait tort. Mes cheveux auraient bien besoin d'une coupe et d'un brushing. Aussi, je réponds, pince-sans-rire :

— En effet, pas facile de se préparer.

Mes ongles courts sont dépourvus de vernis. Je n'ai pas pris le temps de me maquiller lorsque j'ai quitté mon domicile ce matin. J'ai un peu minci depuis cette agression sous-marine. Cependant, le lieu ou le moment sont assez malvenus pour me chercher des poux dans la tête. Certes, ça n'a jamais arrêté Marino, d'aussi loin que je le connaisse. Ses piques continuelles sur mon apparence, alors que je me ronge les sangs au sujet de ma nièce, sont déplacées. Il devrait me croire lorsque j'affirme que le plus important est de la rejoindre. Mais il n'a plus autant confiance en moi que jadis. Tout le problème est là.

Il rompt mon long silence :

— Mon Dieu ! Où est passé votre sens de l'humour ?

— Je l'ai oublié à la maison.

Je suis si tendue que je m'efforce de contrôler mon débit.

Le sol de marbre semble irradier au travers de la semelle de ma bottine, au point que ma jambe droite se raidit. Cela m'élance à la manière d'un abcès dentaire. Je parviens à peine à plier le genou, et plus je reste plantée dans ce vestibule, plus la douleur empire.

Marino reprend :

— J'suis désolé. J'essayais pas de vous prendre la tête mais, franchement, je vous trouve incohérente, Doc. J'étais parti de l'idée que vous alliez réaliser son autopsie le plus vite possible. Avant que sa mère arrive avec un million de questions et d'exigences. Selon vous, est-ce que c'est pas plus important que de débarquer à Concord pour s'assurer que Lucy va bien ? Sauf si elle est malade, blessée, ou je sais pas trop. Enfin, qu'est-ce qui se passe, selon vous ?

— Je n'en sais rien. C'est pour cela que nous devons aller voir.

— Bordel, ce qu'on veut c'est surtout pas de problèmes avec Amanda Gilbert, le genre de femme capable de vous pourrir la vie. Justement aujourd'hui. Il faut pas que vous nous mettiez dans la panade. Je le dis parce que vous n'avez pas intérêt...

— Merci, je connais mes intérêts.

Je détaille toujours l'écran de mon téléphone en évitant de le regarder.

Marino m'interroge et me fait la leçon parce qu'il en a la possibilité et ne l'ignore pas. Il fut mon enquêteur en chef jusqu'au jour où il décida qu'il ne voulait plus travailler pour moi. Il est au fait des routines et des protocoles mis en place par mes bureaux. Il sait comment je fonctionne, procède, et pourquoi. Et ne voilà-t-il pas que, soudain, je deviens une énigme. À croire que je débarque d'une autre planète. Tel est le cas depuis juin.

— Marino, je veux qu'elle soit transportée au Centre et je ne peux pas m'en charger. Je dois me rendre à Concord. Il faut que nous partions au plus vite.

— OK.

Il se relève et jette un long regard au corps qui gît sur le sol alors que je ne quitte toujours pas des yeux l'écran de mon téléphone.

Le défilé du titre a cessé, depuis longtemps. La musique s'est tue. Rien que la chambre vide de Lucy, celle qu'elle occupait une éternité plus tôt semble-t-il, et ma tension, ma frustration ne font qu'augmenter. On se moque de moi, on me harcèle, m'éperonne. Une idée me traverse l'esprit : Carrie serait terriblement réjouie, amusée, si elle pouvait me contempler en ce moment, m'espionner ainsi qu'elle l'a fait avec ma nièce.

— J'admets qu'elle se trouve dans un sale état après cette chute… une chute de quoi, même pas 1,80 mètre de hauteur ? La drogue, sans doute. Ajoutez qu'elle collectionne un tas de merdes occultes semées partout dans la maison. Alors, c'est sûr qu'elle doit fréquenter de drôles de gens. Je suis d'accord avec vous : cette histoire coince par certains aspects.

Le regard rivé à mon smartphone, j'insiste :

— S'il vous plaît, téléphonez.

Je l'entends à peine alors qu'il s'écarte, contacte mon chef du personnel, Bryce Clark. Les secondes s'écoulent. Dix minutes depuis le début du cadeau cinématographique de Carrie Grethen. Je suis consciente qu'elle me manipule, m'assaille, qu'elle s'offre un plaisir sadique à mes dépens. Néanmoins, je ne peux la contrecarrer.

Je suis comme possédée. Le regard aimanté par cet écran, je m'offre sans résister, alors que je m'attarde dans ce vestibule, environnée par la présence sinistre de Chanel Gilbert, assaillie par la douleur qui irradie dans ma jambe. Je regarde, détaille un bout du passé de ma nièce. Il défile dans ma paume sans gant. L'odeur de la chair en décomposition, du sang qui s'hydrolyse, me monte aux narines. Je transpire et frissonne alors que je scrute cette vidéo, tout en ressassant qu'elle ne peut être réelle.

Et pourtant, elle l'est. Ne demeure aucune ambiguïté depuis que j'ai reconnu les murs de la chambre, les deux fenêtres qui ouvrent chacune d'un côté du lit et, bien sûr, Mister Pickle installé sur l'oreiller. Je distingue la porte close qui mène dans le couloir du dortoir, situé au troisième étage, la lumière qui provient de la droite où se situait la salle de bains. Seuls les invités VIP se voyaient accorder des chambres avec salle de bains privée. À mes yeux, Lucy était une VIP et j'avais insisté auprès des fédéraux pour qu'elle soit traitée comme telle.

Elle a occupé cette chambre, par intermittence, entre 1995 et 1998. Elle y séjournait pendant qu'elle terminait ses études à l'université de Virginie, tout en travaillant la plupart du temps pour l'unité de recherches en ingénierie (ERF) du FBI. Quantico était devenu son chez-elle, loin de chez elle. Carrie Grethen lui a servi de mentor. Le FBI avait confié cette nièce que j'ai élevée comme ma fille à un monstre psychopathe, et cette décision a incliné nos vies. Elle a radicalement changé nos existences.

5

Carrie pénètre dans la chambre, la bandoulière d'une mitraillette passée à l'épaule, un Heckler & Koch, modèle MP5K, plaqué contre sa hanche. Le « K » est l'abréviation de *kurz*, « court » en allemand.

L'arme a été conçue afin d'être logée dans une mallette, et un sentiment de déjà-vu m'envahit. Je la connais. Je l'ai déjà aperçue. Ma poitrine se serre alors que Carrie se rapproche de la caméra, la fixe de ce regard immense, aussi froid et brillant qu'un ciel hivernal. Elle porte ses cheveux décolorés blanc argenté très courts. Son visage fin, aux méplats bien marqués, est irrésistible, d'une manière néfaste, l'attrait qu'exercerait une statuette antique et malveillante. Elle est habillée tout de blanc : débardeur, short de sport, chaussures et chaussettes.

Elle devait avoir dans les vingt-cinq ans en 1997, bien que je n'aie jamais connu son âge avec précision. Cependant, on pourrait la croire bien plus vieille, ou au contraire bien plus jeune, une femme sans âge, qui paraît presque millénaire, avec son corps svelte, musclé, ses yeux très bleus, dont la nuance change à la manière d'un océan versatile au rythme de ses dangereuses humeurs. Elle a la peau très pâle, comme si le soleil ne l'avait jamais effleurée. Une pâleur qui contraste avec la noirceur de la bandoulière passée autour de son cou, avec l'arme trapue maintenant proche de la caméra.

Il s'agit d'un ancien modèle équipé d'un garde-main en bois, probablement fabriqué dans les années 1980, peut-être même avant. Je cherche, en vain, pourquoi ces détails me reviennent. Je distingue les trois initiales des modes de tir gravées en blanc au-dessus de la zone d'applique du pouce. E pour semi-automatique. F pour automatique, en rafales libres. Le sélecteur de mode est abaissé sur la lettre S pour sécurité. Mince à la fin, je connais cette mitraillette. Où donc l'ai-je vue ?

L'avant-bras posé sur le boîtier de culasse, Carrie fixe la caméra d'un intense regard bleu.

— Meilleurs vœux du passé. Toutefois, vous savez ce que l'on dit. Le passé ne disparaît jamais. Si vous visionnez mon chef-d'œuvre cinématographique, alors félicitations. Vous faites toujours partie du monde des vivants, chef. Une seule conclusion s'impose donc : je ne veux pas que vous nous quittiez, pas encore. Sans quoi, ce serait déjà fait.

Le *chef* a résonné d'étrange façon. Peut-être un montage.

Carrie pointe la gueule du court canon vers la caméra et poursuit :

— À l'instant où vous regardez ces images, imaginez combien de fois j'aurais eu l'occasion de vous tirer une balle en pleine tête. Ou mieux encore, juste là.

Elle frôle son cou, à la base du crâne, au niveau de la deuxième vertèbre cervicale. Une transection de la moelle épinière à cet endroit est fatale.

Ces propos ne me surprennent pas. Il s'agit de la blessure très spécifique que j'ai constatée dans le New Jersey, le Massachusetts et la Floride lors des récents meurtres perpétrés par un *sniper*. L'assassin, rusé et insaisissable, que les médias ont baptisé Copperhead, utilisait des balles en cuivre massif, tirées dans la nuque de quatre victimes. L'une d'elles n'était autre que Bob Rosado, un élu du Congrès américain, amateur de plongée sous-marine. Il a été abattu en juin dernier à Fort Lauderdale, alors qu'il s'entraînait autour de son yacht. Son fils adolescent, Troy, violent psychopathe en herbe au passé criminel, a disparu ce même jour. Peut-être a-t-il été exécuté lui aussi. Nous ne l'avons jamais retrouvé et n'avons pas la moindre idée de l'endroit où il pourrait se terrer. La dernière fois qu'on l'a aperçu, il était en compagnie de Copperhead, *alias* Carrie Grethen.

Elle reprend. Son débit est lent, précis :

— Il existe de nombreuses façons de tuer lorsqu'on est expert. J'hésite. Je ne parviens pas à déterminer ce qui vous conviendrait le mieux. Rapide, de sorte que vous ne compreniez pas ce qui vous arrive ? Ou une agonie prolongée, douloureuse, afin que vous en ayez une conscience aiguë ? Préférez-vous savoir que vous allez mourir ou pas ? Là réside la question. Hmm !

Elle lève les yeux vers les dalles acoustiques blanches du plafond, vers les tubes au néon grisâtres éteints. Elle feint l'indécision :

— Sans doute suis-je toujours en train de soupeser avec soin ces différentes options. Je me demande où j'en serai rendue de mon plan pour vous annihiler lorsque vous regarderez cette vidéo. Mais commençons, profitons d'un moment de solitude. Lucy ne devrait pas tarder. Cette petite conversation reste entre vous et moi. Chuuuttt ! (Elle pose l'index sur ses lèvres.) Notre petit secret.

Elle brandit vers la caméra des feuilles de papier noircies de lignes, dans une présentation qui m'évoque le script d'un film, et poursuit :

— Voilà ! J'ai écrit une histoire afin d'expliquer ce que vous voyez et entendez.

Elle en fait des tonnes. Elle recherche l'attention. Mais de qui ? Elle m'a envoyé cette vidéo. Cependant, un instinct me prévient que je ne suis peut-être pas la spectatrice qu'elle souhaite. *Es-tu certaine d'être parfaitement objective, Kay ?*

— Six caméras cachées quadrillent la 4-11, la mignonne chambre de Lucy, décorée de ses souvenirs de jeunesse.

Elle pointe le canon de l'arme vers des posters de films accrochés à un mur. *Le Silence des agneaux* et *Les Experts*. Puis elle se rapproche d'un autre mur. La silhouette massive et noire d'un tyrannosaure déchaîné se dessine sur un arrière-plan orange vif : *Jurassic Park*. Les films préférés de ma nièce. J'ai eu un mal fou à trouver ces affiches afin de les lui offrir lorsqu'elle a commencé son internat au FBI.

Carrie se dirige ensuite vers le lit et enfonce la gueule de la mitraillette dans le visage pelucheux et désespéré de Mister Pickle. J'ai presque le sentiment que la panique s'inscrit dans ses gros yeux de verre, comme s'il se doutait que la mort approche, et m'étonne de prêter des émotions à un objet, un ourson d'enfant.

Carrie ne cesse d'arpenter la pièce en parlant :

— C'est encore une petite fille, vous savez. Certes, elle est dotée d'un QI supérieur à deux cents, un QI qui appartient aux limbes inexplorés des super génies, mais elle a toujours été affligée d'une maturité émotionnelle de bambin. Retardée. Lucy est désespérément attardée. Elle n'a aucune idée de la magie, si je puis dire, installée dans sa chambre, une magie indécelable qui couvre chaque angle, chaque recoin.

De ses doigts en « V », elle désigne ses yeux et s'amuse :

— Selon vous, comment je m'occupe lorsqu'elle n'est pas dans les parages ? Je regarde, je ne cesse de regarder. À la manière du panneau d'affichage dans *Gatsby le Magnifique*. Les yeux du Dr T.J. Eckleburg, derrière les verres de ses lunettes. Il contemple la vallée des Cendres, le désert moral de la société américaine soumise à son gouvernement aveugle, cupide et menteur.

Je jette un regard furtif à Harold et Rusty. On dirait deux chasseurs de fantômes, tout droit sortis du film, dans leurs combinaisons intégrales en Tyvek blanc à heaume, avec leurs mains gantées de nitrile bleu et leurs masques plaqués sur le nez et la bouche. Ils discutent avec Marino de l'opportunité de placer un sac sur la tête de la victime et de la meilleure façon de la glisser dans la housse à cadavre. Peut-être trouverons-nous des indices révélateurs dans ses cheveux. De plus, la matière cérébrale suinte par la fracture ouverte de son crâne. Certaines de ses dents risquent de tomber. D'ailleurs l'une s'est cassée, une incisive que j'ai retrouvée dans le sang qui macule le sol.

— On veut rien perdre. Va savoir ce qui est collé dans le sang, notamment dans ses cheveux.

La voix de Marino se mêle au monologue de Carrie qui coule dans mon oreille.

Le grand flic déplie une civière en aluminium dont les pieds claquent. Carrie lit son script :

— Il était une fois, une chambre de dortoir petite mais rangée avec soin. Seule une lampe de bureau à col de cygne l'éclairait avec parcimonie. La chaise, la penderie, la commode et le lit, de piètre qualité, avaient été fabriqués en aggloméré plaqué imitation bois.

Carrie va et vient comme si elle guidait la visite et je ne lève même pas les yeux de mon téléphone lorsque je lance à Marino, Rusty et Harold qu'ils doivent protéger la tête, les mains et les pieds de Chanel Gilbert dans des sacs. Ensuite, ils envelopperont son corps de draps jetables. Je suis presque certaine d'avoir collecté tous les indices qui pourraient ne pas survivre au transport jusqu'au Centre de sciences légales de Cambridge, mais autant se montrer la plus méticuleuse possible. Rien ne doit être oublié, ni perdu. Pas un cheveu. Pas une dent.

Je précise :

— Vous pourrez ensuite la glisser dans la housse et la transporter à l'extérieur.

Pendant ce temps, la voix de Carrie poursuit son soliloque :

— Sur un réfrigérateur, taille minibar, se trouvaient une cafetière Mr Coffee, un pot de dosettes de lait en poudre sans marque distincte, un sachet de café

Starbucks – mélange maison –, trois tasses à l'effigie du FBI et une chope de bière en céramique ornée des armoiries du département de police de Richmond. Ébréchée, la chope. (Elle désigne le petit éclat.) Ajoutons-y un couteau suisse, et six boîtes de cartouches 9 mm Speer Gold Dot, utilisées avec le MP5K que Lucy a volé à Benton Wesley et qu'elle a dissimulé dans sa chambre. Celle où nous nous trouvons.

Sa façon de prononcer le nom de Benton m'alerte. Néanmoins je ne puis arrêter l'enregistrement, ni le repasser. Dans l'éventualité où j'étais bien la destinataire de cette vidéo, pourquoi préciser le nom de famille de Benton ? Ou alors, Carrie pensait-elle que la personne qui devait écouter ne le connaissait pas ? Je ne comprends rien à ce qui se passe, et je ne crois pas une seconde que Lucy ait volé une arme, ou quoi que ce soit d'autre, à mon mari.

Carrie ment au sujet du MP5K. Dans la foulée, elle est en train de laisser une trace qui suggère que Benton et ma nièce ont violé le National Firearms Act, un crime qui pourrait se solder par une sérieuse peine de prison. Certes, nous devons avoir atteint la prescription pour ce genre de délit. Cependant, tout dépend. Tout dépend toujours de tout. Cette affirmation pourrait avoir des conséquences fâcheuses. J'entends un froissement de papier à moins de trois mètres de moi.

Harold déplie ce qui ressemble à un sac en gros papier kraft d'épicerie dépourvu d'anses. Fort heureusement, il se ravise. La tête de Chanel Gilbert n'est plus qu'un sanglant magma. Des sacs en plastique sont bien plus adaptés à cette situation, pour peu que le corps soit très vite réfrigéré, ainsi que je le précise sans lever les yeux.

L'humidité et le plastique font très mauvais ménage, surtout lorsque les processus de décomposition sont avancés. Je souligne :

— L'essentiel est qu'elle soit immédiatement placée en chambre froide dès que vous arriverez dans le bâtiment.

— Alors ça, c'est certain, chef.

Harold a travaillé pour une entreprise de pompes funèbres dans une vie antérieure, et je finis par me demander s'il ne dort pas avec son costume et sa cravate, ses chaussettes sombres et ses chaussures habillées. Dans son esprit, il enfile chaque jour des vêtements de protection personnels. Tant qu'à faire, autant être tiré à quatre épingles sous sa combinaison de Tyvek. La lumière joue sur ses lunettes à monture noire, dont les verres agrandissent ses yeux au point de lui donner une vague ressemblance avec un hibou. Il remarque :

— J'ai l'impression qu'il y a un truc dans ses cheveux. On dirait du verre.

Son comparse, Rusty, lui aussi égal à lui-même jour après jour, évoque un Beach Boy sur le retour. Aujourd'hui, il a revêtu un pantalon large serré par un cordon à la taille et un sweat-shirt à capuche. Ses longs cheveux grisonnants sont retenus en queue-de-cheval.

— Ben, ouais. Y a du verre partout.

— Je prends juste des précautions. Ça ne m'avait pas l'air d'être le verre fin d'une ampoule lumineuse.

Je l'ai entraperçu du coin de l'œil, mais je ne le retrouve plus.

Carrie pénètre dans la petite salle de bains miteuse dont elle allume le plafonnier. Je dis à mes deux collaborateurs :

— Surtout, enveloppez le corps avec soin. Assurez-vous de ne rien semer en route.

Harold inspecte de ses doigts gantés la masse de cheveux sanglants et emmêlés puis commente :

— C'est dingue, je le vois plus ! Y avait pourtant quelque chose qui ressemblait à un éclat de verre, et ça a disparu.

— Ne vous inquiétez pas, Harold, je jetterai un coup d'œil une fois de retour au Centre. Personnellement, je n'ai rien remarqué de tel dans sa chevelure.

Harold lève les yeux vers le lustre pendu au plafond, vers les deux douilles dépourvues d'ampoules, et insiste :

— Mais vous ne pensez pas qu'il devrait y en avoir, Doc ?

Il jette ensuite un regard circulaire aux éclats de verre qui jonchent le sol puis mime la scène qu'il imagine. Au même moment, Carrie passe à l'acte suivant de son petit drame personnel. Harold endosse le rôle de quelqu'un qui s'apprête à changer des ampoules et qui soudain bascule vers l'arrière et tombe de l'escabeau. Pendant ce temps, Carrie se contemple dans le miroir scellé au-dessus du lavabo et destine un grand sourire à son reflet. Elle passe les doigts dans ses très courts cheveux d'or blanc. La voix de Harold me parvient :

— Admettons qu'elle ait eu les ampoules et la vasque du lustre entre les mains. Ils ont donc percuté le sol en même temps qu'elle. Une véritable marée de verre cassé. En d'autres termes, elle devrait être couverte d'éclats, non ?

Je me contente de répéter mes instructions :

— Prenez soin du corps. Puis poussez la civière le plus vite possible en chambre froide, je m'occuperai d'elle ensuite.

Je ne peux pas marquer une pause et la vidéo continue. On dirait que Carrie est parvenue à pirater mon téléphone au pire moment, alors que je suis censée examiner une scène suspecte qui mériterait mon entière attention.

6

La seule façon dont je pourrais interrompre le défilement de cet enregistrement serait d'éteindre mon téléphone. Je ne m'y résoudrai pas. Pourtant, j'ai conscience que cette histoire pourrait me revenir de plein fouet, à la manière d'un boomerang. Que se passerait-il si un membre des forces de l'ordre se plaignait que je suis restée scotchée avec mon téléphone à la main, que peut-être je visionnais un film, ou envoyais des textos, ou que sais-je ? L'accusation me porterait un grave préjudice.

Carrie fait un grand geste de la main comme si elle lançait *La Roue de la Fortune* pendant que Rusty déplie des sacs en plastique et entreprend de couvrir les pieds nus de Chanel Gilbert.

Elle jette un regard à son script puis se tourne vers une des caméras cachées, répétant ce manège plusieurs fois.

— Une salle de bains privée, fermée d'une porte, faisait suite à la chambre de Lucy. Notons que les nouveaux agents à l'entraînement ne bénéficiaient pas d'un luxe similaire. Tous devaient partager leur chambre avec un camarade. Ils devaient également faire toilettes, salle d'eau, douche – situées au bout du couloir – communes. Mais notre jeune et précoce

Lucy ne socialisait pas avec les autres filles, en dessous d'elle, bien que certaines fussent plus âgées et parfois docteurs en sciences ou en droit. L'une d'entre elles était pasteur ordonnée de l'église presbytérienne. Une autre, ancienne reine de beauté. Un groupe d'excellente éducation, inhabituel, dépourvu de bon sens, d'expérience concrète des dangers d'une jungle urbaine, et alors que vous regardez ceci…

La phrase est coupée, de façon brutale et maladroite, et il ne fait plus aucun doute que cet enregistrement a été monté *a posteriori*. Il reprend :

— Je me demande combien d'entre eux sont morts. Lucy et moi avions l'habitude de formuler des prédictions. Vous comprenez, elle collectait des renseignements sur chaque résident de son étage. Pourtant, elle ne s'adressait jamais à eux, ni ne les appelait par leur prénom. De fait, elle ne discutait jamais avec les autres et cette réserve était interprétée comme de l'arrogance et une certitude que tout lui était dû. À juste titre. Lucy était pourrie gâtée. On doit cet exploit à sa tata Kay.

Carrie parle de toi comme si elle s'adressait à quelqu'un d'autre. Pourtant, elle a désigné son destinataire du titre de chef, *ainsi que l'on t'appelle.*

Elle tourne une autre page du script.

— Alors qu'elle n'était qu'une civile, adolescente, certes très douée mais surtout disposant d'un sérieux piston, Lucy profita d'un statut spécial à l'académie du FBI, comparable à celui dont jouissent les témoins protégés, un chef de police en visite, le directeur d'une agence fédérale, un secrétaire général, bref, en d'autres termes, le statut d'une personnalité très importante.

Lucy ne le dut qu'à ses relations, pas à ses accomplissements. Sa tata Kay avait exigé que sa précieuse nièce bénéficie d'une chambre privée, équipée d'une salle de bains, avec une jolie vue durant son internat. Elle devait profiter d'une supervision constante jusqu'à son vingt et unième anniversaire et tel fut le cas, du moins de façon officielle. Ces exigences étaient mentionnées en toutes lettres dans son dossier, un petit dossier, toujours aussi minable alors que j'enregistre cette vidéo. Certes, au fil du temps, il y avait toute chance que ledit dossier s'épaississe à mesure que le gouvernement fédéral ôterait ses œillères et comprendrait qu'il fallait neutraliser Lucy Farinelli.

Où est ce dossier ? La question flotte dans mon esprit. *Benton devrait savoir.*

L'air sombre, Carrie va, vient et monologue. Elle prend la pose à la manière d'un présentateur d'émission consacrée aux affaires criminelles réelles et poursuit :

— Pourtant, en ce lumineux après-midi de juillet 1997, ni le personnel ni le corps enseignant de l'académie n'avait idée que le chaperon de la jeune Lucy, votre servante, découchait souvent – direction la chambre de la précieuse nièce – et n'avait rien de l'inoffensive recrue géniale et excentrique qu'ils croyaient. Le chaperon en question avait passé haut la main les inspections les plus méticuleuses, les entretiens, et même le détecteur de mensonge avant d'être recrutée pour remanier le système informatique et de gestion de cas du FBI. Même les profileurs spécialisés en psychologie de l'unité des sciences du comportement, et j'inclus leur chef légendaire, passèrent en quelque sorte à côté du fait que *je suis une psycho-pathe*. Comme mon père et mon grand-père avant moi.

Elle a prononcé ce *chef légendaire* d'une façon étrange. Ses yeux cobalt fixent la caméra. Elle poursuit :

— En réalité, je suis un spécimen rare. Moins d'un pour cent de la population féminine révèle une psychopathie. Et bien sûr, vous connaissez maintenant la finalité de ce comportement ou de ce trouble de la personnalité, en termes d'évolution, n'est-ce pas ? Nous sommes les élus, ceux qui survivront.

« Souvenez-vous de cela lorsque vous vous rassurerez en songeant que j'ai disparu. Oh, oups ! Il me faut abandonner la lecture de ma merveilleuse petite histoire pour le moment. Nous avons de la compagnie. »

Le long murmure d'une fermeture Éclair en plastique. Je lève les yeux au moment où Marino, accroupi, se redresse. Le corps est maintenant enveloppé de son cocon noir, allongé sur le sol. Marino, Rusty, et Harold tirent leurs gants souillés et les jettent dans le sac rouge réservé aux déchets biologiques.

Ils en enfilent des paires propres. Lorsqu'ils soulèvent le corps, je constate qu'il est redevenu flasque. La *rigor mortis*, totalement installée, a disparu, rendant au corps sa flexibilité. Ce processus prend au minimum huit heures, bien qu'il dépende d'autres facteurs tels que la température ambiante, très chaude aujourd'hui, les vêtements de la victime et sa corpulence. Chanel Gilbert est nue, mince et possède une excellente musculature.

Elle doit mesurer environ 1,70 mètre et peser 60 kilos au plus. Selon moi, elle était en excellente forme et sans doute sportive. J'ai remarqué les marques de bronzage laissées par un maillot de bain, mais également sa peau plus pâle depuis la taille jusqu'aux pieds, suggérant que son ventre, ses hanches et ses jambes aient été moins exposés. C'est en général ce que l'on constate chez les plongeurs qui portent une combinaison. Lorsque Benton et moi nous reposons entre deux plongées, nous ôtons nos chaussettes spéciales et repoussons sur nos hanches le haut de nos combinaisons en nouant les bras de Néoprène autour de nos tailles.

La stupéfaction me gagne alors que je réalise peu à peu à quel point Chanel Gilbert et Carrie Grethen se ressemblent physiquement. Troublée, je demande à Marino :

— Sait-on si la victime était une adepte du sport ? Ses épaules et ses bras sont bien développés et ses jambes musclées. D'ailleurs, sommes-nous certains de son identité ? Quelqu'un s'est-il entretenu avec les voisins ?

Il fronce les sourcils et me jette le regard du monsieur à qui on vient d'affirmer que la Terre est plate avant de rétorquer :

— Hein ? Qu'est-ce qui vous trotte dans la tête ?

— On ne peut plus l'identifier au seul examen visuel et nous devons rester prudents.

— Parce qu'elle est en train de se décomposer, gonflée de partout et que son visage est défoncé ?

— Nous devrions nous assurer de son identité. Ne partons pas du principe qu'il s'agit nécessairement de la femme qui vivait dans cette maison.

Je n'ai nulle intention de mentionner que la femme morte pourrait passer pour la jumelle de Carrie Grethen.

Je repense au visage de Carrie, que j'ai aperçu lorsqu'elle a tiré sur moi au fusil de chasse sous-marine en Floride, et je compare mes souvenirs avec la photographie du permis de conduire de Chanel. Les deux femmes se ressemblent d'inquiétante manière. Néanmoins, si j'osais un commentaire dans ce sens, à tous les coups on penserait que je suis irrationnelle et frôle l'obsession. Marino exigerait de savoir pourquoi cette pensée m'a traversé l'esprit à cet instant précis, et je ne peux lui avouer que je détaille les allées et venues de la tueuse sur l'écran de mon téléphone. Il ne doit pas le savoir. Personne ne doit être au courant. Je ne sais pas au juste quelles seraient les implications légales de cette vidéo, mais suppute qu'elle s'apparente à un piège.

Harold est accroupi à côté de sa mallette de scène de crime, qu'il range, et lance :

— Doc, qu'est-ce qui peut vous faire croire que ce serait pas la dame qui occupe la maison ?

Je réponds par une autre question :

— Existe-t-il des détails suggérant qu'elle pratiquait la plongée sous-marine ?

À cet instant, Lucy apparaît dans le champ, désinvolte et inconsciente de ce qui se trame. Marino observe :

— J'ai vu aucun équipement de ce genre nulle part. Mais j'ai remarqué quelques photos sous-marines dans une des pièces, au bout du couloir. J'irai refaire un petit tour quand on l'aura installée dans le fourgon.

Je regarde Lucy alors qu'elle réinvestit cet espace privé que Carrie a envahi et violé. Je m'efforce de me concentrer sur ici et maintenant, une tâche ardue, en rappelant à Marino :

— Je vais avoir besoin d'un échantillon de l'ADN de Chanel Gilbert, peut-être à partir d'une brosse à dents, ou à cheveux, pour le comparer à celui de la défunte. De surcroît, vérifiez qui est son dentiste et demandez-lui le dossier de sa patiente. Nous ne communiquerons son identité à personne, pas même à sa mère, tant que nous aurons une incertitude à ce sujet.

— Ouais, mais là je pense qu'on va avoir un petit problème, répond Marino, alors que mon attention est revenue vers l'écran. Quelqu'un a prévenu la mère, vous vous souvenez ? Au moment où nous parlons, elle se trouve déjà à bord d'un avion en partance de Los Angeles, vous vous souvenez ? Du coup, si vous avez une raison de soupçonner que c'est pas sa fille... On sera pas dans la merde quand maman va arriver !

— Avez-vous la moindre idée de qui a pu la prévenir ?

— Non.

— Je vous répète que ça ne vient pas de mes services, Marino. J'ai ordonné à Bryce de ne lâcher aucune information sans mon autorisation.

— N'empêche, quelqu'un s'en est chargé.

Rusty intervient et son argument se tient :

— Peut-être la femme de ménage, après avoir découvert le corps ? Peut-être qu'elle a appelé la mère ? Ce serait pas si étonnant que ça, non ?

Le grand flic lui répond :

— Ouais, peut-être bien. Laissez-moi deviner : maman a sans doute payé pour tout, et ça inclut le personnel de maison. Il n'en demeure pas moins qu'on doit trouver qui l'a contactée pour lui balancer la sale nouvelle.

Je jette un bref regard à Marino, à ses yeux injectés de sang, puis me concentre à nouveau sur mon téléphone. Lucy porte encore sa tenue de sport. Ses cheveux d'or rose sont aussi courts que ceux d'un garçon.

On pourrait lui donner dix-neuf ans, pourtant, elle en avait trois de plus lorsque cette vidéo a été tournée. La contempler m'emplit d'une sensation indescriptible. Une sorte de nausée se mélange à ma colère. Pourtant, je m'admoneste : je ne dois rien ressentir. Je jette à peine un coup d'œil à Rusty et à Harold alors qu'ils poussent la civière vers la porte principale. Je range ma mallette de scène de crime, sans lâcher du regard la vidéo qui défile sur mon téléphone. Aux aguets, je me concentre sur les sons qui proviennent de l'écouteur.

Le multitasking. *Tu ne devrais pas.*

Marino entreprend sa tournée avant départ. Il passe en revue toutes les portes et les fenêtres, s'assurant que la maison sera bouclée lorsque nous la quitterons. Je n'ai pas terminé. Néanmoins, je ne m'attarderai pas. Je reviendrai dès que je serais assurée que Lucy est en sécurité, dès qu'elle m'aura convaincue qu'elle n'est pas l'expéditrice de cet enregistrement.

7

Je connais ma nièce. Je sens lorsqu'elle se rassure, une fois parvenue à la certitude que ce qu'elle dit ou fait ne sortira pas du cadre privé.

Ce jour-là, elle a cru que sa conversation avec Carrie resterait intime. Elle se trompait. Je ne parviens même pas à imaginer comment elle réagirait si elle apprenait que, d'une certaine façon, je me suis trouvée dans cette chambre avec elle. Je suis témoin de chacune de ses expressions et paroles. Je me sens indiscrète et déloyale. J'ai presque le sentiment que je trahis la chair de ma chair.

Les yeux de Carrie balayent la pièce, caressent les caméras dont Lucy ignore la présence. Elle demande :

— L'entraînement s'est bien passé ? Pas trop d'affluence ?

— Tu aurais dû profiter des haltères tant que c'était possible.

— Comme je te l'ai dit, je devais m'occuper d'un certain nombre de choses, dont une surprise.

Carrie porte toujours les mêmes vêtements blancs, mais je ne vois plus la mitraillette. Il n'y a pas de fenêtre indiquant l'heure de l'enregistrement, seulement une précision de sa durée : presque vingt minutes maintenant. Je suis Carrie du regard alors qu'elle ouvre la porte du petit réfrigérateur.

Elle en extrait deux bouteilles vertes de St Pauli Girls, fait sauter leurs capsules et en tend une à ma nièce en précisant :

— Je t'ai acheté un petit cadeau.

Lucy détaille la bière, mais ne la goûte pas.

— Non, merci.

Carrie passe les doigts dans ses cheveux peroxydés, coupés en brosse. Elle insiste :

— Enfin, on peut bien boire un verre ensemble, non ?

— Tu n'aurais jamais dû rapporter de l'alcool ici. D'ailleurs, je ne t'ai rien demandé.

Carrie ramasse le couteau suisse posé en haut du réfrigérateur. Le manche épais et rouge niché au creux de sa paume, elle soulève de l'ongle du pouce une des lames. L'acier inoxydable étincelle. Elle ironise :

— Mais tu n'as rien besoin de me demander, je suis très attentionnée.

Lucy se déshabille. Elle ne garde que son soutien-gorge, son slip de sport et ses chaussettes. La peau rose d'effort, elle luit de sueur. Elle balance ses vêtements dans un panier de bambou que je lui ai offert, récupère une serviette de toilette et entreprend de se sécher tout en commentant :

— Si on me pince avec de l'alcool dans ma chambre, je serai dans la merde.

Carrie étudie la lame brillante, aiguisée et fine du couteau. D'un ton lourd d'implications, selon moi calculé, elle observe :

— Tu devrais surtout espérer qu'ils ne trouvent pas l'arme que tu caches ici. Le genre illégal.

— Non, elle n'est pas illégale.

— Ça ne durera peut-être pas.

— Qu'as-tu fait ? Je suis certaine que tu manigances quelque chose.

— Eh bien, ça pourrait devenir un foutu crime si elle avait été volée. Bon, d'un autre côté, qu'est-ce qui est légal ? Nous nageons au milieu de règles arbitraires inventées par des mortels faillibles. Benton est plus ou moins ton oncle. Peut-être que ça n'est pas du vol lorsqu'on subtilise quelque chose appartenant à son oncle.

Lucy se dirige vers la penderie, ouvre le battant et l'explore.

— Où est-elle ? Bordel, qu'est-ce que tu as fait avec ?

— N'aurais-tu rien appris depuis que nous sommes ensemble ? Tu ne peux pas t'interposer lorsque je décide quelque chose, et je n'ai pas besoin de ta permission.

Carrie fixe une des caméras et sourit.

Lucy s'est assise sur un coin de son bureau. Ses jambes hâlées, musclées battent la mesure. La contrariété monte en elle.

La lumière qui filtre par les interstices des stores rabattus a varié. Quelques secondes plus tôt, Lucy portait encore ses chaussettes. Elle est maintenant pieds nus. La vidéo a été coupée, avec talent, et je me demande ce qui a été supprimé, rabouté pour servir la propagande de Carrie et ses manipulations.

Lucy reprend :

— Tu te débrouilles toujours pour obtenir ce que tu veux. Tu parviens à me faire accomplir des choses dommageables, mauvaises pour moi.

Carrie se rapproche d'elle, ébouriffe ses cheveux et ma nièce recule la tête.

— Ne me repousse pas. Non, je ne te contrains à rien.

Elle se tient à quelques centimètres de Lucy, presque nez à nez. Elle la fixe et répète :

— Ne me repousse pas.

Elle l'embrasse et Lucy ne réagit pas. Elle est assise droite, raide, telle une statue. Carrie murmure, d'un ton qui indique jusqu'où elle est capable d'aller :

— Tu sais ce qui arrive lorsque tu te conduis de la sorte. Rien de bon. De plus, il faut vraiment que tu cesses d'accuser la Terre entière pour ton comportement.

D'un mouvement, ma nièce se redresse :

— Où est cette foutue mitraillette ? Tu aimerais bien que je me retrouve dans les emmerdes jusqu'au cou, n'est-ce pas ? Tu serais capable de m'accuser du vol de cette arme afin que je plonge. Pourquoi ? Parce que si jamais tu parviens à me discréditer aux yeux de tout le monde, plus personne ne croira ce que je dis ou réalise. Je n'obtiendrai rien de ce que j'ai mérité, gagné. Plus jamais. Et ce serait terrible.

Les yeux de Carrie ont pris une intense nuance bleu argenté.

— Terrible, comment ça ? Explique-moi.

— Tu es une malade. Va te faire foutre.

Carrie avale une gorgée de la bière allemande et précise :

— Ne t'inquiète pas. Je cacherai les pièces à conviction. J'embarquerai les bouteilles vides et m'en débarrasserai. Allons, on ne te traînera pas jusqu'au bureau du proviseur.

— Je me fous de la bière ! Où est l'arme ? Elle ne t'appartient pas.

— Oh, tu sais bien ce que l'on dit au sujet de la loi. Les neuf dixièmes sont aménageables. Ce MP5K va tirer comme un petit cœur.

— As-tu conscience de ce qui pourrait survenir ? Bien sûr, suis-je bête. C'est d'ailleurs toute la question, n'est-ce pas ? Jour après jour, tu conçois des moyens de pression, tu déterres ou inventes les saloperies qui peuvent te procurer un avantage. Ton mode opératoire depuis le début. Donne-moi cette arme. Où est-elle ?

Carrie lâche alors d'une voix à la fois mielleuse et condescendante :

— Le moment venu. J'ai promis qu'elle referait surface lorsque tu t'y attendrais le moins. Et si je te faisais un petit massage ? Laisse-moi imprimer mes doigts dans ta chair. Je connais le moyen de guérir ce qui t'afflige.

Lucy récupère la bouteille de St Pauli posée sur le bureau et déclare :

— Je ne boirai pas ce truc.

Pieds nus, elle file dans la salle de bains, ignorant qu'une caméra cachée saisit le moindre de ses gestes. Je la vois vider le contenu de la bouteille dans le lavabo. J'entends le faible grésillement des bulles lorsque le liquide disparaît dans le siphon. Et lorsqu'elle lève les yeux vers le miroir, son beau visage trahit un mélange de tristesse, de souffrance et de colère. Surtout de tristesse et de peine. Lucy était amoureuse de Carrie, son premier amour. D'une certaine façon, ce fut également le dernier.

Ma nièce ouvre le robinet en grand pour éliminer les dernières traces de la bière et élève la voix :

— Je n'ai aucune confiance en toi, en ce que tu fais, ni en ce que tu m'offres.

Elle s'examine à nouveau dans le miroir. Elle semble si jeune, presque enfantine, et son regard se liquéfie de larmes. Elle tente de rester brave, de contrôler les émotions versatiles qui se télescopent en elle. Elle s'asperge d'eau puis s'essuie avec une serviette. Elle revient vers la chambre. Je comprends alors que Carrie doit avoir installé des caméras en réseau avec capteurs de mouvement. Elles se neutralisent l'une après l'autre lorsque le sujet change de pièce. Si Lucy m'apparaissait alors qu'elle se trouvait dans la salle de bains, je ne pouvais plus voir Carrie, ce qui maintenant est le cas. Je les vois toutes les deux.

Carrie caresse le goulot de sa bouteille de St Pauli du bout de la langue, traçant le contour de son bord biseauté. Elle se plaint :

— Des phrases superflues, qui trahissent ton ingratitude.

Elle fixe l'une des caméras et lèche avec lenteur sa lèvre inférieure. Ses yeux changeants m'évoquent une mer d'huile, bleu de Prusse.

Lucy reprend :

— Pars, je t'en prie. Je n'ai pas envie de me battre. Il faut mettre un terme à tout ça sans foutue déclaration de guerre.

Carrie se penche pour ôter ses chaussures de course et ses chaussettes. Ses chevilles sont d'une pâleur presque maladive, zébrées de veines proéminentes d'un bleu soutenu. Sa peau diaphane ressemble à de l'opaline.

— Tu peux me passer le flacon de lotion, s'il te plaît ?

— Non, tu ne prends pas de douche ici. Tu t'en vas. Je dois me préparer pour le dîner.

— Un dîner auquel je ne suis pas invitée.

— Tu sais pourquoi.

Lucy récupère une trousse de toilette en tissu camouflage posée en haut du placard. Elle fourrage à l'intérieur et en extrait un flacon en plastique sans étiquette qu'elle lance à Carrie. Celle-ci le récupère au vol comme si elle voulait marquer un essai. Lucy traverse la chambre pour s'asseoir à nouveau sur son bureau et précise :

— Garde-le. Je ne m'en servirai pas, c'est exclu. Les effets indésirables à long terme des peptides de cuivre et d'autres métaux et minéraux en application cutanée sont inconnus. En d'autres termes, personne n'a fait de foutues études à ce sujet. Tu peux vérifier. En revanche, il est avéré qu'un excès de cuivre devient toxique. Tu pourras aussi vérifier ce point en faisant ta foutue biblio.

— Oh, on dirait ton agaçante tante.

À nouveau, je suis déroutée. Elle mentionne mon nom d'une façon qui laisse supposer que je ne suis pas la destinataire de son envoi.

— Faux. Tante Kay ne sort pas des « bordel », « foutu » et autres en salve aussi souvent que moi. Et bien que j'aie beaucoup apprécié que tu fabriques ta connerie de crème de jour productrice de collagène à mon seul bénéfice...

— Une crème de jour ? Mais tu rêves ? Il s'agit d'une préparation qui amplifie la régénération cutanée, déclare-t-elle d'un ton condescendant. Le cuivre est essentiel à une bonne santé.

L'arrogance de Carrie se boursoufle tel un dragon de Komodo.

— De plus, il favorise la production des globules rouges et c'est la dernière chose dont tu aies besoin, poursuit Lucy.

— Touchant ! Quel soin tu prends de moi.

— Erreur, à cet instant précis je n'ai rien à foutre de toi. Mais pourquoi te tartines-tu du cuivre partout ? As-tu demandé à un médecin si quelqu'un présentant ta pathologie devait appliquer localement une lotion de cette composition ? Tu continues à utiliser ces merdes et tu finiras par avoir une bouillie de sang dans les veines. Tu risques de t'écrouler à la suite d'un AVC.

— Mon Dieu, décidément, tu lui ressembles comme deux gouttes d'eau. Petite Kay junior. Hello, Kay junior !

— Laisse ma tante en dehors de ça.

— En réalité, il est impossible de la laisser en dehors de quoi que ce soit, Lucy. À ton avis, si vous n'aviez pas de liens de sang, pourriez-vous être amantes ? Je comprendrais très bien. Elle me séduirait assez. Oui, tout à fait. Je tenterais le coup. Elle ne pourrait plus se passer de moi. Je te l'assure.

Carrie continue de caresser le goulot de la bouteille de bière de sa langue, puis introduit celle-ci dans l'ouverture. Lucy siffle :

— Ferme ta gueule, bordel !

— Je me contente de dire la vérité. Avec moi, elle pourrait se sentir si *vivante*.

— Ferme-la !

Carrie pose la bouteille de bière et dévisse le flacon de lotion. Elle hume son parfum et mime une pâmoison.

— Ohhh, quel booonheuuur. Tu es sûre ? Même pas un soupçon dans ces endroits difficiles à atteindre ?

Lucy passe un peu de baume sur ses lèvres et déclare :

— Tu veux savoir un truc ? Je suis vraiment désolée de t'avoir rencontrée.

— Et tout cela parce que Miss reine de beauté courait le long de Yellow Brick Road en même temps que nous. Une coïncidence. Et tu sors l'artillerie lourde.

— Ouais, c'est ça, juste une simple coïncidence !

— Je le jure, Lucy.

— Des conneries !

— Je peux jurer sur la Bible que je n'ai pas prévenu Erin que nous commencerions notre parcours à 15 heures. Et voilà. (Carrie claque des doigts pour insister.) Elle débarque, de façon fortuite.

— Et donc elle courait, en solitaire, et nous apparaissons, et bien sûr elle se joint à nous. Elle s'applique à m'ignorer, au point qu'on pourrait penser que je suis devenue invisible. Fascinée par toi. D'accord, quelle coïncidence !

— Ce n'était pas ma faute.

— Un peu comme le fait qu'elle surgisse partout où vous vous êtes envoyées en l'air, Carrie.

— Nous devrions discuter d'un gros risque de santé.

— Toi, par exemple ?

— La jalousie. C'est toxique.

— Et le mensonge, une de tes grandes spécialités ? Tu mens en permanence.

La lotion translucide et visqueuse que Carrie fait couler dans sa paume ressemble à du sperme. Elle propose :

— Il faut que tu t'en mettes chaque fois que tu sors, même lorsque le temps est très couvert, en plein hiver. Et puis tu dis « bordel » bien trop souvent. La vulgarité est inversement proportionnelle à l'intelligence et aux aptitudes linguistiques. Les jurons à profusion sont le plus souvent associés à un QI faible, un vocabulaire limité et une hostilité incontrôlable.

J'ai presque le sentiment que Lucy tremble de rage et de peine lorsqu'elle hausse le ton :

— Tu m'écoutes, à la fin ? Parce que je ne plaisante pas.

— Je pourrais te masser le dos. Je t'assure que tu te sentirais mieux.

Lucy fond en larmes.

— J'en ai ras le bol de tes mensonges ! Ras le bol de ces tricheries, du fait que tu tires la couverture à toi en t'arrogeant mes mérites ! Ras le bol de toutes ces merdes que tu produis ! Tu n'as pas la moindre idée de ce que signifie aimer quelqu'un. Tu en es incapable !

Carrie demeure impavide quoi qu'il s'échange. Son regard passe d'une caméra cachée à une autre et elle m'évoque un serpent très dangereux, évaluant les vibrations de l'air de sa langue fourchue.

— Tu es une salope de tricheuse ! hurle ma nièce.

Carrie lève la main, une grosse noisette de lotion au creux de la paume, et lui destine un large sourire avant de souligner :

— Un jour, je te rappellerai ces paroles. Il se peut que tu regrettes de les avoir prononcées.

Lucy lui lance un regard noir, veines du cou saillantes.

— Oh, mon Dieu, j'ai peur !

Carrie se passe le liquide visqueux sur le visage, le cou, avec lenteur, d'une façon presque obscène. Elle adresse un petit bruit de langue à Lucy, comme à un chien, et balance le flacon sous son nez à la manière d'un os. Elle frotte ses deux paumes l'une contre l'autre.

— Viens que je te masse comme tu aimes. Je me réchauffe les mains pour faire pénétrer ma potion magique au travers de ta peau. Il s'agit d'une sorte de développement improvisé issu des nanotechnologies.

— Ne m'approche pas !

Lucy essuie ses larmes d'un revers de main rageur. Soudain, la vidéo s'interrompt.

Je tente de la relancer, sans succès. Je ne peux plus la visionner. Je ne peux rien faire.

8

Les icônes restent inertes. Lorsque je clique sur le lien inclus dans le texto, rien ne se passe.

Et puis, comme par enchantement, le lien disparaît. On pourrait, à tort, croire que j'ai supprimé sa trace de mes messages. L'enregistrement s'est volatilisé devant mes yeux à la manière d'un rêve sinistre, d'un fantasme. Je jette un regard circulaire au vestibule, au sang d'un marron presque noir, aux éclats de verre, à cette surface sanglante du sol où gisait le corps. Je considère l'escabeau toujours en place.

Avec quatre marches recouvertes de caoutchouc antidérapant, il est fabriqué en fibre de verre et équipé d'une petite plate-forme supérieure d'entreposage. Sa vue me harcèle et me déroute, à l'instar de tant d'autres détails relevés ici. L'escabeau est positionné juste en dessous du lustre qui, à un moment quelconque, est tombé sur le sol de marbre. Si Chanel a véritablement perdu l'équilibre, il aurait été logique que l'escabeau glisse, peut-être même se renverse et choie au sol avec elle. J'inspecte les marques en fougères abandonnées par ses cheveux sanglants au pourtour de la nappe de sang craquelé, où son torse reposait. Il semble qu'elle ait bougé la tête après sa chute.

Ou alors quelqu'un l'a déplacée.

Nous n'avons pas trouvé d'empreintes de main ou de pied, rien qui puisse suggérer la présence d'une autre personne, pas même celle de la femme de ménage qui a découvert le corps. Je me souviens que la plante des pieds de Chanel était propre. Elle n'a plus bougé après être tombée. Elle n'a pas piétiné dans son propre sang, pas plus que quelqu'un d'autre. Je scrute avec une intensité renouvelée cette scène qui me déroute de plus en plus, attendant le retour de Marino afin que nous partions rejoindre Lucy. Je ne serais pas surprise d'entendre la petite alerte sonore de mon smartphone m'annonçant l'arrivée d'un autre lien menant à une vidéo. Surtout, j'espère plus que tout que Lucy appelle. Je lui envoie un texto en continuant de détailler le vestibule, les zones de marbre indemnes. Je m'assure qu'on n'a pas tenté d'altérer les lieux, de les mettre en scène, par exemple en lavant le sol.

Nous n'avons pas encore vérifié la présence de sang latent, de traces résiduelles qui persisteraient si l'on avait nettoyé l'endroit. Nous ne pourrions alors le détecter sans assistance chimique. Je ne suis pas sûre que la police s'en serait préoccupée, puisqu'ils sont certains d'une cause accidentelle. Je m'accroupis à côté de ma mallette de scène de crime et l'ouvre à nouveau.

Je déniche un flacon de réactif et le secoue. J'entreprends de vaporiser certaines zones du sol qui paraissent propres. Une forme rectangulaire et des traînées émergent aussitôt en bleu fluorescent à quelques centimètres du pourtour de la nappe de sang hydrolysé. Bref, de l'endroit où l'on a retrouvé le corps. La forme a été laissée par un objet manufacturé, peut-être un seau. Les zones d'un bleu intense prennent des allures surnaturelles par contraste avec le marbre blanc.

Nul besoin d'être plongé dans l'obscurité grâce à cette substance chimique particulière. La lumière solaire qui pénètre par l'imposte et l'éclairage de la pièce n'interfèrent pas avec la luminescence bleu saphir. Je la vois distinctement, en plus des gouttes allongées, dont certaines aussi modestes qu'une tête d'épingle, très évocatrices d'une éclaboussure d'impact selon un angle aigu. Vélocité moyenne. Ce que j'associe à des coups.

J'examine de près l'espèce de nuée bleue à l'endroit où sa tête a reposé. Peut-être du sang expiré. Me revient en mémoire l'incisive cassée que j'ai retrouvée peu après mon arrivée. La cavité buccale de Chanel devait saigner. Alors qu'elle gisait au sol, inconsciente, à l'agonie, elle a exhalé un mélange de gaz carbonique et de sang. À l'évidence, quelqu'un a nettoyé cette zone du sol, dans l'espoir d'éliminer ce qui ne concordait pas avec la théorie d'un accident domestique fatal.

Du moins est-ce le scénario qui s'impose à mon esprit. Cependant, il me faut rester très professionnelle et prudente. D'autres explications pourraient émerger, tel un faux positif, c'est-à-dire une réaction du réactif avec d'autres substances que le sang. De plus, il se pourrait que ces traces aient été là depuis un moment. En d'autres termes, ma découverte pourrait n'avoir aucun lien avec la mort de Chanel Gilbert. Néanmoins, je n'y crois pas un instant.

Je réalise alors un test rapide, de présomption, en humidifiant un écouvillon avec de l'eau distillée afin d'en frotter un petit coin de la forme rectangulaire qui s'est allumée en bleu fluorescent. Je fais ensuite goutter une solution de phénolphtaléine et d'eau oxygénée sur le coton qui vire instantanément au rose : du sang. Je prends quelques photographies. Un double décimètre en plastique me sert d'étalon. Je lance :

— Marino ?

La maison est maintenant vide à l'exclusion de nous deux. Hyde, le policier de Cambridge aux cheveux gris, et celui de l'État du Massachusetts sont partis en expédition jusqu'au Dunkin' Donuts ou ailleurs, pour ce que j'en sais. Des sons proviennent de la cuisine. Une porte se ferme, un écho sourd et distant, peut-être plus bas. Étrange. J'avais le sentiment qu'ils étaient tous partis, hormis Marino et moi. Peut-être me suis-je trompée ? Je tends l'oreille et perçois une sorte de mouvement en provenance de la cuisine.

J'appelle d'une voix forte :

— Marino ? C'est vous ?

— Nan, c'est la fée Clochette !

Je l'entends sans le voir. D'autres sons me parviennent, cette fois de l'entrée, de l'autre côté de l'escalier.

M'adressant à l'air saturé d'une odeur nauséabonde, à l'écho de pas lourds et lents, je demande :

— Êtes-vous certain que nous sommes seuls ici ?

— Pourquoi ?

— J'ai eu l'impression d'entendre une porte qui se refermait. Et puis un son sourd, quelque chose qui serait tombé, en provenance du sous-sol.

Pas de réponse.

Je réalise encore quelques écouvillons des taches fluorescentes, toutes positives pour le sang.

— Marino ? Marino ?

Le silence.

— Marino ? Hello !

Je l'appelle à plusieurs reprises, criant presque, mais il ne répond pas. J'envoie un autre texto à ma nièce. Je compose ensuite son numéro ICE, et atterris sur la boîte vocale. Je tente ma chance avec le numéro du portable qui me permet le plus souvent de la contacter. Elle ne répond pas non plus. Enfin, je fais un dernier numéro, celui de son domicile, liste rouge. Une voix électronique m'avertit :

Le numéro que vous avez composé n'est plus en service...

À nouveau, le son lointain, étouffé, d'une porte qui se ferme. Pas une porte classique, un battant beaucoup plus lourd.

Une porte de chambre forte.

Je m'époumone :

— Il y a quelqu'un ? Hello !

Seul le silence accueille mes appels.

— Marino ?

Debout, immobile, je jette un regard autour de moi, aux aguets. La maison est silencieuse, hormis l'incessant bourdonnement des mouches. Elles rampent sur le sang, l'arpentent avec paresse, minuscules avions d'observation à la recherche de plaies putréfiées. Le vrombissement prédateur paraît presque furieux, comme si on les avait privées d'une carcasse, une source de nourriture qui leur appartenait, de façon légitime. Leur vacarme croît en ampleur, du moins en ai-je l'impression, alors même que bon nombre d'entre elles ont disparu. Au demeurant, la puanteur semble s'être épaissie depuis le départ du cadavre. Impossible.

Tous mes sens sont en alerte. La même sensation m'envahit, telle une brume nocive. Je sens une présence. Je perçois quelque chose de néfaste, glaçant, tapi dans cette maison. Me reviennent les paroles de Marino. Chanel Gilbert donnait dans les *merdes occultes*, et sur le moment je n'ai pas compris ce qu'il voulait dire. Peut-être frayait-elle avec le côté obscur, si tant est qu'il existe. Et puis, peut-être est-il logique que je me sente victime d'espionnage puisque je viens d'être témoin de celui de ma nièce.

— Marino ? Marino, vous êtes dans les parages ? Hello ?

J'imagine la porte qui mène au sous-sol. Je n'y suis pas encore descendue.

Je n'ai pas eu l'opportunité de fouiller la maison. Cependant, je suis presque certaine que cette porte est proche de la cuisine. C'est par là que je suis entrée tout à l'heure, par le même chemin que la femme de ménage un peu plus tôt. Je me souviens d'avoir remarqué une porte close située à l'opposé de l'office. J'ai alors songé qu'elle pouvait mener vers une buanderie située au sous-sol, un cellier, une cave, voire une cuisine réservée jadis aux domestiques.

Je scrute le silence, lasse de cette attente. Alors que je me décide à partir à la recherche de Marino, j'entends à nouveau l'écho d'un pas lourd. Je demeure où je me trouve, l'oreille tendue. Soudain, il apparaît à hauteur de l'escalier.

— Merci, mon Dieu !

Il avance dans le vestibule et son regard tombe sur les formes luminescentes bleues qui s'étalent au sol. Il grommelle :

— C'est quoi, ce bordel ?

— Il se peut qu'on ait altéré la scène.

— Ouais, y a un truc. Je sais pas trop quoi, mais y a un truc. Bonne idée de vaporiser pour s'assurer qu'on passe pas à côté de quelque chose.

— J'en venais à penser que vous aviez disparu.

Marino détaille la luminescence bleue sous différents angles. Il explique :

— J'ai fait un tour au sous-sol. Aucun signe, de personne. En revanche, la porte à double battant qui mène à l'extérieur… elle était déverrouillée, et je suis certain de l'avoir refermée tout à l'heure, après mon inspection.

— Peut-être un flic l'a-t-il rouverte ?

Ses pouces épais composent un message sur son téléphone. Il reprend :

— Peut-être. Allez, laissez-moi deviner qui. Vous voyez les cas avec qui je dois bosser ! Ce serait d'une stupidité crasse. Sans doute Vogel. Je lui demande. Attendons ses explications.

— Qui ça ?

— Le flic du Massachusetts. Vous savez, Mary Typhoïde. Il n'avait pas les neurones dans les bonnes cases. Comme vous dites, il a sans doute chopé la coqueluche. Il devrait être chez lui et y rester.

— À ce sujet, pourquoi la police d'État a-t-elle été appelée ?

— Sans doute qu'ils n'avaient rien de mieux à faire. En plus, c'est un bon pote de Hyde, qui l'a sans doute rencardé sur la mère. Vous savez comment deviennent les gens dès qu'Hollywood est concerné. Tout le monde veut grimper à bord du train de la célébrité. Encore heureux que j'ai vérifié la porte du sous-sol. Si jamais quelqu'un pénétrait ici parce que nous avons laissé une porte ouverte, à votre avis qui paierait ? (Il vérifie son téléphone.) Ah, tiens, Vogel vient de répondre. Il affirme catégoriquement que la porte était fermée. Il a poussé le verrou de l'intérieur. Il en est certain. Ben, mon gars, c'est pas le cas ! annonce Marino en tapant une réponse.

— Allons-y, Marino.

Ma mallette de scène de crime à la main, je dépasse l'escalier et débouche dans une sorte de petit couloir aux murs lambrissés de bois sombre. Je me dirige vers la cuisine et jette par-dessus mon épaule :

— Nous reviendrons dès que nous aurons discuté avec Lucy. Nous passerons la maison au peigne fin. Quant au reste, je m'en occuperai au Centre. Nous ne laisserons rien au hasard.

— Elle a rien répondu ?

— Non.

— J'pourrais envoyer…

Il ne termine pas sa phrase. Cela ne sert à rien. Marino, plus que tout autre, sait qu'on n'envoie pas la police pour s'assurer du *bien-être* de quelqu'un, fût-ce ma nièce. Si elle est chez elle en parfaite forme, elle n'ouvrira pas la grille. Si la police pénètre sans son autorisation, ils déclencheront une kyrielle d'alarmes.

De plus, elle possède un véritable arsenal. Nous sommes parvenus dans la cuisine et Marino affirme :

— J'suis certain que ça baigne pour elle.

L'endroit a dû être redécoré au cours des vingt dernières années, les boiseries changées pour du pin à nœuds irréguliers, plus clair que le plancher à larges lattes. Je remarque les appareils électroménagers blancs, minimalistes, les lampes en acier inoxydable qui pendent du plafond, et la table en bois de style shaker sur laquelle trônent une unique assiette, un verre à vin et des couverts. La personne installée à cette place, devant une fenêtre, pouvait contempler le flanc de la maison.

Je me rapproche de la table et à nouveau une étrange impression m'envahit. Je prends une paire de gants neufs dans une poche, les enfile et soulève l'assiette. Son motif assez chargé représente le roi Arthur sur un destrier blanc, drapé de carmin, entouré des chevaliers de la Table ronde qui chevauchent à sa suite. Un château se détache en arrière-plan. Je retourne l'assiette et découvre la marque du faïencier : *Wedgwood Bone China, Made in England*. Je parcours la cuisine du regard et découvre une suspension murale à assiette, orpheline, d'un côté de la porte qui mène vers l'extérieur. Je repose l'assiette sur la table.

— Étrange, du Wedgwood, en d'autres termes des faïences de collection. Regardez le porte-assiette, on dirait qu'on a tiré ce plat de là.

J'ouvre différents placards, inventorie du regard les étagères sur lesquelles s'empilent des assiettes en grès, banales, peu délicates, adaptées au lave-vaisselle et au four à micro-ondes, sans découvrir aucune pièce de Wedgwood ou apparenté. Je reprends :

— Pourquoi prélever une assiette décorative suspendue au mur pour dresser la table ?

— Pas la moindre idée.

Il se dirige vers l'évier sous lequel est ouvert un placard. Juste à côté, une poubelle en inox est posée sur le dallage blanc et noir. Il appuie du pied sur la pédale et le couvercle se soulève. Il jette un regard à l'intérieur et une colère teintée d'étonnement se peint sur son visage. Il grommelle dans son souffle :

— C'est quoi, ce bordel ?

— Quoi encore ?

— Ce crétin de Hyde. Il a dû embarquer la poubelle en partant. Le sac entier, sans même le fouiller. Mais qu'est-ce qui déconne chez ce type ? Enfin quoi, on fourgue pas de pleins sacs-poubelle aux labos, et la dernière fois que j'ai vérifié, Hyde n'avait certainement pas le titre d'enquêteur. Sans blague, vous voyez ce que je dois me coltiner ?

Marino extrait son téléphone et j'ouvre la porte qui conduit vers l'extérieur, celle qui m'a livré passage ce matin à 8 h 33. Je relève chaque fois l'heure exacte de mon arrivée sur une scène.

Marino brandit son téléphone de sorte que je puisse voir le nom de l'officier Hyde affiché à l'écran. Son écouteur palpite contre son oreille, éclats de lumière bleue. Il débite d'un ton fort, hargneux et accusateur :

— Merde, qu'est-ce que t'as fait ? Hein, c'est quoi ça comme explication : c'est pas toi et tu comprends pas ? Quoi ? Tu ne sais pas où est le sac-poubelle, et en tout cas tu l'as pas confié au labo ? Quelqu'un s'est tiré avec les déchets et t'en as pas la moindre idée ? Tu sais ce qu'on aurait pu trouver dans ces foutues ordures ? Ben, commence à ruminer là-dessus, trou-duc. On dirait bien qu'elle a mis la table pour elle seule, ce qui signifie qu'elle devait se trouver dans la cuisine peu avant de mourir et que quelque chose est survenu puisqu'elle n'a pas eu le temps de dîner. (Le visage de Marino a viré au rouge brique.) T'ajoutes que la Doc a trouvé des indices qui tendraient à prouver que quelqu'un a nettoyé du sang dans le vestibule, peut-être même mis en scène la morte. En d'autres termes, si on résume, tu rappliques ici, et plus vite que ça, et tu sécurises les lieux façon scène de crime. J'en ai rien à foutre de ce que penseront les voisins si on protège l'endroit avec un grand ruban jaune et même avec un gros nœud. Bouge tes fesses !

J'essaye d'intervenir alors qu'il saute à la carotide de Hyde par téléphones interposés :

— Demandez-lui s'il se souvient du contenu de la poubelle de cuisine.

Marino met un terme à la conversation et me renseigne :

— Il en sait rien. Il affirme qu'il n'a pas touché à la poubelle. Il n'a pas pris le sac et n'a aucune idée de ce qu'il pouvait contenir. Du moins, à ce qu'il raconte.

— En tout cas, quelqu'un s'en est chargé.

— Il m'a promis qu'il trouverait qui. Soit Vogel, soit Lapin. Bordel, j'peux pas y croire !

Vogel étant le policier du Massachusetts, Lapin doit être le flic à cheveux gris du département de police de Cambridge que j'ai vu jouant du carnet de contraventions dans le coin, celui qui a assisté à un séminaire et se pique maintenant d'être un expert en matière de traces de sang.

— Il serait souhaitable de vérifier avec ce Lapin. Est-ce lui qui a pris le sac-poubelle ? Voilà qui est très perturbant.

— Ça m'étonnerait beaucoup.

Cependant, Marino l'appelle. Il lui pose quelques questions, me regarde et secoue la tête en signe de dénégation tout en tirant une paire de lunettes de soleil d'une des poches de son bermuda. Des Ray-Ban vintage avec monture métallique, de vraies lunettes de pilote que je lui ai offertes pour son anniversaire le mois dernier. Il les chausse et son regard disparaît derrière les verres teintés. Il met un terme à la communication et annonce en se dirigeant vers la porte qui mène à l'extérieur :

— Non. Il a même ajouté qu'il ignorait si un de ses collègues s'était occupé de cette poubelle, mais, en tout cas, pas lui. D'ailleurs, il ne l'avait même pas remarquée. En résumé, il l'a pas embarquée. Quoi qu'il en soit, comme vous dites, quelqu'un s'en est chargé, parce que c'était pas dans cet état à mon arrivée.

La chaleur étouffante de ce matin d'été nous environne dès que nous sortons. Un vent léger et surchauffé chahute la cime des vieux arbres du jardin situé contre le flanc de la maison. Une seule autre possibilité me traverse l'esprit :

— Peut-être la femme de ménage, avant de partir ? Quelqu'un l'a-t-il vue sortir ? A-t-on remarqué si elle avait un sac-poubelle à la main ?

— Bonne question.

Nous descendons les trois marches de bois qui rejoignent l'allée de vieilles briques.

Deux gros conteneurs à ordures sont poussés contre le mur de la maison. Marino soulève leurs épais couvercles en plastique vert sombre et annonce :

— Vides !

— Le ramassage des ordures est hebdomadaire, probablement les mercredis dans cette partie de Cambridge. Nous sommes vendredi. Cela signifie-t-il que Chanel Gilbert n'aurait rien vidé dans ces bennes depuis plusieurs jours ? Un peu étrange, non ? Avez-vous remarqué des détails qui indiqueraient qu'elle était en déplacement, venait juste de rentrer ?

Marino s'essuie les mains sur son bermuda et me détrompe :

— Pas jusque-là. D'un autre côté, ça expliquerait certains trucs. De retour chez elle, elle remarque qu'une ou deux ampoules ont grillé et décide de les changer.

— On pourrait imaginer un autre scénario. En effet, si l'on prend en considération les autres indices, l'histoire dévie.

Je lui rappelle ce que j'ai découvert après avoir vaporisé du réactif dans le vestibule et poursuis :

— Assurons-nous d'abord que Lucy va bien, puis nous reviendrons et terminerons nos investigations. Si Hyde et les autres viennent sécuriser le périmètre, j'apprécierais que vous leur suggériez qu'une fouille de la maison ne s'impose pas avant notre retour.

— Quelle chance que vous soyez là pour m'expliquer comment faire mon boulot !

— J'ai envoyé un message à mes bureaux. Ils vont réaliser un CT-scan dès maintenant, dans l'espoir d'en tirer des informations utiles.

La Land Rover rouge au nom de Chanel Gilbert est garée dans l'allée de briques, juste devant le fourgon. Un sac bourré de bouteilles de verre, vides, identiques et sans étiquette est jeté sur la banquette arrière. Le tableau de bord du SUV est poussiéreux, et sa carrosserie constellée de pollen et de débris d'arbre. Des feuilles et des aiguilles de pin forment un véritable tapis du capot jusqu'au pare-brise. Dans le coin, les véhicules sont rarement nets et propres. Lorsque les gens possèdent un garage, ils l'utilisent en resserre.

— On dirait que ça fait un moment qu'il n'a pas bougé. Cela étant, ça ne signifie pas grand-chose.

Au moment où je prononce ces mots, j'entends un grondement lointain qui se rapproche rapidement. Le regard posé sur ma jambe droite, Marino semble distrait.

— Ouais. J'sais pas si vous vous en apercevez, mais vous marchez beaucoup moins bien qu'avant. Merde, je vous ai jamais vue traîner autant la patte depuis des semaines.

— Merci pour les encouragements.

— C'était juste histoire de dire.

— Vraiment, merci de le souligner avec votre diplomatie habituelle.

— Vous foutez pas en boule contre moi, Doc.

— Quelle raison aurais-je pour cela ?

La silhouette noire et trapue d'un hélicoptère bimoteur se profile, à environ 1 500 pieds au-dessus de nous et à plusieurs kilomètres à l'ouest. Il vole le long de la Charles River. Il ne s'agit pas de l'Agusta de ma nièce, bleu Ferrari et argent. Je repêche mes clés dans mon sac en bandoulière et m'efforce de marcher de façon régulière, sans raideur ni boiterie, les commentaires de Marino m'ayant piquée au vif et un peu vexée. Il me destine un regard sceptique et propose :

— Je peux conduire.

— Certainement pas.

— Vous avez trop piétiné aujourd'hui. Faudrait vous reposer.

— Hors de question.

9

Vingt kilomètres après la sortie nord-ouest de Cambridge, la route se fait plus étroite et livre à peine passage à ma grosse fourgonnette trapue.

Manufacturée à partir d'un châssis Chevrolet G 4500, elle est blanche, aux vitres teintées. Il s'agit ni plus ni moins d'une imposante ambulance, aux portes ornées du caducée et des plateaux de la Justice peints en bleu. Elle n'est pas équipée de gyrophares, ni de sirènes ni d'aucun système de sonorisation. Mon travail ne consiste pas à m'occuper des urgences médicales. Il est en général déjà trop tard lorsque l'on sollicite mes services. Aussi la conduite nerveuse et risquée de certains ambulanciers ne s'impose-t-elle pas dans mon cas. Encore moins ici, dans le fier berceau très comme il faut de la nation, dont *le tir fut entendu à l'autre bout du monde* durant la guerre d'Indépendance.

Concord, Massachusetts, est réputé pour avoir hébergé des personnalités telles que Hawthorne, Thoreau et Emerson, pour ses pistes équestres, ses sentiers de randonnée et bien sûr pour Walden Pond, un vaste étang, très profond. Les gens du coin sont peu liants, souvent assez snobs, et les coups de klaxon hargneux, les pleins phares, les gyrophares bleu et rouge ne sont certes pas les bienvenus, pas plus que les dépassements de la vitesse autorisée ni les feux de circulation grillés à l'orange. De surcroît, ces écarts ne font pas partie des procédures opérationnelles normalisées d'un médecin légiste.

Pourtant, si le véhicule possédait une sirène, elle hurlerait. Je me débrouillerais pour faire comprendre aux autres conducteurs qu'ils ont intérêt à me céder le passage. Quelle poisse que ce fourgon ! J'aurais largement préféré conduire quelque chose de moins voyant. Même un des petits utilitaires du CFC ou un SUV. Les passants suivent du regard la *faucheuse-mobile*, selon l'appellation de Marino. Le véhicule passe à peu près aussi inaperçu dans ce coin du monde, encore protégé de la violence et du crime, qu'une soucoupe volante. C'est ici qu'habite ma nièce, dans une propriété à couper le souffle. Je ne dis pas qu'on ne meurt pas dans les parages. Les gens sont victimes d'accidents, de crises cardiaques et même se suicident comme partout ailleurs. Cela étant, ce type de décès requiert rarement une unité mobile de scène de crime, qui n'aurait aucune raison de se trouver là si je ne venais pas directement de la maison de Chanel Gilbert.

Il eût été plus raisonnable de changer de moyen de locomotion, mais je n'avais pas le temps. Je ne pouvais m'offrir le luxe d'une douche ou de changer de vêtements. Ma préoccupation est en train de virer à la peur viscérale, et me fait passer à la vitesse supérieure. Je me sens déterminée, d'une fermeté sans faille teintée d'un certain stoïcisme. Je me sens capable d'aller jusqu'au bout du monde si ma nièce est en danger. Je n'ai cessé d'essayer de la joindre, en vain. J'ai même tenté d'appeler sa compagne, Janet, sans plus de succès. Quant à la ligne de leur résidence, elle semble perturbée.

Marino entrouvre sa fenêtre et l'air chaud et humide s'engouffre par l'interstice.

— Bon, ça m'ennuie de vous dire ça, mais je peux la sentir.

Concentrée sur ma conduite, je demande :

— Sentir quoi ?

Il s'évente de la main et précise :

— La puanteur que vous avez récupérée dans cette baraque pour la traîner dans l'habitacle.

— Je ne sens rien.

— Vous savez ce qu'on dit : *un renard ne sent pas les siens.*

Marino déploie un talent particulier pour massacrer les expressions et proverbes et pense qu'un idiotisme est une forme d'imbécillité.

— On dit : *un renard flaire d'abord son propre terrier.*

Marino descend complètement sa vitre. L'air pénètre, murmure apaisant puisque nous roulons sans hâte. J'entends l'hélicoptère. En fait, le lointain vrombissement des pales de son rotor nous a escortés depuis que nous avons quitté Cambridge. Je suis à un cheveu de penser qu'on nous file, peut-être une équipe de télévision. Il se peut que les médias aient découvert qui était la mère de la femme décédée, si tant est qu'il s'agisse bien de Chanel Gilbert.

— Marino, pouvez-vous voir s'il s'agit de l'hélicoptère d'une chaîne de télé ? Ça ne m'étonnerait pas, mais cet appareil semble plus gros que ceux qu'ils utilisent d'habitude.

Il tend le cou et scrute le ciel. La sueur brille sur son crâne rasé. Il détaille le paysage, les grands arbres, une haie en besoin de taille, une boîte aux lettres cabossée.

— J'peux pas dire. J'le vois pas.

Une buse à queue rousse flotte en cercle dans le ciel. J'ai toujours pensé que les oiseaux de proie étaient des signes fastes, des messagers de bonnes nouvelles. Leur contemplation me rappelle chaque fois que je dois rester au-dessus de la mêlée, ne jamais abandonner ma vigilance et suivre mes intuitions. La douleur me poignarde la cuisse. Quelle que soit la façon dont je retourne les événements, je ne parviens pas à déterminer où j'ai commis une erreur, ce que je n'ai pas remarqué, ce que j'aurais pu tenter d'autre. Un oiseau de proie traqué avec autant d'aisance qu'une colombe. Une cible facile.

Marino lâche :

— Le truc, c'est que ça lui ressemble pas. À vous non plus, Doc. Je crois que c'est important de le souligner.

Je me rends compte à cet instant que je n'ai pas entendu ce qui précédait, et demande :

— Désolée, de quoi parlons-nous ?

— Lucy et sa prétendue urgence. J'arrête pas de penser que vous avez peut-être mal saisi ses propos. C'est pas du tout elle. Ça me déplaît vachement qu'on ait quitté une scène alors que le décès pourrait ne pas être accidentel.

Je lui jette un regard et m'étonne :

— Ça ne ressemble pas à Lucy d'avoir une urgence ? Tout le monde peut se retrouver dans ce cas.

— Je comprends rien à ce qui se passe, et pourtant je vous assure que j'essaye. Elle vous a appelée depuis sa ligne d'urgence, et quoi ? Qu'est-ce qu'elle racontait au juste ? Rapplique aussi vite que possible, tante Kay, ou un truc de ce genre ? Parce que, et au risque de me répéter, ce n'est pas dans ses habitudes.

Je ne lui ai rien révélé au sujet du message. Au demeurant, celui-ci ne précisait rien. Il s'agissait seulement d'un lien vers une vidéo. Toute trace a maintenant disparu de mon téléphone et Marino n'a pas la moindre idée de ce qui se trame. Il tend vers moi une de ses grosses pattes et demande :

— Donnez-le-moi, que je lise ce qu'elle raconte.

— Pas pendant que je suis au volant.

Je m'enfonce de plus en plus dans les mensonges, une sensation très désagréable.

Je déteste la position dans laquelle on m'a fourrée, mais ne parviens pas à m'en extraire. Cependant, ma priorité est de protéger les gens que j'aime. Du moins est-ce mon intention. Toutefois, Marino ne lâchera pas le morceau :

— Qu'est-ce qu'elle raconte au juste ? Répétez-moi mot pour mot ce qu'elle a écrit.

Je soupèse mes phrases avec précaution :

— J'ai senti qu'il y avait un problème. Depuis, elle ne répond sur aucune de ses lignes, pas plus que Janet, comme je vous l'ai expliqué.

Non sans raison, il s'obstine :

— Encore une fois, ça ne lui ressemble pas du tout. Lucy ne laisse jamais transparaître qu'elle a un problème ou qu'elle a besoin de l'aide de quiconque. Peut-être que quelqu'un lui a piqué son téléphone ?

Peut-être qu'elle n'a jamais envoyé le message ? Après tout, on pourrait être piégés, foncer chez elle et se retrouver pris en embuscade.

— Piégés par qui ?

Je m'efforce de conserver un débit plat.

Je parais calme, maîtrisée. Ma voix ne me trahit pas.

— Sans blague, vous n'auriez pas une petite idée ? C'est typiquement le genre de choses que Carrie Grethen inventerait pour nous attirer là où elle nous veut. Si jamais j'aperçois sa silhouette, je l'abats sans sommation. Pas d'hésitation, pas de questions.

Il ne s'agit pas d'une menace en l'air. Le grand flic est très sérieux.

Le ronflement du moteur diesel me paraît beaucoup plus bruyant qu'à l'habitude alors que je réplique :

— Je n'ai rien entendu. Vous n'avez rien dit et vous ne récidivez pas.

J'ai conscience du bizarroïde de la situation. Je n'ai aucune raison de me trouver sur cette route, et encore moins d'être au volant d'un fourgon de scène de crime appartenant au CFC. Je m'imagine la réaction des gens en le voyant passer, sans savoir pourquoi, dans le voisinage de ma nièce…

Pourquoi ne répond-elle pas à mes appels ? Que s'est-il passé ?

Je refuse d'y penser. Je ne le supporte pas. Pourtant, les images de cette vidéo m'assaillent, une vidéo que je n'aurais jamais dû regarder. Dans le même temps, je me demande ce que j'ai véritablement vu. Combien d'extraits Carrie a-t-elle sortis de leur contexte ? Pourquoi pensait-elle, déjà à l'époque, que je serais sa future spectatrice ? D'ailleurs, est-ce le cas ?

Comment Carrie aurait-elle pu prévoir, presque vingt ans à l'avance, ce qu'elle ferait aujourd'hui ? Une invraisemblance, selon moi. Ou alors, peut-être refusé-je de croire qu'elle est capable de mener à bien des stratagèmes planifiés il y a des lustres. Ce serait terrifiant, or elle l'est déjà assez. Je fouille tous les détails de ce qui s'est produit aujourd'hui. J'examine ma matinée à la manière d'une scène de crime, seconde après seconde. Je creuse, retourne et reconstruis le temps, les mains plaquées sur le volant.

Le lien vidéo a atterri sur mon téléphone à 9 h 33, il y a un peu plus d'une heure. J'ai reconnu la tonalité d'alerte de la ligne ICE de ma nièce. Elle évoque le *do* dièse d'une guitare électrique. J'ai aussitôt retiré mes gants souillés et me suis écartée du corps. J'ai visionné l'intégralité de l'enregistrement, maintenant volatilisé. Irrécupérable. Voilà ce qui s'est produit. Voilà ce que j'aimerais partager avec Marino. Mais je ne le peux, et ça ne fait qu'aggraver nos relations actuelles.

Il ne m'accorde plus toute sa confiance. Je l'ai senti depuis cette attaque en Floride, attaque qui aurait pu virer à la catastrophe.

Accusez la victime.

À cela près que je suis la victime, cette fois-ci. Cependant, dans son esprit, je dois être quelque part responsable, un peu comme si je n'étais plus moi-même. Du moins à ses yeux. Il me traite d'une façon différente. Il s'agit d'une sensation difficile à définir, aussi subtile qu'une ombre apparue, et dont on se souvient qu'elle ne s'allongeait pas là avant. Je le sens chaque fois qu'il est dans les parages, comme les nuances changeantes de bleu et de gris d'une mer agitée. Il occulte mon soleil. Sa seule présence fait basculer la réalité.

Le doute.

Oui, on pourrait sans doute le résumer ainsi. Le grand flic doute de moi. Il ne m'a pas toujours appréciée. Pire, au début de ma prise de fonctions en Virginie, il se peut même qu'il m'ait détestée. Ensuite, durant de longues années, il m'a aimée de façon beaucoup trop intense. Néanmoins, quels qu'aient pu être ses sentiments à mon égard, il n'a jamais mis en doute mon jugement. Certes, il ne manque pas de me critiquer et de rabâcher ses doléances à mon sujet, mais se montrer irrationnelle, non fiable, d'humeur changeante n'a jamais fait partie de la liste des défauts qu'il m'attribue. Ses réserves sur mes compétences professionnelles sont nouvelles et me déplaisent. Elles me heurtent, non sans violence.

Marino poursuit alors que je me concentre sur ma conduite :

— Plus j'y pense, plus je suis d'accord avec vous, Doc. Elle était pas morte depuis assez longtemps pour être dans un tel état. J'ai pas la moindre idée de la façon dont on va expliquer ça à sa mère. Sans oublier les traces de sang essuyé sur le sol. Ça commence comme une histoire archi-simple, mais maintenant se posent des questions, des questions sérieuses. Et on n'a pas de réponse. Et pourquoi ? D'abord, parce qu'on est à Concord et plus à Cambridge pour tenter d'y voir clair. Comment je fais pour expliquer à Amanda Gilbert que vous avez reçu un appel personnel et que vous avez tourné les talons alors que le corps de sa fille gisait au sol ?

— Je n'ai pas abandonné son corps par terre.

— Une image.

— Eh bien, de façon objective, son corps a été transporté sans anicroche jusqu'à mes bureaux et je n'ai pas tourné les talons. Aucune image ne se justifie ici. Nous avons laissé la scène en l'état et reviendrons très vite. De surcroît, vous n'avez rien à expliquer et je n'ai pas l'intention de discuter des détails avec Amanda Gilbert pour l'instant. Enfin et surtout, il nous faut d'abord confirmer l'identité de la morte.

Il n'en a pas fini :

— Partons du principe qu'il s'agit bien de Chanel Gilbert, ça semble tout de même logique. Sa mère va nous submerger de demandes.

— Ma réponse sera simple. Je lui dirai que nous devons connaître l'identité de la défunte avec certitude. Il nous faut d'autres détails et des témoignages fiables. Nous avons besoin de réunir des faits incontestables qui nous indiquent quand sa fille a été vue en vie pour la dernière fois, quand elle a envoyé son dernier e-mail, ou passé son dernier coup de téléphone. Il nous manque une pièce cruciale du puzzle. Si nous obtenons ces indications, je parviendrai à déterminer avec plus de précision l'heure de la mort. La femme de ménage est également importante. Elle peut être source d'informations.

Je m'entends prononcer les mots « fiables », « faits », « incontestables ». Je suis sur la défensive en réaction à ce que je perçois du grand flic. Je sens ses doutes. Je les sens aussi massifs qu'une épée de Damoclès suspendue au-dessus de ma tête.

Il rétorque :

— J'ai pas une confiance aveugle en cette femme de ménage. Et si elle était impliquée, si elle avait éteint l'air conditionné ?

— Lui a-t-on posé la question ?

— Hyde a affirmé qu'il faisait déjà aussi chaud lorsqu'il est arrivé sur les lieux. Elle ne semblait pas avoir la moindre idée de la raison pour laquelle la température avait augmenté à ce point.

— Il faut l'interroger. Vous avez son nom ?

— Elsa Mulligan, trente ans, originaire du New Jersey. À ce qu'elle raconte, elle a déménagé à Cambridge quand Chanel Gilbert lui a offert ce boulot.

— Pourquoi le New Jersey ?

— C'est là où elles se seraient rencontrées.

— Quand ?

— Ça a de l'importance ?

— Marino, nous nageons dans le brouillard et tout a de l'intérêt.

— J'ai eu le sentiment qu'Elsa Mulligan ne travaillait pas pour Chanel depuis très longtemps. Peut-être deux ans. J'suis pas trop sûr. C'est à peu près tout ce que je sais puisqu'elle était déjà partie à mon arrivée. Je ne fais que répéter les dires de Hyde. Elle lui a raconté que lorsqu'elle était entrée par la porte de la cuisine, cette odeur répugnante l'avait assaillie, une puanteur de charogne. C'est clair que quelqu'un était mort. Il faisait une chaleur à crever dans la maison et elle a suivi l'odeur jusque dans le vestibule.

116

— Hyde a-t-il eu l'impression qu'elle était sincère ? Que vous souffle votre instinct ?

Il réfléchit :

— Je suis plus sûr de rien ni de personne. D'habitude, on peut au moins compter sur le cadavre pour nous indiquer la vérité. Les morts ne mentent pas. Seuls les vivants se complaisent là-dedans. Mais le corps de Chanel Gilbert nous raconte que dalle parce que la chaleur ambiante a accéléré le processus de décomposition, et ça nous a induits en erreur. Je me demande si une femme de ménage pourrait connaître un truc de ce genre.

— Si elle regarde les séries ou les émissions consacrées aux sciences légales, c'est possible.

— Ouais, sans doute. Et j'ai pas confiance en elle. En plus, j'ai un feeling de plus en plus mauvais à propos de cette affaire, et je regrette vraiment qu'on se soit tirés comme ça.

— Nous ne nous sommes pas « tirés », et vous allez devenir un problème si vous continuez à répéter cela.

Il me jette un regard sans aménité.

— Vraiment ? Rappelez-moi la dernière fois où vous avez fait ce genre de trucs ?

La réponse est : jamais. Je ne prends jamais d'appels personnels au beau milieu d'une scène de crime et n'interromprais pour rien au monde ma tâche. Cependant, la situation était différente. Il s'agissait de la sonnerie d'alarme correspondant à la ligne d'urgence de Lucy. Ma nièce ne surréagit jamais, ni ne crie au loup. Je devais vérifier, au cas où quelque chose de terrible serait arrivé.

Je continue avec mes questions :

— Qu'en est-il du système d'alarme, puisque la femme de ménage l'a sans doute désactivé en entrant ce matin ? Sommes-nous sûrs qu'il était vraiment branché lorsqu'elle a déverrouillé la porte ?

— Il a été éteint à 7 h 44, heure de son arrivée, selon ses dires recueillis pas Hyde. Ses mots furent : huit heures moins le quart. Le journal de la compagnie de surveillance confirme ce point.

Marino ôte ses lunettes de soleil et les nettoie à l'aide d'un pan de sa chemise.

— Et la nuit dernière ?

— Il a été activé, désactivé, puis réarmé à de multiples reprises, dont la dernière fois à 22 heures, dans ces eaux-là. Ensuite, aucun des contacts d'ouverture n'a été signalé. En d'autres termes, il ne semble pas que quelqu'un ait branché l'alarme puis quitté la maison. Au contraire, à première vue, la personne qui a réactivé le système se trouvait à l'intérieur et n'en a plus bougé. Peut-être Chanel était-elle encore en vie à ce moment.

— Si c'est bien elle qui a armé le système d'alarme. Possédait-elle son propre code, qu'elle seule utilisait ?

— Non. Y en a qu'un que tout le monde partage. La femme de ménage et Chanel utilisent le même code à la noix. Un-deux-trois-quatre. Je n'ai pas l'impression que Chanel se soit montrée très sensible aux problèmes de sécurité.

— Avec son passé à Hollywood ? Voilà qui me surprend. J'ai du mal à imaginer une telle confiance de sa part. De plus, le fameux un-deux-trois-quatre est en général un code par défaut lorsque le système est installé. L'idée, c'est que les propriétaires trouveront ensuite quelque chose d'un peu plus ardu à deviner.

— Ben, à l'évidence, elle s'en fichait.

— Nous devons découvrir si elle vivait dans cette maison depuis longtemps, si elle séjournait de manière régulière à Cambridge. Je n'ai pas eu l'occasion d'explorer beaucoup les lieux, mais la maison n'a pas véritablement l'air occupée.

Alors que j'explique mon sentiment, je dois me faire violence pour ne pas lui révéler la vérité, la raison qui justifie que nous nous précipitions chez ma nièce.

J'aimerais tant lui montrer la vidéo, mais je ne peux pas. D'ailleurs, même si j'en avais la possibilité technique, je ne m'y résoudrais pas. Pour des raisons légales. Je suis dans l'incapacité de prouver qui l'a envoyée et pourquoi. Cette vidéo pourrait n'être qu'un piège, une ruse, peut-être même concoctée par notre propre gouvernement. Lucy admet sur l'enregistrement être en possession d'une arme illégale, une mitraillette automatique, que Carrie l'accuse d'avoir volée à mon époux Benton, un agent du FBI. Tout délit impliquant une arme de classe III est générateur de sérieux ennuis, le type d'ennuis dont Lucy n'a pas besoin. Surtout en ce moment.

La police et les fédéraux l'ont à l'œil depuis quelques mois. J'ignore s'il s'agit d'une surveillance rapprochée. En raison de leur relation passée, le degré d'implication de ma nièce avec Carrie les préoccupe. D'ailleurs, Carrie est-elle encore en vie ? C'est la question la plus scandaleuse que j'ai entendue cet été. Après tout, peut-être Carrie est-elle morte ? Peut-être tout cela a-t-il été monté par ma nièce, ce qui me ramène à Marino. Si seulement je pouvais lui montrer cet enregistrement.

Je continue de débattre avec moi-même tout en songeant que même si la chose était possible et prudente, elle ne servirait à rien. Je prévois les réactions du grand flic. Il serait convaincu que quelqu'un – sans doute Carrie – me harcèle. Il déclarerait alors qu'elle sait comment me faire réagir, comment m'éperonner, et que je suis en train de faire la chose la plus idiote qui soit. Je n'aurais pas dû bouger, pas dû réagir. Je lui ai permis d'obtenir de moi ce qu'elle souhaitait et, à l'évidence, elle a d'autres vilains tours en réserve.

Que la partie commence, tel serait le commentaire de Marino. Néanmoins, que trouverait-il à rétorquer s'il constatait la date de l'enregistrement ?

Le 11 juillet 1997. Jour de son anniversaire, dix-sept ans plus tôt.

10

Je ne m'en souviens pas. Toutefois, les anniversaires sont très importants pour nous et j'ai dû lui préparer un bon dîner, un de ses plats préférés, ce qu'il avait envie de déguster.

En cette époque lointaine où Lucy était stagiaire à l'académie du FBI, dans sa chambre, en train de rompre avec Carrie. Si, du moins, la date portée par l'enregistrement vidéo est exacte. Elles avaient sué sang et eau sur le parcours d'obstacles du FBI, le fameux Yellow Brick Road. Puis ma nièce était allée s'entraîner au gymnase. Je n'ai plus la moindre idée de ce que je pouvais faire ce jour-là, pas plus que de l'endroit où Marino se trouvait. Aussi, je lui pose la question.

— Ah ouais, ça vous sort comme ça, sans raison ? Et pourquoi vous voulez qu'on reparle de mon anniversaire de 1997 ?

— Dites-moi juste si vous vous en souvenez.

Il tourne la tête vers moi et me détaille alors que je me concentre sur la route.

— Ouais, et je suis surpris que vous ayez oublié.

— Eh bien, aidez-moi. Rien ne me revient.

— Vous et moi, on est arrivés à Quantico. On a ramassé Lucy et Benton au passage et puis on est allés au Globe and Laurel.

Le légendaire endroit où se réunissent les gars du Marine Corps s'imprime dans mon esprit, dans le moindre détail. Je revois les chopes de bière qui parsemaient le pourtour du bar en bois ciré, le plafond couvert des insignes militaires et des forces de l'ordre du monde entier. Une bonne nourriture, de bons verres, et un énorme blason suspendu au-dessus de la porte, l'aigle, le globe et une ancre, surmontés de la devise *Semper fidelis*. Nous faisions partie des fidèles, des toujours loyaux, et ce qui s'échangeait dans ce lieu y restait. Je n'y ai pas mis les pieds depuis des années. Autre chose me revient. Marino ivre. Une scène affreuse. Je le revois, le regard fou, dans la pénombre du parking, hurlant, injuriant Lucy, ses bras rigides plaqués contre les flancs, poings serrés comme s'il allait la frapper. M'efforçant de rester vague, je demande :

— Quelque chose a dérapé avec Lucy cette nuit-là. Ça coinçait entre vous. Ce détail me revient.

— Permettez que je vous rafraîchisse la mémoire. Elle voulait rien manger. Mal au bide, qu'elle disait. J'ai pensé qu'elle avait ses règles.

— Vous n'avez d'ailleurs pas hésité à le mentionner devant tout le monde.

— Ben, j'ai cru qu'elle souffrait du syndrome prémenstruel. Voilà le souvenir que je conserve de mon anniversaire de 1997. Je me faisais une joie d'aller au Globe, mais, bordel, elle a tout foutu en l'air.

Lucy souffrait et je me souviens qu'elle n'avait pas voulu me laisser l'examiner. Je précise :

— Je crois qu'elle s'était claqué un muscle abdominal durant le parcours d'obstacles.

— Ouais, elle était super bizarre, une vraie chieuse. Encore plus que d'habitude.

Je me souviens qu'ils s'étaient invectivés une fois parvenus à la voiture. Elle refusait de monter. Elle avait menacé de rentrer à pied jusqu'à son dortoir. Elle était furieuse, en larmes, et je sais maintenant pourquoi. Carrie et elle avaient suivi le Yellow Brick Road un peu plus tôt. Un nouvel agent à l'entraînement, une ancienne reine de beauté prénommée Erin, avait alors surgi. Une rencontre guère fortuite. Lucy était convaincue que Carrie la trompait avec cette fille. Tout est gravé sur le film.

D'autres pièces du puzzle émergent du passé, et j'en reviens encore et toujours à ma question. Comment Carrie aurait-elle pu savoir à cette époque qu'un jour elle m'offrirait une place de premier rang pour m'immiscer dans la vie privée de ma nièce ? Et comment Carrie aurait-elle pu anticiper que j'interpréterais et, d'une certaine façon, que j'exagérerais, la vidéo au fur et à mesure de son défilé ? Chaque seconde d'image a ramené sa moisson d'informations que j'avais ensevelies, que je m'efforçais d'oublier. D'autres détails sont nouveaux, et cela me trouble aussi. Qu'ignorons-nous encore au sujet de Carrie Grethen ?

Je repense à son obsession à propos des effets délétères de la pollution et du soleil. Je n'avais jamais entendu parler de ses croyances en la magie ni de sa vanité pathologique. À ma connaissance, personne n'a jamais mentionné qu'elle souffrait d'une maladie hématologique. Quoi qu'il en soit, tout cela n'arrangerait pas la réputation de Lucy aux yeux des autorités. En effet, ma nièce connaissait ces particularités.

Elle les évoque dans l'enregistrement que je viens de visionner. Cependant, j'ignore si elle a jamais communiqué ces informations, et à qui. Mon humeur sombre encore davantage dans un gouffre de culpabilité.

J'ai été la force motrice à l'origine de l'internat de Lucy à Quantico. Carrie ne ment pas lorsqu'elle affirme que j'ai joué un rôle déterminant dans ce projet en alignant de strictes directives sur la façon dont le FBI devait se comporter avec ma nièce adolescente. En toute honnêteté, il est donc exact que Lucy a rencontré son mentor, sa directrice de recherches Carrie, par ma faute. Le cauchemar qui se préparait est à mettre à mon passif. Il déferle de nouveau. Je ne m'y attendais pas. Je ne sais plus quoi faire, hormis rejoindre Lucy aussi vite que possible et m'assurer qu'elle est en sécurité.

Marino tapote ses poches à la recherche de son paquet de cigarettes. C'est la troisième qu'il allume depuis notre départ de Cambridge. S'il en sort une quatrième, il se peut que je cède. J'aurais bien besoin de nicotine en ce moment. Vraiment besoin. Je tente de repousser les images de la vidéo. J'essaye de dépasser ce que j'ai ressenti. Je me suis retrouvée dans le rôle d'espionne, de traîtresse, de tante infecte alors que je contemplais Carrie et Lucy, ensemble, intimes, à peine vêtues, alors que j'écoutais les commentaires désobligeants, voire malveillants, de Carrie à mon sujet. Comme d'habitude, la même interrogation me hante. Ai-je mérité cela ? Qu'est-ce qui est fidèle dans ce portrait de moi ?

Je suis si tendue que j'ai l'impression que je vais exploser. La douleur pulse dans ma jambe droite, descend de ma cuisse jusqu'au mollet. La moindre pression sur l'accélérateur me coûte. Marino soulève l'épaule et renifle sa chemise pour s'assurer qu'il ne sent pas mauvais. Il conclut alors :

— Nan, pas moi. Désolé, Doc. Vous puez comme de la barbaque en décomposition et vaudrait mieux pas trop vous approcher du chien de Lucy.

Je conduis avec lenteur, prudente dans les virages qui n'offrent pas grande visibilité en dépit des miroirs convexes montés en haut des gros troncs d'arbres. J'écoute et scrute la route.

Le soleil filtre au travers de la voûte épaisse des feuillus. Il sème des taches de lumière ou d'ombre qui se transforment à la manière de minuscules nuages. Le vent a pris en force et ébouriffe les feuilles, les soulève comme des pompons. Les poteaux noircis de créosote entre lesquels des lignes électriques pendent avec mollesse me donnent envie d'écouter de la musique. Les maisons anciennes que nous dépassons auraient besoin d'un bon coup de rajeunissement. Les pins blancs de Nouvelle-Angleterre et les arbres à bois dur poussent de façon anarchique sur un humus épais, un compost naturel de plantes rampantes, de mauvaises herbes desséchées et de feuilles pourries.

La peinture des bâtiments s'écaille. Ils penchent et s'affaissent. Je ne comprendrai jamais pourquoi presque personne ne semble se préoccuper de l'état de morne délabrement des environs. Peu de résidents de Concord s'ennuient à soigner leurs jardins, leurs pelouses, et aucun terrain n'est entouré d'une jolie barrière ou d'une élégante grille... hormis la propriété de Lucy. Des chiens et des chats se baladent selon leur bon plaisir et, de crainte d'en percuter un, je suis toujours très vigilante lorsque je viens en voiture une ou deux fois par mois pour une invitation à dîner, un brunch ou une randonnée. Parfois, lorsque Benton est en déplacement, je passe la nuit dans la suite que Lucy a décorée et remeublée pour moi.

Plus loin devant, une couleuvre d'un lumineux vert émeraude s'étire dans une flaque de soleil sur la chaussée. Elle dresse la tête, et évalue de sa langue les vibrations engendrées par notre approche. Je ralentis. Elle ondule et traverse la route pour disparaître dans l'épaisse verdure d'été. Puis je ralentis encore pour laisser le passage à un écureuil, un petit gris grassouillet, dressé sur ses pattes postérieures. Ses moustaches frémissent d'indignation. J'ai l'impression qu'il me réprimande avant de trottiner plus loin.

Je m'arrête ensuite, au point mort, pour permettre à un break aux flancs ornés de panneaux de bois de me croiser. Le véhicule stoppe aussi et durant un instant nous restons dans l'impasse, ni l'un ni l'autre ne pouvant avancer. Mais je ne reculerai pas. Impossible, même avec la meilleure volonté. Le break me frôle d'un cheveu et se faufile. Je perçois le regard mécontent de son conducteur.

Marino commente :

— On dirait que vous avez pourri la journée d'à peu près tout le monde dans le coin. Ils se demandent qui s'est fait buter.

— Eh bien, souhaitons que la réponse soit : personne.

Je jette un regard à mon smartphone afin de vérifier si un autre message provenant de la ligne ICE de Lucy s'est affiché. Rien. Nous redémarrons sur cette route qui mène vers elle, que je connais bien, une route que je commence à exécrer.

Les herbes folles qui bordent la chaussée ont poussé à leur guise, à hauteur de torse. De lourdes branches d'arbre ploient et réduisent encore la visibilité. Les rues sont mal éclairées et il n'est pas rare que je découvre une pauvre bête en danger. Je m'arrête alors pour secourir une tortue égarée ou autre et la déposer dans les bois. J'épie les environs pour ne pas risquer de blesser lapins, renards, chevreuils, voire des poules d'ornement qui se sont échappées.

Je surveille aussi l'éventuelle promenade des bébés ratons-laveurs qui sortent des forêts en se dandinant pour se prélasser sur l'asphalte tiède, aussi imprudents et attendrissants que dans les dessins animés. La dernière fois, après une sacrée averse, j'ai encouragé une légion de grenouilles vertes à décamper. J'ai eu l'impression que certaines grommelaient alors que je les poussais vers l'orée. Aucune n'a manifesté la moindre gratitude envers moi, leur sauveur. D'un autre côté, mes patients humains ne me remercient pas non plus.

Le véhicule cahote et proteste sur le bitume craquelé qui s'effrite sur les bords, m'évoquant un brownie rassis. Je m'efforce d'éviter des nids de poule si profonds que je pourrais crever un pneu ou endommager les roues. Ma nièce adore les super voitures surbaissées. Je m'émerveille toujours qu'elle puisse conduire ses Ferrari et Aston Martin dans de telles conditions. Cependant, elle est très adroite, et contourne à vive allure les obstacles qui bloquent sa route ou pourraient

lui occasionner des dommages. Elle s'élance et sla-
lome, furtive et efficace.

Sauf qu'aujourd'hui, quelqu'un, quelque chose est
parvenu à la coincer. Je le vois dès que nous débouchons du tournant en épingle qui mène à l'entrée de
sa propriété de vingt hectares. Les hautes grilles de
métal noir sont béantes. Un SUV Ford blanc banalisé
est planté au milieu de l'allée.

Marino souffle :

— Et merde ! C'est reparti.

Je ralentis et repasse au point mort. Un agent du
FBI en pantalon de treillis et polo noir descend du
SUV et s'approche de nous. Il ne me rappelle rien. Je
fouille dans mon sac à bandoulière. Mes doigts frôlent
la forme dure de mon Rohrbaugh 9 mm rangé dans
son holster. Je tâte enfin le mince portefeuille de cuir
noir qui protège mon insigne et mes pièces d'identité.
Je descends ma vitre et le bruit sourd des pales de
l'hélicoptère se fait plus fort. Un gros appareil, probablement un bimoteur. Celui que j'ai entendu au cours
de notre trajet, à cela près qu'il vole maintenant plus
bas, plus lentement. Il s'est rapproché de nous.

L'agent doit avoir une petite trentaine d'années. Il
est musculeux, le visage impavide. Les veines saillent
sur ses avant-bras et ses mains. Peut-être est-il d'origine hispanique, en tout cas il ne vient pas du coin.
Les natifs de Nouvelle-Angleterre partagent une attitude assez réservée et pourtant observatrice. Lorsqu'ils
ont conclu que vous n'étiez pas un ennemi, ils s'efforcent de vous donner un coup de main. Mais cet
homme n'a aucune intention de se montrer charmant

ou accommodant, et il sait bien qui je suis, même si moi je ne le connais pas.

Il ne fait aucun doute dans mon esprit qu'il sait que Benton Wesley est mon mari. Benton travaille pour la division FBI de Boston. Cet agent aussi. Peut-être se connaissent-ils et entretiennent-ils des liens cordiaux. Néanmoins, je suis censée penser que rien de tout cela n'a d'importance aux yeux du gros dur qui monte la garde devant la propriété de ma nièce. Pourtant, le message qu'il envoie est l'inverse de ce qu'il espère. Les attitudes irrespectueuses sont synonymes de faiblesse, de petitesse et de problème personnel. En se comportant d'une façon mal élevée à mon égard, il fait étalage de ce qu'il pense vraiment de lui.

Je ne le laisse pas prendre les devants. J'ouvre mon portefeuille et le brandis. Kay Scarpetta, médecin, docteur en droit. J'ai été nommée médecin expert en chef du Massachusetts et directrice du Centre de sciences légales de Cambridge. Je suis chargée d'enquêter sur les causes d'une mort, conformément au chapitre 38 du Code pénal du Massachusetts et en accord avec l'instruction 5154.30 du ministère de la Justice.

Il ne se donne même pas la peine de lire. Il jette un vague coup d'œil à mes accréditations avant de me rendre mon portefeuille, son attention rivée sur Marino. Puis il me détaille, les yeux sur la racine de mon nez, évitant le contact. La petite ruse n'a rien d'original. Je la pratique en cour lorsque je suis confrontée à un avocat de la défense hostile. J'ai développé un véritable talent pour regarder les gens sans les voir. En revanche, cet agent a encore du travail pour parvenir au même résultat.

D'une voix aussi minérale que son visage, il annonce :

— M'dame, vous devez faire demi-tour.

Je réponds d'un ton calme, affable :

— Je viens rendre visite à ma nièce, Lucy Farinelli.

— La propriété est sous contrôle du FBI.

— Toute la propriété ?

— Faites demi-tour, m'dame.

Je répète :

— Toute la propriété ? Voilà qui serait assez étonnant.

— M'dame, vous devez partir, maintenant.

Plus il me balance de « m'dame », plus mon obstination croît, et son « maintenant » dépasse les bornes. Nous n'allons pas faire demi-tour. Toutefois, je ne m'en ouvrirai pas, et évite de me tourner vers Marino. Son agressivité est devenue palpable. Il suffirait que nous nous consultions du regard pour qu'il sorte en trombe du fourgon et saute à la gorge de l'agent.

Je demande alors :

— Avez-vous un mandat pour bloquer l'intégralité de la propriété et la fouiller ? Si la réponse est négative, si, en d'autres termes, vous n'avez pas de mandat concernant « l'intégralité de la propriété », il va vous falloir débarrasser l'allée de votre véhicule et me laisser passer. En cas de refus, j'appellerai l'*attorney general* et je ne parle pas seulement de celui du Massachusetts.

Sa voix reste plate, mais ses maxillaires se crispent lorsqu'il affirme :

— Oui, nous avons ce type de mandat.

Je suis bien certaine que le FBI ne dispose pas d'une telle autorisation, et je persiste :

— Pour fouiller vingt hectares, dont la voie privée, les bois, le rivage, les quais, et l'eau ?

Il ne répond pas et je tente à nouveau le numéro de la ligne ICE de ma nièce. Je m'attends presque à ce que Carrie réponde, mais tel n'est pas le cas, Dieu merci. Une autre explication intolérable me traverse l'esprit. Et si Lucy m'avait envoyé la vidéo ? Qu'est-ce que cela signifierait ?

La surprise m'étreint lorsque ma nièce répond enfin. Je me souviens que mon petit génie de la technologie a installé des caméras de surveillance partout. Elle constate :

— Tu es arrivée.

— Oui, nous sommes à la grille. Ça fait une heure que je tente de te joindre. Tu vas bien ?

— Oui.

Je reconnais sa voix, sans hésitation.

Elle est calme, presque trop. Toutefois, je ne perçois pas de nuance de peur dans son débit. Je sens au contraire une détermination à l'approche du combat. Elle est passée en mode d'autodéfense, de protection de sa famille contre l'ennemi, dans ce cas le gouvernement fédéral.

— Nous sommes venus aussi vite que possible. C'est ce que tu souhaitais. Je suis heureuse que tu me l'aies fait savoir.

C'est la seule allusion que je ferai au lien vidéo qui a atterri sur mon téléphone.

— Pardon ?

Elle n'en dira pas davantage, mais l'implication est claire et nette.

Elle ne sait rien de ce message. Elle ne l'a pas envoyé. Elle ne s'attendait pas à ce que nous débarquions.

Je reprends d'une voix forte :

— Je suis en compagnie de Marino. Lui donnes-tu la permission de pénétrer dans ta propriété, Lucy ?

— Oui.

— Très bien. Lucy, tu viens d'accorder la permission à l'enquêteur du département de police de Cambridge, Pete Marino, de pénétrer chez toi. Tu m'en offres aussi le droit, à moi ta tante, médecin expert en chef du Massachusetts. Le FBI se trouve-t-il chez toi ?

— Oui.

— Et Janet et Desi ?

Je m'inquiète au sujet de la compagne de Lucy et de leur petit garçon. Ils en ont subi plus qu'assez dans le passé.

— Ils sont avec moi.

Je précise, bien que convaincue qu'elle est déjà au courant :

— Le FBI n'acceptera sans doute pas de nous laisser pénétrer chez toi en ce moment.

— J'en suis désolée.

— Inutile. En revanche, ce sont eux qui devraient être désolés. Sors pour nous accueillir.

Je fixe l'agent du regard, juste entre les sourcils. Mon amour pour ma nièce, plus intense que je ne peux le décrire, me communique un surcroît de courage.

— Ils ne vont pas apprécier.

Sans lâcher du regard la naissance du nez de l'agent, je lâche, péremptoire :

— Je me moque de leur humeur. Tu n'as pas été arrêtée. Je me trompe ?

— Ils cherchent un prétexte pour me boucler. Ils sont certains qu'ils vont réussir à me coincer pour quelque chose, n'importe quoi. Abandon de déchets sur la voie publique. Franchissement d'une rue sans respecter le passage piéton. Tapage diurne. Trahison, que sais-je.

— T'ont-ils lu tes droits ?

— Nous n'en sommes pas encore là.

— Parce qu'ils n'ont aucun argument, aucune cause recevable. Tu le sais aussi bien que moi : ils ne peuvent pas te retenir s'ils ne disposent pas d'un mandat d'arrêt. Sors. Nous te rejoindrons dans l'allée.

Je coupe la communication.

Commence alors le fameux jeu de la poule mouillée, encore appelé jeu du prisonnier. Je reste campée sur mes positions, assise derrière le volant du massif fourgon blanc du CFC alors que l'agent se tient debout, à côté de son véhicule banalisé blanc du Bureau, qui paraît presque nain en comparaison. Il ne fait pas mine de remonter dans l'habitacle afin de libérer la voie privée. J'attends. Je lui donne une minute. Deux minutes, trois minutes. Rien ne se passe. Je passe la première.

Marino me jette le regard du monsieur qui s'inquiète pour la santé mentale de sa conductrice.

— Vous faites quoi, là ?

— Je dégage le passage afin que la circulation puisse se faire.

C'est faux. Nous n'encombrons plus la route.

J'avance au pas et braque à angle droit. Je me gare en épi, presque perpendiculairement au SUV, à moins de dix centimètres de son pare-chocs arrière. Si l'agent recule, il emboutit le flanc de mon fourgon. S'il avance et tente de me contourner, sa situation n'est guère plus appréciable. Je coupe le contact et intime :

— On y va.

Marino et moi descendons et je verrouille les portières. Je jette les clés dans le sac pendu à mon épaule.

L'agent réagit enfin et me jette un regard de roquet teigneux. Cette fois dans les yeux. Il crie :

— Hé ! Hé, vous me bloquez là !

Je lui adresse un sourire ironique alors que nous franchissons la grille grande ouverte. La maison de Lucy s'élève à quelques centaines de mètres.

— Agaçant, non ?

11

— J'peux pas croire que vous veniez de faire un truc pareil, Doc !

L'incessant battement des pales de l'hélicoptère me porte sur les nerfs, et je m'efforce de marcher sans tirer la patte.

La maison de Lucy surplombe la Sudbury River et l'allée pour y parvenir monte en pente raide. Pas une promenade aisée. Il m'est impossible d'aligner mon pas sur celui, puissant et désinvolte, de Marino. On dirait qu'il a oublié les événements encore récents. Peut-être parce qu'il n'était pas présent. Peut-être parce qu'il s'enfonce dans le déni. Je ne serais pas étonnée qu'il songe qu'il aurait pu me sauver. Du coup, il rejette dans la foulée le fait que je souffre. Il lâche alors :

— Bon, un truc est certain : y a pas un seul flic du Massachusetts qui acceptera d'embarquer le fourgon d'un médecin expert.

— Ça pèse au moins cinq tonnes et il pourrait y avoir des cadavres à l'intérieur. En effet, fâcheuse idée !

J'ai décidé de le suivre à plusieurs mètres, seul moyen de l'encourager à ralentir et de le contraindre à se retourner lorsqu'il souhaite me parler.

Il me jette un regard par-dessus son épaule puis lève la tête.

— Ouais, pas de la tarte. C'est quoi, ce bordel ? C'est le même appareil que celui que nous entendons depuis notre départ de Cambridge ? Vous pensez qu'il s'agit du même hélico ?

— Oui.

— C'est pas une équipe de télévision, je le parierais, mais ces foutus fédéraux. Ils nous suivent depuis notre départ de chez Chanel Gilbert. Pourquoi ? En quoi les intéresse-t-elle ? À moins que ce soit nous ?

La douleur me vrille la cuisse et je parviens à répondre :

— À vous de me le dire.

— Ça signifie qu'ils savaient que nous venions ici.

— Je n'en ai pas la moindre idée.

— À croire qu'ils nous ont escortés jusqu'à la propriété de Lucy.

Je dois m'arrêter quelques secondes et j'en profite pour rectifier :

— Non, je doute qu'il s'agisse de leur but. J'ai eu l'impression très nette, à notre arrivée, que nous n'étions pas les bienvenus ici. Peut-être nous ont-ils suivis. Mais pas pour nous servir d'escorte.

Je déporte mon poids sur ma jambe gauche et la vague douloureuse qui avait pris d'assaut ma cuisse droite reflue un peu, sans toutefois cesser. Les douleurs en coup de poignard, les plus intolérables, s'estompent. J'ai appris à vivre avec le reste, cette souffrance plus supportable, plus sourde. Marino marque une pause à son tour et s'inquiète :

— Ben alors, Doc ? Ça va ? Vous vous sentez bien ?

— Pas plus mal que tout à l'heure.

Il tourne à nouveau le regard vers le ciel et nous reprenons notre marche. Il grommelle :

— Bordel, il se passe un truc bizarre.

Bizarre dans ce cas relève de l'euphémisme.

— Il est clair que c'est sérieux.

L'hélicoptère est un bimoteur Bell 429. Sa carlingue noire lui donne des airs menaçants d'*Apache* de combat. Je remarque la caméra gyrostabilisée montée sous son nez, et le système d'imagerie thermique ou FLIR, qui évoque un radôme, scellé sous son ventre. Je reconnais les plates-formes d'opérations spéciales, des supports de cargaison qui ont été ajoutés lors du transport des équipes SWAT ou alors celle de l'équipe d'élite de secours aux otages (HRT) du FBI. Peut-être une demi-douzaine d'agents se serrent-ils sur les bancs de la cabine, prêts à descendre en rappel, et à grouiller dans la propriété dès que l'ordre leur en sera donné.

— On croirait qu'ils vous espionnent.

Le commentaire du grand flic me remet à l'esprit un autre genre d'espionnage.

Durant un instant fugace, je revois Carrie dans la chambre de ma nièce. Son regard bleu perçant et ses cheveux en brosse, blond platine. Je perçois son agressivité, son sang-froid de tueuse, au point qu'elle pourrait se trouver à deux pas de moi. Inhumaine. Peut-être est-ce le cas.

Nous progressons le long d'une allée circulaire, assez longue pour séduire un joggeur. Je continue à parler d'une chose alors que mon esprit se préoccupe d'une autre :

— Ils auraient pu opter pour un moyen de filature plus discret qu'un hélicoptère tactique.

Au centre, de vastes prés s'étendent, semés de fleurs sauvages. S'y dressent des sculptures en granite aux allures de créatures fantastiques. Elles paraissent flâner sur ce territoire devenu le leur. Nous avons dépassé un dragon, un éléphant, un bison, un rhinocéros et, à l'instant, une ourse et ses petits, sculptés en pierre locale quelque part dans l'ouest, et installés à l'aide d'une grue. Ma nièce ne redoute pas que l'on vole ses œuvres d'art de plusieurs tonnes. Je tente de deviner sa silhouette, tandis que le bruit monotone des pales fend toujours l'air au-dessus de nos têtes. THUMP-THUMP-THUMP-THUMP.

J'ai chaud, je me sens poisseuse et ma jambe m'élance. Quant au THUMP-THUMP-THUMP-THUMP, il m'exaspère. J'aime les hélicoptères, à l'exception de celui-ci. Je le déteste comme s'il s'agissait d'un être vivant, d'un ennemi personnel. Je décide de plonger en moi-même, de me concentrer sur mon ouïe, ma vision, ma respiration, la douleur qui irradie dans mes muscles à chaque pas, chaque pression de pied sur l'asphalte.

Ce type d'exercices me permet de garder ma concentration, de m'apaiser. La chaleur de la chaussée traverse les semelles de mes boots et la lumière solaire pénètre sous le coton de ma chemise de scène de crime. Une sueur un peu plus fraîche dégouline entre mes seins, sur mon ventre, à l'intérieur de mes cuisses. Alors que je grimpe l'allée en direction de la demeure de Lucy, la gravité se fait sentir, et j'ai l'impression de peser le double de mon poids habituel. La marche sur terre est pesante, lente. Lorsque j'évoluais sous l'eau, je ne pesais plus rien. Je flottais.

Je flottais, aspirée vers les ténèbres des profondeurs. L'on prétend souvent que l'on avance vers la lumière. C'est faux. Je n'ai vu aucune lumière, ni étincelante ni timide. C'est l'obscurité qui nous réclame, qui tente de nous séduire dans un sommeil de drogué. J'avais envie de lâcher prise. Enfin était venu le moment que j'avais toujours attendu, celui pour lequel j'avais vécu. Je ne peux surmonter cet instant.

J'ai rencontré la mort au fond de l'océan alors que la vase s'élevait en volutes autour de moi, et qu'un filin noir s'enfuyait de moi, se dissipant dans mes bulles. Je me suis alors rendu compte que je saignais, et ai semblé avoir eu le désir irrationnel d'ôter le détendeur de ma bouche. Benton l'affirme. Il précise que dès qu'il l'a remis en place j'ai tenté encore et encore de l'ôter. Il a dû le plaquer de sa main pour le maintenir dans ma bouche. Il a dû lutter contre moi, contre mes mains qui tentaient de l'arracher. Il a dû me contraindre à respirer, à vivre.

Il m'a depuis expliqué qu'ôter le détendeur de sa bouche est une réaction typique d'un plongeur qui panique sous l'eau. Mais je ne me souviens pas d'avoir paniqué. Je me souviens d'avoir voulu retirer mon gilet stabilisateur – ma stab –, mon détendeur et mes bouteilles parce que je voulais être libre, avec une excellente raison pour cela. Je veux connaître cette raison. Cette pensée ne me quitte pas l'esprit. Il ne se passe pas une journée sans que je me demande pourquoi mourir m'avait semblé la meilleure idée que j'aie jamais eue.

Lucy apparaît au détour d'une courbe.

Elle s'avance vers nous d'une démarche rapide et le grondement des pales paraît encore plus fort. Bien sûr, c'est mon imagination. En revanche, la façon dont elle est vêtue n'a rien d'une hallucination. Le short et le T-shirt gris, informes, portent les grosses lettres majuscules FBI ACADEMY. Un choix aussi délibéré que de secouer un drapeau de guerre. Une provocation aussi dépourvue d'ambiguïté que de porter l'uniforme après une condamnation en cour martiale ou de passer à son cou une médaille olympique après qu'elle vous a été retirée. Elle adresse un doigt d'honneur au FBI, mais peut-être qu'autre chose sous-tend aussi son attitude.

Je la détaille tel un fantôme surgi du passé. Je viens juste de la revoir, adolescente, stagiaire à l'académie du FBI, et j'en viens presque à me demander si mes yeux ne me trompent pas. Elle s'habille toujours de la même manière, et paraît aussi jeune qu'à l'époque. J'en viendrais à croire que la Lucy de la vidéo s'avance vers moi, une Lucy qui a aujourd'hui une bonne trentaine d'années. Elle ne les fait pas. Je pense qu'elle ne fera jamais son âge.

L'énergie qui déferle en elle est farouchement enfantine. Son corps n'a pas beaucoup changé, et la discipline qu'elle s'impose pour rester en forme, pleine de vitalité, n'a rien à voir avec de la vanité. Lucy se comporte à la manière d'une créature menacée, sur ses gardes au moindre mouvement, au plus léger son, et qui dort à peine. Sans doute est-elle versatile, mais elle est sensible. Elle se montre d'une logique implacable et d'une rationalité qui ne se dément jamais. J'accélère l'allure pour aller à sa rencontre et la douleur impitoyable me rappelle que je ne suis pas morte.

Ses cheveux d'or rose brillent au soleil. Elle est encore bronzée d'un récent voyage aux Bermudes. Elle remarque :

— Ta boiterie s'aggrave.

— Je vais bien.

— C'est faux.

L'expression de son joli visage aux traits fins est assez impénétrable, mais la ligne ferme de ses lèvres trahit une tension. Je perçois son humeur dangereuse. Elle aspire la lumière autour d'elle. Lorsque je la serre contre moi, je la sens moite. Je la retiens encore un peu, soulagée qu'elle ne soit ni blessée ni menottée. Je répète :

— Tu vas bien ? Tu es certaine d'aller bien ?

— Que fais-tu ici, tante Kay ?

Je hume sa chevelure, sa peau, et détecte une légère odeur saline de marécages, celle du stress. À la pression de ses doigts, aux mouvements de son regard qui scrute son environnement sans parvenir à se poser, je sais qu'elle est passée à un niveau d'alerte supérieur. Elle surveille, à la recherche de Carrie. Je le sais. Néanmoins, nous n'en discuterons pas. Je ne peux pas lui demander si elle est informée du lien vidéo qui a atterri sur mon téléphone et encore moins lui révéler qu'il semble qu'elle en soit l'expéditrice. Je ne peux pas laisser transparaître que j'ai visionné un clip enregistré en secret par Carrie. En d'autres termes, je deviens complice de Carrie Grethen, de son espionnage, et qui sait de quoi d'autre encore.

Au lieu de cela, je demande à ma nièce :

— Pourquoi le FBI est-il ici ?

Elle ne renonce pas à obtenir de moi la réponse qu'elle cherche :

— Et toi ? Benton a-t-il fait une allusion à ce qui allait se passer ? Sympa de sa part. Bordel, comment parvient-il à se regarder dans une glace ?

— Il ne m'a rien confié. Pas même par omission. Et pourquoi tous ces jurons ? Pourquoi faut-il que Marino et toi débitiez autant de grossièretés ?

— Quoi ?

— Elles m'agacent. Vous ne pouvez pas faire une phrase sans merde ou bordel.

Une vague d'émotion me submerge.

J'ai presque le sentiment d'avoir la Lucy de dix-neuf ans en face de moi. Une sorte de tremblement intérieur me désarçonne. La fuite du temps, la traîtrise de la nature qui nous donne une vie pour aussitôt chercher à la récupérer, m'accablent. Les jours se transforment en mois. Les années s'agglomèrent en décennies et je suis plantée au milieu de l'allée de ma nièce, me souvenant de moi à son âge. Si j'avais déjà beaucoup fréquenté la mort, je ne savais pas grand-chose de la vie.

Je pensais le contraire. Je suis consciente de mon allure alors que je traîne la patte dans la propriété de Lucy, envahie par le FBI, deux mois après que l'on m'a tiré dessus avec un fusil de chasse sous-marine. J'ai minci et mes cheveux ont besoin d'une coupe. Je suis ralentie, en guerre permanente contre l'inertie et la gravité. Je ne peux pas imposer le silence à Carrie, qui hante mon esprit, et pourtant je n'ai pas envie d'entendre sa voix. La douleur m'électrise. Puis une bouffée de colère me suffoque. Lucy me regarde avec attention et s'enquiert :

— Hé, ça va ?

Je lève les yeux vers l'hélicoptère et inspire avec lenteur, mon calme revenu.

— Oui, je suis désolée. J'essaie juste de démêler les événements.

— Pourquoi es-tu ici ? Comment savais-tu qu'il fallait venir ?

Marino intervient :

— Parce que tu as envoyé un message urgent, non ? Comment on saurait, sans ça ?

— Je ne vois pas de quoi vous parlez.

Les Ray-Ban vintage la sondent.

— Tu nous as fait comprendre que t'étais confrontée à une sorte d'urgence. Du coup, on a tout laissé en plan. On a abandonné un foutu cadavre par terre !

Je tempère :

— Vous exagérez, Marino.

— Hein ?

Elle semble étonnée, déroutée. Je me fends d'une explication :

— Un message a atterri sur mon portable. Expédié de ta ligne d'urgence.

— Je peux t'affirmer que ce n'est pas moi. Peut-être eux, suggère-t-elle en faisant référence aux fédéraux.

— Et comment ?

— Je t'assure que je n'ai rien expédié de tel. Donc, tu as reçu un message et pour cette raison, vous sur-

gissez ici au volant d'un fourgon de scène de crime ?
Pourquoi es-tu là, en vérité ?

Elle ne me croit pas. Je jette un regard à l'hélicoptère et rectifie :

— On ferait mieux de déterminer pourquoi eux
sont là.

À nouveau, elle accuse :

— Benton ! Tu es venue parce qu'il t'avait mise
au courant.

Je m'immobilise, afin de me reposer quelques instants.

— Non, je te le promets. Il ne nous a rien dit. Benton n'a rien à voir avec le fait que je me suis précipitée
à Concord.

— Qu'est-ce que t'as encore fabriqué ?

Marino a le génie pour se comporter comme si tout
le monde était coupable de quelque chose.

Lucy réplique :

— Je ne suis pas certaine de leur objectif. D'ailleurs, je ne suis certaine de rien, à cela près que ce
matin, j'ai songé qu'un truc se tramait.

Marino demande :

— Fondé sur quoi ?

— Un intrus avait pénétré dans la propriété.

— Qui ?

— Je n'ai rien vu. Les caméras n'ont rien relevé.
Pourtant, les capteurs de mouvement se sont déclenchés.

J'avance à nouveau, avec lenteur, et propose :

— Un petit animal ?

— Non, rien de visible, et pourtant il y avait quelque
chose. Ajoute à ça que quelqu'un s'est introduit dans

mon ordinateur. Ça dure depuis environ une semaine. En réalité, je ne devrais pas dire *quelqu'un*. Je crois que nous savons tous de qui il s'agit.

— Laisse-moi deviner. À rapprocher de ceux qui ont déboulé pour une visite inattendue ?

Marino ne tente pas de maquiller sa détestation du FBI. Lucy reprend :

— Des programmes s'ouvrent et se ferment sans que j'aie besoin d'entrer une commande, ou alors ils prennent un temps fou à s'installer. Le curseur se balade alors que je ne touche pas la souris. En plus, mon ordinateur pédalait dans la semoule et la dernière fois, il a carrément planté. Rien de grave. J'ai des copies. Tout ce qui est sensible est crypté. Ce doit être eux. Ils ne sont pas particulièrement subtils.

Je m'inquiète :

— Quelque chose a pu fuiter, être corrompu ?

— Je n'ai pas l'impression. Un compte utilisateur non autorisé a été créé par un extérieur assez calé mais pas génial. Je surveille tout cela, je contrôle les ouvertures de session inhabituelles, tous les e-mails envoyés. J'essaie de comprendre ce que les pirates, au singulier ou au pluriel, cherchent. Il ne s'agit pas d'une attaque sophistiquée, ou alors il sera trop tard quand on s'en rendra compte.

Le grand flic vérifie :

— T'es sûre qu'il s'agit du FBI ? D'accord, ce serait assez logique puisqu'ils ont obtenu un mandat.

— Je ne peux pas être formelle sur l'identité de ceux qui essaient de s'infiltrer et de fouiller mon ordinateur, mais il s'agit sans doute des fédéraux ou de gens qui collaborent avec eux. Le FBI utilise souvent des serveurs extérieurs lorsqu'il enquête sur le cybercrime. Un prétendu cybercrime : quelle excuse de choix pour espionner ! Par exemple, s'ils ont une raison quelconque de soupçonner que je blanchis de l'argent ou que je navigue sur des sites de pédopornographie, des merdes de ce genre. Si c'est bien eux, ils affirmeront avoir agi pour un motif bidon, mais qui légitime le fait qu'ils fouinent.

Je m'inquiète d'un scénario encore plus menaçant :

— Et mes bureaux ? Sont-ils en sécurité ? Nos ordinateurs peuvent-ils avoir été piratés ?

Lucy est la gestionnaire système et l'administratrice IT de notre réseau informatique. Elle programme tout. Elle se charge de l'analyse légale des appareils électroniques et du stockage de données qui nous parviennent comme pièces à conviction. Si elle est sans doute le pare-feu qui entoure les informations les plus confidentielles concernant un décès, elle est aussi notre plus grande vulnérabilité.

Si quiconque pouvait la contourner, il en résulterait une catastrophe. Des affaires seraient compromises avant même de passer au tribunal. Les accusations tomberaient tel un château de cartes. Des verdicts pourraient être inversés. Des milliers de tueurs, violeurs, dealers et voyous de tous poils seraient libérés des prisons de l'État du Massachusetts et d'ailleurs.

J'interroge :

— Pourquoi aujourd'hui ? Pourquoi cet intérêt soudain, si l'on part du principe qu'il s'agit bien du FBI ?

— Ça a commencé lorsque je suis rentrée des Bermudes.

Usant de son tact habituel, Marino lance :

— Bordel, qu'est-ce que t'as encore foutu ?

— Rien. Mais ils ont décidé de fabriquer un dossier qui tienne la route.

— Quel dossier ?

— N'importe quoi. Je ne serais pas surprise qu'ils aient déjà convoqué un grand jury. Non, d'ailleurs, j'en suis convaincue. Les fédéraux ont la vilaine petite manie d'organiser une descente quelque part alors qu'ils ont déjà un grand jury prêt à vous mettre en examen. Leur problème n'est pas d'adosser un dossier à des preuves. Ils trouvent des preuves pour justifier une affaire, même lorsque c'est injuste. Même lorsqu'il s'agit d'un mensonge. Avez-vous idée de la rareté des relaxes prononcées par un grand jury ? Moins d'un pour cent des cas. Leur but est de faire plaisir au procureur. Ils n'entendent qu'un son de cloche.

Je n'ai guère envie de poursuivre cette conversation plantée au milieu de l'allée, et demande :

— Où pouvons-nous discuter ?

Elle pointe les réverbères de cuivre qui ponctuent les bords de la langue de bitume.

— Là, ils ne peuvent pas nous entendre. J'ai désactivé l'audio de cette lampe, de celle-là et de la suivante. Mais en effet, trouvons un endroit où nous n'aurons pas à nous inquiéter d'être fliqués. Mon triangle des Bermudes personnel. Ils nous surveillent, et hop, nous disparaissons de leur radar.

Les agents qui passent sa maison au peigne fin suivent le moindre de nos mouvements sur les caméras de sécurité de la propriété. Une bouffée de frustration m'envahit. La guerre entre Lucy et les fédéraux est ancienne. Il s'agit d'une guerre de pouvoir, d'un affrontement qui remonte si loin que je doute que quiconque se souvienne encore de ce qui l'a déclenché. Lucy a sans doute été l'un des agents les plus exceptionnels que le Bureau ait jamais engagés. Lorsqu'ils ont décidé de se débarrasser d'elle, les choses auraient dû en rester là. Tel ne fut pas le cas. Tel ne sera jamais le cas. Elle lance :

— Suivez-moi.

12

Nous progressons avec difficulté, foulant l'herbe égayée de coquelicots rouge sang, de tournesols dorés, de pâquerettes, d'asclépias orange et d'asters violets.

J'ai l'impression de cheminer dans un Monet. Juste après un rideau ombragé et odorant d'épicéas, nous émergeons dans une zone en contrebas que je n'ai jamais visitée avant. Cela ressemble à un lieu réservé à la méditation, ou alors à une église en plein air avec des bancs en blocs de pierre. Des rochers sculptés affleurent, évoquant un bassin dont l'eau serait symbolisée par des cailloux de rivière. D'où nous sommes, je n'aperçois plus la maison. Ne s'offrent à la vue que l'herbe drue qui frissonne, des fleurs, des arbres et le bruyant hélicoptère.

Lucy s'installe sur un bloc de roche et je préfère un banc de pierre étoilé par la lumière qui filtre des cornouillers. Les surfaces dures, intransigeantes ne sont plus mon premier choix et je m'assieds avec prudence, m'efforçant de réduire l'inconfort.

Les branches s'inclinent sous le vent, et le soleil caresse mon visage par intermittence. Je m'étonne :

— C'est nouveau ? Je n'ai jamais vu cet endroit auparavant.

— Récent.

Lucy n'en dit pas plus et je n'insiste pas.

Depuis mi-juin, sans doute. Depuis que j'ai failli mourir. Je jette un regard alentour et ne détecte nul signe de caméra. Un autre dragon sculpté, de taille plus modeste, garde son jardin de rochers. Il est affalé dans une pose assez comique sur un large morceau de quartz rose. Ses yeux rouge grenat sont braqués sur moi. Marino expérimente le banc situé en face du mien. Il change de position à plusieurs reprises et bougonne :

— Merde ! On est censés être qui ? Des hommes préhistoriques ? Ça n'existe plus les bancs en bois ou les chaises avec des coussins ? Tu y as pensé ? Mon Dieu ! En plus, tu traites pas, ici ? (Ses lunettes sombres se tournent vers ma nièce.) Y a des foutus moustiques partout.

Joignant le geste à la parole, il balaye les insectes de la main et vérifie ses chaussettes pour s'assurer que des tiques ne se sont pas faufilées. Il dégouline de sueur dans la chaleur humide.

— J'utilise un spray à base d'ail, inoffensif pour les animaux de compagnie et les gens. Les moustiques détestent cela.

Marino ne cesse de se bagarrer contre des agresseurs ailés et commente :

— Sans blague ? Eh ben, ça doit être de foutus moustiques italiens, parce qu'ils adorent.

Ma nièce ironise :

— Les stéroïdes, le cholestérol, les gens imposants qui expirent trop de gaz carbonique les attirent. En plus, vous transpirez à profusion. Même un collier de gousses d'ail pendu autour du cou ne vous aiderait pas.

Je jette un regard vers l'hélicoptère qui tourne au-dessus de nos têtes, à moins d'un millier de pieds, et reprends le fil de la conversation :

— Que veut le FBI, au juste ? Il faut que nous comprenions pendant que nous jouissons de quelques minutes d'intimité.

— La pièce dans laquelle je sécurise mes armes est la première qu'ils ont vérifiée. Ils ont embarqué toutes mes carabines et tous mes fusils.

Carrie s'immisce à nouveau dans mon esprit. Je la revois dans la chambre du dortoir, le MP5K en bandoulière. Je demande à Lucy :

— Semblaient-ils intéressés par une arme en particulier ?

— Non.

— Ils doivent rechercher quelque chose de spécifique.

— Tout ce que je possède est légal et sans aucun rapport avec les tueries de Copperhead. Ils savent parfaitement que ces exécutions ont été perpétrées avec le fusil de précision guidée retrouvé sur le yacht de Rosado. Ils l'ont confirmé il y a deux mois. Pourquoi cherchent-ils donc encore cette arme ? S'ils veulent mettre la main sur quelqu'un, ce devrait plutôt être son enfoiré de gamin, Troy. Il a pris le large. Carrie a pris le large. Cette ordure d'ado est probablement devenue le dernier Clyde de notre Bonnie, et que fait le FBI ? Il grouille sur ma propriété. C'est du harcèlement. En réalité, il y a quelque chose d'autre derrière.

Marino propose :

— J'ai deux fusils de chasse que tu peux emprunter. Et un énorme Bushmaster calibre 50.

— Pas la peine. J'en ai plus qu'ils n'en veulent. Ils n'ont pas la moindre idée de ce à côté de quoi ils passent, au sens strict.

Je la mets en garde :

— N'essaye pas de les titiller. Ne leur donne aucune raison de te faire du mal.

Son regard vert se tourne vers moi.

— Me faire du mal ? Mais c'est leur but, et ça a commencé. C'est ça qu'ils veulent. Ils veulent me laisser sans défense, de sorte que je ne puisse pas m'occuper de ma famille, de ma maison. Ils espèrent que nous serons vaincus, annihilés, que nous nous sauterons tous à la gorge. Mieux, ils veulent notre mort. Ils veulent que nous soyons tous abattus.

Marino reprend :

— Si t'as besoin d'un truc, suffit de demander. Avec des numéros comme Carrie lâchés dans la nature, il faut avoir plus de puissance de feu que quelques armes de poing.

— Oh, ils vont embarquer cela aussi, si ce n'est déjà fait. Ils sont en train de confisquer mes couteaux de cuisine, notamment les Shun Fuji santoku que Kay nous avait offerts.

Je n'en reviens pas : non seulement des armes sont mentionnées sur le mandat, mais aussi des couteaux japonais. Cela relève de l'abus et du scandale.

Pour ce que nous en savons, un récent déchaînement de fureur meurtrière chez Carrie Grethen impliquait un couteau tactique avec lequel elle a poignardé sa victime. Il n'existe aucune preuve, pas l'ombre d'une, que Lucy ait eu quelque chose à voir avec cela. De surcroît, ses armes à feu et ses couteaux de cuisine ne possèdent aucune des caractéristiques des armes du crime. Vider la pièce forte dans laquelle elle protège ses armes, sans oublier ses tiroirs de cuisine, confine à l'absurde.

Les récentes victimes de Carrie défilent dans ma mémoire, *a priori* des gens sélectionnés au hasard, jusqu'à ce que je comprenne que tous avaient un lien avec moi, même diffus. Ils n'ont jamais su ce qui les frappait, excepté Rand Bloom, le répugnant enquêteur d'assurances qu'elle a poignardé et balancé au fond d'une piscine. Sans doute a-t-il vécu quelques instants de terreur, de panique et de souffrance.

En revanche, Julie Eastman, Jack Segal, Jamal Nari et l'élu du congrès, Bob Rosado, n'ont pas souffert. Ils s'occupaient de leurs petites affaires et soudain, le néant, l'annihilation. Je revois la Carrie de la vidéo effleurant sa nuque, entre la première et la deuxième vertèbre cervicale. Déjà à cette époque, elle connaissait ce point de vulnérabilité que l'on appelle la fracture du pendu, et savait qu'une blessure à cet endroit occasionne une mort instantanée.

Elle est de retour. Elle est en vie, encore plus dangereuse qu'auparavant, et alors même que je songe à cela, les doutes m'assaillent. Et si nous étions tous piégés ? Je ne peux pas prouver que j'ai vu Carrie Grethen, ou que j'ai obtenu des informations à son sujet depuis les années 1990. Elle n'a laissé aucun indice convaincant qui puisse la désigner comme l'auteur ou la complice de la folie meurtrière qui a débuté à la fin de l'année dernière. Et si elle ne m'avait pas envoyé la vidéo depuis la ligne de Lucy ?

Je dévisage ma nièce et ose :

— Que s'est-il passé ? Depuis le début.

Lucy est assise sur son gros rocher. Elle raconte que ce matin, à 9 h 05, le téléphone de son domicile a sonné.

Certes, ce numéro est sur liste rouge, mais ça n'arrêterait pas le FBI, et ça n'empêcherait jamais Lucy de contrecarrer leurs efforts, et plus encore. Elle maîtrise une technologie de communications qui peut facilement distancer quiconque tenterait de l'atteindre par surprise. En quelques secondes, elle a appris l'identité de son correspondant : l'agent spécial Erin Loria, récemment mutée à la division du FBI de Boston, trente-huit ans, née à Nashville, Tennessee, cheveux bruns, yeux marron, 1,78 mètre, 63,5 kilos. Alors que j'écoute ma nièce débiter ces précisions, je m'efforce de dissimuler mon choc.

Je connais cette Erin Loria. Je me contrains à l'impavidité. Ma nièce explique que lorsque l'agent spécial est passée dans le champ des caméras de sécurité, le logiciel de reconnaissance faciale a vérifié qu'il s'agissait bien d'Erin Loria, ancienne reine de beauté, diplômée de l'université Duke, faculté de droit, avant d'être recrutée par le bureau en 1997. D'abord agent de rue pour le Bureau, elle a épousé un négociateur spécialisé dans les prises d'otages qui a quitté le FBI et rejoint un gros cabinet d'avocats. Ils ont vécu en Virginie du Nord, n'ont pas eu d'enfants, avant de divorcer en 2010. Peu après, elle a épousé en secondes noces un juge fédéral de vingt et un ans son aîné.

Marino demande :

— Qui ça ?

— Zeb Chase.

— Hein ? Le juge NoDodo ?

Ce surnom traduit le contraire de ce que l'on pourrait croire. Je me souviens de ses petits yeux de prédateur à moitié occultés par des paupières lourdes. Il se vautrait sur son bureau de magistrat, son menton touchant presque sa poitrine à la manière d'un vautour noir guettant la mort de sa proie. Une erreur d'interprétation, encouragée par son attitude détendue, ou à moitié somnolente, était aisée. En réalité, peu de gens pouvaient se montrer plus alertes et agressifs. L'air endormi, il patientait pour qu'avocats ou témoins experts se laissent aller à une bévue. Il fondait alors sur eux, pour les dévorer tout cru.

Au cours de mes premières années d'exercice en Virginie, alors qu'il était encore procureur fédéral, nous avions eu l'occasion de nous rencontrer sur diverses affaires. Bien que mes témoignages aient en général apporté du grain à moudre au ministère public, Zeb Chase et moi avons souvent eu des prises de bec. Ma simple vue semblait l'agacer, et il devenait encore plus hostile dès qu'il s'installait derrière son bureau. Je n'en ai toujours pas compris la raison. Quoi qu'il en soit, il doit détenir le record du juge qui me menaça le plus souvent de me poursuivre pour outrage à magistrat. Ainsi, il est maintenant marié à Erin Loria, qui a partagé un bout de l'histoire de Lucy, donc de la mienne. Mon humeur change à la manière du temps. Une alarme retentit. J'ignore contre quoi ou qui elle me met en garde. Mais peut-être n'ai-je pas envie de le savoir.

Marino en déduit :

— Et donc, l'agent spécial Loria a déménagé à Boston pendant que son mari le juge restait en Virginie.

Lucy observe à juste titre :

— Il ne peut pas trop choisir et la suivre.

Le lieu d'affectation du juge Chase doit être le district est de Virginie où il conservera son poste jusqu'à ce qu'il démissionne, décède ou soit révoqué. Il ne peut pas décider de s'installer dans le Massachusetts, même pour y suivre sa femme. Du moins puis-je être reconnaissante de cela ! Je demande alors à ma nièce :

— Es-tu certaine de l'année de recrutement d'Erin Loria par le FBI ? 1997 ? L'année où tu étais à l'académie ?

— J'y ai passé plus d'un an.

Je songe à Erin Loria, à son mariage avec un officiel fédéral nommé par la Maison-Blanche. Idée déplaisante. Très déplaisante. Loria affirmera qu'il n'a pas plus d'influence professionnelle que Benton dans mon cas. Elle jurera que M. le juge ne s'implique jamais dans ses affaires, que tous deux se conforment strictement aux limites légales et aux obligations de leur charge. C'est, bien sûr, faux. Ça l'est toujours.

Je commente la réflexion de ma nièce alors que mes pensées se télescopent :

— Oui, je sais que tu étais à Quantico avant et après 1997. Tu n'as plus jamais vraiment quitté le FBI une fois que tu as commencé là-bas.

— Jusqu'à ce qu'ils me poussent dehors. Même avant que je devienne un de leurs agents, j'ai passé des étés, des vacances, la plupart de mes week-ends, presque tout mon temps libre avec eux. Tu t'en souviens sans doute. Je me débrouillais pour organiser mes cours afin de quitter Charlottesville le jeudi matin et de ne rentrer que tard le dimanche. En fait, j'ai plus fréquenté Quantico que l'université.

Elle lâche cela sans emphase, comme si le fait qu'elle ait été quasiment virée du Bureau importait peu.

— Oh, bordel ! Et donc, Erin Loria était à Quantico en même temps que toi ? C'est pas vraiment un endroit gigantesque.

— Exact.

— Encore un coup du « bon vieux temps », comme Carrie, non ? Dans quoi tu as marché au cours de cette période très instructive de ta vie, hein ? Une merde de chien assaisonnée à la super-colle dont tu peux plus te débarrasser ?

Lucy et moi restons de marbre, sans nous fendre du moindre sourire. Le moment serait mal choisi alors que nous sommes perchés sur nos sièges impitoyables dans ce lieu de méditation, l'église de ma nièce, son Stonehenge.

Le grand flic s'obstine :

— T'as dû piétiner dans une marque spéciale. Et, non seulement t'en as encore sous tes semelles mais, en plus, tu en traînes partout et on marche dedans à notre tour.

Je n'en crois pas mes oreilles.

— Quel trimestre ?

— Nous nous sommes croisées. Erin était à Quantico lors de mon internat à l'ERF, avec Carrie, en effet. C'est vrai. Et elles se connaissaient bien.

D'un ton posé, je l'interroge :

— À quel point ?

Lucy ne laisse rien transparaître et répète :

— Elles se connaissaient bien. Elles étaient devenues assez amies.

Marino se gratte le dos, une piqûre réelle ou imaginaire, et souffle :

— Mon Dieu ! Difficile d'imaginer qu'il s'agit d'une coïncidence quand on considère le reste. Juste histoire de t'informer, le spray que tu as utilisé par ici marche pas. Je me suis fait salement piquer, sérieux ! Je suis sûr que ça se voit à vingt mètres.

Lucy reprend, ignorant Marino, qui se gratte avec hargne et tente d'écraser les moustiques en bougonnant :

— Erin et moi étions logées au même étage du dortoir Washington. Je ne m'en souviens pas très bien. Elle ne faisait aucun cas de moi. Je ne la connaissais pas à titre personnel. Je ne suis jamais devenue copine avec aucun des nouveaux agents en entraînement, pas au cours de cette formation, seulement durant la mienne, deux ans plus tard. Je me souviens surtout qu'elle avait été élue Miss Tennessee. Elle n'a pas poursuivi sa carrière de reine de beauté et s'est plantée à la partie « talents » du concours de Miss Amérique.

158

Ensuite, elle a fait la fac de droit, puis postulé à l'académie du FBI. Ça doit être un atout pour un agent infiltré de ressembler à une poupée Barbie, je suppose. Et puis, hé, ça permet aussi d'épouser un juge. Du coup, on reçoit des invitations aux cocktails de Noël organisés par la Maison-Blanche.

J'évoque avec précaution le spectre de Carrie :

— Vous étiez donc à Quantico à la même époque. En d'autres termes, Erin devait posséder des informations à ton sujet, bien au-delà de ce qui se trouvait dans ton dossier personnel.

Lucy ne répond pas. Je décide d'y aller franchement :

— Carrie Grethen. Erin devait savoir qui elle était au juste, pour plusieurs raisons.

— Ça ne fait pas de doute. Mais en 1997, personne n'avait la moindre idée du spécimen que nous fréquentions. Dont moi.

Pour ce que nous en savons, Carrie n'avait pas encore commis de meurtre à cette époque. Elle n'apparaissait pas sur la liste des dix criminels les plus recherchés. Elle n'avait pas été bouclée dans une unité psychiatrique réservée aux aliénés criminels, ne s'en était pas encore échappée, et n'avait pas été prétendument tuée dans le crash d'un hélicoptère au large de la côte de Caroline du Nord. Bien sûr, alors qu'elle travaillait à l'ERF, elle n'était pas connue comme criminelle ou présumée morte. Erin Loria et elle étaient probablement des alliées. Peut-être des amies. Peut-être avaient-elles été amantes et sont-elles restées en relation. Une idée vertigineuse à ne pas écarter.

Une évadée des plus dangereuses de la planète pourrait entretenir une amitié avec une agente du FBI mariée à un juge fédéral, nommé par le président des États-Unis. De possibles connexions s'alignent dans mon esprit. Deux et deux devraient faire quatre, mais il se peut que la somme devienne cinq, ou toute autre réponse erronée. Peut-être même n'existe-t-il pas de réponse.

La concordance des événements m'inquiète : alors qu'Erin Loria se rapprochait de la propriété de Lucy il y a à peine deux heures, on m'expédiait un lien vers une vidéo secrète réalisée par Carrie dans la chambre de Lucy, laquelle partageait l'étage du dortoir avec la susmentionnée ancienne Miss Tennessee-devenue-agent-du-FBI. Pire, Carrie et ma nièce s'étaient disputées à son sujet.

Marino intervient :

— Une seconde. Avant qu'on gobe tout et qu'on commence à imaginer plein de conneries, revenons au moment où le téléphone a sonné ce matin. Donc, tes logiciels ont ramassé des données sur ton inter-locutrice. Tu as ainsi découvert que l'agente spéciale Erin Loria menait la charge, et ensuite ?

— Sérieux ?

— Point par point.

— J'ai appris qu'elle se trouvait à bord d'un véhi-cule qui roulait à 20 km/h sur la route que vous venez d'emprunter.

Lucy soulève les jambes et pose les pieds sur le bloc de roche qui lui sert de siège. Elle enserre ses genoux de ses bras.

Aucun d'entre nous ne parvient au confort dans son église en plein air. Certes, la caresse du soleil est agréable, en dépit d'une pesante humidité. Une brise molle, mais bienvenue, effleure ma peau moite. Le temps lourd et chaud laisse présager un violent orage, prévu d'ailleurs dans l'après-midi par la météo. Je contemple les gros nuages sombres qui s'amassent au sud et l'hélicoptère qui tournoie bruyamment, non loin de l'eau. Il semble suspendu dans l'air comme un orque gonflable.

— Lorsqu'elle a passé l'appel, je savais qu'elle se trouvait à moins de cinquante mètres de la grille. Je lui ai demandé ce que je pouvais faire pour elle et elle a répondu que le FBI avait un mandat de perquisition pour ma maison et toutes ses dépendances. Elle m'a alors ordonné d'ouvrir la grille et de la laisser ainsi. En quelques minutes, cinq voitures du Bureau, sans oublier un maître-chien, se garaient devant chez moi.

L'appareil fait toujours du surplace, solide tel un roc. Il est maintenant au-dessus des bois situés à gauche de la maison de Lucy, invisible d'où nous sommes. Je demande :

— Quand as-tu remarqué l'hélicoptère ?

— À peu près au moment où vous êtes arrivés.

Marino fronce les sourcils et observe :

— Attends, je récapitule. On sait pas pourquoi, mais un hélico du FBI volait au-dessus de nous à Cambridge alors qu'on analysait une scène. Ensuite, comme par hasard, il nous suit jusqu'ici. OK. Mais là, ça devient carrément louche, tu vois. J'ai un très, très mauvais feeling sur ce coup. Du genre à faire se hérisser les cheveux sur la tête.

Lucy se moque :

— Vous êtes chauve.

Marino scrute le ciel, comme si le FBI devenait une sorte de divinité, et crache :

— Quelle merde ils nous pondent, là ?

— C'est clair qu'ils ne m'informeront pas, rétorque Lucy. Je ne connais pas leur fiche de vol, ni le motif de leur déplacement, et je n'ai pas pu le découvrir. Je n'ai plus eu une minute d'intimité à partir du moment où ils sont sortis de leurs bagnoles. Ça n'aurait pas été futé de ma part de me renseigner auprès du contrôle aérien ou de récupérer leur fréquence pour savoir qui s'agitait dans les parages et pourquoi. De plus, je devais m'occuper de plein d'autres trucs. Le mec de la brigade cynophile, en particulier, est une vraie vacherie. Leur intention, bien sûr. Ce que j'appelle se conduire en enfoiré grandeur nature.

— Qui ?

— Selon moi, Erin. Si elle a fait ses devoirs à mon sujet, elle a appris que j'avais un bouledogue anglais du nom de Jet Ranger. Un vieux chien, presque aveugle, qui peut à peine marcher. Un malinois en train de fouiller la maison va le terrifier. Sans même parler de la peur de Desi et de Janet, à cran au point d'éclater la tête de quelqu'un. Ce truc est personnel.

Ses yeux d'un vert intense soutiennent mon regard. Je formule mon conseil avec circonspection, alors même que je m'interroge à son sujet :

— Je ne ferais pas de si rapides conclusions. Ne transformons pas cela, *a priori*, en affaire personnelle. Il nous faut rester objectifs, garder notre sang-froid et réfléchir.

— J'ai l'impression que quelqu'un règle un vieux compte avec moi.

Marino renchérit :

— Ben, j'avoue que l'idée m'a traversé l'esprit.

D'un ton de certitude, ma nièce insiste :

— Il s'agit d'un plan. Un plan qui ne date pas d'hier.

— Quel compte et avec qui, Lucy ? Pas Carrie.

Marino gronde :

— Pas Carrie ? Mon cul, ouais !

J'insiste, tout en restant très prudente :

— Bon, je ne vais pas prendre de gants : Carrie ne donne pas d'ordres au FBI, même si elle a connu Erin Loria lorsque vous fréquentiez toutes Quantico.

Ma nièce étend ses jambes minces et musclées, les soulève et les baisse pour entretenir ses abdominaux, le regard fixé sur ses chaussures de sport orange vif. Elle lâche :

— Elles n'étaient pas vraiment des étrangères l'une pour l'autre. Tant s'en faut.

Marino passe d'une fesse sur l'autre sur le socle de pierre, se massant le bas du dos.

— Oh, merde ! Me dis pas qu'elles ont couché ensemble aussi. Et M. le juge, il est au courant ?

— Je ne connais pas, au juste, l'intensité de leur relation sexuelle.

Lucy a parlé d'un ton dégagé, comme si ce détail ne la préoccupait plus, et je n'y crois pas. Le grand flic reprend :

— En tout cas, y a un truc qu'on pourra jamais reprocher à Carrie : elle prend à cœur la parité. Âge, race, genre, rien ne la retient. Cette histoire sent de plus en plus mauvais.

Lucy s'adresse à moi :

— Je me souviens qu'un jour, je suis entrée à la cafétéria et que j'ai remarqué qu'elles déjeunaient ensemble. De temps en temps, je les voyais discuter au gymnase, et puis il y a eu ce matin pluvieux, lorsque Carrie s'est lancée sur le parcours d'obstacles de Yellow Brick Road. Elle a glissé en descendant en rappel d'un rocher. Le frottement de la corde l'a salement amochée. Elle m'a raconté qu'un des nouveaux agents l'avait aidée, avait nettoyé la plaie et l'avait pansée. Il s'agissait d'Erin Loria. J'ai pensé que si elle lui avait filé un coup de main, ce n'était pas juste parce qu'elles s'étaient trouvées toutes les deux au même endroit, au même moment. Rien à voir avec une coïncidence. Elles s'étaient rejointes pour entreprendre le parcours ensemble. À part ça ?

Lucy hausse les épaules, et offre son visage au soleil, yeux fermés, avant de continuer :

— Carrie a toujours été beaucoup plus extravertie que moi. Vous voyez ce que je veux dire ?

Marino demande :

— Mais est-ce qu'elle a évoqué Erin, discuté d'elle ?

— Pas vraiment. Cela dit, Carrie est une manipulatrice hors pair. Un stratège. Elle est beaucoup plus habile que moi avec les gens et peut convaincre pratiquement n'importe qui de franchir la limite avec elle.

Marino abonde dans son sens :

— Tout juste ! Et on ignore avec qui elle peut avoir des liens. Et on sait pas non plus avec qui le FBI s'entretient. Les charognards dégottent des informations par n'importe quel moyen, de n'importe quelle source. Ils ont l'habitude de faire des pactes avec le diable.

— Bien d'accord, convient Lucy. Carrie leur a fourgué quelque chose. Même de façon indirecte.

13

Plus elle parle, plus elle ravive certaines des images de la vidéo dont elle ignore l'existence. Du moins suis-je partie de ce principe. Me vient alors une autre hypothèse, peu rassurante.

Si Carrie est bien la personne qui m'a envoyé le lien, il n'est pas exclu qu'elle expédie des choses similaires au FBI. Elle peut aussi avoir fait parvenir le même enregistrement à Erin Loria, et je ne veux même pas penser à ce que pourraient en tirer les fédéraux. Des révélations gênantes pour Lucy. Pire, très dangereuses. La mitraillette illégale représente une sérieuse menace.

Peut-être est-ce pour cette raison qu'ils ont débarqué ici ce matin.

Marino réfléchit :

— Bon, y a un problème avec cette idée que Carrie rencarde le FBI ou qu'elle est en contact avec eux. À mon avis, ils ne croient plus qu'elle existe. Sans blague. Ils sont sans doute persuadés qu'elle est morte, comme nous il y a encore deux mois. Au placard, le juge. Au placard, ton passé à Quantico. Au placard, tout le reste, sauf le fait qu'il n'y a aucune preuve que Carrie soit toujours vivante. Et on se fout de notre opinion.

Je le regarde, surprise :

— Notre *opinion* ? Cela relève de la simple opinion qu'elle m'ait tiré dessus avec un fusil de chasse sous-marine et que je ne me sois pas vidée de mon sang, ni noyée, par miracle ?

Les yeux fermés, son visage paisible offert à la vive lumière solaire, Lucy commente :

— Ah, sa ruse favorite. Faire croire qu'elle n'existe pas.

Elle est calme, mais il ne peut s'agir que d'une posture. Je ne connais personne de plus secret que ma nièce. Que des agents fouillent chaque recoin de sa vie personnelle est inconcevable. L'idée que je puisse être la suivante me traverse l'esprit, et je me demande comment Benton réagirait si un escadron de ses collègues débarquait dans notre belle et ancienne demeure de Cambridge.

Marino, que son banc de pierre insupporte, se lève et s'étire en déclarant :

— Restons-en avec ce qui se trouve sous notre nez. De quoi t'accusent-ils, Lucy ?

Elle hausse les épaules.

— Vous connaissez les fédéraux. Ils ne vous précisent jamais pourquoi ils pensent que vous êtes coupable et ils ne demandent rien. Ils retournent tout jusqu'à trouver quelque chose qui colle avec leur théorie. Par exemple, si vous avez oublié un détail, ou que votre souvenir est imprécis. Du genre, vous affirmez vous être rendu au supermarché le samedi alors, qu'en réalité, c'était le dimanche. Ils vous tombent alors dessus pour faux témoignage, un crime.

Bien que certaine de la réponse, je demande quand même :

— Je suppose que tu n'as pas appelé Jill Donoghue ?

Jill fait partie des avocats de pénal les plus renommés des États-Unis, une éblouissante et redoutable combattante qui n'hésite jamais à sortir de sa manche un coup bas. Bref, ce dont nous avons besoin en ce moment. Ça ne signifie en rien que je l'aime bien.

— Non, je ne l'ai pas contactée, ni elle ni personne.

— Pourquoi cela ? C'est la première personne que tu aurais dû appeler.

Marino m'approuve :

— Allons Lucy, t'es quand même plus futée que ça ! Tu peux pas lutter contre eux sans être assistée d'un avocat. Mais qu'est-ce qui déraille chez toi ?

— J'ai été *eux*. Je sais penser à leur manière. J'ai voulu coopérer assez longtemps pour recueillir des infos qui me permettent de comprendre pourquoi ils sont excités comme des puces et se donnent tant de mal. Ou du moins, connaître leurs prétextes pour justifier leur soudaine agitation.

Je relève aussitôt :

— Et ?

Elle hausse à nouveau les épaules. Je ne puis déterminer si elle refuse de se confier davantage ou si elle ne possède pas la réponse.

Marino décide :

— Je vais aller fourrer mon nez chez toi, voir ce qu'ils fabriquent. T'inquiète pas, je pénétrerai pas à l'intérieur. Mais je vais m'assurer qu'ils me voient. Qu'ils aillent se faire foutre.

Ma nièce précise :

— Janet, Desi et Jet Ranger sont dans le hangar à bateaux. Ce serait sympa que vous alliez prendre de leurs nouvelles. Assurez-vous qu'ils restent là-bas. Ils ne doivent pas rentrer à la maison. Souvenez-vous que mon vieux chien ne sait pas nager. Ne le laissez pas approcher de la berge, insiste-t-elle. *Qu'il n'approche pas d'un pas. Janet et Desi ne doivent pas le lâcher du regard.*

Je la vois. Je vois cette crispation sur son visage, une réaction musculaire involontaire alors que des pensées déplaisantes lui traversent l'esprit. Elle poursuit d'une voix dans laquelle je détecte sa colère meurtrière :

— Et dites-leur aussi que je les rejoindrai bientôt.

L'expression disparaît aussi vite qu'elle était apparue. On dirait un plongeur qui refait surface, puis qui replonge et disparaît. Rien ne demeure, que l'océan qui se soulève, la lumière qui se réverbère sur l'eau, et la ligne plane et vide d'horizon.

Je ne me souviens pas. Je sais juste que cela s'est produit. J'imagine qu'une naissance doit être similaire, bercé au chaud et immergé, puis soudainement, poussé vers l'extérieur avec force, choqué, manipulé par des mains humaines qui vous contraignent à respirer, à accepter cette vie. Je ne me souviens pas que Benton m'ait aidée à remonter vers la surface. Je ne me souviens pas de m'être accrochée à la poupe d'un bateau, et encore moins comment j'ai pu grimper à bord. Je n'aurais jamais pu me hisser à l'échelle de corde.

Le premier souvenir que je conserve se résume à cette personne qui appliquait un masque à oxygène sur mon visage, à ma gorge desséchée. J'avais le sentiment que ma cuisse droite était prise dans un étau si serré qu'il pulvérisait mon fémur. Je pense n'avoir jamais autant souffert, du moins est-ce l'impression que j'en garde. La flèche en fibre de carbone noir avait transpercé le quadriceps, perforant le *vastus medialis*, éraflant l'os avant de ressortir de l'autre côté de ma jambe. Lorsque j'en ai vu le fer, il m'a fallu un moment pour comprendre.

Durant un fugace instant, j'ai pensé que j'avais été victime d'un accident de chantier et que je m'étais empalée sur une barre d'armature. Ensuite, en plein flou, j'ai touché la pointe de la flèche et la douleur a irradié le long du fût. J'ai vu le sang sur mes mains, et d'autres traînées rouges sur le pont en fibre de verre du bateau. Je ne cessais de palper la face interne de ma cuisse, afin de m'assurer que la flèche ne frôlait pas l'artère fémorale.

Mon Dieu, je vous en prie, que je ne me vide pas de mon sang. Tu vas mourir d'hémorragie. Non, si tel était le cas, je serais déjà morte. Je me souviens de toutes les pensées qui tournoyaient dans mon esprit. Comme des échardes, des éclats, des bribes déconnectées, puis les ténèbres, puis une nouvelle dérive vers la conscience. J'ai vaguement senti que j'étais allongée sur le pont du bateau. Je me souviens du sang, d'une pile de serviettes et de Benton penché sur moi.

— Benton ? Benton ? Où suis-je ? Que s'est-il passé ?

Avec des gestes doux, il maintenait ma jambe immobile, me contraignait à respirer, sans cesser de me parler. Il m'a tout expliqué. C'est ce qu'il affirme, mais je ne me souviens pas d'un mot. Tout est brumeux. Hors d'atteinte.

Je me rends compte que ma nièce s'est levée et lui demande :

— Desi comprend-il ce qui se passe ?

Elle se tient devant moi, inquiète.

— Ça va ? Dans quel recoin vaguais-tu ?

Je ne lui révélerai pas que lorsque je pars *là-bas*, où que ce soit, je visite les fragments décousus d'une épouvantable illusion. Je ne peux me défaire de l'impression que je suis morte, puis revenue parmi les vivants. Il est exclu que je partage ce genre d'idées. Je ne mentionnerai pas les intrusions, les sensations, les images qui s'emparent de moi lorsque je m'y attends le moins. Les signes annonciateurs sont imperceptibles. Le claquement d'un briquet, un tuyau qui arrose en bruine, un mouvement saisi du coin de l'œil.

Et puis, surgie du néant, violente comme une crise, une décharge, l'effroyable souffrance qui ricoche dans mon cerveau. J'ai eu l'impression qu'un requin déchiquetait ma jambe, tirait d'un coup sec dessus, puis s'éloignait en me remorquant. J'avais accepté mon destin. J'allais me noyer. Tout était devenu vide, ténébreux.

Soudain, je l'entends à nouveau.

Le do *dièse d'une guitare électrique.*

Mon regard est attiré vers le téléphone que je tiens machinalement à la main, vers le message qui s'affiche en haut du l'écran.

Message LucyICE.

J'entre mon code et vais vérifier mes textos. Une répétition. Un lien, rien d'autre. Il ne peut pas avoir été expédié par ma nièce. Impossible. Elle se tient à moins de deux mètres de moi. Elle a reconnu la tonalité d'alerte et son regard croise le mien.

Elle vérifie son smartphone, puis déclare :

— Non, je ne viens pas de t'envoyer un texto.

— Je sais. Ou plutôt, je ne t'ai pas vue m'en envoyer un.

— Pardon ? Je viens d'entendre la tonalité de ma ligne ICE, la seconde de mon téléphone. Et je ne t'ai rien envoyé.

Elle lève l'appareil, déconcertée et méfiante.

— En effet, je ne t'ai pas vue toucher ton téléphone.

— Mais pourquoi t'exprimes-tu de cette manière ?

— Je commente sur ce que j'ai, ou pas, vu.

— As-tu attribué cette sonnerie à quelqu'un d'autre, tante Kay ?

— Tu personnalises toutes les sonneries et tu as créé celle-ci, unique, pour moi. Aucun autre appelant parmi mes contacts n'a…

Elle m'interrompt avec impatience :

— D'accord. Quel numéro s'affiche ?

— Aucun. Il est juste écrit LucyICE. C'est de cette manière que j'ai entré ce numéro dans mon répertoire. D'ailleurs, je les affiche. Tiens, regarde. C'est là. (Je retourne mon téléphone et lui montre l'écran, sans lui permettre d'approcher de trop près.) L'intitulé n'a pas changé. LucyICE. (Je récite le numéro de téléphone et la fixe.) C'est le tien. Est-il possible que quelqu'un l'ait piraté ? Plus spécifiquement, est-il envisageable que quelqu'un soit parvenu à pénétrer sur ta ligne ICE de sorte à envoyer des messages urgents sous ton nom, à ton insu ?

172

— Quel magnifique moyen d'attirer ton attention. De te faire lâcher ce que tu étais en train de faire. Par exemple, en ce moment. Une remarquable ruse pour te manipuler et te faire réagir de la manière souhaitée, à un moment donné et pour une raison précise.

Lucy jette un regard circulaire, semblant redouter qu'on nous épie, puis elle se dirige vers moi, tend la main et intime :

— Laisse-moi voir.

Je suis sur le point de lui remettre mon téléphone, mais recule le bras. La main toujours tendue, elle insiste :

— Il faut que je regarde. Quoi que tu viennes de recevoir, je n'ai rien envoyé, crois-moi. Laisse-moi voir de quoi il s'agit.

— Non.

— Et pourquoi ?

— D'un point de vue légal, je ne peux pas. Je ne me conduirai pas de façon aussi imprudente. Je ne sais pas au juste qui s'amuse à cela, Lucy.

— S'amuse à quoi ?

— À m'envoyer des choses comme si elles émanaient de toi.

Elle semble blessée, puis piquée au vif.

— Et tu crains qu'il ne puisse s'agir de moi.

Je répète :

— Je n'ai aucune certitude sur l'identité de l'expéditeur.

Je sens la colère monter en elle, jumelle de la mienne.

— Que veux-tu dire par *d'un point de vue légal* ? Tu leur ressembles. Tu penses que je suis coupable d'un truc. Le FBI grouille dans ma propriété. Du coup, je ne dois pas être complètement innocente ?

— Nous n'avons jamais abordé ce sujet. Tu n'as rien entendu, pas même une sonnerie. Merde à la fin, recule !

Je suis consternée par mes paroles et Lucy perd son contrôle.

— Je ne peux pas t'aider si tu me caches des choses, tante Kay !

— Si, tu peux m'aider en répondant à une question très simple. Quelqu'un a-t-il pu usurper ton numéro ? Le pirater ?

— Tu sais mieux que quiconque que je ne donne jamais mes numéros de téléphone. (Elle a les bras croisés sur son torse en signe de défiance.) D'ailleurs, je ne contacte presque jamais personne grâce à ma ligne d'urgence. Nul ne possède ce numéro, hormis toi, Benton, Marino, et bien sûr Janet.

— Eh bien, il semble que quelqu'un d'autre y ait eu accès. Comment cela a-t-il pu se produire ? Surtout avec toi.

— Pas la moindre idée. Je n'en sais pas encore assez.

Je me lève avec un luxe de précautions et non sans mal de mon banc de pierre, puis remarque :

— Je ne t'ai presque jamais entendue dire que tu ne savais pas. J'ai besoin de quelques minutes d'intimité, s'il te plaît.

Je plonge la main dans ma poche à la recherche de mon écouteur sans fil. Je clique ensuite sur le lien et un texte s'affiche à l'écran, rouge sang comme le premier :

CŒUR VIL ET MALFAISANT – Scène II
par Carrie Grethen
11 juillet 1997

Le regard du dragon de pierre, alangui sur son quartz rose, ne me quitte pas. Ses yeux grenat étincelants semblent me suivre alors que je m'éloigne au plus vite de ma nièce.

Le visage de Carrie apparaît, large, telle la face d'un marsouin. Elle se colle presque à la micro-caméra dissimulée dans un taille-crayon électrique en plastique beige.

Elle récupère le taille-crayon et se filme sous différents angles, puis dirige les petites lentilles dans la caverne rose foncé de sa bouche. Elle agite sa langue, plate, énorme, selon différents rythmes qui m'évoquent un métronome obscène. En haut, en bas, avec lenteur. D'un côté puis de l'autre, très rapidement. Elle tapote ses lèvres roses et émet de petits sons en « pop ». Puis, elle place le taille-crayon dans sa paume comme le crâne dans *Hamlet* et s'adresse à lui :

— Être ou ne pas être Dieu ? Là est la question. Serait-il plus noble d'endurer la peine de l'abstinence en repoussant la venue du plaisir ou dois-je céder à la gratification immédiate ? La réponse est non. Je dois résister. Il me faut être patiente, aussi patiente que nécessaire, en dépit de la difficulté, ou des contraintes que cela suppose. Dieu prévoit les événements des millions d'années en avance. Je puis l'imiter, chef.

Je perçois à nouveau la différence : une phrase a été rectifiée.

À qui s'adresse-t-elle sous le nom de chef ?

— Salut ! À nouveau, la bienvenue à vous.

Carrie se dirige vers l'ordinateur qui trône sur le bureau, repose le taille-crayon, tire la chaise et s'installe.

À l'aide de la souris, elle clique sur un fichier et une photo de Lucy et moi emplit l'écran. Sur ce cliché, je parle en m'aidant d'un geste de la main. Lucy est assise sur une table de pique-nique en bois. Elle m'écoute et sourit. Je reconnais le tailleur de soie gris perle que je portais ce jour-là, et que j'ai depuis longtemps donné. Carrie devait avoir un appareil photo équipé d'un zoom. Elle se tenait sans doute beaucoup plus loin, hors de vue, et je reconnais aussitôt la perspective, le temps, le feuillage.

Le parking de l'ERF. Il faisait chaud, avec un franc soleil. Sans doute en fin d'après-midi.

La cime d'un vert généreux des feuillus évoque l'été, la maturité. Les feuilles sont encore jeunes, et je n'aperçois pas la moindre nuance de roux ou de jaune. En effet, l'été. Juillet ou août. Peut-être la seconde moitié de juin. Il se peut que Carrie se soit dissimulée à l'intérieur d'un véhicule pour nous filmer alors que nous discutions à proximité des tables de pique-nique, dans la zone boisée qui flanquait le parking des employés. Je vois, je ressens, je flaire comme si je me trouvais là-bas.

Je portais donc cet élégant tailleur en soie que Benton m'avait offert pour mon anniversaire, le 12 juin, presque un mois avant celui de Marino. L'anniversaire de 1995, j'en suis presque sûre. Je suis certaine d'avoir enfilé ce vêtement en une seule occasion devant la cour parce qu'il se froissait affreusement. Au moment où j'avais été appelée à la barre, la jupe était tirebouchonnée comme si elle avait été roulée dans un tiroir, et d'autres pliures fripaient le tissu sous les bras, très visibles. Je reconnais l'ensemble. Je me souviens d'avoir fait une plaisanterie à ce sujet à Lucy.

Il s'agissait d'une affaire qui se passait en Virginie du Nord, pas très loin de Quantico, et je m'étais arrêtée après l'audience pour partager un déjeuner avec elle sur l'aire de pique-nique. Pas en 1997. C'est exclu. Elle venait de commencer son internat et nous avions bien ri au sujet de mon accoutrement. Je me souviens d'avoir précisé qu'en plus, il mettait en valeur les auréoles de sueur et que Benton était un homme typique, qui ne songeait pas à ce genre de choses. Mon mari est un être sensible, très intuitif, qui possède un goût exquis. Néanmoins, il ne devrait jamais choisir de vêtements pour moi.

Je ne travaille pas pour le Bureau, avais-je dit à Lucy, ou quelque chose d'approchant. *Je ne m'habille pas pour des réunions en cellule de crise, mais pour être à l'aise dans une décharge publique. On lave, on remet, ça me convient.*

En d'autres termes, Carrie espionnait, dès 1995. Peut-être avait-elle commencé à nous enregistrer clandestinement, dès après que nous nous sommes rencontrées. Je fixe l'écran de mon téléphone, et détaille la Carrie de juillet 1997, deux ans plus tard : elle se lève du bureau. Je la suis du regard alors qu'elle traverse la chambre. Concentre-toi. Ne permets pas à des souvenirs de te distraire de ses tentatives de manipulations.

— Faites-vous un bon voyage en mémoire, chef ? J'ai l'impression que vous vous offrez une longue et plaisante balade sur le fil des souvenirs. Vous reviennent des choses auxquelles vous n'aviez pas pensé depuis très longtemps, n'est-ce pas ? (Carrie pose sous une autre caméra et discute avec elle.) J'aimerais bien savoir à quelle année stellaire vous en êtes en ce moment. Et me voilà, à l'intérieur du morne boudoir exigu de Lucy, dans ce territoire de bites à pattes qui trimbalent des flingues et brandissent leurs badges.

Carrie est pieds nus, vêtue des mêmes vêtements de sport blancs. La lumière qui filtre par les lattes abaissées des stores a perdu en intensité. Du temps a passé depuis le premier enregistrement.

— Lucy est sortie quelques minutes pour se frotter à la domesticité. Une surprise ? Je sens que vous vous grattez la tête de perplexité. Et je me demande ? Soyez sympa, dites-moi la vérité. (Elle se penche vers la caméra, une moue conspiratrice aux lèvres.) Aide-t-elle un peu lorsqu'elle séjourne chez sa tata Kay ? Lave-t-elle la vaisselle, nettoie-t-elle les toilettes ou sort-elle les poubelles ? Le propose-t-elle ? Si tel n'est pas le cas, vous devriez avoir une discussion avec elle sur cet aspect particulier de sa colossale immaturité et sur le fait qu'elle est une gamine trop gâtée. Personnellement, je n'ai aucun problème pour la rendre responsable. J'ordonne : « Lucy, fais ci, fais ça. Allez, on se bouge ! » En ce moment, elle s'occupe de notre linge sale.

Carrie éclate de rire et claque des doigts avant de reprendre :

— Profitons de ce petit moment de solitude. Je vais vous donner une piste afin que vous deviniez la suite. Lorsque vous visionnerez ces enregistrements, des mois et des années auront passé. J'ignore combien. Peut-être cinq. Peut-être trente. Les ans auront passé à la vitesse de l'éclair et plus nous vieillirons, plus le temps s'accélérera, nous rapprochant du délabrement et de la dissolution physique.

« Au demeurant, les jours semblent filer plus vite pour moi que pour Lucy, et les vôtres doivent se suivre sur un rythme encore plus rapide parce que l'horloge biologique du cerveau, le noyau suprachiasmatique – elle tapote son front – vieillit avec nous. Ce qui évolue n'est pas le temps, mais la perception que nous en avons, puisque les instruments de notre biologie sont sujets au stress, à la fatigue et à l'usure. Ils deviennent moins précis, à la manière d'un gyroscope directionnel ou d'un altimètre en besoin d'étalonnage. Ce que vous percevez n'est plus une donnée fiable.

« Vos réminiscences devraient d'ores et déjà vous faire repartir vers le passé, comme charriées par une chaîne de montage. Ledit passé est déjà en train de se reconstruire, d'être rétabli, presque de façon miraculeuse, alors que vous revivez ce que vous voyez. Quelle magnifique promenade se prépare ! Acceptez-la, il s'agit du cadeau que je vous destine. Un éclat d'immortalité, quelques bulles de la fontaine de Jouvence. Cela étant, je n'insisterai jamais trop sur un aspect : *je ne sais pas quand*. Que se soit mon excuse.

« En cet espace-temps particulier, je ne puis, en toute honnêteté, prédire quand je déciderai que l'histoire du monde a atteint l'équilibre parfait pour vous éclairer avec justesse sur le sens de votre vie et de votre mort et le commencement, sans oublier la fin, de tous ceux qui comptent pour vous. Moi incluse. Oui, moi ! Nous n'avons jamais eu l'opportunité de développer une amitié. Nous n'avons jamais partagé une conversation digne de ce nom. Pas même un échange cordial. Et c'est regrettable lorsque l'on considère tout ce que je pourrais vous apprendre. Permettez que je vous présente un peu mieux Carrie Grethen. »

Une autre caméra cachée la suit pendant qu'elle traverse la pièce. Elle s'accroupit devant un sac à dos vert armée abandonné sur le sol et plonge la main à l'intérieur. Elle en extrait une enveloppe en papier kraft, non scellée, et en fait glisser des feuilles de papier pliées, d'autres pages de son script.

— Saviez-vous que j'étais écrivain, conteuse, artiste ? Je suis une passionnée d'Hemingway, Dostoïevski, Salinger, Kerouac, Capote. Non, bien sûr. Vous détesteriez m'humaniser. Vous refuseriez de m'accoler quelque chose de positif ou de notable – sans jeu de mots –, tel qu'un goût pour la poésie ou la prose. Ni même un sens de l'humour très malicieux.

« Je vais vous livrer quelques traits de ma personnalité, vous donner quelques indices. Vous pourrez, si vous voulez, les partager avec qui vous sied. Vous pourrez également les utiliser dans l'un de vos ouvrages techniques très ennuyeux. Voilà une excellente idée !

De grâce, acceptez que je change de pronom personnel et opte pour la troisième personne du singulier lorsque je parle de moi. En réalité, je ne parle pas de *moi*. Mais d'*elle*. Sommes-nous prêts ? Vraiment ? »

14

— Il était une fois une alchimiste qui préparait ses lotions protectrices personnelles. Elles lui garantissaient la jeunesse éternelle.

Carrie lève un flacon, tout en lisant son script. Elle frôle sa joue presque translucide et poursuit :

— Avec sa peau très pâle et ses cheveux platine, elle se fondait à la manière d'un papillon de nuit dans l'insipide chambre blanc cassé d'un dortoir du FBI, au point que la sélection naturelle aurait pu expliquer sa métamorphose. Tel n'était pourtant pas le cas. Autre chose avait aspiré les couleurs de son âme. Cette mutation avait engendré d'irrépressibles envies paranormales et des comportements qui la poussaient à rechercher la pénombre et les ténèbres.

« Dès sa tendre jeunesse, Carrie comprit qu'elle n'était pas bonne. Lorsque, à l'église, les gens parlaient de protecteurs, de bons Samaritains, d'honnêtes croyants au cœur pur, elle savait qu'elle n'en faisait pas partie. Dès les tout débuts, elle admit qu'elle était différente des autres, à l'école ou même chez elle. D'ailleurs, elle ne ressemblait à personne. Si cette découverte se révéla troublante, elle lui procura aussi un vif plaisir. Un tel écart avec les autres prouvait que Carrie avait été en quelque sorte distinguée d'inhabituelle manière. Ne s'agissait-il pas d'un rare don, de pouvoir supporter sans difficulté les températures extrêmes, de percevoir à peine le chaud ou le froid et de voir dans l'obscurité aussi bien qu'un chat ? Quel régal d'abandonner son corps assoupi et de voyager vers des terres lointaines et dans le passé, de parler des langues qu'elle n'avait jamais apprises et de se souvenir d'endroits qu'elle n'avait jamais vus. Le QI de Carrie était trop important pour être évalué.

« Néanmoins, celui qui reçoit beaucoup doit s'attendre à ce qu'on lui prenne encore plus. Un jour, sa mère prononça des mots terribles qu'aucun enfant ne devrait jamais entendre. Le destin de la petite Carrie se résumait à mourir jeune. Elle était si spéciale que Jésus ne pouvait supporter de s'en passer trop longtemps et la rappellerait au ciel.

« "Pense à cela comme à un plan divin qui t'est réservé à toi seule, expliqua la mère de Carrie. Jésus faisait ses courses. Et alors qu'Il passait en revue les millions de nouveaux bébés à naître, Il t'a choisie et fait mettre de côté. Bientôt, Il reviendra te chercher et t'emmènera chez Lui pour toujours."

« La petite Carrie de l'époque s'enquit : "Alors, c'est qu'Il a assez d'argent pour payer pour moi ?

« — Jésus n'a pas besoin d'argent. Jésus agit comme bon Lui semble. Il est parfait et omnipotent.

« — En ce cas, pourquoi n'a-t-Il pas réglé pour moi lorsqu'Il m'a trouvée ? Il aurait pu m'emmener aussitôt chez Lui ?

« — Il ne nous appartient pas de remettre en question Jésus.

« — Mais, maman, on dirait qu'Il est pauvre et pas du tout puissant. On dirait qu'Il n'a pas pu payer pour moi, de la même façon que tu ne peux pas t'offrir les choses que tu demandes au vendeur de te réserver.

« — Tu ne dois jamais montrer aucun irrespect envers notre Sauveur et notre Seigneur.

« — Mais je n'ai pas fait ça, maman. C'est toi. Tu as dit qu'Il ne pouvait pas payer pour m'acheter maintenant. Sans cela j'aurais déjà quitté la Terre pour le ciel, à Ses côtés. Je ne serais plus un poids pour toi. Tu ne veux pas de moi et tu aimerais que je sois morte."

« La réaction de la mère de Carrie ne se fit pas attendre. Elle lava la bouche de sa petite fille avec un savon Ivory. Elle déploya une telle énergie, une telle brutalité que le beau savon blanc se teinta de rouge, du sang des gencives de Carrie. Ensuite, sa mère abandonna l'analogie de l'achat réservé, comprenant que si l'image était assez descriptive, il lui manquait quelque chose. Au lieu de ça, sa mère commença à répéter à Carrie qu'elle devait vivre de façon exemplaire, avec un cœur pur, et remercier Dieu pendant qu'il en était encore temps, puisque aucun d'entre nous ne pouvait prévoir le nombre de jours qui lui restaient.

« Elle expliqua à la fillette ce qu'elle avait véritablement voulu dire en usant de la métaphore de l'achat mis de côté. En effet, la vie ressemblait à la réserve d'un hypermarché. Certains d'entre nous y demeureraient moins longtemps que d'autres, en fonction de "la nature de nos équipements offerts, avant que nous soyons mis en réserve sur la Terre, dans l'attente de Jésus".

« Pour être claire, en utilisant cette sotte analogie, la mère de Carrie faisait référence à une tare familiale, potentiellement fatale, dont sa fille avait pu hériter. Il ne s'agissait pas d'un mensonge. Plutôt d'un malheureux hasard biologique. Lorsque Carrie eut quatorze ans, sa grand-mère maternelle et sa mère étaient déjà décédées de thrombo-embolie, occasionnée par une anormalité de la moelle osseuse, appelée *polycythemia vera*, ou maladie de Vaquez. Carrie signa alors un pacte avec Dieu qui stipulait que tel ne serait pas son sort et, tous les deux mois, elle subissait une phlébotomie. On lui soustrayait un demi-litre de sang qu'elle conservait pour son usage personnel. Mais là n'était pas l'unique rituel intéressant qui devait l'accompagner jusqu'à l'âge adulte.

Carrie arpente la chambre, s'aidant de gestes, regardant les différentes caméras. Elle s'amuse comme une folle. Elle se délecte.

— Et puis, peu à peu, d'étranges rumeurs commencèrent à circuler à son sujet à l'ERF du FBI. Cela aurait constitué une violation des droits civiques de leur experte informatique senior, même civile, de mettre en question sa santé, ses croyances personnelles, et leurs manifestations. Qui cela pouvait-il concerner qu'elle épargne ou boive son propre sang, qu'elle soit bisexuelle et communie avec l'Autre Monde ? Ses appétits et ses fantasmes ne regardaient personne, tant qu'elle les gardait pour elle.

« Sa longévité ne présentait pas non plus d'intérêt. Seul importait le fait qu'elle finisse le travail pour lequel le gouvernement fédéral l'avait recrutée, une prouesse technique qui ne nécessitait pas l'intervention d'un agent spécial du FBI. Tel était le cas de Carrie. Professionnellement, elle était classifiée comme n'appartenant pas aux forces de l'ordre, ni à l'armée, une contractuelle indépendante à laquelle on avait accordé des autorisations de sécurité particulières. À titre personnel, on la traitait de timbrée, de crétine, une rien du tout qu'on affublait de sobriquets moqueurs ou vulgaires derrière son dos.

Ses yeux fixent la caméra. Ils ont pris une teinte bleu nuit, glaciale.

— Des surnoms sexistes, obscènes, et des critiques dont le FBI pensait que Carrie les ignorait. Il se trompait. Toutefois, son éducation l'avait préparée à ne pas réagir aux railleries, ni à riposter ni à faire quoi que ce soit qui puisse fournir une arme à l'ennemi.

« Une punition n'est pas une punition tant qu'on ne sent pas qu'on est puni, tant que la souffrance prévue vous épargne. Tout est affaire de perception. Tout tourne autour de votre réaction à un phénomène et cette réaction devient l'arme véritable. L'arme est ce qui blesse. Dans votre cas, je table sur le fait que vous vous meurtrirez vous-même, que vos propres réactions deviendront l'arme. En effet, il vous faut encore apprendre une leçon que personne n'a eu besoin de m'enseigner : si on ne ressent pas de souffrance, si on n'affiche pas ses blessures, c'est qu'il n'existait pas d'arme, mais une faible tentative…

Sa voix mélodieuse, agréable, aux légères inflexions chantantes de Virginie s'arrête soudain et l'écran s'obscurcit. Ce lien devient inerte à son tour. Et puis, il disparaît.

Jill Donoghue est indisponible, mais j'insiste pour que sa secrétaire l'interrompe. Je ne donne pas d'ordres, hormis lorsque je deviens très sérieuse et, en cet instant précis, j'ai l'impression d'être un moteur sur le point de s'emballer. Je dois paraître assez désagréable, mais je ne peux pas m'en empêcher. La secrétaire tente de négocier avec moi :

— Je suis désolée, docteur Scarpetta. Il s'agit d'une déposition. Ils doivent faire une pause à midi.

— Impossible. Il faut que je lui parle maintenant et je suis désolée d'insister. Je me doute de l'importance de cette déposition, mais mon problème est encore plus grave. S'il vous plaît, passez-la-moi.

Je songe à la patience. Suis-je une femme patiente ? En tout cas, je n'en ai pas l'air.

Pas ce matin et pour une excellente raison, selon moi. Carrie savait ce qu'elle faisait. Elle m'offre des indices et, bien que je ne puisse supporter de penser qu'elle me manipule, il serait téméraire et stupide de conserver des œillères. Elle a souligné que tout était affaire de moments, de minutage. Du coup, il semble logique que le moment qu'elle a choisi pour que ces liens atterrissent sur mon téléphone n'ait rien d'aléatoire.

Je me demande si elle espionne, alors que je me tiens dans le jardin de rochers de Lucy. Le soleil joue à cache-cache derrière les nuages blancs aux ventres ébouriffés, qui s'allongent à la verticale. L'orage estival s'approche, une énorme cellule, et je sens l'arrivée de l'ozone. Je m'écarte du sanctuaire en plein air de Lucy, foulant l'herbe grasse et drue. Je m'abrite sous l'ombre approximative d'un cornouiller pour permettre à mon rythme cardiaque de ralentir. La petite musique d'attente du cabinet de Jill Donoghue est horripilante et l'agacement me gagne. Un sang chaud de colère me monte au visage.

Je me suis toujours considérée comme une femme disciplinée et volontaire, endurante, persévérante, logique, une scientifique qui laisse ses émotions au portemanteau, mais, à l'évidence, je ne suis pas assez patiente, vraiment pas assez. Mes pensées tourbillonnent et des images s'imposent à mon esprit. Je ne cesse de revoir le visage de Carrie Grethen, sa peau d'albâtre, et les nuances variables de son regard qui accompagnaient sa déclamation, son soliloque. Bleu marine, bleu cyan, puis bleu glace, évoquant le regard d'un husky. Enfin, ses iris ont viré au bleu presque noir. Je suivais les changements de son esprit, les ombres du monstre qui l'habite, sa malignité. J'inspire à nouveau et relâche l'air avec lenteur.

Cette vidéo et sa fin abrupte ont eu le même effet sur moi qu'une trop forte dose de caféine. Mon cœur s'est emballé. J'ai presque l'impression d'être intoxiquée. Je ressens tant de choses qu'il m'est impossible de les décrire. Je tente d'ouvrir mes poumons, de respirer à fond, aussi calmement que possible, en attendant Jill Donoghue. Enfin, un déclic, la musique cesse.

Jill ne perd pas de temps :

— Que se passe-t-il, Kay ?

— Rien de bon, sans quoi je ne vous dérangerais pas ainsi. Désolée de vous avoir interrompue.

Je fais quelques pas et ma cuisse droite me rappelle à l'ordre.

— Que puis-je faire pour vous ? C'est quoi, ce bruit ? Un hélicoptère ? Où êtes-vous ?

— *A priori*, un hélicoptère du FBI.

— J'en déduis que vous vous trouvez sur une scène de crime...

— Non, dans la propriété de Lucy, laquelle est traitée à la manière d'une scène de crime. J'ai besoin de vos conseils d'avocate, Jill. Tout de suite.

Je regarde Lucy, assise sur un banc un peu plus loin. Elle affecte de ne pas être intéressée par ma conversation.

— Nous en discuterons un peu plus tard. Que se passe-t-il ?...

— Non, nous en discutons maintenant. Merci d'en prendre note. Le 15 août à 11 h 10, j'ai requis vos services d'avocate et vous ai demandé de représenter aussi Lucy. Si tant est que vous soyez disposée à cela.

Jill Donoghue comprend vite :

— En d'autres termes, nous sommes toutes trois protégées par le secret professionnel. Sauf si vous vous entretenez avec Lucy en mon absence.

— J'entends bien. Je finis par croire que plus rien n'est protégé par le secret, ni privé.

— Voilà une attitude intelligente à notre époque, Kay. Très vite, ma réponse est oui concernant la représentation. Mais s'il y a conflit, je devrais me récuser et ne réserver mon conseil qu'à l'une d'entre vous.

— Ça me paraît correct.

— Pouvons-nous parler ?

— Lucy affirme que l'endroit où je me tiens en ce moment est sécurisé. Selon moi, la majeure partie de sa propriété ne l'est plus. Peut-être ont-ils placé mon téléphone sur écoute. De même que mon adresse e-mail professionnelle. Pour être franche, je ne sais plus trop ce qui ne présente pas de danger.

— Lucy a-t-elle parlé au FBI ? Même un simple bonjour ?

Je lève les yeux vers l'hélicoptère et imagine les agents à l'intérieur qui épient.

— Elle a coopéré jusqu'à un certain degré. Je redoute qu'elle se sente un peu trop à l'aise. Je déplore aussi qu'elle n'ait pas eu l'idée de vous appeler tout de suite, Jill.

— En effet, c'est dommage. Toutefois, je la connais. Il est dans sa nature de sous-estimer le FBI. Une grave erreur.

Lucy fait maintenant les cent pas. Le regard baissé vers son téléphone, elle tape un texto. Elle ne paraît pas s'inquiéter d'une intrusion du FBI dans sa messagerie ou autre. Je ne devrais pas être surprise et souhaite bien du plaisir à quiconque décide de s'immiscer dans sa sphère privée. Elle considérera chaque tentative de cet ordre à la manière d'un défi, d'une compétition, et ne sera que trop heureuse de relever le gant. Je ne peux qu'imaginer les cyber-dégâts et la destruction qu'elle est capable de semer si elle s'y décide, et me souviens du regard de Carrie lorsqu'elle a affirmé que Lucy était une gamine trop gâtée. Le clip vidéo que je viens de découvrir continue de défiler dans mon esprit. Je ne parviens pas à l'effacer.

Impossible de me défaire des moqueries de Carrie, de son égocentrisme pompeux et de sa haine sans fond. De son inhumanité. C'est injuste et monstrueux que j'y sois soumise. Je me sens attristée, en colère, abîmée d'une façon difficile à définir. Je me demande si tel était le but de cet envoi. Puis une autre idée chasse la première. Si je le raconte, même à Jill Donoghue, se posera un problème de crédibilité.

Personne n'ajoutera foi à mes dires, non sans raison. Les liens se sont volatilisés. Il est impossible de prouver qu'ils menaient à des enregistrements réalisés par Carrie Grethen ou quiconque.

Les questions de Donoghue s'enchaînent. Elle se prépare avant de partir.

— Qui d'autre est présent dans la propriété ?

— Marino. Janet et leur fils adoptif, Desi. Enfin, il n'est pas encore adopté officiellement. Sa mère, la sœur de Janet, est morte d'un cancer du pancréas il y a trois semaines.

Donoghue y va de quelques condoléances et, chaque fois qu'elle tente de faire preuve d'empathie et de gentillesse, sa voix adopte une tonalité différente. Cela m'évoque une touche de piano un peu désaccordée ou le tintement sourd d'un verre de qualité médiocre. Sa façon de se mettre à la place d'une autre personne n'est qu'une tactique bien huilée. Je dois toujours m'efforcer de ne pas oublier que son charisme, sa prétendue compassion ne sont que les accessoires de son art. Une déception attend celui qui s'y laisserait prendre. Elle s'enquiert :

— Et Janet et Lucy ? Sont-elles mariées ?

Je ne m'y attendais pas et une sorte d'hésitation, peut-être de gêne, tempère ma réponse :

— En réalité, je ne sais pas.

— Vous ignorez si la nièce que vous avez élevée comme votre fille est mariée ?

— Elles n'en ont jamais parlé. Du moins pas à moi.

— Mais enfin, vous seriez au courant ?

— Pas nécessairement. Ça ressemblerait à Lucy de se marier en secret. Toutefois, je serais surprise. Elle avait encouragé Janet à déménager, il n'y a pas si longtemps.

— Pourquoi ?

Je jette un coup d'œil à ma nièce afin de m'assurer qu'elle ne peut entendre mes paroles et explique :

— Lucy craint pour la sécurité de Janet et de Desi.

Elle me tourne le dos, concentrée sur son smartphone. Jill Donoghue insiste :

— Sont-ils en sécurité auprès d'elle ?

— À l'évidence, Lucy pensait le contraire il y a quelques mois.

— Les gens mariés peuvent mettre un conjoint à la porte. Nul besoin d'être un couple non marié pour cela.

— Nous en revenons à la case départ. Je ne sais pas si elles le sont légalement, et donc si elles sont protégées par le privilège des époux, bref, le secret conjugal. Il faudra que vous leur demandiez.

— Janet sait-elle qu'elle ne doit pas dire un mot au FBI ? Parce qu'ils vont essayer de la piéger et de la faire bavarder. D'ailleurs, ils vont tenter de la coincer tout court. Elle ne leur répond pas, même s'ils lui demandent l'heure ou ce qu'elle a mangé au petit déjeuner.

— Janet est un ancien agent du FBI, en plus d'une avocate. Elle saura s'y prendre avec eux.

— Oui, oui, bien sûr. Lucy et elle sont d'anciennes fédérales, ce qui sous-entend qu'elles ont bien trop confiance dans leur aptitude à gérer le FBI. Benton est-il, comme je le suppose, au courant de ce qui se passe ?

— Je n'en ai pas la moindre idée.

Je ne veux pas. Il s'agit d'une autre possibilité insupportable, quoique vraisemblable. Comment Benton pourrait-il ignorer que sa propre famille fait l'objet d'une descente ? Comment aurait-il pu ne pas l'apprendre ? Il ne s'agit pas d'un raid spontané. Les fédéraux l'ont planifié.

Jill Donoghue m'informe :

— Je l'ai aperçu en cour, tôt ce matin, lors d'une audience préparatoire. Il paraissait en forme, sans préoccupation particulière. Toutefois, il se conduit toujours de la sorte.

— En effet.

Je ne me souviens pas que Benton m'ait prévenue qu'il se rendait au tribunal ce matin.

— Et vous ne lui avez pas expliqué où vous vous trouviez en ce moment et ce qui se passait ? demande Donoghue. Selon vous, il ne se doute de rien ?

Benton et moi avons bu un café. Nous avons passé quelques minutes paisibles sous notre véranda avant de nous préparer pour le travail. Je revois son élégant visage, tel que je m'en souviens il y a quelques heures. J'admets :

— Non, je ne l'ai pas appelé.

Je n'ai pas détecté la moindre ombre, de quoi que ce soit, qui aurait pu le troubler. Benton est un des êtres les plus impénétrables que j'aie jamais rencontrés.

— Selon vous, Kay, quelle est la probabilité qu'il soit dans l'ignorance de l'arrivée des fédéraux ?

Nulle. Une sinistre vérité. En effet, comment aurait-il pu ignorer que ses collègues allaient faire une descente chez Lucy et confisquer certaines de ses possessions ? Bien sûr qu'il savait. Comment se fait-il qu'il n'ait pas été préoccupé ? Comment a-t-il pu dormir à mes côtés, après m'avoir fait l'amour, alors qu'une chose pareille se tramait ? Je sens un pincement de colère devant cette trahison. Puis plus rien. Ainsi va notre vie commune. Nous échangeons bien plus de non-conversations que quiconque de ma connaissance.

Ne pas partager nos secrets s'apparente maintenant à une routine. Parfois, nous nous mentons même. Le plus souvent par omission. Cependant, il n'est pas non plus exclu que nous dénaturions la vérité parce que nos métiers l'exigent. Lors de moments tels que celui-ci, alors que les pales d'un hélicoptère du FBI battent l'air au-dessus de ma tête et que les agents grouillent sur la propriété de ma nièce, je me demande si cela vaut le coup. Benton et moi répondons à un pouvoir supérieur qui n'est en réalité qu'inférieur. Nous servons avec loyauté un système de justice pénale défectueux, et compromis au point de risquer la rupture. Je résume au profit de Jill Donoghue :

— Nous n'avons pas échangé depuis que nous avons quitté notre domicile ce matin. Je ne lui ai rien raconté.

— Le mieux est d'en rester là pour l'instant.

Après un silence pesant, elle ajoute :

— Tant que nous y sommes, Kay, j'ai une question à vous poser. Avez-vous déjà entendu le terme data fiction ?

— Data fiction ? Non, jamais. Pourquoi ?

Lucy s'est tournée d'un bloc et me jette un regard comme si elle avait entendu ce que je viens de dire.

— C'est un terme crucial dans une affaire pour laquelle je suis passée au tribunal ce matin. Une affaire sans rapport direct avec vous, à proprement parler. Nous discuterons plus tard, en tête à tête. Je file.

15

Je mets un terme à la communication et me laisse aller contre le cornouiller, songeuse. L'hélicoptère ressemble à un énorme frelon noir menaçant. Il a survolé la rivière à basse altitude, remontant et descendant son cours, obliquant sèchement à droite ou à gauche, bref, un vol quadrillé et bruyant comme s'il cherchait quelqu'un.

Le soleil frôle ma nuque et je contemple l'herbe fraîchement coupée et les arbres luxuriants. Le pré qui fait suite au jardin de rochers évoque une toile de peintre éclaboussée de couleurs primaires hardies et de leurs saisissants mélanges. La beauté naturelle qui m'environne me coupe le souffle. Tout ici incite à la paix, mais le FBI a transformé ce petit paradis en zone de guerre, et je m'aperçois soudain de ma solitude. Je ne peux me confier à personne, pas vraiment, et surtout pas à Benton.

Jill Donoghue a assisté à une audience préliminaire ce matin et a croisé mon mari. Quelle était la raison de sa présence à la cour de justice fédérale de Boston et pourquoi ne l'a-t-il pas mentionnée avant que nous partions travailler ? Autre chose me ronge : pourquoi Donoghue a-t-elle évoqué cette data fiction ? Y a-t-il un rapport avec la situation pour laquelle j'ai sollicité son aide, avec Lucy, moi, ou un autre parmi nous ? Ou alors a-t-elle juste mentionné un aspect important à ses yeux à cet instant-là ? Je me tourne et jette un regard à l'hélicoptère qui vire à l'est, pique, passe au-dessus de la maison de Lucy pour se diriger vers nous. Le visage de ma nièce s'est fait dur. Elle demande :

— Prête ?

Je ne puis être certaine qu'elle n'a pas entendu ma conversation. J'ignore ce qu'elle sait au juste.

— Oui, allons-y. (Nous nous dirigeons vers la maison.) Avant qu'un autre mot ne soit prononcé entre nous, je te rappelle qu'aucun de nos échanges en tête à tête n'est protégé par le secret.

— Rien de neuf, tante Kay.

— Il faut donc que je me montre très prudente lorsque je te demande ou te confie quelque chose. Je veux m'assurer que tu le comprends bien.

L'herbe drue lâche un murmure sous mes boots et l'humidité est si importante qu'elle flirte avec le point de rosée.

Dans une heure à peu près, nous risquons de nous retrouver en plein milieu du déluge. Ma nièce me jette un regard furtif et souligne :

— Je connais tout du droit de garder une information secrète. Que veux-tu savoir ? Demande-le-moi tant que c'est possible. Dans quelques minutes, cet échange deviendra risqué.

— Jill Donoghue a mentionné un détail au sujet d'une affaire qui impliquait la data fiction. Je serais curieuse de savoir si tu as une idée là-dessus, parce que le terme est nouveau pour moi.

— La data fiction est un concept très tendance en ce moment sur l'Undernet. Bref, le Web profond.

— Ce Web profond où la plupart des échanges sont illégaux ?

— Ça dépend avec qui tu t'entretiens. Pour moi, il s'agit juste d'une frontière extrême du cyberespace, un peu comme le *far west* en son temps, un autre endroit où pêcher des données et où lâcher mes moteurs de recherche.

— Parle-moi de la data fiction.

— C'est ce qui arrive lorsqu'on dépend tellement de la technologie que l'on prend pour argent comptant des choses qu'on ne peut pas voir. Du coup, on ne peut plus déterminer ce qui est vrai ou faux, ce qui est fiable ou pas. En d'autres termes, si la réalité est définie par un logiciel qui effectue tout le boulot pour nous, que se passe-t-il si ledit logiciel ment ? Et qu'arrive-t-il si tout ce en quoi nous croyons n'est qu'une façade, un mirage ? Et si de fausses données nous décident à déclarer la guerre, à débrancher un malade, à arbitrer entre des décisions qui se soldent par la vie ou la mort ?

— Selon moi, ça arrive plus souvent qu'on ne souhaite l'imaginer. En tout cas, cela me préoccupe beaucoup chaque année, lorsque nous publions nos statistiques criminelles et que le gouvernement appuie ses décisions dessus.

— Pense... des drones armés contrôlés par un logiciel non fiable. Un clic de souris, on fait sauter la maison d'un innocent.

— Je n'ai pas d'efforts d'imagination à faire. J'ai bien peur que ce ne soit déjà arrivé.

— Autre exemple, des informations tronquées ou des manipulations financières, quelque chose de bien pire qu'une pyramide de Ponzi. Songe à toutes ces transactions en ligne, à tous ces relevés digitaux des soldes de comptes bancaires. Tu crois avoir un certain montant de liquide, des actifs ou des dettes. Tu le lis sur ton écran d'ordinateur ou un relevé trimestriel généré par un logiciel. Que se passe-t-il si ce logiciel crée des données prétendument précises au centime près, mais en réalité fautives ? Et si ce n'était qu'un déguisement pour une fraude ? Data fiction.

J'avance avec lenteur, grimpant à nouveau une colline.

— Une affaire qui passe en cour fédérale l'implique. De ce que j'ai compris, Jill Donoghue a quelque chose à voir avec ça. Peut-être Benton aussi.

Lucy marque une pause pour m'attendre et propose :

— On s'arrête une minute, tante Kay ?

— Il faudrait que nous discutions de la façon dont tu m'appelles. Tu ne peux pas continuer avec tante Kay.

— Quoi, alors ?

— Kay.

— Ça fait bizarre.

— Docteur Scarpetta. Chef. Eh, toi ! Quelque chose d'autre que tante Kay. Tu n'es plus une enfant. Nous sommes toutes deux adultes.

Lucy insiste :

— J'ai l'impression que tu souffres beaucoup. Trouvons un coin où tu puisses t'asseoir un peu.

— Ne t'inquiète pas de ça. Je vais bien.

— Faux, tu as mal.

— Désolée d'être si lente.

La douleur irradie et m'électrise la jambe. Je m'y suis habituée, du moins pour une grande part. Je me sens mieux chaque semaine qui passe, mais je ne puis me déplacer rapidement. Monter les escaliers reste difficile. Faire du surplace sur le sol carrelé de la salle d'autopsie durant des heures m'est pénible. Cependant, une activité vigoureuse – par exemple, entreprendre l'ascension d'une colline par cette chaleur et cette humidité – représente un effort quasi proscrit. Ma tension artérielle ne doit pas monter.

Lorsque j'excède mes capacités, je me souviens que l'os est un tissu vivant et que le fémur est le plus long et le plus lourd du corps humain. Tout le long courent des nerfs cruciaux. Le fémoral et le sciatique descendent, sous d'autres noms, du bas du dos vers la cuisse, le genou et le pied, trains à grande vitesse qui véhiculent la souffrance le long de leurs rails. Je m'arrête quelques secondes et me masse les muscles de la cuisse par petits mouvements légers.

— Tu devrais t'aider d'une canne.

— Ah, certainement pas !

Elle me détaille, puis jette un regard à ma jambe alors que je recommence à marcher avec raideur.

— Si, je suis sérieuse. Tu es désavantagée. Tu ne peux plus fuir en cas de nécessité. Au moins, si tu avais une robuste canne de marche, tu pourrais l'utiliser comme une arme.

— Un peu la logique d'un bambin de sept ans, quelque chose que Desi dirait, non ?

— Avoir l'air vulnérable, meurtrie fait de toi une cible facile. Les tordus sentent la faiblesse comme les requins flairent le sang. Une métaphore, mais qui envoie le mauvais message.

— Je me suis déjà transformée en cible facile cet été, pour un requin d'un sacré gabarit. Ça n'arrivera plus. J'ai un pistolet dans mon sac.

J'ai conscience de mon léger essoufflement.

— Débrouille-toi pour qu'ils ne le voient pas. Ils adoreraient qu'on leur fournisse un bon prétexte pour nous descendre.

— Pas très drôle.

— Ai-je l'air de plaisanter ?

Sa maison est maintenant en vue, de bois et de verre, surmontée d'un toit de cuivre. Située en haut d'une butte, elle donne sur la rivière, à cet endroit aussi large qu'une baie. L'hélicoptère tourne à nouveau au-dessus du bois, très bas, et la cime des arbres s'incline sous la bourrasque engendrée par ses pales.

— Mais que cherchent-ils, à la fin !

— Ils veulent l'enregistrement.

Lucy a sorti cela, d'une voix neutre, et j'en reste stupéfaite. Je m'immobilise dans l'allée et la dévisage.

— Quel enregistrement ?

— Ils sont certains que je l'ai planqué quelque part, enfoui à la manière d'un trésor, peut-être dans un bunker secret. Enfin, vraiment ! ajoute-t-elle sarcastique. Ils pensent que je vais cacher la caméra dans un petit coffret en métal et creuser un trou pour l'enterrer et ooohhh, mon Dieu, est-ce une bonne planque ? Si j'ai décidé qu'ils ne trouveraient pas un truc, ils n'y parviendront pas, même dans mille ans.

— Quel enregistrement ?

L'attention de Lucy est captée par l'hélicoptère, assourdissant, si proche que nous devons presque crier pour nous entendre.

— Je peux te certifier qu'ils ont recours à des radars à pénétration de sol, à l'affût de paramètres géologiques qui leur indiqueraient qu'il existe une cachette souterraine. Ensuite, ils débarqueront avec de foutues tractopelles, juste pour avoir le bonheur de bousiller mes aménagements paysagers. Parce que vois-tu, avant tout, il s'agit de revanche, il s'agit de me remettre à ma place.

— Quel enregistrement, Lucy ?

Je m'attends à ce qu'elle admette que les vidéos « Cœur vil et malfaisant » lui ont été expédiées à elle aussi.

— Celui de Floride.

Elle parle de celui qui fut réalisé alors que je plongeais dans les parages d'un navire naufragé, au large de la côte de Fort Lauderdale, il y a deux mois.

Elle explique :

— Il n'y a rien d'exploitable dessus mais, à l'évidence, ils l'ignorent. Toutefois, cela dépend aussi de ce qu'ils cherchent vraiment. Ou plutôt de ce qu'ils ne cherchent surtout pas, une hypothèse plus séduisante. Et je ne leur offrirai pas ce bonus. Je suis presque certaine de savoir de quoi il s'agit, mais ils ne l'obtiendront pas avec les compliments de la maison !

Je comprends soudain qu'elle m'a menti, qu'elle a menti à tout le monde.

Mon masque équipé d'une petite caméra n'a jamais été retrouvé. Du moins l'ai-je cru. On n'est jamais parvenu à le récupérer après que Carrie a tenté de me tuer. C'est ce que l'on m'a incitée à croire.

On m'a expliqué que ce n'était pas une priorité de le retrouver, contrairement à me sauver la vie. Lorsque des plongeurs sont redescendus, le courant avait entraîné le masque et sans doute était-il recouvert d'une épaisse couche de vase. Pesant mes mots, je m'étonne :

— Ils voulaient ce masque il y a deux mois. Pourquoi cette histoire refait-elle surface ?

— Jusque-là, c'était théorique. Aujourd'hui, ils sont convaincus qu'il est en ma possession.

— Tu veux dire que le FBI en est convaincu. Sur quoi se fondent-ils ? Et d'ailleurs, comment peux-tu savoir quelles sont leurs certitudes à ce sujet ?

— Lorsque je suis rentrée des Bermudes récemment, j'ai atterri à Logan. En quelques minutes, les douanes grouillaient dans l'avion.

Je lève la main et m'immobilise à nouveau dans l'allée.

— Attends. Avant de poursuivre, pourquoi les fédéraux s'inquiéteraient-ils de savoir que tu étais aux Bermudes ? Pourquoi auraient-ils suivi ta trace là-bas ?

— Peut-être parce qu'ils s'intéressaient à la personne que je devais y rencontrer.

Carrie à l'esprit, je m'enquiers :

— Qui cela ?

— Une connaissance de Janet. Sans intérêt pour toi.

— Je serais beaucoup moins catégorique que toi, puisqu'il semble que cette personne fascine le FBI.

— Ils vont continuer à fouiner partout, au cas où Carrie existerait vraiment.

Je réprime une bouffée de colère.

— Si elle n'existe pas, qui m'a transpercé la jambe ?

— Pour résumer une longue histoire, le FBI a dirigé les douanes vers moi. Ils ont passé mon avion au peigne fin et m'ont posé d'interminables questions sur mon voyage, pourquoi je l'avais entrepris, et avais-je pratiqué la plongée sous-marine ? Ils m'ont retenue plus d'une heure, et leur but ne fait aucun doute dans mon esprit. Leurs instructions étaient de chercher le masque, des appareils d'enregistrement, en d'autres termes des choses qui intéressent le FBI. Les fédéraux ne voulaient surtout pas se griller à mon sujet. Ils ne pouvaient pas investir l'avion, passer en revue mes bagages à l'envi sans attirer une sacrée attention sur eux. Les douanes, si !

Je ne vois vraiment pas comment ma nièce aurait pu récupérer mon masque, et pense aussitôt à Benton. S'il l'a découvert sans le remettre au FBI, il deviendra coupable d'altération de pièces à conviction, d'obstruction à la justice, tout ce que ses petits camarades du FBI parviendront à dénicher pour l'accabler.

— Devrait-on… ?

Je ne termine par ma phrase et jette un regard aux réverbères, et aux caméras nichées à leur sommet. Lucy reprend :

— J'ai désactivé l'audio des caméras sous lesquelles nous passons. Je suis certaine qu'ils le savent. Dès que nous serons rentrées, ils confisqueront mon téléphone pour que je ne puisse plus gérer mon système de sécurité. Ils ont examiné mon équipement de plongée un peu plus tôt.

— Mais enfin, tu ne te trouvais pas à mes côtés durant l'attaque !

— Ils se débrouilleront pour affirmer le contraire.

— Ridicule ! Tu n'étais même pas en Floride.

— Prouve-le.

— Comment pourraient-ils soutenir l'hypothèse que tu étais à proximité lorsqu'on m'a tiré dessus ? Que tu plongeais avec nous ? Quels seraient leurs arguments ? Tu n'étais pas avec nous.

Mais Lucy n'en a pas fini de contrer mon raisonnement.

— Qui va le prouver de façon irréfutable ? Benton et toi ? Parce que personne d'autre ne peut corroborer vos dires.

Elle n'a pas tort, les deux plongeurs de la police qui m'avaient précédée en descendant vers le navire naufragé ont été assassinés. À ma connaissance, il n'y a eu aucun témoin de la tentative de meurtre dont je fus victime, à l'exclusion de Benton et de son auteur, Carrie.

Lucy insiste :

— Ils sont certains que je suis en possession de ton masque.

— Est-ce vrai ?

— Pas vraiment.

— Comment cela ?

— À l'instant où tu as activé la caméra fixée sur ton masque, les informations sont passées en *streaming* vers un site désigné.

— Quel site ?

— Inutile de le savoir pour l'instant.

— Bien, ça fait donc deux choses que tu gardes pour toi. La personne que tu as rencontrée aux Bermudes, et l'endroit où la vidéo a été expédiée.

— Exact.

— Eh bien, en ce qui me concerne, je n'étais même pas au courant que quelqu'un détenait mon masque.

Nous sommes proches de sa maison et elle reste silencieuse. Je persiste :

— Pour ce que j'en sais, il n'a jamais été retrouvé. La première priorité se résumait, bien sûr, à me sauver lorsqu'ils m'ont hissée dans le bateau. De plus, il y avait une scène de crime sous-marine à examiner, après un double homicide.

Je revois les deux corps transpercés de flèches de fusil de chasse sous-marine dans l'écoutille du bateau, les deux policiers tués quelques instants avant que Benton et moi ne plongeâmes à notre tour. Dès que j'ai vu leurs cadavres, j'ai compris que j'étais la suivante. Carrie est alors apparue au détour de la carcasse rouillée du navire naufragé. J'ai entendu un léger bourdonnement, son engin de propulsion qui la rapprochait de moi, et le claquement sec de la première flèche percutant mon bloc. La douleur violente de la seconde, vrillant ma cuisse, m'a suffoquée. Je rappelle à ma nièce :

— Deux corps devaient être remontés et il fallait tenter de récupérer les équipements que j'avais pu perdre après l'attaque. Il s'est écoulé des heures avant que le bateau coulé et la zone alentour soient explorés avec soin. Ensuite, on m'a toujours affirmé que mon masque demeurait introuvable.

206

— Néanmoins, ils connaissaient son existence. Ils savaient que tu en portais un au moment où Carrie est censée s'être attaquée à toi. Voilà le nœud du problème. On leur a dit.

— « Censée s'être attaquée à moi » ?

— Ils envisagent la chose de cette façon. Ils savent que le masque était équipé d'une mini-caméra et il semble donc logique que la vidéo de la plongée ait été exportée en *live-stream*. Probablement à mon intention. Ils doivent penser que j'étais installée quelque part avec une bécane et que je visionnais ce qui t'arrivait.

— Et pourquoi penseraient-ils cela ?

— Parce que c'est ainsi.

Un sentiment on ne peut plus perturbant m'envahit, un sentiment qui prend en ampleur et accélère mon rythme cardiaque.

— « Parce que c'est ainsi » ne semble pas une excellente raison. Dis-moi ce que tu penses vraiment.

— La raison, c'est toi. Tu as évoqué ce masque lors d'interviews. Tu as raconté au FBI que j'avais installé cette petite caméra enregistreuse sur le masque que tu portais lorsque Carrie t'a tiré dessus. En d'autres termes, il devrait y avoir des preuves indiscutables des événements. À cela près que c'est faux.

— Que veux-tu dire par là ?

— Te souviens-tu de m'en avoir parlé après qu'ils t'ont interrogée à l'hôpital ?

— À peine.

— Te souviens-tu d'avoir mentionné le masque et ses capacités auprès du FBI ?

— À peine.

En effet, je ne me rappelle pas avec netteté ce que j'ai pu raconter à Lucy, aux fédéraux, ou à quiconque. Ces conversations juste après mon hospitalisation étaient décousues, vécues comme dans un rêve. Je serais incapable de répéter les questions ou mes réponses mot à mot. Cependant, je suis certaine que j'ai dit la vérité, quoi que l'on m'ait demandé, surtout après avoir été blessée et abrutie de médicaments, dans un état second.

Jamais, à ce moment-là, je n'aurais eu de raison de me méfier de mon témoignage. J'ai relaté ce que je savais, ou croyais savoir, parce que jamais je n'aurais imaginé que ces informations puissent être retournées contre nous. Comment aurais-je pu anticiper que deux mois plus tard, le FBI déboulerait sur la propriété de ma nièce, avec un hélicoptère pour la quadriller ?

— Je suis désolée si je suis à l'origine de tes ennuis, Lucy. D'ailleurs, il n'y a pas de « si ». Je suis responsable.

— Pas du tout.

Nous approchons de l'allée qui mène à la porte principale de sa demeure.

— J'ai pourtant le sentiment d'avoir envenimé les choses. Je suis vraiment navrée, Lucy. Ça n'était pas dans mes intentions.

— Tu n'as pas à être navrée et, à partir de maintenant, nous arrêtons de parler. Trois-deux-un et l'audio est revenu !

Elle frôle une application sur son téléphone, me jette un regard et hoche la tête.

Notre moment d'intimité disparaît, en un clignement de paupières.

16

Une femme en pantalon de treillis et polo noir ouvre la porte principale. Elle pouvait surveiller notre approche, à défaut de nous entendre, grâce au système de caméras.

Le Glock calibre 40 et le badge en cuivre rutilant pendus à la ceinture d'Erin Loria écrasent sa silhouette fine. Je procède aussitôt à une sorte d'inventaire. Les épaules un peu rentrées, qui finiront par se voûter complètement. Des dents bien plantées, naturelles, sans décoloration due à une érosion d'émail. Les bras couverts de duvet très fin, brun. Une anorexique restrictive. Elle risque une ostéoporose précoce et des problèmes cardiaques, si elle n'y prend pas garde. À part cela, elle ne m'évoque rien, et je ne pense pas l'avoir déjà aperçue. En revanche, je sais qui elle est.

La super-agent qui dirige l'opération et a peut-être été l'amante de Carrie Grethen nous regarde rejoindre le trottoir de pierre. Nous le remontons pendant qu'elle nous étudie sans un mot. De longs cheveux noirs, déjà clairsemés aux tempes et sur la calotte, encadrent son visage. Elle a un petit sourire en coin qui, dans les meilleurs jours, doit être trompeur et dans les pires, comme aujourd'hui, condescendant. J'avoue que, même en l'étudiant, je peine à distinguer les vestiges d'une ancienne reine de beauté. Il me faut la détailler pour apercevoir l'élégante ossature sous la peau recuite par le soleil, les courbes remplacées par les os qui affleurent, les fesses aujourd'hui plates, et les seins affaissés. Ses yeux sombres très espacés sont soulignés de poches, quant à sa bouche pulpeuse, des rides d'amertume en ont gommé le charme.

Ce qui reste de sa joliesse de poupée Barbie s'efface rapidement. Impossible de dire si je l'ai rencontrée à Quantico lorsque Lucy y séjournait, et je suis plutôt physionomiste. Je n'ai aucun souvenir d'elle. Pourtant, ce serait le cas si nous avions été présentées, si nous avions un peu discuté. Peut-être nous sommes-nous croisées dans un couloir. Ou alors, peut-être avons-nous pris le même ascenseur un jour. Je l'ignore. De plus, je me moque de savoir si elle a entretenu une relation sexuelle avec Carrie. L'important se résume à ce que ma nièce a pu croire à cette époque, et il est tout à fait scandaleux qu'Erin Loria mène le raid sur sa propriété, qu'elle ait quoi que ce soit à voir avec ma nièce. Je le fais savoir d'une façon qui n'a rien de cordial :

— « Étrange conflit d'intérêts » semble-t-il.

— Pardon ?

— Réfléchissez-y quelques instants et vous comprendrez à quoi je fais référence.

Je ne tends pas la main. Impossible de ne pas repenser à ce que j'ai découvert sur la vidéo, et j'imagine Lucy dévastée de souffrance et de jalousie après qu'Erin Loria eut surgi sur le parcours d'obstacles de Yellow Brick Road. Il ne s'agissait pas d'une coïncidence. À l'évidence, Carrie et Erin partageaient une relation sous le nez de ma nièce. Je parviens à peine à imaginer ce qui a pu lui traverser l'esprit lorsque Loria a déboulé dans sa propriété, mandat en main, dix-sept ans plus tard.

— Je suis Kay Scarpetta, médecin expert en chef.

— Je sais.

— Je voulais seulement m'en assurer et vous montrer, si besoin, mes papiers d'identité.

Elle bloque la porte d'entrée et ne fait pas mine de bouger, ni dans une direction ni dans l'autre. Non sans ironie, j'ajoute :

— Et je crois que vous avez déjà rencontré ma nièce.

— Je sais qui vous êtes et qui est votre nièce. Vous n'ignorez pas, bien sûr, que nous nous connaissons depuis des lustres. (Le sourire qu'elle adresse à Lucy m'exaspère.) Cela me soulage de constater que tu n'as pas pris la fuite.

Du ton que je connais bien, ce ton qui passe pour de l'ennui alors qu'il ne véhicule que du mépris, Lucy rétorque :

— Je suppose que cela justifie le survol de l'hélicoptère. Au cas où j'aurais envie de m'évader de ma propriété. Une nouvelle démonstration de la brillante logique du FBI.

— Une remarque amusée, pince-sans-rire. Bien sûr, tu ne serais pas assez sotte pour t'enfuir. Je plaisantais.

Pourtant, son humour trahit son arrogance.

Après un regard pour l'appareil bimoteur noir, ma nièce observe :

— Laisse-moi deviner qui pilote. John, 1,95 mètre et 140 kilos de muscles aux stéroïdes. Big John, qui possède le doigté subtil d'un tank. Tu aurais dû le voir, il y a peu, se poser sur le chariot, dans ce hangar que tes potes utilisent à Hanscom. Oups, désolée ! Peut-être ignorais-tu que le hangar secret du FBI, réservé aux opérations spéciales, hébergé sur la base Air Force de Hanscom, est de notoriété publique ? Ce vaste dépôt subventionné par l'argent du contribuable qui vient d'être refait à neuf, juste à côté de MedFlight ? Non ?

Lucy n'a pas fini de la titiller avec ce hangar, pas si secret que ça, situé à proximité de Boston. Elle poursuit :

— Peu importe... il a donc fallu que Big John s'y reprenne à trois fois pour centrer votre oiseau sur le chariot. Les patins partaient dans tous les sens, l'un a touché terre pour rebondir, complètement déséquilibré. Je sais toujours quand Big John tient le manche. Je pourrais lui filer quelques tuyaux au sujet des corrections excessives. Tu vois, sur le mode : pense avant d'agir. Ce genre de trucs.

Une myriade de pensées troublent le regard d'Erin Loria. Elle est furieuse et tente de trouver une réplique cinglante. Je ne lui en laisse pas l'opportunité. Regardant par-dessus son épaule en direction d'un immense espace de verre et de bois qui semble s'élancer au-dessus de l'eau, je lâche :

— J'aimerais entrer chez ma nièce.

Erin ne bouge pas d'un pouce, mais déclare :

— Parfait. J'ai quelques questions à vous poser.

Je repère les empreintes de semelles poussiéreuses qui enlaidissent les parquets de cerisier d'un rouge profond, les grosses boîtes à archives blanches empilées contre un mur.

Les abat-jour de mica des lampes du salon ont disparu. Les meubles style Mission ont été repoussés à la va-vite et les coussins retournés, jetés un peu au hasard. Je remarque les gobelets de café et des sacs de fast-food froissés sur les tables, ou abandonnés sur le manteau africain, en acajou sculpté main, de la cheminée. Des sachets vides de sucre en poudre, des bâtonnets-cuillers remplissent une coupe de verre que j'ai achetée pour Lucy à Murano. On dirait qu'une petite armée a piétiné son espace digne d'un magazine de décoration en moins de deux heures. Le FBI lui retourne son doigt d'honneur. Plus précisément, son ancienne voisine de dortoir le brandit.

Je déclare, peu impressionnée par son regard impavide :

— Mieux vaut réserver vos questions pour Jill Donoghue. Elle ne devrait pas tarder. Si vous me permettez un conseil professionnel, dans mon monde, nous n'apportons pas de boissons sur une scène, ni n'utilisons la cuisine ou les toilettes à des fins personnelles. En aucun cas, nous ne semons nos déchets partout. Bref, il me semble que vous avez oublié le B.A.BA de la conduite à tenir sur une scène, une constatation surprenante dans le cas de l'épouse d'un juge. Plus que tout autre, vous devriez être consciente que des brèches de protocole peuvent vous revenir à la manière d'un boomerang devant le tribunal.

On pourrait croire qu'elle n'a pas entendu un mot de ma mise en garde et, agissant en maîtresse de maison, elle invite :

— Entrez, je vous en prie.

Lucy fait mine de s'éloigner en me prévenant :

— Je vais aller prendre des nouvelles de tout le monde.

Erin l'agrippe par le bras.

— Pas si vite !

Lucy déclare d'un ton paisible :

— Tu ôtes tes mains de moi.

Erin raffermit sa prise et me demande :

— Et votre jambe ? Lorsque j'ai été avertie, j'ai aussitôt pensé : mais comment s'est-elle débrouillée pour ne pas se noyer ? À ce sujet, Zeb vous salue.

Je suis bien certaine que le juge NoDodo me regrette comme un clou à la fesse. Pourtant, je déclare :

— Transmettez-lui mes respects.

— Je t'ai demandé, avec courtoisie, d'ôter tes mains.

Erin comprend enfin qu'elle ferait mieux d'obtempérer. Son attention se reporte vers moi :

— On dirait que vous avez beaucoup de difficultés à marcher. Vous étiez à quelle profondeur ? Vingt, trente mètres, et vous avez perdu connaissance ? Si quelqu'un m'avait tiré dessus avec un harpon, je me serais trouvée mal.

D'un ton emprunté, et c'est volontaire, je récite la petite phrase que j'ai mise au point plusieurs semaines de souffrance auparavant :

— Il faudra un bon moment avant que je retrouve un usage correct de ma jambe. J'espère un rétablissement complet. Il s'agit de l'unique question à laquelle je répondrai avant l'arrivée de Jill Donoghue.

— Entendu. Faites comme bon vous semble, à cela près que personne ici n'a l'intention de vous lire vos droits, docteur Scarpetta. Nous ne vous interrogeons pas, mais espérons votre aide, des informations.

Puis elle s'adresse à Lucy :

— Désolée, je vais devoir réquisitionner ton téléphone. J'ai été gentille à ce sujet. J'aurais pu exiger que tu me le remettes dès que nous sommes arrivés. Je t'ai accordé le bénéfice du doute, et qu'arrive-t-il ? Tu bidouilles le système de sécurité.

— Pas *le* système de sécurité. *Mon* système de sécurité. Et je fais ce que je veux avec.

Erin répète :

— Je t'ai offert le bénéfice du doute. Et pour tout remerciement, tu interfères avec notre enquête. Il n'y aura donc plus de faveur de ma part.

Elle prend le téléphone de Lucy, qui n'est pas dupe :

— Ton « bénéfice du doute », consistait à me laisser mon smartphone assez longtemps pour voir qui je contacterais et tout ce que je tenterais pendant que vous mettiez le maximum d'appareils sur écoute. D'ailleurs, un grand merci ! Ça m'a beaucoup aidée de cerner ce qui vous intéressait. En revanche, je doute que ça vous ait apporté un quelconque avantage. En réalité, vous voulez obtenir des mots de passe, et des noms d'utilisateurs. Vous n'y êtes pas parvenus, n'est-ce pas ? Et devinez quoi ? Vous n'y arriverez jamais. La NSA, la CIA ne pourraient pas s'infiltrer au travers de mes pare-feu.

Toutefois, quelqu'un y est parvenu.

Il semble bien que quelqu'un, vraisemblablement Carrie, usurpe la ligne téléphonique de Lucy et ait réussi à pénétrer dans son système informatique, son réseau sans fil, ce qui pourrait compromettre le système de sécurité qui protège sa propriété. Le monde de Lucy fait partie d'un Web beaucoup trop compliqué pour moi. Ses réseaux possèdent des réseaux, ses serveurs ont des serveurs, et ses proxies, des proxies.

Personne ne sait vraiment ce qu'elle fait, les limites de son champ d'action, ni si un intrus pirate son intimité. Et pourquoi pas Carrie ? Il me faut bien sûr considérer une autre hypothèse : que Lucy ait permis cette immixtion. Elle peut l'avoir facilitée. Si on lui lance un défi dans le cybermonde, sa réaction consistera à l'accueillir. Elle est certaine de vaincre.

Erin fanfaronne :

— Nous pouvons nous infiltrer où nous le souhaitons. Cela étant, si tu es intelligente, tu collaboreras. Tu nous communiqueras ce dont nous avons besoin, notamment les mots de passe. Plus tu rendras les choses difficiles, plus les conséquences deviendront fâcheuses pour toi.

— Ouh, là, j'ai vraiment peur !

Le ton de Lucy a pris des inflexions glaciales, et je me souviens de son sarcasme à l'adresse de Carrie dans la vidéo, *Oh mon Dieu, j'ai peur !*

Elle n'était pas effrayée. Du moins, pas comme n'importe qui d'autre.

— Tu as toujours été trop sûre de toi.

Erin interdit le passage de son bras tendu au travers du chambranle de la porte. Je comprends soudain que son attitude m'est destinée.

Stupéfiant ! Elle tente de se rendre intéressante. J'en sourirais si la situation s'y prêtait.

216

Erin poursuit :

— D'ailleurs, c'est ce qui t'a occasionné des ennuis la première fois.

Lucy surveille l'hélicoptère qui vole en cercle au-dessus de sa propriété.

— La première fois ? Attends que je me souvienne. Voyons… Quand ai-je eu des ennuis la première fois ? Je devais avoir deux ou trois ans, peut-être même n'étais-je pas encore née.

— Bon, je constate que tu es déterminée à compliquer les choses au maximum.

Ma nièce n'a pas lâché des yeux l'appareil qui fait du surplace à basse altitude au-dessus des bois qui entourent la maison.

— Six, sept cents pieds dans cette chaleur et avec cette humidité ? Ajoutons un probable chargement lourd ? Laisse-moi deviner. Au moins six personnes à l'arrière. Sans doute des types baraqués avec un pois chiche dans la tête, bardés d'équipements. À la place de Big John, je ne m'attarderais pas dans la courbe de l'homme mort. Bonne chance pour une autorotation d'urgence. Moi, j'aurais déjà atterri, avec ce que nous annonce la météo. Tu pourrais le prévenir par radio, afin de le lui transmettre, et aussi lui rappeler qu'il a peut-être encore trente minutes de visibilité correcte avant une détérioration rapide, avec retour au vol à vue, puis plus rien. Il ferait preuve de sagesse en se barrant vite fait pour rejoindre Hanscom à temps et remiser votre appareil qui coûte une blinde dans son joli hangar. On prévoit de la grêle.

— Tu n'as pas changé. Tu es toujours la même arrogante…

Erin s'apprêtait à sortir une vulgarité et s'arrête net. Lucy la fixe et demande :

— Arrogante quoi ?

Erin la pulvérise du regard et siffle :

— Tu n'as vraiment pas changé. (Elle se tourne alors vers moi.) Votre nièce et moi avons séjourné à Quantico à la même époque.

— Bizarre, je ne me souviens pas de toi. Peut-être pourrais-tu me montrer une vieille photo de classe, que je me rende compte à quoi tu ressemblais à l'époque.

Lucy ment avec aisance et légèreté.

— C'est faux.

L'air innocent, Lucy persiste :

— Non, je suis sincère.

— Si, tu te souviens de moi. Comme je me souviens de toi.

— Et ça te suffirait à me connaître ?

Erin ne cesse de me dévisager, bien que répondant à ma nièce :

— J'en connais assez.

— Quelle erreur ! En vérité, tu ne sais pas la moindre foutue chose à mon sujet.

Le moment serait très mal choisi pour faire la leçon à Lucy. Néanmoins, je regrette de ne pouvoir lui signaler que sa passe d'armes verbale s'apparente à de l'imprudence. Sa colère a fait voler en éclats sa façade. Sa rage s'est imposée et donne au FBI encore plus de motivation pour lui couper les ailes ou la boucler dans une cage. J'interviens :

— Je voudrais voir le mandat.

— Il ne s'agit pas de votre propriété.

— Certaines de mes possessions personnelles, dont des éléments liés à des affaires criminelles, sont rangées dans cette maison. Je vous suggère la plus grande circonspection. Vous ne voudriez pas altérer quelque chose, au risque de vous occasionner de gros ennuis.

— Et d'un, vous êtes ici que parce que je le permets. Parce que je me montre amicale et que je fais mon travail au mieux.

Erin a décidé de transformer nos échanges en compétition. Je plonge la main dans le sac pendu à mon épaule et en extrais un stylo et un calepin en précisant :

— Je vous imite. Je prends des notes.

Elle lève les mains.

— Mais je n'écris rien.

Je jette un regard à ma montre et la détrompe :

— Vous y viendrez. Il est donc 11 h 25, en ce vendredi matin, 15 août. Nous sommes dans le vestibule de la maison de Lucy à Concord. (Je prends note.) Je viens juste de demander à l'agent spécial Erin Loria de me montrer le mandat de perquisition parce que je suis aussi une occupante de cette maison. Pas à temps plein. Toutefois, je dispose ici d'un appartement qui renferme certaines de mes possessions et des documents confidentiels. En d'autres termes, je voudrais voir ce mandat.

— Il ne s'agit pas de votre maison.

Je réplique :

— Permettez que je cite le Quatrième Amendement de la déclaration des droits : le peuple a le droit d'être « en sécurité physiquement, tout comme ses maisons, ses papiers, tous ses effets personnels contre des

recherches, fouilles et confiscations déraisonnables ».
Je veux donc voir le mandat afin de m'assurer qu'il a
été convenablement signé par un juge et que ce juge
n'est pas le mari de l'agent spécial Erin Loria, l'honorable Zeb Chase.

Elle m'interrompt :

— C'est ridicule ! Il est en Virginie.

— Votre mari est un juge fédéral. Il peut signer n'importe quel ordre d'une cour fédérale à votre demande.
Certes, ce serait une grosse brèche à l'éthique. (Je gribouille des notes.) J'aimerais voir ce mandat. C'est la
troisième fois que je vous le demande.

Je souligne cette dernière phrase avec emphase.

17

Il s'agit du document habituel, rien de retors ou d'inattendu. Le mandat de perquisition et de saisie recense à peu près tout à l'exclusion de l'évier de la cuisine, incluant des niches et passages secrets, les portes, les pièces et les sorties attachées ou non à la résidence principale et à ses dépendances.

L'inventaire de ce que le FBI a confisqué jusque-là énumère les armes à canon long, les armes de poing, les munitions, les chargeurs, les couteaux, tous les instruments de toutes les descriptions pouvant couper ou poignarder, les équipements de bateau et de plongée, les équipements électroniques destinés à l'enregistrement, les ordinateurs, les disques durs externes, et tout autre moyen de stockage électronique. Leur liste légale de souhaits inclut aussi les sources possibles d'indices biologiques, notamment d'ADN, et je trouve cela bizarre. Cela étant, rien aujourd'hui ne me paraît normal, même un tant soit peu.

Selon moi, le FBI doit posséder l'empreinte ADN de Lucy. Elle a travaillé pour eux. Son ADN et ses empreintes digitales sont stockés dans leur base de données, comme ceux de Janet, de Marino et les miens, à fin d'exclusion. À part ça, ils ne devraient pas être intéressés par le petit Desi, âgé de sept ans.

Il n'a rien à voir avec nos affaires et je ne comprends pas ce qu'espèrent au juste les agents. À l'évidence, ils n'en ont pas fini. L'acharnement avec lequel ils ont fondu sur les ordinateurs et ce qu'ils renferment m'incite à envisager un autre scénario sinistre. Et si les fédéraux tentaient de trouver un moyen pour accéder aux informations confidentielles détenues par mon quartier général, le Centre de sciences légales de Cambridge ?

Lucy est la clé de tout ce que nous faisons au CFC. C'est la gardienne de mon royaume électronique et, en conséquence, un portail potentiel pour le FBI. Ils pourraient tenter de l'utiliser pour accéder aux comptes de messagerie électronique de mes bureaux et à des dossiers concernant des affaires qui remontent à plusieurs décennies. Soudain, une idée tempère mon inquiétude : qu'est-ce qui pourrait les fasciner à ce point ? Je me demande pourquoi l'hélicoptère m'a suivie jusqu'ici. Mais était-ce bien le cas ? Ou alors, l'ai-je déduit sans raison ? Le FBI s'en prend-il seulement à Lucy ? D'ailleurs, est-elle leur cible, ou alors est-ce moi ?

Je rends le mandat à Erin Loria et insiste :

— Les dossiers du CFC ainsi que tous les documents de laboratoire et d'enquête sont placés sous le secret administratif et professionnel. Ils jouissent de la protection de la loi du Massachusetts et de la loi fédérale et vous ne pouvez utiliser la position de Lucy au sein de mon personnel pour accéder aux informations confidentielles détenues par le Centre. Je suis bien certaine que vous comprendrez à quel point cette pratique serait déplacée.

Je n'ai pas utilisé le qualificatif « illégale » parce que le FBI s'assurerait que tel n'est pas le cas. Ils tordraient la vérité de sorte à justifier chacune de leurs actions. Tenter de s'opposer à eux relève de la fameuse parabole de David et de Goliath. Un David sans son caillou et un Goliath armé d'un fusil d'assaut. Bien que le sachant, ça ne m'a jamais dissuadée d'engager un bras de fer avec les officiels gouvernementaux. Je n'oublie pas qu'ils sont censés œuvrer pour le peuple et qu'ils ne sont pas une loi dans la loi, même s'ils agissent à l'inverse. Toutefois, je me retrouve toujours écrasée par le nombre. Une autre donnée que je garde aussi à l'esprit. Je souligne :

— Une telle violation pourrait avoir un impact sérieux sur les affaires criminelles dans lesquelles le CFC est impliqué. Il me serait alors impossible de garantir l'intégrité de nos dossiers, dont plusieurs milliers ont trait à des affaires fédérales, des affaires du FBI. Je ne doute pas que vous soyez consciente des conséquences éventuelles. Je hasarderais même que le ministère de la Justice n'a sans doute pas besoin d'autres *buzz* médiatiques à propos de violations de la vie privée, d'espionnage, et d'enquêtes bousillées.

— Me menacez-vous d'alerter les médias ?

Prenant garde à mes phrases, je répète en la suivant le long du couloir lambrissé de bois de cerisier, dont les murs sont ponctués de lithographies et de toiles de Miró :

— Je me contente de vous rappeler les conséquences possibles de certaines de vos actions. Le mandat que vous détenez pour perquisitionner la propriété de ma nièce ne vous accorde aucun droit concernant le CFC. Ni d'ailleurs me concernant, à titre personnel.

Alors que nous atteignons la chambre principale, Erin contre-attaque :

— Parce que si vous balancez ce genre de choses à la presse, je vous inculpe pour obstruction à la justice.

Je gribouille d'autres notes sur mon calepin et déclare :

— Je ne vous ai menacée d'aucune sorte. En revanche, je me sens menacée. Pourquoi me menacez-vous ?

Je souligne cette dernière ligne. Elle se défend :

— C'est faux.

— C'est pourtant ce que je ressens.

— Et je respecte vos sentiments.

Elle a enfin sorti un calepin et prend des notes à son tour, écrivant ce que je dis, peut-être par réflexe de défense.

Je n'oublie jamais que le Bureau est aussi rusé qu'un renard et qu'il insiste sur l'utilisation de papier et de stylo pour noter ce que ses agents ont vu et entendu. Ils prennent des notes. Il est ainsi plus aisé de dénaturer les actes et les propos d'un suspect ou d'un témoin.

Ce qui se déroule dans la chambre n'est pas agréable à voir. Pourtant, je relève :

— Votre respect pour mes sentiments n'est pas suffisant. Vous n'avez aucune raison recevable, aucune justification, quelle qu'elle soit, de fouiller dans les dossiers confidentiels d'un médecin expert ou dans les communications qui leur sont associées, dont certaines renferment des informations classées secret en rapport avec nos troupes, nos militaires, hommes et femmes. Vous n'avez aucun droit d'approcher les e-mails ou toutes autres formes de communication utilisées par mon personnel ou moi-même.

— Je comprends votre position.

D'un ton à peine courtois, je préviens :

— Vous le comprendrez encore mieux si vous mettez en péril l'une de mes affaires. Il ne s'agit pas d'une menace mais d'une promesse.

— Je prends note de ce que vous venez de dire.

Heureusement, Lucy n'est pas là pour découvrir que deux agents ont pénétré dans son dressing, et fouillent de leurs mains gantées les poches de ses vêtements, ses jeans, ses uniformes de vol, ses tenues plus habillées.

Elles retournent ses chaussures, ses boots, inspectent ses serviettes et porte-documents, les tiroirs des meubles. De l'autre côté de la pièce, un agent inspecte la penderie de Janet pendant qu'un autre décroche les œuvres d'art des murs, des toiles remarquables et des photographies de la vie sauvage africaine. Il les descend, et les appuie contre le mur tout en sondant du plat de la main les lambris, à la recherche de compartiments secrets, je suppose. Ma poitrine se serre.

Je me dirige vers une fenêtre et relève le store alors qu'Erin propose :

— Tout ceci deviendrait beaucoup plus simple si nous avions un échange honnête. Nous pouvons vous épargner pas mal de problèmes si nous obtenons la vérité sur ce qui s'est passé.

Sans me retourner, je demande :

— À quel propos ?

— En Floride. Il nous faut la vérité là-dessus.

Le regard perdu, je contemple cette fin de matinée par la fenêtre, et refuse de la regarder.

— Vous sous-entendez que ceux d'entre nous qui étaient impliqués mentent, à croire que votre position par défaut consiste à considérer que personne ne peut dire vrai. D'un autre côté, vous n'avez sans doute pas tort. Dans votre monde, peut-être mentent-ils tous, et j'inclus dans ce lot l'organisation pour laquelle vous travaillez. Dans votre monde, la fin justifie les moyens. Vous pouvez faire ce que bon vous chante et la vérité est accessoire. Si tant est que vous sachiez la reconnaître.

— Lorsque vous avez été blessée en juin… ?

Je détaille le vaste jardin qui se termine en pente escarpée plantée d'arbres serrés et la reprend :

— Vous voulez dire lorsque j'ai été attaquée.

— Lorsqu'on vous a tiré dessus. Je stipule qu'il existe assez d'éléments pour affirmer qu'on vous a tiré dessus.

— Vous stipulez ? On se croirait devant la cour…

Elle m'interrompt :

— Avez-vous déjà possédé un fusil sous-marin ?

— Reposez-moi la question lorsque Jill Donoghue sera arrivée.

— Et Lucy ? Elle semble manifester un vif intérêt pour les armes. Avez-vous une idée du nombre d'armes à feu qu'elle a entreposées dans la pièce forte ? Seriez-vous surprise si je vous précisais que nous en avons dénombré presque cent ? A-t-elle besoin de tant d'armes ?

Je n'ai aucune intention de justifier les achats d'armes de ma nièce. Lucy collectionne ce qu'elle appelle de petites fournées d'armes, faites main. Elle aime les technologies complexes, l'art et la science qui se mêlent dans d'élégantes innovations, même celles qui tuent. Elle est attirée par les symboles de pouvoir, qu'il s'agisse de revolvers, de voitures, de machines volantes, et les amasse parce qu'elle le peut. En réalité, elle peut presque tout se permettre. Si elle a envie d'un Glock customisé par Zeb, ou d'un Colt M1911 adapté aux gauchers, elle se moque de leur prix pour peu qu'ils soient particulièrement beaux.

Je ne réponds pas aux questions d'Erin Loria, ce qui ne l'empêche pas de m'en poser d'autres. Je contemple le léger scintillement qui joue à la surface de l'eau, le léger courant, et le ponton de trente mètres de long en cyprès, terminé par le hangar à bateaux construit en teck et en verre. Lucy est allée s'enquérir de Janet, Desi, et de Jet Ranger. Je l'ai encouragée à ne pas nous rejoindre à la maison jusqu'à l'arrivée de Donoghue. J'espère que celle-ci ne tardera pas. Je tente d'apercevoir la silhouette de Marino, en vain.

— Je ne mâcherai pas mes mots avec vous, Kay. Je suppose que cela ne vous ennuie pas que je vous appelle par votre prénom ?

Je ne rétorque rien. Si, ça me déplaît.

— Une seule chose importe : passer en revue ce qui, selon vous, est arrivé, et ce que Benton assure avoir observé. Vous avez déclaré que Carrie Grethen vous avait tiré dessus…

Je me retourne et la regarde :

— Il ne s'agit pas de ce que Benton ou moi affirmons. J'ai relaté des faits, véritables.

— Vous affirmez que Carrie Grethen vous a tiré dessus sur la foi de ce que vous avez vu. Une femme qui a disparu depuis combien de temps ? Au moins treize ou quatorze ans ? Alors que des témoins ont relaté sa mort ?

Je suis décidée à ne pas laisser passer cette information :

— Pas exactement. Il s'agit d'un décès présumé. Nous ne l'avons jamais vue dans l'hélicoptère qui s'est écrasé. Ses restes n'ont jamais été retrouvés. Il n'existe aucune preuve qu'elle soit morte. Il existe, justement, des preuves du contraire, et le FBI le sait. Inutile que je vous dise…

Erin m'interrompt à nouveau :

— Vos preuves. Vos preuves fantaisistes et invérifiables. Vous apercevez du coin de l'œil une personne qui porte une combinaison de plongée de camouflage et vous la reconnaissez sans hésitation.

— Une combinaison de camouflage ? Voilà un détail intéressant.

— Un détail que vous nous avez fourni.

Je ne réponds rien. Je laisse s'installer un nouveau silence inconfortable. Elle reprend :

— Peut-être ne vous en souvenez-vous pas ? D'ailleurs, après un traumatisme de cette importance, il se peut que vous ayez oublié pas mal de choses. Comment fonctionne votre mémoire aujourd'hui ? Je me suis demandé si vous étiez restée longtemps sous l'eau, en apnée.

Je reste silencieuse.

— Ça peut avoir de sérieuses conséquences sur la mémoire.

Je ne réagis pas. Elle insiste :

— Vous avez donc affirmé que la personne qui vous avait tiré dessus portait une combinaison de camouflage.

— Je n'en conserve aucun souvenir. Néanmoins, c'est possible.

D'une voix qui dégouline de condescendance, elle approuve :

— Bien sûr, bien sûr.

— Je ne me souviens pas de l'avoir dit aux agents du FBI. En revanche, je me souviens parfaitement de ce que j'ai vu.

Elle reformule son argument au sujet de Carrie.

— En résumé, vous reconnaissez une femme présumée morte. Alors même que vous ne l'avez pas revue, ni même une photographie d'elle depuis plus de dix ans, vous êtes sûre de votre identification. Je cite de mémoire certaines de vos déclarations sous serment, recueillies par nos agents de Miami le 17 juin, alors que vous étiez toujours hospitalisée.

Je lui rappelle :

— Un témoignage qui n'a pas été enregistré, mais transcrit par écrit. Ce qu'écrivent les agents et ce qui s'est vraiment dit sont ardus à prouver puisqu'il n'existe pas de traces incontestables. Et je me demande, comme ça, comment peut-on être assuré que j'ai bien *prêté serment*.

— Seriez-vous en train d'insinuer que si vous n'aviez pas juré de dire la vérité, vous auriez pu… ?

Une voix familière retentit dans le couloir.

— Bonjour ! Bonjour ! Ça suffit maintenant ! C'est très mal élevé de commencer sans moi.

Jill Donoghue pénètre dans la pièce avec un large sourire, toujours très chic, vêtue de l'un de ses tailleurs de marque, celui-ci bleu marine. Ses cheveux bruns ondulés sont plus courts que la dernière fois que je l'ai vue. Hormis ce détail, elle est égale à elle-même, toujours énergique et fraîche, bloquée de façon permanente entre trente-cinq et cinquante ans.

Elle se présente à Erin Loria, et s'ensuit un bref conflit de territoire, indice que le FBI ne gagnera pas. Donoghue résume :

— Je ne pense pas que nous nous soyons déjà rencontrées. Et donc, vous êtes nouvelle dans la division de Boston ? Permettez que je vous explique comment les choses fonctionnent. Lorsqu'une de mes clientes vous affirme qu'elle ne parlera pas jusqu'à ce que j'arrive, vous arrêtez de lui adresser la parole.

— Nous avions juste une discussion banale sur le fait qu'elle avait reconnu Carrie Grethen…

— Vous voyez ? Voilà ce que j'appelle parler à une cliente !

— … Et comment elle avait pu reconnaître cette femme, ou quiconque d'ailleurs, étant donné la rapidité des faits, et l'extrême menace représentée par la situation alléguée.

Donoghue réprime un rire :

— Alléguée ? Avez-vous examiné la jambe du Dr Scarpetta ?

Le défi se lit dans le regard d'Erin, ainsi que sa conviction que je ne me dévêtirai pas.

Elle ne pourrait se tromper davantage. Je baisse la fermeture à glissière de mon pantalon de treillis.

18

Erin Loria débite à toute allure :

— D'accord, d'accord, vous n'avez rien à prouver !

Je descends la jambe droite de mon pantalon au-dessous du genou et précise :

— On renonce vite à sa pudeur dans ma profession. Lorsque vous avez travaillé sur un cadavre en décomposition, un flotteur par exemple, peu vous importe qui se trouvera à côté de vous sous la douche. Les cicatrices d'entrée et de sortie sont juste ici.

Je les désigne, pas plus grandes qu'une pièce de dix cents, rondes, d'un rouge agressif.

— La flèche a transpercé le muscle quadriceps. Elle a pénétré environ à mi-cuisse, pour ressortir juste au-dessus de la patella, ma rotule. La pointe dépassait d'une dizaine de centimètres de l'orifice de sortie. Les dégâts les plus sérieux ont été faits au muscle et à l'os, encore plus endommagés à cause de la corde. Une extrémité était attachée à la flèche et l'autre à un flotteur de surface. Je vous laisse imaginer les tractions successives.

— Quelle idée affreuse ! Si douloureux. (Elle marque une pause pour dramatiser son commentaire.) Toutefois, n'est-il pas du domaine du possible que cette blessure ait été auto-infligée, vous incitant à imaginer une histoire mettant en scène un fantôme en tenue de camouflage ?

Je tiens un fusil de chasse sous-marine imaginaire et tente d'aligner son extrémité avec l'orifice d'entrée situé derrière ma cuisse. J'admets :

— Difficile, mais pas impossible. En ce cas, quelles auraient été mes motivations ?

— Vous seriez prête à faire n'importe quoi pour votre nièce, n'est-ce pas ?

Donoghue intervient :

— Vous n'avez pas à répondre à cette question, Kay.

— Non, c'est inexact. Et je ne me suis pas tirée dessus. Et je ne sais rien d'une combinaison de plongée de camouflage, ce qui ne signifie pas que Carrie n'en portait pas une.

— S'il s'agissait de sauver la vie de Lucy, mentiriez-vous ?

Jill Donoghue répète :

— Vous n'avez pas à répondre à cela.

— Mentiriez-vous pour dissimuler le fait honteux que vous étiez suicidaire ?

Je rétorque :

— Ma nature me dicterait plutôt de tirer sur l'origine de la menace.

Donoghue me prévient :

— Vous n'êtes pas obligée de fournir des explications.

— Me tirer dessus, ce que je n'ai jamais fait, n'aurait aucun sens. De plus, je suis un peu perdue. Où voulez-vous en venir au juste ? Je mens pour protéger ma nièce ? Ou alors, je mens parce que j'ai raté mon suicide ? Mais peut-être avez-vous une troisième théorie à ajouter ?

Erin est en train de perdre son sang-froid. Elle s'obstine, néanmoins :

— Avez-vous senti que la panique montait ? Lorsque vous avez compris qu'on vous avait tiré dessus ? Avez-vous paniqué ?

L'avocate répète en boucle :

— Vous n'avez pas à répondre à cette question.

Erin a flairé le sang :

— Un doute, même léger, vous a-t-il traversé l'esprit quant à l'identité de la personne qui vous avait agressée, Carrie Grethen selon vous ?

— Vous n'avez pas à répondre à cette question.

— N'avez-vous jamais pensé, docteur Scarpetta, que, dans votre panique, vous aviez été certaine de la reconnaître, mais que vous vous trompiez ?

— Vous n'avez pas à répondre.

— Merci, Jill, ça me soulage parce que je n'avais pas compris la question. Cette nouvelle théorie m'embrouille un peu.

J'ai tourné mon attention vers la rivière que l'on voit de la fenêtre, ses remous et ses vaguelettes. L'eau a la couleur verdâtre des vieilles bouteilles de verre et s'écoule avec langueur, épousant les courbes de ce coin de terre que possède ma nièce. Une image s'impose à moi. Je vois mon visage au travers d'un masque de plongée trouble de buée, dans une eau boueuse de vase. Je me vois morte.

Erin reprend de son petit ton froid qui devient glacial :

— Désolée. Permettez que je reformule. Avez-vous jamais pensé que la personne que vous avez vue à ce moment-là pouvait être quelqu'un d'autre ?

— Vous n'avez pas à répondre à cela.

Je réplique pourtant :

— Oh, je vois. Nous avons donc abandonné la théorie du suicide et revenons à la théorie selon laquelle on m'aurait bien tiré dessus.

Erin n'en a pas fini avec ces questions décousues :

— Le plus probable n'est-il pas que, durant la nanoseconde où vous avez aperçu cette personne, vous avez pensé à Carrie Grethen ? En réalité, vous ne le saviez pas, mais l'avez cru. D'ailleurs, nul ne s'en surprendrait. À l'évidence, elle ne quittait pas vos pensées.

Jill Donoghue intervient :

— Vous n'avez pas non plus à répondre à cela.

Erin tente de me faire réagir :

— Vous aviez toute raison de la craindre, d'être sur vos gardes en permanence. En ce cas, ne serait-il pas logique de conclure que, puisque vous étiez aux aguets, surveillant son approche, vous ayez cru la voir durant cette nanoseconde ?

Elle ne cessera pas d'utiliser ce terme de « nanoseconde ». Elle s'entraîne pour un jury. Son argument majeur sera que la rencontre s'est déroulée si vite qu'il m'était impossible de reconnaître l'agresseur. J'ai simplement eu peur qu'il ne s'agisse de Carrie Grethen, au point de m'en convaincre et de refuser d'admettre ensuite mon erreur. Dans l'éventualité où cette version ne fonctionnerait pas, je suppose qu'elle pourra se rabattre sur sa deuxième hypothèse, me dépeignant sous les traits d'une déséquilibrée qui s'est tiré elle-même dans la cuisse, Dieu seul sait pourquoi. Cet échange se poursuit encore quelques minutes, puis Jill Donoghue annonce qu'elle doit discuter en privé avec sa cliente. Au seul bénéfice d'Erin, elle me lance :

— Je ne suis jamais venue ici. Ça vous ennuierait de me faire visiter, Kay ? Cette demeure est à couper le souffle !

Nous sortons de la chambre et longeons le couloir, foulant d'un pas paisible les parquets d'un rouge sombre chaleureux, escortées par la lumière paisible, cuivrée, de lampes protégées d'abat-jour en feuille de mica. Je suis consciente de la complexité du système de sécurité de Lucy, de chaque pavé numérique, caméra, et capteur de mouvement que nous dépassons. Il ne peut y avoir aucun échange de nature privée pour l'instant.

Cette constatation à l'esprit, je pose à Jill Donoghue une question en apparence banale :

— Y a-t-il une pièce en particulier que vous souhaiteriez visiter ?

— Lorsque je suis arrivée, j'ai songé que si j'avais pris sur la droite plutôt que sur la gauche, j'aurais débouché dans une zone très intéressante, à l'extrémité de ce couloir.

Son commentaire bénin souligne un sérieux problème.

Elle fait allusion au petit appartement d'amis que ma nièce a rénové à mon intention. Un endroit personnel, avec chambre, qui m'accueille lorsque je séjourne ici. Alors que nous nous rapprochons de l'entrée, je comprends à quoi Donoghue fait allusion. Un autre couloir débute ensuite. À son extrémité, la porte de mes appartements est ouverte. Alors que nous nous rapprochons, un homme vêtu d'un costume kaki clair, de qualité médiocre, émerge avec un grand sac de papier kraft scellé qu'il cramponne entre ses bras. Fort et nerveux, la peau mate avec des yeux marron étincelants, ses cheveux coupés à ras sur les côtés et en brosse sur le crâne, il ressemble à un militaire.

Il nous lance, comme si nous appartenions à la même équipe :

— Salut, je peux vous aider ?

Donoghue désigne le gros sac en papier marron qu'il serre contre lui et demande :

— Où emportez-vous ceci et pourquoi ?

— Oh, je ne voudrais pas vous enquiquiner en vous détaillant ce que nous faisons ici. Mais vous ne pouvez pas pénétrer. Je m'appelle Doug Wade. Et vous êtes ?

— Jill Donoghue. Puis-je voir votre badge ?

— J'aimerais bien en avoir un. Mais je suis juste un officier de l'administration fiscale. Nous n'avons pas de badge, pas d'arme, rien de marrant de ce genre.

J'atteins l'entrée de ma chambre, sans y pénétrer mais en faisant connaître ma présence.

Je reste plantée sur le pas de la porte. Deux agents défont mon grand lit, retournent le matelas qui sort à moitié de son cadre, empilent les draps de coton égyptien couleur miel sur le sol. Ils tâtent de leurs mains gantées chaque centimètre carré, à la recherche d'une cachette. Ils n'appartiennent pas à l'administration fiscale, sauf si leur intention se résume à découvrir un matelas bourré d'argent illicite. Ils sont à la recherche d'autre chose. Mais de quoi ?

D'autres armes ? Un fusil de chasse sous-marine ? Mon masque de plongée ? De la drogue ?

Par le battant entrouvert de la penderie, j'aperçois mes vêtements, mes chaussures, rangés sans soin sur des étagères que l'on a inspectées. Mon ordinateur iMac a disparu du bureau devant lequel je m'installe pour travailler en contemplant la rivière. Lucy s'est démenée pour me faire cadeau de cet endroit. Elle a choisi ce que j'aimerais le plus, beaucoup de verre, un tapis de soie colorée jeté sur le parquet en bois de cerisier ciré, des appliques en cuivre, un petit bar à café, une cheminée à gaz, et de grandes photographies de Venise.

J'ai profité en ce lieu de moments confortables, paisibles, de gentils points de suspension dont je ne bénéficierai peut-être plus jamais. Je sens la colère monter alors que je repense au grand sac de papier kraft que l'on vient juste d'emporter. Je m'efforce de me souvenir de ce qui se trouvait sur le bureau de l'ordinateur ou stocké dans les documents. Que pourrait découvrir l'administration fiscale, le FBI, ou toute autre agence, qui poserait un problème ?

Je me montre toujours précautionneuse lorsqu'il s'agit de supprimer des fichiers et de vider la corbeille, mais cela n'empêchera pas les laboratoires du gouvernement de récupérer ce qui se trouvait dans les mémoires. Lucy aurait pu nettoyer à fond le disque dur et s'assurer que rien de ce que j'avais supprimé ne serait restauré. Toutefois, je suppose qu'elle n'en a pas eu le temps. Elle affirme qu'elle ne savait pas que sa propriété ferait l'objet d'une descente jusqu'à ce qu'Erin Loria l'appelle pour annoncer son arrivée. Ma nièce ne disposait alors que de quelques minutes pour régler les urgences de sécurité. Néanmoins, j'ignore ce qui est vrai. Elle peut devenir aussi manipulatrice et menteuse que le FBI. Peut-être l'a-t-elle appris avec eux.

— Bonjour. Fais-je l'objet d'un contrôle fiscal ?

Les deux agents lèvent la tête et me regardent, âgés tout au plus de quarante ans, propres sur eux, dans leurs pantalons de treillis et leurs polos.

L'un me répond d'un ton guilleret :

— Je ne vous le souhaite pas parce que c'est pas réjouissant.

— La question se pose, toutefois. En effet, s'agissait-il de la raison pour laquelle un agent du fisc vient juste de sortir en embarquant mon ordinateur ? Je doute que ce soit une procédure acceptable. J'avais dans l'esprit que les fonctionnaires de l'administration fiscale ne pouvaient pas pénétrer dans une résidence privée sans permission. Ma nièce Lucy a-t-elle accordé sa permission au fisc ?

Pas de réponse.

— Ou alors, sa compagne Janet ?

Rien.

— Une chose est claire : ce n'est pas moi. Du coup, je me demande qui a autorisé le fisc à fouiller cette maison et à confisquer des biens personnels qui s'y trouvaient ? Pas seulement ceux de ma nièce, mais aussi les miens.

L'autre agent déclare de façon brusque, d'une voix forte :

— Nous n'avons pas le droit de discuter d'une enquête en cours, m'dame.

Je me tourne alors vers mon avocate et feins de me renseigner, alors même que je connais la réponse :

— Si je fais l'objet d'une enquête et d'un contrôle, je dois en être informée, n'est-ce pas ? Voilà qui est troublant, aussi, je continue à souligner que les agents de l'administration fiscale n'ont pas le droit de se servir comme bon leur semble et de réquisitionner des biens personnels.

Je joue les innocentes et ils le savent. Leurs sourires ont disparu.

L'agent braillard et discourtois intervient à nouveau d'un ton encore plus sec :

— Il faudra que vous en discutiez avec eux, m'dame. Nous n'appartenons pas à l'administration fiscale.

Je ne suis pas non plus certaine que l'homme au costume kaki qui vient juste de sortir avec mon iMac y travaille. Il ne ressemblait pas à ce genre de fonctionnaires, du moins à aucun des contrôleurs que j'aie jamais rencontrés. De plus, il s'est présenté comme un officier du fisc, pas un agent, ni un fonctionnaire. Les officiers sont affectés à des affaires qui impliquent des impôts non acquittés alors que les agents mènent des audits et des contrôles. Je ne vois pas ce que viendraient faire les uns ou les autres chez Lucy. Je déclare alors :

— Voici mon avocate, et je suis satisfaite qu'elle soit témoin de votre enquête. Un dessin vaut mieux qu'un long discours. Bonne journée, messieurs.

Nous nous éloignons et Donoghue me demande :

— Comment savaient-ils qu'il s'agissait de vos appartements ?

— Je vous retourne la question. Comment le saviez-vous ?

— J'ai entendu quelqu'un y faire référence lorsque je suis arrivée. J'ai saisi quelques mots au vol. L'un expliquait à l'autre que ce qu'il venait d'emballer était l'ordinateur de « la Doc ». Il recommandait de s'assurer que les éléments trouvés dans cette pièce étaient bien les vôtres. Ça semblait très clair dans leur esprit. Auriez-vous des raisons d'être en délicatesse avec l'administration fiscale ?

— Pas plus que quiconque.

— Et Lucy ?

— J'ignore tout de ses finances. Nous n'en discutons jamais. Je suppose qu'elle paie ses impôts.

— En ce cas, pourquoi le fisc enquêterait-il sur elle ?

— Pas la moindre idée.

Je me garde d'ajouter que Doug Wade et son costume beige kaki n'est pas ce genre d'employés de l'administration fiscale.

Si sa mission consistait à enquêter sur des délits, voire des soupçons de crimes fiscaux, il aurait une arme et un badge. De plus, les agents spéciaux de l'administration fiscale se déplacent, le plus souvent, en binôme. Je ne prétends pas qu'il y ait quelque chose de trouble au sujet de Doug Wade, de sa réelle affectation et, surtout, des raisons de sa présence ici. Cependant, je parierais qu'elles n'ont rien à voir avec celles qui sautent aux yeux. Le FBI a des priorités. Celle qui les amène n'aura rien d'agréable, voire de justifié.

Je continue de discuter avec Donoghue d'une voix assez forte pour être entendue de tous :

— Est-ce à dire que les fédéraux ont le droit de fouiller et de réquisitionner ce qui m'appartient ? Juste parce que ça se trouve chez Lucy ?

Je sais déjà quelle sera sa réponse et ça ne m'empêche pas d'espérer découvrir un point faible. De surcroît, je suis assez d'humeur à rappeler au FBI qu'il ne me malmènera pas.

Elle explique :

— Ils peuvent fouiller l'intégralité de ce qui se trouve ici, pour peu que les bâtiments soient désignés sur le mandat de perquisition. À partir de là, la chasse est ouverte. Leur argument consistera à affirmer qu'ils n'avaient aucun moyen de savoir si les différents ordinateurs retrouvés chez Lucy lui appartenaient ou pas. Bien sûr, ils se retrancheront derrière l'explication suivante : le seul moyen de s'en assurer consiste à examiner ce qu'ils renferment.

— En d'autres termes, ils ont le droit de faire ce qui leur plaît.

— En d'autres termes, oui, à peu près tout.

Je ne vois aucun agent patrouiller autour de la maison, dans la chaleur étouffante. Je détaille les véhicules garés devant, une caravane de quatre Tahoe blanches et, derrière, une berline Ford noire. Je me demande à qui elle appartient. Peut-être au prétendu officier du fisc.

L'hélicoptère a disparu et le frissonnement des arbres sous le vent me parvient. J'entends au loin les roulements de tonnerre. Les nuages s'amoncellent au sud, véritable forteresse de gouttelettes d'eau. L'air est chargé d'humidité, presque menaçant.

Jill Donoghue regarde à son tour le ciel qui vire à l'orage.

— Pourquoi ?

— Pourquoi quoi ?

— Pourquoi ont-ils ressenti le besoin de faire venir un hélicoptère jusqu'ici ? Que fabriquait-il ? Durant combien de temps a-t-il couvert la propriété ?

— Presque une heure.

— Peut-être filmaient-ils ce qui se passait au sol.

— Pour quelle raison ?

— Prudence politique.

En réalité, Donoghue sous-entend gros embarras envers les médias, ou mauvaise réputation.

Je désigne tous les réverbères et certains des arbres sur lesquels ont été fixées des caméras avec audio, et propose :

— Et si nous allions faire un petit tour sur le ponton ?

Je descends les marches en bois qui mènent du jardin jusqu'à la berge avec un luxe de précautions. La marée est basse et l'odeur de marécage de la décomposition végétale me monte aux narines. L'air chaud forme un mur. Il frémit d'une promesse violente. Au sud, d'inquiétants nuages se renforcent. Nous allons essuyer un sérieux orage, et je veux que le fichu FBI ait décampé lorsqu'il s'abattra sur nous. Je refuse qu'ils traînent de la boue et de l'eau à l'intérieur de la maison de ma nièce. Ils ont fait assez de dégâts. Nous progressons, escortées par les sons creux et sourds de nos pas sur le ponton de bois grisé par les intempéries.

Le hangar à bateaux est monté sur pilotis. En dessous se balancent des kayaks de couleurs gaies, rarement utilisés. Lucy s'intéresse fort peu aux modes de transport dépourvus de moteur. Sans doute Janet est-elle à l'origine d'une envie de pagaie.

Je précède Jill Donoghue et contourne le bâtiment tout en repensant à cette *data fiction*, à cette affaire dont Donoghue discutait devant la cour fédérale.

— Comment s'est passée votre conférence de mise en état ce matin ?

Benton était présent. La data fiction a-t-elle à voir avec l'arrivée du FBI chez ma nièce ? Je ne le formule pas de façon directe, et Jill Donoghue reste silencieuse.

— Je me posais la question puisque vous l'avez évoquée lorsque je vous ai appelée.

Je ne précise rien d'autre, mais elle me comprend et se décide :

— En effet. Une motion a été rédigée demandant que l'affaire soit rejetée parce qu'on ne pouvait ajouter foi aux preuves.

— L'angle d'attaque de la motion ?

— La nature intrinsèque des supports numériques. Nous devrions partir du principe que ce mode d'information, de communication, peut-être corrompu.

Je soupèse sa réponse. Elle continue de parler de façon prudente, astucieuse même, et soudain je comprends qu'elle est l'avocate à l'origine de ce non-lieu.

Donoghue est une professionnelle redoutable, extrêmement compétente. Elle ne ratera pas la moindre opportunité d'instiller le doute chez un jury sur l'intégrité de n'importe quel point d'argumentation de l'accusation. Cette data fiction a dû la faire saliver.

Toutefois, la coïncidence m'interpelle. Pourquoi aujourd'hui ? Pourquoi Benton était-il présent ? Pourquoi le FBI grouille-t-il dans la propriété de Lucy ?

Mon murmure est à peine audible :

— Tout est lié.

Et je l'entends à nouveau. Le *do* dièse d'une guitare électrique. Je découvre le message qui vient juste d'atterrir sur mon téléphone, et Donoghue lit la contrariété sur mon visage.

Elle fixe mon téléphone et déclare à voix basse, remuant à peine les lèvres :

— Ça va ? Je vous recommande la plus extrême prudence. Je suis certaine qu'ils se sont rendus maîtres de ses réseaux.

Je m'immobilise :

— Accordez-moi une minute.

Elle poursuit, pesant ses mots :

— Puis-je vous aider, Kay ?

— Lucy a une vue imprenable d'ici.

Mon regard s'évade vers l'eau et elle comprend qu'elle ne doit plus insister.

On vient de m'envoyer une communication dont elle ne doit pas prendre connaissance. Si ce que je suis sur le point de découvrir est en relation avec une activité criminelle, elle ne peut pas être impliquée. C'est déjà assez ennuyeux que je la reçoive maintenant. Je la suis du regard alors qu'elle me dépasse et reste seule sur le ponton. Je sors mon écouteur, à nouveau. Je me tiens, face à la rivière, le téléphone entre les mains, tentant de protéger le moindre vestige d'intimité qu'il me reste. J'essaie de deviner la localisation des caméras de Lucy pour leur tourner le dos. Je rentre en moi-même. Je me prépare à de nouvelles images qu'il me sera difficile de visionner.

À l'instar des deux précédents messages, ce troisième semble avoir aussi été envoyé depuis la ligne ICE de ma nièce. Pas de texte, juste un lien. Je clique dessus et la vidéo démarre aussitôt, dans le même lieu : l'intérieur de la chambre de dortoir de Lucy. Puis, le générique apparaît. Il s'écoule avec lenteur sur l'écran, en lettres rouge sang.

CŒUR VIL ET MALFAISANT – Scène III
par Carrie Grethen
Quantico, Virginie – 11 juillet 1997

19

Elle cesse de lire et ses doigts agiles et pâles plient d'un mouvement rapide les feuilles de papier blanc non quadrillé, avec leur mise en page de script.

Carrie fourre l'enveloppe dans le sac à dos vert armée au moment où l'écho d'une porte qui se referme en arrière-plan me parvient. La caméra suit Lucy qui pénètre dans la chambre. Elle semble s'être douchée depuis la dernière vidéo, et ce détail renforce ma conviction que les enregistrements ont été montés. Je dois me concentrer. Qu'importent l'inconfort et la manipulation. Il est crucial que je me souvienne de tout ce que je vois, de ce que j'entends, parce que cette vidéo se volatilisera aussi à la fin.

Les cheveux de Lucy sont humides. Elle porte un jean délavé, un polo vert du FBI, et des tongs. Ses bras sont chargés de sous-vêtements pliés, de shorts, de chemises, et de chaussettes roulées en boule. Elle laisse tomber le tout au pied du lit sous le regard de verre ambré de Mister Pickle.

D'un ton froid, elle prévient Carrie sans même la regarder :

— Les tiens sont sur le dessus. Presque tous les trucs blancs sont à toi. Bizarre, en général je n'associe pas la couleur blanche avec les méchants. Je crois t'avoir demandé de partir. Qu'est-ce que tu fous encore ici ?

— Qui est bon, qui est méchant ? Tout est affaire de subjectivité. En plus, tu ne veux pas vraiment que je parte.

— Faux, rien de subjectif là-dedans, et tu fous le camp vite fait.

Carrie range ses vêtements blancs dans le sac à dos et commente :

— Je porte du blanc pour une bonne raison, raison que tu devrais partager. L'exposition chronique aux teintures est toxique. Je sais que tu ne prêtes aucune attention à ces menus détails bien prosaïques, convaincue que tu n'as pas à t'inquiéter de l'avancée de l'âge. Ou, Dieu t'en garde, de souffrir d'un désordre neurologique, ou d'un cancer, ou encore d'une maladie détruisant ton système immunitaire au point que ton corps t'attaquera en permanence. Une bien vilaine mort.

— Il n'existe pas de jolies morts.

— Oh, il y a tant de façons très moches de mourir. Mieux vaut se faire descendre. Ou être tué dans un accident d'avion. Tu ne voudrais pas tomber malade, ou être empoisonnée. Tu détesterais traîner et perdre tes capacités. Imagine des dommages au cerveau. Ou vieillir, et c'est le pire des agresseurs, l'ennemi le plus sournois que j'entends combattre et défaire.

— Avec tes crèmes ridicules bourrées de cuivre ?

Carrie la regarde sans cligner des paupières et rétorque :

— Un jour, tu te souviendras de ce moment et tu regretteras de ne pas avoir fait les choses différemment. Tout, je veux dire. C'était très gentil de ta part de t'occuper de la lessive. Il y avait du monde ?

Je sens que ma nièce a basculé dans cette humeur à la fois réservée et pesante. Elle refuse de croiser le regard de Carrie mais précise :

— Il a fallu que j'attende longtemps au sèche-linge. Je déteste partager.

— Mon Dieu, mon Dieu, et ça croit avoir tous les droits. Tu devrais t'entendre. Aurions-nous oublié que nous étions la seule privilégiée de cet étage, sans compagne de chambre, et qui jouit d'une salle de bains privée ?

— La ferme, Carrie.

— Tu as dix-neuf ans, Lucy.

— Bordel, la ferme !

— Tu es une enfant. Tu ne devrais même pas te trouver ici.

— Je veux le MP5K. Où est-il ?

— En sûreté.

— Il ne t'appartient pas.

— Pas plus qu'à toi. Nous nous ressemblons tant. En es-tu consciente ?

Lucy range ses vêtements, tirant avec brusquerie des tiroirs puis les repoussant d'un geste sec. Elle s'énerve :

— Nous n'avons rien de commun !

— Que c'est faux. Nous sommes les différentes faces du même glaçon.

— Et cette connerie est censée signifier quoi ?

Carrie enlève son débardeur, et fait passer son soutien-gorge de sport par-dessus sa tête. À moitié nue, elle fait face à ma nièce.

— Je ne crois pas un mot de ce que tu as dit. Tu n'étais pas sérieuse. Tu m'aimes. Tu ne peux pas vivre sans moi. Je sais que tu n'y croyais pas toi-même.

Lucy la fixe puis ouvre un autre tiroir. Carrie abandonne ses vêtements humides de transpiration sur le sol, où ils sont tombés. Je remarque l'absence de lignes de bronzage sur sa chair exposée, de variations de pigmentation. Ses seins, son ventre, son dos et son cou sont du même blanc laiteux.

Lucy souligne :

— Benton se rendra compte tôt ou tard que l'arme a disparu. Où est-elle ? Ce n'est pas drôle. Rends-la-moi et fiche-moi la paix.

— Je suis si impatiente de lui restituer sa condition première et d'effectuer quelques tests de tir lorsqu'elle sera rangée dans son élégante mallette. Imagine un instant. Tu es debout, sur un trottoir bondé de gens, la mallette à la main au moment où le cortège de voitures passe.

Lucy la dévisage et s'inquiète :

— Le cortège de voitures de qui ?

— Tant de choix nous sont offerts.

— Tu es encore plus malade que je ne l'avais cru.

Carrie récupère la bouteille de bière St Pauli Girl posée sur le bureau et en avale une gorgée, son visage à quelques centimètres de celui de Lucy. Elle se moque :

— Ne sois pas si théâtrale. Tu ne pensais pas ce que tu as dit un peu plus tôt.

Elle se laisse aller contre ma nièce, buvant sa bière, glissant la main sous le polo de Lucy. Celle-ci la retire d'un geste sec et ordonne :

— Non ! L'eau n'a pas de côté et un glaçon n'est que de l'eau. Comme d'habitude, tu racontes n'importe quoi.

Carrie l'embrasse. De façon déconcertante, j'ai l'impression que le visage de l'une devient le reflet de celui de l'autre. Lucy répète :

— J'ai dit non !

Toutes deux ont les traits fins, bien dessinés, une silhouette élancée, le regard vif, de belles dents blanches alignées, des gestes agiles et élégants. Au fond, ce n'est guère surprenant. Benton affirme que Carrie est une narcissique typique qui ne tombe amoureuse que d'elle-même, passant d'une image d'elle à une autre. Le monde à ses yeux est une salle tapissée de miroirs, emplie de ses propres projections. Elle a trouvé ce qu'elle cherchait en la personne de ma nièce. Benton décrit Carrie comme le double diabolique de Lucy.

— Je t'ai dit non, Carrie. Non !

Elles sont toutes les deux aussi merveilleusement en forme que des coureuses olympiques, plus de 1,70 mètre avec des poitrines généreuses, des hanches étroites, des abdominaux développés, les muscles des bras, des cuisses et des mollets ciselés. On pourrait les prendre pour des sœurs.

Lucy s'écarte d'elle et jette :

— Arrête !

Carrie ne la lâche pas du regard et insiste :

— Pourquoi tu dis cela ? Tu sais très bien que tu ne peux pas me quitter.

Lucy s'est assise sur le rebord du bureau et enfile des chaussettes et des tennis de cuir noir. Sa voix tremble lorsqu'elle lance :

— Je me rends à ce dîner. Et lorsque je serai de retour, tu as intérêt à avoir décampé.

Carrie se plante devant elle de manière assez agressive et susurre :

— Souhaite un bon anniversaire à Marino. J'espère que tu t'amuseras au Globe and Laurel. Surtout, explique-lui pourquoi je ne t'accompagne pas.

— Tu n'es pas invitée. Ça n'était pas au programme et tu n'aurais jamais dû t'y attendre. De toute façon, tu n'aurais pas accepté.

Les yeux de Carrie ont pris une nuance glaciale, bleu acier.

— Je n'aurais raté cela pour rien au monde, mais je comprends. Il a envie d'être entouré des gens qu'il préfère, dans son bar favori. Je te donnerai un peu d'argent pour lui offrir une tournée, ou alors un gâteau spécial avec une petite bougie plantée dessus.

— Il n'a pas envie que tu sois là et il ne veut pas de ton fric.

— Ce n'est pas gentil. C'est même méchant de ne pas m'inviter à cette soirée d'anniversaire. Attention. Une pomme empoisonnée pourrait suivre.

— Tu sais très bien que tu ne peux pas venir dîner avec nous.

— Laisse-moi deviner… qui a eu l'idée de m'exclure ce soir ? Pas Marino. Ta précieuse tata Kay.

— Il est vrai qu'elle n'a jamais éprouvé aussi peu d'estime pour quelqu'un que j'ai fréquenté, ou fréquenterai jamais.

— Ne sois pas si ennuyeuse.

Lucy arpente la pièce, de plus en plus agitée.

— C'est pathologique, chez toi, le contrôle et l'esprit de compétition.

— Quant à toi, tu es immature et pénible et lorsque tu deviens ainsi, très ennuyeuse de surcroît.

Carrie a lâché cela d'une voix terne, morte. Elle reste immobile, calme, à proximité du bureau, et poursuit :

— Je déteste l'ennui. Sans doute plus que toute autre chose. À une exception près, toutefois : perdre ma liberté. Qu'est-ce qui te déplairait le plus, mon poussin Lucy ? La mort ou la prison ?

Lucy pénètre dans la salle de bains. Elle remplit un verre au robinet du lavabo et revient vers la chambre. Carrie se tient toujours proche du bureau et joue avec le couteau suisse. Elle persévère de cette voix dépourvue d'intonations :

— Pourquoi as-tu dit cela ? C'est la première fois.

Ma nièce s'éclaircit la gorge et détourne le regard avant de déclarer :

— Inutile de rendre les choses encore plus difficiles.

Carrie conserve son immobilité de serpent.

— Tu deviens acariâtre.

Lucy boit une gorgée d'eau et s'éclaircit à nouveau la voix avant de protester :

— Faux !

— Bien sûr, il te faut faire semblant. En réalité, tu ne pourras jamais me quitter. Tu ne mettras jamais vraiment ta menace à exécution, tu n'as jamais pu d'ailleurs. Regarde-toi. Tu es sur le point de fondre en larmes. Tu luttes, consciente que tu vas te désagréger à

253

la seule pensée de ne pas être à mes côtés. Tu m'aimes plus que tu n'as jamais aimé. Tu m'as aimée tout de suite. Je suis ton premier amour. Et tu sais comment ces choses fonctionnent ? Non, n'est-ce pas ? Tu es une enfant comparée à moi. Mais enregistre cela…

Carrie tapote sa tempe de son index avant de poursuivre, avec lenteur et emphase :

— On n'oublie jamais la première fois. On ne s'en remet jamais parce que ça restera le moment le plus intense qu'on ait vécu, le désir le plus insoutenable. Le coup de foudre. La rougeur aux joues et au front. Le cœur qui s'emballe. L'afflux du sang qui monte du cou vers le cerveau au point de donner l'impression qu'il envahit la boîte crânienne. Tu ne peux plus penser. Tu ne peux plus parler. Ta seule envie se résume à toucher. Tu as tant envie de caresser l'autre que tu tuerais pour cela. Existe-t-il quelque chose de meilleur que le désir sexuel ?

— Tu baises la reine de beauté. Je suppose donc que tu sais tout du désir sexuel. C'est terminé.

Carrie admire le couteau suisse au creux de sa paume et demande :

— Sûre ? Tu as intérêt à être certaine de ce que tu veux. Les mots peuvent tout changer. Fais très attention à tes paroles.

Lucy va et vient, à grands pas. Des gestes furieux accompagnent sa réponse :

— J'aurais dû m'en douter dès la première fois, lorsque nous nous sommes rencontrées. Lorsqu'ils m'ont escortée jusqu'à l'ERF et qu'ils m'ont confiée à toi, mon superviseur, mon mentor, ma peste personnelle.

Carrie vérifie le fil d'une lame de son pouce.

— Mais ce n'était pas la première fois que je te rencontrais, Lucy. C'était juste la première fois que toi, tu me rencontrais. Viens. Il faut que tu te calmes.

— Tu es une tricheuse, une contrefaçon, une fraude, un escroc intellectuel, et c'est sans doute le pire, parce que tu voles l'âme de l'autre. J'ai créé CAIN et tu ne le supportes pas. Tu t'es toujours débrouillée pour tirer la couverture à toi alors que j'en étais l'auteur. Tu manipules et tu mens pour récupérer ce qui te plaît, ce qui t'intéresse.

Carrie s'esclaffe :

— Oh, mon Dieu, nous y revoilà !

Le regard de Lucy étincelle de rage.

— Le Criminal Artificial Intelligence Network, cette gigantesque banque de données pour prévoir et appréhender les criminels violents. Qui devrait en être remerciée ? Sois un peu honnête. Qui devrait recevoir les honneurs ? Qui a inventé l'acronyme CAIN ? Qui a rédigé le code du programme ? C'est dingue que je t'aie permis de m'utiliser à ce point. Et tu vas sans doute me faire encore plus de mal avant que ce soit fini.

— Avant que quoi soit fini ?

— Tout.

Des détonations se font entendre au loin, comme un feu d'artifice distant, une fête sur le point de s'éteindre. Carrie ironise :

— Si je décidais de te faire du mal ? Mais tu n'en saurais rien avant que je sois prête.

Elle agrippe Lucy, l'embrasse avec brutalité, et ma nièce lâche un cri de stupéfaction, et de douleur. Je distingue le couteau suisse dans la main de Carrie, la petite lame étincelante sortie. Je vois du sang assombrir le polo vert de ma nièce, maculer ses doigts de rouge vif alors qu'elle plaque la main sur son abdomen. Elle dévisage Carrie d'un regard hébété, furieux, incrédule, anéanti, et hurle :

— Merde, qu'est-ce que tu fais ? Que viens-tu de faire, foutue cinglée !

Carrie attrape une serviette et soulève le polo de Lucy, épongeant le sang qui dévale d'une incision horizontale en bas à gauche de son ventre.

— La marque de la bête. Au cas où tu oublierais à qui tu appartiens véritablement.

Ma nièce repousse la serviette et crie :

— Bon Dieu ! Bordel de merde ! Mais qu'est-ce que tu as fait ?

Et puis le néant.

L'écran de mon téléphone est redevenu noir.

20

Des chaises longues en teck, adoucies de coussins d'un vert joyeux et d'ottomans assortis, parsèment la véranda qui précède l'entrée du hangar à bateaux.

L'eau lèche les pilotis. La rivière, à cet endroit, est large d'environ quatre cents mètres. Une forêt encore sauvage s'étend sur l'autre berge. Je suis du regard un couple de pygargues à tête blanche qui vole haut dans le ciel, bien au-dessus de la cime touffue des feuillus et des conifères. Je me souviens alors que l'on recense beaucoup de nids dans le coin. Mon irritation envers l'hélicoptère du FBI refait surface. Il a tournoyé en vrombissant au-dessus de ce coin de terre préservé, paisible, troublé la vie sauvage, bouleversé tout ce qui pouvait l'être.

Le hangar à bateaux serait l'endroit rêvé pour s'asseoir, partager un verre à la fin d'une journée épouvantable comme celle-ci. Cependant, les circonstances ne s'y prêtent guère. Je me demande pourquoi Lucy n'est pas sortie à notre rencontre. Elle a dû remarquer notre approche. Plus de cinquante caméras de sécurité balayent sa propriété, et il est probable qu'une d'entre elles nous aura trahies alors que nous rejoignions le ponton. Bizarre, en effet. Je frappe à la porte d'entrée. J'entends des rires, de la musique, des gens qui discutent en japonais. La télévision.

Le glissement d'un verrou, et Lucy paraît. Mon regard descend involontairement le long de son T-shirt gris comme si je redoutais d'apercevoir du sang, comme si Carrie venait juste de l'entailler avec la petite lame d'un couteau suisse que Marino avait offert à ma nièce. Il avait pris l'habitude de la traîner dans des parkings déserts pour lui apprendre à conduire sa Harley-Davidson. Il lui avait tendu ce cadeau et souligné qu'elle ne devait jamais se retrouver sans outil. *Garde toujours un peu de thunes dans ta poche, et une lame quelconque à portée de main*, lui avait-il conseillé dès ses plus jeunes années.

Carrie a récupéré ce couteau, le couteau de Marino. Elle l'a utilisé pour marquer ma nièce, pour la blesser, et je revois la délicate libellule colorée tatouée sur l'abdomen de Lucy, en bas à gauche. La première fois que je l'ai découverte, elle m'a expliqué que les libellules sont les hélicoptères du monde des insectes, un choix pertinent à ses yeux. C'était faux. Son inspiration en la matière ne tenait qu'à une cicatrice qu'elle refusait de montrer à quiconque. Par honte. Elle ne voulait surtout pas que j'apprenne la vérité.

Lucy tient le battant de la porte :

— Salut !

— Tu nous as vues arriver ?

Elle s'efface et nous laisse pénétrer, Jill Donoghue et moi, en rétorquant :

— Je ne surveille pas qui se trouve sur ma propriété parce que je le sais déjà. Plus important encore, je sais ce qu'ils ne savent pas.

Donoghue s'enquiert :

— Quoi donc ?

— Ce que je sais et qu'ils ignorent ? La liste est longue. Mais je vais vous en livrer quelques éléments.

L'avocate prévient :

— Si c'est sans danger.

Lucy referme la porte et acquiesce :

— J'y viendrai aussi.

Marino est affalé sur le canapé et tente de châtier un peu son langage.

— Ça sent pas bon.

En réalité, il veut dire que « bordel, c'est un coup pourri » et que « ça pue, un max, cette merde », mais un garçonnet de sept ans est installé à côté de lui. S'adressant à Donoghue, il tempête :

— Vous pouvez rien faire ? Enfin, c'est dingue ! Perquisition et confiscation abusives, ça n'existe pas ? Ou enquête malveillante ?

— Légalement, je suis coincée. Pour l'instant.

Mon regard est attiré par la Keurig de la cuisine au moment où le grand flic récupère sa tasse sur la table basse.

— Enfin, quel fichu juge signerait un mandat permettant un truc de ce genre ?

Je suggère :

— Sans doute un qui connaît le juge fédéral de mari d'Erin Loria. Quelqu'un veut du café ?

Marino bougonne :

— Eh ben, c'est pas correct. Enfin, dans quel foutu pays on vit ? La Russie ? La Corée du Nord ?

Jill Donoghue commente :

— Je ne prétendrai pas que je ne trouve pas le procédé excessif et scandaleux. Volontiers, Kay, je veux bien une tasse de café.

Marino approuve de son bout de canapé :

— Ouais, une vraie sal… une vraie honte.

Desi est assis entre le grand flic et Janet. J'entends un ronflement avant de découvrir Jet Ranger sous la table de petit déjeuner. Je me penche pour caresser son crâne et ses oreilles duveteuses. Il remue son moignon de queue de contentement pendant que je me dirige vers le comptoir de la cuisine. Je prépare du café, tout en dressant l'inventaire de ce qui m'entoure.

Je commence par l'écran plat de télé de soixante pouces, allumé. La chaîne diffuse une *sitcom* japonaise du Tokyo Broadcasting System. Cela n'intéresse personne. D'ailleurs, l'émission n'a pas été choisie pour cela. Selon moi, l'écran plat est bien davantage qu'un simple moyen de regarder un film, ou qu'un moniteur. Le café s'écoule en glougloutant dans la tasse. En réalité, Lucy a installé un appareil similaire à une station de base qui brouille les communications de téléphone mobile, et quiconque tenterait d'intercepter le flux de données cryptées n'entendrait que des parasites.

Je jette un regard aux haut-parleurs intégrés, au mur d'épais cyprès, au triple vitrage réfléchissant de l'extérieur, qui empêche quiconque de surprendre ce qui se passe à l'intérieur. Je suis déjà venue ici de temps en temps. Pourtant, c'est la première fois que je comprends que cet endroit n'est pas seulement un hangar à bateaux. Lucy a installé un système de masquage sonore. Je m'interroge : s'agit-il d'une nouvelle addition, à l'instar de son jardin de rochers ? Elle a anticipé, depuis déjà pas mal de temps, qu'elle recevrait la visite des fédéraux. Au moins depuis la mi-juin.

Depuis que l'on m'a tiré dessus. Du moins, est-ce ce que je suppute.

Je tends une tasse de café à l'avocate et demande à ma nièce :

— Ils n'ont pas fouillé le hangar ?

— Si, ratissé. Je leur ai expliqué qu'il fallait qu'ils commencent ici puis, qu'ils libèrent les lieux parce que nous avions besoin d'un endroit paisible pour installer Desi et Jet Ranger.

Donoghue lâche d'un ton ironique :

— Qu'ils sont mignons, si serviables.

— C'est plutôt que j'ai exigé un coin rassurant pour eux.

Je suis assez d'accord avec Jill. Le FBI n'est ni gentil ni sensible, et se fiche des envies de Lucy. Aussi, je renchéris :

— En effet, vraiment gentil et attentionné de la part des fédéraux d'accéder à tes souhaits. Assez inhabituel, surtout. (Je détaille les haut-parleurs intégrés et lève les yeux vers les dalles de plafond avant de poursuivre.) Et ils n'ont manifesté aucune opposition, ni insisté pour laisser un de leurs agents ici ?

— Non.

Cherchant une périphrase peu compromettante puisque je n'ai toujours pas la certitude que notre conversation soit protégée, j'y vais d'un :

— Et donc, selon toi, tes améliorations de décoration ne les intéressaient pas ?

— Ils ne peuvent rien faire en ce qui concerne la façon dont j'ai choisi de construire ma maison et ses dépendances. Un mandat de perquisition ne leur accorde pas le droit de détruire la propriété de quelqu'un.

Lucy a raison, du moins en théorie.

Les agents du FBI ne sont pas supposés endommager les biens ou l'infrastructure de la résidence de quelqu'un, ni créer de façon délibérée un problème de sécurité. Ce qui ne signifie pas qu'ils ne s'y résoudront pas. Cela ne signifie pas qu'ils ne forgeront pas une justification pour leurs actions. Je me demande s'ils ont reconnu le système de masquage sonore et, en ce cas, pourquoi ils n'ont pas décidé que le hangar faisait aussi partie de leur domaine de recherche.

Pourquoi ?

Pour quelle véritable raison nous ont-ils permis de nous réfugier ici ? Ont-ils déniché un moyen quelconque de nous mettre quand même sous surveillance, en dépit des protestations de ma nièce qui assure la chose impossible ? Elle jure que nous sommes en sécurité alors que je lui repose la question. Selon elle, nos échanges resteront privés. Cependant, mes doutes persistent. Je ne crois plus en rien.

Je soutiens son regard et déclare :

— J'espère que tu as raison et que tout va bien. Et vous tous ? Tout le monde va bien ? (Je m'adresse ensuite à Janet en rejoignant le canapé.) Et Desi et toi, comment vous portez-vous ?

Je les serre contre moi. Janet est calme, posée. C'est sa nature, son attitude coutumière. Je m'attarde sur son visage séduisant et encore juvénile.

Elle ne porte pas de maquillage. Ses ongles sont sales et ses courts cheveux blonds en désordre, comme si elle les avait balayés de ses doigts. Elle porte des vêtements de travail et je sais qu'elle dort dans ce genre de pyjama improvisé. Cependant, je ne l'ai jamais vue ainsi vêtue chez elle, hormis avant d'aller se coucher ou au lever. Sa tenue négligée m'étonne alors que l'heure du déjeuner approche. Ça signifie quelque chose, et je dois découvrir quoi.

Si le FBI est arrivé dans la propriété en milieu de matinée, que faisaient Lucy et Janet avant ? Je suis bien certaine qu'elles ne flânaient pas à la maison. Lorsque j'ai déposé un bisou sur la joue de Janet quelques secondes plus tôt, sa peau était salée. Les effluves prégnants de l'humus mêlés à ceux, plus musqués, de la transpiration me sont parvenus. Lucy était aussi en sueur. Peut-être s'occupaient-elles du jardin avant que ne déboulent les fédéraux.

Mais non, elles ne jardinent pas. Elles louent les services d'une entreprise qui s'occupe des pelouses et d'un paysagiste.

Je détaille les poutres apparentes, les bibliothèques encastrées, le sol en dalles d'ardoise grises, la kitchenette avec ses feux au gaz, les éviers en inox, les appareils électroménagers, et le dosseret de cuisine en carreaux de verre vénitien gris de fumée. Le hangar à bateaux est lumineux, simple, avec un salon de taille modeste et une salle de bains. Le lieu est net, avec cette patine des endroits que l'on utilise peu. Peut-être son unique fonction tient-elle au fait que ma nièce a parfois besoin de brouiller les conversations. Ou alors, il s'agit d'une tanière lorsqu'elle se sent menacée. Plus souvent que je ne l'avais compris.

Lucy a surpris mon regard inquisiteur et tente de me rassurer :

— Nous sommes en sécurité ici. C'est d'ailleurs le seul endroit de la propriété totalement protégé à l'heure actuelle. Ils ne peuvent pas nous entendre. Je te l'assure. Ils ne peuvent pas non plus nous voir tant que nous restons à l'intérieur.

D'un ton dubitatif, Donoghue observe :

— Et ils le permettent ?

Lucy s'esclaffe :

— Tout à fait, à cela près qu'ils ne savent pas ce qu'ils permettent. Le hangar à bateaux est relié à un réseau sans fil sécurisé, et... pour faire simple : bien dissimulé.

Elle a soudain un petit côté satisfait et joyeux, mais presque aussitôt, son humeur s'assombrit.

Néanmoins, je l'ai vue. Elle a été plus maligne que le FBI, du moins le croit-elle. Rien ne pourrait l'amuser davantage. Elle jette un regard à Jill Donoghue puis revient vers moi.

— D'autres installations rendent ce lieu inviolable. Mais je ne m'y attarderai pas. L'important, c'est que nous soyons en sécurité en ce moment.

Je déguste mon café à petites gorgées, un café bienvenu, et insiste :

— En es-tu sûre ? Absolument sûre ?

— Oui.

— En ce cas, je vais parler en toute liberté.

21

Ma nièce m'encourage.

— Vas-y.

D'un ton qui n'a rien d'interrogatif, je commence :

— Tu crois qu'ils cherchent le masque de plongée
que je portais. Tu penses qu'ils fouillent la propriété
à cause de la vidéo enregistrée par la mini-caméra
montée dessus. Ce masque dont on m'a incitée à croire
qu'il n'avait jamais été retrouvé.

— Je ne sais pas au juste pourquoi ils sont ici. Ce
pourrait être ça. D'un autre côté, peut-être poursuivent-
ils différents buts.

Je comprends qu'elle en est persuadée.

Donoghue s'est assise sur une chaise de style Mission, en face du canapé. Elle a sorti un grand bloc-
notes et un stylo, et remarque :

— Je n'ai jamais entendu parler de ce masque manquant, ni d'une mini-caméra.

Je l'informe :

— Les médias ne les ont pas mentionnés.

— Il faut dire qu'il y avait beaucoup d'autres éléments sur les événements de Floride, dont deux plongeurs de la police assassinés et vous qui aviez échappé
à la mort d'un cheveu.

Lucy intervient :

— Laissez-moi deviner, vous ne vous souvenez pas non plus d'avoir entendu le nom de Carrie Grethen, n'est-ce pas ?

— En effet.

Janet prend la suite :

— Et ce ne sera jamais le cas. Le FBI ne le reconnaîtra jamais. À leurs yeux, elle n'existe pas et elle n'existera plus.

Donoghue s'étonne :

— Comment pouvez-vous en être certaine ?

— Parce que je les connais.

L'avocate écrit le nom de la tueuse en lettres capitales et l'encercle avant de résumer :

— De toute évidence, Kay, vous allez devoir m'informer de pas mal de choses.

— Je comprends bien.

— Ils ne voulaient pas alerter qui que ce soit au sujet du masque disparu, dit Lucy. Du moins, dont on croit qu'il a disparu. C'est stupide. Pas même logique.

— Par « ils », vous faites référence au FBI ?

— Oui. Ils ont canalisé les informations transmises par la presse sur les événements de Fort Lauderdale.

Surprise, je demande :

— Et comment peux-tu le savoir ? Comment connaîtrais-tu leurs moyens de traiter avec les médias ?

— Mes moteurs de recherche. Je vois tout ce qui se passe.

Lucy pirate !

Elle ajoute :

— Il n'existe aucune mention de ce masque de plongée, ce qui est crétin au possible, puisque la personne à laquelle ils tentent de dissimuler ce détail est précisément celle qui a tiré sur ma tante. Cette personne n'est autre que Carrie, et elle sait pourquoi le masque s'est volatilisé puisqu'elle est à l'origine de sa disparition.

J'espère que c'est exact, et pourtant je ne comprends pas ce que cela implique.

— Et on peut le voir sur la vidéo ? On peut voir Carrie m'arracher le masque ? Lorsque j'ai compris qu'il avait disparu, j'ai songé qu'elle avait dû me l'ôter. Elle a reconnu la caméra incrustée au-dessus de la poche de nez. Il tombe sous le sens qu'elle voulait récupérer l'enregistrement.

Lucy me détrompe :

— Elle ne t'a pas arraché le masque. En revanche, elle voulait récupérer les images.

— En ce cas, comment est-il tombé ? De ce que j'ai compris, je tentais de cracher le détendeur. C'est ce que Benton a affirmé, sans préciser si j'avais aussi retiré le masque. En tout cas, ça ne peut pas être lui. De plus, jamais il n'aurait toléré qu'elle s'approche assez de moi pour l'arracher. Je ne vois pas comment cela aurait pu se produire.

Mes certitudes s'effilochent au fur et à mesure des minutes qui passent.

— Elle ne s'est pas approchée de toi, tante Kay. Elle t'a tiré dessus, puis elle a disparu.

Une onde glacée me pétrifie.

— Elle a disparu ? La caméra n'a pas pu la saisir ?

— Ton masque est tombé alors que tu te débattais, que la corde reliée à la flèche et au flotteur de surface te tirait dans tous les sens.

En dépit des informations de Lucy, je tente de m'accrocher à ce que je peux, mais je dérape.

— Bien, nous avons donc des informations. (Je me dupe moi-même, mais ne parviens pas à m'en empêcher.) Nous sommes en train de réunir les pièces du puzzle pour comprendre ce qui s'est passé au juste et qui est responsable.

Mon optimisme remonte un peu, même si je n'arrive pas à trouver un sens à tout cela.

Cependant, Lucy prépare déjà la mauvaise nouvelle qui va suivre.

— Si seulement c'était aussi simple. Carrie n'a pas besoin d'apprendre grâce aux médias que cette pièce à conviction cruciale a été perdue, volée, ou a disparu.

Son ton sarcastique tempère aussitôt mon minuscule regain d'optimisme. Mon humeur rejoint les recoins sinistres qu'elle n'a pas quittés depuis des semaines.

Marino renchérit :

— D'ailleurs, qui se préoccupe de ce que racontent les informations ?

Janet le détrompe de son ton paisible, sérieux :

— Le FBI les juge importantes. Pas pour la bonne raison, et c'est le problème. C'est toujours le problème.

Donoghue s'adresse à ma nièce :

— Vous donnez des informations comme si elles étaient parole d'Évangile. Vous affirmez de façon péremptoire que Carrie a quelque chose à voir avec la disparition du masque de plongée de Kay. Ma question est donc la suivante : comment le savez-vous ?

— Je pense que Lucy veut nous faire comprendre que Carrie peut ne pas avoir arraché le masque de mon visage, mais qu'elle l'a récupéré. Et maintenant, ma nièce serait en possession de l'enregistrement.

Je regarde Lucy droit dans les yeux, m'attendant à ce qu'elle nie, et comprends aussitôt que tel ne sera pas le cas.

Mon Dieu. Qu'as-tu fait ?

Par une des fenêtres, Lucy jette un regard au ciel qui prend une couleur de plomb. Elle dit :

— Je m'expliquerai.

Marino roule des yeux exorbités et jette :

— Oh merde ! Je t'en prie, dis-moi que tu plaisantes.

Tous mes signaux d'alarme sont en alerte lorsque je m'adresse à ma nièce :

— Je ne comprends pas comment tu as pu le récupérer de Carrie.

Marino explose :

— Bordel ! Désolé, Desi.

Lucy argumente :

— Je n'ai jamais dit cela. Je n'ai rien obtenu d'elle, d'ailleurs.

Marino entoure les épaules du garçonnet de son bras, le tire vers lui et lui ébouriffe les cheveux avec vigueur en conseillant :

— N'imite surtout pas ma façon de parler, hein, petit gars ?

L'enfant se débat et glousse :

— Aïe, aïe !

— Tu sais comment on appelle ça ? Un shampouinage de phalanges.

Janet commente :

— C'est exactement ce que font les petits tyrans de cour de récréation.

Desi, qui continue à parler de sa mère au présent, explique au grand flic :

— Maman me fait payer chaque fois que je dis des gros mots. Un quarter pour « foutu », cinquante cents pour « merde », et un dollar quand je prononce le mot en « p ». Tu dois déjà au moins un dollar vingt-cinq.

D'un ton aussi mesuré que possible, je demande à ma nièce :

— As-tu été en contact avec Carrie ? L'as-tu vue ?

Janet me répond :

— Ça n'a rien à voir avec ce que vous imaginez.

Pourtant, je ne peux m'empêcher de repenser au récent voyage de Lucy aux Bermudes.

Je sais qu'elle s'y est rendue, et pourtant je ne l'ai découvert qu'après. Elle ne l'a jamais mentionné. Je ne l'ai appris qu'il y a quelques jours, tout comme le fait que Janet et Desi ne l'avaient pas accompagnée. Lucy ne semble pas décidée à s'expliquer au-delà de ce qu'elle m'a déjà révélé. Un petit séjour de plongée. Pas des vacances. Elle devait rencontrer une amie de Janet. J'ai pourtant l'impression que cette personne n'était pas seulement une relation de la jeune femme.

Donoghue s'adresse à ma nièce :

— Que devons-nous en conclure ?

— Rien. N'en concluez rien.

— Il faut tout me confier.

— Mais je ne confie jamais « tout ». À personne.

— Il va pourtant falloir que vous révisiez cette position si vous souhaitez que je vous représente.

Je sens que Lucy devient combative envers l'avocate.

— Il m'est impossible de révéler certains détails, et vous pouvez le prendre comme vous le souhaitez.

— Dans ce cas, je ne suis pas sûre de pouvoir vous aider.

Lucy me jette un regard tout en répondant à Jill :

— Je ne vous ai pas sollicitée.

Donoghue se lève et commence à ramasser ses affaires. J'interviens :

— Ne partez pas, Jill.

— Vous devez rester. Vous me représentez aussi.

L'avocate récupère son sac à main, hésitante.

— Je crains que ça ne puisse pas marcher.

Je lance un regard d'avertissement à ma nièce, qui se contente de hausser les épaules. Cependant, elle condescend à requérir :

— Si, restez.

Ce n'est guère convaincant, mais à l'évidence suffisant.

— D'accord.

Desi suit les échanges entre les adultes. Il est petit, avec une tignasse châtain clair et d'immenses yeux bleus, et possède une sagesse étonnante pour son âge. Il ne semble ni inquiet ni angoissé, mais ne devrait pas se trouver ici, témoin de nos propos. Marino semble lire dans mes pensées. Grattant avec férocité les piqûres de moustiques qui ont laissé de grosses papules rouges sur ses jambes, il propose :

— On va sortir faire une petite balade.

Lucy déplace les chaises qui entourent la table de la kitchenette afin de les disposer devant le canapé et s'exclame :

— Oh, ça va être chouette, n'est-ce pas, Desi ?

Je suis restée debout depuis notre arrivée parce que j'y mets un point d'honneur qui vire à l'obstination. J'évite d'être la première à m'asseoir. Les gens en concluent que c'est à cause de ma jambe, et je m'efforce de rester debout le plus longtemps possible même lorsque je souffre. Lucy encourage le petit garçon :

— Hein, une super balade avec Marino ?

— Non. Je veux pas.

Il secoue la tête en signe de refus. Janet l'entoure de ses bras et le serre contre elle. Marino récupère un tube de crème apaisante posé sur le comptoir de la cuisine et lance :

— Mais si, bien sûr que tu veux !

Donoghue s'adresse alors à moi :

— Racontez-moi ce que vous savez de la mini-caméra enregistreuse. Donnez-moi tous les détails.

Cependant, Lucy se substitue à moi. Elle explique que l'élu du Congrès, Bob Rosado, s'est fait descendre le 14 juin, deux mois plus tôt, alors qu'il plongeait de son yacht, mouillé en Floride du Sud. Sa bouteille et une fraction de son crâne n'ont jamais été retrouvées. Puisqu'il s'agissait d'une affaire fédérale et que, grâce à mon affiliation à l'armée, je dispose d'une juridiction de cet ordre, j'ai décidé de rencontrer l'équipe tactique de Benton à Fort Lauderdale. Je suis arrivée sur place le lendemain, le 15 juin, afin de les aider dans leurs recherches et leur travail de récupération.

L'avocate me demande :

— Avez-vous l'habitude d'équiper votre masque de plongée d'une mini-caméra lorsque vous partez en expédition sous-marine ?

— Je ne le formulerais pas ainsi, parce que la caméra est fixée de façon permanente.

L'odeur d'ammoniaque et d'huile d'arbre à thé du gel que Marino étale sur ses piqûres de moustiques me parvient.

Donoghue imprime de petits cercles à sa tasse de café posée sur l'accoudoir de son fauteuil, et j'y vois le symbole que nous tournons en rond. Elle poursuit néanmoins :

— Mais vous éteignez et allumez votre caméra. Manuellement, de façon délibérée.

— Oui. Ne serait-ce que parce que je cherche à éviter des remises en cause des procédures que j'applique, et donc de la légitimité de mon témoignage. J'aime que les jurés sachent où j'ai trouvé les pièces à conviction. C'est un atout s'ils peuvent le vérifier par eux-mêmes et s'assurer que tout a été manipulé et préservé avec soin. C'est particulièrement important lors des recherches sous-marines puisqu'il n'y a pas d'échanges verbaux, pas d'explication. On n'entend pas grand-chose sous l'eau, à l'exception des bulles.

Donoghue continue :

— Lorsque vous avez vu votre agresseur, dont vous pensez qu'il s'agit de Carrie Grethen, la caméra installée sur votre masque enregistrait. Parce que vous l'aviez allumée.

— En effet.

— Carrie Grethen devrait donc apparaître sur l'enregistrement.

Je m'apprête à répondre par l'affirmative, mais le regard de Lucy m'en dissuade. Quelque chose ne va pas.

Un sentiment d'incertitude m'envahit et j'explique à l'avocate :

— La caméra enregistrait ce qui se trouvait devant moi, devant mon visage. Ce ne sont pas des suppositions. Il ne s'agit pas de ce que je crois. Mais de la vérité. Je sais qui j'ai vu.

— Je ne doute pas que vous le croyiez.

— Encore une fois, ça n'a rien à voir avec ce que je crois.

— Si, c'est exactement cela. C'est ce que vous croyez, Kay, pas nécessairement la réalité. Les choses se sont passées très vite. De façon soudaine. Un clignement de paupières. Carrie Grethen ne vous quittait pas l'esprit et quelqu'un a fondu sur vous dans une situation qui n'avait rien de bénin. Vous étiez sous le choc après avoir découvert que les deux plongeurs de la police avaient été assassinés...

— Elle les a tués.

— Je suis certaine de votre sincérité. La visibilité devait être très médiocre. Portez-vous des lentilles de contact lorsque vous plongez ? Les verres de votre masque sont-ils correcteurs ?

— Je sais ce que j'ai vu !

— Espérons que nous pourrons le prouver.

Et toujours le regard de mise en garde de ma nièce. *Quelque chose ne va pas.*

La colère monte en moi lorsque je débite :

— Est-ce là ce que vous pensez ? Vous croyez que j'étais en état de choc, en pleine confusion mentale, que ma vision était mauvaise, et que j'ai identifié fautivement la personne qui s'approchait de moi avec un harpon ?

Donoghue répète :

— Nous devons le prouver. Je suis juste en train de vous offrir un échantillon de ce que la partie adverse nous réservera.

— La partie adverse étant le FBI. Quelle tristesse de penser cela, et pourtant, j'ai l'impression que ça m'arrive trop souvent ces derniers temps. Lorsque j'ai commencé ma carrière, on m'a expliqué que les forces de l'ordre étaient au service du public. Nous sommes supposés aider les citoyens, pas nous livrer à des formes d'inquisition ou de harcèlement.

Donoghue me le confirme :

— C'est exact, nous considérons le FBI comme la partie adverse. Aussi, je vous prépare à ce qu'ils vous opposeront, à ce qu'ils disent déjà, je le parierais. Nous devons impérativement prouver qu'il s'agissait de Carrie Grethen, que cette dernière n'est pas morte, qu'elle est, sans aucune ambiguïté, la personne qui a abattu des gens, et tenté de vous tuer. Nous devons démontrer qu'elle est sans contestation possible… c'est quoi déjà, le nom de ce tireur de précision ?

— Copperhead.

— Voilà. Que Carrie Grethen est Copperhead !

Je cherche le regard de Lucy, mais elle ne quitte pas des yeux la *sitcom* japonaise qui n'intéresse personne. Puis elle tourne la tête vers moi et je n'aime pas ce que je découvre. J'ai l'impression que mon cœur se glace, qu'une ombre terrible, funeste, me frôle.

Quelque chose ne va pas.

— J'ai vu Carrie pointer son fusil de chasse sous-marine sur moi et presser la détente.

J'ai le sentiment de devoir me défendre vis-à-vis de Donoghue et je n'aime pas cela.

— Elle se trouvait à peine à six mètres de moi et m'a regardée. J'ai vu qu'elle me tirait dessus avec le fusil de chasse sous-marine. J'ai entendu la première flèche percuter mon bloc, puis la seconde. Celle-là, je ne l'ai pas entendue, mais sentie. On aurait dit qu'un camion venait de heurter ma cuisse.

— Oh, ça a dû faire mal ! s'exclame Desi comme s'il entendait cette histoire pour la première fois.

Nous avons pourtant eu maintes conversations à ce sujet. Je lui ai expliqué que l'on m'avait tiré dessus, ce que cela signifiait. Il voulait savoir si cela m'avait fait mal, et si j'avais eu peur de mourir. Il est un peu obsédé par la mort. Il essaie de comprendre pourquoi il ne verra plus jamais sa mère. Répondre à ses questions s'est révélé ardu, très délicat.

Je comprends la mort biologique. Elle est inéluctable. Un organisme mort ne se relèvera pas, ni ne se réchauffera. Il ne bougera plus, ne parlera plus, ne respirera plus. Et je n'allais bien sûr pas évoquer avec Desi le caractère définitif de la non-vie, de la non-existence physique. Il était exclu que j'instille la peur et le fatalisme dans l'esprit d'un petit garçon qui venait juste de perdre sa mère.

Il eût été égoïste, insensible, de ne pas avoir recours à une métaphore, une analogie ou deux qui puissent lui apporter un peu d'espoir et de réconfort. *La mort, c'est un peu un voyage vers un endroit où on n'a plus de messagerie électronique ni de téléphone. Ou alors, c'est aussi un voyage dans le temps. Ou quelque chose que tu ne peux pas toucher, comme la Lune.* Je pense m'être si bien débrouillée pour offrir à Desi une explication hors biologie que j'ai fini par y croire un peu.

Marino balance le tube de gel apaisant sur le comptoir de la cuisine et lance :

— Allez, viens mon grand !

Janet frotte le dos du petit garçon et s'efforce de le convaincre :

— Tu dois avoir des fourmis dans les jambes. Un petit peu d'air frais avant la pluie te fera du bien.

Il hoche la tête en signe de dénégation.

Lucy y va de ses arguments :

— Marino est un super pêcheur. En fait, il est tellement bon que tous les poissons ont affiché sa photo pour prévenir les copains quand il arrive. Attrapez cet homme ! Attention ! Récompense offerte pour sa capture !

— Les poissons ne prennent pas de photos !

Marino soulève Desi dans les airs et le tient à bout de bras jusqu'à ce qu'il crie de bonheur.

— Et comment tu sais ça, hein ? Tu peux rien affirmer de tel tant que t'auras pas une expérience personnelle des poissons. Tu veux savoir les différentes sortes qu'on trouve dans le coin ? Parce qu'on pourrait en attraper des énormes, si nous avions des cannes à pêche.

Desi est enfin décidé, et Marino l'entraîne. Je les entends s'éloigner sur le ponton, puis le silence.

22

— Je n'ai pas le masque, reprend Lucy. En revanche, je peux accéder à l'enregistrement.

Il est impératif que je m'assure qu'elle ne se trouvait pas à proximité de moi lorsque j'ai failli mourir.

— En d'autres termes, tu ne l'as pas récupéré, je veux dire, toi-même ?

— Bien sûr que non.

— Cela t'aurait été impossible, sauf à croire que tu étais présente lors de mon agression.

Je serais dévastée si j'apprenais que c'était le cas.

Une telle révélation changerait l'histoire de ma vie et mon univers entier. Il s'agit d'une des choses que, en toute honnêteté, je refuse d'admettre parce que les conséquences en seraient effroyables, de manière irréversible.

— Je ne me trouvais pas en Floride. Et pourquoi t'aurais-je tiré dessus ? Pourquoi voudrais-je te faire du mal ? Pourquoi même permettrais-je à quiconque de te blesser ? Et puis, pourquoi me demandes-tu cela ? Comment peux-tu croire une seconde...

Donoghue l'interrompt :

— Ce n'est pas Kay qui pense. On ne peut exclure qu'ils tenteront de prouver cette théorie. Il se peut qu'ils aient monté dans ce sens le dossier qu'ils présentent au grand jury...

S'adressant à moi, elle poursuit :

— Un dossier selon lequel Lucy était en Floride, présente lorsqu'on a voulu vous tuer parce qu'elle n'est autre que la complice de Carrie Grethen. Pire ? Lucy est l'agresseur et il n'y a jamais eu de Carrie Grethen.

Janet intervient :

— Peut-être le FBI est-il convaincu qu'elle est véritablement morte dans un crash d'hélicoptère il y a treize ans, et que Lucy a fabriqué le reste ?

Quelque chose dans son ton me donne à penser qu'il ne s'agit pas d'une simple suggestion.

L'avocate approuve d'un mouvement de tête :

— Tout à fait. Un scénario qui devrait nous préoccuper. Mais, Kay, je suis curieuse : et Benton ? Il a été témoin de la scène. Il vous a sauvé la vie. Il a dû bien regarder la personne qui vous avait tiré dessus. Il devait être proche d'elle.

J'ai posé la question à Benton des dizaines de fois. Sa réponse n'a jamais varié.

— Il ne l'a pas vue. Lorsqu'il a réalisé que j'étais blessée et mal en point, plus rien n'a compté à ses yeux. Il était tellement affolé que Carrie a eu le temps de fuir.

Lucy argumente :

— À mon avis, elle s'est simplement reculée pour disparaître à la vue et profiter du spectacle.

Donoghue résume :

— J'en conclus que si on lui pose la question, Benton dira qu'il ne peut pas jurer que Carrie Grethen vous a attaquée, pas plus que les deux plongeurs de la police. Plus spécifiquement, j'anticipe ce qu'il a pu raconter à ses collègues du FBI, parce que vous pouvez être assurée qu'ils l'ont questionné là-dessus *ad nauseam*.

Je réplique :

— Si Benton leur a livré les mêmes informations qu'à moi, en privé, il ne jurera de rien, hormis le fait que j'ai été attaquée. Il sait ce qui m'est arrivé. Il sait également que Lucy ne se trouvait pas avec nous.

Janet déclare :

— Selon moi, le Bureau cherche à tout lui coller sur le dos.

C'est plus qu'une opinion, c'est une certitude et elle précise :

— Je pense qu'ils veulent montrer que Carrie Grethen est une sorte d'écran de fumée, un fantôme que Lucy a ressuscité pour lui servir d'alibi.

— Je ne comprends pas. Pourquoi voudraient-ils démontrer pareille chose ?

Je repense aux vidéos « Cœur vil et malfaisant » que j'ai reçues, me demandant si elles peuvent servir de preuve que Carrie est toujours en vie.

Non, ce ne sont pas des preuves. Je dois l'admettre, même si cela me dévaste. Ces enregistrements ne signifient pas ce que je voudrais leur faire dire. Ils ont été réalisés il y a dix-sept ans. La seule chose qu'ils prouvent, c'est que Carrie Grethen était encore en vie à l'époque. S'ajoute à cela que les vidéos et les liens ont disparu de mon téléphone.

Lucy observe :

— Le moment de la revanche a sonné.

Donoghue tapote son grand carnet de notes du bout de son stylo et réfléchit :

— Je doute que le FBI dispose de temps et d'énergie à perdre pour obtenir un mandat, puis fouiller votre propriété, juste parce qu'ils sont vindicatifs.

— La capacité à la mesquinerie et le talent pour perdre de l'argent et du temps du gouvernement vous surprendraient.

Le sarcasme de Lucy était venimeux, et son hostilité, palpable.

Janet prend la parole, la voix de la raison qui s'efforce toujours de minimiser la gravité des événements :

— La revanche pourrait n'être que le glaçage du gâteau. Une mince couche de sucre sur un tout petit gâteau. Toutefois, cela ne représente pas l'intégralité des enjeux, pas même une portion significative. Une autre chose compte beaucoup plus : le FBI a des raisons de vouloir que Carrie Grethen soit morte. Ils en ont très envie. C'est beaucoup plus crucial à leurs yeux que de se venger de toi, Lucy. Encore une fois, il s'agit de mon opinion, mais une opinion qui s'appuie sur une connaissance des fédéraux. J'en ai fait partie.

Je demande :

— Ils veulent que Carrie meure maintenant ? Ou ils veulent qu'elle reste morte ?

Donoghue renchérit :

— Ma question rejoint celle de Kay.

J'aimerais qu'elle arrête de tapoter son carnet. Tout me porte sur les nerfs en ce moment.

L'avocate précise après une pause :

— Veulent-ils qu'elle soit morte ? Ou alors refusent-ils que quiconque se doute qu'elle n'a jamais péri dans cet accident ?

Janet réplique :

— Ils veulent qu'elle reste morte. Ils ne tiennent absolument pas à ce que l'on découvre qu'elle n'a jamais péri.

— Quelle serait leur raison, si l'on exclut l'embarras évident ?

La jeune femme me répond :

— C'est ce que je veux découvrir. Mais la raison « évidente » est déjà assez mauvaise pour eux. Ce serait un peu comme de découvrir que Ben Laden est toujours en vie alors que notre gouvernement a rassuré les gens en affirmant que sa dépouille avait rejoint la mer. Comme Carrie, qui s'est prétendument abîmée dans l'océan lorsque l'hélicoptère a piqué en chute libre.

Donoghue commente :

— Je comprends bien pourquoi tous souhaiteraient qu'elle soit décédée. Après ce qu'elle vous a fait, Kay, on ne peut qu'être convaincu par son indifférence impitoyable pour la vie humaine, par sa dépravation. Vous auriez pu mourir. Vous auriez pu rester infirme à vie. Vous auriez pu perdre votre jambe.

— Exact, Jill. Vos trois suggestions sont exactes.

Janet pousse son raisonnement :

— Si Carrie est toujours en vie, imaginez la baffe que va recevoir le Bureau.

— Pourquoi *si* ? lui lance Lucy.

— Je ne voulais pas dire…

— Tu l'as dit. Tu as dit *si*.

Janet hésite alors que je me souviens de l'enregistrement que j'ai visionné un peu plus tôt.

— Eh bien, c'est difficile. Je n'ai pas vu Carrie. Je n'ai pas eu accès à des photos récentes d'elle, ni à une vidéo. Je n'ai rien vu qui puisse prouver qu'elle est en vie. Hormis tes affirmations et celles de Kay.

Ma nièce est vautrée sur une chaise, et un mince ruban de son ventre plat apparaît entre l'ourlet de son polo et la ceinture de son short de sport. Je repense à la libellule et à ce qu'elle recouvre. Puis mes pensées se recentrent sur le FBI, sur les autres mobiles qui pourraient l'avoir poussé à fouiller la propriété de Lucy, à saisir ses armes et son matériel électronique.

J'en reviens à mon inquiétude :

— *Quid* des motivations ? Est-il envisageable que ce qui les intéresse vraiment soit d'accéder à la base de données du CFC, à nos dossiers ? Lucy représente un conduit magnifique vers toutes les affaires de l'État du Massachusetts et fédérales sur lesquelles j'ai travaillé.

Le stylo de Donoghue est resté suspendu en l'air. Après quelques secondes, elle recommence à écrire, et jette des notes de son écriture en boucle.

— Et qu'est-ce qui les intéresserait qu'ils ne puissent obtenir d'une façon moins tarabiscotée ?

— Beaucoup de choses.

— Comment pouvez-vous être certaine que le FBI n'a pas déjà pénétré dans votre base de données ?

— Je serais avertie !

L'exclamation de ma nièce ne m'empêche pas d'être frappée par sa formulation qui ressemble à une non-réponse. Affirmer qu'elle saurait si quelqu'un avait violé notre base de données est bien différent que certifier que tel n'est pas le cas.

Elle ajoute :

— Il se passe un truc dans ma messagerie électronique. Quelqu'un est en train de fourrer son nez dedans.

Donoghue relève :

— Fourrer son nez ? Voilà une façon très édulcorée d'évoquer un piratage.

— Je sais que, parfois, il s'agit de Carrie.

— Et vous fermez les yeux ? s'étonne l'avocate.

— Elle ne peut accéder nulle part si je ne le lui permets pas. Un rat au milieu d'un cyber-labyrinthe. Elle n'arrête pas de se cogner à mes pare-feu. Quelle importance si elle prend connaissance des e-mails que je veux lui communiquer ? En revanche, les dossiers électroniques du CFC sont une autre histoire.

Encore une fois, Lucy n'a pas répondu à la question.

Elle continue de biaiser de façon ambiguë lorsqu'on lui demande si la sécurité de la base de données du Centre de sciences légales de Cambridge a été entamée. Elle répète qu'elle le saurait. Elle n'affirme jamais que tel ne fut pas le cas.

Donoghue tapote son carnet de son stylo pour appuyer ses propos :

— Et le FBI ? Pourrait-il pénétrer dans cette base de données, dans des archives confidentielles, grâce aux réseaux installés sur votre propriété ?

Lucy n'en a pas fini de se montrer sibylline :

— Je suis sûre qu'ils le croient.

— En ce cas, s'agirait-il de leur véritable raison pour débarquer ici ? Vous utiliser à la manière d'un portail ?

— Peut-être pensent-ils y parvenir.

Donoghue ne lâche pas ma nièce du regard et insiste :

— Mais le peuvent-ils ?

— Je n'ai pas de connexion automatique, rien qui les aidera à fouiller dans ce qui importe. Je ne serais pas surprise qu'il s'agisse d'un de leurs mobiles. Ils comptent utiliser ma technologie personnelle, mes logiciels de communication comme porte d'entrée.

— Gardons à l'esprit qu'ils ont plusieurs buts.

Ce commentaire que répète Janet me fait dresser l'oreille.

Donoghue me demande à nouveau :

— Que veulent-ils ? Une chose, deux, combien ? Qu'est-ce qui pourrait les intéresser dans votre base de données, par exemple ?

— Savent-ils seulement ce qu'ils cherchent ? Il peut s'agir d'une chose encore trop floue pour eux. Du coup, ils ne parviennent pas à l'ajouter à la liste de leur mandat.

— En d'autres termes, ils pêchent à l'aveuglette.

J'explique :

— Peut-être lancent-ils un filet pour rapporter dans leurs mailles une chose sur laquelle ils ne veulent pas attirer l'attention, ou pour laquelle ils n'ont pas d'autorisation de recherche. Ou alors, ils ne savent pas comment obtenir cette autorisation, ni pourquoi, et figurez-vous que me viennent à l'esprit tous les bonus imaginables de nature à les convaincre de coincer Lucy. En effet, elle représente un moyen d'accéder à moi. En effet, elle est un canal permettant d'acquérir des informations ultraconfidentielles en lien avec la loi locale et fédérale, mais également, dans certains cas, avec l'armée et d'autres agences gouvernementales, notamment celles qui se consacrent au renseignement.

L'attention de Donoghue est aussitôt éveillée :

— Vous avez des dossiers relatifs à la CIA, à la NSA dans votre système informatique ?

— Certaines de nos données sont d'intérêt pour le département d'État. Je n'en dirai pas davantage.

L'avocate insiste quand même :

— Avez-vous travaillé sur des affaires de cette nature, ces derniers temps ?

Je repense à Joel Fagano, un juricomptable de New York retrouvé mort dans une chambre d'hôtel de Boston le mois précédent, mais élude :

— Je ne puis en discuter.

La porte de la chambre était verrouillée de l'intérieur et le panonceau « NE PAS DÉRANGER » pendait à la poignée extérieure. À l'évidence, un suicide par pendaison, et mon attention n'aurait pas été alertée si le gouvernement fédéral n'avait exigé d'assister à l'autopsie. Les deux agents du FBI se révélèrent être des leurres de la CIA. Ce n'est pas la première fois que cela arrive, ni la dernière. Les espions meurent dans des accidents de voiture ou d'avion. Ils se suicident, se font descendre comme les autres. Cependant, il existe une grosse différence.

Lorsqu'il s'agit d'un agent secret, la présomption de départ est l'assassinat. Pas dans le cas de Joel Fagano, toutefois. Tout concourait à accréditer la thèse selon laquelle il avait enroulé une ceinture autour de son cou, jusqu'à l'asphyxie. Je me souviens du commentaire énigmatique de Benton à ce sujet : Fagano avait utilisé le dernier pouvoir qu'il lui restait en s'ôtant la vie. Il devait avoir bien plus peur d'autre chose que de la mort. Et soudain, les choses s'additionnent dans mon esprit.

Data fiction.

Nous avions retrouvé une clé USB dans la poche de Joel Fagano. Dessus était copié un logiciel financier qui, selon Lucy, pouvait déclencher une fraude si massive qu'elle saperait le système bancaire de tout le pays. Elle avait précisé que le logiciel faisait d'abord apparaître des relevés attestant que l'argent se trouvait bien sur un compte et qu'un jour, le détenteur du compte découvrait qu'il n'avait plus un sou vaillant. On vous expliquait alors que vous aviez dépensé l'intégralité du solde et, afin de vous le prouver, on vous montrait un grand-livre comptable généré lui aussi par le logiciel frauduleux.

Et si de fausses données nous décident à déclarer la guerre, à débrancher un malade, à arbitrer entre des décisions qui se soldent par la vie ou la mort ?

Selon ma nièce, le terme *data fiction* intéresse vivement les internautes de l'Undernet. Tout le monde s'interroge : peut-on encore être certain d'une « réalité » ? Comment déterminer ce à quoi nous pouvons ajouter foi aujourd'hui ? Il ne s'agit pas d'une inquiétude nouvelle dans mon cas. Je ne considère que quelque chose est fiable que lorsque j'en obtiens des preuves tangibles. Par nature et par déformation professionnelle. La racine grecque d'autopsie est *autopsiâ*, d'*autos*, « soi-même », et *opsis*, « voir ». Voir par soi-même, regarder, toucher, entendre et sentir. Je ne le peux à ma guise dans le cyberespace. Le fait que chaque détail de notre vie et de nos affaires soit traduit en symboles électroniques est à la fois pratique et très dangereux.

La technologie a permis des progrès fracassants durant un moment, mais aujourd'hui on dirait que la vie revient en arrière, vers des ères plus sombres. Les communications numériques me donnent l'impression que je bouge plus vite que jamais alors que je perds mon équipement de navigation, les repères avec lesquels j'étais née. Mes propres yeux. Mes propres oreilles. Mon sens du toucher. Je regrette le papier, les stylos. Les conversations en face à face me manquent. Je m'inquiète que nous soyons bientôt confrontés à vaste échelle au doute et à l'illusion.

Que se passerait-il si nous en arrivions au point où nous nous méfierions de tout ce que font les ordinateurs ? Cette défiance inclurait donc les dossiers médicaux, les services d'urgence, le typage sanguin, les histoires médicales, les répertoires professionnels, les empreintes digitales, les profils ADN, les transferts d'argent, les informations financières, les vérifications d'antécédents, et même tous nos textos ou nos e-mails personnels. En effet, qu'adviendra-t-il si nous ne pouvons plus rien croire ?

Donoghue pousse Lucy dans ses retranchements :

— Où vous trouviez-vous au moment exact où votre tante a été attaquée le 15 juin ?

— À bord de mon hélicoptère. J'avais décollé de Morris County, New Jersey. Je rentrais ici.

L'avocate se tourne vers moi.

— À quelle heure vous a-t-on tiré dessus ?

— Il était environ 14 h 45.

— Lucy, voliez-vous à cet instant précis ?

— Non, l'hélico était déjà au hangar. J'étais au volant de ma voiture.

— Quelle voiture ?

— Je pense qu'il s'agissait de ma Ferrari FF. Il se peut que j'aie fait quelques courses avant de rentrer à la maison. Je ne me souviens pas avec précision de chaque minute.

— Le « je ne me souviens pas » pose problème. Janet ? Avez-vous une idée des occupations de Lucy ce jour-là ?

La jeune femme ne quitte pas ma nièce du regard et répond :

— Je ne l'ai pas vue. Les choses n'étaient pas faciles entre nous à l'époque. Elle m'avait demandé de déménager et j'avais décidé de passer un peu de temps avec ma sœur en Virginie. Natalie était au plus mal. Elle souffrait et avait peur. D'une certaine façon, c'était une bonne chose que je descende là-bas à ce moment-là, puisqu'elle est morte peu après. (Son regard brillant de larmes s'évade.) Cela étant, la raison qui m'avait poussée à partir d'ici était pénible. Une période très pesante.

Lucy déclare d'un ton doux :

— Je craignais que Carrie ne te fasse du mal.

— De toute façon, elle y est parvenue.

Donoghue revient à Lucy :

— Vos ennuis de couple avec Janet et le fait qu'elle avait quitté le domicile commun ne sont pas non plus des atouts pour vous. Pas de témoin. De plus, les difficultés domestiques ont tendance à souligner une instabilité personnelle, un mauvais point. Ajoutez à cela qu'avec vos moyens, vous pouviez sauter de votre hélicoptère et monter aussitôt à bord d'un jet privé qui vous aurait menée à Fort Lauderdale en deux heures et demie, voire trois heures. Prouvez-moi le contraire.

Donoghue est en train de jouer l'avocat teigneux de la partie adverse, et elle adore ça.

— C'était réalisable, avec un Citation-X. En comptant sur des vents propices, j'aurais pu rejoindre Fort Lauderdale en deux heures.

L'avocate résume pour moi :

— Voici une vulnérabilité qu'ils exploiteront. Ils vont miner son alibi. Ils affirmeront qu'elle aurait pu se trouver en Floride lorsque vous avez été attaquée.

Je demande à ma nièce :

— Existe-t-il d'autres preuves ? Des adresses IP, des connexions téléphoniques, des vidéos prises par tes caméras de sécurité ? Existe-t-il une chose qui permette de prouver que tu te trouvais à Concord, par exemple, chez toi ? D'accord, Janet n'était pas présente. Mais rien d'autre ne peut prouver ta localisation à ce moment-là ?

— Tu sais bien que j'excelle à recouvrir mes traces.

Donoghue persifle :

— Une excellence telle que vous sacrifiez la possibilité de fournir l'alibi dont vous avez besoin ?

— Je n'ai guère l'habitude de réfléchir en termes d'alibi.

— On ne peut que le déplorer aujourd'hui.

— La vie que je mène n'en nécessite pas.

Donoghue joute avec ma nièce :

— En revanche, cette vie semble requérir que vous effaciez vos traces, que personne ne sache où vous vous trouviez, quand et pourquoi.

— Votre question consiste-t-elle à savoir s'il y a des gens qui me feraient volontiers la peau ?

— Là n'est pas le sens de mon interrogation, rétorque l'avocate. Néanmoins, il est évident que vous le pensez.

— Non, je le sais.

— Ce qui compte en ce moment, c'est que vous préservez votre intimité avec des mesures que je qualifierais d'opiniâtres, et que cela ne me facilite pas la tâche.

— Pour être franche, une multitude des aspects de ma vie sont de nature à compliquer votre travail.

— Vos communications électroniques ne reviennent jamais vers une adresse véritable, et vous usez d'un pseudo si vous vous envolez pour une destination que vous souhaitez garder secrète. N'est-ce pas ?

— C'est à peu près juste.

Donoghue lâche alors :

— Il est très ardu pour les espions de se constituer des alibis. J'espère que vous y avez pensé lorsque vous avez bâti votre vie prétendument intraçable.

23

Lucy aborde le deuxième round du duel verbal.

— Je ne suis pas une espionne.

— Vous vivez de la même manière.

— J'ai appris il y a très longtemps.

— Carrie vous l'a enseigné ?

— J'étais interne à l'université, une adolescente lorsque je l'ai rencontrée. Elle m'a appris pas mal de choses, beaucoup moins cependant qu'elle ne le revendique. Lorsque j'ai commencé mon internat à l'ERF…

Donoghue l'interrompt :

— Et c'est ?

— Le grand magasin de jouets du FBI, où les toutes dernières technologies sont développées en matière de surveillance, de biométrique et, bien sûr, de recueil et traitement des données. Cela inclut le réseau d'intelligence artificielle que j'ai créé à la fin des années 1990. CAIN. Mon bébé, mais Carrie a prétendu en être la conceptrice. Elle a volé mon travail.

— Cela signifie-t-il que vous pourriez, l'une et l'autre, pénétrer dans la base de données du FBI ? Puisque vous l'avez créée.

— En théorie. Je suis à l'origine de la plus grande part de cette réalisation, en dépit de ses mensonges.

Peu importe à Donoghue la paternité de l'invention, de même que son usurpation.

— Vous avez été des amies très proches durant pas mal de temps. Jusqu'à ce que vous finissiez par comprendre qui elle était au fond ?

Lucy hoche la tête et je jette un regard à Janet.

— En effet.

Je me demande comment elle prend le fait que Carrie a été le premier amour de ma nièce. Ce que la tueuse déclare dans la vidéo est exact, et je ne suis pas certaine que Lucy ait jamais aimé quelqu'un autant qu'elle. Assez compréhensible. Le premier amour est le plus intense, le plus douloureux, et lorsque Lucy a commencé son internat à l'ERF, elle était immature d'un point de vue émotionnel. Son âge sentimental devait approcher les douze ans. La malchance, malchance qu'elle traînera toute sa vie, a voulu que le superviseur qu'on lui a attribué finisse sa carrière sur la liste des dix criminels les plus recherchés par le FBI. Je demande si elle y est réapparue.

— Ce serait un bon moyen de savoir si le Bureau considère son existence avec sérieux, dis-je.

Janet m'informe :

— Dommage : elle ne figure pas sur cette liste. Ils savent depuis plus de deux mois qu'elle a séjourné en Russie et en Ukraine au cours des dix dernières années et qu'elle est de retour aux États-Unis. Pourtant, elle n'est pas officiellement recherchée. Son nom n'a été ajouté à aucune liste de criminels que ce soit.

Donoghue relève aussitôt :

— Ils *savent* ?

— Qu'elle est de retour aux États-Unis depuis quelques mois, au moins ? Tout à fait.

— Ils *savent* ?

Janet s'obstine, et une petite lumière s'allume loin dans mon esprit :

— Ils savent qu'elle est liée à des meurtres en série et qu'elle a tenté de tuer le Dr Scarpetta.

Je détaille Janet, ses vêtements de travail froissés, passés, ses ongles sales, et son visage marqué par le manque de sommeil. Son regard s'est fait farouche. Pourtant, elle se conduit toujours de façon discrète et posée. Et forte. Janet est très forte. Une femme silencieusement dangereuse, à la manière d'un tourbillon sous-marin, si vous vous aventurez dans une zone qui ne vous concerne pas, ou si vous avez l'audace de menacer ceux qu'elle aime.

Elle nous dissimule quelque chose.

Donoghue argumente :

— Oui, oui, le FBI sait ce qu'on lui a dit. Ça ne signifie en rien qu'il l'accepte ou le croit, ainsi que nous l'avons souligné. Très franchement, il est plus que probable qu'il n'admette pas que Carrie soit responsable de quoi que ce soit. Elle a été déclarée morte il y a des années. Il ne faut pas chercher ailleurs l'explication de son absence sur la liste des criminels les plus recherchés, ou toute autre liste.

Je réplique :

— Je suis d'accord. Cela explique pourquoi elle n'est pas *recherchée*. Le Bureau ne l'a pas signalée comme évadée. Ils n'ont pas demandé à Interpol de basculer sa notice de noir à rouge, d'évadée morte à en vie et extrêmement dangereuse. Je sais. J'ai vérifié périodiquement le site Web d'Interpol : rien n'a changé. Ce sera le cas tant que le FBI n'interviendra pas.

— En d'autres termes, le FBI la considère toujours comme décédée.

— Tout à fait. Ce qui ajoute à notre théorie : il refuse de reconnaître son existence parce que les conséquences ne seraient pas négligeables, certaines dont nous n'avons, sans doute, pas idée.

Donoghue nous consulte du regard, Lucy et moi :

— Et donc, la dernière fois que vous pensez l'avoir vue, il y a treize ans, c'est lorsque vous avez assisté à son supposé décès dans un accident d'hélicoptère ?

Je déguste une gorgée de mon café avant de répondre :

— C'est la dernière fois que je l'ai vue. En réalité, il s'agissait d'une illusion.

Lucy décrit les événements avec plus de précision :

— Nous avons vu un hélicoptère s'abîmer dans l'océan.

— Nous ? Deux témoins indépendants ?

Je reprends la parole :

— Oui. J'étais sur le siège passager. Lucy occupait la place du pilote. Nous étions à bord d'un hélicoptère lorsque nous avons aperçu l'autre, un Schweizer blanc, piquer vers l'Atlantique, au large des côtes de Caroline du Nord.

Lucy renchérit :

— Je l'ai descendu. Le pilote nous tirait dessus. J'ai riposté et l'hélicoptère a explosé. Tante Kay et moi-même étions certaines que Carrie se trouvait à bord.

Donoghue a le regard rivé sur Lucy et je ne parviens pas à déterminer si elle ajoute foi à ses propos, ou aux miens, d'ailleurs. Elle admet :

— Je vous crois lorsque vous dites qu'elle n'était pas à bord.

Je souligne :

— Ainsi que je l'ai mentionné, aucun des restes que nous avons retrouvés n'a été identifié comme appartenant à Carrie Grethen. Les seuls fragments organiques ou effets personnels récupérés correspondaient au pilote, un évadé du nom de Newton Joyce.

L'avocate me demande alors :

— Cet enregistrement, au moment où vous avez été attaquée au fusil de chasse sous-marine ? Le FBI aurait-il pu le visionner ?

Lucy répond à ma place :

— Je ne vois pas comment. Ils n'ont jamais été en possession de la caméra-enregistreuse. Ils n'auraient donc pas pu voir cette vidéo, sauf si on la leur avait transmise.

— De la même façon qu'à vous ? Je dois savoir par quel moyen, au juste, vous l'avez obtenue, mais ne souhaite pas que Janet reste dans la pièce. Elle n'est pas protégée.

Janet propose aussitôt :

— Je peux m'en aller.

Lucy la dissuade :

— Non, reste. On ne m'a pas remis l'enregistrement.

Donoghue s'étonne :

— Des explications seraient bienvenues.

— Disons que je peux y accéder, mais pas le FBI, sauf si le masque est en leur possession. Ce qui n'est pas le cas.

Je suis d'accord avec ma nièce.

— C'est, aussi selon moi, impossible. Lorsque les fédéraux sont arrivés sur la scène, le masque avait disparu depuis longtemps. D'autres officiers de police qui avaient répondu à l'appel l'ont cherché, en vain, si je me fie à ce que m'a raconté Benton. Il n'est pas abusif de penser que Carrie l'a subtilisé. Elle aura reconnu la mini-caméra intégrée. Dans le cas contraire, elle a dû supputer que mon masque en était équipé.

Jill Donoghue déclare alors :

— Si Carrie est en possession du masque de plongée, elle a visionné l'enregistrement.

Lucy acquiesce :

— On peut partir de ce principe.

— Pourrait-elle avoir trafiqué l'enregistrement en votre possession ?

— Non. Alors que la caméra fonctionnait, les images captées sont passées en *streaming* jusqu'à un appareil receveur. Je ne dirai ni quoi ni où. (Je pense à son soudain voyage aux Bermudes.) À l'instant où tante Kay a allumé la caméra, le flot d'images est parvenu à son destinataire. Le lien a été désactivé et l'appareil en question n'est pas traçable puisqu'il est entouré de pare-feu aussi puissants que ceux du Pentagone. Puis-je voir votre téléphone, s'il vous plaît ?

Elle s'adresse à Donoghue.

— Pour quelle raison ?

— S'il vous plaît.

Donoghue lui tend son smartphone.

— Votre mot de passe ? Je parviendrai à le découvrir mais ce sera plus rapide si vous me le donnez.

Donoghue s'exécute en ironisant :

— S'agit-il d'un test pour déterminer si j'ai vraiment confiance en vous ?

Lucy entre le mot de passe et commence à taper sur l'écran.

— Je n'ai pas de temps à perdre en tests. Je suppose que vous aimeriez savoir ce qui a été enregistré. (Elle nous jette un regard circulaire.) J'ai, bien sûr, préservé cela d'une messagerie électronique, et globalement d'Internet, si l'on exclut le fait que j'ai transmis les données grâce à un réseau sans fil, sécurisé, dont ils ne remonteront jamais la piste jusqu'à moi, ainsi que je vous l'ai expliqué. En résumé, les fédéraux n'ont pas mis la main là-dessus. Et je me suis assurée que ce ne serait jamais le cas.

Je demande :

— *Là-dessus ?*

Je comprends que Janet a dû regarder la vidéo, une idée désagréable, lorsqu'elle ajoute :

— Ce que la caméra montée sur votre masque a enregistré lorsque Carrie vous a tiré dessus.

Il y a à peine un quart d'heure, Janet a affirmé qu'elle n'avait pas eu entre les mains de photo ou de vidéo de nature à la convaincre que Carrie Grethen était toujours en vie. Qu'a-t-elle donc vu sur cet enregistrement ? Mon appréhension ne fait que croître.

Je n'hésite plus et demande de but en blanc à ma nièce :

— Sais-tu où Carrie se trouve ?

Donoghue intervient de façon tranchante en lui conseillant :

— Ne répondez pas à cela. Pas si Janet et vous n'êtes pas mariées.

Janet précise :

— Nous ne le sommes pas.

Donoghue continue de souligner ce point avec véhémence. Pourtant, l'on pourrait croire que ni Lucy ni Janet ne l'entendent, ni ne s'en préoccupent.

— Je vous ai mises en garde, mais vous n'écoutez pas ! Il n'y aura pas de privilège des époux. Ce dont vous et Lucy discutez n'est pas protégé.

Lucy repose le téléphone de l'avocate sur la table et déclare :

— Vous allez découvrir de quelle manière Carrie se débrouille pour toujours retomber sur ses pieds. Vous allez comprendre pourquoi les fédéraux ne peuvent pas entrer en possession de cet enregistrement. Une imprudence de notre part constituerait une erreur fatale. Elle les aiderait et nous porterait tort.

Donoghue lâche :

— Permettez que je vous demande cela sans prendre de gants : la vidéo prise lorsque votre tante s'est fait tirer dessus est-elle physiquement en votre possession ?

— Non. Ça n'a jamais été le cas. Du moins pas complètement. Disons, les neuf dixièmes.

— Les neuf dixièmes ? Est-ce votre définition de la propriété ?

— Vous savez ce qu'on dit. On détient quelque chose ou on ne l'a pas.

L'humeur de Donoghue vire à l'aigre :

— J'ignore qui a pu dire cela mais je comprends ce que vous insinuez. Je pense que nous avons toutes clairement pigé.

Elle me regarde. Elle ne comprend pas et je ne l'aiderai pas. Lucy tente de lui indiquer qu'elle est en possession de l'enregistrement parce qu'elle s'est débrouillée pour le retrouver. Elle ne dira jamais de quelle manière et cela ne peut signifier qu'une chose, du moins pour moi. Lucy n'est pas en possession du masque, ni de la caméra. Elle ne les a jamais récupérés et n'en a pas besoin. Je parierais que le *live-stream* a atterri sur une machine basée à l'étranger, et je ne cesse d'en revenir aux Bermudes. Pourquoi s'y est-elle rendue il y a peu ? Qui y rencontrait-elle ?

Je lui dis :

— Tu as installé la caméra sur mon masque il y a environ un an. Je n'ai fait que deux plongées avec cet équipement. Et une troisième à Fort Lauderdale.

L'avocate demande à ma nièce :

— Pouvez-vous nous décrire ce qui se passait lorsque Kay allumait la caméra ?

— Je recevais un e-mail m'avertissant que l'enregistrement commençait. Un peu de la même façon qu'avec une caméra de surveillance pour nounous. À cela près que, dans ces cas-là, on a recours à des caméras à détection de mouvement. Ça n'aurait aucun sens avec un masque de plongée. Si vous êtes sous l'eau et que vous activez la caméra, ça signifie que vous voulez enregistrer et que vous continuerez jusqu'à ce que vous soyez ressortie, le masque enlevé. En d'autres termes, le masque de ma tante n'était pas activé par le mouvement. Juste un système allumé/éteint. En résumé, l'enregistreur fonctionnait ou pas.

Donoghue récapitule :

— Donc, lorsqu'elle a allumé la caméra au début de cette troisième plongée, vous avez reçu un e-mail vous encourageant à regarder ce qui se déroulait en temps réel ?

— Non.

— Non ? Pourquoi cela ?

— Parce que le message a été détourné.

Lucy est à nouveau énigmatique et demeure silencieuse durant d'inconfortables secondes.

Je finis par lui dire d'une voix calme mais tendue :

— Si tu n'as pas obtenu cet enregistrement de façon légale, je suggère que nous fassions preuve d'une extrême prudence au cours de nos échanges.

Je jette un regard à Janet.

Celle-ci se lève du canapé d'un mouvement brusque.

— Mieux vaut que je sorte.

Janet nous abandonne et Lucy pousse le téléphone vers moi.

— Ne dit-on pas qu'un dessin vaut mieux qu'un long discours ? Ni montage ni coupure. J'ai juste tenté de contraster les images du mieux possible.

Intriguée, Donoghue interroge :

— Comment y êtes-vous parvenue sans l'enregistrement de départ ?

— Comme je l'ai dit, il n'est pas physiquement en ma possession…

À nouveau, je songe à son déplacement récent, à ce qu'elle nous a raconté de l'intervention des douanes, passant au crible son avion. Elle poursuit :

— Nous n'obtiendrons pas mieux que ce que vous allez découvrir.

— Ta réflexion n'incite pas à l'optimisme, dis-je.

Je ramasse le téléphone et enfonce la touche *Play*.

24

L'enregistrement débute plusieurs mètres sous la surface de l'océan Atlantique.

Je me souviens d'avoir fait un grand saut depuis la poupe de notre bateau. Je revis la sensation procurée par les éclaboussures et par les vaguelettes glacées et salées qui heurtaient mon menton alors que je flottais, respirais grâce au tuba, me rapprochais de la ligne de mouillage. Le soleil me faisait cligner des yeux. Une expédition de routine. Les missions sous-marines de cet ordre ne sont pas nouvelles pour moi. Je me souviens avec précision d'avoir songé que tout se passerait bien.

J'ai ressenti une impression trompeuse de sécurité. J'enfonce la touche *Pause*. Il me faut me concentrer, repenser à tout cela.

Donoghue se penche vers le téléphone. Son souffle effleure mes cheveux lorsqu'elle s'inquiète :

— Que se passe-t-il ?

— Je me sentais en sécurité, une erreur. J'essaye de comprendre pourquoi.

La nuit précédente, j'avais découvert les images du meurtre de Bob Rosado au site de plongée appelé le *Mercedes*. La femme du représentant du Congrès se tenait à la poupe de leur yacht. Elle sirotait un Martini, filmait son mari, plaisantait avec lui alors qu'il flottait en surface. Il s'apprêtait à descendre lorsqu'une première balle l'avait frappé à la nuque, avant qu'une seconde ne perce sa bouteille, l'envoyant pirouetter dans les airs. Copperhead.

Nous avions toute raison de soupçonner que Carrie se planquait dans les environs de Fort Lauderdale. Elle y avait atterri, sous un nom d'emprunt, avec son partenaire de crime du moment, Troy, le fils sadique de Rosado, âgé à l'époque de dix-neuf ans, agresseur sexuel et pyromane, le dernier jeune monstre de compagnie de Carrie. Je le savais et, pourtant, je n'étais pas préoccupée.

Pourquoi ?

Encore plus incompréhensible, je n'avais pas intégré l'idée que je pouvais être sur le radar de Carrie.

Pourquoi ?

Je suis tout sauf une femme négligente, et je me montre très observatrice.

Peut-être étais-je sous le choc ? La nuit précédant mon départ pour la Floride, j'étais dans le New Jersey, et je venais de découvrir par ma nièce que Carrie n'était pas morte, qu'elle avait vécu en Russie et en Ukraine au moins durant la dernière décennie. Après l'éviction du président Viktor Ianoukovytch, un pro-russe, Carrie s'était enfuie pour rentrer aux États-Unis. Sous le nom de Sasha Sarin, elle s'était acquittée des tâches peu ragoûtantes confiées par le représentant du Congrès Rosado, jouant, de surcroît, les chaperons pour Troy, son fils déséquilibré dont la violence allait *crescendo*. J'étais stupéfaite lorsque j'ai découvert tout cela. Peut-être même dans le déni. Est-ce la raison qui explique que je n'aie pas été assez vigilante lors de cette plongée ? Je l'ignore et tente de rappeler à ma mémoire tous les détails possibles.

Je me souviens d'avoir flotté dans l'eau d'un bleu étincelant, dans la lumière de cet après-midi ensoleillé, ballottée par l'océan alors que j'attendais Benton. Je le revois s'élancer de la plate-forme de plongée, tomber dans une gerbe d'eau, me sourire, me faire le signe que tout allait bien. Je le lui avais retourné. J'avais placé le détendeur dans ma bouche, purgé le gilet stabilisateur de son air et allumé la mini-caméra de mon masque. Je n'étais pas effrayée, ni même sur mes gardes. Carrie venait d'assassiner Bob Rosado, mais peut-être son fils Troy était-il l'auteur du meurtre ? Ou alors peut-être Carrie avait-elle aussi exécuté Troy à l'endroit où nous nous trouvions ce jour-là, à un peu plus d'un kilomètre de la côte ? Pourtant, je n'étais pas angoissée.

Qu'avais-tu en tête ?

Je frôle la touche *Play* et m'absorbe à nouveau dans la vidéo qui défile sur le petit écran, le volume au maximum. Des chapelets de bulles sonores, bruyantes, s'échappent et remontent le long de mon masque. J'agrippe la ligne de mouillage, qui me guide vers le bas, et me pince le nez pour dégager mes tympans. Plus profond, encore plus profond. Des images fugaces, au fur et à mesure de ma descente : mes jambes, mes palmes, mes mains gantées. Benton se trouve au-dessus de moi. Je ne lève pas la tête pour l'apercevoir. Je me concentre sur le fond, m'efforçant de voir du mieux possible au travers des bulles.

Plus profond, plus sombre, et je me souviens que l'eau se rafraîchissait de plus en plus. En dépit de ma combinaison de trois millimètres d'épaisseur, le froid me parvenait. Je sentais la pression devenir plus forte. Je me vois sur la vidéo alors que je ne cesse de me pincer le nez de la main gauche pour me déboucher les oreilles, et le son de ma respiration paraît artificiel, très fort. D'abord, une forme floue lorsqu'elle apparaît dans le cadre. Puis elle se précise pour devenir un cargo, une carcasse rouillée, tordue, lézardée.

Mon attention se reporte sur la pénombre environnante, alors que je me rapproche du bateau naufragé. Le défilé des images ramène à ma mémoire des sensations, l'inquiétude qui me faisait battre le cœur plus vite parce que je n'apercevais aucune trace des deux plongeurs de la police, descendus quelques minutes avant nous. Je les cherche des yeux. Je tourne la tête, me demandant où ils peuvent être. Benton et moi sommes alors à presque trente mètres de profondeur, à l'endroit où s'est abîmé le navire de charge allemand du nom de *Mercedes*. Il est niché au creux de la vase. Nous nous écartons de la ligne de mouillage et allumons nos petites lampes torches retenues à nos poignets par des lanières.

Des poissons nous environnent et s'éloignent, grossis par l'eau. Benton nage à quelques centimètres au-dessus du fond de l'océan, en position horizontale, sa stab sous contrôle. Il balaye du pinceau lumineux un leurre de pêche, les antennes d'une langouste cachée dans une anfractuosité de rochers, de vieux pneus censés contribuer à la construction d'un récif artificiel. Un petit requin inspecte sans hâte la vase, l'envoyant tournoyer en minces volutes. Je me rapproche du cargo à légers coups de palmes. Je braque le faisceau lumineux dans les trous béants du métal corrodé.

Les poissons dérangés s'égaillent en tous sens, dont un énorme barracuda argent. Je suis suspendue au-dessus du pont, glissant plus bas vers une ouverture, une ancienne écoutille. Alors que je contemple les images qui se suivent, je me souviens, comme si c'était hier, de n'avoir d'abord pas compris ce que je découvrais. Le dos d'un homme en combinaison de Néoprène noir. Le flexible du détendeur pend. L'absence de bulles. Alors que je le déplace, je vois le fût d'une flèche de fusil de chasse sous-marine dépasser de sa poitrine. Sous lui flotte le second corps. Deux plongeurs de la police morts, dans la coque d'un navire naufragé. Je m'éloigne à violentes poussées.

Je me précipite vers Benton et tape contre mon bloc avec mon couteau. Clink, clink ! Je dirige le pinceau lumineux de ma torche vers le cargo puis regarde autour de moi. Je me souviens d'avoir entendu à cet instant une sorte de vibration lointaine, comme un appareil électrique. Mes palmes se rapprochent de la caméra alors que je tente de reculer et de me retourner pour fuir. Elle est là. Elle braque le fusil de chasse sous-marine sur moi. Le chaos. Le rugissement de bulles et le son sourd et métallique de quelque chose qui heurte ma bouteille. Les images tressautent, basculent. Une seconde flèche. À son extrémité est attachée une ligne tendue qui la relie à un flotteur. Il oscille au gré de la forte houle, tirant sur ma jambe empalée. Je me débats avec l'énergie du désespoir, environnée par des torrents de bulles.

La scène dure plusieurs secondes. Puis se distingue la silhouette d'un autre plongeur, ses jambes, ses bras. L'éclair d'une double bande blanche autour d'une jambe, la fermeture à glissière, terminée d'une grosse navette, de la partie supérieure d'une combinaison. Des mains gantées de Néoprène s'approchent de mon visage. Benton. Ce doit être Benton. Pourtant, une idée stupide me traverse l'esprit : je ne me souviens pas que sa combinaison était ornée d'une double bande blanche. Ensuite, plus rien, hormis l'eau. Le néant. Mon masque de plongée est tombé. Je relance l'enregistrement, encore et encore, alors que la déception me tétanise. Ces images ne sont d'aucune aide. Pire que cela : elles sont extrêmement préjudiciables.

Carrie a dû reconnaître la mini-caméra intégrée à mon masque. Elle savait que la scène était enregistrée. Je suis sûre qu'aujourd'hui elle a acquis l'assurance qu'on ne pouvait l'identifier. La luminosité était mauvaise et je ne l'ai aperçue qu'au travers du flot de bulles qui s'élevaient de mon détendeur. Je détaille mes mouvements, alors que je me retourne et palpe frénétiquement le flanc droit de mon gilet stabilisateur. Puis je tente de frapper quelqu'un de mon couteau de plongée, une personne que je ne peux pas voir. Déchaînée, je poignarde au jugé l'eau boueuse.

Je pousse le téléphone vers Donoghue. Une sorte de nausée me monte à la gorge. Je bafouille :

— Je t'en prie, dis-moi qu'il y a autre chose.

Ma nièce déclare :

— Je suis navrée.

L'avocate s'est rapprochée de moi au point que nos épaules se frôlent.

— Comment affirmer qu'il s'agit bien de Carrie Grethen ? On ne distingue pas le visage. Pourtant, Kay, vous étiez sûre de l'avoir reconnue ?

Toute lueur d'espoir m'a quittée lorsque je réponds :

— Oui, sans hésitation. Lucy, c'est quoi, ce truc ? Enfin, c'est quoi, ces images ? Je l'ai frappée avec mon couteau. J'ai entaillé son visage !

Ma nièce déclare :

— Je sais que tu en es certaine. Cependant, si l'on se fie à cet enregistrement, ce ne fut pas le cas.

Je ne peux gommer mon ton accusateur lorsque je rétorque :

— De qui as-tu obtenu cet enregistrement ?

Lucy reste calme, ferme :

— L'important, c'est qui ne l'a pas en sa possession. Et je peux te garantir que le FBI fait partie du lot. Pour ne rien te cacher, j'espérais que nous pourrions leur mettre le nez dedans. Impossible. Nous ne ferions qu'aggraver les choses de façon considérable. Je suis désolée, tante Kay.

J'insiste :

— Mais je me souviens de lui avoir tailladé le visage.

— Je suis convaincue que tu le crois.

— Es-tu sûre qu'elle n'a pas… je ne sais pas… trafiqué l'enregistrement ?

— Oui, et je ne peux pas t'expliquer d'où je tiens cette certitude.

— Je ne cherche pas une explication technique et hypothétique. Et ce n'est pas parce qu'on ne le voit pas sur l'enregistrement que cela n'a jamais existé.

Mon ton devient raisonneur, agressif. Je me rends ridicule.

— Ça ne s'est pas produit.

Lucy soutient mon regard. La porte du hangar à bateaux s'ouvre.

Ma nièce ne lève pas les yeux vers sa compagne qui pénètre sans bruit et referme avec douceur la porte derrière elle. Elle demande à Donoghue :

— Ça va ? Je peux revenir ?

— Sans doute pas.

— Oh, je voulais être polie en posant la question. De toute façon, je reste.

Elle se réinstalle sur le canapé et la même impression m'envahit.

Le calme qui habite Janet va au-delà de son habituelle réserve. J'en viens à penser qu'elle s'est décidée au sujet de quelque chose et qu'elle nous écoute d'une façon machinale.

Elle déclare d'un ton léger, un sourire aux lèvres :

— Desi vient de se trouver un nouveau talent. Jeter des galets. Marino lui apprend à les faire ricocher sur l'eau.

Ma nièce a décidé de me faire la leçon :

— Si jamais le FBI met la main sur cet enregistrement, ce que tu as pu dire lors de tes déclarations à la police, mais aussi aux fédéraux, s'écroulera. Comprends-tu ? Voici l'aspect important que je voulais souligner, et la raison qui m'a incitée à te montrer ces images.

Donoghue approuve :

— J'ai bien peur que votre nièce ait raison. Peu importe la façon dont nous nous sommes procuré

310

cet enregistrement, ou ceux qui peuvent l'avoir déjà visionné. Ce qu'il révèle constitue un problème pour vous, Kay. Passons-le à nouveau, attachons-nous aux moindres détails, au moment où vous avez été attaquée. Racontez-moi ce dont vous vous souvenez.

— J'ai vu son sang s'échapper dans l'eau. Je l'ai vu après l'avoir frappée avec mon couteau de plongée.

Lucy répond :

— Il s'agissait de ton propre sang. Lorsque tu as tenté de la frapper, tu as brusquement tiré sur la flèche plantée dans ta cuisse, favorisant l'hémorragie.

— Non, ce n'était pas mon sang. Je sais ce que j'ai vu.

— Je vais te montrer ce qui s'est produit. Regarde avec attention.

Un mouvement soudain autour de la carcasse de la coque, puis la forme se transforme en personne mince, vêtue d'une combinaison de plongée de camouflage avec capuche, de la couleur fauve d'un récif. Elle se déplace de façon aérodynamique, à la manière d'une pieuvre.

La scène qui se rejoue là, dans mon esprit, n'est pas celle qui a été captée par la caméra. Dans ce que je visionne, Carrie Grethen n'est pas reconnaissable. Impossible de trancher en détaillant la silhouette estompée par l'eau boueuse : homme ou femme, et même le type de sa combinaison. Lucy frôle la touche *Pause*.

Elle me demande :

— Que vois-tu ?

Je fixe la scène figée un long moment. Je l'élargis sur l'écran, puis la rapetisse pour améliorer la piètre résolution. Je me laisse aller contre le dossier de ma chaise, ferme les yeux et creuse mes souvenirs pour y déterrer le moindre détail additionnel concernant ce que j'ai vu, cru voir.

Le visage levé vers le plafond, les yeux clos, j'annonce :

— Je conviens que la qualité de la vidéo est médiocre parce qu'il y avait très peu de lumière, si peu que les couleurs semblaient diluées, juste des ombres boueuses marron et noires. Je conviens qu'il est impossible d'affirmer de qui il s'agit. Ce pourrait même être un homme.

Lucy s'adresse alors à l'avocate :

— Troy Rosado. J'ajoute son nom à la discussion parce que quelqu'un suggérera qu'il peut être le plongeur aperçu par ma tante. Dix-neuf ans, 1,70 mètre, 64 kilos. Il se trouvait indiscutablement en Floride, dans le coin, et est sans doute complice du meurtre de son père. Il naviguait à bord du yacht familial lorsque les événements se sont déroulés. Puis Carrie et lui ont disparu.

Je défends mon opinion :

— Ce n'est pas lui qui m'a tiré dessus. Il ne s'agissait pas de Troy Rosado.

Donoghue s'informe :

— Seriez-vous prête à le jurer ?

— Je certifie que la personne que j'ai vue n'était pas Troy Rosado.

— Vous l'avez déjà rencontré ?

— Non. Toutefois, j'ai vu des photographies, et peu importe puisque j'ai reconnu Carrie. Certes, j'aimerais que mes souvenirs soient plus clairs. Les choses se sont un peu estompées après deux mois. Ce que j'ai découvert depuis se superpose aux images. Le traumatisme a joué aussi.

Janet me demande :

— Pensez-vous que les séquelles de cette agression puissent avoir modifié vos souvenirs ?

— Je l'ignore.

Elle explique :

— Je me suis fait tirer dessus alors que je venais juste d'intégrer le Bureau, un peu moins d'un an après être sortie de l'Académie. Une nuit, je suis rentrée dans un 7-Eleven pour acheter un soda. J'ai ouvert la porte de l'armoire réfrigérante à la recherche d'une boisson. Je me suis penchée pour attraper un Dr Pepper Light et puis, ce gars s'est précipité avec un flingue pour voler la caisse. Je me suis chargée de lui, mais j'ai été blessée. Rien de sérieux. Toutefois, lorsqu'on m'a fait regarder la vidéo de sécurité, l'agresseur était un gamin, et ne ressemblait pas à celui que j'avais cru voir.

Le témoignage intéresse Donoghue, qui demande :

— Suggérez-vous que le traumatisme modifie la perception de la réalité ?

— Du moins dans mon cas. Je savais que le type que j'avais descendu avait tenté de cambrioler le magasin et m'avait tiré dessus. Néanmoins, et c'est très bizarre, mon souvenir de lui n'avait rien à voir avec ce que j'ai découvert sur l'enregistrement. J'aurais juré qu'il avait les yeux sombres alors qu'en réalité ils étaient bleus. Dans mon souvenir, sa peau parsemée de boutons avait une teinte caramel alors qu'en réalité il était blanc, avec un léger duvet. J'avais décrit un tatouage de visage en forme de larme. Il s'agissait d'un grain de beauté. J'aurais juré qu'il avait une vingtaine d'années. Sa carte d'identité indiquait treize ans.

L'avocate commente :

— Ça a dû être dur.

— Pas vraiment. C'était peut-être un gamin, mais il possédait un pistolet Taurus 9 mm, qui n'avait rien d'un jouet d'enfant, et trimbalait deux chargeurs dans sa poche.

Jill Donoghue veut en savoir davantage :

— L'auriez-vous reconnu au milieu d'une haie d'autres « candidats » au cours d'une identification de police ?

— Le problème ne s'est pas posé puisque son corps gisait au sol.

— Mais auriez-vous pu le reconnaître ?

— Franchement, je ne sais pas. Tout dépend de qui on aurait placé à ses côtés.

— Quelqu'un a-t-il une photographie de Carrie Grethen ? J'aimerais savoir à quoi elle ressemble. Ou du moins à quoi elle ressemblait.

Lucy se penche pour récupérer le téléphone posé sur la table basse. Elle tape quelques touches puis le tend à Donoghue.

— Voici la photo de son dossier, lorsqu'elle s'est prétendument tuée dans un crash d'hélicoptère. Il s'agit d'une photo d'identité judiciaire qui date de l'époque où elle a été arrêtée, un an auparavant, et bouclée à Kirby, sur Wards Island. Source Wikipédia, à propos. La photo est consultable sur Wikipédia. Carrie Grethen possède sa propre page.

Je m'enquiers :

— Pourquoi ? Pourquoi avoir une page maintenant, et depuis quand ?

— C'est récent. Lorsque tu déroules l'historique, tu t'aperçois que la première version de la page a été postée il y a six semaines. Depuis, une même personne la révise, et je ne doute pas un instant qu'il s'agisse d'elle. Carrie. Je suis certaine que c'est elle qui a mis en ligne sa vieille photo d'identité judiciaire et la vue aérienne du Centre psychiatrique de Kirby.

Janet fournit quelques détails à Donoghue :

— Comme vous le savez, le Centre est situé sur une île de l'East River. Carrie Grethen est la seule patiente à s'être jamais échappée de cette unité médico-légale de haute sécurité réservée aux psychopathes criminels. Elle est parvenue à se mettre en cheville avec un autre psychopathe, à l'extérieur, celui que nous avons mentionné plus tôt, le tueur en série Newton Joyce. Il aimait bien découper les visages de ses victimes afin de s'en souvenir, et en avait conservé un sacré échantillonnage dans son congélateur. Il pilotait son propre hélicoptère. Il a atterri à Wards Island et s'est envolé avec Carrie. L'histoire ne s'est pas bien finie, du moins pour lui.

Impressionnée, Jill Donoghue demande :

— Elle s'est évadée par les airs grâce à un *serial killer* ? Comment est-elle parvenue à monter un truc pareil ?

Lucy répond :

— Ah, l'éternelle question : comment parvient-elle à faire ce qu'elle fait ? Derrière se trouve toujours une longue et complexe histoire. Carrie est très intelligente et bourrée de ressources. Elle est patiente. Elle sait qu'elle obtiendra ce qu'elle veut si elle prend son temps, ne cède pas à des impulsions, à la rage, à des envies impérieuses.

Donoghue rapproche le téléphone de nous et murmure :

— Hum… et donc elle ressemblait à cela.

25

Le visage est juvénile et révèle une beauté déterminée. Pourtant, ses yeux ont toujours trahi Carrie. Des gouffres peuplés d'ombres versatiles. Ils semblent varier au gré des pensées aberrantes qui déferlent dans son cerveau, abreuvant l'entité démoniaque qui a investi son âme.

Carrie Grethen est un cancer. J'ai bien conscience qu'il s'agit d'une métaphore pathologique éculée. Pourtant, elle s'applique parfaitement dans son cas. Il n'existe plus aucun tissu sain, juste une malignité qui a consumé sa vie et envahi son esprit. À mes yeux, elle est à peine humaine. D'ailleurs, elle ne peut plus revendiquer l'état d'humain puisqu'il lui manque les caractéristiques majeures qui en feraient un membre de notre espèce.

Donoghue me demande :

— Eh bien ? Est-ce la personne que vous avez vue ?

Mon humeur sombre de plus en plus, dans un endroit aussi ténébreux que celui où j'ai failli mourir. Je réplique :

— Oui et non. Je ne pourrais pas le jurer devant la cour. Pas grâce à cette seule photo.

L'individu que j'ai entraperçu à trente mètres de profondeur ressemble à une Carrie plus âgée. Le problème est que je ne peux pas le certifier et qu'il est peu probable qu'un jury la déclare coupable sur la seule foi de cet enregistrement et sur mes affirmations. J'ignore au juste ce que j'espérais. Cependant, je pensais la vidéo d'une meilleure résolution. J'ai cru que je verrais mon poignard taillader le côté d'un visage. Cela paraissait si réel.

J'aurais pu jurer que je l'avais sérieusement blessée. Peu après les faits, personne n'a mis mes paroles en doute sur le sujet, pas même Benton. Le FBI a fait la tournée des hôpitaux locaux, des médecins, en se fiant à ma certitude que Carrie présentait une blessure au visage qui nécessiterait de la chirurgie esthétique. Il me paraissait logique qu'elle reste défigurée même après l'intervention d'un bon chirurgien, une perspective épouvantable pour elle, si j'en juge par ce que j'ai appris aujourd'hui de sa vanité, de sa terreur de vieillir et de perdre sa séduction. Mais je ne vois rien qui puisse corroborer ce dont j'aurais juré. Mon découragement, ma frustration sont tels que Lucy les perçoit.

Elle me dit :

— Il faisait très sombre en bas et tu n'avais pas braqué le faisceau de ta torche sur ce que tu filmais. Tu bougeais beaucoup. C'est l'aspect le plus délicat. Tu te déplaçais.

Donoghue intervient :

— Et le traitement d'images, avec les logiciels médico-légaux ?

— À votre avis, que venez-vous de visionner ? J'ai passé pas mal de temps là-dessus.

Elle ne précise ni quand ni où.

— Et, je me répète, ce que vous avez vu est la meilleure version que nous obtiendrons jamais. J'ai installé la caméra sur le masque de ma tante afin qu'elle puisse enregistrer la récupération de pièces à conviction. Dans ce type de circonstances, tante Kay aurait dirigé le faisceau lumineux sur l'objet ou l'indice qu'elle collectait. Je n'ai jamais pensé qu'elle risquait d'être attaquée sous l'eau, qu'un truc de ce genre se produirait.

— À votre avis, Carrie Grethen avait-elle prévu que Kay enregistrerait la plongée et l'attaque ?

Ma nièce approuve :

— C'est le but du camouflage, de la capuche, des gants. Elle se fond dans son environnement, aidée par une piètre visibilité. En d'autres termes, la réponse à votre question est oui. Carrie savait ce qu'elle faisait et a aussitôt reconnu la caméra intégrée sur le masque. Elle aura anticipé que quelqu'un pouvait filmer la plongée. Elle nous connaît.

Janet ajoute :

— Peut-être mieux que nous-mêmes.

Donoghue m'accorde à nouveau toute son attention :

— Quoi d'autre ?

Je reprends l'histoire où j'en étais restée.

— Je me souviens de m'être écartée au plus vite des cadavres, des deux plongeurs morts à l'intérieur de la coque. À l'évidence, quelqu'un s'était trouvé à cet endroit avec un fusil de chasse sous-marine, et la ferme intention de nous descendre tous. Ce fut ma première réaction. Benton scrutait la couche de vase à l'aide de sa torche, à environ quinze mètres de moi.

J'ai nagé vers lui, tapé ma bouteille avec mon couteau de plongée pour attirer son attention. Puis je l'ai vue apparaître au détour d'un des flancs du navire naufragé.

Donoghue rectifie :

— Vous avez vu *quelqu'un* apparaître.

D'un ton catégorique, je répète :

— Je l'ai vue pointer son fusil vers moi. Je me suis retournée, lui présentant mon dos, et j'ai entendu une sorte de sifflement, suivi d'un bruit d'impact sourd.

— Votre bouteille a été touchée par la première flèche parce que vous vous êtes tournée pour vous protéger.

Lucy répond pour moi :

— Non. Si cette première flèche a percuté le bloc, c'est que Carrie le souhaitait ainsi.

Je m'étonne :

— Pourquoi dis-tu cela ? Comment peux-tu connaître ses intentions ?

— Tu as vu ce qui s'est produit lorsque la bouteille de Rosado a été touchée alors qu'il nageait en surface et que sa femme le filmait depuis la poupe de leur yacht. L'air comprimé s'est échappé avec la puissance d'une roquette. Il a été propulsé vers le haut et a tournoyé à la manière d'une toupie. C'est sur l'enregistrement. S'il n'avait pas été déjà mort, il aurait été tué par une rupture des cervicales ou bien il se serait noyé.

J'argumente :

— Sa bouteille a été visée par une balle, pas par une flèche.

Lucy insiste :

— Tout est affaire de psychologie. Carrie se doutait que tu avais vu la vidéo de Rosado projeté en l'air. Clank ! Elle vise et percute ton bloc de sorte que tu fasses aussitôt le lien. Peut-être la même chose pourrait-elle t'arriver ? Pire encore, à trente mètres de profondeur. Que se passe-t-il si ta bouteille est perforée et que l'air comprimé s'échappe ?

— Une flèche de fusil sous-marin n'aurait pas pu perforer une bouteille en acier.

— Y as-tu pensé à la seconde où ça s'est produit ?

— Je n'ai pas compris grand-chose sur le coup.

— Savais-tu seulement qu'il s'agissait d'une flèche ?

Un souvenir précis, d'une rare intensité, me revient.

— J'ai ressenti une irrésistible impulsion d'ôter mon gilet, de m'en débarrasser aussi vite que possible. Peut-être est-ce la raison. Peut-être qu'après avoir visionné le meurtre de Rosado, l'idée que mon bloc explose de la même façon que le sien me terrorisait.

Lucy poursuit :

— La seconde flèche a traversé ta cuisse. Ça aussi, c'était intentionnel, calculé. Comme le fait que cette flèche était reliée à un flotteur. Carrie a établi son plan de manière à ce qu'il te tracte avec le courant. Tu devenais son poisson harponné.

Je repense à ce qu'a déclaré Benton après l'attaque. Carrie Grethen aime rabaisser, humilier. Elle a joué avec moi, à la manière d'un chat avec sa souris, et en rit sans doute encore. Il a expliqué que lorsqu'elle me regarde, ce qu'elle voit en réalité n'est autre qu'elle-même, et la réponse ultime qu'elle apporterait à son propre plan. S'enfuira-t-elle ? Me déchiquetterat-elle ? M'affaiblira-t-elle d'abord ? Pour m'achever un peu plus tard ?

Lucy tend la main pour récupérer le téléphone et indique :

— Je voudrais que tu la regardes avec application, lorsqu'elle braque le fusil sur toi. Je suis désolée, mais je ne peux pas le projeter sur grand écran. Toutefois, tu vas comprendre ce dont je parle. Un détail très important, indécelable sur la vidéo, avant que je ne la nettoie.

Elle nous rend le smartphone. Sur l'écran s'étale la forme floue de Carrie au moment où elle a émergé du flanc du navire. Je me souviens qu'elle m'a fixée lorsqu'elle a levé le fusil de chasse sous-marine et tiré. SPIT. Et puis un CLANK alors que je me retournais d'un mouvement brusque et que la flèche percutait mon bloc. Lucy se penche par-dessus mon épaule et désigne un détail.

— Là. Regarde avec attention le fusil. Vois-tu la même chose que moi ?

— Euh… juste un fusil de chasse sous-marine.

Elle élargit l'image de ses doigts et rectifie :

— Il s'agit, en réalité, d'un canon à rail, une sorte d'arbalète. Imposant, un peu plus d'un mètre, destiné à la chasse au gros. Mais attends, il y a plus intéressant. Regarde de quelle manière elle l'arme. Difficile à distinguer, sauf en suivant les mouvements de ses mains qui tirent vers sa poitrine.

Elle repasse la séquence de quelques secondes. L'eau est trouble de vase, mais je finis par voir ce qu'elle indique.

— Ici. Elle dispose de deux sandows propulseurs, mais n'en utilise qu'un. Ça rend le rechargement plus facile et plus rapide. Néanmoins, pour un fusil aussi long, cela sous-entend une diminution de la puissance de tir et donc une moindre vélocité de la flèche. Tu peux être certaine que lorsqu'elle a visé les deux flics, elle a eu recours aux deux sandows. Pas dans ton cas !

Donoghue saisit au vol ce qu'implique ma nièce :

— Elle aurait pu vous descendre, et Benton aussi. Elle était rapide et armée, contrairement à vous. Pourtant, allez savoir pourquoi, elle a choisi de vous laisser survivre. Serait-il envisageable, Kay, que vous ayez présumé qu'elle ne vous tuerait pas ? En prenant en compte ce que vous connaissez d'elle ? Après cette succession de meurtres horribles ? Et pourtant vous avez songé que vous ne risquiez rien en plongeant à cet endroit ?

Je formule l'unique explication qui me vient, tout en ayant conscience de son peu d'honnêteté :

— Je faisais mon travail, rien d'autre.

Je n'avais pas peur, contre toute logique. Je n'ai toujours pas peur. Peut-être parce qu'une telle réaction est superflue. Redouter Carrie Grethen ne sert à rien. D'un autre côté, peut-être ai-je renoncé à ce réflexe normal des années auparavant, pour ne m'en apercevoir qu'aujourd'hui.

L'avocate poursuit :

— Quel dommage qu'on ne puisse identifier cette silhouette. Je ne parviens même pas à décider s'il s'agit bien d'une femme. Quoi qu'il en soit, cette personne vous a accordé le droit de vivre.

Je réplique d'un ton vif :

— Accordé le droit de vivre ? Je ne le formulerais pas de cette façon !

Lucy interrompt la vidéo et me regarde :

— C'est pourtant le cas. Que cela te plaise ou non. Carrie ne voulait pas te tuer, pas plus que Benton. Du moins à ce moment-là, parce que ça ne fait pas partie de son plan à long terme.

L'avocate l'avertit :

— Attention à certaines paroles. Gardez-vous de donner l'impression que vous savez ce que pense Carrie Grethen ou que vous pouvez prévoir ses actes.

— Et pourtant ! Je peux penser comme elle et prédire ce qu'elle fera. Je vous garantis donc que nous n'en sommes qu'au début, quoi qu'elle ait concocté. Il ne s'agit pas d'élucubrations mais d'événements que vous allez bientôt constater, parce que son plan se déploie alors même que nous discutons.

Donoghue demande alors :

— Selon vous, Carrie Grethen serait-elle en partie responsable de la présence du FBI dans votre propriété ?

— À votre avis ?

Il ne s'agit pas d'une question. Lucy fait à nouveau défiler la vidéo.

Nous revoyons la silhouette encapuchonnée surgir au détour de la coque. Lucy explique qu'un engin de propulsion est fixé à la bouteille de Carrie, un petit cylindre en plastique noir, difficile à distinguer. Autonome, il laisse libres les mains du plongeur. Il permettait donc à Carrie de manœuvrer de façon rapide et agile tout en rechargeant son arme. Le son que j'ai perçu provenait de la vibration ténue de son moteur à piles. Une surprise pour moi, même si j'avais entendu un bruit étrange sans parvenir à l'identifier, pour finir par conclure qu'il s'agissait d'un autre tour de mon imagination.

Le son de scie électrique provient du type de scooters sous-marins utilisés par les Navy SEALs, précise ma nièce. Elle ajoute que ni Benton ni moi ne faisions le poids face à Carrie. Pas plus que les deux plongeurs de la police. Nous n'étions pas armés, hormis d'un pauvre couteau. Nous ne bénéficiions pas d'une propulsion à plus de cinquante mètres par minute. Nous n'aurions jamais pu nous saisir d'elle et encore moins lui échapper.

Il est plus de midi lorsque Marino et Desi nous rejoignent. J'entends leurs pas sur le ponton, puis ils apparaissent et referment la porte derrière eux.

Marino me lance :

— On m'a demandé de vous dire qu'il fallait déplacer votre fourgon ! La brigade cynophile et une autre voiture ont tenté de partir, mais vous bloquez la voie privée. Ils attendent à côté de la grille, et je préfère vous prévenir qu'ils ont l'air en rogne.

Desi semble aux anges et s'écrie :

— Ils étaient drôlement en colère ! Et ils avaient des revolvers aussi !

Lucy le soulève et le fait virevolter, lui tirant un rire ravi.

— Ooohhh non… j'ai très peur !

Donoghue explique au grand flic :

— Je crains d'avoir ajouté au problème. J'ai dû abandonner ma voiture là-bas pour la même raison. Je bloque sans doute aussi des gens.

— Ouais, vous bloquez le fourgon et le fourgon bloque deux trouducs.

Lucy propose à l'avocate :

— Donnez-moi vos clés, je m'en occupe.

Donoghue s'exécute et ajoute d'un ton ferme :

— Pas un mot au FBI, à la police, à personne. Je ne plaisante pas. Inutile de les exaspérer de façon délibérée. Pas de gestes obscènes.

Ça ne servira à rien. Je connais ma nièce. Je sais ce qui la rend folle de rage. Et je sais lorsqu'elle a décidé de se rembourser.

L'avocate précise :

— Je vais insister auprès d'eux pour que toutes les communications passent dorénavant par moi. Ça vous va ?

Lucy hausse les épaules.

— Je m'en fiche.

— Je préférerais que cela vous intéresse.

— Vaut mieux pas.

— Je ne veux pas que vous soyez effrayée, mais j'ai besoin que vous vous souciiez de cette affaire.

— Je n'ai pas peur et je n'en ai rien à faire. Du moins pas de la façon dont ils l'espèrent.

— C'est la façon dont moi je l'espère qui importe. (Donoghue détaille d'autres instructions.) Ne rentrez pas dans la maison principale tant qu'ils ne seront pas partis. S'ils veulent vous interroger, inutile de vous préciser que la réponse est non…

Lucy l'interrompt avec grossièreté :

— « Inutile de préciser » ? Voyez-vous, le gros gros souci est précisément qu'ils ne veulent pas m'interroger. Il n'a jamais été dans leurs intentions d'entendre ma version de l'histoire. Ils se foutent de ce que j'ai à dire. Tout ce qui les intéresse, c'est d'arriver à construire un dossier qui colle avec leurs médiocres vues politiciennes.

Donoghue se garde de tout alarmisme et n'accepte pas ce que Lucy vient de débiter.

— Je pars du principe qu'ils veulent vous poser des questions. J'insisterai auprès d'eux pour que nous prenions rendez-vous et que la rencontre se déroule dans mon cabinet.

Dans l'univers de Jill Donoghue, tout le monde a envie de poser des questions à tout le monde. Le FBI ne renoncerait pas à une occasion d'interroger Lucy, surtout s'ils pensaient pouvoir la faire trébucher ou la coincer en plein mensonge. S'ils n'ont pas assez d'arguments pour l'envoyer en prison pour des crimes qu'elle n'a jamais commis, peut-être parviendraient-ils à la manipuler afin qu'elle se résolve à de fausses déclarations. C'est ce que j'appelle jouer à la loterie légale. Mon attitude dans ces cas-là consiste à ne jamais leur permettre d'introduire une pièce dans la machine à sous. Ne jamais leur offrir une chance d'avoir de la chance.

Donoghue demande à ma nièce :

— Qu'allez-vous faire à propos du téléphone ?

— Il a retrouvé ses paramètres initiaux.

Lucy sous-entend qu'elle s'est assurée que son téléphone deviendrait inexploitable dès qu'Erin Loria l'aurait saisi. Elle ajoute :

— Il a retrouvé sa condition virginale de vitrine de magasin. D'ici la fin de la journée, je vous communiquerai un numéro différent qui vous permettra de me joindre de façon sécurisée et privée.

— Et ils n'en sauront rien ? Ils ne devineront pas que vous avez acheté un autre appareil ?

Lucy lui jette un regard de défi et argumente :

— Acquérir un nouveau téléphone n'est pas illégal. Je pourrais en acheter quinze, et alors ? Je vais continuer à les battre à plates coutures. C'est la guerre. Ils ont envahi ma propriété, ma vie, et je ne lâcherai pas le morceau. Ils veulent m'espionner ? Ils veulent la bagarre ? Ils pensent qu'ils vont me laisser sans défense chez moi avec une Carrie Grethen dans la nature ? Vraiment ? Eh bien, nous verrons.

Donoghue lui dit sans ambages :

— Prenez garde ! Ils peuvent vous arrêter. Ils ont derrière eux la puissance du système judiciaire et vous restez avec votre colère et votre volonté d'autodéfense agressive. Rien d'autre.

— Autodéfense agressive et colère. Une façon éloquente de le décrire. Vous aussi, vous devriez faire attention, surtout lorsque vous banalisez des choses que vous ne comprenez pas parfaitement.

— J'ai bien l'intention de tout comprendre. J'insiste, vous devez agir ainsi que je le conseille.

Lucy frôle mon bras et ironise :

— Ah mince, le genre de choses dans lequel je n'excelle pas. Viens, tante Kay, allons débloquer l'allée.

26

L'air qui nous accueille sur le ponton est lourd, chargé d'humidité et d'électricité. La pluie approche. Les éclairs zèbrent le ciel noir et m'évoquent des veines de lumière. Nous ne serons pas épargnés.

Je sais reconnaître un gros orage qui se profile et celui-ci nous surprendra par son ampleur. J'espère qu'il n'y aura pas de grêle. Nous avons eu cet été de violents orages de fin d'après-midi. Les grêlons, aussi gros que des œufs de pigeon, ont dévasté mon jardin. Ils ont emporté plusieurs tuiles de notre toit et cabossé les nouvelles gouttières que j'ai fait installer.

Je lève le regard et me rends soudain compte que le calme est revenu. L'hélicoptère n'a pas reparu.

— On va s'en prendre un pas piqué des hannetons. Il y a quelque chose d'agréable avec ces météos caractérielles. Écouter. Profiter des sons paisibles de la campagne.

Une vérité, même si je suis un peu sarcastique. J'entends les rafales de vent dans les branches d'arbre, nos pas sur le ponton de bois et le clapotis de la rivière contre les pilotis. Cependant, je dis ce qui me passe par la tête puisque Lucy et moi avons abandonné notre conversation franche. Nous manipulons. Pas de la même façon, toutefois. Vraiment pas.

Lucy extériorise sa colère et son agressivité alors que chacun de mes mots est calculé, au service d'une déduction précise. Je m'imagine Erin Loria nous écoutant, nous surveillant. Elle n'obtiendra rien d'intéressant de moi. J'ai bien l'intention de lui fourguer autant d'informations creuses que possible, ce que j'appelle du *bois mort :* trop fragile pour construire quoi que ce soit et trop vert pour un feu.

Lucy marche avec lenteur. Elle s'efforce de ne pas trop me distancer et commente :

— Une super-expédition de pêche.

— Je suis certaine que Desi sera enchanté à l'idée de pêcher avec Marino un de ces jours.

Je m'applique à la dissuader, alors même que je sais déjà ce qu'elle va tenter.

Elle va calomnier le FBI. Sa façon personnelle de s'amuser, sa réaction lorsque sa colère devient meurtrière. Elle raille, tourne en ridicule, fait étalage de son ironie. Elle attise et provoque. Avec témérité, sans considération des conséquences. Voilà qui est ma nièce. Elle est certes adulte, mais ne le deviendra jamais.

Elle déclare d'une voix forte :

— Essayer de me faire tomber dans leurs pièges, leurs calculs foireux ! Ils imaginent de façon stupide que j'ai fait des trucs invraisemblables, en pensant que personne ne me surveillait, comme... attends que je cherche. Oh, je vois. J'ai dû creuser un tunnel jusqu'en Chine. Sans doute. D'où la recherche aérienne. Leur hélicoptère tactique est équipé de tout ce que tu peux imaginer, dont un radar à pénétration de sol. Je suis certaine qu'ils espéraient détecter des bunkers souterrains, des chambres secrètes, ou peut-être des galeries de taupes.

Elle récite les mots exacts du mandat de perquisition d'une voix téméraire et hostile :

— « Toute porte cachée, issue, sortie, dont – mais pas exclusivement – celles relatives aux structures, à la maison d'habitation, aux ascenseurs, aux passages, qui sont complètement ou partiellement en dessous du sol ou séparés de la résidence principale. »

Je réponds d'un ton vague et peu compromettant :

— Oui, ce que j'appelle le scénario de l'évier de cuisine. Ratisser très large.

Nous débouchons dans l'allée et Lucy annonce :

— Et raisonner sur les précédents. Ne jamais oublier la façon dont leurs cerveaux rigides de robots fonctionnent. Ils pensent aux précédents et n'ont rien à faire de la pertinence ou de la vérité. Ce qui compte, c'est ce qui a déjà été fait, par opposition à ce qui devrait ou pourrait l'être. En réalité, il s'agit de la tactique du *couvrir son cul*. Si tu ne te comportes pas de façon différente, originale, comment pourrais-tu avoir des ennuis ? Si tu t'appliques à la banalité, tu seras promu.

Nous dépassons des équipements de surveillance intégrés aux réverbères, aux arbres. Elle s'en fiche alors que la prudence devrait l'inciter à un comportement inverse. Au contraire, elle fixe les caméras.

Lucy persiste, d'un ton bien trop direct, narquois, vipérin, et aucun des signaux que je lui envoie ne l'en dissuadera :

— Si une chambre secrète a été découverte dans d'autres affaires, ils vont l'ajouter à leur liste, si ridicule que ce soit. Il y a deux ans, une énorme descente dans les milieux de la drogue a eu lieu en Floride. Ça s'est terminé par un véritable gâchis en appel. Tous les journaux en ont fait leur une. Les fédéraux effectuaient une recherche de routine et ont découvert un tunnel – qui permettait aux trafiquants de déguerpir – et d'autres surprises dissimulées qu'ils ne cherchaient pas et n'avaient pas inclus dans leur mandat. De façon plus récente, il y a eu aussi une affaire impliquant une sorte de trappe de secours. La grande mode en ce moment, c'est de chercher des chambres secrètes et des tunnels. Notamment en ce qui concerne le trafic de drogue. Tu te souviens de celui qui reliait San Diego à Mexico ? Il était même équipé de rails.

L'effort me tire des inspirations laborieuses. L'air est saturé d'humidité. J'ai presque l'impression de me trouver dans un hammam. Je parviens à articuler :

— Le trafic de drogue ? Depuis quand ce sujet fait-il surface ? Qui pense un truc pareil ?

— Ils ne pensent pas. Ce qu'ils font, c'est harceler et brimer.

Lucy a presque crié et j'imagine Erin Loria en train de nous regarder, excédée. Ma nièce continue :

— Ils cherchent ce qui pourrait m'aider à disparaître sous leur nez. Pouf ! Nous savons tous, bien sûr, que je peux passer de l'autre côté du miroir. J'ai aussi une bat-cave à la Bruce Wayne et une super-cabine téléphonique à la Superman. Le Foutu Bureau d'Investigation cherche ce qui me permettrait de leur échapper ou de cacher un truc.

Dans ce sens, la pente descendante ne se révèle guère plus aisée pour moi, et je reste précautionneuse.

Il me faut faire attention à mon langage corporel, à ce que je pourrais dire, et j'aimerais que Lucy m'imite. Elle a décollé avec l'énergie d'un bombardier, et je ne vais pas l'arrêter. Lucy y met un point d'honneur. Ou alors, il s'agit davantage d'une menace.

Elle suggère :

— Tu devrais essayer d'appeler Benton. Ce serait intéressant de savoir si tu peux le joindre.

Si seulement elle ne se comportait pas ainsi. Cependant, elle me connaît trop bien. Elle sait que je pense à lui, que je me demande ce qu'il fabriquait pendant que son employeur mettait à sac la vie privée et les possessions de sa famille. Pendant que le FBI disséquait la vie des gens qu'il aime. Alors que nous sommes toutes deux tristes, déprimées, avant une saucée de grande envergure, je suis blessée mais ne le verbaliserai pas. À cet instant, je ne suis pas contente de lui. Je me sens abandonnée, peut-être trahie. Je crois même que je pourrais lui crier après s'il répondait à mon appel. Les bourrasques de vent se renforcent, véhiculent du pollen, de la poussière de terre, et des feuilles mortes qui volettent et terminent leur course sur l'asphalte.

Lucy se tourne vers moi et s'étonne :

— Tu pleures ?

Je m'essuie les yeux de ma manche de chemise, et me forge une explication :

— Ces cochonneries que le vent souffle vers nous !

Elle m'encourage :

— Allez, vas-y, appelle !

Je reste inerte. Elle insiste :

— Vraiment, vas-y. Tu n'aurais pas pu le joindre il y a une demi-heure mais ça devrait être possible maintenant.

— Comme si tu pouvais le savoir.

— Vas-y. Je te parie vingt dollars qu'il va répondre.

Je compose le numéro de portable de Benton. Il décroche.

Je ne lui dis même pas bonjour, mais l'informe que je me trouve chez Lucy, que j'y suis arrivée il y a une heure et demie et que je ne tarderai pas à rentrer à Cambridge.

La voix de baryton léger de mon mari est paisible, amicale, mais je détecte aussitôt qu'il n'est pas seul :

— Je suis informé de ce que tu faisais, Kay. Tu vas bien ?

— Où es-tu ?

— Nous avons atterri à Hanscom contraints et forcés, avec le temps qui s'annonce. Les conditions se sont très vite détériorées, et tu ne devrais pas te risquer à l'extérieur non plus.

Benton se trouvait donc à bord de l'hélicoptère, ainsi que Lucy le supputait ou le savait. Cela explique ses commentaires énigmatiques sur le fait qu'il répondrait à mon appel alors qu'il n'aurait pas pu le faire plus tôt. Il est en compagnie de ses collègues du FBI, les agents qui nous ont suivis, Marino et moi, depuis la maison de Chanel Gilbert à Cambridge.

— Oui, je n'ai pas manqué de voir l'appareil.

Un silence me répond. J'insiste :

— Aurais-tu une explication ?

Le silence persiste.

Lorsque Benton adopte cette attitude, il est inutile de le pousser dans ses retranchements parce qu'il ne réagira pas d'une façon qui me convienne, pas par téléphone, avec d'autres agents à portée de voix. En général, je me résous à y aller de déclarations. De temps en temps, il répond, me permettant de réfléchir et de me concentrer davantage. Cependant, il me faut aujourd'hui me préoccuper de nos paroles à tous deux, parce qu'on nous écoute.

J'essaye à nouveau :

— Tu n'expliqueras pas ce qui se passe.

— Non.

— Tu n'es pas seul ?

— En effet.

— Existerait-il un intérêt particulier pour l'affaire qui m'a occupée à Cambridge ce matin ? À moins que je me sois trompée d'appareil, tu te trouvais dans cette zone en même temps que nous.

Je n'ai pas hésité et je sens aussitôt qu'il ne répondra pas. Pari gagné ! Au lieu de cela, il déclare :

— Je suis désolé, la liaison est mauvaise, je ne t'entends pas.

C'est sans doute faux. Je m'obstine. Je reformule, résume, affirme, sans mentionner le nom supposé de la victime ni d'autres détails :

— Vous êtes intéressés par mon affaire de Cambridge, la demeure de Brattle Street.

— C'est, en effet, intéressant.

— J'ignorais qu'il s'agissait d'une préoccupation fédérale.

D'une voix agréable, il biaise :

— Il est assez logique que tu ne sois pas au courant.

— Je ne possède pas encore beaucoup de réponses à ce sujet. Une foule de questions mais pas de réponses.

— Je vois. Par exemple ?

— Disons qu'il existe un certain nombre de points, et que je m'inquiète des aspects confidentiels, Benton.

Une autre façon de dire que je ne suis pas seule. Il ne demande pas de précision. Je me lance quand même, usant de sous-entendus appropriés :

— Je n'ai pas encore eu l'occasion de l'autopsier et je dois visiter la scène une seconde fois, dès que j'en aurai fini ici. J'ai été interrompue ce matin.

— Je comprends.

Non, il ne peut pas comprendre. Mais aussitôt, une pensée fuse à nouveau dans mon esprit. Est-il informé de l'existence des vidéos « Cœur vil et malfaisant » ? Je me demande si Carrie Grethen les a envoyées à d'autres, dont le FBI.

— Je te vois ce soir ?

— Je te rappellerai un peu plus tard.

Il met un terme à la communication et je lève le regard vers un ciel féroce qui prend des allures de punition.

Lucy et moi avons atteint la grille béante. Deux SUV blancs sont garés devant, leur moteur au ralenti, un conducteur du FBI derrière le volant. L'un d'entre eux n'est autre que l'agent avec qui j'ai échangé des paroles assez sèches à mon arrivée et je ne lui souris pas, ni ne le salue. Il me dévisage d'un regard mauvais, son polo auréolé de sueur, son visage fermé luisant. Je déverrouille la portière de mon fourgon et m'installe.

Je tourne la clé de contact. Le moteur se réveille et gronde. J'appelle alors Anne, ma radiologue médico-légale. Mes soupçons se sont épaissis, et je veux savoir si elle a déniché des détails inhabituels lors du CT-scan de Chanel Gilbert. Le FBI s'intéresse à la jeune femme et je veux savoir pourquoi. Personne ne peut entendre ce que je dis dans la cabine de mon fourgon, vitres relevées, environnée par le vacarme du moteur. Je peux parler en toute liberté.

Je vérifie mes rétroviseurs, et demande à Anne :

— Je n'ai pas beaucoup de temps. Nous partons dans quelques minutes pour la maison Gilbert. Avez-vous des infos importantes ?

— Certes, il ne m'appartient pas de déterminer la cause de la mort, mais là, je vote sans hésitation pour un homicide.

Je recule de sorte à me rapprocher du bas-côté, libérant le passage pour les voitures qui entrent et sortent de la propriété.

— Vous pouvez vous expliquer ?

— Je ne vois pas comment elle aurait pu tomber d'un escabeau, docteur Scarpetta. À moins de chuter à trois ou quatre reprises. Elle présente de multiples fractures du crâne avec enfoncement, qui s'étendent jusqu'aux sinus paranasaux, et aux structures de l'oreille moyenne. Sans compter des zones sous-jacentes d'hématomes.

— Et son identification ?

— On nous envoie son dossier dentaire. Mais c'est elle. Je veux dire, qui cela pourrait-il être d'autre ?

— Attendons une confirmation définitive.

— Je vous préviendrai dès que nous l'aurons.

— Luke a-t-il commencé l'autopsie ?

— Selon moi, il est en plein milieu.

Je soulève l'écran de l'ordinateur portable intégré dans la console, entre les deux sièges de devant, et pénètre dans le circuit fermé des caméras de surveillance du CFC, un réseau d'objectifs fish-eye panoramiques installés dans le plafond des salles d'accueil et d'examens. Cela me permet de suivre les médecins et mes enquêteurs médico-légaux lorsque je le souhaite. J'entre mon mot de passe et l'écran se divise en quadrants. Chacun m'envoie l'image d'un poste de travail de la salle d'autopsie A dans laquelle Luke et moi travaillons d'habitude.

Le gémissement de la scie Stryker s'élève dans le vaste espace d'acier inoxydable, illuminé par les lumières presque violentes qui descendent du plafond. La grande salle d'autopsie est surmontée de galeries vitrées d'observation qui en font le tour. J'aperçois Luke à son poste de travail, revêtu d'une blouse bleu sarcelle, d'un tablier, d'un heaume protecteur avec écran de Plexiglas, et d'un calot chirurgical. Nos deux internes en spécialisation sont de l'autre côté de la table, et Harold découpe le crâne de Chanel Gilbert à la scie. La lame oscillante crisse en fendant l'os épais.

J'annonce, comme si je parlais à des passagers assis dans le fourgon :

— Ici le docteur Scarpetta. Je vous vois à l'écran.

Luke lève la tête vers la caméra intégrée dans le haut plafond. La réverbération de la lumière sur son heaume ne permet pas de distinguer son élégant visage et ses yeux d'un bleu intense.

Le corps a été ouvert des clavicules jusqu'au pubis, les organes déposés sur une plaque de dissection, et Luke incise l'estomac avec une paire de ciseaux chirurgicaux. Il verse le contenu gastrique dans un petit carton plastifié. Je lui explique que je m'informe de leur progression et serai de retour sur la scène sous peu. Ont-ils fait des découvertes qui puissent m'intéresser ? Des détails de nature à orienter mes recherches sur place ?

La voix de Luke, mâtinée d'un fort accent allemand, se déverse dans l'habitacle :

— Il faudrait vérifier s'il n'y a pas de multiples zones d'impact. Je suppose que vous avez vu les images obtenues grâce au CT-scan ?

Les soubresauts continus du moteur diesel du fourgon se communiquent à mes os, et je réponds à l'écran de l'ordinateur portable :

— Anne m'en a fait une courte synthèse. Mais je n'ai pas étudié les scans. Selon elle, la mort de Chanel Gilbert n'est pas accidentelle.

Il appuie ses mains gantées, maculées de sang, sur le rebord de la table d'autopsie et précise :

— Son cuir chevelu présente des abrasions et des contusions que vous apercevez sans difficulté sur les zones rasées. Faces postérieure et temporale. Je n'ai pas encore examiné le cerveau. Cependant, les scans révèlent un épanchement sanguin sous-galéal partant de la région pariétale-temporale gauche et occipitale droite et une autre contusion, en plus d'une hémorragie subarachnoïde diffuse. Les fractures, complexes, suggèrent l'application d'une force importante, une grande vélocité et des points d'impact multiples.

— Cohérentes avec des impacts contre une surface dure si, par exemple, quelqu'un lui avait frappé la tête contre un sol de marbre.

— En effet. Et ce que je découvre à l'instant pourrait vous aider.

Il lève le container en carton rempli du contenu gastrique.

Je zoome.

On dirait que je me tiens à quelques centimètres du prélèvement et je découvre environ 200 millilitres d'un mélange qui semble être une soupe de légumes en morceaux.

Luke soulève des bouts d'aliments de la lame de son scalpel et annonce :

— Ça ressemble à une soupe de crustacés, peut-être des crevettes, des poivrons verts, des oignons et un peu de riz. À peine digérée. Un plat qu'elle a dû manger peu avant sa mort.

— Son degré d'alcoolémie ?

— Pas grand-chose. 0,1 g par litre. Peut-être a-t-elle bu un verre de vin en dînant. Ou alors, un artefact dû à la décomposition.

— Sa conscience et ses réflexes n'étaient donc pas altérés, en tout cas pas par l'alcool. Je vérifierai le contenu de son réfrigérateur. Je suis sur le départ.

J'éteins l'ordinateur, coupe le contact, et descends du fourgon. Lucy a garé la grosse berline Mercedes de Donoghue pour dégager le passage et trotte vers moi.

Elle lance :

— Suis-moi. Je veux te montrer un truc.

27

Nous contournons l'aile sud de la maison. Une mince bande d'herbe rase mène du jardin vers des bois touffus.

Un grillage haut de trois mètres, recouvert de PVC vert, est tendu entre de gros montants d'acier épais, enfoncés profondément dans le sol. Lucy déverrouille la porte grillagée au moment où un autre SUV du FBI disparaît au bout de la voie privée. Il n'y a plus que deux véhicules gouvernementaux garés devant la maison. L'un d'entre eux doit appartenir à Erin Loria. Je l'ai cherchée du regard, certaine qu'elle traîne encore chez Lucy. Elle ne raterait cela pour rien au monde.

Ma nièce me prévient :

— Fais attention. Tu pourrais trébucher. L'entreprise de jardinage ne vient jamais ici, une vraie jungle.

Je la suis et nous nous retrouvons dans le bois. Il n'y a pas eu de transition. Son jardin se termine à la clôture et de l'autre côté s'étendent des hectares de rhododendrons serrés, de lauriers d'Amérique et de vieux arbres. Les pistes qui s'enfonçaient dans la végétation ont été dégagées il y a fort longtemps et sont maintenant pour la plupart indécelables sous les repousses. J'avance avec précaution, à pas lents, le long d'un vestige de sentier. Lucy me précède et se fraye un chemin au travers des fougères, des buis et des bouleaux. Soudain, elle s'arrête. Elle désigne un pin blanc et un ilex équipés de caméras à détection de mouvement et d'éclairages :

— Voilà. Ils ont été activés par des mouvements à plusieurs reprises, mais il n'y a rien. Les caméras n'ont saisi aucune image.

Je comprends enfin pourquoi elle m'a entraînée ici et demande :

— Je sais que j'ai déjà posé la question, mais ne pourrait-il s'agir d'un animal ?

— Les détecteurs sont réglés pour ne se déclencher que lorsque quelque chose d'un mètre de haut minimum se déplace, un ours, un cerf ou un lynx, par exemple. Les caméras réagiraient aussitôt, et ce ne fut pas le cas.

Je reste immobile, balançant mon poids sur la jambe gauche.

Lucy fait son cinéma. Elle n'a qu'une chose en tête, la grande scène finale de son *allez vous faire foutre*. Le feu d'artifice de fin ne devrait pas tarder. Elle a choisi avec soin son survêtement du FBI. Au cas où cela se révélerait insuffisant, elle a un autre atout dans la manche. Cependant, cela n'explique pas l'objet étrange que je vois si près de ses pieds qu'elle pourrait marcher dessus. À première vue, cela ressemble à une frêle goutte de pluie tombée sur des feuilles marron, sous un laurier d'Amérique. Néanmoins, la pluie nous épargne pour l'instant.

Je murmure dans un souffle :

— Ne bouge pas.

Je ne la lâche pas du regard, pour qu'elle comprenne. Je m'adosse à un sassafras et enlace son tronc doux. Des feuilles vert pâle en forme de moufles me frôlent. J'y vais d'un commentaire banal sur le fait que d'ici environ un mois, elles vireront au jaune, au corail et à l'orange. D'un ton benoît, j'ajoute que la propriété de ma nièce se parera des couleurs ardentes de l'automne, au bénéfice des indiscrets qui nous épient. Puis la neige arrivera et aucun intrus ne pourra plus espérer d'invisibilité parce qu'il laissera des traces.

Je conclus au profit du FBI :

— Au contraire d'aujourd'hui.

Je n'en ai pas terminé et plonge les mains dans les poches de mon pantalon de treillis pour en extraire une paire de gants d'examen en commentant :

— D'ailleurs, je sais que quelqu'un s'est tenu à cet endroit.

Je les enfile et assure mon équilibre avant de me pencher avec un luxe de précautions de sorte à ne pas perturber les broussailles ou les feuilles, au risque de perdre ce que je tente de collecter. Un éclat qui ressemble à un minuscule bout de quartz colle à mon index ganté de latex. Je place mon autre main en coupe en dessous pour m'assurer qu'il ne tombe pas, ni ne puisse être emporté par une rafale de vent. Un miracle qu'un indice guère plus gros qu'un grain de riz soit resté en pleine vue. Ça ne fait pas très longtemps qu'il se trouve là.

Je déclare à ma nièce :

— À moins que ce fragment t'appartienne, quelqu'un est bien venu ici. Sans doute récemment.

La petite forme hexagonale, plate, est terne et opaque. Elle repose au creux de ma paume et je la montre à Lucy. Le grain n'a pas été poli. Il semble industriel et m'évoque une source minérale, ou un matériau utilisé dans l'industrie ou dans l'ingénierie.

— Ça te dit quelque chose ?

Elle le détaille comme s'il s'agissait d'un poison violent et admet :

— Je n'ai rien remarqué lorsque j'ai passé l'endroit au crible. En fait, sans toi, je l'aurais manqué. Ça me surprend qu'on l'ait trouvé ici.

Elle ajoute de façon étrange :

— Peut-être est-ce à dessein ? C'est la première idée qui me vient à l'esprit. Il fallait que nous le découvrions.

Elle a détaché chaque syllabe, d'une voix forte, pour que le FBI n'en perde pas une miette.

Je fais glisser le grain dans ma main pour qu'elle le distingue mieux et insiste :

— Donc, ça ne peut pas provenir d'un objet t'appartenant, ou que tu as installé. Peut-être ton système de surveillance ? Il est tombé tout près de plusieurs caméras.

Lucy prend garde de ne pas frôler l'éclat ni de s'en rapprocher davantage et affirme :

— Non, rien à voir avec moi. De plus, je ne serais pas assez stupide et négligente pour abandonner un truc de ce genre.

En revanche, elle ne prête guère attention au reste. Elle jette des regards aux caméras installées dans les arbres. Elle semble guillerette, pleine d'entrain, comme si nous cheminions vers un lieu d'agréable pique-nique en pleine nature.

Je me concentre sur ma trouvaille :

— Je ne crois pas que cela provienne d'un vêtement, ni d'un accessoire décoratif.

— Il s'agit d'un objet manufacturé. Regarde, il y a un trou minuscule au milieu. Peut-être une sorte de fil passait-il au travers. Elle était là.

— Tu veux dire que Carrie Grethen était là ?

Lucy approuve de la tête et renchérit :

— Ça vient d'un truc à elle. Je ne suis pas trop sûre de quoi, mais j'ai une petite idée. Carrie a toujours rêvé d'invisibilité.

Lucy ne serait pas surprise si le grain que j'ai trouvé s'avérait être un métamatériau entrant dans la création d'objets qui dévient la lumière.

Elle déclare :

— Confions-le au labo pour savoir ce que c'est au juste, mais je parierais qu'il s'agit d'un quartz ou de calcite de qualité laser.

— En d'autres termes, tu as déjà vu quelque chose de similaire.

— Je me tiens très informée des innovations qui voient le jour. Carrie a toujours été obsédée par la technologie de l'invisibilité qui fait appel à la réalité augmentée, bref, au camouflage optique.

Lucy jette un regard circulaire, et l'on pourrait croire qu'elle s'adresse aux arbres. Elle reprend :

— Ces imbéciles désirent tant me coincer qu'ils n'accordent aucune attention au vrai danger. Il se peut que Carrie ait découvert une sorte de manteau d'invisibilité avec pour but premier de descendre qui elle a envie de buter. Je veux dire *n'importe qui*. C'est une foutue terroriste, et ça devrait concerner le foutu FBI !

Ma nièce se contrefiche de la discrétion, même à dose homéopathique.

D'ailleurs, elle ne s'adresse plus à moi depuis un moment. Elle leur parle à eux. Elle discute avec Erin Loria.

Elle déclame presque et son ton est teinté de moquerie, une moquerie qui dissimule mal sa rage :

— C'est à cet endroit précis que les capteurs de mouvement se sont déclenchés hier matin à environ 4 heures, et à nouveau ce matin, à la même heure. J'ai fait une petite tournée dès que le soleil s'est levé. Tout semblait normal.

— Ce qui signifie qu'elle aurait pu être ici sans que tu la voies ?

— Possible. Notamment si elle a réussi à bidouiller un truc à la Harry Potter. À cela près que nous ne sommes pas dans la *fantasy*. Ils sont en train de créer des matériaux qui pourraient changer la réalité telle que nous la connaissons.

Je n'ai pas apporté ma mallette de scène de crime et improvise tout en commentant :

— Selon moi, la réalité a déjà changé. Pour le mieux, espérons.

Je trouve un autre gant propre et y dépose le grain à l'intérieur, avant de secouer pour qu'il tombe dans l'un des doigts. Je fais un nœud serré au nitrile violet et le fourre dans ma poche. Je remarque alors que derrière la clôture, plus en hauteur, s'ouvrent les fenêtres sud de la vaste chambre de Lucy. Si quelqu'un était équipé de jumelles à vision nocturne, ça pourrait changer la donne.

Je pointe dans cette direction et demande :

— C'est toujours comme ça ?

La question, vague, concerne ses stores intérieurs dont je me demande si elle les garde toujours abaissés.

De cette même voix théâtrale, elle explique :

— Peu importe. Avec un capteur ultrasonique, on voit pratiquement au travers des murs. D'ailleurs, la finalité de ce système, c'est de continuer à traquer ses cibles alors qu'elles pensent s'être mises à couvert...

Une vague d'impatience me saisit et je l'interromps :

— Tout le monde ne dispose pas d'un tel matériel.

J'hésite à lui conseiller de baisser la voix, mais renonce. Ce serait peu avisé de ma part et j'indiquerais ainsi que je soupçonne le FBI de nous surveiller de près. Il ne faut jamais se comporter en coupable, en dissimulateur. Je continue à parler de manière réfléchie, débonnaire, ouverte et sans arrière-pensées. Toutefois, je suis prudente et soupèse mes paroles, à l'inverse de ma nièce. Il lui manque l'interrupteur *fuite*. Ne persiste que celui qui la fait passer en mode *lutte*. Celui qui s'allume en ce moment et que je n'ai aucun moyen de maîtriser.

D'un ton audacieux et péremptoire, l'agressivité faisant briller son intense regard vert, elle débite :

— Elle était ici. Je te le garantis. Elle est venue jusqu'ici grâce à une sorte de technologie et elle avait une excellente raison pour cela. Peut-être espionner. Je l'ignore. En tout cas, ce ne sont pas les fédéraux. Ils ne sont pas assez intelligents. Il s'agit de Carrie. Peut-être même est-elle tapie quelque part alors que nous parlons, mais ils ne le croiront jamais. Peut-être que personne ne le croira jamais parce que personne n'en a envie ? Ma propre compagne entretient des doutes.

J'ai bien conscience que la situation doit être pénible pour Janet, mais me garde de le dire. Inutile de rappeler à Lucy son histoire avec Carrie, toutes ces années durant lesquelles nous nous sommes sentis en sécurité parce que nous étions certains qu'elle ne représentait plus de danger pour nous ou pour quiconque.

Lucy jette un regard aux épais nuages d'orage qui ont envahi le ciel, une couverture anthracite, basse, qui s'effiloche et semble déterminée à nous plonger dans des ténèbres absolues.

Elle décide :

— Il faut rentrer.

Puis, plus fort :

— D'accord, nous partons.

Nous nous en retournons à pas prudents, en silence. Les bourrasques de vent ont gagné en hargne et l'odeur de la pluie devient si intense que je peux presque la goûter. Défile dans mon esprit la liste de ce que je dois faire. J'apporterai l'éclat de métamatériau à mes labos un peu plus tard dans la journée. À tout le moins, cela confirmera sa composition, mais des problèmes surgissent. Je n'ai pas collecté cet indice en conformité avec mes protocoles inflexibles, bien que gantée. Cependant, nous parlions et mon ADN, ainsi que celui de Lucy, a pu se déposer sur le grain.

Un avocat de la défense soulignera aussitôt que ce que j'ai prélevé est contaminé à la suite d'une manipulation fautive. Du coup, le jury l'écartera et ne m'accordera pas sa confiance.

Les premières gouttes de pluie s'écrasent sur les feuilles alors que nous sortons du bois pour retrouver la bande herbeuse. Au loin, des éclairs zèbrent les cumulo-nimbus, abandonnant des cicatrices fugaces, noir-violet, qui évoquent un court-circuit, ou une blessure. L'ozone me monte au nez et la pression atmosphérique qui dégringole me pèse. Soudain, un incident que je ne comprends pas d'abord me stupéfie. De la musique explose des micros de surveillance, dans toute la propriété. Le *Take Me to Church* de Hozier résonne partout, dans les bois, autour de la maison, sur l'eau.

Je tourne la tête vers Lucy. Elle sourit. On pourrait croire que nous nous détendons lors d'une paisible flânerie. Elle n'a pas son téléphone. Elle ne possède plus de contrôle sur la maison. Janet est-elle à l'origine de cette musique ? J'accélère l'allure alors que les notes ricochent sur les vingt hectares de terrain protégé. La douleur irradie dans ma jambe et j'ai d'ores et déjà accepté d'être trempée. Je conseille à Lucy de courir vers la maison afin d'éviter les trombes d'eau, mais elle s'adapte à mon pas.

Elle reste à mes côtés. Quelques secondes plus tard, l'univers semble sur le point d'éclater alors que les déflagrations du tonnerre nous assourdissent. L'eau dévale au milieu des gifles de vent. La température s'est effondrée de cinq ou six degrés et Hozier nous environne comme si Dieu se régalait d'un petit concert aux frais du FBI.

Nous sommes nés malades, tu les as entendus l'affirmer…

Lucy hausse la voix pour couvrir les assauts de la musique, sous la pluie, au travers des arbres :

— Ils n'ont pas que moi sur les bras...

La déferlante de décibels à l'intérieur de sa maison doit être insupportable. Elle hurle à destination du ciel féroce :

— N'essayez pas de vous foutre de nous !

Je suis né malade, mais j'aime ça...

D'un coup, la splendide demeure de bois et de verre plonge dans l'obscurité. Je ne distingue plus une seule lumière allumée. Sa *maison intelligente* est entièrement gérée par ordinateur. Il n'existe pas d'interrupteur encastré dans les murs. Le FBI ne contrôle pas le système audio. Ni les éclairages. Contrairement à Janet. Je n'ai plus aucun doute là-dessus, et Lucy s'esclaffe, environnée par le vacarme de la pluie qui dégringole et de la musique, comme s'il s'agissait du jour le plus amusant de sa vie.

Amen. Amen. Amen. Amen...

J'oblique vers la route privée, ma chemise trempée et froide collée à mon dos, et lance :

— Demande à Marino de me rejoindre au fourgon ! Tu ne peux pas rester ici. Pour plein de raisons, ni toi, ni Janet, ni Desi.

Je patauge dans les flaques d'eau et Hozier *s'agenouille tel un chien devant le reliquaire de tes mensonges*.

Je crie à ma nièce :

— Viens vivre quelque temps avec nous ! Ce n'est pas négociable.

28

L'eau tambourine sur le toit du véhicule. Une obscurité crépusculaire noie ce début d'après-midi. On croirait la fin du monde arrivée.

J'ai les nerfs à fleur de peau. Quelque chose glisse et roule à l'arrière de mon gros fourgon blanc alors que je fends une pluie digne de la mousson. Un objet dur et métallique. Il se déplace un peu, puis heurte autre chose et s'arrête, pour reprendre sa course un peu plus tard au gré des tournants, des freinages ou des accélérations. Je le perçois distinctement en dépit de la séparation entre la cabine et l'arrière spacieux. Je ne l'ai pas entendu ce matin avant de me garer à proximité de la grille de la propriété de Lucy. Cela a débuté il y a quelques minutes, lorsque nous avons abordé un virage en épingle à cheveux.

CLANK CLANK CLANK.

Marino ne cesse de répéter, alors même que je ne peux rien tenter :

— Merde, faut vérifier ce qui fait ce bruit.

Il était impossible de se garer sur le bas-côté un peu plus tôt et nous suivons la Route 2, sous des trombes d'eau et en pleine affluence du vendredi. La visibilité est exécrable. Les automobilistes ont allumé leurs feux et je ne peux même pas emprunter une bretelle de

351

sortie. Il n'y a que l'autoroute, et l'énorme excavation boueuse d'un chantier de construction à ma droite, sans oublier trois files de voitures et de camions à ma gauche. La journée me préoccupe alors que les minutes s'écoulent. Il semble que j'ai bien peu de contrôle sur quoi que ce soit, dont mon emploi du temps.

Je répète à Marino :

— Je ne peux pas m'arrêter pour l'instant.

— On dirait une barre d'armature qui roule.

— Impossible.

— Ou alors un outil métallique, un tournevis peut-être, qui se coince sous un autre truc et repart.

— Je ne vois pas comment.

Le bruit cesse à nouveau.

— Ben, ça me file une foutue impression et ça me tape sur le système.

Il entrouvre une vitre pour fumer, calmer son « système » et apaiser ses « impressions ». La pluie écla-bousse l'intérieur de la portière et le tableau de bord. Je lui explique que si sa cigarette ne me gêne pas, je ne veux pas que les vitres et le pare-brise s'embuent. J'ajuste la ventilation. Cela apporte un petit plus, mais l'air glacial m'évente. Marino se plaint encore. Il a chaud, transpire. Quant à moi, je refuse d'être réfri-gérée. J'ai conservé une température ambiante à peine tiède. Je règle sans arrêt l'air conditionné et essuie les vitres. J'ai froid, puis me réchauffe et, en tout cas, j'y vois avec difficulté.

La situation est à la fois inconfortable et stres-sante. Il devient très ardu de maîtriser ses nerfs, de ne pas être à cran. Mes vêtements sont mouillés. J'ai l'impression de coller de partout, de flétrir sous ma peau. Ma jambe me fait vraiment mal. Mon malaise au sujet de Lucy, des secrets que je garde, et du débat intérieur qui m'agite et fait rage, vire à l'obsession. Devrais-je évoquer avec Marino les vidéos « Cœur vil et malfaisant » ? Je ne parviens pas à me décider. Nous nous éloignons de Concord, environnés par les chantiers autoroutiers inondés, et les bois épais nimbés de brume. Je m'efforce de me concentrer sur ma nouvelle règle.

Fais attention, même lorsque tu penses que tu t'appliques déjà.

En réalité, cette nouvelle règle est ancienne, mais je me suis montrée laxiste et l'ai négligée. Je me suis rassurée d'une fausse sensation de sécurité. Alors que je retrace le cheminement qui m'a amenée à ce relâchement, je découvre un schéma. Je le distingue avec netteté. Une partie de moi opte pour un implacable jugement, alors que l'autre comprend comment j'ai pu en arriver là. Personne ne reste vigilant chaque minute de chaque jour. Le temps passe et certaines choses gagnent en lourdeur. Je surveille avec ténacité les ennemis potentiels, mais, au fond, ceux du passé sont les plus perfides. Nous en savons trop à leur sujet. Nous les réinventons à notre propre image, leur attribuons des caractéristiques et des motivations qu'ils n'ont pas. Nous créons des sortes de relations avec eux. Nous nous leurrons en pensant qu'ils ne veulent pas nous tuer.

La même interrogation me ronge sans répit. Si je n'avais pas eu la certitude que Carrie Grethen était morte, aurais-je continué à surveiller son éventuelle approche ? J'ai bien peur que non. C'est un peu une option de moindre difficulté de reléguer les gens cauchemardesques dans un dossier d'affaires classées, de les repousser si loin dans notre esprit que nous n'avons plus à penser à eux. On n'attend plus rien d'eux. On ne les craint plus. On n'anticipe plus, ni ne prédit ni ne s'inquiète. J'ai rayé Carrie Grethen de mes préoccupations il y a bien longtemps. Pourtant, ma justification en la matière ne naissait pas de ma conviction qu'elle était morte dans un crash d'hélicoptère. Simplement, je ne pouvais plus supporter de vivre avec elle dans ma tête.

Durant des années, elle a envahi mes pensées. Une ombre malfaisante projetée par quelque chose que je ne pouvais voir, un inexplicable mouvement d'air, un son qui n'avait aucun sens. J'ai vécu avec l'inquiète attente que mon téléphone sonne et qu'on m'annonce d'autres mauvaises nouvelles. J'ai attendu qu'elle torture et assassine une nouvelle victime, qu'elle s'associe avec le dernier tordu de son choix pour une énième surenchère sanglante. J'étais sur le qui-vive en permanence, notamment en compagnie de Lucy. Puis tout a cessé.

Marino me tend sa cigarette et propose :

— Vous voulez une taffe ? Vous avez la tronche de quelqu'un à qui un peu de nicotine ferait du bien, Doc.

— Non, merci.

Il inhale à pleins poumons une bouffée de fumée et l'expire du coin de la bouche. Il rit :

— J'me demande si la musique gueule toujours et comment se débrouillent les fédéraux, parce que vous pouvez parier que ça les fait pas rigoler.

— Lucy et Janet n'ont pas déversé ces décibels, ni éteint les lumières, pour les distraire.

Des lacs et des forêts s'étendent de chaque côté de la voie alors que nous dépassons la ville de Lexington.

Le grand flic demande :

— Vous êtes sûre que c'est elles qui ont fait le coup ?

— Il ne s'agissait pas de Desi.

— Oh, aujourd'hui, c'est dingue ce que de petits gamins arrivent à bidouiller avec des ordinateurs. D'ailleurs, y a pas si longtemps, l'un d'eux s'est infiltré dans la base de données du FBI. De mémoire, le gosse avait quatre ans, dans ces eaux-là.

— Desi n'est en rien responsable du spectacle auquel nous avons assisté. L'idée vient sans doute de Lucy. Le genre de plan qu'elle trouve amusant.

Alors que je prononce ces mots, je pense aux liens vidéo dont on a tenté de me faire croire qu'ils étaient envoyés depuis son numéro ICE.

Je suis certaine que Carrie usurpe le téléphone de Lucy. Je ne veux même pas penser à ce qu'elle pourrait avoir piraté, infiltré, réquisitionné d'autre. On croirait que nos vies lui appartiennent, qu'elle jouit du droit de les manipuler, de jouer avec, de les endommager puis de les détruire. Elle possède un talent éblouissant pour créer des implosions, des querelles, des écueils, des catastrophes. Si elle parvenait à nous utiliser au point que nous nous autodétruisions, quelle gratification ce serait pour elle !

Elle tente d'écrire le script de nos réactions, et c'est comme cela que ça commence.

Marino remarque, comme s'il lisait dans mes pensées :

— J'en reviens pas qu'ils aient engagé Carrie Grethen. Au fond, on peut dire que ce sont les fédéraux qui l'ont créée, un peu à la manière de Frankenstein.

D'une certaine façon, il a raison.

D'une certaine façon, elle a été conçue, nourrie, éduquée, et transformée en monstre amoral par notre propre gouvernement. Puis elle a décidé de se retourner contre ceux qui avaient pris soin d'elle, de démolir toute justice, toute sécurité alors que sa mission consistait justement à les assurer. Elle s'associera avec n'importe quel côté qui lui convienne, n'importe quand, parce qu'elle est dépourvue de loyauté ou d'amour pour qui que ce soit, quoi que ce soit, hormis elle-même.

Marino bougonne :

— Une ingénieur en informatique au ministère de la Justice, recrutée à Quantico ? Et le FBI n'avait pas le moindre indice qu'ils avaient placé une foutue psychopathe à la tête du remaniement de leur système informatique de gestion de cas ?

— Qui s'est transformé en irréparable échec.

Le CRIMINAL ARTIFICIAL INTELLIGENCE NETWORK, dont l'acronyme était CAIN, s'est métamorphosé en programme Trilogy, un effort considérable de la part du FBI afin de moderniser son obsolète technologie de l'information.

Le projet a été abandonné il y a environ dix ans, après avoir englouti plusieurs centaines de millions de dollars des contribuables, et je ne puis m'empêcher de m'interroger sur la responsabilité de Carrie là-dedans.

— Vous voyez, Marino, je me demande quelle a été l'implication de Carrie Grethen, parce que rien ne lui plairait davantage que de se mesurer à des logiciels inadéquats qu'elle pourrait, d'ailleurs, avoir manipulés et sabotés à l'étape de leur création.

— Tout juste. Exactement ce que je pense. Une scientifique géniale mais timbrée de ce genre ? Vous pensez qu'elle pourrait pas bousiller tout ce qui l'excite ? Surtout si ça a un rapport avec les ordinateurs ou la technologie de la communication ?

— Lucy en est aussi capable. Je me contenterai de souligner cette fâcheuse vérité. Elle a créé CAIN. Tout ce que peut réussir Carrie, Lucy le peut aussi. C'est ainsi que le FBI considérerait le problème. Ce serait leur argument pour se mettre en chasse de ma nièce. Ils peuvent rejeter la faute sur elle, attribuer des moyens, trouver des raisons à tout ce qui leur plaît parce qu'elle est capable. C'est tout à fait plausible. Et ça les arrange, soyons honnêtes.

Marino suggère :

— Alors, peut-être que c'est Carrie qui a lancé la musique pour les emmerder et coller Lucy dans le pétrin. Doubler le plaisir, doubler la rigolade. Bidouiller le système audio, c'est comme d'agiter un chiffon rouge devant les yeux d'un taureau. Pas illégal, mais crétin. Qui dit que Carrie avait pas envie de s'amuser un peu ?

— Je n'affirme pas qu'elle en est incapable. Cependant, je crois qu'il s'agissait d'un cadeau de Janet et de Lucy à destination d'Erin Loria et de ses petits camarades.

— Elles devraient pas pondre ce genre de conneries. Elles font le jeu de Carrie.

— En effet, nous ne devrions permettre à personne de décider de nos actes. C'est encore plus vrai vis-à-vis de Carrie, qui veut nous contrôler et nous modifier. Son but depuis le début.

— Moi, vous voyez, je pense surtout qu'elle voulait tous nous voir morts.

— D'une façon ou d'une autre, c'est son plan ultime, en effet.

— Il faudrait que Lucy évite d'emmerder le monde. Peut-être que vous pourriez lui en parler, quand les choses se tasseront un peu. Inutile qu'elle foute un peu plus sa merde, on a déjà notre content.

— Et comment cela serait-il possible, Marino ? Le FBI a déboulé avec un mandat. Des agents ont embarqué certaines de ses possessions, violé son espace et sa vie.

J'augmente le rythme des essuie-glaces au maximum. Ils vont et viennent, métronome devenu fou en pleine crise de colère.

Marino a fumé sa cigarette jusqu'au filtre et réfléchit :

— Ben, les choses pourraient empirer s'ils l'arrêtent et qu'ils la bouclent sans possibilité de caution. Elle est blindée de fric. Ils argumenteront qu'elle a les moyens de se tirer d'un moment à l'autre, et le juge arbitrera en faveur du FBI. Surtout si un magistrat en coulisses a une priorité, pourquoi pas un juge fédéral, par exemple le mari d'Erin Loria ? La première chose qu'il faut se demander, c'est la raison du *timing* de cette opération. Pourquoi frapper aujourd'hui ?

Nous sommes aujourd'hui le 15 août. Un anniversaire. Il y a deux mois, jour pour jour, Carrie me tirait dessus. Je réfléchis :

— Vous avez raison. Pourquoi aujourd'hui ? Un choix de date aléatoire ?

— Aléatoire ? Je sais pas. D'un autre côté, rien d'important ne me vient à l'esprit.

— Il y a deux mois exactement, Carrie m'attaquait.

Je trouve assez insensé de devoir le lui rappeler.

— Ouais, mais en quoi ça serait important aux yeux du FBI ? Pourquoi cette date les motiverait-elle ? Je vois vraiment pas le lien.

— En revanche, ça peut être important aux yeux de Carrie.

— Y a un truc dont on peut être assurés : ils cherchent une raison valable pour inculper Lucy. Je sais pas de quoi, mais on peut parier, sans grand risque de se tromper, sur l'ombre qui s'agite derrière. La prison achèverait Lucy. Elle n'y survivrait pas et Carrie adorerait cela…

Je l'interromps parce que je ne veux pas entendre ces prédictions funestes, et que je commence à avoir du mal à nier leur pertinence :

— Gardons-nous des présages fatalistes.

J'aimerais tant lui parler des vidéos, alors que les mêmes questions dérangeantes tourbillonnent dans mon esprit. Et si le FBI les avait visionnées ? Et si les fédéraux me les avaient expédiées pour me prendre au piège, moi, et tout ceux que j'impliquerais ? Je ne sais à qui me fier, pas même à mon avocate Jill Donoghue. Lorsque je me retrouve dans une situation de ce genre, sans aucune certitude à laquelle me raccrocher, je deviens très prudente. J'agis avec mesure et soupèse chacune de mes actions.

Mais Marino n'en a pas terminé avec ses scénarios angoissants.

— Le problème, c'est qu'une fois qu'une enquête se met en branle, vous pouvez vous mettre sur la tête pour l'arrêter. Les fédés ne lâchent jamais rien, sauf quand ils n'ont plus le choix, sauf lorsqu'un grand jury prononce un non-lieu, et ça n'arrive presque jamais. Un véritable carton avec Lucy pour cible. Aucun grand jury n'aura de sympathie pour un agent fédéral viré, riche à l'indécence et qui se présente…

Je l'interromps. Je ne peux pas supporter ces sinistres extrapolations à propos de ma nièce, et je n'ai absolument pas besoin qu'il m'explique qu'elle n'inspire ni sympathie ni compassion, et que même le bénéfice du doute lui sera refusé :

— Je suggère que nous nous concentrions sur ce que nous faisons.

Il pince le bout incandescent de sa cigarette pour l'éteindre et la jette dans une bouteille d'eau vide avant d'en allumer une autre, qu'il me tend.

— Ben, j'énonce juste les faits. Tenez, vous en avez besoin.

Après tout, je m'en fiche. J'accepte la Marlboro. Il existe des choses pour lesquelles j'excellerai toujours. Fumer en est une. J'inhale avec lenteur, profondément, et j'ai l'impression que mon ascenseur mental s'élève

vers un étage que j'avais oublié. C'est agréable, lumineux, avec une vue magnifique. Durant un instant,
j'abandonne la gravité. Encore plus agréable : elle
m'offre un répit.

Je rends la cigarette à Marino, et nos doigts se
frôlent. Je suis toujours surprise à son contact. Sa peau
burinée par le soleil, recouverte d'un épais duvet rous-
sâtre, se révèle douce, soyeuse. Je détecte les effluves
de son after-shave épicé, recouvert par l'odeur de sa
sueur et du tabac. Je sens le coton mouillé de son bermuda de treillis et de son polo.

Il tire une autre bouffée, et me présente à nouveau
la cigarette à la manière d'un joint.

— Vous avez déjà fumé de l'herbe quand vous
étiez jeune ?

— Vous voulez dire lorsque j'étais *plus jeune* ?

— Vraiment ? J'veux dire, quand vous étiez en fac
de droit ? Allez, dites la vérité. Avec vos copains des
facs les plus prestigieuses des États-Unis ? Une petite
fumette, en discutant des interprétations, des précédents, de la jurisprudence, et qui allait faire la revue
de droit.

Je continue à vérifier mes rétroviseurs et réponds
d'une voix distraite et sombre :

— Je n'ai pas eu ce type d'expérience à Georgetown. On peut, évidemment, le déplorer.

J'ai les yeux braqués sur le pare-brise, m'efforçant
de distinguer la circulation brouillée de pluie au travers
des essuie-glaces, des gerbes balancées par les pneus
des voitures qui nous précèdent et de celles qui nous
doublent. Je ne dépasse pas la limite de vitesse. Je suis
tendue et reviens sans cesse au rétroviseur, cherchant

Carrie. Nous longeons le Fresh Pond Reservoir. La surface tumultueuse de l'eau, criblée par les gouttes de pluie, a pris la couleur du plomb. Le bruit métallique à l'arrière reprend, et je ne parviens pas à m'ôter la tueuse des pensées.

CLANK CLANK CLANK.

Environné d'un nuage de fumée, Marino grogne :

— Enfin bordel, c'est quoi, ce truc ? C'est quand même super bizarre.

Je passe en revue ce qui pourrait générer un bruit semblable et conclus :

— Tout est rangé dans des containers et des casiers appropriés. Les civières repliables sont sanglées. Rien ne devrait traîner.

— Une de vos mallettes de scène de crime s'est peut-être ouverte ? Peut-être un flacon pour les pièces à conviction, une torche, un machin qui roule ?

— J'en doute.

Carrie fait une nouvelle incursion dans mon esprit.

Je revois son visage. Je vois ses yeux élargis, fous, le désir couvait dans ses prunelles alors qu'elle entaillait Lucy avec le couteau suisse. Carrie avait ce même regard lorsqu'elle m'a tiré dessus avec le fusil de chasse sous-marine. Le cliquètement, le roulis se poursuit à l'arrière. Marino souligne que le bruit ne se fait entendre que depuis notre départ.

Il ajoute :

— Et personne n'est monté dedans. Enfin, je veux dire, il y avait pas moyen pour quelqu'un de monter quand nous étions chez Lucy ? Vous êtes certaine que le fourgon était verrouillé alors qu'il bloquait la bagnole de ce trouduc du FBI ? L'un d'entre eux aurait-il pu grimper à bord ? Peut-être à la recherche d'une autre clé de contact pour le déplacer ? Quelqu'un aurait-il pu forcer la porte arrière, bousiller un truc, et c'est ce qu'on entendrait ?

— Je suis certaine d'avoir fermé toutes les portières.

Pourtant, à l'écouter, je finis par m'interroger.

L'incertitude m'envahit. Lorsque j'ai rangé mon équipement en milieu de matinée, je venais juste de découvrir la première vidéo « Cœur vil et malfaisant ». Peut-être ai-je été distraite en replaçant les larges mallettes de plastique à l'arrière du fourgon. Peut-être ai-je oublié de fermer le hayon avec la clé qui arme ou désarme aussi le système d'alarme. Un geste automatique.

Je ne laisse jamais aucune portière ouverte pour différentes raisons. Les avocats de la défense, par exemple. Ils se feraient un plaisir de me sermonner à ce sujet, une fois à la barre. Ils inciteraient les jurés à mettre en doute l'intégrité des indices collectés, et même du cadavre lui-même.

Marino bougonne et lance à l'objet qui ne cesse de glisser, cogner et s'immobiliser :

— Eh, merde !

— Nous sommes presque arrivés. J'irai vérifier.

29

La circulation est très fluide dans Cambridge. Les voitures s'écoulent avec lenteur, codes allumés. Nous longeons le campus de Harvard en direction de Brattle Street, une des rues les plus prestigieuses des États-Unis.

George Washington et Longfellow y ont vécu. L'élégante demeure de deux étages à charpente de bois, dans laquelle Chanel Gilbert a trouvé la mort, a été construite à la fin des années 1600. Peinte en bleu foncé, avec des volets noirs, elle est de forme symétrique, couverte d'ardoises. Une cheminée centrale dépasse de son toit. Une grande partie de la propriété a été morcelée et vendue au fil des siècles et l'unique moyen d'atteindre la demeure reste une allée commune de briques posées en chevrons.

Je cahote au ralenti au volant de mon gros fourgon et me gare juste devant. La pluie martèle et crépite. Je jette un regard aux alentours, aux arbres malmenés par les rafales hargneuses de vent, et un sentiment de mal-être m'étreint. Plusieurs, en réalité. Ils déferlent par vagues. J'arrête les essuie-glaces et éteins les codes. Le pare-brise est aussitôt inondé. Il n'y a pas d'autre véhicule dans l'allée, et ce n'est pas normal.

J'ai l'impression d'être piégée dans une station de lavage automobile, et m'étonne :

— Où sont-ils passés ? Et vos renforts ?

Marino passe aussitôt en mode alerte. Il balaye du regard la longue allée étroite, la façade de la maison, les vieux arbres serrés qui tremblent, s'inclinent et perdent leurs feuilles sous les assauts violents du vent. Il grommelle :

— Ouais, super bonne question, Doc.

— Je croyais que vous aviez donné des ordres et que la propriété devait être sécurisée ?

— Ouais.

— Pourtant, il n'y a pas un seul véhicule de police à l'horizon, et où est passée la Range Rover rouge ?

— Tout juste. Ça sent pas franc, ce truc.

Le grand flic repousse la patte du holster noir pendu contre sa hanche. Le tonnerre gronde et éclate.

— Avez-vous ordonné à Vogel, Lapin ou peut-être à Hyde de la faire remorquer jusqu'aux labos ?

— Y avait aucune raison. On pensait à un décès consécutif à un accident domestique. Peut-être que Bryce l'a fait embarquer après votre discussion avec Anne et Luke, parce qu'il y avait pas mal d'indications dans le sens d'un homicide ?

Marino fait défiler son répertoire. Il jette des coups d'œil rapides par les vitres qui dégoulinent, son regard sans cesse en mouvement.

Je lui rappelle :

— Je me suis entretenue avec eux il y a moins d'une demi-heure. Ils n'ont pas eu le temps de faire remorquer la Range Rover. De surcroît, je n'ai jamais demandé cela et Bryce n'avait aucune raison de prendre cette décision.

Il essuie la condensation sur la vitre latérale et scrute l'extérieur, vérifiant par l'intermédiaire du large rétroviseur la longue bande de briques battues par la pluie derrière nous.

— Les clés de la Range Rover se trouvaient sur le comptoir de la cuisine, et Hyde a inspecté le véhicule vite fait. Rien d'intéressant, selon lui. En fait, y avait pas grand-chose à l'intérieur. Il a eu le sentiment que cela faisait un bail qu'elle n'avait pas servi. Voilà ses propos. On n'a pas fait beaucoup plus parce qu'on était partis du principe qu'il ne s'agissait pas d'un crime, juste d'un accident. En d'autres termes, à ce moment-là, il n'y avait aucune raison d'envisager de passer sa voiture au peigne fin.

— Et la clé ? Où est-elle passée ?

— Je l'ai, avec celle de la maison.

— En conclusion, ou il y avait une clé de rechange ou la Range Rover a été volée, déplacée d'une façon quelconque.

Je regarde alentour pour voir si quelque chose d'autre manque ou me semble différent depuis notre départ en milieu de matinée.

La demeure pluricentenaire est nimbée d'une brume grise qui s'élève de la terre battue par la pluie. Mon attention s'arrête sur le ruban de scène de crime. Il interdit l'accès aux marches de briques qui montent à la porte principale. Le ruban de plastique jaune, mince, tressaute dans le vent et la pluie. Il n'était pas là un peu plus tôt. Surtout, son absence partout ailleurs m'étonne. Il ne barricade pas la porte de la cuisine par laquelle nous sommes entrés et sortis ce matin. Il n'est pas enroulé autour des arbres, ni n'interdit l'allée.

Je remarque alors un gros rouleau jaune abandonné dans un massif de fleurs, non loin des épaisses portes en bois dont j'ai supputé qu'elles permettent d'accéder à la cave en sous-sol. Il semble que quelqu'un ait entrepris de sécuriser le périmètre puis se soit arrêté, laissant le rouleau dans un massif d'asters violets et de rudbeckies hérissées, tous couchés. Je repense au moment où je me suis retrouvée seule dans le vestibule, alors que tous les autres étaient repartis à l'exception de Marino.

J'ai cru entendre l'écho sourd d'une lourde porte qui se refermait. Celle du sous-sol qui mène au jardin de derrière était mystérieusement ouverte alors même que Vogel, le policier de l'État du Massachusetts, affirmait qu'il avait poussé le verrou. Ensuite, le contenu de la poubelle de cuisine avait disparu et la table avait été dressée de façon bizarre avec une assiette décorative empruntée à la collection suspendue au mur. Maintenant, la Range Rover s'est volatilisée. Je scrute la vieille bâtisse et ses fenêtres sombres protégées de vitres ondulées. Peut-être est-elle hantée. Pas par un fantôme, toutefois. Quelqu'un s'est introduit dans la propriété depuis notre départ.

J'insiste :

— Je vous ai entendu recommander à vos hommes d'empaqueter l'endroit avec un gros nœud jaune. Le seul bout de ruban que je vois est celui-ci. (Je désigne la façade.) Noué autour des rampes extérieures, il n'empêchera pas des intrus de s'introduire à l'intérieur de la maison ou dans la propriété. Savez-vous qui s'en est chargé, et pourquoi le rouleau a été abandonné dans les fleurs ? La personne a-t-elle été interrompue dans son travail, a-t-elle lâché le rouleau avant de quitter les lieux ? D'ici, je peux constater que pas mal de plantations à proximité des deux battants ont été piétinées.

— Hyde ou Lapin ont dû revenir après notre départ.

— Et ensuite ?

Marino consulte son téléphone et vitupère :

— Bordel, j'en sais rien ! J'ai expédié un texto à Hyde quand on est partis de chez Lucy. Toujours pas de réponse. Ni de Lapin, d'ailleurs.

— À quand remontent vos derniers échanges avec eux ?

— J'ai discuté avec Hyde de la poubelle de la cuisine il y a environ trois heures. Je tente à nouveau le coup.

Il atterrit sur la messagerie vocale et pousse un soupir bruyant d'exaspération.

— Merde !

— Donc, ils ne sont pas revenus et nous n'avons plus de nouvelles d'eux. Doit-on s'inquiéter ?

— Pour l'instant, on se calme. Si je lance une recherche sur l'un d'eux, ça pourrait salement me retomber dessus. Ça les fout dans le caca et c'est la meilleure façon pour qu'ils me détestent ensuite.

Je repense à l'officier Vogel.

— Et la police de l'État ? Selon vous, auraient-ils pu embarquer la Range Roger ?

— Oh, que non !

— Le FBI ?

— Ils ont pas intérêt à avoir débarqué ici, touché à des trucs, ou remorqué quoi que ce soit sans m'en informer.

— Mais est-ce possible ? Les fédéraux pourraient-ils avoir repris l'enquête sans que nous le sachions ? Il est clair que cette affaire les intéresse.

— S'il s'agissait de leur enquête ? Vous pouvez parier qu'ils grouilleraient partout ici, de la même façon que chez Lucy. On serait pas assis peinards dans votre caisse du Centre, avec personne autour. D'ailleurs, je doute qu'on nous aurait laissés remonter l'allée, sans même parler de pénétrer à l'intérieur.

— Ils ont quand même survolé la zone en hélicoptère...

Marino ne peut s'empêcher d'y aller d'une vacherie :

— Avec Benton à bord. Il nous a survolés et ensuite il nous a plus ou moins suivis jusque chez Lucy. Alors la question, c'est plutôt : qui les fédés épient ? Qui Benton surveille ?

J'éteins le moteur. Le vent de nord-est secoue le fourgon et la pluie s'abat sur le pare-brise. Je résume :

— Mieux vaut partir du principe que le FBI nous surveille tous. Considérons que les fédéraux croient que Lucy a été impliquée dans les récents événements et que je suis en quelque sorte de connivence avec elle. Vous aussi, peut-être. En d'autres termes, peut-être sommes-nous tous sur leur radar.

— En d'autres termes, comme vous dites, Lucy devient une tueuse en série ? Ou alors, elle avec Carrie, et on est au courant. Pourtant, on les protège ? Et Lucy vous a tiré une flèche dans la jambe et puis elle s'est barrée vite fait après vous avoir arraché votre masque ? Ou alors, vous vous êtes vous-même harponnée ? À moins que ce soit Benton ? Et pourquoi pas Moby Dick ou un poisson nommé Wanda ? Quel paquet de merde et, bordel, comment pouvez-vous être mariée à un type qui vous espionne, vous traite comme une fugitive ?

— Benton ne m'espionne pas plus que je ne l'espionne. Nous avons chacun notre métier à faire du mieux possible.

Je n'ai pas l'intention de me justifier davantage et contemple la vieille demeure battue par des trombes d'eau.

La maison semble désolée, abandonnée, et j'éprouve la même sensation qu'à mon arrivée ce matin. Difficile à décrire. Une sorte de froid qui remonte dans mon diaphragme me contraint à de petites inspirations. Mon estomac est noué, ma gorge sèche, et mon cœur s'affole.

Je m'interroge. Ce n'est certes pas la première fois. Cependant, j'ai l'impression de revenir sans cesse sur ce point depuis quelque temps. Suis-je en train de monter un scénario catastrophique post-traumatique, ou le danger est-il bien réel ? J'ai beau m'efforcer d'analyser, de soupeser alors que je suis assise derrière le volant, rien ne dissipe mon trouble. Au contraire, il prend en ampleur chaque seconde. Je perçois une présence maléfique. J'ai l'impression qu'on nous surveille. Je songe au pistolet qui pèse dans mon sac à bandoulière, en scrutant les environs. Marino consulte les récents appels qu'il a reçus et tente de rappeler Lapin :

— Son téléphone bascule aussi sur la messagerie vocale. (Il laisse un message en exigeant que le policier le rappelle au plus vite.) C'est quoi, cette histoire ? Des extraterrestres les ont enlevés ?

Je détaille de splendides érables secoués par un vent acharné. Les faces inférieures de leurs feuilles se soulèvent en éclats vert pâle. Je suggère :

— S'ils sont à l'extérieur, avec ce temps, il est possible qu'ils aient fourré leurs téléphones dans leurs poches pour éviter de les endommager. Ou alors peut-être n'entendent-ils pas la sonnerie. L'opérateur peut rencontrer des difficultés lors d'orages de ce genre. Néanmoins, encore une fois, devrions-nous nous inquiéter, Marino ? Cela m'ennuierait de leur causer des soucis, mais je détesterais qu'ils aient un vrai problème.

— C'est toujours pareil : quoi qu'on fasse, on le prend dans la gueule. On n'arrive pas à mettre la main sur un flic et on finit par lancer une recherche. Ensuite on se rend compte qu'il était en train de regarder la télé quelque part en bouffant un Big Mac. Ou alors, il s'était bourré la gueule au déjeuner et sautait sa petite amie.

Je jette un regard vers le rouleau de ruban jaune qui gît dans le massif de fleurs et remarque :

— Espérons qu'il ne s'agisse que de cela.

Les maxillaires de Marino se crispent lorsqu'il répond dans un souffle :

— Ouais, espérons.

— Peut-être l'un d'eux avait-il entrepris de sécuriser la propriété lorsque des trombes d'eau se sont abattues, ça expliquerait que seules les marches du perron principal soient cernées de ruban et le rouleau abandonné. Peut-être a-t-il quitté les lieux très vite. C'est un sacré orage.

Marino y va de l'euphémisme de l'année :

— Ouais. Sauf qu'un truc tourne pas rond. D'abord, on a pensé qu'il s'agissait d'un accident domestique mortel. Ensuite, on arrive à l'hypothèse d'un homicide et la Range Rover disparaît. Pour couronner le tout, je sais pas où sont passés mes foutus renforts. Devrait y avoir deux bagnoles de police garées là pour surveiller l'endroit. Attendez une seconde.

Il compose un autre numéro.

Quelqu'un lui répond, une femme si j'en juge par sa voix soudain charmeuse :

— Ouais, c'est moi, toujours à la même adresse. Des unités ont-elles été envoyées à la maison de Brattle Street depuis que j'ai quitté les lieux, à environ 10 h 30 ? Je pense à la deux-trente-sept et à la un-dix ? T'as eu des contacts ?

Les unités 237 et 110 correspondent sans doute à Hyde et à Lapin. Marino se tourne vers moi et hoche la tête en signe de dénégation. Il continue au profit de son interlocutrice :

— Vraiment ? Aucun contact ? Ils n'ont répondu à aucun appel radio depuis environ trois heures ? Et ils n'ont pas signalé leur fin de service, ou un truc de ce genre ? Parce que là, ça devient franchement foireux. Ils devaient revenir après être passés au Dunkin', poser les scellés, et assurer la surveillance… Il faut que je leur parle, je dois être informé de qui a pénétré dans la propriété depuis mon départ. D'accord ? Rappelle-moi aussitôt que possible.

Je détaille l'eau qui semble bouillonner sur les briques. La pluie dégringole presque à l'horizontale.

Je propose :

— Vous pourriez localiser leur téléphone.

— Faut un mandat pour ça.

— Je vous ai déjà vu vous en passer.

— Voyons ce qu'Helen dégotte.

— Qui est-ce ?

— La dispatcheuse avec qui je viens de parler. On est sortis quelquefois ensemble.

— Je suis heureuse que vous ayez des amis serviables. Il faut nous assurer que Hyde et Lapin vont bien.

— Surtout, Doc, je veux pas leur occasionner d'emmerdements. Et je pourrais. Ils seraient pas dans le caca s'ils avaient quitté le service sans prévenir personne et qu'on localise leur téléphone pour s'apercevoir qu'ils se baladent là où ils n'ont rien à foutre pendant le boulot.

Je répète :

— Je veux m'assurer qu'ils ne sont pas en danger.

— Figurez-vous que vous n'êtes pas la seule !

— Ne prenez aucun risque, Marino. Pas avec elle, lâchée dans la nature.

Inutile de prononcer le nom de Carrie Grethen. Le grand flic comprend à qui je fais allusion.

— Ouais, j'en suis bien conscient, croyez pas le contraire. Mais j'peux vous dire que ça rigole plus lorsque vous sonnez l'alarme et que tous les flics du nord-est du Massachusetts commencent à rechercher l'un des leurs. Je suis pas encore prêt à franchir le pas. Pas assez de raisons. Certains flics négligent les échanges radio ou alors ne répondent pas toujours à un appel téléphonique. Bref, il pourrait y avoir plein d'explications banales à leur silence. Vous battez pas le rappel des troupes sans certitude. Y a sans doute une bonne explication.

— J'en suis certaine. Pourtant, je ne peux pas me défaire d'un mauvais pressentiment. Quelqu'un aurait-il pu emprunter la Range Rover ? Cette femme de ménage ? Elsa Mulligan, si je me souviens bien ? Est-il possible qu'elle l'ait déplacée, pour une raison quelconque ?

— Elle avait pas intérêt !

— Vous a-t-elle semblé capable d'une telle chose ? De ce que l'on vous a dit d'elle ?

— Hyde n'a discuté avec elle que quelques minutes. En plus, je me suis pas trop entretenu avec lui après notre arrivée. Mais je me souviens qu'il m'a raconté qu'elle était vachement secouée et qu'il lui avait conseillé de rentrer chez elle. Il l'a prévenue qu'on reviendrait l'interroger un peu plus tard. Il paraissait désolé pour elle. Sans doute parce qu'elle est mignonne.

— Il a commenté son physique ?

— Bien foutue. Un joli visage. Une brune avec une coupe courte, branchée. Elle portait de grandes lunettes à monture noire. Il a précisé qu'elle avait un côté très Hollywood.

— Vous avez pourtant dit qu'elle venait du New Jersey.

— Ouais, n'empêche que Hyde lui trouvait le look *Hollywood*.

Je m'enquiers :

— A-t-elle compris qu'elle ne devait toucher à rien, ne déplacer aucun objet, ni revenir ici jusqu'à ce qu'on le lui permette ?

Il regarde droit devant lui, vers le pare-brise dégoulinant.

— C'est quoi, ce plan ? Vous pensez que je sais plus faire mon boulot ?

— Vous savez très bien que non.

Il est à nouveau penché sur son téléphone, ses pouces tapant à toute vitesse.

— Bien sûr qu'on lui a dit !

— Ce qui ne signifie pas qu'elle ait obéi. Peut-être y avait-il des choses à l'intérieur qu'elle voulait récupérer ou dissimuler. Ou alors, elle peut avoir redouté que la mère ne lui donne plus l'autorisation de revenir. Pas mal de gens font des choses *a priori* irrationnelles après une mort soudaine. La plupart de temps, leur objectif n'est pas de compliquer notre tâche, ni de créer des problèmes.

— Pourquoi j'ai l'impression que vous me faites la leçon, là ?

— Sans doute parce qu'un sentiment de frustration vous a gagné, Marino. Vous vous sentez impuissant. Du coup, vous devenez impatient, en plus de vous mettre en colère. Rien que de très compréhensible.

— Nan, c'est pas compréhensible parce que c'est pas du tout ça. J'ai rien d'impuissant. L'autre jour, à la salle de sport, j'ai arraché 158 kilos. C'est pas ce que j'appelle se sentir impuissant.

Je ne réagis pas à son incorrection ni à ses vantardises de macho, et temporise :

— Je ne parlais pas de cela. Je ne mets pas en doute votre force physique. Néanmoins, la situation n'a rien à voir avec un soulevé de fonte.

J'ouvre la portière, surprise par le vacarme produit par la pluie.

30

De l'eau froide me gifle, trempe mes cheveux et mes vêtements presque instantanément.

Mon attention est à nouveau attirée par le massif de fleurs, le rouleau de ruban jaune vif. Je m'en approche. Le vent qui tourbillonne autour des gouttières émet une sorte de mugissement irréel, de mauvais augure.

Je m'accroupis à proximité des épais battants de bois, peints du même bleu sombre que la maison, montés selon un angle assez marqué et bordés de vieilles briques. Les gouttes s'écrasent sur le haut de mon crâne et dans mon dos. J'ai l'impression que des seaux entiers sont déversés autour de mes bottines de plastique noir trempées alors que je regarde les asters violets et les rudbeckies abîmés et aplatis. Ma conviction ne varie pas.

Quelqu'un avait entrepris de sécuriser le périmètre et n'a pas poussé plus loin que la rambarde de la porte principale. Pour une raison quelconque, il a abandonné le rouleau de ruban à côté des lourdes portes. Elles semblent parfaitement jointes, mais je ne peux déterminer si elles sont verrouillées. Je réfléchis à la prochaine étape alors que le vent geint sur une octave inférieure.

Je ne veux ni toucher ni pousser la porte à mains nues ou de mes bottes. Je ramasse une branche arrachée par l'orage. La tenant par une extrémité, j'enfile le bout le plus effilé sous les poignées d'acier. Je tente de soulever. Les portes ne bronchent pas d'un millimètre. Marino patauge vers moi sous le déluge.

Haussant la voix pour couvrir le vacarme, je crie :

— Une serrure, pas un cadenas ! On a pu utiliser ce passage pour pénétrer au sous-sol de la maison. Les fleurs ont été écrasées comme si quelqu'un les avait piétinées. Lorsque vous avez fait une tournée en bas, avez-vous remarqué si ces portes avaient récemment été ouvertes ?

Il me domine de sa haute taille, mains sur les hanches, des filets d'eau glissent de son crâne chauve et ses chaussures produisent un bruit de ventouse. Il lâche :

— Y avait pas grand-chose, rien qui m'interpelle. Si c'est Hyde qui s'est pointé ici avec le ruban, pourquoi il aurait fait un détour pour venir écraser des fleurs ?

— Peut-être quelqu'un d'autre.

Je me dirige vers l'arrière du fourgon. Des centimètres d'eau se sont déjà accumulés dans les creux de la pelouse et de l'allée.

Marino patouille et éclabousse à chaque pas en continuant son raisonnement :

— Et ensuite, il se serait interrompu ? Et puis plus personne ne parvient à le joindre et on sait pas où est sa bagnole de service.

— Je vous ai déjà suggéré de localiser son téléphone.

Je tente d'ouvrir les deux battants arrière, qui résistent. Le hayon est fermé, ainsi que je le pensais.

Je parviens à repêcher la clé de mes doigts mouillés et glissants. Les lumières s'allument automatiquement et l'odeur de citron du désinfectant, mêlée à celle de l'eau de Javel que nous utilisons pour nettoyer nos véhicules de transport, me monte au nez. J'exige que tout soit décontaminé, lavé jusqu'à être assez propre pour pouvoir y manger, même si je ne l'entends pas au sens littéral. J'examine l'arrière à la recherche de l'objet dont le roulement nous a agacés durant le trajet.

Rien ne semble correspondre au bruit. Le plancher en tôle d'acier larmée est impeccable et vide de tout objet, brillant tel un sou neuf. Les mallettes de scène, les placards et coffres de rangement sont refermés avec soin, comme je les avais laissés. Les extincteurs, tiroirs à produits chimiques et grands outils, tels que râteaux, pelles, haches, pinces coupantes sont arrimés dans leurs logements prévus contre les flancs du fourgon. Rien ne se promène, ni les ordinateurs portables, ni l'appareil photo avec son équipement lumineux, ni les télécommandes des multiples appareils à écran plat qui émaillent ce que j'appelle mon bureau mobile. J'ai ici tout ce qu'il me faut, sans oublier les moyens de communication, pour travailler alors que je suis en déplacement à l'extérieur, parfois durant toute une journée, comme aujourd'hui.

Je grimpe à l'intérieur, avec lenteur et difficulté, prenant garde à ma jambe. L'eau de mes vêtements goutte par terre pendant mon inspection et mes boots arrachent un son creux au sol d'acier. J'inspecte la zone arrière d'où le son semblait provenir. Mon attention est attirée par le poste de travail encastré et le fauteuil pivotant dont les pieds sont vissés au plancher.

La tour d'un ordinateur et des écrans plats trônent sur le bureau, protégés de robuste polyuréthane. Des deux côtés sont installés des placards de rangement étanches et inoxydables.

J'ouvre celui de droite. Rien d'inhabituel, juste une imprimante sur plateau rétractable avec des rames de papier en dessous. La sonnerie du téléphone de Marino retentit et je m'immobilise. La dispatcheuse, la fameuse Helen, le rappelle. J'écoute le grand flic.

— OK. Ouais, on le pensait. Dommage. Nan. On attend. Si je n'ai pas de nouvelles sous peu, je te préviens. Merci encore.

Il suspend son appareil protégé d'une coque imperméable à la ceinture de son bermuda de treillis trempé et m'explique :

— Pas de bol. Aucune communication radio de la part des deux voitures de patrouille après notre départ. Rien à propos de la Range Rover non plus. Si on n'a pas d'info sur Hyde et Lapin, je bats le rappel.

— En bref, la dispatcheuse ne parvient pas à les contacter par radio.

— Si dans quelques minutes on n'a toujours rien, on enfonce le gros bouton rouge.

Je trouve enfin ce que je cherchais dans le placard de gauche :

— À votre place, Marino, je l'enfoncerais tout de suite.

La tige en cuivre poli mesure à peu près quatre-vingt-dix centimètres de long. Elle a l'épaisseur d'un crayon de papier.

Elle repose contre des piles de serviettes bleues, et une alarme retentit dans un coin lointain de mon esprit. Elle est terminée à une extrémité par une sorte de frange raide, jaunâtre, et à l'autre par ce qui m'évoque des lames de rasoir incurvées. Je me penche pour la détailler et perçois les relents puissants et nauséabonds de chair en décomposition. J'ouvre les tiroirs en quête d'une boîte de gants.

Marino m'observe du dehors, indifférent aux assauts du vent et de la pluie. Il lance :

— Qu'est-ce qui se passe ? Vous avez trouvé un truc ?

— Une minute.

J'enfile une paire de gants et me protège d'un écran facial.

— Il y a quelque chose ici qui ne devrait pas s'y trouver.

— Attendez, je grimpe.

— Je préfère que vous restiez où vous êtes.

J'imprime une étiquette pour la règle en plastique blanc qui me servira d'étalon. Je prends une série de photos sans rien toucher. Puis je récupère la flèche qui ne ressemble à aucune que j'aie jamais pu voir. Elle n'est pas adaptée au tir. Impossible. Quel arc pourrait tirer une flèche en cuivre massif qui pèse près d'une livre ? Même en admettant qu'il existe, quelle serait la raison de ce métal ?

Tenant la flèche entre mes mains gantées, je l'examine et inspecte les taches rouge-marron qui souillent l'extrémité à laquelle est fixée la pointe de chasse à trois lames, ainsi que le fût gravé avec soin. Je la retourne. La puanteur monte de l'empennage. Pas en plume.

Marino fait mine de monter dans le fourgon et je l'en dissuade à nouveau. Il braille :

— C'est quoi, ce bordel ?

— L'arrière de ce véhicule vient juste de se transformer en scène de crime. En tout cas, il faut le considérer comme tel.

La férocité se lit sur son visage. Il crie :

— Quelle scène de crime ? Bon Dieu !

Je vois les émotions se succéder dans son regard, du choc, à l'horreur, à l'impensable.

— Je ne sais pas encore.

— Copperhead !

Il crache ce surnom que les médias ont répété à l'envi, le surnom d'un monstre que nous connaissons sous le prénom de Carrie, et jette :

— Des balles de cuivre. Et maintenant, une flèche en cuivre !

La pluie tambourine avec obstination sur le toit du fourgon, et il me faut presque hurler pour expliquer au grand flic que la pointe de la flèche est à déploiement mécanique, destinée au gros gibier. Les lames s'évasent après impact un peu à la façon d'une balle à pointe creuse. Le but est d'infliger des blessures catastrophiques, de tuer vite, sans souffrances superflues.

J'ajoute :

— À ceci près, et je ne vous apprendrai rien, que le fût des flèches de chasse est en fibre de carbone très légère. L'empennage qui stabilise la flèche durant son vol est le plus souvent en plume véritable ou, parfois, synthétique. Pas en ce matériau rigide.

L'empennage mesure environ 2,5 cm de long. De couleur blond pâle, il est aussi ferme que les soies d'une brosse à dents. Une couche de vernis le recouvre. Je récupère une loupe et une torche lumineuse pour étudier ce qui pourrait être des fragments de peau. Pas d'origine animale, humaine. Grâce au grossissement et à la vive lumière, je détecte des grains de terre, des fibres, et d'autres débris dont de minuscules granulés qui m'évoquent du sucre noir.

Des restes de colle adhèrent à l'endroit où les trois fines bandes de cuir de soutien ont été insérées dans des encoches du tube de cuivre découpées à la machine. L'image de scalps humains momifiés me traverse l'esprit. Je commence à me faire une idée quant à la nature de ce que je découvre, et tapisse une paillasse de serviettes bleues. Je pose la flèche dessus. La pointe tétraédrique s'est déployée. Ses lames, aussi aiguisées qu'un rasoir, sont incurvées vers l'arrière. On dirait que la flèche a pénétré sa cible et qu'elle a ensuite été retirée avec force. Carrie a blessé ou tué quelqu'un d'autre. Certes, je ne peux le certifier. Pourtant, aucun doute ne demeure dans mon esprit. Je ne pourrai pas réaliser un test simple et rapide afin de vérifier la présence d'hémoglobine, et je n'y vois pas non plus une coïncidence. Le cuivre pose un problème presque insoluble, et Carrie laisse peu de chose au hasard.

Je me souviens du regard qu'elle me destinait, froid, calculateur, lors de nos quelques rencontres à Quantico. Quoi que j'aie pu dire en matière de science, de médecine, de loi ou autre, elle se conduisait toujours comme si elle en savait bien plus sur le sujet. J'avais le sentiment qu'elle me jaugeait, à la recherche du moindre détail qui puisse prouver sa supériorité. Elle avait l'esprit de compétition poussé au plus haut point. Elle était jalouse, en perpétuelle opposition. D'un autre côté, sa vaste culture sautait aux yeux. Elle pouvait se montrer charmante, et c'est probablement un des êtres les plus intelligents que j'aie jamais rencontrés. Pourtant, je connais la façon dont elle fonctionne. Et je suis certaine que la réciproque est vraie.

Elle crée des situations puis sabote tous les efforts que je pourrais faire pour y réagir, et le cuivre fait partie de son plan. J'ai vu dans les vidéos qu'elle croyait ce métal pourvu de vertus guérisseuses, pour ne pas dire magiques. De plus, elle est, à l'évidence, au courant du désordre qu'il peut semer sur les scènes de crime. Le réactif phénolphtaléine transformera un écouvillon sur lequel se trouve une trace de sang en rose vif si on lui ajoute une ou deux gouttes de peroxyde d'hydrogène. Il s'agit du test présomptif classique de présence de sang. Or le cuivre se place en haut de la liste des substances qui provoquent un faux positif.

En d'autres termes, j'obtiendrai nécessairement une coloration rose. Il se peut qu'elle traduise la présence de sang. Il se peut que ce soit trompeur, et c'est là le don le plus éclatant de Carrie. Elle crée de la confusion, de faux espoirs, des retournements fallacieux, des impossibilités apparentes, et elle est particulièrement douée lorsqu'il s'agit de saper les talents de déduction des autres, ou de contourner la science. Mettre sens dessus dessous nos protocoles, nos procédures, constitue un de ses grands bonheurs, une délectation. J'ai presque l'impression qu'elle se trouve dans le fourgon, proche de moi. Sans pouvoir en obtenir une preuve immédiate, je suis certaine que mes supputations seront validées très vite. Inutile de se leurrer : tous les désastres de la journée partagent une origine commune.

Carrie a traîné dans les parages. Elle pourrait encore s'y trouver, pour ce que nous en savons. J'explique tout cela à Marino, planté sous le déluge, stoïque parce qu'il n'a nul endroit où s'abriter, sauf à réintégrer l'habitacle. Il ne s'y résoudra pas. Il attendra. Il me regarde alors que je découpe et plie un épais papier blanc. Il ne peut parvenir à la même certitude que moi parce qu'il n'a pas vu les vidéos, et ignore jusqu'à leur existence. Cependant, j'imagine ce qui lui trotte dans la tête alors que je scelle mon paquet à l'aide d'un ruban adhésif rouge réservé aux indices, sur lequel j'appose mes initiales et la date. Il me détaille sans un mot, la tête légèrement inclinée. Son humeur sombre est palpable.

— Vous êtes certaine que ça pouvait pas se trouver là depuis un moment ? Peut-être une pièce à conviction récupérée sur une autre affaire et qu'on a oubliée là ? Ou alors une blague ? Une blague débile ?

— Vous n'êtes pas sérieux.

— Aussi sérieux qu'une crise cardiaque.

Je plonge la main dans la poche de mon pantalon et récupère le métamatériau trouvé dans la propriété de ma nièce, protégé dans son cocon de nitrile. Je rectifie :

— Non, ça ne vient pas d'une autre affaire et cela n'a rien à voir avec une plaisanterie. Du moins pas ce que quelqu'un d'à peu près normal considère comme une plaisanterie.

— Je me raccroche à ce que je peux parce que je veux pas y croire.

— Moi non plus.

— Comment cette merde a-t-elle atterri dans le fourgon ?

— Pas la moindre idée, mais ça y était.

— Vous pensez que ça vient d'elle.

— À votre avis, Marino ?

— Bordel ! Mais comment elle aurait pu pénétrer à l'intérieur de votre fourgon ? Reprenons au début. Une chose à la fois.

— Quelqu'un a placé la flèche à l'intérieur du placard situé à gauche du bureau. C'est un fait. Ça n'est pas arrivé là par l'opération du Saint-Esprit. Voilà ce que je peux vous dire sans réserve.

J'étiquette un sachet en plastique destiné aux indices et consigne l'heure et l'endroit où j'ai trouvé le minuscule gravier qui ressemble à du quartz, de forme hexagonale, que j'avais glissé dans un doigt de gant.

Marino est en colère, d'une humeur massacrante, parce qu'il est déconcerté. Son regard ne cesse de surveiller les environs et sa main droite est posée sur le holster de son Glock calibre 40, qui bat sur sa hanche.

— Mais de quoi on parle là ? Un foutu Houdini ?

— Ce que je redoute le plus, c'est la mort d'une autre personne.

J'ôte mes gants et mon écran de visage, puis dépose mes paquets dans une armoire en acier réservée aux pièces à conviction. Je referme la porte et passe le

pouce pour enclencher la serrure biométrique. Je poursuis :

— Si les taches et l'empennage sont ce que je
pense, nous avons un autre gros problème. D'où vient
ce matériel biologique ? De qui provient-il ?

— Peut-être d'elle ?

Il fait référence à Chanel Gilbert.

— Son cuir chevelu n'a pas été incisé et ses cheveux ne sont ni courts ni teints en blond clair. Si ce que
j'ai découvert est bien du sang et des tissus humains,
ils ne lui appartiennent pas.

J'en suis certaine. Je continue en expliquant au
grand flic que j'ai le sentiment d'être victime d'un
coup monté. Je pousse deux mallettes de scène de
crime en plastique noir vers lui. Elles raclent le plancher en tôle larmée. À mon avis, il sera difficile de
prouver que je n'ai pas apporté moi-même la flèche
dans le fourgon.

Marino soulève les mallettes et les dépose sur l'allée inondée.

— Je vous ai vu la trouver. Je sais que c'est pas
vous qui l'avez mise là.

— Vous ne pouvez pas le certifier. Cela se trouvait
à l'intérieur de mon véhicule.

Je vais devoir le mettre au courant des vidéos. Les
enjeux ont changé. Carrie vient de faire connaître sa
présence. Le panorama est complètement modifié.

— Néanmoins, je vous assure, Marino, que je n'ai
jamais vu cette flèche auparavant.

— Je suis témoin que vous avez pris des photographies et ils auront l'horodatage. Vous avez la preuve

que ce truc se trouvait déjà à l'arrière. Et vous l'avez découvert parce que ça faisait du bruit.

— Vous pouvez raconter ce que vous voulez. Que je possède ou non des preuves, on tente de me piéger. C'est délibéré.

Je lui tends les clés du véhicule et insiste :

— Lucy se sent victime d'un coup monté, et c'est mon tour. Nous faisons tous partie d'un plan, et nous avons intérêt à réfléchir, à soupeser avec soin ce que nous entreprenons. Ça commence maintenant.

Je vais devoir me résoudre à lui déballer la vérité. Il fait le tour du fourgon à pas lents, pendant que je patiente à l'arrière en m'interrogeant sur la façon dont il réagira à ma confession. Il va hurler que j'aurais dû le lui dire il y a des heures. Il va affirmer que je n'aurais pas dû visionner les vidéos sans lui. Je l'entends vérifier tous les panneaux extérieurs, les ouvrir puis les refermer avec fracas sous la pluie obstinée.

D'un autre côté, peu importe comment il le prendra parce qu'à la lumière des événements récents, il devient irresponsable de le tenir dans l'ignorance. J'attends son retour devant le hayon ouvert. Lorsqu'il reparaît, il m'annonce que tout est bouclé, même les compartiments de stockage, sans signe qu'on ait tenté de les fracturer. Je débite soudain :

— Marino, écoutez-moi avec attention. Vous n'allez pas aimer ce que je vais dire.

— Quoi ?

Je sens que son humeur empire et que son malaise croît. Cependant, s'il s'agit d'une erreur, je ne peux pas faire machine arrière.

Que tenter d'autre ? On dirait que nous sommes pris dans un tourbillon engendré par Carrie, et où elle souhaite que nous restions. Nos moindres habitudes, façons de procéder, d'aborder la tâche la plus banale ont été bouleversées, fracassées, aspirées dans une autre dimension. Elle l'a déjà fait. Elle recommence. Me revient ce que répète mon grand patron, le général John Briggs, le chef des médecins experts des forces armées.

Lorsque les terroristes découvrent quelque chose qui fonctionne, ils continuent à le faire. C'est prévisible.

Carrie Grethen est une terroriste. Elle applique les recettes qui marchent. Créer la confusion et le chaos. Jusqu'à nous faire perdre nos objectifs et notre jugement. Jusqu'à ce que nous nous fassions mal, à nous et aux autres.

Pense !

— Marino, il va nous falloir réinventer au fur et à mesure.

— Mais, bordel, de quoi vous parlez ?

Pense à ce qu'elle a prévu que tu ferais maintenant.

— La façon habituelle dont nous procédons n'est plus praticable ou pertinente. Nous devons nous appliquer à être flexibles, à rester très attentifs, comme si nous recommencions depuis le début, comme si nous inventions la roue. D'une certaine façon, c'est le cas. Elle connaît la façon dont nous sommes programmés. Elle connaît nos recettes. Elle comprend ce qui nous guide dans nos actions. Ouvrons-nous aux changements et soucions-nous des hypothèses qu'elle retiendra en se fondant sur le fait qu'elle nous connaît si bien.

Elle part du principe que tu n'en parleras à personne.

D'une voix forte, lente, empreinte d'un calme qui dissimule ce qui bouillonne en moi, je déclare :

— J'avais décidé de me taire, mais j'ai changé d'avis parce que, selon moi, elle s'attend à ce que je garde le secret. On m'a envoyé trois vidéos aujourd'hui. Des enregistrements de surveillance réalisés par Carrie, selon toute vraisemblance. Il semble qu'ils aient été filmés en douce, dans la chambre de Lucy, lorsqu'elle était à Quantico en 1997.

L'incrédulité le dispute à la rage dans la voix du grand flic lorsqu'il demande :

— Carrie vous envoie des vidéos prises il y a dix-sept ans ? Vous êtes certaine qu'il ne s'agit pas d'un trucage ?

— Elles étaient authentiques.

— Ça signifie quoi *étaient* ?

— Au passé.

— Faites-moi voir.

— Impossible. D'où le recours à un temps passé. À l'instant où j'ai fini de les visionner, elles se sont volatilisées et les liens sont devenus inertes. Puis les messages eux-mêmes ont disparu, comme s'ils n'avaient jamais atterri sur mon téléphone.

Le visage trempé de Marino est pâle, glacial, et ses yeux injectés de sang étincellent de colère.

— Envoyés par e-mail ?

— Par textos. Prétendument depuis la ligne ICE de Lucy.

— Logique. Ça pue. Le FBI a confisqué son téléphone. Ils découvriront ce qu'elle a envoyé. Ils penseront qu'elle est l'expéditeur des vidéos. On reprend les mêmes et on recommence : on va encore l'accuser des actes de Carrie.

— Espérons que rien n'apparaît. Ça devrait être le cas, parce que je suis presque certaine que Carrie pirate la ligne ICE. Ces textos ne proviennent pas vraiment de Lucy, ou d'un quelconque appareil en sa possession.

Marino tend la main et demande :

— Vous devriez me filer votre téléphone. Je dois prendre la carte SIM et la batterie, si on veut des preuves que vous avez bien reçu ces vidéos. Faut qu'on puisse démontrer que Lucy n'avait rien à voir là-dedans.

— Non.

— Votre carte SIM est peut-être la seule trace…

— Non.

— Plus vous attendez…

Je l'interromps :

— Je ne désactive pas mon téléphone. Parce qu'alors, je ne découvrirai pas ce qu'elle peut m'envoyer d'autre.

— Vous vous entendez, là ?

— Ces liens vidéo expliquent que je me suis précipitée chez ma nièce ce matin. Je paniquais à l'idée que Carrie soit en possession du téléphone de Lucy, et ce que cela signifierait le cas échéant. Je dois conserver mon téléphone.

Marino se penche pour examiner quelque chose à l'arrière du fourgon, un feu de signalisation.

Je poursuis mon explication :

— Lorsque je vous en aurai raconté davantage au sujet des enregistrements, mon inquiétude vous paraîtra justifiée. De plus, Lucy ne répondait pas lorsque j'ai tenté de la joindre. Janet non plus. Maintenant, nous en connaissons la raison. Que se passe-t-il ? Qu'avez-vous découvert ?

Marino s'intéresse à un feu arrière à LED du fourgon, haute intensité.

D'un ton menaçant, il siffle :

— Merde ! Je peux pas le croire.

— Quoi ?

— Juste sous notre nez. Ce qu'on appelle en évidence.

Il hésite, le regard fixé sur le feu arrière gauche, les mains dans le dos, son habitude lorsqu'il veut être certain qu'il ne touchera pas quelque chose.

— Vous pouvez me passer un gant propre, Doc ?

J'en arrache une paire de la boîte et la lui tends. Je me penche du fourgon et me fais saucer par la pluie qui n'a pas perdu en hargne. Elle dégouline le long de mon visage et sur ma nuque. Je compte les vis qui manquent dans la monture de chrome du feu gauche. Cinq. Celle qui demeure est rayée.

31

Les coups de tonnerre éclatent. La pluie éclabousse les grosses baskets en cuir noir de Marino.

Il est en conversation avec un certain Al Jacks, qu'on a baptisé Ajax. Je parviens à saisir l'essentiel des questions de l'ancien Navy SEAL à propos de la maison. Pourquoi Marino pense-t-il qu'il puisse y avoir quelqu'un à l'intérieur ? Hyde pourrait-il s'y trouver ? Blessé ou pris en otage ? J'assiste à l'échange, installée à l'arrière du fourgon. Le grand flic requiert formellement l'assistance du SWAT, une unité spécialisée dans les opérations à haut risque. Son oreillette émet des flashs bleus dans le tumulte du déluge. Je suis consciente des responsabilités qu'endosse Marino.

Si l'équipe des opérations spéciales débarque dans cette demeure luxueuse, il sera très embarrassant et ardu de justifier leur intervention, dans l'éventualité où celle-ci se révélerait superflue. De plus, un étalage de force aussi spectaculaire deviendra une autre épine dans le pied lorsque nous devrons nous expliquer avec la très riche mère hollywoodienne de Chanel Gilbert. Elle est d'ores et déjà un paramètre majeur à considérer. Je n'en doute pas.

Marino poursuit sa conversation téléphonique et décrit le feu arrière endommagé :

— Il est assemblé avec des vis cruciformes inoxydables n° 1. Mais on dirait que quelqu'un a utilisé un
tournevis plat, ou n° 2, peut-être un couteau, ou je ne
sais quoi. Une seule vis est restée en place, et la tête
est esquintée comme si quelqu'un s'était servi d'un
outil inadapté.

Je m'imagine Carrie Grethen. Utiliserait-elle un
tournevis inadéquat ? Ça ne lui ressemble pas. Néanmoins, qui d'autre aurait pu déposer un présent aussi
révoltant, et quelle sera la suite de l'histoire ?

Marino revient à Hyde, le regard tourné vers la maison silencieuse et obscure :

— D'accord, j'ai conscience que c'est peu probable,
mais ouais, je pense qu'il faut pas exclure la possibilité
qu'il soit à l'intérieur. D'un autre côté, comment il
serait entré ? Je ne lui ai pas laissé la clé. Admettons
qu'il soit à l'intérieur, dans l'incapacité de se manifester. Dans ce cas, qu'est devenue sa bagnole ? Ouais,
ouais. Exactement. C'est tout ce que je demande. Faut
s'assurer que tout baigne dans la baraque, mais en
marchant sur des œufs. Je veux qu'on fasse vraiment
gaffe aux infos qui pourraient filtrer. Faut pas que ça
se transforme en foutu carnaval dans une maison à
plusieurs millions de dollars, juste à côté du campus
de Harvard.

Marino lui recommande d'apporter plusieurs vêtements secs et précise que je fais une taille masculine
médium avant que je ne puisse intervenir pour rectifier. Je vais nager dedans. Il met un terme à l'appel et
compose un autre numéro. Je comprends qu'il s'entretient avec son contact de la compagnie de téléphone,
sans doute le manager des opérations techniques, à

qui il s'adresse lorsqu'il veut un mandat ou espère s'en passer. Marino lui communique deux numéros de mobiles dont je suppose qu'ils correspondent aux appareils de Hyde et de Lapin. Il veut connaître leur localisation.

Il se bagarre ensuite avec ses gants de nitrile qu'il ne parvient pas à enfiler sur ses mains trempées et commente :

— Ça devrait prendre quinze à vingt minutes avant qu'on apprenne quelque chose, Doc. Et je peux vous dire que je me sens déjà comme une merde. J'espère que j'ai pas fait une connerie. D'ailleurs, j'ai l'impression que rien de ce qu'on pourrait faire en ce moment ne collera. Si on ne fait rien, c'est pas bien. Si on reste dehors dans l'allée privée, c'est pas bien. Si on pénètre à l'intérieur de la maison, c'est pas bien. Si on demande de l'aide, c'est pas bien. Mais si on n'en demande pas, c'est pas bien non plus. Y a rien de rien qu'on puisse faire, qui paraisse tenir à peu près debout, sauf d'attendre Ajax et ses gars.

Il dévisse complètement le feu et pose l'armature sur le pare-chocs. Nous sommes si isolés et vulnérables, à un point que je n'avais pas admis jusque-là. Cependant, si quelqu'un avait voulu nous abattre, ce serait déjà fait. Si Carrie avait dans l'idée de nous descendre à cette seconde même, elle n'hésiterait pas. Je n'ai jamais cru, au fond, que nous pouvions l'arrêter. Lorsque nous avons conclu, il y a des années, qu'elle était morte, nous ne nous sommes pas sentis responsables de ce décès, nous ne nous sommes pas congratulés. Nous avons juste pensé que nous avions de la chance. Nous avons remercié la providence.

Marino explose :

— Et merde ! L'ampoule a disparu. Derrière la douille, il y a un trou de passage pour des fils électriques et je parierais que c'est par là que la flèche a été poussée à l'intérieur. Du coup, elle se retrouve où vous l'avez découverte, au sol, dans le placard de gauche.

— Et je me suis promenée avec un feu arrière manquant ? C'est la preuve que le fourgon n'est pas dans cet état depuis très longtemps.

— Exact. Le problème, c'est quand ce bidouillage a eu lieu ? Personne n'aurait pu enlever les vis et l'ampoule alors que le véhicule était garé dans l'allée privée de Lucy. Sauf si le FBI s'en est chargé.

Je m'accroupis non loin du placard ouvert et me souviens de ce que ma nièce m'a confié, de l'obsession de Carrie pour la technologie de l'invisibilité. J'argumente :

— Introduire des preuves fallacieuses, altérer une propriété fédérale ? J'espère que le FBI ne se rendrait pas responsable d'une chose aussi stupide et inacceptable.

Je jette un regard autour de moi, comme si Carrie était transparente. Les rafales de vent ballottent le fourgon et l'eau dévale sur une partition changeante. Elle fouette, s'abat, tambourine, se déverse. Le grand flic s'est voûté dans l'espoir de se protéger un peu des éléments déchaînés. Je suis épargnée pour l'instant. Je braque ma torche dans le placard, balayant l'orifice de passage du puissant faisceau lumineux, les piles de serviettes bleues bon marché, liées d'une ficelle. Le sol d'acier s'illumine. Et je remarque autre chose.

Une touffe de poussière, ce que l'on appelle un mouton. Elle a l'aspect d'une grosse olive duveteuse, comme les peluches que l'on récupère dans un sèche-linge.

J'enfile une paire de gants neufs et utilise le dos adhésif d'un Post-it pour ramasser cet échantillon dont je suis convaincue qu'il s'avérera un véritable trésor, une décharge microscopique de débris. Des fibres, des cheveux et des poils, des fragments d'insectes et d'autres particules, de quelque nature qu'elles soient. Une chose est sûre, ce mouton ne peut pas provenir d'un de mes véhicules du CFC. Il ne peut pas avoir pour origine les labos, ou le parking entouré d'un haut grillage noir, réputé impossible à escalader. Je scelle la boule de poussière dans un sachet de plastique et elle rejoint le placard où j'ai déjà rangé la flèche et le métamatériau. J'appelle ensuite mon chef du personnel.

Bryce et moi échangeons des considérations inutiles sur le respect de la chaîne des indices durant une bonne minute, mais je n'ai pas la patience de supporter son incessant bavardage. Je ne cesse de l'interrompre. Le Centre de sciences légales de Cambridge s'élève à moins de dix minutes d'ici, et je veux que l'on échange le fourgon contre un SUV. Que Rusty et Harold s'en occupent aussitôt. Je le prie de me pardonner pour ce surcroît de travail, mais il faut que mon véhicule soit immédiatement remorqué au Centre. La chaîne des indices doit être préservée. Pas seulement les pièces à conviction qu'il renferme, le fourgon aussi.

Bryce répète :

— Je ne comprends pas, docteur Scarpetta. Vous l'avez souligné vous-même, vous êtes à dix minutes du Centre. Vous êtes sûre que Marino et vous ne pouvez pas le ramener lorsque vous en aurez fini ? Je veux dire, vous rentrez ici, non ? Je n'essaye pas de rendre la situation plus compliquée, mais on a du boulot par-dessus la tête. Surtout que vous n'êtes pas là, avec tous les cas de la journée, et Luke qui commence à peine sa troisième autopsie, alors qu'Harold et Rusty nettoient les postes de travail, suturent les cadavres pour tous les médecins. Et vous décidez de nous sortir ce nouveau squelette du placard, si je puis m'exprimer ainsi ? Vous vous souvenez de celui de la semaine dernière ?...

— Bryce...

— Les restes qu'on a retrouvés sur Revere Beach ? Les anthropologues viennent juste de faire connaître les résultats de l'ADN, et c'est clair qu'il s'agit bien de la fille qui a disparu de son hangar à bateaux, non loin de l'aquarium, l'année dernière. Ils ont étalé ses os, on croirait un mikado, et...

— Bryce, s'il vous plaît, taisez-vous et écoutez-moi. Il semble que le fourgon ait été vandalisé. Je veux qu'il soit remorqué dans la baie et passé au peigne fin. De plus, j'ai entreposé des pièces à conviction dans une armoire et elles doivent être transmises le plus vite possible aux labos.

Je lui donne ensuite la liste des tâches que devront accomplir en première urgence les scientifiques.

Je me tiens debout à l'arrière du véhicule et Marino se voûte de plus en plus pour tenter de se protéger de l'incessante pluie. J'ajoute :

— Il semble qu'il y ait des traces de matériaux biologiques – du sang et des tissus –, et je veux l'empreinte ADN très rapidement. Que le labo des traces s'y mette aussi parce que j'ai détecté de la poussière, de la terre, des fibres et un matériau inconnu qui évoque à première vue du quartz. Ajoutez à cela des marques d'outil sur une vis.

— Du quartz et une vis ? Oh, mon Dieu, quelle excitation !

— Demandez à Ernie de s'y coller toutes affaires cessantes.

Ernie Koppel est mon ingénieur spécialisé dans la recherche de traces. Il s'agit d'un époustouflant microscopiste, un des meilleurs.

La voix de Bryce se déverse dans mon oreillette :

— Je lui envoie un texto pendant que nous parlons. Et, à propos ? C'est quoi ce vacarme que j'entends ? On dirait qu'un batteur fou se déchaîne.

— Jetez un regard par la fenêtre.

Quelques secondes de silence. Je l'imagine s'approchant de la baie vitrée, puis sa voix surprise déclare :

— Eh ben, c'est quelque chose ! L'acoustique est si parfaite dans cet immeuble que je n'entendrais pas un tremblement de terre. En plus, j'avais baissé mes stores parce que la vue du parking est d'un déprimant ! Et bingo, on est en pleine inondation. Je préviens Jen pour qu'elle se charge du transfert du fourgon, si ça vous va.

Pas vraiment. Jen Garate est l'enquêtrice médico-légale que j'ai engagée l'année dernière, lorsque Marino m'a donné sa démission du CFC pour rejoindre le département de police de Cambridge. Elle n'a pas la carrure pour le remplacer, et n'y parviendra jamais. Un mauvais choix que cette femme moulée dans ses vêtements, tape-à-l'œil, et qui manifeste un insatiable besoin d'attention. J'ai énormément de mal à tolérer sa désinvolture et le fait qu'elle flirte sans retenue. J'avais commencé à réfléchir au moyen de la congédier, mais l'été ne m'en a pas laissé l'opportunité.

Je cède pourtant :

— D'accord, Bryce. Expliquez-lui qu'une unité d'intervention est en route et qu'elle ne doit pas interférer avec leur travail, ni gêner leur véhicule.

— Unité d'intervention comme dans SWAT ?

— De grâce, Bryce, contentez-vous de m'écouter. Je vais garer le fourgon du mieux possible pour dégager la voie, de sorte qu'elle puisse le dépasser et abandonner le SUV devant. Ensuite, elle peut repartir, et moi aussi. Elle ne doit pas pénétrer à l'intérieur de la maison. Qu'elle m'appelle dès son arrivée, et nous échangerons les clés des véhicules à la porte de la cuisine.

Bryce parle d'un trait, et ne semble pas respirer entre ses phrases :

— Bien reçu. Je viens juste de l'avertir qu'elle doit vous rejoindre dans l'une de ces voitures amphibies qu'ils utilisent dans les parcs d'attractions… non, je rigole ! D'un autre côté, c'est trop injuste. J'ai fait nettoyer toute notre flotte l'autre jour. Ça brillait, c'était beau, blanc, et ce truc me tombe dessus ?

— En effet, vous vous occupez à la perfection de nos véhicules. Pour cette raison, je suis presque certaine que l'échantillon de poussière que j'ai ramassé ne provenait pas du fourgon, mais qu'il y a été transféré. Il est important que vous le signaliez à Ernie.

La voix de Bryce se fait tendre, et on dirait qu'il évoque son animal de compagnie favori lorsqu'il déclare :

— Oh, j'adore les moutons de poussière ! Enfin, je veux dire, tant qu'ils ne sont pas chez moi. Quoi qu'il en soit, qui sait l'histoire que nous racontera votre petit mouton ? Des cheveux, de la fourrure, des cellules de peau, des fibres, des petits trucs et des machins, des choses qu'on ne nomme pas, bref, tous les débris que les gens traînent partout.

Je lui indique ensuite qu'il doit expliquer à Ernie que j'ai découvert un projectile inhabituel, une flèche déposée à l'arrière du fourgon, sur laquelle j'ai pu détecter à la loupe de la terre, des débris, et des traces de colle.

J'ajoute :

— Sur la flèche, et peut-être sur le mouton de poussière. Si tel est bien le cas, cela suggérerait qu'ils proviennent de la même source. Ils ont pu se trouver au même endroit à un moment donné. Nous devrions être capables de nous prononcer grâce à la microscopie et à la spectroscopie à rayons X. Nous obtiendrons des informations chimiques et élémentaires en plus.

— Bien reçu. J'expliquerai tout cela à Ernie, mot pour mot. Je sais qu'Anne lui a déjà envoyé quelque chose. Enfin, elle ne lui a pas *envoyé*. On en revient à l'intégrité de la chaîne des indices. Elle a procédé selon les règles. Elle s'est rendue dans son labo, a demandé un reçu, etc., pour que personne ne puisse l'épingler au tribunal. Tout ça pour vous dire qu'on garde le bateau en vous attendant.

Mon chef du personnel, bavard compulsif, qui sème ses phrases de points d'interrogation, est connu pour ses lapsus et ses expressions bancales. J'utilise une technique très diplomate pour le corriger. D'ailleurs, il ne s'en aperçoit jamais. Je me contente de répéter ce qu'il vient dire en substituant un ou deux mots.

Je reprends donc :

— Je vous remercie de garder le fort. Tant que vous y êtes, j'aimerais que les enregistrements de sécurité du CFC soient étudiés et que l'on cherche si quelqu'un a pu pénétrer dans notre parking pour trafiquer le fourgon ou un autre véhicule.

— Et comment passerait-il par-dessus le grillage ou par la grille d'entrée ?

— Excellente question, mais sinon je ne vois pas où l'intervention aurait pu avoir lieu. Quel jour avez-vous fait nettoyer notre flotte ?

— Laissez-moi réfléchir. On est vendredi. Alors avant-hier. Mercredi.

— On peut en déduire que les dommages ont été perpétrés pendant ou après que le fourgon a été nettoyé de fond en comble. En effet, dans le cas contraire, l'armature chromée qui ne tenait plus que par une vis aurait été remarquée. Qu'a apporté Anne à Ernie ? A-t-elle découvert quelque chose d'intéressant ?

— Oh, j'ai hâte de me ruer dans son labo et de lui demander.

J'abrège la communication et dis à Marino :

— Il n'y a pas de moutons dans nos fourgons ou fourgonnettes.

Je descends, et j'ai l'impression de me retrouver sous une cascade. Je poursuis :

— Vous savez mieux que quiconque que nous lavons et décontaminons avec soin tous nos véhicules, intérieur et extérieur. La présence de boules de poussière, de toiles d'araignée ou autre est impensable.

— Mais, enfin, de quoi vous parlez ?

Le cabochon du feu arrière, la garniture d'étanchéité, le joint, l'armature, le bloc, tout pend sur la carrosserie, retenu par le câble.

— Avez-vous écouté ce que je venais de dire à Bryce ?

— On n'entend rien à l'extérieur. On se croirait dans un tambour de machine à laver. Bon, c'est clair qu'on a bricolé ce truc afin de glisser quelque chose à l'intérieur du fourgon. La personne en question devait avoir quelques connaissances en mécanique et être familiarisée avec ce type de véhicule.

J'ai aussi l'impression d'être sous la douche. Je précise :

— Plus spécifiquement avec celui-ci.

— Ouais, d'accord. Quand vous optez pour un gros utilitaire que vous utilisez aussi comme bureau mobile et poste de commande, ça sera toujours un quarante-quatre-dix. (Il fait référence aux quatre derniers chiffres de la plaque minéralogique.) Si tant est qu'il soit disponible, en bon état, réservoir plein. Quiconque vous connaît bien se doute que votre premier choix sera un quarante-quatre-dix lorsque vous vous rendrez sur une scène complexe.

— D'autant que j'ai réquisitionné ce fourgon en particulier ce matin, puisque je me doutais que l'af-

faire Chanel Gilbert se révélerait difficile et chrono-
phage. Même si, à ce moment, nous pensions à un
accident domestique, nous nous retrouvions tout de
même avec une scène ensanglantée et beaucoup de
questions. Une victime qui n'est pas n'importe qui,
et dans un des quartiers les plus huppés de Cambridge. S'ensuivent de potentielles complications
politiques.

— En d'autres termes, ce véhicule était le candidat
de choix pour être trafiqué.

Je me rapproche du grand flic.

Je patauge dans une flaque et l'eau monte jusqu'à
mes lacets. J'examine le contour rectangulaire du
châssis de métal blanc dans lequel est fixé le bloc. Je
détaille le trou d'où sortent des câbles gainés de plastique. Marino a raison. La flèche pouvait passer sans
problème par cet orifice.

J'hésite :

— S'il s'agit du point d'entrée. C'est important,
parce que cela suggère que la personne responsable…

— On sait qui ! Pourquoi on prétendrait que c'est
pas elle ? Qui d'autre ça pourrait être ?

— Je m'efforce d'être objective.

— Vous cassez pas la tête avec ça.

— Ce que je voulais dire, c'est qu'elle n'avait pas
besoin de pénétrer à l'intérieur du fourgon, ni d'avoir
une clé.

— Juste. Elle n'a eu qu'à enlever le cabochon,
à dégager le bloc, et elle est arrivée sur le trou et
le passe-câbles. On se retrouve avec une brèche, un
moyen de faire pénétrer un objet à l'intérieur du four-

gon sans avoir besoin d'ouvrir. À partir de là, c'était du gâteau de pousser la flèche puis de repositionner le feu. (Il joint le geste à la parole.) Trois secondes, et le tour était joué.

— Et ce démontage a été perpétré lorsque nous étions garés dans l'allée privée de Lucy.

— Non, je pense que le feu arrière a été saboté plus tôt, peut-être lorsque le fourgon se trouvait dans le parking du CFC. Je doute qu'on ait glissé la flèche plus tôt, parce qu'on l'aurait entendue rouler. On se balade dans ce foutu truc depuis qu'on s'est retrouvés dans vos bureaux tôt ce matin. On n'a rien remarqué avant de prendre le chemin du retour.

Je demande :

— Vous voulez envelopper le feu maintenant ?

Marino approuve. On retrouvera des marques d'outils. Ernie fera des comparaisons avec celles que nous avons découvertes sur d'autres cadeaux de Carrie. Les balles de cuivre. Les douilles. Des pièces de monnaie polies dans un tambour puis alignées sur le muret de ma cour le jour de mon anniversaire, le 12 juin. Les flèches avec lesquelles elle a tué les plongeurs de la police et m'a blessée trois jours plus tard. Je remonte à l'arrière du fourgon. J'enfile des gants propres et Marino me tend les différents éléments du feu arrière. Je déchire d'autres bouts d'épais papier blanc du rouleau posé sur une paillasse. L'eau dégouline de mes vêtements sur le plancher d'acier.

Il parle fort et constate :

— On se rend compte qu'il n'y a plus qu'une vis que lorsqu'on regarde de près. Mais le bloc serait tombé assez rapidement, si par exemple vous rouliez trop vite sur une bosse ou un nid-de-poule.

Il lève le visage vers le ciel noir, et des vagues d'eau s'abattent sur lui. Il souffle :

— Bordel ! Même un canard finirait par se noyer.

32

Je referme d'un geste sec les deux battants et les verrouille. Après un regard alentour, je contourne le véhicule et rejoins la cabine sous la pluie drue.

Un peu plus loin, les voitures roulent lentement dans Brattle Street, leurs codes trouant la brume. J'attends l'unité d'intervention. Elle ne devrait plus tarder. Pourtant, tout semble traîner en longueur. Le vent prend d'assaut la demeure et mugit. Les arbres s'inclinent et protestent et l'on pourrait croire que nous violons une sorte de sanctuaire peuplé d'esprits. Marino et moi nous installons à nouveau dans l'habitacle. Nous sommes trempés jusqu'aux os au point que l'agacement n'a plus lieu d'être. L'arrivée proche des renforts ne me rassure pas. Je ne me sens pas en sécurité.

Peu importe qui nous épaulera, la police ou le SWAT. Rien ne peut m'apaiser parce que je sais que nous n'avons plus la main sur les événements. Nous ne décidons plus. Même lorsqu'une idée surgit, peut-être découvrirons-nous qu'elle fut inspirée par une tierce personne.

On nous manipule, un être plus retors que nous, et Marino le perçoit aussi. Depuis que je l'ai informé de l'existence des vidéos, il a admis que lorsque nous

nous sommes retrouvés ce matin, nous ignorions encore que la journée appartiendrait à Carrie Grethen. C'est indiscutable et elle doit se défoncer grâce à sa mise en scène diabolique.

Installé sur le siège passager, Marino jette :

— C'est ce qu'on appelle se faire entuber ! On peut aller nulle part, pas même à l'intérieur de la maison. On ne peut pas non plus rester plantés dans l'allée privée, à moins d'avoir envie de se noyer ou de se transformer en cible clignotante. Donc, on est coincés dans votre fourgon. On aura passé presque toute cette foutue journée bouclés là-dedans. J'espère juste qu'on en sera libérés avant demain !

Ses geignardises me laissent de marbre. Je tente d'y voir clair :

— Elle a dû placer la flèche avant que l'orage n'éclate. Avec le FBI à proximité ?

Mais comment cela serait-il possible ? Serait-elle invisible ? Est-ce ce qu'a suggéré Lucy ? Carrie a-t-elle de nouveaux tours dans son sac depuis qu'elle m'a presque mutilée en Floride ?

Marino allume une cigarette et je tourne la clé de contact pour qu'il baisse un peu sa vitre.

— Ouais, avec le foutu FBI dans les parages. D'un autre côté, personne n'y arriverait sans être capté par les caméras de surveillance de Lucy.

— Pas sûr, si quelqu'un sait où elles sont installées, et connaît le périmètre qu'elles balaient. Ou alors, si cette personne pirate le système et parvient à le déjouer, d'une façon ou d'une autre. Peut-être existe-t-il d'autres explications.

Je songe au métamatériau.

— Bon, je suppose que la manière dont vous vous êtes garée, à cause de ce connard du FBI qui nous barrait la route, a un peu bouché la vue de l'arrière du fourgon. Faudra demander à Lucy si elle peut nous donner un coup de main sur ce coup. Ou alors Janet.

— Il semble qu'hier et aujourd'hui, les capteurs de mouvement aient été activés sans que les caméras enregistrent. D'après Lucy, vers 4 heures du matin.

Il fait tomber une cendre par l'interstice en haut de la vitre et suggère :

— Peut-être un écureuil, un lapin, un animal assez ras du sol ?

— Cela ne déclencherait pas les capteurs de mouvement. Quelque chose était là-bas, sans y être. Lucy ne comprend pas.

— Ça, j'y croirai jamais, qu'elle comprenne pas un truc. Erin Loria doit savoir si les caméras ont relevé quelque chose.

— Je suis bien certaine qu'elle en sait beaucoup.

Je ne peux me défendre de ressentir de l'hostilité à son endroit, et me rends compte à quel point je l'apprécie peu et lui en veux.

J'allume l'antibuée et lance les essuie-glaces. Il déclare :

— Vous pouvez parier qu'elle a surveillé les écrans et visionné les enregistrements. Peut-être qu'elle a vu un machin qui pourrait nous aider.

Soudain, une question me traverse l'esprit : à quel point Marino se souvient-il du stage de ma nièce à Quantico ? Je tâte le terrain :

— Je ne lui demanderai rien, jamais ! Elle a été recrutée comme agent alors que Lucy séjournait dans le dortoir Washington. Elles occupaient le même étage.

— Je peux pas dire que Loria m'ait évoqué grand-chose lorsque je l'ai vue ce matin. D'un autre côté, y a pas de raisons que je l'ai rencontrée à cette époque. Je venais pas souvent à Quantico, sauf quand on travaillait ensemble sur des affaires, que je vous y retrouvais. Du coup, pourquoi j'aurais connu Loria ?

— En effet. Toutefois, si j'en crois les vidéos, Carrie et elle ont peut-être été amantes.

Je lui explique ensuite que Carrie et Lucy ont eu leur pire bagarre et ont, peut-être, rompu à cause de l'ancienne reine de beauté du Tennessee, qui a pris la tête d'un raid sur la propriété de ma nièce et est aujourd'hui mariée à un juge fédéral.

Marino s'absorbe dans la contemplation de ses mollets trempés et entreprend de les débarrasser de la terre et des débris d'herbes et de feuilles qui y adhèrent.

— Avec des agents qui grouillaient dans tous les coins, un hélicoptère en vol quasi stationnaire ? En plus de nous qui allions et venions ? Et elle aurait introduit une supposée arme de crime dans votre fourgon ? (Je comprends qu'il ne discute plus d'Erin Loria, mais revient à Carrie Grethen.) Pour quoi faire ? Nous filer un coup de main ? Nous orienter vers une autre scène de crime dont on ne sait encore rien ?

— En ce cas, demandons-nous quelle scène elle pourrait connaître avant nous. Et je vote pour cette maison.

Je passe la marche arrière et jette un regard dans les rétroviseurs.

Je recule, m'avance un peu, je manœuvre en tentant de m'écarter au maximum de l'allée privée sans toutefois écraser les massifs, les buissons ou les arbrisseaux. Je souligne à nouveau que nous ne devons pas exclure que Carrie ait tout planifié, concocté le moindre détail des événements de la journée, dont la scène d'homicide de Brattle Street. Elle savait que je m'y rendrais, et quel véhicule j'emprunterais.

Je poursuis ma démonstration :

— Je suis en ville. Quiconque me surveillerait le saurait. Je suis de retour dans mes bureaux, et j'ai repris mes habitudes de travail depuis deux semaines.

— Elle est au courant si elle a pénétré dans le système informatique du CFC.

— Impossible, selon Lucy.

— Je m'en fous de ce que dit Lucy. Ça veut pas dire que c'est faux. Pas si on prend en compte le spécimen en question.

— D'accord, Marino, admettons que notre base de données ait été piratée par Carrie. Dans ce cas, en effet, elle connaîtrait mes déplacements dans le détail.

— Votre emploi du temps, tout est électronique.

Je jette à nouveau un regard dans mes rétroviseurs et suis surprise par l'apparition d'un Suburban totalement noir avec des vitres teintées aussi sombres que les yeux de Dark Vador.

J'ai l'impression que le menaçant SUV a été parachuté de nulle part. Il est garé derrière nous, feux éteints, avertisseur sonore muet. Je n'entends pas le bruit de son moteur, peut-être noyé par les éclats du tonnerre et le grondement de mon diesel.

Les portières du Suburban s'ouvrent dans un bel ensemble et Marino lance :

— Je vais devoir les laisser entrer dans la maison, et vous, vous restez bien sagement ici.

Il ouvre à son tour sa portière et brandit sa cigarette à l'extérieur, afin que la pluie l'éteigne. Il jette ensuite le mégot trempé dans la bouteille d'eau vide.

— Non, je ne resterai pas derrière le volant, seule, pendant votre absence.

— Vous partez pas en vadrouille n'importe où.

Il descend pour accueillir les quatre hommes du SWAT, qui ont revêtu leur tenue tactique intégrale. Ils ont repoussé leurs binoculaires adaptés à la vision de nuit en haut de leurs casques. Leurs armes d'assaut M-4 barrent leurs poitrines et sont équipées de visées laser vert, dont le faisceau est visible de jour ou de nuit.

Marino m'intime :

— Vous me quittez pas d'une semelle !

Le chef d'équipe, Ajax, est un homme jeune, massif. Il est séduisant, d'une façon assez inquiétante, avec une mâchoire carrée, des yeux gris indéchiffrables, et de courts cheveux bruns. J'identifie aussitôt la zone arrondie qui s'étale sur sa joue droite, cicatrice laissée par la pénétration d'un projectile. Il me jette à peine un regard avant de tendre à Marino un sac-poubelle noir qui renferme, à l'évidence, quelque chose de volumineux. Les habituels échanges de bons mots, de plaisanteries ou de petites vannes amicales ne semblent pas de circonstance.

Personne ne sourit. Le plan est limpide. Son équipe va passer la maison au peigne fin pour s'assurer qu'elle ne recèle aucun danger et nous n'interviendrons pas. L'inspection devrait durer une quinzaine de minutes, en fonction de ce qu'ils trouveront. Nous les accompagnons jusqu'à l'entrée. Nous enjambons le bout de ruban jaune. Une fois en haut des marches, Marino plonge la main dans l'une de ses poches pour en extraire une clé à laquelle se balance une étiquette de pièce à conviction. Le bip d'avertissement de l'alarme se déclenche dès qu'il ouvre la porte.

L'odeur nauséabonde nous fouette aussitôt le visage. Le grand flic commente :

— Au moins, un bon point. *A priori*, aucun intrus n'a pénétré après notre départ, sauf s'il possédait le code.

Il referme la porte derrière nous et le lourd battant lâche un son creux dans le silence ponctué par le tic-tac des horloges. Les quatre officiers sont agiles, à l'aise, en dépit de leurs bottes. Ils se répartissent par paires et s'avancent dans le couloir central, puis grimpent l'escalier, leurs armes à portée de main, prêtes au feu. Ils nous abandonnent, Marino et moi. Le grand flic dépose nos mallettes de scène de crime et ouvre le sac-poubelle. Il en tire des vêtements de terrain pliés qu'il empile sur le sol.

De petites mares se forment autour de mes bottines trempées. Je reste non loin de la porte fermée. Je me

413

fais la réflexion que je n'ai pas entendu les horloges ce matin.

TIC-TAC, TIC-TAC.

Je détaille l'escabeau toujours debout, la nappe de sang sec que nous avons distinguée, de petits fanions orange pour les indices. Ils frissonnent sous l'air très frais qui souffle des bouches de ventilation. J'écoute le morne crépitement de la pluie sur le toit d'ardoises. Le bruit des horloges me semble insistant.

TIC-TAC, TIC-TAC.

Un son fort, déconcertant. Mon regard se pose sur les éclats de verre des ampoules et du vieux lustre de cristal. On s'est débrouillé pour que nous pensions que Chanel Gilbert l'avait brisé en perdant l'équilibre et en tombant au sol. Voilà ce que l'on veut nous faire accepter. Vraiment ? Le plan consistait-il à nous piéger ? Ou alors, consiste-t-il à nous faire comprendre que nous sommes piégés ? Peut-être les deux. Tout se mélange. Je détaille la base en argent du lustre avec ses deux douilles orphelines. J'en reviens à l'ampoule qu'on a enlevée du feu arrière de mon fourgon. J'en reviens à Carrie. J'ai presque l'impression qu'elle m'a infectée. Qu'elle a pris les rênes de ma vie. Mon cœur s'emballe. J'écoute les pendules.

TIC-TAC, TIC-TAC, TIC-TAC.

Les échardes de verre étincellent. En revanche, la luminescence bleue assez sinistre du réactif que j'ai vaporisé ce matin a disparu. Cette zone du marbre blanc est à nouveau vierge, indemne de souillures. Marino avait remis l'air conditionné en marche avant que nous ne quittions la maison, et je grelotte presque dans mes vêtements trempés. Je fais quelques pas, et me reconnais à peine dans le miroir baroque scellé à droite de la porte principale. Je détaille la femme qui me renvoie mon regard dans le miroir ancien dont le tain s'est abîmé et le cadre de feuilles d'acanthe dorées s'est écaillé.

Je contemple mon reflet, celui d'une presque inconnue. Mes cheveux blonds courts sont mouillés, plaqués sur la tête et font ressortir mes méplats affirmés, volontaires, plus que je n'imaginais. Mes yeux semblent d'un bleu plus sombre, un bleu meurtri qui traduit bien mon humeur sinistre. Je détecte la tension des muscles de mon front, de ma bouche. Mes vêtements de terrain bleu marine, brodés de l'insigne du CFC, détrempés, collent à ma peau. Je ressemble à un chat errant, à une apparition, et je m'écarte de la glace.

Je dépasse l'escalier et m'immobilise à l'entrée du salon. Je comprends aussitôt ce que Marino voulait dire lorsqu'il a évoqué les intérêts inhabituels de Chanel Gilbert, ou d'une autre personne. De chaque côté d'une profonde cheminée en pierre sont installés d'antiques rouets sur trépieds, équipés de sièges en bois. J'en repère un autre non loin du canapé. Je contemple les sabliers et les épaisses chandelles qui parsèment le manteau de la cheminée, des tables, et compte les horloges. Au moins six. Horloges de mur ou à pied, pendulettes d'étagère. Je me tiens dans l'embrasure de la porte et aperçois leurs cadrans – faces pâles, lunaires –, leurs aiguilles ciselées qui toutes indiquent la même heure : 1 h 20.

Tendant l'oreille pour capter les autres bruits de la maison, je demande à Marino :

— Avez-vous remarqué les horloges ce matin ?

Je ne perçois aucun mouvement ou bruit de pas, aucun échange de paroles émanant de l'équipe d'intervention. Les hommes sont si discrets qu'on finit par oublier leur présence. Seuls le soufflement de l'air conditionné et l'écho des horloges perturbent le silence.

TIC-TAC, TIC-TAC.

Je persiste :

— Les aviez-vous remarquées ? Moi pas. Étrange.

Marino s'est immobilisé entre l'escalier et la porte qui ouvre en dessous, menant à la cave. Il répond :

— J'me souviens pas. J'avais autre chose à penser.

— Je suis presque certaine que je les aurais entendues. En tout cas, ça me surprend que cela ne vous dise rien.

Marino fixe le plafond, la tête inclinée, l'oreille aux aguets, la main droite sur la crosse de son arme pour toute réponse. Il pense la même chose que moi. Ajax et son équipe sont silencieux. Beaucoup trop. Si quelque chose s'est produit, nous serons les prochains. Une certaine résignation m'envahit, un sentiment enfoui au plus profond de moi auquel je ne m'intéresse que peu. Cependant, il est ancré, familier. Ni particulièrement triste ni trop désagréable, plutôt une sorte de vieille connaissance, de consentement tacite selon lequel je peux tenir mon sort entre mes mains et rester imperturbable.

Tu ne peux pas me détruire si cela m'est indifférent.

Peut-être cette journée sera-t-elle la dernière et si le destin en a décidé ainsi, peu importe. Je m'acharnerai à prévenir ce que je peux. Il s'agit de la mission de ma vie. Je sais comment accepter la fin, me résigner devant l'irrémédiable. Je ne veux pas mourir. Cependant, je refuse de craindre la mort. J'attends, sans terreur, surtout parce qu'il n'existe aucune logique à lutter contre une tragédie avant qu'elle ne survienne.

J'écoute. Marino finit par répondre :

— Ben, en fait, je me souviens pas de les avoir entendues, mais je les ai vues quand j'ai fait un tour dans la pièce. Je suis presque certain qu'elles indiquaient une heure différente.

Mon attente se précise. Je patiente pour ce qui doit arriver.

Quelque chose va se produire. Ou alors est déjà survenu.

Marino complète :

— J'ai remarqué ça quand j'étais dans le salon. J'en croyais pas mes yeux en découvrant toute cette merde bizarroïde, les rouets, les petites croix fabriquées à partir de clous d'acier, les fils rouges, les sabliers. Plus j'y pense, Doc, moins je pourrais jurer que les horloges fonctionnaient.

J'écoute. J'écoute avec attention. Rien, hormis le souffle de l'air conditionné et le tic-tac.

— En tout cas, maintenant elles fonctionnent. Or ces horloges et ces pendules anciennes doivent être remontées à la main. Il faut sans arrêt les ajuster si on veut qu'elles indiquent la même heure.

— Bref, quelqu'un a pénétré ici.

— Oui.

— Quelqu'un qui possédait une clé et le code de l'alarme.

— C'est probable.

— Non, pas probable. C'est certain, sauf si on parle d'un fantôme capable de traverser les murs.

Je perçois son agitation, sa nervosité, alors qu'il consulte le répertoire de son téléphone.

33

Nous devrions partir. Je reste à proximité de la porte principale, aux aguets, dans l'espoir d'entendre un des membres de l'équipe d'intervention. Aucun écho de voix, d'une porte qui s'ouvre ou se referme, pas même le grincement d'une latte de parquet. Juste le vent, la pluie, les horloges qui égrainent les secondes. Je jette un regard à ma montre. L'unité SWAT est dans les lieux depuis six minutes. On dirait que les quatre hommes se sont volatilisés.

TIC-TAC, TIC-TAC...

Marino et moi n'avons plus qu'à sortir sous l'orage. Nous serions plus en sécurité qu'ici, du moins est-ce mon intuition. Je regarde son large dos. Il discute avec l'un de ses contacts, une autre femme *a priori*, et je comprends qu'il s'entretient avec une employée de la compagnie de sécurité choisie par Chanel Gilbert.

Le grand flic hoche la tête :

— Attendez, je vais répéter ça. On va l'écrire.

Sous-entendu : je vais prendre des notes. Je tire mon calepin et un stylo de mon sac, frôlant à nouveau mon arme. Je la récupère et la dépose sur le couvercle d'une mallette de scène de crime.

Il a baptisé son interlocutrice « ma cocotte », et annonce :

— Bon, donc l'alarme a été activée à 10 h 28 ce matin. Pas d'autres opérations jusqu'à 13 h 25, quand je l'ai désactivée.

Ils discutent encore quelques instants. Puis Marino raccroche et me lance :

— Et comment on explique un truc pareil ? J'arme le système de sécurité à notre départ, à 10 h 28, et le désarme quelques minutes après notre retour. En d'autres termes, personne n'est intervenu depuis au moins trois heures, sauf moi. Ce que je voudrais comprendre, c'est comment quelqu'un a pu pénétrer ici dans ces conditions, et remonter les horloges. Gros soulagement : vous étiez avec moi et ils pourront pas me coller ça sur le dos.

— Une telle supposition serait ridicule.

— Vous êtes certaine qu'il peut pas y avoir d'autre explication pour la remise en marche des horloges et des pendules ?

— Laquelle ?

— D'accord, mais personne n'a touché au système d'alarme. Or c'était pas possible de rentrer dans la maison sans le désactiver et le réactiver. Alors la question, c'est : comment les horloges ont-elles été remontées ?

— Une seule certitude : quelqu'un s'en est chargé entre notre départ et notre retour.

Il observe :

— Peut-être qu'il y a un autre moyen de pénétrer à l'intérieur sans se préoccuper du système d'alarme.

L'agitation de Marino est palpable. Il jette des regards alentour, tend l'oreille, alors que je repense aux deux lourds battants extérieurs verrouillés, non loin du massif de fleurs.

Je me souviens de la coque rouillée du *Mercedes* couchée au fond de l'océan. Les deux s'associent dans mon esprit d'étrange manière, le navire naufragé éventré, et ces portes inclinées. Des portails vers un endroit maléfique. Des portails ouvrant sur la destruction et la mort. Des portails qui mènent à notre destinée ultime. Ces épais panneaux de bois sont-ils équipés de contacts d'alarme, reliés au système ? Dans le cas contraire, on peut entrer dans la demeure par ce chemin. Pas de code nécessaire, et aucun signalement à la compagnie de surveillance.

Je fais part de cela à Marino :

— Vous pouvez passer par la porte de l'extérieur si vous en avez la clé et, à mon avis, parvenir, au moins, dans le sous-sol.

— Si vous avez cette fichue clé, on peut supposer que vous possédez aussi le code du système d'alarme. Du coup, inutile de se casser la tête pour entrer par là.

— Pas nécessairement.

Il dégrafe le holster du Glock de la ceinture de son bermuda trempé et suggère :

— J'me demande si la femme de ménage connaissait un moyen de revenir pour fouiner. Peut-être qu'elle a trouvé une astuce pour contourner le système de sécurité. Du coup, elle pouvait se faufiler ici et elle a remonté les pendules.

— Pourquoi se soucier de cela ?

— L'habitude. Les gens ont des réactions bizarres quand ils sont bouleversés. Ou alors, peut-être qu'elle est dingue. Regardez les trucs qui nous environnent. J'me dis que quelqu'un a une case en moins, ou alors qu'il donne dans le mauvais juju.

Ses yeux sont écarquillés. Son pistolet, toujours dans son étui, est pointé vers le sol.

Rien de tout cela ne m'a alertée ce matin. Je suis partie trop vite. Je ne cesse de penser aux vidéos « Cœur vil et malfaisant » et à la façon dont elles m'ont poussée à réagir et à ressentir. J'étais assommée. Menacée. En colère. Triste. Plus que tout, j'étais submergée par un sentiment d'urgence. J'ai filé à la hâte, bien trop vite.

Si j'avais pris le temps d'une tournée des lieux, je me serais demandé si Chanel Gilbert souffrait de problèmes psychiatriques ou s'adonnait à des cultes païens. Les deux auraient pu la rendre vulnérable face à un prédateur de l'envergure de Carrie. Je tends toujours l'oreille, m'attendant à ce que l'équipe d'intervention libère l'endroit. Rien. Puis la sonnerie du téléphone de Marino retentit, un chant d'oiseau incongru, qui nous laisse perplexes un instant.

Dès que le grand flic reprend ses esprits, il braille d'un ton rageur :

— Bordel, mais qu'est-ce que tu fous, Lapin ? Ouais, trop dur, mais j'en ai rien à foutre que tu sois vraiment malade ou pas. Ma voix résonne comme dans une tombe ? Ben, tu crois pas si bien dire. Je me trouve bien dans une tombe, de retour dans le vestibule où on a découvert une morte ce matin, tu t'en souviens ? La Doc et moi, on vient juste de rentrer pour terminer d'analyser la scène de ce qui s'avère être un homicide.

Et alors là, devine quoi ? Le périmètre n'a pas été sécurisé, quant à mes renforts, ils sont nulle part. Et devine quoi d'autre ? La Range Rover de Chanel Gilbert a disparu. Ouais, tu m'entends bien. Non, je rigole pas. Elle n'est plus dans l'allée où elle était garée il y a encore trois heures. Et il semble que quelqu'un a pénétré dans la maison pendant notre absence. Peut-être la personne qui a embarqué la bagnole… bordel, non ça peut pas être Hyde, parce qu'il a aucun moyen de s'introduire ici !

Marino me regarde, l'oreille vissée à son portable. La conversation a mal débuté et empire. Je perçois la lutte qui fait rage en lui. Je la repère dans son regard, à la crispation de sa mâchoire lourde, et je suis convaincue que Carrie nous a octroyé le rôle des imbéciles. J'imagine son amusement, son petit sourire suffisant, son rire. Nous sommes plongés dans un cauchemar de sa conception parce qu'il s'agit de son divertissement préféré face à des gens bien, corrects, qui s'efforcent de vivre leur vie et de faire leur boulot. Et nous nous trouvons ici, ainsi que le prévoyait le plan. Pas le nôtre. Le sien.

Marino sermonne Lapin :

— Et t'as pas la moindre idée ? Tu lui as pas parlé, et quand tu l'as vu la dernière fois, il n'a pas évoqué un truc à faire, un endroit où se rendre ? T'as pas une idée de la raison pour laquelle il ne répondrait plus ni à sa radio ni au téléphone ? Oui, comme toi. T'es chez toi, là ? Eh ben, c'est une bonne chose parce que d'un instant à l'autre on va avoir les coordonnées GPS exactes de ton téléphone, à l'instant où je te parle.

Ouais, tu m'entends bien. Désolé, mon pote. C'est ce qui arrive quand on disparaît du radar.

Pas vraiment. Marino exagère. Avoir recours aux antennes relais pour déterminer la localisation de quelqu'un n'est pas une science exacte. L'estimation peut s'écarter d'une trentaine de kilomètres ou plus en fonction des logiciels utilisés, de la topographie, de la météo, et du flux des communications gérées par les centres de commutation régionaux à un moment donné. Ce qui n'empêche pas Marino de tenter sa chance. À tout le moins, cette localisation de téléphone mobile est un bluff lorsqu'il veut paniquer un suspect et le pousser à la confession.

Marino se penche pour dénouer ses baskets imbibées d'eau et me lance :

— Voilà où on en est : Lapin affirme que lui et Hyde sont partis d'ici dans leurs véhicules respectifs alors que nous étions toujours à l'intérieur. À 10 h 15, environ.

Ses chevilles blanches apparaissent, et le motif des chaussettes qu'il retire s'est imprimé sur sa peau.

Je suis si frigorifiée que des frissons me parcourent alors que nous nous tenons devant la porte principale, gouttant au sol. Je renchéris :

— Je les ai vus partir. En compagnie de Vogel. Environ un quart d'heure avant nous.

Je l'écoute mais tends toujours l'oreille, à l'affût des sons émis par l'équipe d'intervention. Comment se fait-il que des hommes aussi baraqués, alourdis par leur équipement, soient si silencieux ? Les alertes se succèdent à un rythme fou dans mon esprit. Nous ne devrions pas rester ici. Je tente de me persuader que

nous sommes en sécurité. Nous avons des professionnels des opérations spéciales avec nous. Mais comment
se fait-il qu'ils ne fassent aucun bruit ? Aussi discrets
que les chats. Mon cœur cogne plus fort.

Quelque chose s'est produit. Soudain s'imposent à
mon esprit les deux plongeurs de la police, une image
d'une netteté insoutenable, flottant sur le ventre, à
l'intérieur de l'épave du cargo.

Ils s'appelaient Rick et Sam. Je revois les visages
juvéniles, les flexibles qui pendaient, leurs cheveux
qui oscillaient dans l'eau vaseuse et leurs yeux grands
ouverts derrière leur masque. Pas de bulles. Ils avaient
lâché leurs détendeurs.

Je me souviens de mon incrédulité, puis de la soudaine déferlante d'adrénaline lorsque j'avais compris
que ce que je voyais dépasser de leurs torses couverts de Néoprène noir n'était autre que des flèches.
Quelques minutes auparavant, ces hommes étaient en
vie, bourrés d'énergie. Ils avaient vérifié à tour de
rôle l'équipement de leur camarade. Ils avaient fait
leur pas de géant pour sauter de la poupe du bateau
avant de disparaître sous la surface. J'avais même
plaisanté à leur sujet avec Benton. Allaient-ils brandir
leur badge sous l'eau, pour s'assurer que personne ne
nous dérangerait ni n'interférerait avec notre mission ?
Nous étions accompagnés d'une escorte sous-marine.
Pour notre sécurité.

Et puis, ils avaient trouvé la mort au fond de l'océan.
Ils avaient été pris dans une embuscade, piégés, et je
n'ai jamais compris ce qui avait pu les inciter à passer par cette écoutille pour descendre dans la coque

obscure. Pourquoi cette décision ? Carrie avait dû les attirer vers le bas. Peut-être s'y trouvait-elle déjà, prête, son fusil sous-marin armé, se fondant avec le métal rouillé avant de surgir et de frapper. J'espère ce que j'espère toujours en pareil cas. Qu'ils n'ont pas souffert, alors qu'une hémorragie les vidait de leur sang et qu'ils se noyaient. Mes pensées tourbillonnent avec rage, obstinées, et s'interpellent au rythme des horloges.

PARS-RESTE ! PARS-RESTE ! PARS-RESTE ! PARS-RESTE !

Marino poursuit et je m'efforce d'écouter :

— Lapin affirme qu'il a commencé à se sentir patraque, mal au crâne, une irritation dans la gorge.

Concentre-toi !

— Il a fait un saut chez lui pour prendre des médicaments contre le rhume, sans le notifier au dispatcheur. Du moins à ce qu'il prétend. Ensuite, il y a quelques minutes, il s'est fait porter pâle.

Mon intuition me crie que nous devrions quitter les lieux immédiatement, et pourtant je ne puis m'y résoudre. Je dois finir ce que j'ai commencé. Je ne tolérerai jamais que Carrie Grethen interfère avec ma façon de traiter une scène de crime.

PARS-RESTE ! PARS-RESTE ! PARS-RESTE ! PARS-RESTE !

Je demande à Marino :

— Qu'a compris au juste Lapin quand Hyde et lui sont partis d'ici ce matin ?

— Que Hyde allait chercher le café, faire un tour aux chiottes, puis revenir ici pour sécuriser le périmètre avec du rouleau de scène de crime, comme je le lui avais ordonné. Même qu'il semblait pressé parce qu'il voulait avoir terminé avant que la pluie dégringole.

— À moins d'imaginer que quelqu'un d'autre ait tendu le ruban en travers des marches du perron, c'est ce qu'il a fait. Il a commencé, puis est soudain reparti. Retournez-vous, s'il vous plaît. (Bien sûr, le grand flic me fixe.) Retournez-vous.

Je déboutonne ma chemise. J'enlève ensuite mes boots détrempées, mes chaussettes qui ressemblent à des éponges et mon pantalon de treillis, abandonnant les vêtements sur le sol à distance prudente du sang et des éclats de verre. Le pantalon de terrain apporté par le SWAT est si grand que je pourrais l'enfiler sans même descendre la braguette. Je replie la ceinture dans l'espoir de le rétrécir un peu. J'enfile ensuite une chemise noire, si large que je nage dedans. Les boutonnières percées dans le coton neuf et raide se montrent rétives. Du moins ai-je une abondance de poches pour y glisser des chargeurs de pistolet, des stylos, des torches, des couteaux, bref, le petit nécessaire utile, songé-je, non sans ironie. Je jette un coup d'œil dans le miroir. On dirait que je me suis attifée avec des sacs à patates empruntés à un géant.

Je n'impressionne pas vraiment, sans armure balistique, ni casque, jumelles de vision nocturne, ou fusil d'assaut – même de petit calibre –, pas même un pistolet avec chargeur de plus de six balles. Ne reste qu'à espérer que si la mauvaise personne m'aperçoit, elle ne me tire pas dessus en songeant que je suis dangereuse. Pourtant, je suis dangereuse. Cependant pas de la façon dont je l'aimerais en cet instant.

Marino me tourne le dos, et consulte son portable :

— Du coup, Lapin tombe malade, merci à vous.

Je suis assise par terre, sur le marbre froid. Je ré-enfile mes bottines trempées, sans chaussettes. Je passe par-dessus des protège-chaussures qui m'éviteront de semer de l'eau partout. Je rétorque :

— Pourquoi « merci à vous » ?

— Vous avez raconté un truc à Vogel au sujet de son rappel contre le tétanos, et que peut-être il avait véritablement chopé la coqueluche. Lapin a entendu. Ensuite, vous ajoutez à ça le pouvoir de suggestion. D'un coup, il se sent patraque.

Marino entreprend de chausser ses baskets mouillées lorsque la sonnerie de son téléphone retentit à nouveau.

De l'échange, je conclus que son contact de la compagnie téléphonique le rappelle. Le grand flic écoute. Il commente peu. Je devine toujours à son attitude s'il juge que les infos reçues ne s'avéreront pas d'une grande aide. Ou alors peut-être ne comprend-il pas leur importance.

Il raccroche et me lance :

— C'est dingue, ça ! On a localisé son appareil…

— Celui de Hyde ?

— Ouais, rien à foutre de Lapin. Il est chez lui, et il tire au flanc. Hyde a passé son dernier coup de fil à 9 h 49, alors qu'il se trouvait toujours à l'intérieur de la maison. D'après le journal de ses appels, il a contacté une antenne relais qui possède les mêmes coordonnées GPS que cette baraque.

— Je ne comprends pas.

La voix de Marino enfle, et son agacement s'entend :

— Ouais, vous comprenez pas parce que c'est clair qu'il n'y a pas d'antenne relais ici. Elle n'existe pas ! En d'autres termes, l'appel de Hyde s'est connecté sur une antenne bidon, sans doute un de ces simulateurs de site, un traceur, un de ces machins qu'ils appellent Stingray. Ces appareils sont devenus si compacts aujourd'hui que vous pouvez les transporter dans votre bagnole, dans une mallette, et peut-être qu'il y en a un planqué ici, quelque part.

— Les individus malintentionnés utilisent ce genre d'équipements.

Je repense à ce que m'a dit Lucy, et regrette vraiment de ne pouvoir en discuter avec elle.

Elle pourrait tout m'expliquer de ce type d'appareil de surveillance. Sans doute comprendrait-elle ce qui s'est passé dans cette propriété et qui espionne, intercepte des communications, et pourquoi. Je précise à Marino :

— Les forces de l'ordre aussi possèdent ces équipements. Il y a eu pas mal de controverses à propos de certains flics qui les utilisaient pour capturer des contenus, suivre des gens, et parfois même brouiller des signaux radio.

— Juste ! Ça marche dans les deux sens. Espionner et contre-espionner. Vous pouvez pister quelqu'un, intercepter des contenus ou utiliser le même appareil pour éviter d'être vous-même suivi à la trace. Benton devrait savoir si le FBI espionne cette propriété.

— Si vous le dites.

— Sauf qu'il ne vous l'avouera pas.

— Sans doute pas. Changez-vous.

Je tends à Marino des vêtements, taille XL, et lui jette une paire de protège-chaussures en Tyvek bleu.

34

Courtoise, je baisse les yeux pendant qu'il ôte ses vêtements dégoulinants et les abandonne à côté des miens. Les scènes de crime ne sont jamais charitables. Dans une bien moindre mesure, même pour les vivants. Nous sont refusés l'intimité, un verre d'eau, l'usage des toilettes. Je ne peux pas emprunter le sèche-linge, une serviette de toilette ni même m'asseoir sur une chaise.

Marino remonte la fermeture Éclair de son pantalon de terrain noir qui lui va à la perfection et décide :

— Autant commencer pendant qu'on poireaute.

Je roule le bas des jambes du mien de sorte à ne pas marcher dessus et argumente :

— Je ne crois pas que cela soit sage. Prendre par surprise le SWAT est encore la meilleure façon de se faire descendre. Je suggère que nous restions tranquilles jusqu'à ce qu'ils nous donnent le feu vert.

Marino danse d'un pied sur l'autre, passant ses protège-chaussures bleus sur ses baskets. Il insiste :

— Ça baigne tant qu'on se limite aux pièces qu'ils ont déjà inspectées. En d'autres termes, on monte pas à l'étage et on descend encore moins dans le sous-sol. Pas avant qu'ils aient effectué leur tournée.

Il replace son holster à la ceinture et fourre sa radio dans une poche arrière, son téléphone dans une autre, avant de ramasser une des mallettes de scène de crime. Nous sortons du vestibule, dépassons la cage d'escalier, pour déboucher dans un salon bourré de magnifiques antiquités, de tapis de soie aux riches et éclatants motifs jetés sur le plancher en cœur de pin. Un détail m'électrise à la manière d'une décharge.

Six bougies votives blanches, protégées de simples photophores en verre, sont posées sur une table basse en laque rouge. Elles n'ont jamais été allumées. Pourtant, elles ne paraissent pas poussiéreuses, mais neuves. Je me penche au-dessus, et perçois les effluves familiers du jasmin, de la tubéreuse et du santal. Je reconnais le musc, la vanille et la riche senteur de l'Amorvero, « véritable amour » en italien, le parfum emblématique créé pour l'hôtel Hassler, situé en haut de l'escalier de la place d'Espagne à Rome. C'est là que Benton m'a demandée en mariage il y a huit ans.

Je décline toutes les formes d'Amorvero chez moi, depuis le parfum, l'huile de bain, jusqu'à la lotion corporelle. Mon mari me l'offre à chaque anniversaire. Et voilà que je le reconnais ici, dans cette maison. D'un geste inconscient, je hume mes poignets afin de vérifier que ces effluves n'émanent pas de moi. Je ne me suis pas parfumée ce matin.

— Ne sentez-vous pas quelque chose, Marino ?

Il renifle bruyamment, hausse les épaules.

— Une vieille baraque, peut-être des fleurs. J'ai le nez pris à cause de la poussière. On dirait que ça a été fermé durant une longue période. Vous avez remarqué ?

— Mais reconnaissez-vous une odeur ?

— Hein ?

432

— Ce que vous venez de décrire, un parfum floral. Est-il familier ?

Il fait quelques pas vers moi, hume à plusieurs reprises et conclut :

— Ouais, ça sent un peu ce que vous utilisez, maintenant que j'y pense.

— C'est le même parfum, à cela près que je n'en ai pas mis aujourd'hui. De plus, il n'est pas si fréquent que cela, et je n'en vois guère dans les parfumeries. Benton le commande en Italie.

La sueur perle sur le crâne rasé de Marino.

— Genre, c'est un peu votre odeur personnelle. Et les gens qui vous connaissent le sauraient.

— Tout à fait.

Nous pensons à la même chose.

Il revient à notre sujet de départ :

— Même chose pour les horloges. J'ai inspecté cette pièce ce matin et elles étaient arrêtées, pas de tic-tac. En plus, je n'ai pas vu ces petites bougies blanches, ni senti ce parfum, rien que la poussière.

Je désigne la table basse.

— Elles n'ont jamais été allumées. (J'en soulève une). Regardez, neuves, pas de trace circulaire sur la poussière de la table. Elles ont été déposées là il y a peu, d'autant que la pièce n'a pas été nettoyée depuis un moment.

Le regard de Marino inspecte chaque recoin du salon. Les horloges battent la mesure – tic-tac, tic-tac –, la pluie dégringole sur le toit, parfois presque douce, parfois revancharde. Le vent gifle et proteste. J'attends, espère le moindre bruit signalant l'équipe d'intervention. J'allume les appliques d'albâtre et un lustre. Leur lumière brille avec parcimonie. Les huiles anciennes – des paysages et portraits sévères – suspendues aux murs lambrissés de chêne sont toujours aussi sombres, la pièce aussi lugubre.

Un pare-feu d'épaisse tapisserie protège l'âtre d'une profonde cheminée de brique. Je n'ai pas l'impression qu'elle ait jamais été utilisée. Aucune odeur âcre de suie ou de tisons carbonisés. Pas de sciure, de branchages, de bûches. Quelle tristesse. Même avec cette chaleur estivale. Pas de télévision, de chaîne stéréo, de haut-parleurs. Aucun journal, ni magazine. Cela étant, je me vois mal lire ou me détendre avec des amis en ce lieu.

La pièce est spacieuse, sans que l'on y détecte un signe d'occupation. Je reste là, en silence, immobile. D'autres odeurs me parviennent. De la naphtaline, des tapisseries moisies. De la poussière recouvre les surfaces et reste en suspension, révélée par la lumière du lustre. Je me pose de plus en plus de questions sur la femme de ménage de Chanel Gilbert.

Le salon n'a été ni utilisé ni nettoyé depuis un bout de temps. Je m'approche d'un guéridon sur lequel trône une jolie antiquité, une ménagerie miniature d'animaux en argent.

Un cheval, une grouse, un bison et un poisson avec des yeux vitreux, admirablement bien travaillés, mais ternes et froids. Rien de fantasque. L'ensemble du décor est splendide, mais figé, impersonnel, à l'exception de ce que je pense être des sortes de talismans, de symboles, d'outils de divination, et des horloges. Certaines sont aussi vieilles que la maison, dont une horloge à lanterne et une autre, gothique, de fabrication suisse.

Toujours préoccupée par l'équipe d'intervention, je précise à Marino :

— J'ai l'impression que la femme de ménage bâclait son travail.

Il traverse la pièce et repousse un pan des épais rideaux rouge profond en jacquard avant de m'informer :

— La chambre principale est située à l'arrière, en suivant le couloir. Ça fait une sacrée trotte pour répondre si quelqu'un sonne à la porte.

Il jette un regard à l'après-midi maussade et sombre. Le martèlement de la pluie, les rafales de vent. Aucun autre son.

Marino ne semble pas intéressé par ma perspicacité domestique. Pourtant, il le devrait. Aussi, je souligne à nouveau :

— J'ignore combien est payée Elsa Mulligan et son nombre d'heures ici, mais, à mon avis, ils n'en ont pas pour leur argent !

Je tente d'imaginer la jeune femme en me fiant aux descriptions qu'on m'en a faites : ses lunettes à large monture, ses cheveux très bruns et hérissés à la mode. Hyde a souligné qu'au début, il l'avait prise pour une amie de la famille de Los Angeles, un choix étrange pour un tel emploi. À l'évidence, elle n'est ni méticuleuse ni acharnée à la tâche. Du moins en ce qui concerne le ménage. Si elle arrive ici à 8 heures chaque matin, que fait-elle de son temps ? Ses déclarations à Hyde me frappent. Un autre mensonge que nous sommes censés gober et qui ne cadre pas.

Je ne cesse de guetter, d'espérer un craquement de plancher, un choc sourd de porte refermée, un écho de voix. Mon esprit s'égare entre mille possibilités. Marino suggère :

— Si on part du principe que Chanel Gilbert était à l'arrière de la maison, vêtue d'un simple peignoir, pourquoi l'a-t-on trouvée morte à proximité de la porte d'entrée ? J'vois pas d'explication, sauf si la femme de ménage l'a traînée à cet endroit.

— Chanel n'a pas été tuée quelque part puis tirée ou portée dans le vestibule, s'il s'agit de votre hypothèse.

— Mais, et le sang essuyé que vous avez révélé sur le marbre du sol grâce au réactif ? Peut-être que d'autres surfaces, ailleurs, ont été nettoyées.

— Selon moi, le but de cet essuyage dans le vestibule consistait à nous renforcer dans l'idée d'un accident domestique fatal. Quand on tombe d'un escabeau, on ne laisse pas d'éclaboussures d'impact un peu partout. Si on souhaite tromper les enquêteurs dès le début, on fait disparaître le sang et les autres indices incohérents avec la mise en scène choisie.

Nous guettons le moindre signe qui nous indique que les quatre hommes sont dans la maison, avec nous.

— Sauf que cette personne savait que vous découvriiez le sang nettoyé et que vous finiriez par comprendre. Y a plus de doute que Chanel Gilbert a été assassinée où on l'a trouvée. Pas vrai ?

Marino se rapproche de ce que je sais être la terrible mais incontournable vérité.

— Si on en croit les taches de sang, en effet. Les blessures fatales ont été portées alors qu'elle gisait déjà au sol. Toutefois, ça ne signifie pas que l'histoire a commencé là.

— Vous voulez dire si quelqu'un l'avait fait descendre de l'escabeau, sans user de violence particulière, pour ensuite lui cogner la tête sur le marbre ?

— C'est ce qui semble ressortir de mon premier examen, du CT scan et de ce que m'a dit Luke.

— On a déjà vu ça, Doc.

Marino ne fait pas allusion à l'ensemble de notre longue collaboration, mais aux meurtres de l'année dernière. Un agent immobilier du nom de Patty Marsico a été battu à mort à Nantucket, puis une jeune femme, Gracie Smithers, sur les rives rocailleuses de Marblehead.

— Carrie Grethen a une propension à faire exploser la boîte crânienne de ses victimes.

Il est sur sa piste, et ne s'en détournera pas.

— Ça concerne de toute façon plusieurs assassinats dont nous avons eu connaissance, dis-je.

Il poursuit sur sa lancée :

— Cette femme à Nantucket, lors du dernier Thanksgiving. Et puis l'autre, à Marblehead, en juin. Elle nous sert un petit cocktail de ses modes opératoires. Des tabassages à mort, meurtres au poignard, tirs avec fusil intelligent, ou harpon. À l'intérieur, à l'extérieur, sur terre, mer, sous l'eau. Comme ça lui chante.

Il se penche sur le poisson d'argent sculpté à la main et posé sur le guéridon, faisant osciller la queue articulée de sa phalange recouverte de nitrile violet.

Il ramasse avec délicatesse l'objet qui semble me fixer. La queue bouge. La colère durcit la voix de Marino lorsqu'il observe :

— Ça, c'est bizarre. En fait, c'est une boîte. Et super lourde, sans doute de l'argent massif. Sauf que je ne peux pas l'ouvrir parce que ça a été collé. Je peux sentir la colle. Donc, ça remonte à peu. Peut-être durant notre absence. Peut-être alors que les pendules étaient remontées. (Il secoue un peu l'objet.) J'ai pas l'impression qu'il y ait quelque chose à l'intérieur. Voilà ce que je voulais vous dire, Doc : ce qui est arrivé à Chanel Gilbert est un truc personnel. Sexuel. Rien à voir avec un cambriolage ou un autre délit qui aurait dérapé à un moment quelconque pour se terminer par la mort. C'est clair que nous avons affaire à quelque chose de malade, dément, qu'on est en train de se faire balader et on sait par qui. Bon, c'est ce que je pense. C'est pas mon domaine d'expertise. Je m'appelle pas Benton.

Je m'immobilise devant la cheminée afin d'examiner les horloges, les bibliothèques qui s'élèvent de chaque côté. Des ouvrages reliés de cuir s'alignent sur leurs étagères. Le grand flic s'agenouille à côté de la mallette de scène de crime et en extrait les plateaux.

Je renchéris :

— Il ne s'agit que de pouvoir. Tout tourne autour du pouvoir, avec elle. C'est ce qu'elle aime. Ce qui l'excite sexuellement et qui la motive. Inutile d'être profileur pour le comprendre.

Marino récupère un flacon en plastique étiqueté « acétone » et rejoint le petit guéridon poussé à côté du canapé de merisier en parfait état, orné de coussins de cuir noir. Il récupère la boîte en forme de poisson.

Presque goguenard, il résume :

— Bon, y a plus qu'à souhaiter que ce soit pas une bombe. Dans le cas contraire, autant dire bye-bye à mon cul.

Il se munit de l'appareil photo. Je commente, moi aussi ironique :

— Au mien aussi, d'ailleurs.

Il prend quelques photographies de la boîte et observe :

— On a collé le couvercle, y a pas très longtemps, je pense. Et je veux savoir pourquoi. L'autre option consisterait à appeler l'équipe des démineurs. Peut-être qu'Amanda Gilbert apprécierait le spectacle. Voyons ce que nous pourrions inventer pour qu'elle soit d'une humeur encore plus meurtrière.

Il plonge sa main gantée à la recherche de poudre à empreintes et de brosses. Je passe en revue les titres des vieux ouvrages pendant qu'il vérifie l'éventuelle présence d'empreintes latentes sur la boîte en argent. Rien n'en ressort. Il écouvillonne en vue d'une empreinte ADN. Sa colère et son agressivité croissent. Il se sent manipulé, moqué. Je sais quand la pression augmente en Marino et, à cet instant, il est à un cheveu de l'explosion.

Il ouvre d'un geste hargneux un sachet d'écouvillons et tonne :

— Je veux dire, vous pensez que c'est elle. Vous n'avez pas de doute à ce sujet.

Il ne s'agit pas d'une question. Il assène qu'il ne peut y avoir aucun doute. Il a raison. Nous le savons.

— Exact, Marino.

— Et vous en étiez convaincue depuis le début ?

Je tire des livres des étagères, les ouvre, cherchant un indice qui prouve qu'ils ont un jour signifié quelque chose pour un lecteur.

— Disons que l'idée ne m'a pas quittée dès que j'ai commencé à recevoir les enregistrements. Selon moi, il s'agit d'une conclusion indiscutable. Nous savons à qui nous avons affaire.

Marino plonge un écouvillon dans l'acétone et argumente :

— Mais, en temps normal, vous auriez appelé Benton. Là, vous l'avez pas contacté, sauf au moment où nous quittions la maison de Lucy. Pas même avant que vous appreniez qu'il était à bord de l'hélico. Vous l'avez tenu à l'écart des événements.

Je ne réponds ni ne m'explique. Je n'ai pas l'intention de discuter de Benton avec lui et je continue à passer en revue les ouvrages qui sentent le moisi, des ouvrages assez déroutants, sans exception. Pêche à la mouche. Chiens de chasse. Jardinage. Maçonnerie de pierre du XIXᵉ siècle anglais. Il m'est déjà arrivé de contempler des collections hétéroclites dans des demeures décorées par des architectes d'intérieur qui achètent des livres anciens au kilomètre.

Je fais part de mes réflexions à Marino, mais il a la tête ailleurs.

— Tout ce qui se trouve ici est impersonnel. À l'exception des sabliers, des rouets, des bougies, des croix en acier et des horloges. Ces derniers ne font pas partie de la décoration. Ils ont été rassemblés pour une raison précise, peut-être symbolique.

Il ne m'écoute pas, et je me tais.

La boîte en argent est ouverte, et Marino s'approche de moi. Son visage a pris une couleur rouge sombre qui trahit sa colère. Les deux parties de la boîte reposent dans l'une de ses paumes gantées. Il a tourné la tête du poisson vers un des murs. Il pose l'index sur ses lèvres et, au même instant, je perçois un mouvement dans le couloir central.

— On dirait qu'elle lisait des trucs bizarres.

Marino y va de petits commentaires peu compromettants, pour m'indiquer un problème.

Nous avons discuté dans cette maison et nous n'aurions pas dû. Nous avons évoqué l'enquête, Carrie, et quelqu'un nous écoutait. Je me doute de son identité.

J'embraye sur ce papotage sans incidence et le petit appareil noir, à l'intérieur de la boîte en forme de poisson, continue de nous enregistrer :

— Oh, je ne crois pas que quiconque ait lu ces livres.

Les yeux du poisson sont des trous d'épingle pour le mini-enregistreur et le micro. Je me souviens du taille-crayon électrique dans la chambre de ma nièce à Quantico. Je me souviens du dragon impassible dans son jardin de rocs et des yeux grenat qui semblaient me suivre. Mes poils se hérissent sur mes avant-bras et sur ma nuque en dépit de notre application à nous conduire de façon banale.

Marino s'écarte vers l'autre côté de la pièce, la boîte entre les mains.

Je déclare :

— Selon moi, on ne les a pas achetés parce qu'on souhaitait les lire. Je dirais que nous avons là un exemple de l'influence de Los Angeles. Comme si la plus grande partie de cette maison avait été décorée à la manière d'un plateau de cinéma, avec des antiquités assez disparates, des tapis, de vieux tableaux représentant des gens et des lieux qui n'ont sans doute aucun lien avec les occupants.

Il ouvre un sac à indices en papier. Nous continuons de deviser. Il demande :

— À part que Chanel est issue d'une famille d'Hollywood bourrée d'argent, qu'est-ce que ça voudrait dire ?

— Selon moi, cela signifie qu'elle ne faisait que… se garer ici. Elle vivait ailleurs. Peut-être de façon métaphorique.

Je sens une présence et me retourne.

Les quatre officiers dans leur lourd équipement noir tactique se tiennent dans l'embrasure de la porte.

35

Marino replie le haut du sac en papier marron et le scelle avec du ruban adhésif rouge.

Il explique à Ajax :

— À piles, sans fil et, à mon avis, installé il y a peu.

L'officier de commandement du SWAT suggère qu'ils appellent l'unité d'investigation technologique pour détecter les appareils de surveillance éventuellement dissimulés dans la propriété.

Ajax précise :

— Le plus vite possible.

— Pas avant qu'on en ait fini ici et qu'on se soit barrés fissa. Pas besoin d'encore plus de flics dans un magasin de porcelaine !

Marino récupère un feutre dans la mallette.

— Sympa !

— Je parlais pas de vous. Je faisais allusion à la brigade des allumés mordus d'informatique. Tant qu'ils y sont, faudrait aussi qu'ils s'intéressent à tout ce qui peut brouiller les échanges radio et re-router les communications téléphoniques.

Marino ôte le capuchon de ses dents.

Ajax le met en garde :

— Quelqu'un écoute peut-être. Quand il y a un appareil de ce genre, le plus souvent, il en existe d'autres. Aujourd'hui, je crois qu'il y a des caméras partout.

Marino éructe, sans prendre de gants :

— Ben, qu'ils écoutent ! Qu'ils aillent se faire foutre, et ça inclut les fédéraux. Hello, les fédés ! Trop cool de vous joindre à nous.

Ajax s'adresse maintenant à nous deux :

— Rien n'a attiré mon attention durant notre inspection, mais ça ne signifie pas que vos échanges vont rester privés. Comme je l'ai dit, je pars du principe que ça n'existe plus, sauf chez moi, du moins je l'espère. Même à la maison, on a fait installer des caméras. Mais je sais où elles se trouvent.

Marino continue :

— Peut-être que Chanel Gilbert n'avait pas non plus d'intimité. Peut-être qu'on l'espionnait. Ou alors, peut-être qu'elle se débrouillait pour bloquer les tentatives d'espionnage. Quelle que soit la réponse, on devrait se poser la même question. Qui était cette fille et dans quoi était-elle impliquée ?

Ajax me fixe, et précise :

— Pour ce qui nous concerne, vous êtes en sûreté ici.

Je connais son opinion. Il ne l'a pas formulée et, par respect pour moi, s'en gardera. Cependant, ses doutes s'affichent aussi clairement qu'une enseigne au néon, et je sais fort bien ce qu'il nous conseillerait, le cas échéant. Il soulignerait que si la situation nécessite l'intervention d'une unité spéciale afin de passer la propriété au peigne fin, je ne devrais pas m'y trouver.

Pour ces éléments tactiques, ces troupes impliquées dans des actions de lutte armée ou les opérations d'infiltration, je suis « personnel non essentiel ». Si l'ordre reçu un jour est de tuer ou d'être tué, la justice ou la façon dont une affaire sera considérée par une cour de justice arrivent en dernière position sur la liste. D'ailleurs, il se peut que ce ne soit même pas sur la liste. Les Ajax de ce monde ne sont pas des scientifiques qui doivent interpréter, déchiffrer leurs découvertes. Les hommes des opérations spéciales abattent les cobras. Il m'appartient ensuite de déterminer si cette sentence était légitime. Il s'agit de mon travail. Pourtant, j'ai abandonné cette scène de crime un peu plus tôt. Je ne recommencerai pas.

Ajax poursuit son compte rendu :

— Aucun signe de présence. D'ailleurs, j'ai eu le sentiment que la maison était dans l'ensemble inoccupée depuis un bail… à part la grande chambre à l'arrière, à ce niveau. Quelqu'un s'en sert. Ou s'en servait.

Il se tient toujours près du chambranle de la porte, ses trois hommes derrière lui, dans le couloir, leurs avant-bras reposant sur la crosse noire mate de l'arme qui barre leur poitrine, gueule du canon pointée vers le bas. Leurs jumelles de vision nocturne sont toujours remontées sur leurs casques. Lorsqu'ils déportent leur poids d'une jambe sur l'autre, je suis surprise par leur discrétion, leur légèreté. Ils sont agiles, non réactifs. Ils sont disciplinés, stoïques, ce parfait mélange d'altruisme et de narcissisme qui décrit, selon moi, les héros. En effet, il faut s'aimer si l'on décide de combattre avec bravoure, de façon héroïque, si l'on est déterminé à survivre à tout prix en protégeant de sa vie un peuple ou un individu. À première vue, cela semble

445

contradictoire, illogique. Pourtant, lorsque j'affirme que les hommes des opérations spéciales diffèrent du commun des mortels, il ne s'agit ni d'un stéréotype ni d'un cliché.

Ajax demande alors à Marino :

— Bon, à moins que tu voies autre chose ?

Le grand flic termine d'identifier le sac à indices et rebouche le feutre qu'il jette dans le plateau supérieur de la mallette Pelican. Il hoche la tête en signe de dénégation :

— Pas pour l'instant, hormis ce qui a pu arriver à Hyde. J'ai eu des nouvelles de Lapin, mais encore rien de lui. On sait qu'il a passé un appel de cette maison avant de partir ce matin. Encore un truc merdique de dingue. On a localisé son téléphone à ce moment-là, et ça nous renvoie à une antenne relais située dans la baraque, antenne qui n'existe pas. J'ai l'impression que quelqu'un brouille, bidouille les signaux radio, transforme ce lieu en zone grise, sauf qu'on s'en rend pas compte.

Ajax rejoint ses hommes dans le couloir et souligne :

— On n'ira pas très loin s'il ne réutilise pas son téléphone. Pas de signal avant d'appuyer sur la touche « envoi ». On ne peut pas le retrouver. D'un autre côté, c'est quand même un peu bizarre qu'il n'ait pas utilisé son téléphone au cours des trois dernières heures. À moins que le type soit malade, handicapé, ou se trouve dans des circonstances où il doit éteindre son appareil, en général il l'utilise pour un truc ou un autre.

— Sans blague !

Un des autres policiers intervient :

— Vous êtes sûrs que son téléphone n'est pas ici, quelque part ? Il n'aurait pas pu le poser puis l'oublier ? D'accord, on l'a vu nulle part, mais ça ne veut rien dire. Qu'est-ce qui se passe quand vous l'appelez ?

Marino compose à nouveau le numéro de Hyde.

— Ça file direct sur la messagerie vocale comme si le téléphone était éteint ou la batterie morte. Ça m'a fait le coup chaque fois.

Ajax intervient :

— De toute façon, tous les gars sont informés qu'on le cherche ainsi que sa voiture, d'ici à Tombouctou. Je vais appeler deux renforts pour surveiller le périmètre. Du coup, vous ne vous sentirez pas seuls.

Marino fourre son téléphone dans l'une de ses poches et précise :

— On ne devrait pas s'attarder trop longtemps. La Doc veut inspecter les parties importantes et ensuite on se tire. Il faut que les renforts restent sur place jusqu'à ce qu'on retrouve Hyde, et qu'on comprenne où est passée la Range Rover de la victime. Aucune personne non autorisée ne met un pied dans la propriété, et encore moins à l'intérieur de la maison, sans mon ordre.

— Bien reçu. Tu sais où me joindre.

Nous les regardons s'éloigner. Ils disparaissent dans le couloir, derrière la cage d'escalier, puis dans le vestibule. J'écoute, attendant le petit son sourd de fermeture de la porte principale. Je perçois à peine le grondement du moteur de leur SUV. En revanche, j'ai la conscience aiguë que nous sommes à nouveau seuls. Ce vide et ce silence me pèsent alors que Marino se dirige vers le vestibule. Il abandonne le sac en papier scellé et les autres indices non loin de la porte.

Il revient et j'observe :

— Vous l'avez entendu. Un appareil de surveillance dissimulé suggère que d'autres sont probablement installés.

Il referme la mallette de scène de crime et la soulève en renchérissant :

— Ça fait pas de doute dans mon esprit. Prête ?

Nous longeons à nouveau le couloir et tournons à droite dans la première pièce, la salle à manger, de petite taille, au plafond bas. Une ancienne porte de grange a été transformée en table. Huit chaises rustiques en cuir marron en ponctuent le pourtour. Un lustre Tiffany pend du plafond. Je parviens à identifier les sujets des scènes pastorales sur des huiles sombres, éclairées comme dans une galerie. Des vaches, de douces collines, des prés, des montagnes, de la peinture anglaise et hollandaise des XVIIe et XVIIIe siècles. Les plats présentés dans le vaisselier géorgien à façade vitrée rompue – de magnifiques pièces de porcelaine chinoise – m'évoquent à nouveau l'inspiration d'un décorateur.

Des doubles rideaux en soie damassée d'un pâle doré occultent les fenêtres à vitres coulissantes. J'écarte les pans du lourd tissu satiné. Je contemple le petit jardin latéral, bordé d'une clôture en fer forgé. La pluie crible la surface des flaques qui ressemblent à de petites mares et des pétales de rose se sont échoués sur la pelouse, fragiles confettis aux tons pastel. La clôture se termine à hauteur d'une épaisse haie de buis, à l'arrière de la propriété. Quelques briques et belles pierres éparses attirent mon regard, les ruines d'une ancienne dépendance remontant à une époque plus élégante. Les gens de Nouvelle-Angleterre construisent sur le passé, ou autour. Ils ne s'en débarrassent jamais.

Ce son étouffé, à nouveau. On dirait que quelqu'un vient de claquer une porte à l'étage inférieur, dans la cave.

La main de Marino plonge vers son arme. Il murmure :

— C'est quoi, ce bordel ? Restez ici !

Croit-il que je vais obéir à ce genre d'ordre ?

— Je ne reste pas seule dans cette maison, nulle part.

Je le suis. Nous contournons l'escalier et il ouvre la porte que je l'ai vu utiliser ce matin, puis allume les lumières.

Il lâche :

— Je vérifie.

— Je reste derrière vous.

L'escalier de bois qui mène à la cave aux murs de pierre est ancien et éraflé. J'ai l'impression de descendre dans les profondeurs d'un très vieux château anglais et m'efforce à la prudence, marche après marche, lentement, prenant garde à ne pas heurter ma jambe. Une odeur de poussière flotte dans l'air frais. L'éclairage fluctue, générant de courtes pénombres, un peu comme si des nuages jouaient à cache-cache avec le soleil. Pourtant, le soleil ne pénètre jamais dans ce sous-sol dépourvu d'ouvertures.

J'alerte Marino :

— Qu'est-ce qui bouge ? Une lumière. Elle se déplace à peine sur le mur.

Il me précède, arme au poing.

— J'sais pas.

Nous descendons dix marches et parvenons à un palier, puis encore quatre et nous atterrissons dans une salle aveugle. Je scrute les piliers qui soutiennent la voûte, le sol de pierre brute recouvert de nattes. Des lampes entonnoirs sont suspendues au haut plafond par de vieux fils électriques en tissu torsadé. La plus proche des battants inclinés qui donnent vers l'extérieur se balance avec mollesse.

Regard levé, nous la détaillons en silence, puis les deux battants, de bois gris de ce côté, peints et repeints, et je remarque des auréoles abandonnées par de l'eau évaporée. La porte a été ouverte alors qu'il pleuvait. Elle est scellée dans les murs à environ 1,20 m du sol, et une rampe de pierre permet d'y accéder. Celle-ci est sèche, vierge de toute trace. La serrure à loquet est récente et la clé dessus. *A priori*, les battants ne semblent pas reliés au système d'alarme. Marino les pousse de sa chaussure recouverte de Tyvek. Ils ne bronchent pas d'un millimètre. Le grand flic lève à nouveau les yeux vers la lampe qui se balance, de façon presque imperceptible maintenant, comme sous l'effet d'un courant d'air.

Il conclut :

— Ce qu'on vient juste d'entendre, c'est pas cette porte qui se fermait. Si quelqu'un était sorti par là, elle ne serait pas verrouillée de l'intérieur. Pas avec la clé dans la serrure. Et de l'eau aurait dévalé le long de la rampe. Il y aurait de la flotte, mais également de la terre balayée à l'intérieur.

Pas si quelqu'un a nettoyé ensuite.

Marino serre le Glock dans sa main droite, canon pointé vers le sol, et se dirige vers une autre porte, celle-ci dans le mur opposé, une porte blanche classique. Il grimpe les quatre marches de pierre qui permettent de l'atteindre.

Ses protège-chaussures émettent un bruit de glissement lorsqu'il revient vers moi en commentant :

— Serrure à pêne dormant, verrouillée. Je vois vraiment pas pourquoi cette lampe bougeait, sauf si quelqu'un s'est cogné dedans, par exemple. Il doit y avoir des chauves-souris ici.

— Nous avons entendu un bruit de porte qui se refermait, et ça n'est pas la première fois aujourd'hui. Selon vous, des chauves-souris en seraient-elles responsables ?

La sonnerie de mon téléphone retentit à ce moment, et je suis surprise que le réseau parvienne jusqu'ici.

Je déchiffre l'écran. L'appel provient de Jen Garate. Elle m'informe qu'elle se gare dans l'allée privée et je lui intime de me retrouver en haut des marches, à côté des énormes poubelles sur le flanc est de la maison.

Elle demande :

— Pourquoi y a-t-il un rouleau de scène de crime dans le massif de fleurs à côté de ces grosses portes en bois ? Je suppose que vous l'avez remarqué ?

— Écartez-vous du devant de la maison. Rejoignez-moi à l'endroit que je viens de vous indiquer et ne touchez à rien.

J'ai transformé en parapluie une blouse de labo jetable en Tyvek. Je m'éloigne un peu de la porte de la cuisine. La pluie est toujours soutenue mais semble moins hargneuse, et le ciel s'éclaircit vers le sud.

Je bloque l'accès à la porte ouverte. J'espère qu'aucun appareil de surveillance intérieur ne surprendra notre conversation si nous restons un peu à l'écart. Hormis cela, je ne vois pas très bien ce que je pourrais tenter d'autre. Ce n'est pas la première fois que je m'inquiète de caméras de nounous et autres appareils de sécurité domestique, de plus en plus communs et aisés d'utilisation. Aujourd'hui, lorsque j'inspecte une scène de crime, je garde à l'idée que ce que nous faisons et disons peut tomber dans d'autres oreilles.

Jen Garate descend d'un SUV du CFC qu'elle a garé devant mon fourgon. En vêtements de pluie, elle trotte vers moi, ses bottes en plastique éclaboussant à chaque foulée. Elle paraît s'amuser beaucoup. Ses pas résonnent lourdement sur les marches de bois. Elle semble excitée alors que nous échangeons nos clés. Elle récupère la mienne de ses doigts mouillés et maladroits mais avides.

— Ne grimpez pas à l'arrière du fourgon, sauf pour récupérer les pièces à conviction enveloppées.

J'ai pris un ton qui n'a rien de cordial, sans faire mine de la laisser entrer à l'intérieur de la maison. Et pourtant, je sens qu'elle meurt d'envie de pénétrer dans la cuisine.

D'un ton très professionnel, j'explique :

— Elles sont rangées dans le premier placard. Apportez les paquets à Ernie, contre reçu, après avoir laissé le fourgon dans la baie d'examen. Il s'en occupera à partir de là.

Ses longs cheveux noirs sont noués en queue-de-cheval et ses yeux d'un bleu intense étincellent sous la visière de sa casquette de base-ball. Elle tente de jeter un regard à l'intérieur par-dessus mon épaule et rétorque :

— Il me faudrait davantage de détails sur ce qui s'est déroulé ici.

— Je vous ai communiqué toutes les informations dont vous aviez besoin pour l'instant.

— Je suis très contente d'être venue vous aider. Ce doit être une scène complexe, sans quoi vous ne seriez pas revenue. Marino est avec vous ?

— Ah bon ?

C'est mon moyen de lui rappeler avec courtoisie qu'elle n'a pas à m'interroger.

— Hé, faut pas être méchante avec moi, parce que je sais qu'il est ici. (Elle plaisante d'une façon séduc-trice, parlant vite comme si elle avait pris du *speed*.) J'ai entendu ses jacassements à la radio. Cet officier qu'ils cherchent ? C'est quoi son nom, déjà ? Hyde, comme dans le Dr Jekyll. Au cas où vous ne le sauriez pas, Twitter a relayé que le département de police de Cambridge le cherche, qu'ils ont lancé un bulletin à tous les officiers parce qu'il semble qu'il ait disparu des radars et qu'ils n'arrivent pas non plus à mettre la main sur sa voiture de patrouille. Vous savez ce qui s'est passé ?

— Ce n'est pas moi qui écoute les jacassements de radio. À votre avis ?

Je ne réponds pas à ses questions et n'aime pas la façon dont elle tente de regarder par-dessus mon épaule et dont elle se rapproche, centimètre après centimètre, de la porte ouverte.

— Je peux terminer l'analyse de la scène de crime avec Marino. Ça vous permettra de rentrer.

Il ne s'agit pas d'une proposition aimable de sa part, mais plutôt d'une directive qui me conforte dans mon peu d'appréciation de cette femme.

Jen Garate est une jolie femme, dans un genre un peu vulgaire, environ trente-cinq ans avec une peau olivâtre et des formes généreuses dont elle fait étalage avec libéralité. Lorsqu'elle a envoyé sa candidature pour le poste, je n'ai pas beaucoup réfléchi à ses tatouages, ses bijoux gothiques, et ses vêtements minimaux mais très ajustés. De surcroît, il ne s'agit pas de la raison principale pour laquelle j'ai du mal à la supporter, tant s'en faut. Son côté cabotin et conquérant me déplaît. Tout ce qu'elle fait n'a d'autre motivation que son exhibitionnisme. Elle pourrait déterrer un squelette ou récupérer un cadavre d'une rivière, elle parviendrait quand même à transformer la scène en spectacle sexy grand public.

— S'il vous plaît, Jen, conduisez le fourgon au Centre. Je devrais vite rentrer, du moins, je l'espère.

Elle s'attarde néanmoins sur la dernière marche. Des gouttes de pluie s'écrasent sur son coupe-vent bleu marine, orné au dos des lettres jaunes SCIENCES LÉGALES.

Un sourire rusé. Elle déclare, un brin suffisante :

— Désolée pour Lucy.

Je reste impavide. Je joue les imbéciles alors que Marino entre de son pas lourd dans la cuisine. Puis je demande à Jen d'un ton paisible, détaché :

— Pardon ?

— Ben, de ce que j'ai entendu, l'hélico qui s'est pointé dans sa propriété ce matin n'était pas le sien.

Marino se tient derrière moi et je la pousse dans ses retranchements :

— Et où avez-vous entendu cela ?

Je me recule vers lui et nous restons côte à côte dans la cuisine pendant qu'elle se fait tremper. Jen dévisage le grand flic et récidive :

— Lucy a des ennuis ? D'un côté, j'ai quand même le droit d'être informée. Toi aussi, Pete. Peu importe que tu ne fasses plus partie du CFC. Toi et Lucy êtes très proches. Du coup, si elle a des emmerdes avec les fédéraux, tu penses pas que tu devrais être au courant ? D'ailleurs, tous les gens autour d'elle.

— Qu'est-ce qui te fait penser qu'elle a des ennuis ?

— BAPERN.

Le Boston Area Police Emergency Radio Network rassemble plus de cent agences locales, la police de l'État et le FBI. Je ne parviens pas à comprendre comment une information concernant Lucy et sa propriété a pu être diffusée sur ce réseau.

Jen explique :

— Je sais que le FBI a envoyé un hélicoptère, et sa destination sautait aux yeux. Le grand ranch de Lucy à Concord.

Marino lui lance un regard noir.

— Ah, ouais ? Et pourquoi les fédéraux évoqueraient un de leurs hélicos tactiques sur le BAPERN ? Ben, la réponse, c'est que jamais ils feraient ça. Ils passeraient sur la fréquence du contrôle aérien.

Elle tourne le regard vers moi et précise :

— Je n'ai pas dit que les fédéraux en discutaient. En fait, il s'agissait des flics de Concord. D'autant qu'on s'était plaint de votre grand fourgon. Vous avez coincé un véhicule du FBI, ou un truc de ce genre ? Apparemment, une patrouille de Concord a vérifié pourquoi l'hélicoptère survolait la propriété de Lucy, et on a évoqué votre fourgon qui bloquait un agent du FBI.

Cinglant, Marino rétorque :

— Sans blague ? Et devine quoi ? Notre boulot ne consiste pas à répondre à tes questions. Allez, salut.

— Je ne pose pas de questions. Je répète des informations que, de toute évidence, vous ignorez.

— On n'a pas besoin de ton aide.

Elle lui lance un regard de défi qui me stupéfie et lui balance :

— Peut-être que t'es pas assez intelligent pour me la demander.

Il lui claque la porte à la figure. La dernière image de Jen Garate restera sa bouche grande ouverte sur une protestation. Je jette un regard par la fenêtre au-dessus de l'évier. Elle descend les marches, suit l'allée, et démarre au volant du gros fourgon blanc. J'avoue ressentir une certaine satisfaction lorsque les pneus dérapent sur les briques et que le véhicule cahote dans la boue. Elle braque trop et imprime au fourgon un roulis excessif. Je conduis ce fichu truc bien mieux qu'elle !

36

Nous sommes ce que nous mangeons, dit-on. Cette affirmation se pare dans mon cas d'implications morbides. J'en apprends beaucoup au sujet des êtres lorsque j'inspecte le contenu de leurs placards de cuisine et de leur poubelle.

Marino et moi inventorions la cuisine et je le mets en garde contre Jen. Ce n'est pas la première fois et ce ne sera sans doute pas la dernière. La poubelle vide est exactement telle que nous l'avons laissée, pas de sac à l'intérieur, le conteneur en plastique tiré juste assez pour maintenir le couvercle entrouvert.

— Je préférerais que vous vous absteniez, Marino.

Il referme un tiroir dans lequel sont rangés maniques et torchons et rétorque :

— Vous me connaissez. J'peux pas m'empêcher d'être honnête.

— Je vous en prie, ne lui offrez aucun argument pour attaquer le CFC en justice, au prétexte qu'il s'agit d'un lieu de travail hostile, par exemple, parce que des gens lui auront claqué la porte à la figure. Peu importe l'honnêteté.

— Je l'aime pas, et ça n'a rien à voir avec le fait qu'elle a récupéré mon ancien boulot.

De l'eau en bouteille, des jus, du vin blanc, des plaquettes de beurre et des condiments s'alignent sur les étagères du réfrigérateur. Je repense au contenu gastrique de Chanel. Il semble qu'elle ait dîné d'un plat à base de crustacés – peut-être un gombo créole, un ragoût ou une soupe – peu avant d'être assassinée. Pourtant, je ne vois pas de légumes frais, poivrons, oignons, ou quoi que ce soit qui pourrait suggérer qu'elle a cuisiné. Il n'y a pas non plus de barquettes de plats à emporter. Je m'interroge à propos du sac-poubelle volatilisé. Je m'en ouvre de façon prudente à Marino.

Rien ici n'est de nature à indiquer que quelqu'un a mangé ou préparé un repas il y a peu, hormis les jus pressés, d'un rouge profond. Cinq bouteilles en verre s'alignent sur une étagère du réfrigérateur. J'en ouvre une et l'odeur de gingembre, de poivre de Cayenne, de kale et de betterave s'en échappe. Je doute que ces boissons à faible durée de conservation soient vendues dans une des épiceries que je fréquente à Cambridge. L'idée que la demeure s'élève à moins de trois kilomètres de chez moi me frappe de nouveau. Elle est située à dix minutes de mes bureaux. Il n'est pas exclu que Chanel Gilbert et moi ayons fait nos courses, rempli nos réservoirs de voiture dans les mêmes endroits. Je reprends :

— Beaucoup de fabricants de jus frais livrent à domicile. Je ne pense pas avoir jamais vu cette marque en magasin.

Il tire une bouteille de jus rouge, la retourne, inspectant l'étiquette et le nom du fabricant : 1-Octen. Elles ressemblent à celles que j'ai aperçues, entassées dans un sac, à l'arrière de la Range Rover rouge.

Il la replace sur son étagère, ôte ses gants, et plonge la main dans une poche à la recherche de son téléphone en commentant :

— Pas d'adresse de fabricant, pas de date limite de consommation. On dirait une étiquette générée par ordinateur, le genre fait maison. Attendez, je regarde sur Google. Rien. Cette boîte n'existe pas. C'est quand même un nom bizarre. Ça sonne un peu comme *octane* ? Un super-fuel avec un fort taux d'octane, sauf que là, on a du jus de légumes.

— Ou alors comme dans *1-octen-3-one* ? La molécule aromatique qui, en fonction d'autres paramètres, donne son odeur métallique au sang ?

— Du sang ?

— Ce mélange renferme à l'évidence beaucoup de betteraves, d'où sa couleur rouge profond. À l'instar du sang, le fluide vital. Les betteraves sont riches en fer et c'est une odeur ferrique que nous percevons lorsque le sang entre en contact avec la peau. 1-Octen est un nom étrange pour un aliment, pour ne pas dire douteux.

— Peut-être que Chanel l'a mis en bouteille. Comme j'ai dit, ça fait un peu préparation maison.

— En ce cas, nous devrions trouver un extracteur de jus, un robot culinaire, un Ninja. Je ne vois rien de semblable dans la cuisine.

D'un ton sarcastique, il ajoute :

— Peut-être qu'elle faisait dans les vampires, en plus de ces merdes occultes partout.

Je jette un regard dans le garde-manger.

— J'ai l'impression qu'elle ou quelqu'un d'autre était végétarien, voire végétalien, et consommait une alimentation sans gluten. Rien à base de blé. Pas de fromage, de poisson ni de viande dans son réfrigérateur ou dans le freezer. Beaucoup de tisanes, de suppléments nutritionnels. Je ne vois toujours rien de périssable, en dehors des jus.

Je me garde de préciser ce que Luke a retrouvé dans le contenu gastrique de Chanel Gilbert. Les végétaliens et même les végétariens s'abstiennent de manger des crevettes ou autres crustacés. Pourtant, c'est la dernière chose qu'elle ait avalé avant d'être tuée. A-t-elle dîné au restaurant hier soir ? Le plat a-t-il été livré, ou apporté par une personne de sa connaissance ? Les restes de son dernier repas ont-ils été jetés dans la poubelle disparue ? Était-elle vraiment végétarienne ? Je tais mes questions. Je refuse d'offrir à quelqu'un qui nous espionnerait des détails d'autopsie.

J'extirpe un sac à indices de la mallette de scène de crime, et décide d'emporter une bouteille du jus rouge parce que je la trouve incohérente avec le contexte. Les jus sont frais. Rien d'autre ici, hormis le beurre. On dirait que personne n'a vécu dans les lieux depuis pas mal de temps, et pourtant quelqu'un y habitait. Trop de détails se contredisent. Des signaux brouil lés. Soudain, les horloges sonnent à l'unisson. Il est 15 heures. Aussitôt, des grésillements radio éclatent.

Marino augmente le volume, ajuste le bruit de fond. Le dispatcheur fait état d'une bagarre en cours dans un parking de North Pond Boulevard.

— Deux hommes blancs, sans doute mineurs, dans un SUV rouge, modèle récent. L'un porte une casquette de base-ball, l'autre un sweat-shirt à capuche. Ils se disputent à l'extérieur du véhicule et sont peut-être sous l'influence de l'alcool ou de stupéfiants.

Une patrouille répond qu'elle se trouve dans les parages, puis une autre.

Marino fourre la radio dans une poche et suggère après un long soupir :

— Allons-y, Doc. Qu'on en finisse !

Nous longeons un couloir parqueté en larges lattes de pin dont je suppute qu'il date de la construction de la maison.

Aux murs de stuc sont suspendues d'autres huiles anglaises anciennes et sombres. Une porte ouvre sur une bibliothèque aux lambris de chêne, véritable galerie d'exposition de photos sous-marines, illuminées par des appliques anciennes sur fond miroir. Dans les bibliothèques encastrées se serrent de vieux volumes couverts de cuir, dont je suppose, là encore, qu'ils ont été achetés au kilo pour peaufiner le décor. Je reste quelques instants dans l'embrasure de la porte pour mener mon habituelle reconnaissance de terrain, ainsi que la nomme Lucy.

Je détaille les poutres apparentes de bois presque noir qui soutiennent le plafond de plâtre blanc, un poêle à bois installé dans une antique cheminée de pierre. Le plancher est semé de nattes, identiques à celles de la cave. Entre les deux fenêtres occultées de rideaux est poussé un secrétaire marqueté en acajou et citronnier de Ceylan.

Je contourne la table. Elle mesure au moins trois mètres de longueur. Des pieds sculptés à la main soutiennent son plateau de marqueterie. Une carafe de cristal vide est poussée au centre, entourée de plusieurs petits verres. Une autre horloge égraine les secondes, celle-ci sans doute du XVIIIe siècle, musicale, en écaille de tortue, dorures et laque. Je jette un regard à ma montre. Il est 15 h 04. L'horloge a été réglée de façon identique aux autres.

Je contemple les photographies encadrées de tortues de mer, de barracudas, de raies léopards. Je me tourne vers le grand flic et demande :

— Des détails suggéraient-ils que Chanel Gilbert travaillait ici ? Qu'est-ce qui se trouvait d'autre sur le bureau ?

Les clichés de cigales de mer, de mérous goliath, de perroquets arc-en-ciel, de lambis voisinent avec les silhouettes imprécises de carcasses d'épaves. L'eau semble une palette de nuances explosives de vert et de bleu, parfois éclaircies par la lumière qui filtre de la surface.

Marino m'observe alors que j'admire ces scènes de plongée chatoyantes sous la lumière des appliques. Il m'informe :

— On a emporté l'ordinateur, un Mac Pro de bureau, et on a aussi retrouvé son téléphone dans cette pièce. Il y avait un routeur. Sur le moment on n'avait pas de raison de l'embarquer, pas plus que la télé et les autres appareils électroniques.

— Pas d'ordinateur portable, d'iPad ?

Il secoue la tête et je me demande qui, aujourd'hui, ne possède pas d'ordinateur portable, de tablette. Je prends mon temps, j'examine avec soin les créatures marines et les vaisseaux naufragés. Un autre exécrable pressentiment remonte du plus profond de moi. Je me rends peu à peu compte que ce que je détaille m'est familier.

Je m'approche de certains cadres et finis par identifier les débris épars d'un bateau à vapeur grec, *Le Pelinaion*, coulé durant la Seconde Guerre mondiale. Je connais également *L'Hermès*, *Le Constellation*, et d'autres dont les vestiges parsèment le triangle des Bermudes. J'ai plongé à cet endroit à de multiples reprises. J'y ai été harponnée le 15 juin. Il y a exactement deux mois, jour pour jour.

Je désigne les photographies. En dépit de mes efforts, ma voix se fait accusatrice :

— Vous ne m'avez pas parlé de ça ?

L'endroit où l'on m'a tiré dessus.

Marino hausse les épaules et répond, indifférent :

— Des tableaux qui représentent des vaches, ou des photos de poissons, en quoi c'est intéressant ?

L'endroit où l'on m'a tiré dessus !

Je me déplace de l'une à l'autre, les pointe de l'index, ma cuisse droite m'élançant.

— La plongeuse, ici ? Et là, là... c'est la même personne. N'est-ce pas elle ? N'est-ce pas Chanel Gilbert ?

La femme a l'air jeune, en parfaite forme. Elle est moulée dans une combinaison de plongée de trois millimètres d'épaisseur, ornée d'une double bande blanche autour de la cuisse droite. Un masque et des palmes noirs, des cheveux châtains, et je remarque alors la fermeture de sa combinaison. Je me fige, stupéfaite. Je cherche avec fébrilité dans mes souvenirs de la vidéo enregistrée par mon masque. Je me souviens de ces deux bandes blanches sur la jambe de la combinaison que Benton portait alors qu'il tentait de replacer le détendeur dans ma bouche. Et l'incertitude s'insinue.

S'agissait-il bien de Benton ? Il a toujours affirmé m'avoir aidée à remonter vers la surface après mon agression. Jamais je n'ai eu la moindre raison de douter de ses paroles jusqu'à aujourd'hui, en cette minute. La séquence que Lucy a fait défiler dans le hangar à bateaux me revient. En vérité, j'aurais été incapable d'identifier le plongeur sur la vidéo. Incapable de jurer qu'il s'agissait de Benton. Je n'avais pas non plus remarqué la fermeture à glissière de la combinaison de plongée de mon sauveur au moment des faits. Pourtant, sur ces photographies, ladite combinaison ressemble à celle que j'ai vue un peu plus tôt, avec fermeture Éclair sur le devant. La plupart sont généralement dans le dos, avec une lanière que l'on peut atteindre sans difficulté pour la remonter ou la baisser.

Les fermetures à glissière frontales sont assez récentes. Nombre de plongeurs les préfèrent parce que le Néoprène semble alors moins contraignant. Dans mon esprit, elles sont associées aux plongeurs professionnels de l'armée ou de la police, et en tout cas pas aux combinaisons que Benton et moi utilisons. Ça n'était pas lui dans la vidéo. Il ne s'agissait pas de mon époux, agent du FBI. Qui était cette personne, et pourquoi se trouvait-elle là ? Je ne sais pas non plus si la plongeuse des photographies mises en valeur dans la bibliothèque de Chanel Gilbert m'a sauvé la vie pour trouver la mort hier dans la nuit.

Je passe de photo en photo, les étudie. La femme représentée est de taille et de poids moyens, environ 58-59 kilos. Elle regarde droit vers la caméra, et je superpose cette image avec ce que j'ai découvert un peu plus tôt, dans le hangar à bateaux de Lucy. Je suis presque certaine qu'il s'agit de Chanel. Toutefois, lorsque j'ai examiné son cadavre ce matin, les cheveux étaient si ensanglantés qu'il était difficile d'en déterminer la couleur.

Le nez était cassé, les yeux bouffis au point qu'ils ressemblaient à des fentes. La photo que j'ai contemplée sur le permis de conduire de Chanel ne datait pas d'hier. Des cheveux plus clairs et plus longs cascadaient autour de son visage, plus rond. Peu importe, je crois qu'elle et la plongeuse ne font qu'une. Il ne s'agit pas d'une coïncidence. Cela fait partie du plan.

Le triangle des Bermudes. Où l'on m'a tiré dessus.

Je m'en ouvre à Marino, qui balaye ma remarque.

— On vous a flinguée au large des côtes de Floride du Sud. Pas dans le triangle des Bermudes.

Il jette un regard circulaire, tentant de découvrir les appareils de surveillance que, de toute façon, nous ne repérerons pas.

La géographie n'est certes pas mon fort. Pourtant, je réplique :

— Si vous tracez une ligne entre Miami et San Juan, Porto Rico et les Bermudes, vous obtenez le triangle.

Lucy la connaissait-elle ?

Elle se trouvait aux Bermudes la semaine dernière. Lorsqu'elle a atterri à Logan, son jet privé a été fouillé par les douanes. Voilà la question que j'aimerais poser à Marino, mais je patienterai. Pas ici. Il me fixe, puis les photographies pendues au mur, et j'entends les conversations étouffées de la radio qu'il a fourrée dans la poche arrière du treillis noir de terrain. L'altercation signalée sur North Point Boulevard était dénuée de fondement. La police a inspecté le parking.

Je désigne une photo sur laquelle on voit la plongeuse nager à proximité d'un requin nourrice, et commente :

— Chanel était familière des explorations d'épaves dans les Bermudes. Plus je regarde, et plus je suis certaine qu'il s'agit d'elle, à moins qu'elle n'ait une jumelle.

— Je sais rien concernant le fait qu'elle plongeait. Bien sûr, elle devait aimer les photographies sous-marines, ou alors sa mère, ou bien le décorateur.

— Facile à découvrir.

Nous devrions retrouver des cartes de certification de l'Association professionnelle des instructeurs de plongée, ou de l'Association nationale des instructeurs de plongée sous-marine. Elle doit avoir pris des cours et obtenu sa certification. Son nom figure sans doute sur les listes de membres. On devrait retrouver un équipement de plongée dans la maison, sauf si elle l'a remisé ailleurs, et je soulève à nouveau ce problème :

— Lui connaît-on d'autres domiciles ?

Mon calme se fissure. Marino répond :

— Bonne question.

En réalité, je voudrais surtout savoir si elle et ma nièce se sont rendues ensemble aux Bermudes. Lucy a prétexté un court séjour de plongée. Toutefois, elle ne l'entreprendrait pas seule. Elle ne plongerait jamais sans un binôme, et peut-être que ce binôme n'était autre que Chanel Gilbert, la personne que Lucy a décrite comme une amie de Janet. Il nous faut le découvrir. Les appareils électroniques prélevés dans cette maison ont dû être apportés au labo de ma nièce, ou y atterriront avant la fin de la journée.

Je refuse qu'elle passe en revue les ordinateurs de Chanel, ses clés USB, son téléphone, ou tout autre équipement de surveillance, si elles entretenaient une relation d'ordre personnel. Alors même que défilent ces pensées dans mon esprit, je suis consciente qu'il n'est pas exclu que Lucy ne refasse plus d'apparition dans mes bureaux. Jamais. J'ignore ce qui se passe. Je n'ai pas la moindre idée de ce qui va survenir, et jusqu'où le FBI pousserait pour flanquer en l'air son existence.

Je me garde de formuler à voix haute mes inquiétudes. Je ne tolérerais pas que quiconque nous espionnant les entende. Je ne tolérerais pas qu'il s'agisse de Carrie. De plus, le FBI pourrait s'avérer être l'espion en question. Lucy est-elle avertie que Chanel Gilbert est morte ? Si, du moins, elle la connaissait. Nous n'avons pas encore rendu publique son identité. Cependant, il me faut vérifier que rien n'a fuité sur Internet. J'appelle Bryce. La communication est de piètre qualité. Je lui demande où il se trouve.

37

— La réception n'est jamais bonne, ici. Vous savez, à cause du champ magnétique. Imaginez une nuée d'étourneaux qui s'envoleraient d'un coup des arbres. Ce gros nuage d'oiseaux diaboliques. Ben, ça ressemble à ça quand tous les petits électrons décollent et crachotent sur votre ligne. Je peux vous rappeler d'un poste fixe, si vous préférez.

— Ça n'arrangera rien.

— Je vous capte mal, aussi je vais être bref.

— C'est moi qui vous appelle, Bryce.

— Allô ? Allô, docteur Scarpetta ? Pouvez-vous m'entendre ? Ici Fort Knox.

— Je dispose de peu de temps.

— Désolé. Voilà, je me suis déplacé. Vous m'entendez mieux ? Waouh, je me sens un peu dans les vapes. Sans doute la privation d'oxygène. Je trouve que c'est toujours pire après qu'on a fait le vide dans la chambre. Peut-être que ça modifie aussi le niveau dans la pièce ? Hein, pourquoi pas ? Je me suis assis et me suis souvenu que je n'avais rien avalé de la journée. Sauf des chips de kale qui avaient séjourné bien trop longtemps dans mon tiroir de bureau.

Mon logorrhéique chef du personnel est en compagnie d'Ernie, dans le laboratoire des traces, aux murs, sol et plafond de béton renforcés d'acier. Cela explique la médiocrité des réceptions sur mobile. Ça n'est certes pas à cause du microscope électronique à balayage (MEB), de la spectroscopie infrarouge à transformée de Fourier (IRTF) ou de tout autre instrument très sophistiqué que nous utilisons lors de l'identification des matériaux et substances inconnus. Rien de cela ne pourrait étourdir Bryce. Cela étant, il n'a besoin d'aucune assistance, ni d'aucune circonstance particulière, localisation ou équipement pour souffrir d'étourdissements.

Je choisis mes mots. Si des systèmes de surveillance sont dissimulés dans la maison Gilbert, ils enregistreront mon côté de la conversation, sans déduire ce que l'on pourrait me répondre.

— Informez-moi des derniers développements.

Ce que Bryce me raconte ne sera pas entendu. Sauf si mon téléphone portable est sur écoute. Sauf si Carrie l'a piraté, ou alors le FBI. Je m'efforce de rester calme, professionnelle, de me concentrer sur la raison pour laquelle je me trouve ici. Toutefois, cela se révèle de plus en plus difficile, presque impossible. Chanel Gilbert plongeait dans le triangle des Bermudes. Lucy s'est rendue là-bas. Aujourd'hui, Chanel a été assassinée et la propriété de ma nièce passée au crible par le FBI. Un officier de police est manquant, et Marino et moi sommes à nouveau seuls dans cette maison, où des horloges ont été mystérieusement remontées, une table dressée, où des portes s'ouvrent et se ferment sans que l'on sache pourquoi. On dirait que la gravité se fait davantage sentir dans cette demeure. Elle nous pousse vers un trou noir.

Bryce débite la raison pour laquelle il se trouve dans le laboratoire d'Ernie :

— Bon, le gros titre de la journée, c'est le truc super génial qu'Anne a découvert.

— J'espère que vous plaisantez.

— Bien sûr ! Mais c'est si excitant que ça devrait être relayé par les médias, et je suis sûr que ça va être énorme quand ça sortira.

— Pas maintenant. Pas tant que je ne l'aurai pas décidé.

— Vous parlez comme si un sale individu braquait un flingue sur votre tempe, ou alors comme si vous deveniez le personnage principal d'un mauvais film d'animation en Lego. Je comprends : Big Brother vous espionne, c'est ça ? Remarquez, la vie privée est presque une notion obsolète aujourd'hui. Bon, je vais faire la conversation. Anne a retrouvé un étrange bout de verre collé dans le sang, et je me demande, mon Dieu, ce qui a pu se produire ? Comment cette chose a-t-elle pu se retrouver sur le corps de Chanel Gilbert ? Je veux dire, c'est vrai qu'elle vit dans une maison qui remonte à l'époque où on brûlait les sorcières. Mais, à moins que vous ayez vu d'autres trucs de ce genre à l'intérieur...

— D'autres trucs ?

— L'empreinte minérale révélée en microscopie électronique à balayage.

— Pourriez-vous être un peu plus précis, Bryce ? Je suppose qu'Ernie est avec vous ?...

— D'accord, une seconde.

La voix d'Ernie s'élève dans le fond, puis Bryce revient avec la réponse :

— Plus précisément de la silice, des carbonates de sodium et de calcium. En d'autres termes du verre. Avec des traces d'argent et d'or. (Il répète à la manière d'un perroquet ce que précise Ernie.) Traces presque indétectables. L'origine pourrait en être la terre, ou la poussière.

— Quelle terre, quelle poussière ?

— Eh bien, la perle ou la bille brisée en question a séjourné durant des siècles dans un endroit où le soleil ne filtre pas. L'argent et l'or pourraient se trouver dans la terre, et ne pas entrer dans la composition du verre, mais l'inverse peut aussi être vrai. Ça ne se voit pas à l'œil nu, ce qu'Ernie appelle un *murmure de métaux précieux*. Très poétique, à mon avis. On détecte aussi du plomb.

Je pèse chacun de mes mots alors que l'envie me démange d'être plus directe :

— A-t-il identifié quelque chose qui nous indique où se trouvait ce morceau avant de finir sur le corps de Chanel ?

Elle veut te contrôler.

Bryce reprend :

— Un minuscule fragment de cafard, raison pour laquelle j'ai mentionné la terre ou la poussière, en référence à ces endroits beurk-beurk où se terrent ces bestioles. Mon Dieu, mais peut-être qu'il vient de la maison ? Oh, merde ! Avez-vous remarqué des insectes ? Est-ce un endroit négligé, sale ? J'espère qu'Amanda Gilbert n'apprendra jamais que sa fille vivait comme un de ces accumulateurs que l'on voit à la télé, entourés par leurs détritus, leurs animaux morts, avec des insectes qui grouillent partout…

— Prévenez Ernie que je vais l'appeler.

— Une seconde. Il me dit quelque chose. Quoi ?...

J'entends la voix de mon ingénieur qui s'élève. Je comprends juste le mot *millefiori*, un *millier de fleurs* en italien. Il se réfère à un type de perle fabriqué des siècles auparavant à Venise et utilisé comme monnaie.

Je raccroche et compose le numéro du laboratoire d'Ernie. Mon microscopiste favori me répond, et le son de sa voix familière me réconforte et me soulage. Il explique :

— Inutile de préciser qu'il ne s'agit pas d'un artefact que je vois souvent, Kay, mais ça ne m'est pas inconnu. Je ne suis pas un archéologue, loin de là. Cependant, au fil des ans, j'ai développé un petit talent à ce sujet, et suis devenu une sorte de Sherlock Holmes du pauvre grâce aux détritus de la société. Quand on a travaillé sur tant d'affaires, il y a peu de choses que l'on n'ait jamais vues, notamment les vestiges du passé. Des balles Minié, ou de mousquet qui finissent par erreur dans les labos, ou alors des boutons, des os dont on se rend compte qu'ils remontent à la guerre d'Indépendance.

— Et vous pensez donc que cet éclat nous vient du passé ?

— J'en ai déjà eu entre les mains, du même genre. Vous le savez, j'ai toujours adoré déterrer les choses, que ce soit sous un microscope ou autrement. Vous vous souvenez peut-être que j'ai emmené ma famille à Jamestown, il y a deux ans, pour assister à des fouilles. Nous avons eu le privilège de visiter le site archéologique, et d'être invités dans le labo pour contempler les

472

artefacts recouvrés. C'est une des raisons pour laquelle ce fragment de verre de Brattle Street me dit quelque chose. Ça me rappelle cette bimbeloterie que nos premiers colons fourguaient aux Indiens. Notamment les perles bleu ciel. Ils les prétendaient magiques, attirant la chance.

— Vous évoquez donc la fin du XVe siècle, ou le début du XVIe ?

— Le fragment de perle pourrait dater de ces temps reculés, en effet.

— Pourriez-vous me donner d'autres détails, Ernie ?

— Nous avons là un morceau d'une taille raisonnable, à facettes multiples, fait de trois couches de verre, sans doute en le moulant au-dessus de la chaleur d'une lampe à huile. Pas un verre soufflé, puisque cela suppose un atelier adapté avec des équipements tels qu'un four. Dans le passé, ce genre de bille se réalisait dans un coin de cuisine, si l'on peut dire, un peu comme de frapper votre propre monnaie. La touche finale consistait à ajouter des points de verre coloré, de fins fils d'or, de cuivre, d'argent, en quelque sorte le *nec plus ultra* de la babiole tape-à-l'œil.

— De quelle taille ?

Je continue à formuler des phrases aussi vagues que possible alors même que la tension monte en moi.

— Trois millimètres sur cinq. La pièce d'origine avait sans doute la taille d'une perle moyenne, dans les neuf à dix millimètres, assez cohérent avec ce que l'on appelait les billes d'esclaves. On a prétendu que Christophe Colomb les échangeait contre des marchandises et la permission de naviguer dans des eaux hostiles. Ne soyez surtout pas impressionnée. Je viens juste de trouver ce détail sur Internet. Des perles de cette sorte sont devenues aussi le moyen d'échange le plus classique lors du commerce d'esclaves en Afrique de l'Ouest. Vous voyez, d'un côté on offrait des colifichets, et on repartait avec un navire bourré à ras bord d'or, d'ivoire, et d'êtres humains contraints et forcés.

Ce qu'il me décrit n'a strictement rien à voir avec l'éclat de métamatériau qui ressemble à du quartz et que j'ai trouvé dans la propriété de ma nièce. Je demande :

— Avez-vous référencé les couleurs ?

— Des nuances de bleu avec un peu de vert.

Je repense aux ailes de la blatte.

Je n'ai vu aucun insecte, mort ou vivant, dans la maison, à l'exception des mouches. Le mouton de poussière que j'ai retrouvé dans mon fourgon nettoyé de frais me revient à l'esprit, en même temps que les débris qui adhéraient à l'empennage de cuir de la flèche, cadeau macabre. Des indices transférés d'un lieu à un autre, et peut-être est-ce aussi valable pour le bout de verre. Rien de ce que j'ai vu jusque-là n'indique que ce vestige de babiole provienne de l'intérieur de la maison, en tout cas pas des pièces que nous avons inspectées.

Je précise à Ernie :

— Rappelez-moi dès que vous aurez quelque chose de nouveau. Jen devrait vous contacter…

— Elle m'a déjà appelé, tout de suite après avoir garé le fourgon dans la baie. Il faut aussi que je m'en occupe. Avez-vous d'autres instructions, hormis celles que Bryce m'a communiquées ?

— De grâce, travaillez aussi vite que possible.

— Je suis en train d'ouvrir un de vos paquets tandis que nous parlons.

La phrase que je prononce alors est si sibylline qu'elle en devient inintelligible, et renforce ma colère :

— Je m'inquiète d'une possible origine commune. Suis-je claire ?

— Très. Vous voudriez savoir si tout ou partie des différents objets aurait pu provenir d'une même source ?

— Tout juste, et de quel genre. Aussi détaillée et rapide que possible.

— Si je peux vous en donner les coordonnées GPS, et l'adresse, je m'y efforcerai.

Il plaisante un peu, mais pas vraiment.

Ernie va se mettre aussitôt au travail parce qu'il me connaît. Notre collaboration remonte à loin. Il est patient. Il écoute, et je déplore de ne pouvoir en dire autant de Bryce, que je rappelle aussitôt.

D'une voix qui ne souffre pas la contradiction, je débite :

— J'ai dix secondes. Lors de mon premier examen ce matin, je n'ai rien vu qui corresponde à ce que vous et Ernie décrivez.

— Ça ne m'étonne pas.

Évitant les mots « verre », « perle », « bille », je demande :

— Où a-t-il été collecté ? À quel endroit précis du corps ?

Je suis sur le point de perdre le contrôle de moi-même.

Ne lui donne pas cette satisfaction.

Bryce m'informe :

— Comme je vous l'ai dit, dans le sang. Collé dans sa chevelure ensanglantée.

— D'accord. Harold a précisé qu'il avait vu quelque chose briller sans parvenir à le retrouver.

— Anne l'a découvert lors du CT-scan. Ça s'est allumé comme Times Square, un tout petit machin pas plus gros qu'un pois cassé. C'est vraiment trop génial de le voir agrandi cinq cents fois en microscopie électronique à balayage. On peut même distinguer les marques d'outil dessus, à l'endroit où on l'a saisi alors que le verre n'avait pas encore refroidi.

Mon chef du personnel est aussi guilleret que si nous papotions de choses et d'autres.

— Bryce, je veux être certaine que ni l'identité de Chanel Gilbert ni quelque information que ce soit concernant sa mort n'ont été divulguées.

— Certainement pas par nous. Mais vous savez, bien sûr, que ça se répète sur Twitter.

— Non, je l'ignorais.

Lucy doit avoir appris son décès.

— Ben si, il y a peu de temps. Pas vraiment une surprise. Plus rien n'est secret.

— Et que dit-on ?

— Juste que la fille d'Amanda Gilbert, très célèbre productrice, a été découverte morte ce matin à Cambridge. J'ignore qui a tweeté. Sans doute pas mal de gens.

Je raccroche et détaille la photo d'un requin marteau. Un gros spécimen, avec ses yeux mornes et ses dents dénudées, prêtes à déchiqueter. La plongeuse se

476

trouve presque au-dessus de lui. Elle n'a pas peur. Je pense même qu'elle sourit.

Ne lui offre pas ta peur. Ne lui donne rien de ce qu'elle veut.

Sur une autre photo, la même plongeuse tire l'enchevêtrement d'une ligne de pêche et décroche l'hameçon fiché dans la gueule d'un requin tigre. Chanel Gilbert. Brave et aventureuse. Avec une tendresse envers les animaux, à ce que je vois. Sans peur. Sûre d'elle. Peut-être trop. Peut-être rien ne l'a-t-il jamais démontée, jusqu'au jour où elle a été tabassée à mort sur son sol de marbre. J'imagine une attaque éclair. Elle ne l'a pas vue venir.

Elle se trouvait dans le vestibule, à peine vêtue, et ne se sentait pas physiquement menacée. Je n'ai retrouvé aucune blessure de défense, aucune marque de prise qui indiquerait qu'elle ait tenté de se protéger. Soudain, elle s'est retrouvée par terre. Elle était en confiance, pour une raison ou une autre. Elle n'était pas sur ses gardes et songeait qu'elle n'avait rien à craindre, sans quoi elle ne se serait pas trouvée à cet endroit, à moitié nue. Je doute qu'elle aurait ouvert ou fait pénétrer un individu étranger drapée d'un simple peignoir.

Elle connaissait son assassin.

Les traces de sang montrent qu'elle a été tuée où nous l'avons trouvée. Mais ça ne signifie pas qu'elle n'est pas restée gisante à cet endroit durant un moment. Cela expliquerait l'incohérence à propos de l'heure de la mort. Une autre image s'impose à moi. Carrie qui revient dans le vestibule pour se réjouir des dernières lueurs de son triomphe. Peut-être est-elle restée à proximité du cadavre durant des heures, des jours.

Leurs relations étaient sexuelles. Du moins à ses yeux.

Je désigne à nouveau les photographies suspendues aux murs et alerte Marino, qui regarde par-dessus mon épaule :

— Vous avez vu celles-ci ?

— Ouais, je pense que vous avez raison. C'est Chanel Gilbert. Sans doute une sacrée plongeuse.

— Elle n'a pas l'air d'avoir peur de grand-chose.

— Ou alors, elle était idiote. Quiconque essaye de retirer l'hameçon de la gueule d'un requin est idiot, du moins à mes yeux.

Je jette un regard à ma montre. Il est presque 16 heures.

— Je ne le pense pas, et nous devons sérieusement nous interroger à son sujet.

Il commence :

— Son dossier dentaire…

— Semble confirmer que la victime est bien Chanel Gilbert. Cependant, prudence, Marino. Rien n'est ce qu'il paraît être. Elle non plus.

Je sors de la bibliothèque avant qu'il ne puisse me répondre. Je n'attends même pas qu'il range sa mallette de scène de crime. Je ne ralentis pas alors qu'il me crie :

— Hé, une seconde, là !

Il hâte le pas, cramponné à la mallette, ses protège-chaussures en Tyvek glissant sur sol. Le couloir se termine par la chambre principale, une addition avec parquet de chêne et lambris différents de ceux que nous avons remarqués dans les autres pièces. Le style est résolument néogothique, datant peut-être de la moitié du XIXe siècle. L'encadrement de la porte se termine en arche élaborée. Des colonnes en faisceau et des moulures décoratives habillent l'intérieur de la pièce. Les doubles rideaux sont tirés.

J'allume et je me fais l'impression d'être un spectre, une présence vengeresse mais silencieuse, en enfilant une paire de gants de nitrile noir. Je reste figée dans l'embrasure de la porte, et détaille le lit ancien en désordre, avec ses sculptures animalières chargées qui semblent surveiller la pièce telles des gargouilles.

38

Draps et couvertures sont repoussés. On pourrait croire que Chanel Gilbert vient de se lever et qu'elle reviendra sous peu. Si, du moins, elle dormait dans cette pièce. Si, du moins, elle y dormait seule.

Chanel – ou quelqu'un d'autre – n'a pas pris la peine de refaire le lit, ni même de le retaper. Elle ne s'est pas habillée. Qu'a-t-il pu se passer ? Quelqu'un est-il apparu sur le seuil de la chambre ? Son assassin se trouvait-il déjà à l'intérieur ? Les questions se succèdent à un rythme rapide, et je me demande si la jeune femme avait l'habitude de dormir nue. S'est-elle levée pour enfiler le peignoir de soie noire qu'elle portait lorsque son corps a été découvert ? Était-elle dévêtue pour une autre raison ? Les remugles de décomposition me parviennent, une hallucination olfactive. Un souvenir. L'imagination. L'odeur s'est dissipée et, de toute façon, je ne pourrais pas la percevoir dans cette partie excentrée de la maison. En revanche, son souvenir s'est transformé en incessant rappel qui m'a rongée toute la journée. L'état avancé de décomposition plaide en faveur du fait que Chanel Gilbert n'est pas morte la nuit dernière, et encore moins ce matin. Les phénomènes *post mortem* ne mentent pas, pas même durant une vague de chaleur telle que celle que nous connaissons, lorsque l'on a éteint l'air conditionné.

Toutefois, la signification de ces modifications macabres peut être mal interprétée, si l'on nous offre des informations trompeuses. Selon moi, tel fut le cas. Je me souviens du contenu gastrique. Les crevettes, le riz, les oignons et les poivrons commençaient à peine à être digérés. Un petit déjeuner de crustacés à la mode créole paraît, *a priori*, un choix assez inhabituel, mais cela ne signifie pas grand-chose. Les gens mangent ce qui les tente, à l'heure qu'ils veulent. Cependant, je puis affirmer une chose avec certitude : Chanel Gilbert a déjeuné, dîné, ou s'est sustentée d'une collation, probablement avec un verre de bière ou de vin. Ensuite, très vite, le pire est survenu. Elle est morte. Ou alors, son traumatisme a été si violent lorsqu'elle est passée en mode « la fuite ou la lutte », que le sang a dévalé vers ses extrémités. Quoi qu'il en soit, sa digestion s'est interrompue.

Cela pourrait suggérer qu'elle a partagé son repas avec son agresseur, peut-être dans cette maison, à la table de cuisine qui a ensuite été dressée avec une assiette de collection empruntée sur le mur. Chanel s'est-elle levée de table avant d'être battue à mort ? Si elle avait dîné à l'extérieur puis été frappée après son retour chez elle, la digestion serait sans doute plus avancée. Où donc est passé le sac-poubelle ? Un autre scénario se dessine : quelqu'un, peut-être Chanel, a rapporté à la maison un dîner de traiteur. Ou alors son meurtrier. Ou alors Carrie Grethen.

J'imagine la jeune femme attablée, quelques minutes avant d'être attaquée, tuée. Étrange que les restes de son repas aient disparu. Ils n'ont pas été jetés dans les énormes poubelles situées sur le flanc de la maison. Nous n'avons pas non plus retrouvé de facture de restaurant. Toutefois, je n'ai pas vraiment besoin d'indices de ce genre, même s'ils sont utiles. Le contenu stomacal de Chanel Gilbert me révèle ce qu'elle a ingéré avant de mourir. J'ignore si son tueur a anticipé ce que nous pourrions découvrir durant l'autopsie. Peut-être même Carrie n'est-elle pas informée du processus digestif ?

À mon avis, le meurtre de Chanel est survenu il y a au moins vingt-quatre heures. Plus tôt que ce que l'on tente de nous faire croire, en dépit du témoignage de la femme de ménage. Ni ce matin ni hier au cours de la nuit, mais peut-être en milieu de journée ou même la nuit d'avant. En d'autres termes, mercredi. Le jour où Bryce a fait nettoyer de fond en comble les véhicules du CFC. Peut-être même le jour où le feu arrière du fourgon a été trafiqué.

La femme de ménage se trompe, ou elle ment.

Je murmure au seul profit de la chambre déserte :

— Que s'est-il véritablement passé ici ?

Un tapis persan est jeté au centre du plancher à larges lattes. Les poutres apparentes soulignent le plafond. Les doubles rideaux en soie ivoire sont tirés, et derrière, des stores occultants baissés.

Marino, qui se tient juste derrière moi, commente :

— Oh ! Oh ! Vous commencez à parler aux défunts ? Dans ces cas-là, vaudrait mieux terminer notre journée.

Je pénètre dans la pièce. Une odeur florale et épicée me parvient. Je suis mon intuition et mon nez. Les effluves me mènent vers une commode.

— Marino, j'aimerais ouvrir ces tiroirs.

— Je vous en prie.

— Les avez-vous passés en revue, ce matin ?

— J'avais pas de raison de fouiller dans ses affaires personnelles et, en plus, nous disposions de peu de temps. À ce moment-là, il s'agissait d'un accident. Ensuite, il a fallu qu'on file à toute blinde chez Lucy.

— Eh bien, nous sommes de retour.

— Ah bon ? Sans blague ?

Je perçois son regard insistant, son humeur massacrante, sa nervosité. Je découvre ce que je cherchais dans le premier tiroir que j'inspecte.

Il est vide à l'exception d'une pomme d'ambre en céramique, de forme sphérique. Je la récupère, et reconnais les parfums mêlés de lavande, de camomille, de citron, de verveine et d'une autre essence à laquelle je ne m'attendais pas, que je ne parviens pas à identifier. Une odeur assez pénétrante et étrange pour un parfum d'intérieur.

Marino ne me lâche pas du regard et insinue :

— Elles auraient pu partager un petit truc. Vous voyez de quoi je parle, Doc ? Je ne rentrerai pas dans le détail.

En effet, je vois à quoi il fait référence. Ce n'est pas tant ses paroles que la façon dont il les prononce qui m'oriente. Marino suggère que Chanel et Carrie auraient pu partager une relation. Plus que cela. Il s'est fait sa petite idée, dans son coin.

Ma remarque suivante sous-entend que quelqu'un d'autre, en plus de Chanel, pouvait occuper la maison :

— La pomme d'ambre est un objet ancien, mais le pot-pourri a été changé il n'y a pas longtemps. Il est frais.

Le sous-entendu est lourd d'implications déplaisantes, un euphémisme. Si Carrie connaissait Chanel et que Chanel connaissait Lucy, les trois femmes sont liées. Chanel a été assassinée. L'existence de Carrie ne peut être prouvée. Il ne reste que Lucy comme cible du FBI. Je m'inquiète : s'agit-il de l'explication de tout le reste ? Toutefois, je ne parviens pas à en saisir les tenants et les aboutissants.

Marino pose la mallette à terre.

— C'est quoi une pomme d'ambre ?

— Un bijou destiné à contenir des parfums, pots-pourris, huiles essentielles, plaquettes de bois odorantes, sachets. (J'ouvre d'autres tiroirs.) Cette pomme d'ambre est ancienne. Il ne s'agit pas d'une reproduction, et elle me semble dater de la période où l'on a construit cette addition au bâtiment, peut-être au moment de la guerre de Sécession, ou un peu plus tôt, un peu plus tard. Difficile d'en être sûre. En tout cas, cet objet ne remonte pas au XVIIᵉ siècle. Et je doute qu'il soit moderne.

Je frôle de mes mains gantées des vêtements de sport pliés avec soin, une demi-douzaine de débardeurs et de paires de collants. Taille S. Certains portent toujours leurs étiquettes. Tous sont de jolie qualité.

Je poursuis :

— Milieu ou fin du XIXᵉ siècle, selon moi. Mais le point important, c'est que les herbes séchées, les fleurs ou les huiles utilisées sont fraîches, sans quoi leur senteur se serait atténuée.

Il rabat les fermetures de la mallette de scène de crime et propose :

— Vous voulez qu'on les amène au labo ?

— Oui…

Un détail m'arrête soudain : j'ai l'impression de me trouver dans un pub.

Je lâche au profit de Marino et de quiconque nous écoute :

— Vous ne sentez pas le houblon ?

— Le houblon, comme dans la bière ?

D'une voix forte, très audible, et indiscutablement agressive, je rétorque :

— Oui, comme dans son brassage.

Peut-être peut-on jouer à deux à ton jeu ?

— Faut pas prendre ses rêves pour des réalités. Dommage, parce que c'est clair que je pourrais m'envoyer deux bières, là, maintenant.

D'un ton presque affable, indifférent, j'explique :

— Le houblon a d'autres utilisations, notamment médicales.

Il hume l'air autour de moi et conclut :

— Je sens rien, mais c'est pas nouveau quand je suis en votre compagnie. À mon avis, vous avez été un chien de chasse dans une autre vie. Ce serait intéressant de savoir si Chanel avait un problème, une maladie.

— Je ne crois pas. Du moins je n'ai rien remarqué dans ce sens durant le premier examen. Nous verrons ce vers quoi pointe l'histologie. Néanmoins, Luke l'aurait mentionné, s'il avait repéré les signes d'une pathologie ou d'un autre problème sérieux.

— Bon, j'suis pas un expert, mais pas mal des objets que nous avons repérés dans cette maison me laissent penser que quelqu'un avait peur du mauvais sort, des problèmes de santé ou de la mort.

Carrie a signé un pacte avec Dieu. Il stipulait qu'elle ne subirait pas un pareil sort.

Je l'entends, à nouveau, dans ces enregistrements. Pensait-elle que j'éprouverais une quelconque compassion pour ce qu'elle avait vécu ? Jamais. Elle ne mérite ni ma compréhension ni mon humanité. Peu m'importe. Je revois sa peau livide, ses courts cheveux platine, alors qu'elle lisait son script et brandissait un flacon de sa prétendue potion protectrice, censée préserver sa jeunesse.

Je m'adresse à Marino, mais, en réalité, je lui destine mes réflexions, à elle :

— Ce que nous voyons peut indiquer un problème de santé ou une maladie invalidante, engendrant peut-être un inconfort, une souffrance, une honte comme un tic, des tremblements ou une difformité. Nous pourrions en déduire que le sujet possède un système de croyances atypiques – en d'autres mots des illusions, voire des délires – en ce qui concerne le pouvoir guérisseur des plantes et d'autres substances naturelles, les métaux par exemple…

Le cuivre.

— Le houblon est un cousin du cannabis, et a été utilisé pour résorber des tumeurs ou combattre l'insomnie. Chanel, ou la personne qui se trouvait là, souffrait peut-être de troubles du sommeil, d'anxiété, de dépression ou d'instabilité émotionnelle.

Je repose le diffuseur sur la commode et imagine la réaction de Carrie, si elle nous écoute. Elle n'apprécie pas les blessures d'amour-propre. Elle les encaisse mal. Elle y répond en général par le meurtre.

J'ajoute :

— Cependant, le cannabis médical ne rentre pas dans cette définition. Il ne s'agit pas d'une superstition, de charlatanisme. Est-ce là qu'on le gardait ? Pas véritablement une cachette à toute épreuve.

Marino a ouvert l'étroite penderie. Peu de choses y sont suspendues, juste quelques chemises et vestes. Des planchettes de cèdre pendent de la tringle pour décourager les mites. Il soulève un coffret d'apothicaire en acajou, aux poignées d'argent terni. Il le dépose sur le tapis et l'ouvre, dévoilant le capitonnage de velours rouge passé. Le coffret n'est pas verrouillé. Apparemment, on ne craignait pas que quelqu'un dérobe les médications de Chanel, s'il s'agit bien des siennes.

L'intérieur de la boîte est cloisonné par des séparations de bois et les petits tiroirs sont remplis de compte-gouttes de teintures mères de cannabis, de pâtes à mâcher infusées, et de boîtes en plastique renfermant des sommités fleuries. Indica. Sativa. Différents mélanges de cannabidiol (CBD). Je récupère un des petits flacons dont l'étiquette porte le nom d'une compagnie : Cannachoice. Rien d'autre ne précise où la teinture mère a été produite. Marino avait raison.

Je replace le flacon dans son tiroir et souligne :

— Ça ne vient pas du coin. Je suis bien certaine qu'il n'existe aucun dispensaire dans l'État du Massachusetts qui vende quoi que ce soit d'approchant, et les personnels de santé concernés n'ont pas accès à des teintures mères de cette qualité. Selon moi, on ne trouve rien de similaire sur la côte Est. Peut-être un jour.

Marino revient à ses premiers soupçons, selon lesquels la mère de Chanel, très riche et dotée d'un énorme carnet d'adresses, se transformait en pourvoyeuse :

— Je dirais, la Californie.

— En effet, ça peut provenir de là-bas, ou du Colorado. Peut-être de l'État de Washington.

Je récupère un autre flacon, un mélange renfermant un ratio de quinze parties de CBD pour une de THC. La bague plastique de sécurité du goulot est cassée.

Je tire le compte-gouttes. La teinture est épaisse et dorée, et exhale une douce odeur d'herbe. Rien à voir avec ces extraits faits maison que j'ai déjà vus, des pâtes noirâtres qui évoquent le goudron et sont beaucoup trop amères pour être gardées sous la langue, mélangées avec des aliments ou une boisson. La raison pour laquelle je suis allée à la pêche aux informations à ce sujet s'impose à mon souvenir. Une surprise brutale, affligeante, cinglante.

J'en ai appris plus sur la marijuana médicale que je ne l'avais jamais pensé utile. Assez récemment. J'ai discuté avec des experts, écumé Internet, commandé les produits légaux que je trouvais lorsque j'ai appris le diagnostic reçu par la sœur de Janet : cancer du pancréas stade 4. J'ai discuté avec des spécialistes de médecines alternatives. J'ai lu tous les articles de périodiques scientifiques que j'ai pu trouver. La conclusion se révélait désolante : rien de ce que je me procurerais de façon légale n'aiderait Natalie. Je suis toujours navrée lorsque je me souviens de discussions nocturnes, de la détresse, et du langage presque guerrier de ma nièce lorsque j'avais déclaré que nous avions fait ce que nous pouvions, légalement.

Qu'ils aillent se faire foutre ! On va bien voir ! Telle avait été sa réponse. Je les revois à cet instant précis, Janet et elle, assises sur le banc circulaire qui entoure le grand magnolia de ma cour de derrière. Le soleil se couchait et nous buvions un bourbon *small batch*. Elles discutaient de chimiothérapie. Natalie ne pouvait plus s'alimenter. Elle parvenait à peine à s'hydrater. Elle avait mal, était anxieuse, déprimée, et avait besoin de cannabis médical. Il n'est pas légal en Virginie, contrairement au Massachusetts. Cependant, à l'heure actuelle, il n'existe dans notre État aucun produit disponible véritablement approprié dans le cas de Natalie. Seulement des sommités de cannabis, qu'il est risqué de passer de façon illicite, d'après Lucy.

L'herbe est difficile à dissimuler aux nez des chiens renifleurs et aux antidrogue, avait-elle souligné.

Nous dînions chez moi lors de cet échange, puis la conversation avait viré à l'aigre. Lucy y était allée de menaces, et je n'aimerais pas qu'on m'interroge là-dessus sous serment. J'imagine fort bien tous les Jill Donoghue du barreau me tombant dessus :

Docteur Scarpetta, avez-vous été témoin de déclarations de votre nièce indiquant qu'elle n'éprouvait pas de respect pour la loi ?

Seulement lorsqu'il s'agit de lois stupides.

C'est une réponse affirmative ?

En partie.

Qu'a-t-elle dit, au juste ?

Quand ?

Récemment.

Elle a affirmé qu'elle n'obéissait pas aux lois stupides créées par des gens stupides et corrompus. Il n'y a pas très longtemps.

Et un petit drapeau rouge ne s'est pas levé dans votre esprit ?

Pas de façon littérale.

Les aspects légaux ou logistiques n'arrêteront pas Lucy une fois sa décision prise. Dans son esprit, la fin justifie les moyens. Toujours. Inévitablement. Peu importe comment elle en arrive à ce point. Néanmoins, je parierais que tel fut le cas, durant ces derniers mois, alors que Natalie agonisait. Lucy ne m'a jamais rien raconté et je n'ai rien demandé. Elle s'est rendue dans le Colorado avec son avion privé. Puis en Virginie à bord de son hélicoptère. Toutefois, elle n'a offert aucune explication.

En temps normal, je pourrais l'appeler et l'inciter à discuter.

Je lui demanderais si elle connaît une compagnie du nom de Cannachoice, et où elle est localisée. Peut-être aurait-elle des renseignements, importants puisque des flacons de cette marque sont présents sur une scène de crime, sans doute organisée par Carrie Grethen. En temps normal, je serais pendue au téléphone avec ma nièce, l'inondant de questions. Cependant aujourd'hui, les choses n'ont rien d'habituel et si l'on m'a tendu un piège, je compte m'assurer qu'elle ne tombera pas dedans. J'ignore si le FBI a quitté sa propriété. J'ignore si Erin Loria s'est attardée, tentant de les pousser dans leurs retranchements, voire de leur réciter leurs droits. Je refuse que l'une de mes réactions aggrave la situation.

De plus, nous n'aurons bientôt que l'embarras du choix des moments où nous pourrons parler quand elle viendra s'installer chez moi. Lucy, Janet, Desi, Jet Ranger, sans oublier Benton et moi, et notre lévrier secouru des champs de courses, Sock. Tous ensemble. Ensemble pour un bout de temps. L'idée me réconforte alors même que rien ne prouve qu'elle se concrétisera.

Je ne suis ni obtuse ni naïve. Néanmoins, j'ai le sentiment d'être suspendue au-dessus de mon destin. Je regarde vers le bas, vers cette hideuse forme sombre, une chose que je répugne à approcher, à identifier. Et je sais que je me mens à moi-même. Je m'enfonce dans le déni, refusant de voir ce qui importe le plus. Lucy et Benton. Et Marino. Voilà ce qui m'importe le plus.

— Apportons le contenu du diffuseur de parfum au labo, Marino. Nous saurons ce qu'il renferme après analyse.

Je me rapproche du lit. Les mêmes effluves floraux et épicés me parviennent. S'y ajoute une autre odeur.

La menthe poivrée.

39

Les deux oreillers semblent avoir accueilli des dormeurs. Une bourse de satin noir, fermée d'un lien coulissant, est glissée sous celui de gauche, la place la plus proche de la salle de bains.

Elle aussi m'évoque une réalisation maison. Me reviennent les jus de betterave, les bougies dans le salon, et toutes les horloges remontées. Quelqu'un s'active, compose des mélanges de fruits frais, de légumes, d'herbes et de remèdes de phytothérapie. Cependant, rien n'indique que ce genre d'activités domestiques se soit déroulé dans cette maison. Du moins dans aucune des parties que nous avons visitées.

Il s'agit d'une préparation qui amplifie la régénération cutanée... Il faut que tu t'en mettes chaque fois que tu sors, même lorsque le temps est très couvert, en plein hiver, déclarait Carrie alors qu'elle se filmait.

Elle est obsédée par sa santé, sa jeunesse et, avant tout, par son pouvoir. Surtout, elle a développé un don pour aller et venir à sa guise sans laisser de traces. Hormis celles qu'elle veut nous faire découvrir. Comme ce petit appareil enregistreur retrouvé dans la boîte en argent en forme de poisson. Comme les traces de sang essuyé que je ne manquerais pas de révéler, et elle le savait. Elle sait comment je fonctionne, comment je travaille. Je m'inquiète de la signification de tout ceci et du danger de rester dans cette demeure.

Elle veut que tu t'y trouves.

Je n'ai aucun doute à ce sujet.

Tu devrais partir, maintenant.

Je tire complètement les couvertures et inspecte les draps, d'un beau coton blanc cassé, et une couette gris pâle. Au bout du lit, je découvre un haut de pyjama en soie noire, à l'envers. Chanel était nue parce qu'elle l'avait ôté. Ou alors quelqu'un le lui avait enlevé, mais où se trouve le pantalon ? Ni dans les tiroirs de la commode ni à proximité du corps. Je me tourne vers Marino et lui demande de me répéter à nouveau ce que la femme de ménage, Elsa Mulligan, a déclaré. Elle a affirmé que Chanel avait quitté la maison hier après-midi, aux environs de 15 heures, 15 h 30. Marino insiste :

— Comme je vous l'ai dit, la femme de ménage et Hyde n'ont discuté que quelques minutes. Avant notre arrivée, à 8 h 30. Rien d'autre.

Néanmoins, un détail de ce rapport me paraît de plus en plus crucial :

— Et ensuite, elle est repartie, toujours avant notre arrivée. Vous avez tenté de l'appeler ? Peut-on la joindre ?

— Non, pas encore. On a été pas mal occupés. Elle aurait mentionné que Chanel était à la maison parce qu'elle devait travailler tard le soir. Elle aurait aussi précisé que rien ne laissait supposer que sa patronne puisse attendre quelqu'un, et qu'elle avait rompu avec son petit ami au printemps dernier. Chanel et elle se seraient rencontrées dans le New Jersey, il y a environ deux ans.

— Beaucoup de conditionnels, non ?

— Ben ouais, vous avez raison. Parce que vous voyez, je crois plus rien.

— Quelqu'un s'est-il entretenu avec son prétendu ancien petit ami ? A-t-on la certitude qu'il existe bien ?

Marino souligne :

— Carrie Grethen a été localisée dans le New Jersey il y a deux mois, juste avant de partir pour la Floride.

— Hyde a-t-il demandé à la femme de ménage de quelle façon Chanel et elle s'étaient rencontrées ? Ou alors, l'a-t-elle expliqué de sa propre initiative ?

En effet, nous savons que Carrie se trouvait dans le New Jersey deux mois plus tôt. Nous savons qu'un peu avant cela, elle y avait abattu une femme, d'une balle dans la nuque, alors que celle-ci descendait de son véhicule sur le parking de l'embarcadère d'Edgewater Ferry. Je ne peux m'empêcher de songer que la mention du New Jersey par la prétendue femme de ménage renferme une autre raillerie. Il s'agit d'un sujet qui résonne de façon émotionnelle en moi. Je me trouvais à Morristown lorsque j'ai appris que Carrie Grethen était en vie et qu'elle tuait pour satisfaire ses envies tordues. Lucy me l'a révélé alors que nous étions installées dans le bar même où Carrie a été peu de temps avant.

Marino me répète pourquoi il n'a pas interviewé lui-même la femme qui prétend s'appeler Elsa Mulligan :

— J'en sais pas beaucoup plus parce que je n'ai pas assisté à l'entretien. J'étais en votre compagnie, dans votre foutu tank.

— Que se passerait-il si vous tentiez d'appeler cette fameuse Elsa Mulligan ?

Rien. Vous ne parviendriez pas à la joindre.

— Ouais, ben, je ne vais pas essayer avant qu'on soit barrés d'ici. Je sais où vous voulez en venir. Y a un truc qui coince avec cette fille.

— En effet.

J'inspecte la pièce du regard et tente de découvrir le moindre indice du fait que nous sommes surveillés à notre insu.

Je ne localiserai aucun appareil de ce genre, hormis si Carrie le souhaite. Je commence à percevoir les contours du changement qui s'opère en moi. Un changement rare et qui se produit toujours de la même façon. Je ne reconnais pas la transformation jusqu'à ce qu'elle soit installée, de manière irréversible. Une extinction soudaine de moteur. Puis un silence presque irréel durant quelques secondes. Une sensation de flottement. Un calme parfait. Enfin, les étincelants flashs rouges des voyants d'alarme, les sirènes qui hurlent pour me prévenir que je vais m'écraser. Je reviens ici et maintenant. Il ne s'agit que de la radio de Marino. Il ajuste la réception.

Il annonce de ce ton ennuyé, las :

— Un incident au River Basin. Le même SUV rouge avec les mêmes foutus mineurs bourrés, à ce que je comprends. Sauf que maintenant, l'un des deux brandit un flingue.

Avant même de réfléchir, je lâche :

— Quel genre de SUV rouge ?

— D'après ce que j'ai compris des échanges radio, dernier modèle, une caisse haut de gamme.

Je persiste :

— Les mêmes mineurs, le même SUV rouge ont été signalés à plusieurs reprises, et on n'a pas plus de détails ? Quel type de SUV ?

— Pas d'autres infos. Normalement, on devrait connaître le numéro de plaque minéralogique, la marque, le modèle, etc.

La Range Roger disparue s'impose à moi et je m'en ouvre au grand flic. Je suis la première à penser qu'il est peu probable que deux ados l'aient volée dans l'allée privée, sous le déluge, après que la police a inspecté les lieux une bonne partie de la matinée. *A priori*, tout me porte à croire qu'il n'existe aucun lien entre les appels au numéro d'urgence pour signaler des mineurs bagarreurs, un SUV rouge dernier modèle et notre affaire.

— Et dans le cas contraire ? Si ces jeunes sont une autre mise en scène ? S'il s'agit encore d'un jeu ?

Nous savons qui pourrait en être l'auteur et pourquoi, d'autant que le River Basin est proche d'ici, situé à quelques minutes de la maison de Chanel Gilbert.

Marino approuve :

— Ouais, faut penser au pire des scénarios.

Il porte la radio à sa bouche et, d'un ton qui n'a plus rien de charmeur, demande à la dispatcheuse :

— D'autres infos du SUV rouge et, des individus à son bord ? Un numéro de plaque, une marque, un modèle ?

Helen, sans doute, lui répond d'une voix sinistre, au point qu'on croirait qu'un communiqué officiel, expliquant que le monde court à sa perte, vient d'être diffusé :

— Négatif. Rien d'autre.

La mâchoire de Marino se crispe. Il insiste :

— On a le numéro de téléphone des gens qui se sont plaints ?

Elle récite un numéro dont le central m'est inconnu. En tout cas, il n'est pas local. Marino le compose. La sonnerie résonne, et résonne. Il commente :

— Pas de messagerie. Sans doute un de ces portables jetables fantômes. À mon avis, des gamins s'amusent comme des petits fous aux dépens de la police.

— Je l'espère.

— Ouais, ça vaut mieux que l'autre option, c'est-à-dire que des délinquants s'offrent une virée à bord du SUV volé de la femme assassinée.

— Ou que l'assassin de Chanel s'amuse à téléphoner au numéro d'urgence. Ou alors sa prétendue femme de ménage.

Il me fixe, et je sens que nous considérons la même possibilité.

— Vous pensez qu'il s'agirait d'une seule personne, la tueuse et la femme de ménage ?

Une perspective effrayante. Elle signifierait que Carrie a assassiné Chanel Gilbert et qu'elle a appelé la police lorsqu'elle l'a jugé souhaitable. Elle a ensuite ouvert la porte à l'officier Hyde. Elle est restée juste assez longtemps pour répondre à quelques-unes de ses questions, puis a quitté les lieux bien avant que

Marino et moi n'arrivions. Un seul regard d'Elsa Mulligan et j'aurais compris que j'avais affaire à Carrie. Peut-être pas Marino, mais je l'ai vue me tirer dessus il y a moins de deux mois.

— Finissons-en ici, Marino. Passons le lit à l'ALS. Peut-être Chanel n'y dormait-elle pas seule avant de mourir.

Il ouvre la mallette, en réalité une boîte à outils robuste moulée en épais plastique noir. Il en extrait le kit qui contient l'ALS, pour Alternate Light Source, un ensemble de petites torches noires avec différentes longueurs d'onde.

Il jette une boîte de gants sur le sol et en tire une paire avant de demander :

— On commence par quoi ?

— Les UV.

Les fluides corporels peuvent émettre une fluorescence sous les longueurs d'onde élevées de la lumière noire. Marino la sélectionne pour moi. Il me tend une paire de lunettes ambrées de protection, que je chausse. La lentille s'illumine en violet et je balaye le lit de lumière invisible, en commençant par la tête. L'oreiller de gauche, sous lequel était glissée la petite bourse, se teinte d'ombre tel un gouffre.

Marino s'exclame :

— Waouh ! J'ai jamais vu un truc pareil avant. Pourquoi c'est tout noir ? Mais pas l'autre oreiller, ni les draps. Qu'est-ce qui pourrait virer au noir sous une lumière UV ?

— En général, la présence de sang serait ma première hypothèse. Toutefois, à l'évidence, la taie d'oreiller n'est pas maculée de sang.

— Exact. Lorsque vous éteignez la lampe, ça paraît nickel. Un peu froissée, parce que quelqu'un a dormi la tête dessus.

— Prenons des photographies et, ensuite, le linge de lit finira aux labos.

Au moment où je déclare cela, j'entends le même bruit sourd, comme si une porte lourde venait de claquer dans un endroit assez éloigné de la maison, peut-être la cave.

Marino souffle :

— Bordel, ça commence à me filer les boules.

Nous l'entendons à nouveau. Le même son. Exactement le même.

Le regard de Marino passe d'un point à l'autre, et le haut de son crâne luit de sueur.

— À votre avis, Doc, ça pourrait pas être le vent qui fait claquer un volet ?

— Ça n'y ressemble pas.

— Bon, je vais pas aller jeter un coup d'œil. Je ne vous laisse pas seule.

— Excellente nouvelle.

Je dirige le faisceau de la lampe UV sur d'autres zones du lit, et le grand flic prépare l'appareil photo.

Il retrouve les épais filtres de plastique aux teintes ambre, jaune et rouge qui doivent être maintenus sur l'objectif afin que la fluorescence soit visible sur les clichés.

Il remarque :

— La bonne nouvelle, c'est qu'Ajax et ses gars ne seraient jamais repartis s'il y avait eu le moindre doute que quelqu'un se planquait ici. S'ils avaient eu le plus petit soupçon, ils étaient capables de démolir la baraque.

J'opte pour une longueur d'onde supérieure et reviens à l'une de mes préoccupations :

— Et Hyde ? Toujours pas de nouvelles ?

— Nan.

— Sa voiture ?

— Rien jusque-là.

— Et sa femme, elle n'a pas idée de ce qu'il fabrique ? Aucun de ses proches n'a eu de nouvelles ?

De petites taches s'allument en blanc laiteux alors que Marino lâche :

— Rien de rien.

— De la sueur sèche, de la salive, du sperme, des sécrétions vaginales, peut-être…

Je suis interrompue par la sonnerie d'alerte de mon téléphone. Le *do* dièse que j'ai déjà entendu à trois reprises aujourd'hui.

Marino abaisse un filtre jaune de l'objectif de l'appareil photo et crache :

— Attendez, là ! Comment c'est possible ?

Je retire un gant, plonge la main dans ma poche pour récupérer mon téléphone avant de répondre :

— Ça ne l'est pas.

Nous sommes censés croire que l'appel provient de la ligne ICE de ma nièce. Impossible puisqu'elle n'a plus son smartphone. Il est en possession du FBI. Même si elle l'avait remplacé, le numéro aurait changé. D'une voix catégorique, j'observe :

— La ligne est usurpée, depuis le début. La même chose s'est produite à trois reprises aujourd'hui, la première fois lorsque je me trouvais dans cette maison, ce matin. Ça ressemble exactement à cela.

J'oriente l'écran de mon téléphone afin qu'il puisse le vérifier.

Aucun texte dans le message, juste un lien Internet. Je m'écarte de quelques pas pour me garantir un peu de solitude. Je lui tourne le dos et clique sur le lien. L'absence de séquence-titre « Cœur vil et malfaisant » me surprend. Je comprends soudain pourquoi. La vidéo n'a pas été montée, éditée. Il ne s'agit pas d'un enregistrement. Des images en direct. Carrie n'y apparaît pas.

Janet, si. Je la regarde sur le petit écran. Elle est en train de faire quelque chose, raccroche son téléphone à la ceinture de son pantalon de travail, celui qu'elle portait un peu plus tôt, et s'avance vers Lucy. Elles sont au sous-sol, ce que nous avons baptisé l'abri antinucléaire, pas d'une façon sinistre, plutôt sur un ton nostalgique, affectueux, une référence à un passé sur lequel je ne devrais pas m'attarder en cet instant. Alors que je regarde. En temps réel. Comme si je me trouvais là-bas.

Maîtrise tes pensées.

Lorsque j'ai rencontré Benton la première fois, il travaillait dans l'unité des sciences du comportement, un escadron d'élite composé de profileurs, spécialistes en psychologie criminelle, qui avait élu domicile dans l'abri antinucléaire de Hoover. J'avais pris l'habitude de plonger dans les profondeurs de l'académie du FBI pour le rencontrer au sujet d'affaires et, je l'avoue, je n'étais pas en peine pour me trouver de bonnes excuses pour l'y rejoindre. Lorsque j'avais envie de voir l'agent spécial Benton Wesley, j'aurais pu inventer n'importe quoi. Lucy m'accompagnait souvent.

Elle savait ce qui se passait. Elle avait senti depuis des années que Benton et moi étions devenus plus que des collègues. Elle comprenait ce que cela signifiait.

Il était marié, père de famille. Le fait que le médecin expert en chef et le directeur de l'unité des profileurs du FBI couchent ensemble constituait un conflit d'intérêts évident. Nous étions en tort. Certes, cette relation pouvait légitimement être considérée comme honteuse et non éthique, mais rien ne nous arrêtait. Ce souvenir inattendu me stupéfie. Je suis dépassée par un sentiment que je n'avais pas anticipé et me rends compte que je suis terriblement blessée. Tout ce que j'ai subi au cours de cette journée, une journée qui n'est pas terminée, et où est-il ? Benton est avec sa tribu. Le FBI est sa tribu. Pas sa famille. Pas moi. On m'a presque assassinée, deux mois plus tôt, et il est avec eux. Comment peut-il se montrer loyal envers eux après ces événements ? Comment peut-il approuver ce qu'ils font subir à Lucy ?

Concentre-toi !

À cette époque, je soumettais certaines de mes affaires à Quantico et je descendais dans ces souterrains sinistres. Pourtant, à l'époque, ils me semblaient l'endroit le plus magique de la terre. J'avais besoin de lui. Je ne pouvais penser à rien d'autre qu'à lui, de la même manière que Lucy ne pense qu'à Janet et réciproquement. Elles s'aiment. Elles se sont toujours aimées, même durant leur rupture qui a duré plusieurs années. Peu leur importe d'outrepasser les conventions, à l'instar de Benton et moi jadis. Nous n'avons jamais hésité. Une règle, lorsque les gens ont des liaisons. Je détaille le direct sur mon téléphone et sais que l'on m'a choisie comme spectatrice pour une raison précise.

Je me cuirasse, m'attends au pire alors que je me souviens que les caméras de sécurité que ma nièce a installées possèdent des batteries de secours et des disques durs intégrés. Elles peuvent continuer à fonctionner, à enregistrer, en se passant du serveur et d'une alimentation extérieure. Le FBI n'a pas interrompu le réseau de Lucy, en dépit de ce qu'ils pensent. Ils n'en ont pas le contrôle, quoi qu'ils espèrent. Ils ne peuvent se montrer plus intelligents qu'elle. En revanche, quelqu'un d'autre en est capable.

Son système de sécurité et son réseau de communications ont été piratés. On les utilise pour diffuser ce qu'elle fait chez elle, alors qu'elle se croit en sécurité. Lucy ne sait pas ce qui est en train de se produire. Elle ne doit pas en avoir la moindre idée. Elle n'autoriserait pas une telle chose, je me répète. On l'espionne, de la même façon qu'en 1997, et elle ne s'en doute pas plus aujourd'hui qu'hier. Et pourtant, ça me paraît incroyable que ma nièce, brillante, obstinée, rusée puisse être dupée de la sorte.

D'autant que ce n'est pas la première fois.

Mes doutes s'épaississent alors que je regarde Lucy et Janet s'accroupir sur le sol gris, détailler les larges dalles en pierre. On croirait qu'elles examinent un défaut. Je reconnais le lieu, une salle gigantesque, ce que Lucy appelle son *malicieux atelier du Père Noël*. L'endroit a été équipé de façon professionnelle, avec étagères et placards intégrés. Quel que soit l'équipement ou l'outil dont on pourrait avoir besoin pour l'entretien des armes, des voitures, la fabrication et le chargement des munitions, tout s'y trouve.

J'entends la respiration laborieuse de Marino et ressent sa chaleur. Il s'est rapproché et regarde par-dessus mon épaule. Je m'écarte, et lui intime de rester à l'écart. Il ne peut pas visionner cette vidéo, sous aucun prétexte. J'ai déjà été compromise. Hors de question qu'il le soit à son tour.

Cependant, il ne peut détourner le regard et s'offusque :

— Et merde ! Chez elle ? Qui d'autre a reçu cet enregistrement ?

Je couvre l'appareil de ma main et réponds :

— Je l'ignore, en tout cas pas vous. Restez à distance et ne regardez pas ces images.

40

La salle est aveugle. Les plafonniers de l'atelier sont d'une puissance capable de rivaliser avec une salle des opérations. Lucy et Janet se détachent avec netteté sur les images. Je vois les expressions qui se succèdent sur leurs visages, chacun de leurs gestes, alors qu'elles restent autour de cette zone du sol. La lumière crue, inamicale les inonde. « Crue », « inamicale », les qualificatifs que j'attribuerais à notre vie du moment.

Exposée, en insécurité, en proie aux tromperies, aux mensonges les plus éhontés. Je regarde ma nièce et sa compagne dans l'intimité de leur maison. Elles délibèrent, parlent de façon laconique, secrète, environnées par les établis, les étaux, et les grandes boîtes à outils rouges sur roulettes, d'une fraiseuse-perceuse, d'un tour, d'une table à scie verticale, d'une affûteuse, d'une perceuse, et de machines à souder.

J'ignore au juste ce qui les occupe, mais je pense avoir une hypothèse. Elles ont caché quelque chose sous le sol de cette pièce, sans doute Lucy. De la drogue, des armes, peut-être les deux. Alors que je détaille ma nièce et l'écoute, son survêtement du FBI, qui date de son séjour à l'Académie, me paraît toujours ironique. Pas de la même façon, toutefois.

Il ne s'agit plus du bras d'honneur qu'il symbolisait il y a quelques heures, lorsque je l'ai vue courir à ma rencontre le long de son allée privée. Le survêtement est fané, décoloré, les auréoles de sueur sont visibles sur le gris du coton. Il pendouille, pathétique, tel le vieil étendard d'une bataille perdue. Lucy a l'air un peu pitoyable, et son attitude a complètement changé. Elle parle vite, de façon agressive, et je sens qu'elle est sur le point de se désagréger. Je sais ce que cela signifie. Elle est à la limite du désespoir. Je pense ne l'avoir presque jamais vue dans cet état.

D'un ton bravache, auquel je ne crois pas une seconde, elle déclare :

— Je t'avais bien dit que personne ne le découvrirait jamais. Ils sont allés et venus toute la journée, sans rien trouver. Je t'avais bien dit qu'il n'y avait pas matière à s'inquiéter.

Elle a peur.

Le ton de Janet reste calme, maîtrisé, mais j'y perçois autre chose lorsqu'elle répond :

— Tu te trompes. Ils avaient prévu que tu ferais cela.

— Tu l'as répété cinquante fois.

— Eh bien, ce sera la cinquante et unième. Ils ont anticipé, avec une bonne probabilité, ce que ton attitude après délit serait.

— Je n'ai commis aucun *délit*. Bordel, c'est eux.

— Veux-tu que je te parle en avocate ?

— Non.

— Tant pis, je me lance quand même. Erin Loria sait comment tu fonctionnes. Elle a parfaitement compris que tu ne tolérerais jamais la situation dans laquelle ils nous ont placées : sans défense. Elle sait que tu ne resteras pas là, à ne rien faire, en attendant que l'on nous attaque et même que l'on nous tue.

— Et pourquoi s'agit-il de mon comportement et pas du nôtre ? Depuis quand restes-tu là, à ne rien faire ?

Janet déclare :

— Ils ont également pris mes armes.

Ce n'est pas une vraie réponse. En réalité, cela souligne un autre problème légal. Quel droit avait le FBI de confisquer des objets appartenant à Janet ? Ils n'avaient pas de mandat à son nom, du moins à ma connaissance. Bien sûr, ils affirmeront qu'ils ont saisi ses armes parce qu'ils avaient besoin de les analyser. Et si Lucy les avait utilisées pour commettre un crime ? Ou Janet, dans la foulée ? Aux yeux des agents qui ont réquisitionné des affaires appartenant à Janet, la chose n'est guère différente de la confiscation de mon ordinateur et de tout ce qu'ils ont pu embarquer de la chambre d'amis. Ils maintiendront que lorsque des individus vivent ensemble, séjournent sous le même toit, n'importe quel objet peut être saisi. Après tout, le FBI ne peut pas déterminer ce qui m'appartient, appartient à Janet ou encore à Lucy, lorsque lesdits objets sont rassemblés au même endroit.

Je ne serais pas surprise si le FBI décidait d'envoyer les armes de Janet au labo, pour expertise. Cependant, son commentaire à Lucy me paraît relever de l'esquive stratégique, une sorte de *non sequitur*, une argumentation d'avocat bien plus délibérée qu'il n'y paraît. Janet choisit ses mots avec soin. Peut-être une déformation professionnelle qui resurgit sous l'effet du stress. J'ai pourtant l'impression qu'elle veut marquer un point, comme si elle savait que quelqu'un écoute, et c'est indiscutable. J'écoute. Qui d'autre ?

Janet prononce alors ce mot : *criminel*. Elle affirme que ce qui s'est passé est criminel, bien que je ne comprenne pas à quoi elle fait référence. Ce que Lucy a fait, ou le Bureau ? Lucy rétorque que les droits de quelqu'un ne sont jamais honorés.

Ma nièce poursuit :

— La justice ne sert à rien lorsqu'on est mort. Ils se démèneront pour que la vérité ne soit jamais connue. Si on nous assassine, ce sera entériné par le gouvernement. Alors, en effet, c'est criminel. Pour faire court, c'est comme si on avait lancé un contrat sur nous.

— D'un point de vue légal, en théorie, je suis sûre que tu leur prêtes des intentions insensées. Je peux te garantir qu'ils n'ont pas recruté Carrie. Ils ne l'ont pas engagée pour qu'elle attaque Kay, en juin dernier, ni pour qu'elle nous tue. En revanche, ce qu'ils ont fait est bien plus intelligent et diabolique. Il s'agit d'une invitation ouverte à commettre un acte violent et, en effet, c'est de la négligence délibérée. Un mépris complet pour la vie humaine, la définition parfaite d'un crime perpétré de cœur vil. Ce devrait être considéré à la manière d'un acte criminel. Néanmoins, il s'agit du FBI, Lucy. Il n'y aura aucune responsabilité, sauf s'il existe une obstruction ou une rébellion politique perceptible, tel un embarras du président des États-Unis.

Elle ajoute à mon incrédulité.

Un embarras du président des États-Unis devrait nécessairement prendre la dimension d'un événement public. S'il n'est pas public, le Président ne peut être embarrassé. Je tente d'imaginer à quelle sorte d'obstruction politique Janet fait allusion. Il m'en apparaît une aussitôt. Le contrôle des armes est une problématique qui divise pas mal de gens dans ce pays. La majorité des Américains seraient capables de prendre les armes plutôt que de risquer de perdre le bénéfice du Deuxième Amendement.

Si jamais la population apprenait que notre gouvernement désarme des citoyens qui sont ensuite assassinés ? Les répercussions seraient lourdes. Une histoire de ce genre, affreuse, insufflerait une nouvelle énergie dans la bataille au sujet du contrôle des armes. Elle galvaniserait les votes conservateurs. Elle deviendrait une priorité incontournable lors de la prochaine élection présidentielle.

Lucy ne cesse de fulminer.

— C'est dégueulasse. Peu importe la vérité sur le Pakistan, les armes manquantes, rien ne justifie cela. Il existe de meilleures façons de prendre les choses. Ce qu'ils font relève de la vindicte personnelle, de la destruction. Il y a un enfant et un chien dans cette maison. Qu'ont-ils commis un jour pour mériter... ? C'est démoniaque et, en plus, superflu.

— Ça dépend, tempère Janet. Je suis bien certaine que pour quelqu'un c'est nécessaire.

— Pour Erin.

— De façon directe, oui. Mais cela va bien au-delà d'elle. Bien au-delà de Benton. Lorsqu'on évoque un complot de cette ampleur, c'est au niveau d'un cabinet ministériel qu'il faut chercher. Ce sont les directeurs d'agences gouvernementales qui sont impliqués dans les mensonges et les conspirations, le Watergate, le désastre de Benghazi, sans même mentionner les marchés passés avec des terroristes, les libérations de prisonniers de Guantanamo contre un déserteur. Les États-Unis n'ont vraiment pas besoin d'autres humiliations, scandales, missions ratées, violations constitutionnelles, morts. Et si les dommages collatéraux se résument à toi ou moi ou Desi ? Ou nous trois ? Pour le ministère de la Défense, celui de la Justice, pour la Maison-Blanche, c'est un prix très léger à payer tant que le public n'est pas informé. Tant que l'info ne fuite pas.

Ce à quoi elle et ma nièce font allusion est énorme, au-delà de la compréhension, et pourtant, je ne doute pas que cela puisse survenir. Lucy semble penser que l'on a confié une mission à Carrie Grethen. Ou, plutôt, une invitation à agir, si on l'a chargée de tuer Lucy et peut-être tous ceux qui l'entourent. Pour rendre la chose plus aisée, le mieux est encore de les isoler sur vingt hectares de terrain, sans armes. L'idéal consiste à les abandonner sur une propriété que le FBI a quittée, grande ouverte, pour une attaque qui serait alors interprétée comme inattendue, la pulsion d'un psychopathe violent frappant à la vitesse de l'éclair.

Cependant l'attaque ne sera pas attribuée à Carrie Grethen. Un soupçon épais m'est venu : le FBI n'ignore pas qu'elle est vivante et en bonne santé. Il donne l'impression du contraire. Elle n'est pas considérée comme officiellement fugitive. Elle ne figure pas sur la liste des dix personnes les plus recherchées. Son dossier n'est plus actif sur Interpol. Sur leur site Web, Carrie Grethen est affublée d'une notice noire depuis treize ans. Pour la force internationale, il semblerait qu'elle est toujours aussi morte aujourd'hui que lorsqu'elle a prétendument péri dans un accident d'hélicoptère.

Lucy s'adresse à Janet, et mon cœur se serre :

— Ils mettront ça au compte d'une effraction ayant mal tourné, une de ces choses navrantes que l'on peut mettre en relation avec ma richesse, qui aurait attiré un agresseur. L'attention du public s'estompera vite. Personne ne se souviendra de ce qui nous est arrivé, ni ne s'en préoccupera.

Mon cœur bat la chamade alors que je suis figée dans la chambre d'une femme morte, à moins de trente kilomètres de Concord, l'autre bout de la terre. En effet, je ne pourrais pas me ruer là-bas assez vite, si Carrie se terre dans le périmètre, si elle a pénétré chez elles, ou même si elle les regarde en même temps que moi. Elle piste sa proie, prête à bondir. Je deviens sa spectatrice, un sentiment effrayant. C'est là qu'elle voulait en venir, à la grande scène de fin.

Elle veut que tu voies ce qu'elle leur fait subir.

Je me retourne vers Marino, sans trahir ce que je ressens, et lui demande :

— J'ai besoin que vous appeliez quelqu'un.

En dépit de ma voix un peu heurtée, je reste calme. Rien ne permet de deviner ma panique. Il s'approche de quelques pas, incertain :

— Qu'est-ce qui se passe ?

— Appelez Janet. Si personne ne vous répond, tentez le coup avec Benton, le FBI, la police de l'État...

— Bordel, qu'est-ce qui se passe ? Vous faites référence à Carrie ?

— En effet. Je m'inquiète qu'elle soit déjà dans la maison de Janet et de Lucy, ou à proximité.

— Merde ! Et pourquoi, vous… ?

— Marino, appelez maintenant !

— Mieux que ça, je vais demander à des patrouilles du département de police de Concord de se précipiter là-bas, aussi vite que possible. À mon avis, ils y sont dans deux minutes. Et je vais appeler Janet…

— S'ils n'obtiennent pas de réponse, qu'ils foncent dans la grille, et la porte principale de la maison. N'importe quoi. Janet et Lucy vont bien pour l'instant, mais je ne suis pas certaine que ça dure très longtemps.

— Je m'y colle. Où sont-elles ?

— Au sous-sol.

— L'abri antiatomique ?

— Oui, mais Desi n'est pas avec elles. Je ne le vois pas.

— En d'autres termes, elles ne s'inquiètent pas trop, puisque le gamin n'est pas scotché à leurs basques.

Il a raison.

Pourquoi Desi n'est-il pas en leur compagnie ?

Le petit garçon est absent, et pourtant je n'ai jamais vu Lucy aussi inquiète. Ça n'a aucun sens. Elle et Janet l'adorent. On peut même dire qu'elles sont surprotectrices. Pourquoi donc ne se trouve-t-il pas avec elles ? La raison la plus évidente qui me vient se résume au fait qu'elles ne veulent pas qu'il soit témoin de ce qu'elles sont en train de faire. Cependant, l'explication est assez bancale. J'écoute Marino, pendu à son téléphone, tout en découvrant ma nièce en pleine frayeur, folle de rage. Un serpent que l'on menace, voici l'image qui me vient. Une autre seconde s'écoule. Puis deux. Puis dix. Lucy arpente plusieurs des dalles de pierre du sol, comme pour vérifier leur solidité. Elle saute dessus avec légèreté.

Elle commente :

— Indétectable. Tu peux aller et venir sur ces dalles toute la journée, comme ces enfoirés l'on fait, sans jamais t'apercevoir de rien.

Le FBI l'obsède. Son unique but est de se montrer plus intelligente qu'eux, une attitude déraisonnable. Lucy devrait être plus madrée. Je ne doute pas que Janet le soit.

Ma nièce explique :

— Et même s'ils découvraient ceci – et j'étais certaine que ce ne serait pas le cas –, il leur faudrait dépasser une couverture métallique, une autre zone indétectable, et creuser sur près d'un mètre de profondeur pour découvrir la cache des armes. Je déteste te rappeler que je te l'avais déjà dit.

La réplique de Janet est étrange :

— Je suis d'accord qu'ils n'auraient pas dû nous mettre dans cette position.

On dirait qu'elle se dissocie de ce qu'elle et Lucy ont pu faire plus tôt et qui justifie qu'elles se retrouvent maintenant dans cette partie de la maison. Janet continue à faire des réflexions d'une façon assez guindée, distante, comme si elle savait que quelqu'un les écoute.

Elle reprend :

— Tu n'as pas à faire ça. Remontons, faisons nos valises et allons chez Kay.

La façon dont elle parle et se conduit me tracasse.

Le changement est subtil mais je le perçois. Janet joue un rôle. On croirait qu'elle a été parachutée sur une scène de théâtre où elle n'avait aucune envie de se retrouver. Une biche prise dans la lumière des phares. Je me demande si Erin Loria a discuté avec elle en tête à tête. Je me demande ce que le FBI a pu raconter à Janet alors que les agents fouillaient la propriété. Ont-ils passé un marché avec elle ? Si tel est le cas, le résultat ne sera pas faste pour Lucy. Je connais ce genre de transactions. On peut obtenir l'immunité si l'on accepte de vendre sa mère. Ma vigilance augmente encore d'un cran.

— Remontons. Lucy, je ne veux pas que tu te crées encore plus d'ennuis.

L'encouragement de Janet n'a rien d'insistant. Pourtant, Lucy la dévisage, incrédule, et rétorque :

— Mais qu'est-ce que tu racontes ? Je ne vais pas tolérer qu'on nous laisse sans aucun moyen de protection. Nous sommes tombées d'accord là-dessus ce matin. Qu'est-ce qui ne va pas avec toi ? Tu es une des mieux placées pour savoir de quoi elle est capable.

— Je ne l'ai jamais vraiment connue.

La réflexion de Janet me stupéfie.

Bien sûr qu'elle connaissait Carrie. Janet était au courant de sa relation avec ma nièce à une certaine époque. D'interminables conversations à ce sujet ont été échangées depuis.

Mains sur les hanches, Lucy répète :

— Qu'est-ce qui ne tourne pas rond ? Enfin, tu l'as rencontrée à cette époque. Tu ne te souviens pas lorsque nous déjeunions au réfectoire et qu'elle s'installait à notre table, ne t'adressait pas la parole, ne te regardait même pas ? (Sa voix se teinte de colère et d'une nuance accusatrice.) Et la fois où nous discutions dans ma chambre du dortoir et où elle est entrée sans même frapper, espérant sans doute nous prendre sur le fait. Qu'est-ce que tu veux dire par « je ne l'ai jamais vraiment connue » ? De quoi parles-tu ?

Lucy est de plus en plus bouleversée. La voix de Janet, plate, hors de propos, tranche :

— À l'ERF, au réfectoire, pendant un jogging, bref, en passant. Je ne suis même pas sûre que je la reconnaîtrais aujourd'hui.

— Tu as vu les photos. J'ai utilisé le logiciel de vieillissement pour te montrer à quoi elle ressemblerait maintenant. Tu te souviendrais d'elle. Bordel, bien sûr que tu la reconnaîtrais !

— Je perçois son comportement. Mais, en réalité, je ne l'ai pas assez fréquentée pour la *reconnaître*.

— Tu plaisantes, là ?

— Je me comporte en avocate. Je t'explique la façon dont je me sentirais contrainte de répondre si l'on me demandait : avez-vous vu Carrie Grethen ?

Lucy parle, et j'ai presque l'impression de percevoir une odeur.

— Il ne s'agit pas d'un jeu. Ils mentent, affirment qu'il n'y a aucun indice prouvant qu'elle est en vie, et tu vas les aider en affirmant que tu ne l'as pas vue ?

Janet répond d'un ton posé, et je suis certaine de la sentir.

— Non, pas depuis la fin des années 1990. C'est la vérité.

Je me souviens des effluves musqués, d'humus. Encore une hallucination olfactive. Bien sûr, l'odeur ne me parvient pas à l'instant. Cependant, je l'ai reconnue sur Lucy. Et sur Janet aussi. Lorsque je les ai serrées contre moi, l'idée qu'elles venaient de jardiner m'a traversé l'esprit. Puis je me suis souvenue qu'elles louaient les services d'une entreprise. Elles sentaient la terre retournée.

Toutes les deux.

Pas seulement ma nièce. Janet aussi. Elle était toujours dans ses vêtements de travail fatigués, qu'elle porte en pyjama, les cheveux en désordre, les ongles sales. Son allure m'avait surprise.

Elle n'a pas pris la peine de s'habiller ce matin. Elle est sortie du lit et s'est activée aussitôt. Elle a transpiré. Elle ne s'est pas douchée, changée avant qu'Erin Loria n'apparaisse à la porte. Il s'agissait d'un acte délibéré. Janet voulait paraître surprise. Elle voulait donner l'impression qu'elle n'avait pas anticipé le raid du FBI. Il fallait qu'elle donne le sentiment d'être saisie, de tomber dans une embuscade, et d'être inquiète. Ce n'était pas le cas. Pour Lucy non plus.

Elles savaient que le FBI allait débarquer.

Marino lance derrière mon dos :

— Je n'arrive pas à joindre Janet. Ça bascule aussitôt sur la boîte vocale.

À l'image, le téléphone de Janet ne sonne pas. Je fixe l'appareil passé à sa ceinture. L'écran ne s'allume pas non plus pour signaler un appel.

Marino s'échine à composer son numéro, et le téléphone de la jeune femme reste silencieux. Elle ne le vérifie pas et je finis par me demander s'il fonctionnait plus tôt. Cet enregistrement a débuté sur Janet, alors qu'elle agrafait son appareil à la ceinture de son pantalon de travail. Que faisait-elle avec avant cette séquence et pourquoi ne fonctionne-t-il plus maintenant ?

Marino, qui n'a pas la moindre idée de ce que je visionne, déclare :

— Bon, je tente à nouveau le coup. Janet a dû éteindre son appareil. Ou alors, peut-être que le FBI l'a embarqué aussi.

Il ne sait pas que je fixe le portable de Janet. Je rétorque :

— Peut-être l'a-t-elle mis sur silencieux, ou alors la batterie est à plat, mais le FBI ne l'a pas saisi. La police est-elle en route ?

— Ben, ils feraient mieux ! Attendez, je vérifie.

Janet tente de convaincre Lucy :

— Ne me repousse pas. N'agis pas comme si j'étais l'ennemie. C'est ce qu'ils veulent. C'est surtout ce qu'Erin Loria espère. Viens. Remontons. (Elle tire Lucy par la main, mais celle-ci ne bouge pas d'un centimètre.) On va ramasser quelques vêtements et partir chez Kay. Viens. Une fois là-bas, on s'offrira un bon verre, un petit dîner et tout ira mieux, dit la compagne de Lucy, son amante, son âme sœur, sa collègue, et sa meilleure amie.

Leur relation intime a connu des éclipses depuis qu'elles se sont rencontrées à Quantico, alors que débutaient leur carrière au FBI. Elles ont vécu ensemble plusieurs années et j'ai toujours pensé que Janet était idéale pour Lucy, peut-être parfaite. Elles partagent beaucoup de points communs et sont aussi motivées et formées l'une que l'autre. Toutefois, Janet est plus flexible, plus facile à vivre. Elle se montre aussi patiente et volontaire qu'un sphinx, ainsi qu'elle aime à dire, et elle est intelligente, les pieds sur terre. Elle n'a rien d'un être impulsif, prompt à la colère. Il me semble qu'elle n'a pas grand-chose à prouver.

Leur rupture m'a angoissée. Mais le temps peut s'avérer un merveilleux remède. Dix ans ont passé, puis Janet est revenue. J'ignore au juste comment leur relation a repris. En revanche, lorsque j'en fus informée, j'ai pensé qu'il s'agissait d'un miracle. Je le pense toujours, bien que Lucy lui ait ordonné de quitter la maison, il n'y a pas si longtemps. Au printemps, et je me doute du choc qu'a dû éprouver Janet.

À peu près à la même époque, elle apprenait que sa sœur était à l'agonie. Ella a dû songer que son monde s'écroulait. Sans doute une chose difficile à pardonner. Bien sûr, je comprends la crainte de Lucy. Ma nièce redoutait que Carrie prenne pour cibles Janet et Desi. Toutefois, je pense que la décision de Lucy était injuste et blessante. Janet a passé l'éponge, cette fois encore. Parfois, je me demande presque si cette jeune femme n'est pas une sainte.

Lucy se dirige vers un établi, ouvre un tiroir et jette :

— Je t'ai dit de ne pas me suivre ici. La situation va s'améliorer. En tout cas, elle n'empirera pas autant qu'elle le pourrait. Remonte. Je suis certaine que Desi adorerait regarder un film avec un petit saladier de pop-corn sur les genoux. Pourquoi ne pas lui repasser *La Reine des neiges* ? Je vous rejoins vite, en compagnie de quelques copains, et nous partirons.

Les copains en question désignent, bien sûr, des armes.

Lucy a dissimulé des armes au FBI.

Ma nièce défend sa vie, dans son esprit la vie de ceux qui l'entourent. Janet offre un contraste saisissant. Elle affiche une attitude un peu distante, réticente. Je perçois autre chose sous son calme parfait, sous son amour inconditionnel et sa loyauté. Durant un instant, ma confiance en elle s'effrite. Puis ce sentiment s'évapore. Janet est mal à l'aise. Un sentiment bien compréhensible, selon moi. Elle agit de façon détachée, plate, sans rien tenter pour contrebalancer ma nièce qui, à cet instant, est à l'opposé émotionnel. Les poings de Lucy sont serrés. La tension de son corps est perceptible alors qu'elle menace et maudit le gouvernement fédéral.

Elle ouvre d'autres tiroirs de l'établi qui s'étire sur un mur. En arrière-plan, sa Ferrari FF bleu Tour de France, est juchée sur un pont élévateur hydraulique. Le bolide à quatre roues motrices qu'elle conduisait lorsque l'on m'a tiré dessus. Elle en discutait avec Jill Donoghue ce matin, alors qu'elles passaient en revue les possibles alibis capables de démontrer où elle se trouvait lorsque j'avais failli perdre la vie.

Janet reste ferme, paisible et je décèle autre chose lorsqu'elle déclare :

— Ne leur permets pas de te dicter la façon dont tu réagis. Peu importent leurs actions. Remontons avant qu'il ne soit trop tard. Il est inutile que tu fasses cela.

— Je préfère être jugée par douze hommes que portée en terre par six. Si nous n'avons aucun moyen de nous protéger, tu sais très bien ce qui va arriver. Ça n'est pas juste, Janet. C'est révoltant. Le FBI veut que nous soyons assassinées.

— En tout cas, Erin Loria l'a planifié ainsi. Ne lui offre pas ce qu'elle veut.

— Comme c'est pratique ! Si nous mourons, Erin se débarrasse du plus gros problème de sa vie.

— En effet, elle le pense. Alors, controns ce plan. On part d'ici et on file chez ta tante. Discutons-en avec Benton.

Et soudain, les choses s'agencent dans mon esprit.

Je comprends certains détails. Janet ne regarde jamais en direction d'une caméra de surveillance. Contrairement à Lucy. Le regard de ma nièce passe d'un endroit à l'autre. Il est évident qu'elle ne soupçonne pas que le FBI les espionne par l'intermédiaire de son propre système de surveillance. En revanche, Janet reste prudente, sur ses gardes. Elle évite de lancer un regard vers les caméras. Pourtant, elle n'hésite pas à parler, ce qui me plonge dans l'incompréhension. Pourquoi mentionner Erin Loria par son nom ? Pourquoi mentionner le président des États-Unis, Benghazi, les complots et les affaires étouffées ?

Sans quitter Lucy des yeux, elle conseille :

— Nous ne pouvons pas nous laisser envahir par l'émotion.

— Je réagirai comme je le sens. Attends, et tu vas voir ! Ils peuvent aller se faire foutre s'ils pensent que nous allons rester ici sans défense. Même pas un revolver. Même pas un couteau à steak. Elle s'est débrouillée pour que nous ne puissions pas nous protéger, ni Desi ni même Jet Ranger, contre la pire ordure imaginable. Pourtant, ils la connaissent. Bordel, bien sûr qu'ils la connaissent, puisque c'est eux qui l'ont créée.

Les fédéraux ont créé Carrie Grethen, comme Frankenstein a créé son monstre. Marino répétait la phrase de ma nièce.

Elle se rapproche des dalles de pierre sur lesquelles elle sautillait il y a quelques instants. Le métal proteste contre la pierre lorsqu'elle pose un grand pied-de-biche et une petite pelle. Elle ôte son T-shirt gris, le tasse en boule et le jette sur l'établi, révélant son corps puissant et nerveux. Elle n'est plus vêtue que de son soutien-gorge de sport et de son short. Pourtant, je perçois son extrême vulnérabilité, et je me demande ce que font les policiers.

— Marino, avez-vous des nouvelles de la police de Concord ? Sont-ils arrivés ?

41

Les muscles des bras et des épaules de Lucy se bandent lorsqu'elle déplie une bâche et l'étend à proximité des dalles.

Elle est dans une forme remarquable, disciplinée. Elle ne boit que rarement de l'alcool, est végétalienne, court et s'entraîne chaque jour avec des haltères et des bandes de suspension TRX. J'aperçois la petite libellule en bas de son abdomen et repense à ce que dissimule le fantasque tatouage. Carrie l'a effrayée. Carrie l'a marquée pour la vie. Carrie pourrait se trouver à l'intérieur de la maison. Peut-être dans une pièce, un peu plus loin. Lucy et Janet n'en ont aucune idée, et je ne peux pas les joindre.

Marino répond à ma question à propos de la police de Concord :

— J'ai entendu que dalle. Je rappelle mon pote là-bas.

Je ne connais pas tous les coins et recoins de la maison que Lucy a fait construire, après que nous avons déménagé dans le Massachusetts il y a cinq ans, mais l'endroit où elle et Janet se trouvent en ce moment m'est familier, et toute cette zone est surveillée de près. Lucy se montre très méticuleuse et bien informée dans ce domaine. Janet aussi. Lorsqu'elles ont discuté d'adopter Desi il y a quelques mois, elles ont encore renforcé le système de sécurité.

Ma nièce enfile une paire d'épais gants de travail en cuir et fulmine :

— Vraiment ? Ils débarquent, se conduisent de cette manière, et on ne disposerait d'aucun recours ? Si ça ce n'est pas un combat inique !

Elle récupère le pied-de-biche. Janet approuve :

— J'avoue que je ne trouve pas de mot pour le qualifier.

— L'arme va être dissimulée quelque part, pas très loin. Tu en es consciente ?

— Erin a-t-elle dit quelque chose qui te fasse penser qu'elle introduirait des pièces à conviction ?

— Elle voulait que je le soupçonne et que je commence à baliser.

— Où crois-tu qu'elle aurait pu la cacher ?

— Peut-être dans nos bois, où quelqu'un est venu fouiner sans que les caméras le captent. Peut-être est-elle enfouie comme le trésor de Barbe-Noire, de sorte que le FBI la découvre par magie et m'expédie en taule. Peut-être Carrie se planquait-elle dans les bois, à regarder Erin dissimuler ce foutu truc ? Ça deviendrait presque amusant.

— Quand as-tu vu Erin en possession du MP5K ?

— Jamais, et je n'en aurais rien su si Carrie n'avait pas eu envie de s'en vanter. Elle ne pouvait y résister.

— En d'autres termes, c'est ce que Carrie a dit, pas ce que tu as vu.

Janet est certes avocate, mais je suis surprise de l'entendre discuter d'un ton professionnel durant un moment privé, ou supposé tel, avec sa compagne.

— Elle se débrouillera pour faire croire que j'ai été en possession de cette arme durant tout ce temps, alors qu'elle la détenait.

Lucy fait allusion au fait que Carrie a volé la mitraillette que j'ai vue, bandoulière autour de son cou, sur la première vidéo.

Elle poursuit :

— Elle lui a rendu sa condition initiale, l'a transformée en petit cadeau mortel de Saint-Valentin, offert à son ex-reine de beauté, le 14 février 1998. Nous savons ce qui s'est produit neuf ans plus tard.

On dirait que Janet instruit un dossier, lorsqu'elle contre :

— Erin ne t'a pas offert ce type d'infos, n'est-ce pas ?

— Elle en a dit assez pour que je comprenne.

— Bien sûr, elle n'a pas enregistré la conversation.

— Ils ne le font jamais.

— Réfléchis, Lucy : as-tu jamais vu Erin avec la mitraillette en question ?

— Non. Après que j'ai exigé que Carrie me foute la paix, elle s'est vantée. Elle a affirmé qu'elle avait remis le MP5K en état et qu'elle avait appris à Erin à s'en servir, à le nettoyer, ce genre de choses. Il s'agissait, paraît-il, de son cadeau de Saint-Valentin, une journée d'entraînement sur le stand de tir avec une arme très dangereuse. Erin était une cruche finie. Elle ne savait même pas recharger un foutu pistolet sans l'aide de quelqu'un ou sans avoir un chargeur rapide. Je ne la vois vraiment pas faire feu avec une mitraillette.

524

— C'est pourtant le cas. Carrie a appris à Erin à l'utiliser, et la même Erin affirme aujourd'hui que c'est toi qui la détenais. En d'autres termes, Erin ment et sème une pièce à conviction pour te faire plonger.

Intrépide, Janet ne mâche pas ses mots au sujet d'Erin Loria. Une tactique délibérée de sa part. Pourtant, je pense que Lucy ne l'a pas compris. Mon dernier doute s'est envolé : Janet a visionné les vidéos « Cœur vil et malfaisant ». Lucy réplique :

— C'est ce que Carrie a affirmé à l'époque. Erin évoquait l'assassinat de l'ancienne Premier ministre du Pakistan. Je savais de qui elle parlait. Cela ne pouvait signifier qu'une chose. Carrie discute avec le foutu FBI, avec Erin. Peut-être lui a-t-elle restitué le MP5K, probablement récemment.

— Et soudain, un fragment de balle correspond, un vrai tour de magie !

Janet souligne son commentaire pour qu'il serve d'argument, un argument accablant en fonction de qui les écoute, et qu'elle cible :

— Pourquoi cette comparaison a-t-elle même été tentée ? Surtout maintenant.

— C'est typiquement le genre de choses que Carrie orchestrerait. Il lui faudrait alors bidouiller différentes bases de données, celles de la NSA, du FBI, d'Interpol, par exemple. Bref, ce qui la branche. Elle falsifierait un rapport de balistique, monterait de toutes pièces une correspondance.

Ce matin, Jill Donoghue m'a demandé si j'avais entendu parler de la data fiction. J'ai l'impression que Lucy y fait allusion.

Janet reprend :

— Elle pourrait le faire avec aisance et, de plus, elle connaît des gens du renseignement. Ce qui explique que des agents du ministère de la Défense aient déboulé ici en prétendant appartenir à l'administration fiscale.

Je revois l'homme dans son costume bas de gamme qui affirmait être un officier des impôts.

Lucy approuve :

— Carrie revient enfin aux États-Unis et s'assure qu'elle va balancer une bombe. Elle pirate des bases de données et crée un véritable bordel politique.

L'homme prétendait se nommer Doug Wayne. *Nous n'avons pas de badge, ni d'armes, rien de marrant de ce genre.*

Il nous a menti, à Jill Donoghue et à moi. Tout le monde ment.

Lucy poursuit sa démonstration :

— Carrie se débrouille pour que le fragment de balle récupéré après l'assassinat corresponde à un fusil d'assaut qui a été un jour sous la garde du FBI. Te rends-tu compte qu'elle mijote ce coup depuis longtemps ?

— Et c'est classique.

— Elle procède ainsi. Elle collecte des trucs au fur et à mesure et les conserve le temps nécessaire. Et puis, elle lance sa nouvelle attaque.

Janet dévisage Lucy, sans poser le regard ailleurs, et renchérit :

— Le moment choisi n'a rien d'aléatoire.

— Bien sûr que non.

— Soudain émerge une touche entre le MP5K et un fragment de projectile. Soudain, Erin Loria es détachée à Boston et te prend en chasse pour te faire vivre un enfer.

Lucy ironise :

— La menace de Carrie à l'époque. Elle m'avait lancé : « Fais gaffe que Lucifer ne te claque pas la porte au cul quand tu pénétreras en enfer. »

J'espère que j'interprète mal ce que ma nièce et Janet sous-entendent.

Elles semblent suggérer que le MP5K disparu aurait pu refaire surface au Pakistan à la fin décembre 2007. Cette découverte de fragment pourrait lier les États-Unis à l'assassinat de l'ancienne Premier ministre Benazir Bhutto.

Je me souviens que Scotland Yard s'était impliqué dans l'enquête. On avait déterminé que Bhutto était décédée à la suite d'un violent traumatisme à la tête, conséquence d'une attaque terroriste qui avait pris pour cible son véhicule. D'autres hypothèses avaient été émises concernant la cause exacte de sa mort.

Les projectiles tirés par les terroristes ont, à l'évidence, fait l'objet d'analyses. On les a sans doute comparés à toutes les armes jamais récupérées, et peut-être l'une d'entre elles était-elle une mitraillette assez inhabituelle, un jour en possession du FBI. Benton l'a détenue. Puis Erin Loria, même brièvement. Cela ressemblerait fort à un stratagème ourdi par Carrie Grethen : s'assurer que l'arme engendre un véritable chaos, surtout si le grand perdant dans l'affaire est le gouvernement américain et, de façon plus spécifique, le ministère de la Justice.

Quelle chose affreuse, de piéger ainsi un agent du FBI, dont les capacités intellectuelles n'ont rien de stupéfiant. En dépit de mon animosité pour Erin Loria, je ne souhaiterais ce genre de situation à personne. Je ne peux qu'imaginer le scandale qui risque d'en résulter à l'échelon mondial. Même le Bureau pourrait en faire les frais. Une ancienne reine de beauté, agent spécial, aujourd'hui mariée à un juge fédéral, s'est un jour retrouvée en possession d'une mitraillette utilisée lors du meurtre d'une ancienne dirigeante internationale. Je n'ose envisager les réactions si de telles révélations faisaient surface, si mensongères soient-elles ! Peut-être Erin Loria tente-t-elle de sauver la peau de ses fesses en incriminant Lucy. Si quelqu'un doit plonger, autant trouver un autre bouc émissaire. Du moins est-ce ce que pense Loria.

Lucy affirme :

— Carrie doit être en rapport avec une personne du gouvernement. Sans cela, comment connaîtraient-ils l'existence de l'arme ?

— Tu ne peux pas te fonder sur quelques vagues questions que t'a posées Erin. Du moins est-ce mon sentiment, puisque je n'étais pas présente.

Encore une fois, Janet a prononcé cette phrase comme si elle voulait semer des preuves et je me demande à qui elle parle en ce moment. Lucy ? Le FBI ? Ou alors moi ?

Lucy introduit l'extrémité incurvée du pied-de-biche entre deux dalles et argumente :

— Enfin, pour quelle autre raison Loria aurait-elle voulu savoir où je me trouvais le 27 décembre 2007 ? Elle m'a posé des questions sur cette mitraillette que j'avais – je cite – « volée » et « dissimulée » dans ma chambre de dortoir. D'où peut-elle tenir ça, si ce n'est de Carrie ?

— Je la vois très bien racontant ce genre de choses.

— Elle m'a demandé ce qu'il était advenu de ce qu'elle a appelé un « prototype » MP5K. Or il s'agissait d'un ancien modèle, si ancien que son numéro de série se résumait à un seul chiffre.

— Cela ressemble à Carrie de permettre à Erin de jouer assez longtemps avec quelque chose à seule fin de la compromettre. Carrie crée un lourd passif grâce auquel elle tient Erin sous sa coupe, mais pas seulement.

Lucy n'hésite pas une seconde à prononcer le nom de l'autre personne visée :

— Benton également.

Jusque-là, Janet n'a jamais fait allusion à mon mari. Sa prudence est perceptible. Elle s'exprime comme si elle était assurée que la conversation est écoutée par un ou des tiers. Elle ajoute :

— Rends-toi compte, si une arme que tu avais détenue de façon illégale, même une seule journée, était impliquée dans l'assassinat de Benazir Bhutto ?

— Même si Carrie ment et qu'elle falsifie des rapports, ça sentira très mauvais si l'affaire éclate.

— Un cauchemar pour les communicants. Surtout, impossible de trouver une échappatoire avec, par exemple, le délai de prescription dans une affaire de ce type. Raison pour laquelle l'imbécile envoyé par le département de la Défense a débarqué chez nous. Le FBI n'est qu'un prétexte bidon pour eux, et nous avons vu notre content d'affaires de ce genre. Tu penses que tu agis dans un sens, et tu te retrouves dans la direction opposée.

— Et maintenant, j'ai le Pentagone sur le dos !

Lucy semble plus mécontente qu'autre chose. Quant à Janet, son regard s'évade encore, évite les caméras, lorsqu'elle rectifie :

— Quelqu'un, en tout cas.

Je ne puis m'empêcher de revoir la première image qui s'est affichée après activation du lien vidéo. Janet raccrochait son téléphone à la ceinture de son pantalon de nuit. Elle s'en était donc servie juste avant. Ensuite, l'appareil est resté inerte et n'a pas sonné lorsqu'on l'a appelée.

Elle a activé le système de surveillance. Puis elle a éteint son téléphone pour s'assurer que personne ne pourrait la joindre.

Lucy soulève une autre dalle et commente :

— Il y a au moins un point rigolo. J'avais raison, non ? Le radar pénétrant de leur hélico – façon bazooka sur un moustique – s'est planté. Il n'a rien découvert de ce qui est planqué en dessous.

Elle soulève trois autres larges pavés et j'entends le crissement de la pierre contre la pierre lorsqu'elle les écarte. Dessous s'étendent une plaque d'acier et un boîtier de commandes. Lucy tape un code et enfonce un bouton. Quelque part, un moteur se réveille et ronronne. La couche métallique commence à vibrer, puis s'ouvre à la manière d'une écoutille.

Lucy lâche le pied-de-biche, la pelle. Ils disparaissent en plongeant dans le vide pour résonner lorsqu'ils heurtent le fond. Une petite échelle est apparue et Lucy descend dans la cachette souterraine dont je n'avais aucune connaissance. Décidément, les révélations n'auront pas manqué aujourd'hui. S'ajoutent le hangar à bateaux avec isolation phonique et le jardin de rochers, cône de silence, que nul ne peut espionner. Le raclement de la pelle contre une surface me parvient. Qui d'autre voit cela ou le verra ? L'incrédulité m'envahit : se pourrait-il que Janet soit à l'origine de l'usurpation de la ligne ICE de ma nièce et s'assure que je suis témoin de cette scène ?

Si seulement je pouvais discuter avec Lucy en cet instant !

— Ça va ? hèle Janet. Tu vas bien ?

— OK, reçu.

La voix de Lucy s'élève, étouffée par la profondeur de cette cache dans laquelle elle dissimule des possessions énumérées sur le mandat, mais qui ne furent pas découvertes.

Lucy sait comment les agents fédéraux conduisent leurs fouilles. Elle peut les battre à leur propre jeu. Elle comprend leurs procédures, leurs protocoles et leur technologie. Elle pousse des boîtes de munitions par l'ouverture. Elle tend à bout de bras un fusil d'assaut luisant, avec sa finition de métal argenté, un Nemo Omen .300 Win Mag qu'elle dépose avec délicatesse sur la bâche.

Une autre arme le suit, avec un boîtier de culasse à la finition différente, et je reconnais ce que Lucy a dénommé des œuvres d'art fatales. J'ai déjà tiré avec. Je la regarde alors qu'elle s'acharne dans son obstruction à la justice. Peu importe si je ne l'en blâme pas. Peu importe si ce que lui fait subir le FBI est un scandaleux affront. En revanche, sa conduite est criminelle, et ils l'arrêteraient dans la seconde s'ils l'apprenaient. Elle remonte du puits. Le moteur ronronne à nouveau et l'écoutille se referme. Une sonnerie agressive résonne. Quelqu'un se présente à la grille de la propriété.

Je vous en prie, que ce soit la police !

Janet file vers un écran de sécurité.

— Qui est-ce ?

Lucy récupère les deux fusils d'assaut poids plume, aussi précis qu'un faisceau laser. Leurs nuances argentées, cuivrées et vertes étincellent.

— Je crois qu'il s'agit d'un flic, annonce Janet. Que font les flics ici ?

— Merde ! C'est quoi encore ?

Je ne distingue pas ce qui s'est affiché sur l'écran de contrôle, trop éloigné. Janet le frôle et s'enquiert du motif de la visite. J'entends alors une voix d'homme, familière. Lorsqu'il commence à tousser en salves, je comprends qu'il s'agit du flic de l'État du Massachusetts qui s'est présenté dans la demeure Gilbert plus tôt ce matin. Je pensais qu'il était rentré chez lui, malade. À l'évidence pas, mais il aurait dû. L'officier Vogel, dont j'ignore toujours le prénom.

Après une autre quinte de toux, il demande :

— Et à qui suis-je en train de parler, m'dame ? On a reçu un signalement et on veut s'assurer que tout se passe bien ici.

— Aucun problème. Quel signalement ?

— M'dame, faudrait que vous ouvriez la grille. On voudrait s'assurer sur place que tout va bien.

Lucy indique à Janet :

— Ouvre.

— Entendu, officier, j'ouvre la grille.

L'officier Vogel déclare, alors que Lucy pousse du pied les boîtes de munitions vers un établi :

— On voudrait discuter avec vous. Rejoignez-nous à la porte de votre habitation, s'il vous plaît.

Puis le même geste. Janet récupère son téléphone pendu à sa ceinture et tapote l'écran, sans doute pour le réactiver. Aussitôt, le mien s'obscurcit. La diffusion en direct s'interrompt. Lorsque je tente d'activer à nouveau le lien, rien ne se passe. Je lève les yeux et suis stupéfaite de voir Benton adossé au chambranle de la porte de la chambre. Il vérifie ce qui s'est affiché sur son smartphone, son écouteur émettant de petits éclairs bleus. Je le fixe, surprise et inquiète. Je n'ai pas la moindre idée du moment où il est arrivé, ni de la raison qui justifie sa présence.

Benton ne s'est pas changé depuis ce matin, lorsque j'ai quitté notre maison.

— Elles sont en sécurité, Kay. Le département de police de Concord, la police de l'État, et nos agents se trouvent dans la propriété de Lucy en ce moment même, ou alors vont la rejoindre, et des renforts additionnels sont prévus.

Je n'en crois pas mes oreilles.

— La police a déjà pénétré dans la maison ?

Il avance de quelques pas et précise :

— Ils sont en chemin.

— Donc, ils ne sont pas à leurs côtés, physiquement, à cette seconde. Tu sais très bien à qui nous avons affaire, Benton.

Ses yeux d'ambre sont rivés sur moi et il sait à qui je fais allusion lorsqu'il observe :

— Lucy, Janet, Desi, et Jet Ranger, ils sont tous en sécurité. Rien ne leur arrivera.

— Comment peux-tu en être sûr ?

— Parce que je te le dis, Kay. Ils ne sont pas seuls.

Il est à la fois imperturbable et vigilant, et je suis certaine qu'il s'est occupé de cette histoire.

La journée a dû être épouvantable pour lui aussi. Le stress et la fatigue se lisent sur son visage, dans le désordre de son épaisse chevelure argentée, et dans la fermeté de ses yeux et de sa bouche. Il porte un des costumes que je préfère, gris perle avec de très fines rayures crème. Fripé, à l'instar de sa chemise blanche. Sans doute le harnais à cinq points qu'il a dû boucler dans l'hélicoptère.

Je m'obstine :

— On doit s'assurer de leur sécurité. Lucy va vouloir te convaincre qu'elles ne craignent rien. Or tu sais ce qui se passe lorsqu'on a le sentiment de ne rien devoir redouter.

— En effet. De plus je connais sa façon de penser.

Je comprends alors que ça n'est pas le FBI qui a placé sous surveillance la maison de Chanel Gilbert.

Si le Bureau espionnait cet endroit, Benton serait au courant. Il ne parlerait pas avec tant de liberté. Il utiliserait des formules banales et sibyllines, de la même façon que Janet. Ou alors, il se tairait. Carrie nous espionne, ainsi que j'en étais presque certaine et, au fond, cela ne m'importe plus. De toute façon, il semble qu'elle sache tout de nous.

42

Il referme la porte. Nous voilà seuls dans la chambre de Chanel Gilbert.

La chambre de quelqu'un.

Je ne sais pas trop de qui.

Mon mari déclare :

— Je me doute que tu es blessée. Je peux comprendre que tu te sentes abandonnée, dans le brouillard à cause de moi.

— Je suis blessée ? Les mots qui me viennent à l'esprit sont « mécontente », « en pleine incompréhension », « inquiète », « manipulée ». (Mon aigreur transparaît.) Qui était-elle, Benton ? J'ai vu les photos de plongée sous-marine dans la bibliothèque. Bordel, qui était Chanel ?

Il ne répond pas.

— J'ai remarqué la combinaison tactique qu'elle portait. Noire, avec fermeture à glissière ventrale, exactement ce que j'ai vu sur la vidéo enregistrée par mon masque de plongée. Ni toi ni moi n'avons ce type de fermeture. Nos combinaisons ne sont pas ornées de deux bandes blanches sur la jambe. On les distingue sur les photos encadrées lorsqu'elle plonge autour d'épaves dans le triangle des Bermudes. Dois-je te rafraîchir un peu plus la mémoire ?

Je continue à parler, en dépit du fait que nous sommes peut-être écoutés.

Il faut que je sache si la personne qui m'a sauvé la vie en juin dernier à Fort Lauderdale est décédée. Assassinée. Probablement frappée jusqu'à ce que mort s'ensuive par Carrie.

J'insiste :

— Son dossier dentaire a confirmé son identité. Ça ne signifie pas grand-chose. Qui était en réalité Chanel Gilbert ?

Il se décide à formuler :

— J'ai conscience de ce que les choses paraissent.

— Dans la foulée, peut-être pourrais-tu me dire qui est Doug Wade ?

— Je ne vois pas de qui tu parles.

— L'homme que j'ai croisé ce matin chez Lucy, et dont je doute fort qu'il travaille pour l'administration fiscale. Selon moi, il appartient au ministère de la Justice, et ils ne s'impliqueraient pas, sauf si cette affaire concernait bien davantage la sécurité nationale qu'un vague prétexte criminel monté de toutes pièces contre Lucy…

— Nous pourrons discuter un peu plus tard…

— Vraiment, pourquoi en conclure que je suis *blessée* ? Pourquoi serais-je blessée alors que je ne peux plus faire confiance à personne, à rien, à aucune parole ? (Je sens l'émotion m'envahir, la dernière chose que je souhaite.) Pourquoi es-tu venu ici ? Avez-vous réquisitionné sa Range Rover sans en avertir la police ? Ou alors peut-être ce prétendu agent du fisc…

Il fronce les sourcils et rétorque :

— Sa Range Rover ?

Je lutte contre les larmes.

— La rouge, garée dans la propriété un peu plus tôt, et qui a disparu. Toutefois, je doute que le petit appareil enregistreur dissimulé dans une boîte en argent en forme de poisson vous appartienne. (La colère commence à monter et je m'efforce de la contrôler.) C'était vraiment mal fichu, bâclé, même pour le FBI. Son unique but se résumait à effrayer. Du terrorisme psychologique pour que nous nous occupions de cette affaire en nous inquiétant chaque seconde du fait qu'on nous espionne. Et puis, tu n'aurais pas remonté les horloges.

— Pardon ?

— Ni d'ailleurs disposé des bougies. Tu ne jouerais pas ce genre de jeux avec moi. Je n'en suis pas aussi sûre de la part de tes collègues. Mais pas toi, et tu ne le permettrais pas.

— Un jeu, Kay ?

— Il convient de le mettre au pluriel.

— J'ignore tout d'une boîte en argent.

— Cela me soulage de l'entendre.

Benton demande alors :

— Quelles bougies ?

— Si tu pénètres dans le salon, tu t'étonneras de leur senteur. Je suppose qu'elles sont toujours là, sauf si elles se sont volatilisées, à l'instar du sac-poubelle de la cuisine. Des bougies votives neuves, blanches, qui, selon moi, ont été alignées dans cette pièce il y a peu, en même temps qu'on remontait les horloges. Peut-être alors que nous étions chez Lucy. Des bougies parfumées avec mes effluves favoris, Benton. Le parfum que tu m'offres chaque année pour mon anniversaire.

— Nous n'avons rien à voir là-dedans. Nous n'avons pas mis les pieds dans la propriété avant mon arrivée.

— En serais-tu informé ? De ce que font tes collègues chaque instant ? Eh bien, je pourrais t'en apprendre, des choses qu'ils ignorent, des choses d'un lointain passé, très dangereuses.

Il ne répond rien, ni ne me demande à quelles choses dangereuses je fais allusion. Il se contente de me détailler et de jeter de furtifs coups d'œil à son téléphone.

Je déclare alors :

— Je crois savoir ce qui s'est passé.

Son silence est ma réponse.

Il est au courant des enregistrements. Il les a visionnés.

Ma colère augmente au fur et à mesure que ma maîtrise s'effiloche :

— Bien sûr que le FBI ne s'est pas faufilé dans cette maison afin de mettre en scène les lieux à mon unique intention.

Benton, qu'as-tu fait ?

La peur m'électrise, et je débite :

— Pourquoi se seraient-ils donné tant de mal pour dénicher des bougies italiennes particulières ? Ils n'ont pas...

— Kay ?

— Bien sûr, tu garderas tout pour toi. Il faudra que je me démène pour découvrir les faits par moi-même. Je dois trier ce que tu sais de ce que tu ignores. Tu

538

n'admettras jamais que le raid dans la propriété de Lucy, notre filature par un de vos fichus hélicoptères ce matin sont en lien avec toi.

— As-tu terminé, Kay ?

— Je commence à peine.

— Je veux dire ici. As-tu terminé d'examiner cette scène ? Parce que je ne partirai pas sans toi.

Son ton me semble terriblement sérieux et ferme. Sa taille me frappe à nouveau. Il est très grand. Lorsque nous discutons, il me domine d'une bonne tête et demie, son menton volontaire relevé, ses élégants méplats aussi bien découpés que ceux d'un oiseau de proie, un aigle, un faucon.

— Nous ne disposons pas de beaucoup de temps, Kay.

— Qui est venu avec toi ?

— Je leur ai suggéré de me déposer. Je voulais te voir seule. Nous devrions partir.

Je fulmine, tant je suis certaine qu'il est déjà informé :

— Tu as dit cela à tes collègues du FBI. Ceux en compagnie desquels tu étais à bord de l'hélicoptère avant la tempête. Ceux qui essayent de forger un dossier pour saccager la vie de Lucy ou peut-être même d'y mettre un terme. (Je ne lui permettrai pas d'oublier cet acte inacceptable.) Tes collègues qui exécutent les ordres du Pentagone. Sans cela, le ministère de la Défense ne se serait pas montré chez Lucy, en se prétendant de l'administration fiscale.

Son visage s'est fait sombre, et son regard a pris une étrange intensité lorsqu'il assène :

— Le moment est mal choisi. Nous avons peut-être un quart d'heure avant qu'ils ne débarquent avec les autres.

Le FBI va déferler dans la maison. Ils ont pris la direction de l'enquête, ainsi que Marino et moi le prévoyions. Ce qui se passera ensuite devient limpide.

Peu importe que je dispose d'une juridiction fédérale. On ne peut imposer la collaboration par la loi, et le FBI n'est pas connu pour travailler de bon cœur avec les autres. Ils vont investir cette scène, puis ils récupéreront les indices. Ils peuvent faire ce qu'ils veulent.

Je souligne :

— La maison n'a pas été passée au peigne fin. Nous sommes peut-être sous surveillance. Encore une fois, pourquoi faut-il que je t'informe ?

Il déclare avec une ironie glaciale :

— J'en suis ravi.

Je récupère le linge de lit et commente :

— D'ailleurs, nous devrions partir de ce même principe aujourd'hui, sur n'importe quelle scène. Mais tu es sans doute au courant. Il est aisé de savoir quelque chose lorsqu'on se trouve à son origine.

— À l'origine de quoi, Kay ?

C'est à mon tour de rester silencieuse alors que je plie avec soin la taie d'oreiller qui a viré au noir sous la lumière ultraviolette. Le papier gémit et proteste pendant que j'enveloppe les pièces à conviction. Je sens le regard de Benton sur moi. Il s'active avec son téléphone. Un autre plan, une autre manipulation, songé-je alors que je décapuchonne un marqueur et que l'odeur puissante de l'encre me parvient. Je retire mes gants et referme la mallette de scène.

Non fare i patti con il diavolo, répétait mon père.

Je soutiens le regard de Benton.

— Mon père m'a enseigné une chose lorsque j'étais petite. Ne jamais conclure un pacte avec le diable. Il suffit d'un consentement et c'est le gouffre dont tu ne pourras jamais remonter. Peut-être est-il déjà trop tard ?

Benton se tient devant la porte close. Si j'en juge à son expression d'incrédulité, il n'a pas la moindre idée de ce à quoi je fais allusion. Or c'est faux. Je le sens au plus profond de moi. Peut-être ne sait-il pas tout mais, au moins, la plus grande part. Il a une responsabilité, à tout le moins, et la position dans laquelle je me retrouve est ahurissante. Je ne parviens plus à déterminer ce qui procède de la monstruosité de Carrie, de ce qui vient du gouvernement fédéral ou de mon mari.

— Trop tard pour quoi, Kay ?

— Ce que tu as fait, et quoi que cela puisse être. Ça inclut les vidéos que j'ai regardées aujourd'hui, à mon corps défendant. L'expéditeur garde l'anonymat. Comprends-tu à quoi je fais allusion, ainsi que je le suppute ?

Son silence devient de plus en plus massif au fur et à mesure que j'évoque les enregistrements « Cœur vil et malfaisant ».

Il sait.

— J'espère que tu es sûr de toi, Benton, parce que tu prends de gros risques. Lourde erreur que de jouer avec Carrie Grethen, ou même juste de lui donner la réplique.

Je soutiens son regard un fugace instant avant d'entendre des pas dans le couloir.

Ce qui est fait est fait et Benton ne m'écoutera pas. À son visage, je sais qu'il est déjà trop tard pour arrêter ce qu'il a mis en branle.

Je passe devant lui alors que les pas dans le couloir se rapprochent, et lance :

— Je dois encore inspecter certains endroits et faire le point sur quelques affaires. Tu peux m'accompagner au bureau. Sauf si tu préfères attendre tes collègues.

J'ouvre la porte. La voix de Marino s'élève, ferme mais plus contrainte qu'à l'habitude :

— Attendez un peu. M'dame ? Laissez-moi... C'est très important qu'ils sachent ce que vous venez de me dire.

— Je ne l'aurais pas deviné, merci !

Amanda Gilbert se rue vers nous, telle une houle, et je peine à reconnaître la fameuse productrice.

Elle semble beaucoup plus âgée que sa petite soixantaine. Ses cheveux, colorés en roux, pendent sur ses épaules. Elle semble hagarde. Son regard sombre est un gouffre de chagrin et d'une autre émotion que j'essaie de définir, en vain.

Sa voix tremble alors qu'elle pointe un index agressif vers moi :

— Sortez ! Tous ! Sortez de chez moi !

Je reçois sa haine et sa fureur en pleine figure, des manifestations auxquelles je ne m'attends guère dans ce type de situation. Elle vient juste de traverser un vestibule éclaboussé par le sang de sa fille. Pourtant, elle ne pleure pas. L'indignation et la colère l'étouffent.

Marino nous informe, Benton et moi :

— La femme de ménage... y en a pas.

Je répète, sidérée :

— Que voulez-vous dire *il n'y en a pas* ? Du tout ? Avec qui donc a discuté Hyde lorsqu'il est arrivé ce matin ?

— Pas la moindre idée...

Benton remarque, comme s'il s'agissait d'un fait établi :

— En tout cas, cette personne connaissait Chanel.

Je me tourne vers Amanda Gilbert et demande :

— Votre fille entretenait la maison elle-même ?

Marino m'informe :

— Il semble que Chanel n'ait pas séjourné ici depuis le printemps. Et en effet, elle préfère s'en occuper elle-même.

Un sentiment affreux m'envahit lorsque je comprends que je me fais mener en bateau depuis des heures. Benton interroge à son tour la mère. Pourtant, selon moi, il n'a pas besoin de réponse.

— Où se trouvait-elle ?

— Et qui êtes-vous ?

Benton lui explique, puis lâche :

— Possédait-elle une Range Rover rouge ?

— Pas à ma connaissance.

— En tout cas, une voiture de ce type est immatriculée à son nom. Je suppose que vous n'étiez pas non plus au courant.

— Où voulez-vous en venir ? Une usurpation d'identité ?

543

Benton ne semble pas soupçonner un délit de ce genre lorsqu'il demande :

— Qui vous a prévenue du décès de votre fille ?

Il sous-entend plutôt l'espionnage. La femme assassinée était sans doute Chanel Gilbert. Toutefois, elle avait une occupation plus discrète. Sa mère n'en a probablement aucune idée.

Amanda Gilbert me pointe du doigt.

— Elle ! Elle m'a envoyé un e-mail. La dame coroner m'a envoyé un courriel. Une politique, en d'autres termes. Et on voudrait que j'aie confiance en une foutue officielle élue ?

Je ne lui ai rien envoyé de tel, et Bryce pourra jurer que nos bureaux ne sont pas à l'origine du message.

Je lui dis, m'efforçant à la prudence et au calme :

— Je ne suis pas coroner. Je n'ai pas été élue. Pourriez-vous nous montrer cet e-mail ?

Elle le retrouve sur son smartphone, qu'elle tend à Marino. Au regard qu'il me jette, je comprends qu'elle dit vrai. La messagerie électronique du CFC a été piratée. Carrie est-elle parvenue à s'infiltrer dans mon compte personnel, dans la base de données du Centre ? Ce serait une catastrophe dont je ne peux même pas envisager toutes les implications. Il ne peut y avoir d'autres explications, sauf à imaginer que Lucy a utilisé mon adresse pour envoyer un message à Amanda Gilbert. J'en doute fort.

En effet, comment ma nièce aurait-elle appris la mort de Chanel avant que l'information ne circule sur Twitter, il n'y a pas si longtemps que cela ? Je tente de discerner le but ultime de Carrie alors que Benton demande à Amanda Gilbert depuis quand cette maison lui appartient. Pourtant, je parierais qu'il connaît déjà la réponse.

L'hostilité de la productrice envers nous trois est palpable. Néanmoins, elle semble concentrer son animosité sur moi en particulier. Elle jette :

— Où se trouvait ma fille ? Il faut encore que je réponde ?

Benton ne la lâche pas du regard et, selon moi, il ne lui pose des questions que pour notre bénéfice :

— Encore ?

— Ce ne sont pas vos oignons ! Je n'ai rien d'autre à dire à ce foutu FBI !

Rien d'autre ? Elle s'est donc entretenue avec un des collègues de Benton. Celui-ci lui demande de préciser son identité, de sorte à nous éclairer.

— J'ai oublié son nom.

— Vous ne vous souvenez pas quel agent vous a contactée ? Une femme ou un homme ?

— Une femme, aussi bête que ses pieds.

Erin Loria.

— On sentait à sa voix qu'elle était idiote. Sans doute du Sud, à sa trace d'accent.

Benton prend Marino de court et s'enquiert :

— Vous nous aideriez en nous rapportant votre discussion avec elle.

La productrice retient avec peine ses larmes, son débit est heurté lorsqu'elle siffle :

— Quel bonheur de vous aider ! Chanel est plongeuse professionnelle et photojournaliste. Elle voyage beaucoup et on lui confie des contrats qu'elle n'évoque pas toujours.

Chanel devait être bien davantage qu'une photo-journaliste classique si elle plongeait au large de Fort Lauderdale au moment où on m'a harponnée. S'il s'agit de la femme que l'on aperçoit sur la vidéo prise par mon masque, elle était présente à proximité de l'épave du cargo lorsque Carrie m'a visée. L'implication est claire et sans doute exacte. Chanel Gilbert était agent secret, travaillait peut-être pour l'intelligence militaire ou la Sécurité intérieure. Lucy et Janet la connaissaient, Benton probablement aussi, et cela signifie que Chanel a été témoin de l'attaque.

Et aujourd'hui, on la retrouve assassinée.

Elle aurait pu attester de l'existence de Carrie Grethen et de l'innocence de ma nièce. Mais elle est morte.

Peut-être est-ce le mobile du crime ?

Tremblante, Amanda Gilbert reprend, pleine de fureur :

— C'est ma maison ! J'ai grandi dans cette fichue baraque. Il s'agit de la demeure familiale. Mon père l'a vendue lorsque je suis rentrée à l'université. Elle est revenue sur le marché il y a quelques années et j'ai décidé de la racheter pour ma fille, et plus tard sa famille. Je pensais que, peut-être, un jour, elle s'établirait de façon plus stable, plus calme, qu'elle arrêterait de parcourir le monde et de disparaître par intermittence.

— Et les Bermudes ? Vous avez une résidence là-bas ? demande Marino.

— Il existe tant d'endroits où me poser. Chanel les a tous utilisés, en points de chute temporaires. Elle ne venait que rarement ici. Elle n'est jamais restée très longtemps quelque part depuis qu'elle a été renvoyée de la Navy en raison d'un syndrome de stress posttraumatique.

— Un problème qu'elle tentait de surmonter avec du cannabis médical ?

Elle ne répond pas et j'ajoute :

— De ce que j'ai constaté, elle n'obtenait pas ce traitement ici.

Marino intervient :

— M'dame, je me doute du drame que vous vivez. Pourtant il faut que vous nous aidiez en répondant à nos questions. Vous nous dites que votre fille n'avait pas engagé de femme de ménage, qu'elle se débrouillait seule. Aussi, permettez-moi de vous poser une question. Qui était Elsa Mulligan ?

— Qui ?

— La femme qui a prétendu être votre femme de ménage. Celle qui a découvert le corps de votre fille.

Son regard se fixe sur moi, un regard fou. Elle répond, en criant presque :

— Je n'ai jamais entendu parler de cette Elsa Mulligan. Qui a découvert le cadavre de ma fille ? Certainement pas une foutue femme de ménage de fiction ! Qui était-elle ? Qui était dans cette maison ?…

Carrie a vécu ici !

— Il n'y a jamais eu de femme de ménage !

Je tente d'attirer son attention sur d'autres détails :

— Les bougies, les rouets, les croix en clous d'acier, les cristaux. Votre fille était-elle superstitieuse ou versait-elle dans l'occultisme ?

— Bordel, non !

— Le décorateur auquel vous avez fait appel, a-t-il eu l'idée de ce type d'objets ?

— À quoi vous faites allusion, à la fin ?

Carrie vire à l'obsession et je réplique :

— Vous le comprendrez en pénétrant dans le salon.

Les voisins peuvent l'avoir aperçue durant des semaines, des mois, et n'en auraient rien pensé de particulier. Jamais ils ne se seraient doutés que la jeune femme qui conduisait la Range Rover rouge n'était pas la propriétaire de la demeure. Carrie se sert de ce qui lui plaît. Ainsi s'expliquent les pots-pourris, et les sorts dans les pièces qu'elle occupait. Me vient une intuition à propos de la taie d'oreiller qui a viré au noir sous la lumière ultraviolette.

J'ai déjà entendu parler de linge de lit traité avec des oxydes de cuivre, notamment des taies d'oreiller. Imprégner le coton de nanoparticules de cuivre est supposé combattre les rides et autres signes du vieillissement. L'aversion de Carrie pour le temps qui passe n'est plus à démontrer.

C'est elle qui dormait dans le lit de Chanel.

Marino intervient :

— D'après les témoignages des voisins, quelqu'un est entré et sorti de cette maison. On a vu la Range Rover rouge garée dans l'allée. Qui cela pouvait-il être ?

Amanda Gilbert se rapproche de moi à me frôler et je sens l'alcool et l'ail de son haleine. Elle crie :

— Comment osez-vous ! Tous ! Comment ont-ils permis que vous entriez ? Votre nièce a séduit ma fille ! Elle a assassiné ma merveilleuse fille de sang-

froid et ils ont permis que vous pénétriez chez moi ?
Ils ont permis que vous altériez les indices !

Elle se cramponne à mon bras d'une poigne d'acier.
Les larmes dévalent de ses yeux injectés de sang et
trempent son visage bouffi et marbré.

Les sanglots la rattrapent et elle hurle, en pleine
crise de nerfs :

— Vous n'avez pas la moindre idée de ce que mes
avocats feront de vous, de Lucy Farinelli et de vous
tous, bande de salopards !

43

Ma jambe me fait souffrir. Je suis installée, seule, dans le SUV que Jen Garate a échangé contre mon fourgon. La douleur m'élance jusqu'à l'os, un élancement dont les assauts semblent avoir adopté le rythme de la pluie qui tambourine sur le toit et dégouline des vitres.

Elle a opté pour un SUV blanc dont les portières sont ornées du blason du CFC, de la balance de la justice et du caducée bleu marine, symbole de ce que je suis censée représenter et défendre, ce que j'ai juré de faire respecter et de ne jamais bafouer. La justice et ne pas nuire. Pourtant, rien n'est juste. Je veux faire du mal à quelqu'un. Je veux la mort de Carrie Grethen. Je veux qu'elle soit éliminée, quoi qu'il en coûte. Je ne parviens pas à poser le regard et mes nerfs sont tendus au-delà du possible. Je ne cesse de jeter des coups d'œil dans les rétroviseurs, mon pistolet sur les genoux. J'attends. Je m'interroge.

Peut-être ce nouveau véhicule fait-il partie du plan ultime. Peut-être a-t-on anticipé que je le conduirais, à l'instar du fourgon, ce matin. Quelqu'un a-t-il altéré le SUV ? Est-il prévu que je perde le contrôle sur l'autoroute ou qu'il explose ? Peut-être est-ce la prochaine étape et la façon dont je quitterai cette vie. Je ne peux

550

plus être assurée de rien, ni de la course naturelle des événements ni de la personne à blâmer. Est-ce ce qui est censé arriver ? Ou alors, est-ce un effet de mon imagination ? Le coupable est-il Carrie ou quelqu'un d'autre ?

Ne doute pas de tes pensées.

L'angoisse me suffoque alors que je pense à Lucy. Que pouvons-nous croire ? Où est la vérité ? Qui peut le dire ? J'ignore ce qui a été manipulé, planifié avec les pires des surprises à venir, et j'attends que Marino et Benton me rejoignent. Ils sont toujours à l'intérieur, avec une femme déchaînée de douleur et de rage. Elle possède assez d'argent et de pouvoir pour me mener une vie effroyable. Si j'en juge par sa conduite, elle essaiera, et ses accusations se télescopent dans mon esprit.

Qui lui a insufflé l'idée que Lucy avait séduit et assassiné sa fille ? Pourquoi Amanda Gilbert l'a-t-elle mentionné ? Comment la productrice d'Hollywood aurait-elle entendu parler de ma nièce ? À moins d'imaginer que Lucy et Chanel se soient connues, mais cela aussi me paraît étrange. Si Chanel était espionne, pourquoi Lucy aurait-elle entendu parler d'elle ? Qu'avaient-elles à faire ensemble aux Bermudes ? Puis je me souviens que Lucy a affirmé que la personne qu'elle devait rencontrer était une connaissance de Janet. Chanel Gilbert et la compagne de ma nièce étaient-elles amies ?

Je ne parviens pas à déterminer la signification de cet embrouillement. En revanche, il est clair que quelqu'un s'est arrangé pour que la mère croie que j'altérerais des pièces à conviction. Inutile de chercher très loin. Erin Loria a pris Lucy en chasse. Je me représente l'arrogante et agressive agent du FBI, avec son accent du Sud, appelant Amanda Gilbert afin de l'abreuver de mensonges éhontés, de désinformation et de fausses confidences. Mais pourquoi ? Pour que nous soyons poursuivis ? Pour étoffer le dossier bâti contre ma nièce ou pour me faire virer ? Pour que nous nous en prenions tous les uns aux autres et que nous finissions par nous autodétruire ? Quel est le véritable but d'Erin Loria ?

Je doute fort que cela ait à voir avec son fichu boulot, avec le respect de la loi. Une méfiance massive, envers tous, m'envahit. Je ne peux plus être certaine que l'on me dit la vérité, pas même mon propre mari, ma famille. J'enclenche l'antibuée, pour éclaircir le pare-brise. La pluie s'amenuise et le vent s'apaise. Le tonnerre bat en retraite. Je l'entends à peine et, au sud, les nuages s'effilochent et s'aplatissent, lassés de leur violent spectacle.

Je surveille l'arrivée des deux hommes et consulte mes e-mails, mes messages. La sonnerie de mon téléphone se déclenche et je sursaute, surprise par cette réaction épidermique. Je suis tendue telle une corde, en mode de vigilance extrême. Je reconnais le numéro, mais j'en suis étonnée.

— Scarpetta à l'appareil.

— Ça m'ennuie beaucoup de commencer par *vous n'allez pas le croire…* (Ernie n'a même pas pris la peine de me saluer.)

— Pourquoi m'appelez-vous du labo de balistique ?

— Je vais y venir, mais tout d'abord, le métamatériau que vous m'avez confié pourrait provenir du système de caméras de Lucy, dont je suppose qu'il est ultra-haute technologie.

Je réponds du tac au tac :

— J'y avais pensé. Elle m'affirme le contraire.

— Remarquez, je n'ai jamais rien examiné de semblable en association avec un système de sécurité.

— Lucy m'a dit qu'elle n'avait pas remarqué ce métamatériau avant. Elle soupçonnait qu'il puisse s'agir de quartz ou alors de calcite.

— Tout juste. Il s'agit de calcite qualité laser, en général utilisée pour les appareils d'optique de très bonne qualité, objectifs de caméras, microscopes, télescopes, etc. Cependant, la forme hexagonale de cet éclat est très bizarre.

— En d'autres termes, nous ne pouvons pas savoir d'où il provient, sauf si nous identifions une source possible à fin de comparaison.

Ernie approuve :

— Exact. Ce qui m'amène à votre fibre de bison. Alors là, j'aimerais beaucoup connaître son origine, parce que vous pouvez parier que c'est vieux et très intéressant.

— Bison ?

— Oui, comme dans *Le Roi de la prairie*.

— Les bisons ont des fibres ?

— De la même manière que les moutons. Pour faire simple, j'appellerai ça un poil. Cependant, d'un point de vue technique, il s'agit bien d'une fibre, et c'est la première fois que je peux mettre un échantillon en concordance avec les références de ma bibliothèque animale. (Son ton devient presque amoureux, fier.) Raison pour laquelle je la constitue depuis des années. On espère toujours le spécimen incongru, quelque chose qui sorte du rang…

— Le Massachusetts n'était pas un territoire connu pour sa population de bisons.

Je regarde un SUV noir qui recule dans ma direction sur l'allée privée inondée.

Pas un véhicule du SWAT. Plutôt une sorte de limousine.

Ernie continue :

— Il faut considérer le contexte, Kay. En effet, ce poil est très ancien, sans doute tombé d'une peau, d'un tapis, d'un vêtement qui se trouve quelque part dans cette maison, ou alors qui s'y trouvait jadis. Cette maison de Cambridge, devant laquelle votre fourgon était garé lorsque vous avez découvert le mouton de poussière, la flèche. Une très vieille demeure.

J'ai le regard rivé sur le SUV, une Cadillac Escalade aux vitres teintées, avec une plaque minéralogique de compagnie de location.

Un peu ailleurs, je réponds à Ernie :

— En effet. Elle date de plus de trois siècles.

La Cadillac recule vers moi, ralentit, s'arrête, repart, ses feux arrière jetant des éclairs rouges alors qu'Ernie m'annonce qu'il a « fouiné » de-ci, de-là. Il a creusé, ainsi qu'il le dit, et me rappelle pour la centième fois au moins qu'il aurait dû être archéologue.

— Et qu'avez-vous déterré ?

Le SUV noir se rapproche de moi.

— Que la demeure Gilbert avait été bâtie par un Anglais très fortuné, un armateur. Si j'en juge par mes lectures, il s'agissait d'une très vaste propriété, aux temps reculés du Cambridge rural, où on ne trouvait pas grand-chose dans le coin hormis une petite université du nom de Harvard. À l'origine, l'ensemble incluait un fumoir, une maison d'amis, le quartier des serviteurs, une cuisine, et un des articles consultés précisait que les vaches étaient protégées des rigueurs hivernales au sous-sol. Ils les sortaient le temps qu'elles paissent puis les poussaient dans leurs stalles sous la maison.

Je vois où il veut en venir.

— Un véritable paradis des traces, non ?

— En effet, des traces, par exemple ce fragment de verre vénitien coloré qui pourrait avoir été utilisé en monnaie d'échange. En lien avec la flotte commerciale du propriétaire. Et pourquoi pas avec des peaux et des fourrures.

Où des éléments si fragiles, si vulnérables ont-ils pu être préservés si longtemps, hors de vue ? Il me faut inspecter la propriété pour y découvrir les lieux susceptibles d'avoir résisté aux assauts du temps. La maison a été restaurée et agrandie au cours des siècles et les dépendances ont disparu, n'abandonnant derrière elles que quelques pierres et briques brisées, celles que j'ai vues depuis la fenêtre sous une haie du jardin situé à l'arrière. Me reviennent les propos de ma nièce au sujet du laser pénétrant embarqué à bord de l'hélicoptère qui a survolé sa propriété. Le FBI ferait bien mieux de passer au crible le sol et le sous-sol de cette maison.

Je résiste à l'envie de descendre du SUV, d'inspecter les environs. Benton et Marino vont me rejoindre dans quelques minutes. Il serait déraisonnable de faire un tour seule. Je reste donc assise, portières verrouillées, pendant qu'Ernie me raconte ce qu'il a trouvé sur les débuts du commerce des fourrures dans notre pays. Il affirme que des fibres inhabituelles, tel le sous-poil de bison, pouvaient entrer dans la fabrication de tissus semblables au cachemire. Cette utilisation explique le succès rencontré par l'export des peaux jusqu'à la fin du XIXe siècle.

Je ne lâche pas des yeux l'Escalade qui avance centimètre après centimètre, hésite, s'immobilise, repart, au point qu'on pourrait penser que son conducteur ne se sent pas bien. Ernie continue :

— En conséquence, tout ce que nous découvrons semble appartenir au même contexte.

Des gerbes d'eau projetées par les pneus surdimensionnés giflent la carrosserie d'un noir brillant. Les essuie-glaces sont au repos, le pare-brise arrière embué, à s'étonner que le conducteur puisse manœuvrer. Je suis sur le point de m'enfuir à toutes jambes lorsque l'Escalade s'arrête à quelques centimètres de mon pare-chocs avant. La limousine me bloque, pourtant il est évident que mon véhicule ne stationne pas. J'effectue une mission officielle, moteur tournant, codes allumés. Sans même mentionner le fait que je suis installée derrière le volant.

Je fixe l'Escalade. J'attends que quelqu'un en descende.

En vain. La portière côté conducteur ne s'ouvre pas et je finis par penser que la limousine a été louée par Amanda Gilbert. Peut-être l'a-t-on déposée un peu plus tôt. Peut-être son chauffeur est-il reparti pour une raison ou une autre avant de revenir.

Je demande à Ernie :

— Où avez-vous découvert cette fibre de bison ?

— Dans l'empennage de la flèche. Les cheveux blonds décolorés.

— D'origine humaine ?

— Ainsi que vous le soupçonniez, et cela me navre parce que l'implication est sinistre. Les cheveux sont saturés de colle et, du coup, pas mal de débris y adhèrent. Je ne peux pas encore préciser à qui ils appartiennent, mais l'ADN devrait bientôt nous aider. Bien sûr, il pourrait s'agir de matériel génétique d'un de nos lointains ancêtres. Les tissus et les cheveux sont peut-être très anciens, du moins je le suppose.

— Non. Le cuir chevelu incisé est sec mais pas momifié, et on perçoit encore une légère odeur de décomposition. Selon moi, les tissus sont restés dans un endroit assez frais et sec et sont assez récents.

— À quand remonterait l'excision, selon vous ?

— Quelques jours, peut-être quelques semaines. Encore une fois, tout dépend de l'endroit où on les a conservés depuis qu'on les a découpés de la tête du sujet.

— *Post mortem ?* J'espère de tout cœur. Toutefois, quand on la connaît, on se doute que ça ne l'amuserait pas autant.

Ernie a examiné des marques d'outil et d'autres pièces à conviction. Nous pensons que Carrie Grethen les a abandonnées durant ses crimes, dont au moins six homicides l'année dernière. Il sait de quoi elle est capable. Il ne doute pas de son existence. Il ne trouve pas commode ou avantageux politiquement d'accuser Lucy à la place de Carrie. Il ne se sent pas l'envie d'engager le combat avec la tueuse dans une bataille perdue d'avance pour nous, et je crains bien que la défaite ne soit d'ores et déjà avérée. Le plan qu'elle a inventé est peut-être trop avancé pour nous permettre d'y mettre un terme.

Non fare i patti con il diavolo. Non stuzzicare il can che dorme.

Je le détrompe :

— Pour l'instant, je ne puis garantir qu'on a découpé ce cuir chevelu après la mort.

Ne signe jamais de pacte avec le diable. Ne dérange pas un chien qui dort, avait l'habitude de répéter mon père.

J'explique à Ernie :

— La victime pourrait d'ailleurs être toujours en vie. Un scalp partiel n'est pas nécessairement fatal.

— En d'autres termes, elle a encore éliminé quelqu'un, ou ne tardera pas.

Je sens la haine s'éveiller dans un recoin très sombre de mon esprit et rétorque :

— Elle n'élimine pas quelqu'un parce que c'est plus pratique ou que l'opportunité s'en présente. Ce n'est jamais son mobile pour abattre une proie humaine à plus d'un kilomètre de distance. Tout tourne autour du pouvoir et du contrôle. Tout tourne autour de ce qui nourrit ses pulsions insatiables. Lesdites pulsions ont pour objectif d'occasionner l'anéantissement et une intense souffrance à quiconque croise sa route.

— En tout cas, j'espère qu'elle ne torture pas un être retenu en captivité.

Lorsque la possibilité se présente, Carrie Grethen aime bien exciser des lambeaux de chair de ses victimes. Selon l'humeur, elle n'attend pas que sa proie soit morte avant d'intervenir avec une lame aiguisée et, dans un cas, avec un burin affilé. Tout dépend de qui ou quoi éveille son envie, et elle peut se montrer impulsive. Benton affirme qu'il s'agit d'une capricieuse, un terme beaucoup plus gentil que celui dont je les affublerais, elle et ses semblables. Néanmoins, il a raison lorsqu'il souligne sa capacité à faire volte-face.

Si Carrie présente une faille majeure, elle se résume à ses troubles émotionnels. Elle ne peut pas s'arrêter, même lorsque le gouffre se rapproche. Si l'on se fie à son histoire, il peut s'écouler des années avant qu'elle ne disparaisse à nouveau ou que nous ne pensions, à tort, qu'elle est morte.

Je reprends :

— Dès que j'examinerai les tissus au microscope, je serai capable de déterminer s'ils présentent des réponses vitales. Je pourrai alors établir si la blessure a été infligée *post mortem* ou pas.

— Vous avez une idée de qui elle pourrait avoir ciblé ?

Le nom de Troy Rosado fait une incursion dans mon esprit. Je réponds :

— N'importe qui, si ça lui permet de se payer notre tête.

Qu'est devenu Troy Rosado ? Qu'en a fait Carrie après qu'elle a abattu son politicien de père, le mettant en joue depuis son propre yacht alors qu'il nageait en surface avant de plonger ? J'enjoins à Ernie de communiquer ma sombre suspicion au labo des empreintes ADN. Ça ressemblerait assez à Carrie de s'associer un adolescent perturbé, de le séduire au point qui lui obéisse au doigt et à l'œil. Et de le remercier ensuite à sa manière, une manière hideuse.

La colère me suffoque presque :

— Et la colle sur la flèche ? Avez-vous réalisé une analyse chimique ? Des informations ?

— Cyanoacrylate, de la bonne vieille super glu.

— Rien d'autre ?

— Jusque-là, c'est un peu tout et n'importe quoi.

Le ton d'Ernie se fait joyeux alors qu'il aborde les déchets de vie qu'il considère à la manière de trésors :

— Des poils d'origine bovine, et souvenez-vous qu'on protégeait des vaches au sous-sol, il y a des lustres. Également des poils de chevreuil, rien d'inhabituel. J'ai aussi retrouvé de la laine, des peluches de coton et d'autres fibres naturelles ainsi que du pollen et des fragments de blatte et de criquet. Ah oui, j'oubliais, du nitrate de potassium – en d'autres termes du salpêtre – avec du soufre, du carbone et des traces de fer, de cuivre, sans oublier du plomb, infiltrés dans le reste.

Je comprends enfin pourquoi il s'est rendu au labo de balistique.

Le salpêtre, le soufre, le carbone sont les composants de base de la poudre à canon. Notamment de la poudre noire.

Ernie reprend :

— Le plus étrange, ce sont de minuscules gouttelettes de métal fondu. Je vois ça assez souvent sur la peau, notamment lors d'électrocution autour des brûlures.

Je repense à l'espèce de granulé qui ressemblait à du sucre noir et demande :

— Selon vous, serions-nous en présence de résidus de tir ?

— J'en doute. Le métal fondu est du cuivre, sans lien avec des résidus de tir. Comme je vous l'ai dit, j'associe cela plutôt avec des brûlures électriques que l'on observe lors d'électrocutions mortelles. Je vous mets sur haut-parleur. Demandons à un véritable fondu d'armes, si je puis m'exprimer ainsi.

Je reformule ma question :

— Vous êtes donc certains qu'il ne s'agit pas de ces résidus, poudre brûlée ou pas, typiques des agressions à l'arme à feu ? En d'autres termes, ces résidus pourraient-ils provenir d'un artefact contemporain ? Pour quelles raisons, complètement folles, auraient-ils pu atterrir à l'arrière de mon fourgon ?

La voix d'Ernie a été remplacée par une autre :

— Je ne le crois pas. Vraiment pas. Personne n'a de véhicules de scène de crime aussi propres que les nôtres, et si la poudre noire en question avait été brûlée lors d'un tir, elle serait très fragile. Et selon moi, nous ne pourrions pas la révéler.

La voix grave teintée d'un léger accent du Midwest appartient à Jim, le directeur du laboratoire de balistique. Il poursuit :

— La poudre noire brûlée devient très corrosive. Notamment lorsqu'elle a été exposée à l'humidité, par exemple à la condensation qui se forme lorsqu'un canon se refroidit. Une réaction chimique a lieu, aboutissant à la formation d'acide sulfurique. Si vous l'ignorez et que vous ne nettoyez pas votre pistolet à poudre noire immédiatement, le canon est compromis au-delà de l'imaginable. En quelques heures. Ce que nous avons ici est donc, sans discussion, de la poudre non brûlée. Certainement pas des résidus de tir.

En revanche, la poudre noire non brûlée peut se conserver presque indéfiniment si elle est protégée dans une armurerie ou même scellée par la rouille dans un vieux projectile, hypothèse de Jim et d'Ernie. Une poudre qui pourrait remonter à plusieurs siècles. Je repense à ces histoires affreuses que j'ai entendues à propos d'armes d'antiquaires, chargées avec des munitions dont leurs propriétaires pensaient qu'elles étaient neutralisées jusqu'à ce que le pistolet fasse feu par accident.

Jim m'interroge :

— Combien de boulets de canon avez-vous vus transformés en butée de porte ou pendus en décoration aux barrières, notamment durant votre séjour en Virginie ?

Je souris :

— Si seulement on me donnait un dollar à la pièce, je serais richissime !

— La majorité des gens ne se doutent pas un instant que les boulets de canon de la guerre d'Indépendance ou de la guerre de Sécession peuvent toujours exploser. Ils décorent leurs maisons avec des bombes !

Je repose ma question, d'une importance cruciale :

— Cette poudre noire pourrait-elle être de fabrication récente ? Même une possibilité ténue ? Comment pouvons-nous être certains que personne ne l'utilise pour fabriquer un engin explosif ?

— La poudre noire n'a rien d'un jeu d'enfant. La manipuler pour manufacturer un engin explosif serait à la fois peu pratique et surtout très dangereux.

— Tout dépend de qui nous parlons, comme pour tant d'autres choses.

— Je suis le premier à soutenir qu'il ne faut jamais sous-estimer les désastres potentiels. Sécurité est mère de vertu. Certes, quelqu'un pourrait produire cette poudre. Lorsque j'étais gamin, il s'agissait d'un de mes passe-temps favoris dans le garage chez mes parents. Un miracle que j'aie vécu assez longtemps pour voter et m'offrir une bouteille de whisky.

M'adressant aux deux hommes, je souligne :

— La personne qui me préoccupe pourrait composer ses armes elle-même et recharger ses munitions. Si tel était le cas, des traces de poudre, de plomb, d'acier et de cuivre seraient inévitables dans l'endroit où elle se livre à cette occupation, et peut-être même ailleurs. C'est la raison pour laquelle j'insiste : sommes-nous sûrs que cette poudre noire est ancienne, et non pas la réalisation d'un individu qui pourrait élaborer une arme de destruction massive ?

Ernie intervient :

— Sincèrement, je pense qu'il s'agit d'un vestige remontant à la même époque que les autres indices.

Je fouille mes souvenirs.

44

Je ne me souviens pas d'avoir jamais vu de poudre noire dans les armureries où Lucy s'est occupée d'armes ou qu'elle a possédées. Pas plus que son substitut moderne, le Pyrodex.

Ma nièce éprouve une passion pour l'hyper-technologie et, depuis qu'elle sait marcher, elle bricole et modifie des machines, surtout électroniques. Elle n'est pas du bois dont on fait les amateurs de fusil à silex ou à chargement par la bouche. Elle n'éprouve pas un intérêt démesuré pour les choses anciennes. Elle lirait plus volontiers un ouvrage de physique que d'histoire. Elle ne collectionne pas les antiquités. Son sentimentalisme au sujet du passé est limité.

Lucy prépare ses propres munitions, depuis presque aussi longtemps qu'elle a commencé à s'acheter de très belles pièces. J'ai toujours prêché que la sécurité était une priorité absolue, et serais très mécontente si j'apprenais que ma nièce manipule de la poudre noire. L'ignition est bien trop aisée. Il s'agit d'un composé assez caractériel. J'ai travaillé sur nombre d'accidents dus à des explosions, lorsque quelqu'un avait décidé de fabriquer une bombe sale pour finir dans ma morgue, en morceaux, dans d'épais sacs en plastique. Au tout début de ma carrière, ma surprise avait été de taille lorsque j'avais conclu qu'il s'agissait plus souvent d'apprentis terroristes que de victimes.

À l'époque, il ne me venait pas aussitôt à l'esprit que les cadavres décapités, sans mains, éviscérés que j'examinais n'étaient que les restes d'une intention malveillante et cruelle qui avait explosé – au sens propre – à la figure de son auteur. Parfois, les semeurs de massacre deviennent leurs propres victimes. Je ne dirai jamais qu'il s'agit de justice poétique. Pourtant, je le pense.

Carrie Grethen sait-elle ce que nous avons découvert ?

— Ernie, combien de gouttelettes ?

Cet indice a-t-il été laissé à notre intention ? Pas exclu ! Si tel est le cas, qu'espère-t-elle que nous en concluions ou fassions ? Je refuse une confrontation directe avec elle. Je ne veux pas entrer dans son jeu et, pourtant, j'y ai été contrainte en dépit de mes résistances. Je n'aurais jamais dû commencer, mais la synchronisation n'est pas de mon fait. Je n'ai pas écrit la chorégraphie de la danse. On ne m'y a pas invitée. J'ai été recrutée et piégée. Toutefois, ça n'a plus d'importance aujourd'hui.

I fatti contano più delle parole. Une autre des maximes fétiches de mon père.

Ernie reprend :

— Cinq. Deux dans le mouton de poussière. Trois dans l'empennage, les cheveux humains collés à la flèche. À propos, Jim a dû partir pour une déposition. Il m'a dit que vous pouviez l'appeler en cas de besoin.

Les actions comptent plus que les mots. Je le démontre, alors même que je suis installée dans le SUV. Si je n'avais pas voulu jouer, j'aurais rejoint le Centre plusieurs heures auparavant. Telle n'est pas qui je suis, et Carrie le sait.

— Je viens de vous envoyer des photos.

— Un instant.

Je pénètre dans l'ordinateur installé dans la console. J'ouvre les clichés pris au grossissement 100. Les gouttelettes de poudre noire évoquent des boulets de charbon brisés, noirs, irréguliers. Au grossissement 500, on dirait des météorites assez volumineuses pour qu'y atterrisse une navette spatiale. Elles sont découpées, accidentées, toutes différentes les unes des autres. S'y mélangent d'autres débris, qui ressemblent à des câbles épais, des cordes, et des cristaux aux couleurs vivaces. Lorsqu'on l'examine de près, la poussière n'a rien à voir avec ce qu'elle paraît. Au microscope, elle se transforme en un univers de ruines, d'édifices écroulés, de territoires saccagés, et conserve les restes desséchés de vies disparues, depuis les bactéries jusqu'aux êtres humains, en passant par les scarabées.

Je sauvegarde les photographies dans un dossier et commente :

— Eh bien, ça ne ressemble pas à de la poudre sans fumée, ni à aucun des propulseurs manufacturés que j'ai jamais vus. Ces gouttelettes-là ont, selon les cas, des formes et des tailles variées qui n'existent pas dans la nature, mais elles sont identiques. Rien de semblable à ce que vous m'avez montré. Encore une fois, Ernie : anciennes ou récentes ? Et si quelqu'un produisait de la poudre noire ? Ressemblerait-elle à ce qu'elle était des siècles plus tôt ?

Je tourne le regard vers la porte de la demeure Gilbert tandis qu'il répond :

— Bien sûr, elle pourrait la préparer. Jim affirme que la plupart de ceux qui s'intéressent à cette poudre aujourd'hui sont des bricoleurs. C'est terriblement risqué mais pas si difficile que cela. Juste du salpêtre, du soufre et du carbone, sans oublier une petite giclée d'eau et voilà, vous avez votre gâteau. J'ajoute toujours la mise en garde suivante : ne tentez pas le coup chez vous.

Amanda Gilbert sort la première sur le porche et un sentiment funeste me prend d'assaut avec la puissance d'un raz-de-marée.

Ernie termine sa petite recette mortelle alors que mes pensées ne cessent de revenir à Carrie Grethen :

— Une fois sèche, vous la morcelez et vous la passez au tamis ou même à l'aide d'une passoire de cuisine, ce qui vous tombe sous la main.

Cruel et sadique de recourir à cette poudre noire, balbutiement de la technologie, pour construire une bombe chargée de projectiles mutilants : clous ou billes de roulement. Je préfère de loin être abattue d'une balle. Comme la plupart des gens. La perspective d'un carnage meurtrier amuserait Carrie. Peut-être son but est-il de tourmenter, de mutiler, de terroriser, d'arracher un membre, une lanière de cuir chevelu à la fois ?

Je regarde Amanda Gilbert, Benton et Marino discuter sur le porche, à l'abri de la pluie. Ernie passe en revue tous les autres fragments microscopiques qu'il juge importants. Selon lui, il n'est pas exclu que la poudre noire ait été un jour protégée dans des barils de chêne. Elle remonterait à la guerre d'Indépendance ou à la guerre de Sécession. À moins qu'il ne s'agisse d'une fabrication maison. La poudre découverte n'est pas récente, insiste-t-il. Quant à moi, je ne serais pas aussi péremptoire sur ce point. Je fais très attention, surtout aujourd'hui, à ne pas me laisser aller à des suppositions.

Il veut à nouveau s'assurer que nous avons inspecté tous les recoins de la demeure.

— Comme ça, je dirais une dépendance, une cave, un cellier. Ce n'est quand même pas un hasard que je ne trouve rien de contemporain. Rien de synthétique, par exemple des fibres de nylon ou du polyester.

J'observe Amanda Gilbert par la vitre de ma portière. Elle semble engagée dans un vif échange avec Marino.

— Nous avons vérifié le sous-sol. Vide, propre. Il n'est pas protégé de façon hermétique puisqu'on peut y accéder par des battants d'épais bois qui donnent dans le jardin.

— Peut-être un endroit qui a jadis été utilisé en armurerie puis transformé en autre chose, suggère Ernie. Gardez ça à l'esprit lorsque vous ferez votre tournée d'ensemble.

La pluie a perdu de sa violence, mais tombe toujours de manière insistante. Amanda Gilbert, Benton et Marino descendent les marches du porche. Je préviens Ernie qu'il va me falloir raccrocher au moment où le chauffeur sort de l'Escalade. Il ressemble à un personnage de dessin animé, avec de grandes oreilles qui dépassent de sa casquette d'uniforme et une drôle de façon de plisser les paupières, comme s'il avait du mal à voir plus loin que le bout de son nez.

Il ouvre la portière arrière pour Amanda Gilbert et sa conduite étrange, ses arrêts, ses hésitations de tout à l'heure ne me surprennent plus. Marino et Benton me rejoignent. Le grand flic s'affale sur le siège passager, comme à son habitude, sans rien demander. Je démarre après l'Escalade, à distance respectueuse.

Je conduis avec prudence sur les vieux pavés inondés et demande :

— Que s'est-il passé ?

Marino tapote ses poches, signe qu'il cherche son paquet de cigarettes, et lâche :

— Simple, elle est dans une rogne noire. Elle va probablement nous traîner en justice.

Nous longeons d'autres vieilles et prestigieuses demeures, dans lesquelles vivent les voisins fortunés et bien introduits de Chanel Gilbert.

— Voici ce que je peux vous dire, commence Benton, installé derrière moi, mais je l'interromps.

— Amanda vous a-t-elle fait part de la raison qui la porte à croire que Lucy est impliquée dans le meurtre de Chanel ?

Marino s'est tourné pour me regarder, et, comme toujours, je dois lui intimer de boucler sa ceinture de sécurité. Il observe :

— Peut-être la raison pour laquelle le FBI a fait une descente chez elle ? Erin Loria devient donc le serpent que le Bureau réchauffe dans son sein. En revanche, ce que j'arrive pas à comprendre, c'est comment elle aurait pu savoir aussi vite. Vous autres,

connards de fédéraux, vous trouviez déjà dans votre
hélicoptère avant que nous ne sachions qu'il y avait
eu un meurtre.

La vacherie est destinée à Benton. Il accepte de
répondre :

— Vous avez raison. Nous n'étions pas informés
du meurtre, mais conscients qu'il existait des relations.

— Les relations de qui ?

Je lui pose la question en m'arrêtant à un stop au
bout de la rue.

— Nous avons récupéré les données de surveillance
de l'aéroport, lors du voyage de Lucy aux Bermudes.
Nous savons qu'elle a atterri au stand de l'exploitant
de services aéronautiques là-bas, puis lorsqu'elle est
rentrée à Boston. Nous savons également que Chanel
Gilbert était une passagère.

Nos regards se croisent par l'intermédiaire du rétroviseur. Je m'exclame :

— Une minute, là ! Lucy a ramené Chanel des Bermudes à bord de son jet privé ?

— Oui.

— Tu es sûr de cela ?

— Chanel Gilbert apparaît sur le manifeste de vol.
Lorsque les agents sont montés à Logan, ils ont vérifié les passeports, tu t'en doutes. Nous savons, sans
contestation, qui était présent dans l'avion.

— Au contraire, selon moi, il y a plein de contes-
tations ou de questions possibles !

Je repars dans Brattle Street et me concentre sur
ma conduite, m'efforçant d'éviter les profondes mares
d'eau et les branches épaisses abattues par la tempête.
Je tente de ne pas me laisser déborder par ce que

je ressens. Il serait déjà très embêtant que Lucy ait rencontré Chanel aux Bermudes. Si, en plus, elle l'a ramenée à Boston, elle pourrait devenir suspecte de son meurtre. Ainsi s'expliqueraient certains des événements qui se sont déroulés aujourd'hui. Cependant, pas tous.

Je m'obstine :

— Chanel à bord, est-ce une absolue certitude ? Ne pouvait-il s'agir d'une autre femme se faisant passer pour elle ? À la fin, qui a été assassiné si ce n'était pas elle ?

— Nous sommes certains de son identité.

Il s'agit d'un moyen pour Benton de ne pas répondre. Il peut être assuré de son identité. Cependant, ça ne signifie pas qu'il nous dit la vérité là-dessus.

Je demande à brûle-pourpoint :

— Travaillait-elle pour vous ? Était-elle un agent secret du FBI ?

— Pas pour nous. Avec nous.

Sarcastique et tranchante, je rétorque :

— J'ai l'impression qu'après avoir quitté la Navy, elle ne s'est pas seulement consacrée à la photographie. Bien sûr, il est possible qu'elle ait souffert de stress post-traumatique. Je peux concevoir que travailler pour des agences d'intelligence du genre de la CIA se révèle très stressant. Quand s'est-elle retrouvée à bord de l'avion de Lucy ?

— Elles ont atterri à Logan il y a trois jours, mercredi.

— Je suppose que vous avez vérifié les commandes passées au traiteur, en plus du manifeste.

— Pourquoi cette question ?

— Quel genre de menu a sélectionné Lucy pour son invitée ?

À nouveau, nous échangeons un regard par l'intermédiaire du rétroviseur.

— Crevettes sautées et riz complet, répond-il. En plus des aliments habituels de Lucy : des noix, des légumes crus, du houmous, du tofu. Bref, ses collations favorites.

Je ralentis alors que des gerbes d'eaux percutent le châssis du SUV. Marino commente :

— De la bouffe chinoise froide ? D'accord, ça m'est arrivé un bon million de fois de manger directement dans les récipients. Mais pas sur un avion privé. La kitchenette de son jet est rudimentaire et elle refuse de recruter un steward. Des trucs sautés, ça me paraît une idée bizarre dans ce contexte.

Je renchéris :

— Le contenu gastrique de Chanel est cohérent avec le fait qu'elle ait ingéré des crevettes, du riz, et des légumes, mais la chronologie ne colle pas. Elle est morte alors que commençait la digestion. En d'autres termes, elle ne peut pas avoir consommé ces plats pendant le court voyage entre les Bermudes et Boston. D'un autre côté, peut-être a-t-elle emporté le repas pour se restaurer chez elle, plus tard. Sa mère nous a révélé qu'elle n'avait pas mis les pieds dans cette maison depuis des mois. On peut donc supposer qu'il n'y avait pas grand-chose à grignoter dans le réfrigérateur.

Marino approuve d'un signe de tête et précise :

— Exactement ce qu'on a constaté lorsqu'on a inspecté la cuisine.

— Hormis les jus de légumes frais, dont rien ne prouve qu'ils lui étaient destinés. Je pense même le contraire. À quelle heure l'avion de Lucy s'est-il posé à Logan ?

Benton me renseigne :

— Peu après 13 heures. Et tu as raison. Chanel n'a pas déjeuné à bord de l'avion. Les pilotes se souviennent qu'elle a demandé à emporter son repas. Ils ont dû chercher partout un sachet.

Je relève aussitôt :

— Vous avez discuté avec les pilotes ?

Après quelques instants de silence destiné à trier les informations qu'il refuse de nous communiquer, il répond :

— En effet.

— Et qu'est-ce qui a bien pu vous donner cette idée, Benton ? Qu'espériez-vous découvrir ? A-t-on posé des questions aux pilotes au sujet de Chanel Gilbert ? Ou alors de Lucy ? Que cherchaient les agents des douanes dans son jet ?

— Il ne s'agissait pas des douanes mais de la DEA.

— L'administration chargée de la lutte contre les stupéfiants, du ministère de la Justice. Je vois ! L'affaire devient donc encore plus fâcheuse et choquante. Laisse-moi deviner. La DEA a déboulé parce que l'on soupçonnait que Lucy avait trouvé un moyen de faire parvenir du cannabis médical à la sœur mourante de Janet ? Et si elle avait trafiqué une fois, elle pouvait recommencer ?

— Il se pourrait que Lucy l'ait obtenu grâce à Chanel Gilbert.

Marino intervient :

— Et comment ça a atterri dans une ancienne boîte en bois, dans la penderie ? Bordel, qui l'a stocké là-dedans, si Chanel n'a pas mis les pieds à Brattle Street depuis le printemps dernier ?

Benton explique :

— C'est au printemps dernier que Lucy et Janet ont compris qu'elles allaient devoir trouver un moyen d'aider Natalie. Le moyen en question peut avoir été conservé dans la boîte en bois depuis. Je n'en sais pas plus.

— Ce serait donc l'explication du lien entre Janet, Lucy et Chanel ? À cause de Natalie et du cannabis médical ?

— Non, Kay. C'est accessoire. Le cannabis médical n'a rien à voir avec le fait que les trois femmes se connaissaient, mais représentait un autre point commun. À la suite de la maladie de Natalie.

Je me demande si Janet aurait pu présenter une espionne à ma nièce. D'un autre côté, comment la jeune femme aurait-elle été au courant d'une telle occupation ?

Marino revient à son hypothèse :

— Sa mère doit trouver le truc pour sa fille en Californie ou ailleurs.

— Selon moi, Chanel aurait pu se procurer ce qu'elle voulait. Pour te répondre, Kay, Lucy transportait des « produits », dirons-nous, en Virginie. On pense qu'elle aurait fourni Natalie au cours de ses derniers mois.

Je réplique d'un ton acide :

— Si les fédéraux consacraient leurs ressources et leur temps à de véritables crimes, le monde serait sans doute différent.

Mon mari souligne :

— Une chance : ils n'ont pas découvert d'armes ni de contrebande lorsqu'ils ont fouillé le jet de Lucy.

— Bordel de merde ! s'exclame Marino. Vous autres, connards du FBI, essayez juste de la faire plonger sous n'importe quel prétexte ? Parce que, franchement, c'est à ça que ça ressemble !

Benton ne répond pas à cette accusation. Au lieu de cela, il évoque ce que nous avions toujours soupçonné. Je ne suis pas surprise. Pourtant, son discours brutal est pour le moins choquant. Le FBI est convaincu que Carrie Grethen est une fabrication, un stratagème ingénieux que Lucy a inventé lorsqu'elle est devenue « une délinquante sans remords ». Moyens de pression, détonateurs. Turbulences dans un ménage déjà chancelant et Lucy est instable. Elle l'a toujours été. Et puis, ne nous voilons pas la face, « c'est une sociopathe ».

45

— Ce n'est pas moi qui parle, Kay, mais tous les autres.

Espère-t-il m'apaiser en disant cela ?

Comme à l'accoutumée, ce « tous les autres » désigne ceux de son monde, les fédéraux. Marino, installé à côté de moi, a redressé sa radio portative en équilibre sur sa cuisse. Une information le fascine, et il augmente le volume.

Je jette un autre coup d'œil à Benton et proteste :

— C'est faux, injuste, je ne trouve même pas de mots pour le qualifier !

— Je suis plutôt d'accord.

Je lui rappelle alors la mitraillette H & K, un premier modèle. Nous l'avions conservée dans mon ancienne demeure de Richmond durant un temps.

Je lui explique ce dont je me souviens, de façon vague :

— Tu l'avais rangée dans une mallette dont je suppose qu'elle était bouclée dans le coffre à armes. Sans doute as-tu permis à Lucy de te l'emprunter un jour.

— Pourquoi aurais-je permis à une enfant d'emprunter une arme qui méritait d'être dans un coffre ?

— Ce n'était plus une fillette.

Pourtant, en effet, la chronologie me perturbe.

— Si tu fais allusion au MP5K, elle avait alors dix ans. Au plus douze, lorsque l'arme a été présentée à mon unité.

Je me souviens du jour où il est arrivé avec cette mallette à l'allure menaçante. Il a plaisanté en précisant qu'elle renfermait une mitraillette digne d'un James Bond. Il poursuit :

— Un jour que j'étais invité chez toi, j'avais la mallette. Je t'ai montré l'arme, une nouveauté à cette époque.

— Avais-tu signalé sa disparition du coffre à armes ?

— Je ne l'ai jamais rangée là-dedans et, en plus, elle ne m'a jamais appartenu, Kay.

— Pourtant, tu l'as eue en ta possession.

Le rétroviseur me renvoie un visage impénétrable. Il demande :

— Moi ?

— Oui.

— À une occasion, de façon très temporaire en 1990, lorsque je l'avais apportée chez toi.

Il a cette expression qu'il adopte toujours lorsque ce que je vais dire sera erroné. Distraite par la radio de Marino, je déclare :

— L'arme est aujourd'hui mise en lien avec l'assassinat de Benazir Bhutto.

Une femme officier, au River Basin, demande des renforts et un détective. Elle semble survoltée.

L'expression de mon mari traduit sa perplexité alors qu'il lâche d'un ton presque amusé :

— Et tu as cru cette fable ?

577

— Le MP5K a été entre les mains de Carrie Grethen puis d'Erin Loria. Il a, ensuite, atterri au Pakistan. En d'autres termes, Erin Loria pourrait avoir très chaud aux fesses. Je pense qu'il s'agit d'une des raisons qui expliquent qu'elle cherche à incriminer Lucy.

Marino parcourt les récents appels parvenus sur son téléphone pour chercher un numéro. Benton réplique :

— J'ignore de qui tu tiens ces informations, mais la fameuse mitraillette était un accessoire de film, qu'on avait offert à mon unité en remerciement, lors du tournage du *Silence des agneaux,* à Quantico, en 1990. Deux d'entre nous ont reçu des petits trucs marrants – faux flingues, menottes, et posters d'individus recherchés – de la part d'Hollywood. Lorsque Lucy est arrivée, bien des années après pour son internat, elle a vu l'accessoire en question dans mon bureau et m'a demandé si elle pouvait l'emprunter. Ça ne posait pas de problème puisque l'arme était neutralisée, en plus d'être légale.

D'un coup, je me sens ridicule. Il conclut :

— Il s'agissait d'un véritable MP5K, mais le tube avait été bouché, la culasse enlevée, et même le boîtier de culasse coupé.

Marino s'entretient avec un interlocuteur alors que je vérifie :

— Est-il possible que Carrie l'ait dérobée, afin de la remettre en état de marche ?

Le grand flic s'adresse à un autre policier :

— Ouais, j'ai entendu. Qu'est-ce qui se passe ?

Benton admet :

— Pas facile. Néanmoins, en effet, elle le pourrai

— Une machination si habile, n'est-ce pas ? On offre une mitraillette à l'unité des profileurs du FBI. Le directeur de ladite unité permet à ma nièce de dix-neuf ans de l'emprunter. Puis Carrie la vole et des années plus tard, l'arme est utilisée pour assassiner un dirigeant de la scène internationale, crime qui pourrait mettre notre gouvernement dans un embarras inimaginable, sans compter d'exécrables relations diplomatiques. En plus de bousiller pas mal de carrières. Notamment celle d'Erin Loria. Ai-je raison, Benton ? Est-ce la vérité au sujet de Bhutto ?

— Erin pense sans doute que c'est vrai. Selon moi, en cet instant, je ne sais pas trop s'il s'agit d'un bluff ou d'une modification de données informatiques. Quoi qu'il en soit, tu as raison. Il y aura un gigantesque problème de perception, si jamais la rumeur se répand…

Data fiction.

— Nous devrions en rediscuter plus tard, Kay.

Je tente de gommer la rage de ma voix, sans grand succès :

— Au rythme où vont les choses, je ne suis pas sûre qu'il y ait un plus tard. Si ce fichu MP5K est mis en relation, même de façon indirecte, avec Lucy, peu importe qu'il ait été un accessoire de film à une époque. Il a pu être rendu à son état premier. Je parierais que Carrie y parviendrait les yeux bandés. (Benton reste silencieux.) Quels ravages elle pourrait semer, qu'elle ait ou non manipulé des rapports ! Qui va prouver que c'est le cas, ou même simplement l'admettre, puisque cela équivaudrait aussi à un véritable électrochoc pour le public. Tu sais ce que l'on dit de la vengeance : c'est un plat qui se mange froid. Aussi, pourquoi ne pas attendre des années, presque une décennie, ou plus longtemps, pour décimer ceux que tu détestes ?

Benton admet :

— J'étais au courant des actes de Carrie. Lucy a dû m'avouer pourquoi le MP5K n'avait pas retrouvé le chemin de la vitrine de mon unité. Elle m'a expliqué que Carrie refusait de le rendre et qu'elles avaient rompu. Il existe des traces écrites que la mitraillette, cet accessoire de film, a disparu. Elle a été remise en état par Carrie, et Lucy le savait également. Même adolescente, elle était trop intelligente pour se montrer crédule.

— Sans doute pas Erin Loria, pas plus aujourd'hui qu'hier.

— Bien d'accord.

— L'accessoire est donc rendu à son état d'origine, et refait surface aujourd'hui, après qu'il a été utilisé dans un assassinat. Il est clair qu'Erin doit penser qu'elle est dans de sales draps. Il ne s'agit que d'un scénario, mais…

Benton renchérit d'un ton qui me laisse supposer qu'il en sait plus qu'il n'en dit :

— Surtout si Carrie s'est débrouillée pour attiser la paranoïa de Loria.

— Ça expliquerait le raid que celle-ci a mené dans la propriété de Lucy et le mandat de perquisition, un des plus bidons que j'aie vus de ma vie. Qui a eu l'idée de transférer Erin Loria à Boston ?

— C'était sa demande, après ton attaque en Floride

— Cela ne m'étonne pas. Sans doute au moment où on l'a incitée à croire qu'un ancien accessoire passé entre ses mains un jour, se retrouvait épinglé dans un assassinat commis en 2007. Toutefois, même si l'on admet que prendre en chasse Lucy était une idée d'Erin, le Bureau a dû coopérer. Sans quoi rien ne se serait passé. En d'autres termes, le FBI a accepté le transfert d'Erin Loria ici, pour la lancer sur Lucy.

— Je ne le nie pas, Kay.

Soudain, Marino m'ordonne d'enfoncer l'accélérateur. D'une voix forte et impérieuse, il précise :

— Cambridge Street, vers Charlestown Avenue. L'ancienne carrière de gravier.

Il n'avait aucune raison de se rendre, en voiture de patrouille, à River Basin, surtout sous cette tempête. Il ne répondait à aucun appel. Il ne devait rencontrer personne. Pas de façon officielle, du moins.

L'officier Park Hyde, unité 237, n'a jamais contacté le dispatcheur. Il n'a ni téléphoné, ni prévenu par radio, ni informé quiconque qu'il se rendait au bassin de retenue de la Charles River. Les bateaux doivent y passer pour pénétrer dans le port de Boston. La carrière abandonnée est un endroit isolé, désolé, peu rassurant. Je ne peux qu'imaginer la réaction de l'officier qui a découvert la voiture de patrouille de Hyde entre des montagnes de sable. Portières déverrouillées. La batterie morte. Personne à l'intérieur. Cependant, il semble qu'il soit impossible d'ouvrir le coffre.

Benton interroge Marino :

— Pourquoi n'y arrive-t-elle pas ?

Je vérifie :

— Celle qui avait demandé des renforts ?

Marino précise :

— Ouais, l'officier Dern. Elle fait partie de la brigade des mineurs, ce qui explique qu'elle a répondu à l'appel. Elle a sans doute songé qu'elle connaîtrait les petits trous du cul en virée dans la Range Rover rouge que nous tentons de localiser.

Je renchéris :

— Le dernier modèle de luxe. Je ne serais pas étonnée qu'il s'agisse de celle de Chanel Gilbert. Du moins, si on se fie au nom qui figure sur la carte grise, parce que je parierais que Carrie a usurpé son identité.

Mon mari hoche la tête :

— Elle est capable de se servir de n'importe quelle identité, si son plan l'exige. Qu'est-ce qui se passe au River Basin ?

Le grand flic résume :

— Vous vous souvenez de l'appel qui prétendait qu'un des individus était armé ? Eh ben, il y en a eu un autre rapportant des coups de feu dans la vieille carrière de gravier.

Benton le corrige :

— Des tirs supposés. Nous ne pouvons être certains de qui a passé ces appels au numéro d'urgence.

— L'officier Dern s'est donc rendue sur place et est descendue de voiture pour tenter d'apercevoir le SUV rouge et les petits salopards. Au cours de son inspection, elle a découvert la voiture de Hyde. On peut sans doute pas la voir, sauf à pied. Je connais assez bien le coin. Personne ne prendra le risque de s'avancer en bagnole à proximité de ces énormes montagnes de sable et de gravier qui sont là depuis toujours. On se marre chaque fois en se disant qu'on risque de disparaître dans un trou du sol. Ça m'étonnerait pas que le véhicule de patrouille de Hyde ait été abandonné là par quelqu'un qui ne voulait pas qu'on le retrouve tout de suite. Je croirais jamais que Hyde s'est pointé dans la carrière.

Benton insiste :

— Pourquoi l'officier Dern ne parvient-elle pas à ouvrir le coffre ? À moins qu'il ait été scellé d'une manière ou d'une autre.

— Elle affirme qu'il a été collé, répond Marino, comme la boîte en argent en forme de poisson que j'ai ouverte à l'acétone. Et donc, peut-être qu'il y a une caméra cachée, hein, Doc ? (Sa mâchoire se crispe de rage.) Ou alors un autre petit cadeau, un flic assassiné, par exemple ?

À nouveau, Benton démolit les propos de Marino :

— Nous savons tous ce que nous pensons trouver à l'intérieur du coffre.

J'interviens :

— S'il s'agit de Hyde, il existe une forte probabilité pour qu'il soit mort. Toutefois, nous ne sommes sûrs de rien, et nous ne devons pas non plus oublier la poudre noire qui a fait surface. Certes, elle pourrait être ancienne, et ne pas pointer vers un danger. Cependant, rien ne nous le certifie.

Marino récupère son téléphone et vitupère :

— Joyeuse fête nationale ! Carrie veut nous offrir un gigantesque feu d'artifice. Qu'elle aille se faire foutre !

L'officier Dern lui répond, et il lui ordonne de ne pas toucher le coffre. Il aboie presque en lui intimant de s'écarter de la voiture. Je devine qu'elle tente de se rebiffer. Tous les flics dignes de ce nom n'ont plus qu'une préoccupation : la sécurité de l'officier Hyde. S'il est à l'intérieur du coffre, leur priorité consiste à l'en sortir au plus vite. Et s'il vivait encore ?

Marino entrouvre sa vitre et allume une cigarette. Il demande à l'officier Dern :

— T'entends quelque chose ? Un signe que quelqu'un serait dans le coffre ? D'accord. On sera là dans trois minutes.

Il met un terme à l'appel et s'adresse à nous :

— Comment ça se pourrait qu'il soit tassé dans le coffre, sans hurler, donner des coups de pied ou des coups de poing ? Dern affirme qu'elle n'entend rien. Doc, vous devriez demander à Harold et à Rusty de rappliquer là-bas aussi vite que possible, dans l'éventualité où ce qu'on craint serait exact.

— Appelez-les. Demandez-leur aussi de se munir d'une perceuse et de récupérer une sonde borescope dans le labo de balistique. Je suppose que l'équipe des démineurs est équipée, mais deux précautions valent mieux qu'une.

L'exaspération teinte la voix de Marino lorsqu'il remarque :

— On peut pas forcer ce foutu coffre avec un foutu canon à eau, sauf si vous voulez achever la personne à l'intérieur.

Je file à toute vitesse vers la rivière et rétorque :

— Raison pour laquelle il faut percer un trou dans la carrosserie pour vérifier si quelqu'un s'y trouve. Si de la poudre noire est en circulation, on ne peut pas, non plus, utiliser une perceuse électrique, hormis si l'équipe des démineurs s'en charge.

— Il nous reste combien de temps, Doc ? La réponse c'est : que dalle, si on espère sortir Hyde de là, à moins qu'il soit déjà mort.

Benton intervient :

— Nous savons de façon certaine que le coffre n'a pas été collé sans raison. Une mauvaise raison. S'il n'y a pas un cadavre dedans, nous devons redouter une surprise aussi terrible, une bombe, par exemple.

Le grand flic éructe :

— Bordel, mais pourquoi coller le coffre ? Pourquoi, au contraire, ne pas permettre qu'un pauvre flic l'ouvre et se fasse exploser ? Fin de l'histoire.

Benton remarque :

— Si le coffre résiste à l'ouverture, plus de gens interviennent. Les dommages collatéraux augmentent. On peut anéantir douze personnes au lieu d'une.

Je réfléchis à voix haute :

— Du moins est-ce ce que nous sommes censés conclure.

46

Marino a la tête ailleurs. Son inattention croît alors que nous approchons des vieux hangars, des bacs de stockage, des tapis roulants et des élévateurs à godets.

Une haute clôture et des collines de gravier et de sable surplombent des rails rouillés et des portions de l'I-93 et de l'US 1. Au-delà, le pont à haubans Zakim et la silhouette de Boston se distinguent. Les toits des tours et des bâtiments s'estompent derrière un voile de brume. La pluie a diminué d'intensité, sans faire mine de cesser. Le bassin doit être boueux et les zones les plus basses inondées.

Je jette un regard à mon mari dans le rétroviseur, à ses yeux sans éclat et sévères. J'ignore s'il est resté en contact avec ses collègues du FBI.

Marino est tourné vers la vitre de sa portière, et discute avec le chef de l'équipe des démineurs de son département de police. Je demande à Benton :

— Que fait ta division ?

Marino beugle :

— Quinze, vingt minutes ? Ouais, en général on doit toucher à rien et on peut poireauter jusqu'à être réduits à l'état de squelette ! Mais pas quand un flic risque de claquer dans un foutu coffre. Ouais, rappliquez ventre à terre, mais j'commence sans vous. Oui, oui, tu m'entends parfaitement !

Il raccroche et lâche l'appareil sur ses cuisses.

Je demande à mon mari :

— Certains de tes « compatriotes » risquent-ils de débarquer ? J'espère que non.

— Je ne les ai pas informés.

Marino se retourne pour le pulvériser du regard, puis se concentre à nouveau sur sa vitre. Il gronde :

— Des conneries ! Un de mes gars a disparu ou est mort et l'antenne FBI de Boston en saurait rien ?

S'adressant au crâne du grand flic, Benton observe :

— Il ne m'appartient pas de les en avertir, sauf si vous le sollicitez. Si vous m'invitez à intervenir, et donc ma division, les choses deviennent différentes.

— Sans blague ? Quand j'ai eu l'opportunité d'« inviter » et depuis quand vous patientez pour recevoir un bristol ? La vérité, c'est que vous autres, vous faites ce que vous décidez.

— Il n'y a pas de « vous autres ». Je tente juste de vous aider. Et je vous répète, sans l'ombre d'une hésitation, que tout ceci est un jeu, même s'il est mortel.

Sarcastique et discourtois, Marino rebondit :

— Vous vous êtes déjà montré si serviable aujourd'hui que, bordel, je sais pas comment je vais réussir à vous remercier ! J'veux dire, survoler la propriété de Lucy alors que vos potes la mettaient sens dessus dessous et qu'on embarquait des trucs à elles deux. Et la planification que ça suggère, parce que vous deviez d'abord déterminer où elle se trouvait et quand, sans oublier le meilleur moment pour lui tendre votre embuscade. Si, du moins, la DEA lui tombait pas sur le poil en premier.

Je tourne dans un sentier de terre qui permet d'accéder à la carrière. La houle des lumières d'urgence bleu et rouge nous accueille.

Marino n'en a pas terminé avec sa tirade.

— Vous avez sans doute tramé vos plans durant des jours, des semaines. Je suis certain que vous leur avez filé les renseignements en votre possession. Après tout, on parle juste de la famille, non ? Pourquoi vous sentiriez-vous obligé de nous dire un seul foutu truc, hein ?

Benton reste silencieux. Il sent lorsqu'il doit éviter le conflit verbal avec le grand flic, remonté et furieux. Celui-ci s'acharne :

— Et maintenant, c'est pas compliqué, un de nos hommes pourrait être à terre. Alors, bordel, non ! J'ai vraiment pas besoin d'un foutu coup de main du FBI. Peut-être que si vous autres connards n'aviez pas fourré vos nez dans cette affaire, Carrie Grethen n'aurait pas à nouveau tué, un flic cette fois.

— Attention, Marino…

— Attention ? Attention, quoi ? Bordel, c'est trop tard pour faire attention.

Et je comprends soudain. Marino est terrifié. Terrifié à l'idée que nous allons tous mourir. Il s'efforce de ne pas paniquer et la colère lui sert d'antidote. Elle est moins dangereuse qu'une peur débilitante.

— Et vous, Benton, vous avez fait gaffe ? Eh bien, parlons un peu d'Erin Loria. Si elle était flic, bordel, elle serait nulle ! En tant qu'agent spécial du FBI, je suppose qu'elle est assez typique, une saloperie menteuse, manipulatrice, qui ne voit que son intérêt personnel et sa vieille vengeance à régler. L'affecter à l'enquête sur Lucy, c'est un peu comme de demander à Ted Bundy de s'occuper de votre gamine.

— Je vous ai affirmé que je n'avais rien à voir avec le transfert d'Erin à Boston.

— Eh bien, quelle étrange coïncidence que Lucy l'ait connue lors de son stage à Quantico.

— Je doute qu'il s'agisse d'une coïncidence.

— Bordel de merde ! Vous avez un talent certain pour débiter des conneries comme si elles étaient normales. Vous *doutez qu'il s'agisse d'une coïncidence* ? Et vous êtes là, peinard, sans rien faire, à contempler les événements, comme la foutue statue du Commandeur.

— Je ne suis « peinard, à contempler les événements » que lorsque j'ai une raison pour cela.

Je me gare à respectueuse distance d'une bonne demi-douzaine de véhicules de police, banalisés ou non.

Nous descendons du SUV et je contourne le véhicule. Mes bottines écrasent le gravier et geignent dans les flaques d'eau. La pluie s'apaise. Les flics ont revêtu leurs vêtements de pluie et leurs cirés. Ils forment un petit groupe tassé, à trente mètres de la voiture de Hyde. La pluie boueuse l'a constellée. Elle semble abandonnée, vide. Quoi que nous fassions, le risque est énorme. Je n'imagine aucune option qui ne génère pas de conséquences effroyables, et Marino avait raison de s'énerver.

En général, lorsque l'on soupçonne la présence d'une bombe, la brigade des démineurs neutralise le véhicule en le remorquant et en le poussant dans un énorme container. Ils peuvent avoir recours à un détecteur aux rayons X pour déterminer la présence d'un engin explosif à l'intérieur. Si tel est le cas, ils annihilent la source, le plus souvent avec un canon à eau. Cependant, Marino a raison. Dans ce cas, Hyde n'y survivrait pas, si tant est qu'il soit dans le coffre et pas encore mort.

La camionnette de Rusty et Harold se fraye un che-min au milieu de gerbes de boue et je trotte dans leur direction. Ils s'immobilisent. J'ouvre le hayon arrière à l'instant où ils descendent du véhicule. Je récupère le borescope et la perceuse, protégés dans leurs mallettes noires. Marino me les prend des mains.

D'un ton de commandement, celui qu'il a utilisé envers l'officier Dern, il ordonne :

— Je m'en charge !

Benton se rapproche de nous et lui lance :

— Bien sûr, vous comprenez que si jamais elle a entre les mains une télécommande ou tout autre moyen d'activer une bombe…

Marino ne manifeste aucune intention de l'écouter. Il s'en fiche et, malgré mes protestations, je ne par-viendrai pas à l'arrêter.

— Ouais, mais quelqu'un doit s'y coller. Si Hyde est inconscient et en train de se vider de son sang, on n'a pas une minute à perdre. Peut-être qu'il suf-foque, et c'est clair que je vais pas attendre l'équipe des démineurs. Dégagez du chemin, Doc !

— Certainement pas. C'est le moment où on a vraiment besoin d'un médecin sur place.

— Je vous demande pas votre avis. Barrez-vous, immédiatement !

— Je n'irai nulle part. Vous devez attendre l'arrivée de l'équipe de déminage. Si l'officier Hyde est dans ce coffre, il n'y est pas rentré de son plein gré et il est fort peu probable qu'il vive encore. Il a dû y passer presque toute la journée. Vous êtes toujours en vie. Rien n'indique que tel soit son cas. Attendez l'intervention d'un spécialiste équipé pour percer un trou dans la carrosserie. S'il s'agit d'un piège, Marino, vous vous y précipitez.

— Si je le fais pas, qui va le faire ?

Il me fixe de ses yeux écarquillés, vitreux, et je devine ses émotions derrière les sombres silhouettes de l'anéantissement et de la peur.

Marino sait que sa dernière seconde peut se trouver à un battement de cœur de lui. Toutefois, il serait prêt à risquer sa vie pour un policier qu'il connaît à peine, parce que c'est ainsi que les flics réagissent. La fraternité du badge. Si je peux comprendre ses motivations, je refuse d'y adhérer.

D'un ton de colère qui ne m'impressionne pas, il me jette :

— Je suis responsable de cette scène et je vous ordonne de vous écarter ! Rusty, Harold, reculez-vous, et même, débarrassez le chemin avec votre véhicule au cas où je commencerais à percer le coffre et où la bagnole exploserait.

Rusty approuve :

— Inutile de nous le demander deux fois.

Lui et Harold font demi-tour, et Harold crie :

— On sera à un bon kilomètre d'ici ! Passez-nous un coup de fil quand ça s'arrange.

Marino avance, seul, vers la voiture de patrouille du policier de Cambridge, abandonnée entre deux impressionnants monticules de sable et de gravier, et observe :

— Bon, si vous entendez un gros boum, filez vers les collines.

Il s'immobilise un instant, se retourne et me dévisage. Lorsqu'il comprend que je ne remonterai pas au volant de mon SUV pour m'éloigner, il récupère sa radio. Je n'entends pas ce qu'il dit alors qu'il progresse en direction de la voiture. Cependant, aussitôt, un policier en uniforme se précipite vers moi, un jeune flic que je n'ai jamais vu avant.

Il nous demande, à Benton et à moi, poliment mais avec fermeté, de quitter les lieux. Comme nous ne réagissons pas, il nous met en garde. Si nous ne repartons pas à l'instant, nous interférons avec une enquête de police. Le jeune homme pense-t-il qu'il peut embarquer un agent du FBI et un médecin expert en chef menottés ? Je ne lui accorde aucune attention, mon regard fixé sur Marino qui marque à nouveau une pause. Il se retourne et nous dévisage. La pluie se fait presque amicale. Pourtant, j'ai l'impression qu'elle nous menace.

Il braille :

— Partez ! Barrez-vous d'ici tout de suite !

Si cela se produit, il ne veut pas que je le voie.

Il reprend sa marche en direction du véhicule. Benton et moi réintégrons le SUV et observons. Un insoutenable silence s'impose. Marino a atteint l'arrière de la voiture de patrouille. La boue couvre ses chevilles. Il dépose les mallettes sur l'endroit le plus haut et le plus sec qu'il peut trouver. Je le vois récupérer la perceuse sans fil et l'équiper de sa batterie. Il contourne le coffre, s'accroupit, se relève, étudiant chaque détail pour déterminer l'endroit où il va percer un trou.

À la première friction entre la mèche d'acier et la carrosserie, la voiture explosera.

Marino semble sélectionner le haut du coffre, au milieu, et Benton déclare :

— Ce n'est pas ce que nous pensons. Vraiment pas, Kay. C'est ce qu'*elle* pense. C'est son fantasme, et nous lui faisons une faveur en y participant.

— Selon toi, la voiture n'explosera pas ? C'est un bluff ?

— J'ignore la réponse. Toutefois, je connais Carrie. Je pense qu'il s'agit d'un bluff. Il me fallait le garder pour moi. Nous devrions partir.

— Le fantasme de Carrie ? Et comment le saurais-tu, Benton ? N'est-il pas très dangereux de partir du principe que tu penses et ressens à sa manière ?

Je suis si inquiète pour Marino que je pourrais hurler ou fondre en larmes. Pourtant, je persiste :

— Se convaincre que l'on peut saisir ses pulsions sadiques est une redoutable erreur. Ne le comprends-tu pas ?

La plainte suraiguë de la perceuse me parvient.

J'attends la déflagration, l'explosion assourdissante. Rien.

Benton murmure :

— Je connais la formule qui permet de définir ce qu'elle est. Elle pense pouvoir faire de même avec nous.

Je referme ma vitre, passe la marche arrière et souligne :

— C'est impossible. Elle ne le peut pas, du moins pas avec précision. Elle ne possède pas le code qui lui permettrait de déchiffrer des êtres tels que nous, quoi qu'elle espère dans ses délires les plus échevelés. Trop de composantes morales lui font défaut. Une conscience, par exemple.

— Ne sous-estime jamais sa perspicacité, Kay.

— Quant à toi, Benton, ne sous-estime jamais sa malfaisance, ni sa maladie. Elle n'a rien de comparable à nous.

Je recule puis avance avec prudence et m'éloigne, m'attendant au pire, avant de conclure :

— Elle est incapable de penser et de ressentir comme nous.

— En d'autres termes, elle peut se tromper.

— Nous aussi.

Il n'approuve ni ne désapprouve ma sortie.

Je traverse au pas le River Basin inondé, le regard rivé au rétroviseur. Les échos métalliques de la perceuse se sont éloignés, puis tus. La silhouette de Marino rapetisse, au point que je ne l'identifie plus. Il disparaît de mon rétroviseur au détour d'une courbe et je me demande si je le reverrai jamais.

— Maladie ? Ne me dis pas que tu la crois folle.

Je rétorque, obsédée par l'idée que le grand flic puisse disparaître de ma vie :

— Je faisais référence à sa santé physique.

Je me tais, si bouleversée que je suis incapable de formuler mes pensées. J'ai peine à respirer, alors que j'attends le bruit du monde qui s'écroule. Le mien, du moins. S'agira-t-il du vacarme d'une explosion ou d'un bruissement plaintif ? De quelle façon s'annonce la mort lorsqu'elle vous a désigné ? Je suis la mieux placée pour le savoir. Pourtant, mon esprit s'est vidé. Pas aujourd'hui. Pas de cette façon.

Benton insiste :

— Quoi, sa santé ?

Je ne puis tolérer les actes qu'il a commis, ou, plutôt, que je lui prête.

— Ernie a détecté des traces de cuivre dans le mouton de poussière, l'empennage. Il affirme que le métal s'est infiltré dans les échantillons que j'ai collectés.

— Je suppose que cela pourrait provenir de la flèche en cuivre. Rester ici équivaut à faire ce qu'elle attend de nous.

Il a lâché cela l'esprit ailleurs, peut-être en bâtissant un autre raisonnement qui se révélera erroné. L'aigreur monte en moi.

— Contrairement à ce que nous faisons, c'est-à-dire partir, abandonner Marino qui risque de mourir ?

Ses mains retiennent le téléphone posé sur ses cuisses. Il ne cesse de consulter ce qui atterrit sur l'écran et répond :

— Nous devons comprendre ce qu'elle a prédit de nous et de nos actes. Ainsi, elle savait que tu dirais cela.

Il vient de plonger dans cet autre lui-même, celui qui prend le dessus lorsqu'il en appelle au diable, lorsqu'il invite le mal à intervenir dans la discussion.

Je déclare :

— S'il est exact qu'elle souffre d'une maladie du sang, non traitée, il se peut qu'elle en subisse les conséquences.

Les mêmes doutes m'assaillent. Pour quelle raison Carrie voudrait-elle m'informer de son état de santé chancelant ? En admettant qu'elle dise vrai, pourquoi produire des enregistrements dans lesquels elle expose une mutation génétique, potentiellement fatale, et dont, à ses dires, sa mère et sa grand-mère sont décédées, bien que les cas familiaux de la maladie soient relativement moins fréquents ? Pourquoi aurait-elle tenu à m'informer qu'elle présentait une *polycythemia vera* ? Voulait-elle me signifier que sa santé vacillait, bien au-delà des blessures que j'avais pu lui infliger au fond de l'océan, au large de Fort Lauderdale, en juin dernier ?

J'explique à Benton que si Carrie ne subit pas de prélèvement régulier de sang, il est possible qu'elle souffre de migraines et d'épuisement. Une faiblesse générale, des troubles visuels et des complications sérieuses pourraient survenir, l'invalider ou la tuer. Peut-être un AVC. Il semble presque impossible d'admettre qu'un développement aussi commun puisse terrasser un monstre de son envergure.

À ma surprise et à ma déception, Benton déclare :

— J'ai vérifié avec les médecins du coin, les cliniques, pour savoir si quelqu'un s'approchant un tant soit peu de la description de Carrie avait sollicité une phlébotomie. Réponse négative. D'un autre côté, elle est passée maître dans l'art du déguisement et des explications mensongères.

— En d'autres termes, tu as visionné les enregistrements.

Il ne répond pas. Je renchéris d'un ton plus ferme :

— Depuis combien de temps es-tu au courant de leur existence et de son problème hématologique ?

— Je sais qu'elle présente une *polycythemia vera*.

— Je suppose que tu as eu accès aux valeurs de référence qui démontrent dans ce cas une augmentation de l'hématocrite et une moelle osseuse bourrée de précurseurs des globules rouges ?

Encore une fois, il garde le silence.

— La réponse est donc négative. Benton, je ne vois pas comment tu aurais pu être informé, à moins que tu n'aies été témoin de la même chose que moi, c'est-à-dire les enregistrements.

Il les a vus. Pourtant, il ne l'admettra pas.

Puisqu'il n'a pas l'intention de discuter de ce qu'il a orchestré et surtout de ses perceptions erronées, je déclare :

— Si elle a séjourné dans les environs presque un an, ainsi que nous le supposons, il a fallu qu'elle trouve un moyen de se faire prélever un demi-litre de sang tous les mois ou tous les deux mois. À moins qu'elle n'ait trouvé une solution alternative.

— Possible.

J'ai la sensation de connaître mon époux tout en ne sachant plus qui il est au juste.

Je ne pourrais jamais exercer son métier, jamais engager des alliances ou des connivences avec des monstres. Je ne prétends pas les comprendre. Je ne veux pas être leur amie et je résiste à la tentation de croire que je pourrais penser de la même manière qu'eux. D'ailleurs, ce serait sans doute faux. Peut-être est-ce un refus de ma part. J'en serais capable et ne le tolère pas. Cependant, l'amour de ma vie, l'homme auprès duquel je dors, est un autre spécimen.

D'un ton bas, à peine audible, tandis que je m'attends à une déflagration, je demande :

— À la fin, comment cela a-t-il pu arriver ?

— Selon le plan, de façon précise.

Il canalise des gens de l'essence de Carrie, ou du moins devient-il très proche d'eux, d'inquiétante façon, selon moi.

Il ne juge pas ceux qu'il poursuit, ni ne les hait, si déroutante que la chose paraisse. À ses yeux, ils ne sont rien d'autre que des requins, des serpents ou toutes autres créatures mortelles dans la grande hiérarchie du vivant, celle des prédateurs et des proies. Il accepte l'idée que leur conduite est prédéterminée, à croire qu'ils n'ont pas de volonté propre. Il n'éprouve aucun sentiment à leur égard. Ou alors pas des sentiments que le commun des mortels puisse comprendre.

Il est presque 17 h 30 et je me dirige vers mes bureaux. Benton déclare :

— Elle nous présente un choix et se convainc qu'elle sait pour quoi nous opterons.

Je ne serai qu'à quelques minutes de River Basin, une fois au CFC, si le pire devait advenir. Comme à mon habitude, je commence à ressasser ce à quoi la scène pourrait ressembler. Puis je me l'interdis. Je ne peux imaginer que Marino soit mort et, pire, que son corps ait pu être pulvérisé par une explosion. Il a toujours plaisanté sur le fait qu'il en savait trop au sujet de la mort et de l'humiliation qu'elle représente par fois. Il détesterait que des gens s'esclaffent en contemplant les photos de son autopsie.

Vous vous assurerez qu'ils se les passent pas entre eux pour se payer ma tête, hein, Doc ? Parce que je les ai déjà vus se bidonner avec ce genre de clichés…

Benton fait défiler le menu de son smartphone. Je demande :

— Quelqu'un surveille la demeure Gilbert ?

— Nos agents sont sur place.

— Ernie suggère qu'il existerait un endroit de la demeure, pour l'instant inconnu de nous, qui expliquerait certains des indices. Vos agents pourraient peut-être s'atteler à le découvrir ?

La sonnerie de son téléphone résonne à cet instant.

— D'accord. (Il écoute ensuite son interlocuteur.) Ça doit bien provenir de quelque part !

Sa conclusion me paraît sèche, peu affable. Il communique à son interlocuteur le nom de la rue perpendiculaire à celle que nous suivons, puis met fin à l'appel.

Il se tourne vers moi et explique :

— Nos quatre agents dans les lieux ont entendu le même son. Une sorte de porte qui claquerait. Ils ne parviennent pas à la localiser.

— Marino et moi aussi, à plusieurs reprises.

Je vérifie dans mon rétroviseur si des volutes répugnantes de fumée, accompagnant l'explosion d'une bombe à la poudre noire, s'élèvent.

L'oreille tendue, j'attends la sonnerie d'alarme du scanner qui signale une urgence. Pour l'instant, j'ignore ce qu'il est advenu de Marino. Je ne cesse de me répéter qu'il doit aller bien, sans quoi j'en serais informée. Il a dû percer un trou de diamètre suffisant, passer la longue sonde du borescope puis vérifier l'intérieur du coffre.

— Ça t'ennuierait d'y faire un saut, Kay ?

Je ne comprends d'abord pas ce qu'il veut.

— Pardon ?

— La demeure Gilbert. Je veux me faire une idée. Ce son doit bien venir de quelque part.

47

Les minutes s'écoulent. J'oblique dans Binney Street. L'attente de nouvelles de Marino me porte sur les nerfs.

Nous nous dirigeons à nouveau vers le campus de Harvard. Je murmure :

— Qu'est-ce qui se passe, à la fin ? Ça ne devait prendre que quelques instants d'inspecter le coffre. Passer la tête de la caméra nécessitait un trou d'un diamètre de neuf ou dix millimètres, rien de plus. Il doit savoir, maintenant

Je n'ai pas entendu de mugissements de sirènes. Le scanner n'a rien révélé qui puisse indiquer que Hyde a été retrouvé à l'intérieur du coffre et qu'une équipe de secours est en route. Quant à Rusty et Harold, leur silence est total.

— Lucy et Janet ont quitté leur maison sans encombre.

Benton a lâché cela comme s'il s'agissait de l'objet de notre discussion. Il parcourt les messages qui ont atterri sur son téléphone, à l'aide d'une application de cryptage du FBI qui lui permet de communiquer de façon ultra-sécurisée et privée. Il poursuit :

— J'ai suggéré que l'endroit le plus sûr pour elles, en ce moment, n'était autre que tes bureaux. Selon

601

moi, il n'est pas souhaitable qu'elles s'installent tout de suite chez nous, ni ailleurs, tant que nous n'avons pas une vision plus complète de la situation.

— Et Desi, Jet Ranger ?

— Tout va bien, Kay. J'ai reçu un texto de Janet. Elle écrit que Desi et le chien seront dans ton bureau. Lorsque tu arriveras au Centre, tout ce petit monde sera réuni. Un gros soulagement !

— C'est gentil de sa part de t'avoir envoyé un message. Elle doit être au courant que nous sommes ensemble. D'une manière ou d'une autre.

Le regard fixé droit devant, vers la route, il s'étonne :

— J'ai le sentiment d'un sous-entendu ?

— Elle ne m'a rien envoyé. Elle doit partir du principe que tu me transmettras les informations. Janet sait que je suis très inquiète. Cela étant, j'oublie souvent que vous étiez amis avant même qu'elle rencontre Lucy. D'ailleurs, tu les as présentées l'une à l'autre.

— Une de mes plus sages décisions.

— Elle a postulé au FBI grâce à toi.

— Et j'en suis très heureux, sans quoi elle n'aurait peut-être pas rencontré Lucy. Que serait-il advenu sans la présence de Janet ?

Je souligne à nouveau ce point qui m'irrite :

— Et donc, elle t'expédie un texto, mais pas à moi ? Elle ne t'a pas demandé de m'avertir que tout allait bien ? Cela m'étonne parce qu'elle est consciente de mon angoisse. J'étais en leur compagnie ce matin dans leur propriété. Elle a perçu mon désarroi, pour user d'un euphémisme.

— Nous avons toujours partagé une relation privilégiée.

— Même durant leur rupture, lorsqu'elles n'avaient plus aucun contact.

— Janet prenait des nouvelles de Lucy par mon intermédiaire. Elle est restée son ange protecteur.

— Aujourd'hui encore.

Il me regarde et approuve :

— En effet. Je te serais reconnaissant d'en rester là.

— Impossible. J'ai remarqué la vigilance extrême de Janet vis-à-vis des caméras de surveillance, notamment dans l'armurerie. Lucy soulevait les dalles du sol, pour en extraire des fusils que le FBI n'avait pas découverts. J'ai eu l'étrange impression que Janet savait qu'elles étaient filmées.

Benton ne répond pas. La voix de Carrie résonne dans mon esprit. Elle évoquait sa psychopathie. Son intense regard, lorsqu'elle fixait la caméra, s'impose à moi.

Et bien sûr, vous connaissez maintenant la finalité de ce comportement ou de ce trouble de la personnalité, comme vous voulez, en termes d'évolution, n'est-ce pas ?

Alors que les enregistrements défilent dans ma mémoire, je m'entends dire à Benton :

— Si je n'avais pas connu Janet, j'en serais presque venue à penser qu'elle cherchait à nuire à Lucy, pas l'inverse. En effet, cela ne servirait pas Lucy si on la découvrait en pleine obstruction à la justice, un acte de délinquance, sur une vidéo de surveillance.

— Une vidéo qui pourrait se révéler très préjudiciable si elle devenait publique, me répond-il. Les démocrates, en particulier, n'ont pas besoin d'ulcérer davantage la NRA, l'association nationale de défense des armes à feu, en montrant deux jeunes femmes qui craignent pour leur vie et celle de leur enfant parce que le FBI a déboulé et confisqué leurs armes sans raison valable.

Nous n'avons jamais partagé une conversation digne de ce nom. Pas même un échange cordial. Et c'est regrettable lorsque l'on considère tout ce que je pourrais vous apprendre.

Carrie s'adressait à Benton. C'était lui qu'elle avait en tête lorsque, il y a des années de cela, elle a réalisé les enregistrements. Je le lui explique alors que nous traversons le campus de Harvard, dépassons le Yard avec ses murs de vieilles briques et ses grilles en fer forgé.

— Plus je repense à ces vidéos « Cœur vil et malfaisant », plus il saute aux yeux qu'elle ne s'adressait pas à moi, mais à toi.

— Logique, de la part d'une narcissique de cette envergure. Elle est convaincue que je veux saisir le moindre détail à son sujet.

Il confirme ainsi qu'il a vu ces enregistrements, et davantage.

— Vous en êtes à l'origine. Toi et Janet.

En dépit de mon ton accusateur, je suis étrangement soulagée.

On m'a menti pour les meilleures raisons. Benton destine sa loyauté première à sa famille. Dans l'espoir de le vérifier, je résume :

— Vous êtes tous deux en train d'essayer de sauver notre famille, mais vous risquez de la précipiter vers la destruction.

— Certainement pas, Kay, ni Janet ni moi. Encore une fois, je préfère que tu en restes là.

— Quelle est l'implication de Lucy ? À quel point vous épaule-t-elle ?

— Vraiment, ne creuse pas davantage.

Impossible. Je jette un regard vers lui et mes doutes se réveillent.

— Vous vous êtes débrouillés pour créer des preuves qui innocentent Lucy et démontrent qu'Erin Loria est un agent corrompu qui tente de la piéger. Ces enregistrements de 1997 sont authentiques, quoique faux.

— Ils ont été montés.

— Vous les avez transformés en fiction à seule fin de manipuler.

— Je les ai transformés en ce qu'ils devaient devenir. Nous sommes d'ores et déjà dans le prochain cycle électoral. L'affaire Bhutto serait du plus mauvais effet en ce moment. La vidéo de surveillance paraît encore plus authentique, crédible, parce que Janet avance des arguments plutôt défavorables pour Lucy. Janet y fait des déclarations qui alourdiraient l'ardoise de sa compagne. Mais ça n'aura aucune importance lorsque le Bureau devra s'atteler au reste de l'affaire. Le moment choisi est épouvantable, et Carrie le savait lorsqu'elle a bidouillé des documents ayant trait à l'assassinat de Benazir Bhutto.

— En effet, pour le FBI, et pour l'administration actuelle, le moment est mal choisi. Pas pour Carrie, cependant. Elle s'en contreficherait. Seule l'extase qu'elle ressentirait à avoir orchestré un désastre lui

605

importerait. Qui a décidé Janet à filmer ce qui se passait dans l'armurerie ?

Me revient la scène dans la chambre de Chanel Gilbert, lorsque j'ai découvert Benton dans l'embrasure de la porte. Je n'ai plus aucun doute qu'il visionnait en direct le même enregistrement que moi. Lui et Janet sont des partenaires. Peut-être Lucy aussi. Tous les trois collaborent au même projet, alors que je reste à l'extérieur. Benton ne l'admet pas. Néanmoins, il s'agit de l'unique théorie qui tienne la route. Je demande alors :

— Et les autres vidéos, celles de Carrie ? Je voudrais que tu avoues que tu es aussi derrière, que tu t'es assuré qu'elles me seraient envoyées.

Benton me dévisage et finit par reconnaître :

— Nous sommes protégés par le secret conjugal. Nous ne mentionnerons jamais cette conversation. En effet. Et Janet m'a aidé.

— Quid de la programmation de ces petites cyber-bombes qui m'inquiéteraient d'autant plus qu'elles étaient expédiées du numéro ICE de Lucy ? Vous avez dû planifier cela depuis un bon moment, et je m'interroge sur les liens entre vos envois et la mort de Chanel Gilbert.

— Son meurtre a été décidé par Carrie. Pas par nous. Existe-t-il un lien ? Oui. Il semble que Carrie Grethen ait découvert la vérité à propos de Chanel Gilbert. Souvenons-nous des attaches de Carrie avec la Russie, et de ce qu'elle a fabriqué là-bas au cours des dix dernières années. Elle aurait pu rencontrer certains agents de nos services d'intelligence.

— Carrie et Chanel ont-elles partagé une relation personnelle ?

— Je n'en serais pas surpris.

— À mon avis, vous avez appuyé sur la détente en vous assurant que les vidéos « Cœur vil et malfaisant » me parviendraient, parce que vous saviez que le FBI allait déferler chez Lucy ce matin.

Face à son silence, j'insiste :

— Benton, j'ai besoin de m'assurer que tu n'es, en rien, mêlé à l'assassinat de Chanel…

Il me fixe et s'exclame :

— Enfin, Kay ! Quelle idée ! Encore une fois, arrête de chercher. Contente-toi d'être certaine que les informations renfermées par ces enregistrements feront avorter le piège qu'Erin Loria a tendu à Lucy. Le moment est venu de me faire confiance. Nous devrions changer de sujet.

J'arrête les essuie-glaces. La pluie s'est transformée en bruine légère. Je souffle, irritée :

— Quelle sotte de ne pas avoir compris ! Un petit drapeau rouge aurait dû se lever lorsque Carrie a confessé sa maladie hématologique, et sans doute une détérioration de son état de santé. Nul besoin d'être profileur pour supposer qu'elle détesterait que l'on décèle une faiblesse chez elle. Du moins, moi. En revanche, elle n'a pu résister à t'offrir cette confession.

— Un transfert, guère différent de ce qui se produit entre un patient et son psychiatre.

Je lui jette un regard furtif et questionne :

— Depuis quand ces enregistrements sont-ils en ta possession ?

— À peu près depuis leur réalisation.

— Lucy était-elle au courant ?

— Pas au début. Lorsque tu écoutes la version non éditée, Carrie s'adresse à moi, par mon nom. Elle ne prononce jamais le tien.

— Lucy les a donc visionnés également. Toi, Janet et Lucy êtes impliqués là-dedans. Du moins en ai-je maintenant la certitude.

Une grisaille épaisse dilue les feux des voitures et dissimule la cime des hauts arbres et des bâtiments. Harvard Square est presque désert et engoncé dans un voile de brouillard.

— Selon moi, nous devons tous nous serrer les coudes, Kay.

— Le MP5K se révèle donc n'être qu'un accessoire de film et les rapports de balistique qui le liaient à un assassinat politique sont vraisemblablement forgés de toutes pièces. Quant aux vidéos, il ne s'agit que de propagande…

Benton m'interrompt :

— Du tout. Les séquences filmées sont authentiques et Carrie avait bien dissimulé des caméras dans la chambre de dortoir de Lucy.

Je remonte le fil, certaine d'en trouver l'origine :

— Tu as donc détenu ces enregistrements dix-sept ans, pour soudain décider de les monter en séquences et de me les envoyer ? Tu utilises les vidéos secrètes de Carrie contre elle, ce qui présuppose qu'elle a également vu les clips « Cœur vil et malfaisant ».

— En effet, on peut le supposer.

— Ce qui signifie que Carrie Grethen est partout. Elle est témoin de ce que nous faisons.

L'allée de la demeure Gilbert s'étend devant nous.

Benton commente :

— Ah, tu touches au nœud du problème.

— Data fiction.

— Tout juste. Le beau coup de Carrie. Elle voit et manipule à peu près tout, et ça ne date pas d'hier.

Nous tressautons au-dessus des vieux pavés. Des gerbes d'eau jaillissent comme nous franchissons les irrégularités de l'allée. Je me gare derrière trois SUV du FBI, juste devant l'entrée principale de la maison. Je coupe le moteur et demande :

— Tu restes en contact avec vos hommes ? Au regard de tout ce que nous savons, ne nous aventurons pas à l'intérieur avant d'avoir vérifié que vos agents sont en vie et que pas un ne manque à l'appel.

Inutile de lui rappeler ce qui est arrivé en Floride du Sud il y a deux mois. Je n'ai pas envie de me rendre compte, de la pire façon qui soit, que Carrie a descendu nos renforts.

— Deux de nos hommes font partie de ceux qui ont inspecté la propriété de Lucy ce matin, en raison de la connexion présumée entre elle et Chanel.

Il poursuit en m'expliquant que les quatre agents qui se trouvent à l'intérieur se sont réparti la tâche.

Ils n'ont rien trouvé d'étonnant, hormis ces étranges claquements de portes. Du moins est-ce le rapport d'Erin Loria.

Nous sommes devant le porche. Benton pousse le battant, non verrouillé. Le système d'alarme est désactivé. Une sorte de stridulation retentit, mais il ne s'agit que de son téléphone.

Il contemple l'écran et pose la main sur mon bras en me montrant la photo prise par le borescope de l'intérieur du coffre. Rien d'autre que l'équipement policier classique, rangé avec soin. Je distingue une trousse de premiers soins, un rouleau de papier-toilette, une petite pile de serviettes jetables, des flacons vaporisateurs de nettoyant tout usage, du lave-vitre, et des câbles de démarrage. Nous pénétrons dans le vestibule. L'odeur de décomposition s'est atténuée. Soudain, nous entendons à nouveau le son.

Un son sourd mais fort. Nous l'avons déjà entendu. Il se produit à nouveau deux fois, presque consécutivement.

BOUM ! BOUM !

Une porte qui se referme, un écho un peu métallique, plus marqué que ce dont je me souviens. Benton et moi regardons autour de nous. Nous ne voyons ni n'entendons aucun signe de présence. Il faufile la main sous sa veste de costume et tire son arme. Nous traversons le vestibule. Nous avançons de quelques pas, pour nous immobiliser, écouter, avant de progresser à nouveau. Alors que nous nous rapprochons de la porte qui permet de descendre vers le sous-sol, j'entends des voix. Benton ouvre le battant. Erin Loria semble en difficulté.

48

L'éclairage de l'escalier ne fonctionne plus, pre-mière indication que quelque chose ne tourne pas rond. Je repêche la torche au fond de mon sac, ainsi que mon neuf millimètres. Erin Loria crie à quelqu'un plus bas, dans ce puits d'ombre :

— FBI ! Sortez et montrez-vous, mains en l'air !

M'aidant du faisceau lumineux, je descends, illumi-nant les murs de pierre qui ressemblent à ceux d'une cave. Parvenue sur le palier, j'essaie d'autres inter-rupteurs, en vain. Si des agents se trouvent dans la maison, je ne perçois aucun signe d'eux. Le sentiment que nous sommes seuls, que nous venons de faire la pire erreur de notre vie, m'étreint.

— FBI ! Sortez et montrez-vous, mains en l'air !

La voix d'Erin Loria est enregistrée. À nouveau, le lourd battant claque. L'écho semble provenir du fond du sous-sol, après les panneaux épais qui donnent dans le jardin, à l'extrémité de la maison.

— FBI ! Sortez et montrez-vous, mains en l'air !

Carrie se paie notre tête avec un enregistrement de la voix d'Erin Loria, imitation d'une série B policière. Les agents du FBI mentionnés par Benton sont invi-sibles. Je balaye la cave vide du pinceau de ma torche et comprends soudain que nous sommes arrivés où l'on nous voulait. Il s'agissait du plan. Pas le nôtre, le sien.

Benton souffle :

— Reste derrière moi.

Que pourrais-je tenter d'autre ? Je ne peux m'enfuir, ni rester plantée, immobile, dans l'obscurité pendant qu'il fait sa ronde, arme au poing. Ma lampe éclaire alors une zone de pierre qui avance de l'alignement du mur. C'est délibéré. J'attire son attention vers ce que je pense être une ouverture secrète. Nous avançons alors que l'écho du claquement retentit à nouveau, plus violent. Benton pousse le mur de son pied. Celui-ci bascule. À nouveau le bruit. Nous nous retrouvons devant la gueule sombre d'un souterrain très ancien, qui date sans doute de la construction de la maison.

L'air frais, lourd d'une odeur de renfermé, me fouette le visage. J'éclaire une ouverture en arche à notre gauche. Le « boum » résonne encore, et soudain le passage s'illumine. Les cris perçants de Troy Rosado sont noyés par le son. Nul ne pouvait l'entendre d'une autre partie de la demeure. Des entraves d'acier retiennent ses poignets aux murs. Un autre « boum », un autre éclair de lumière aveuglante, et j'aperçois ses yeux fous, ses courts cheveux blonds décolorés. Il est nu, à l'exception d'une serviette nouée par une cordelette autour de ses hanches minces.

Un mobile suspendu se balance à quelques centimètres de sa portée. Il a été composé d'un petit ours en peluche verte…

Mister Pickle.

Et d'un couteau suisse…

Celui qui se trouvait dans la chambre de dortoir de Lucy.

Une clé d'argent, une bouteille d'eau, une sucrerie complètent l'ensemble.

Ces objets sont connectés par des fils de cuivre dénudés, bricolés de sorte à envoyer un choc électrique à Troy s'il tentait d'atteindre une boisson, un aliment ou s'il espérait se libérer. D'autres fils nus tombent du plafond et frôlent son crâne, ses épaules, son dos à la manière de tentacules. Une odeur infecte s'élève de lui. Plus loin derrière, la double porte vitrée d'un congélateur industriel me permet de distinguer des poches de sang pendues entre des claies. Des litres et des litres de sang, rouge sombre et congelé.

Elle prélève son propre sang.

Un plan de travail a été équipé d'ustensiles, d'outils, d'un robot ménager. Des bouteilles vides s'y alignent. Un pantalon de pyjama en soie noire est jeté sur une vieille table de travail en bois. La forme d'un mannequin sur son pied de métal évoque un torse décapité. Les reflets argentés d'une multitude de miroirs nous environnent.

Troy émet une sorte de grognement et tente soudain d'atteindre le mobile. Ses doigts gourds s'efforcent d'effleurer le couteau suisse qui oscille de façon dangereuse. Et le jeune homme hurle alors que la lumière éblouissante jaillit avec la puissance d'un flash d'appareil photo.

Je l'appelle. Ses yeux s'écarquillent. Son regard, dément de terreur, passe d'un point à un autre.

— Troy ?

Je sais pourquoi nous avons été attirés en bas. Carrie veut que nous sauvions Troy. Cependant, elle en exigera un prix que je n'ai aucune intention d'acquitter. Il est sans doute le dernier témoin qui puisse attester que Carrie est en vie et responsable de ce qui s'est produit. Je suis certaine qu'il s'agit du choix que je suis supposée faire. J'ai besoin de Troy pour Lucy. Je sens que Benton a viré en mode combat et s'apprête à fondre sur sa cible.

Il lance :

— Troy ? Ici. Tourne-toi et regarde derrière toi.

Je frôle le bras de mon mari et le conjure :

— Non, Benton !

La force soudaine de mon étreinte lui enjoint de ne pas s'approcher davantage.

Je distingue les fils dénudés et les flaques d'eau qui constellent le sol de pierre. Je lance à Benton que nous ne pourrons pas atteindre Troy sans risquer l'électrocution. Malheureusement, mon mari a adopté le même programme mental que Marino il y a quelques minutes. On fait son boulot. On risque sa vie. On se sacrifie parce que c'est ce que des gens tels que nous ont juré de faire.

Troy lève une main menottée pour atteindre la clé d'argent. Il la frôle, faible, maladroit, et l'on pourrait croire qu'il vient de s'éveiller d'un affreux cauchemar. Il tente ensuite d'attraper le couteau. Chaque fois que le mobile s'ébranle se forme un circuit électrique. Un bruit de claquement sec, un éclair aveuglant et Troy hurle. Sa tête oscille, se baisse et se lève, et je remarque la plaie linéaire béante qui court à l'arrière, la croûte sombre qui remplace le lambeau de cuir chevelu découpé de la couronne de la tête jusqu'à la nuque.

Sa poitrine blafarde et étroite se soulève de façon anarchique alors que, de panique, il fait presque de l'hyperventilation. Son visage hâve est ombré d'un duvet de barbe et d'un début de moustache. Il se recroqueville en percevant l'écho d'un pas qui se rapproche. Pourtant, nous ne distinguons pas âme qui vive, hormis lui. L'endroit semble désert, excepté nos trois présences. Et je comprends soudain que ce que nous entendons est un autre enregistrement que Carrie déverse selon son bon vouloir. Les pas semblent se rapprocher. La réaction de Troy est pavlovienne : la terreur.

Des cris plaintifs, des supplices, des gémissements interrompus par des inspirations laborieuses sortent de sa gorge, et le métal racle contre la pierre alors qu'il implore :

— Non, je t'en prie, non !

Ses jambes se dérobent sous lui.

Il glisse sur le sol mouillé et se débat pour retrouver son équilibre. Son épuisement est tel qu'il parvient à peine à tenir debout, tandis que le poids de son corps menace de lui déboîter les épaules. Il s'affaisse telle une poupée de chiffon puis se redresse, titube. Il jette un regard aveugle autour de lui. Il parvient à nouveau à frôler la clé et la bouteille d'eau qui percute Mister Pickle. Une porte claque avec violence et une lumière blessante illumine l'endroit chaque fois que Troy reçoit une décharge électrique.

L'espace béant laissé par ses incisives arrachées gêne ses phrases. Il postillonne :

— Assez ! Je t'en supplie, ne me fais plus mal. S'il te plaît… s'il te plaît !…

Ses cris se succèdent, et il peut à peine articuler.

Il se recroqueville, nous présentant son dos nu zébré de longues brûlures rectilignes. Ses épaules sont enflées, marquées de différentes nuances de rouge. Enfin, il parvient à saisir la clé qui se trouve presque à portée de ses mains entravées. Un autre « boum ». Il couine de terreur et s'effondre sur le sol trempé, à la manière d'un petit animal menacé.

— NON ! NON ! Je t'en supplie ! Je serai gentil ! S'il te plaît, laisse-moi partir. Je ferai n'importe quoi. NOOON !

Ses hurlements déchirent l'air et les claquements se succèdent, encore et encore. Je me souviens de ce que Lucy a dit à Janet un peu plus tôt à propos des portes de l'enfer.

Fais gaffe que Lucifer ne te claque pas la porte au cul quand tu pénétreras en enfer. Ma nièce répétait ce que Carrie aurait eu l'habitude de lui conseiller. C'est cela que m'évoque le claquement de cette lourde porte. Les grilles de l'enfer qui se referment. Une porte de prison. Troy sanglote sans parvenir à s'arrêter, et je comprends ce que Carrie a mis sur pied. J'ai conscience du choix que je suis supposée faire, une sorte de damnation, une punition taillée sur mesure pour moi. C'est alors que je remarque les moutons de poussière qui parsèment le sol.

Les flaques d'eau miroitent sous le faisceau lumineux de ma torche qui balaye des pierres sales. Un seau rempli d'un liquide trône à côté des pieds nus de Troy. Je suppose qu'il ne cesse de le renverser, peut-être en tentant de le rapprocher afin de boire. Ses lèvres sont sèches et craquelées. Il est déshydraté et affamé. Et Benton veut le sauver.

Le soubresaut du corps maigre de l'adolescent m'indique qu'il vient de recevoir une autre décharge électrique.

— Benton, ne t'approche pas plus !

Chaque fois que nous entendons le son de la porte, une nouvelle torture lui est destinée.

Ces souffrances répétées lui ont lavé le cerveau et l'ont conditionné à tel point qu'il n'est plus capable de discerner une souffrance réelle d'une souffrance mémorisée. Dès que les « boum » enregistrés retentissent, il crie et se tasse. Une odeur d'ammoniaque me parvient. Je sens les selles fraîches dont il s'est souillé, ainsi que le sol à proximité de ses pieds nus répugnants, terminés de longs ongles recourbés. Celui qui fut un jour un joli garçon est peu à peu transformé en animal.

Benton scrute les murs. Il jette :

— Il faut le sortir d'ici avant qu'il ne soit électrocuté.

Il cherche un boîtier de raccordement, un disjoncteur. Je comprends ce qu'il compte entreprendre alors qu'il se trouve à quelques centimètres de la zone détrempée du sol. Il va tenter de sauver ce jeune homme, complice du meurtre de son père, un pyromane assassin qui tyrannise et agresse sexuellement lorsque l'envie lui en prend. Troy Rosado est une ordure, bien que je n'aie pas le droit à ce genre d'avis. Il n'a jamais rien fait de sa vie, hormis démolir celle des autres.

Là encore, je devrais laisser mes opinions au porte-manteau.

Benton me met en garde :

— Reste où tu es.

— NE T'APPROCHE PAS, Benton !

La peur et la souffrance ont rendu Troy à moitié fou. Il agite faiblement la main. Il tâtonne pour atteindre la petite clé d'argent qui pend d'un long fil de cuivre, ou à la recherche du couteau, et Mister Pickel danse en l'air. L'ourson ressemble point pour point à ce qu'il était dans la première vidéo que j'ai visionnée ce matin. Un souvenir abject, pendant que je m'efforce désespérément de trouver un moyen d'enrayer ce qui va advenir.

Benton tente de rassurer Troy :

— Reste calme. Allez, mon gars, reste immobile pour qu'on te tire de là.

Cependant, la déconstruction de Troy est totale. Celui qu'il était a disparu. Il ne peut plus comprendre ce que nous lui disons. Il ne cherche qu'à atteindre la clé, la bouteille d'eau, la sucrerie et ce ridicule ours en peluche que j'ai un jour sauvé d'un bric-à-brac de Richmond, une éternité plus tôt, semble-t-il.

Le mobile démoniaque s'agite autour de la tête de Troy alors qu'il continue à recevoir des décharges électriques, à pousser de petits cris plaintifs. Je détaille le seau, rempli d'eau, et me penche pour le soulever. Je me place devant Benton, à deux centimètres de la nappe d'eau qui couvre les pierres du sol.

Mon mari s'exclame :

— Que fais-tu ?

Ni lui ni moi ne mourrons, j'en fais le serment. Peut-être Troy, et j'en serai désolée. Je balance le contenu du seau sur lui, sur les fils dénudés qui pendent au-dessus de lui. Des étincelles les parcourent, puis des petits sons étouffés de court-circuit. Le silence et l'obscurité s'abattent. Les claquements de porte se taisent. Une odeur de roussi, de cheveux et de chair brûlés me parvient. J'arrache la clé d'argent qui danse au-dessus du crâne de Troy et le libère de ses entraves aux poignets. J'accompagne son corps sans connaissance vers le sol et commence la réanimation cardio-pulmonaire.

Une semaine plus tard

Les visions et les sons constituent des incitateurs.

De l'eau qui cascade dans un évier. Le cliquètement d'une plaque à induction qui s'allume. La porte moustiquaire qui claque. Des verres et des couverts qui tintent. Des bouteilles qui s'entrechoquent. Une voiture qui pétarade dans la rue. Les événements banals sont évocateurs de tout ce qui fut anormal et inhabituel.

Alors que je suis obsédée par la une du *Boston Globe* de demain, je demande à Benton :

— Qu'est-ce que tu te sers ?

Je ne veux surtout pas d'un désaccord. Je ne veux pas me ronger et m'efforce de ne pas diluer mon énergie dans la colère. Benton m'a conté l'histoire, et d'autres. Il en connaît les moindres détails puisque la division du FBI de Boston à laquelle il appartient les a créées. Hisser le drapeau. En tirer tout le crédit.

LE FBI PIÈGE UN MEURTRIER DE MASSE
DANS UN SOUTERRAIN SECRET.

Voici les gros titres et les accroches télévisuelles que nous allons entendre, juste un début, une suite de mensonges. De véritables conneries. Le FBI n'a pas piégé Carrie Grethen. Troy Rosado n'est pas un meurtrier de masse. Il n'a jamais tué d'agents du FBI ni de policiers. Il n'est pas non plus responsable de ce qui s'est produit dans cette cave. Il n'y a joué que le rôle de victime. Cependant, le FBI ne peut résister à un peu de communication médiatique. Au fond, ils auraient presque pu inventer la data fiction, mais sont sur le point d'être défaits par le concept.

Benton retourne les bouteilles, examine leurs étiquettes et avoue :

— Pas la moindre idée. Je me tâte. Je ne devrais pas boire. Demain, ça va être un cauchemar, dès que cette fichue histoire paraîtra.

L'article en question inclut des photographies du souterrain, qui remonte à la fin du XVIIe siècle, lorsque des dizaines d'hectares furent achetés par un Anglais très fortuné du nom d'Alexander Irons. Marié, avec huit enfants, et une très importante domesticité, il lui fallait protéger nombre de biens. D'actes de propriétés originaux, préservés, il ressort que Mr Irons s'était fait une spécialité des celliers secrets bourrés de nourriture, de poudre à canon, d'armes, sans oublier une fortune en argent, or et fourrures. De fâcheuses rumeurs avaient circulé de son vivant, supputant qu'il pourrait avoir été mouillé dans des activités de piraterie.

Nous savons de source sûre qu'il avait installé une étable en sous-sol, un damier de stalles aveugles, au sol de terre battue, séparées par des murs de pierre. Elle se trouve au-dessous de la maison, à mi-chemin environ entre la salle de torture aménagée par Carrie Grethen et la haie à l'arrière, où j'ai remarqué ces briques et ces pierres éparses.

Un épais nuage de buée s'élève lorsque je renverse une marmite d'eau bouillante et de pâtes dans une passoire en équilibre dans l'évier. Je confesse :

— J'adorerais un martini, mais je crains que ça ne m'achève.

Les bouteilles tintent alors que Benton inspecte un placard où sont rangés les whiskys *single malt* et les bourbons *small batch*. Il peste :

— De l'alcool, de l'alcool partout, et pas une goutte à boire. Enfin, je ne sais pas. Qu'est-ce qui irait avec du jambon de Parme et de la mortadelle ?

— À peu près tout. Nous avons un malvoisie pétillant qui devrait te plaire. (Je secoue la passoire au-dessus de l'évier, afin d'en extraire toute l'eau.) C'est parfait avec les antipasti. Il y a aussi un Freisa d'Asti. Quelque chose de léger, de frais.

Je verse les tagliatelles fumantes dans deux grands saladiers.

D'autres bouteilles s'entrechoquent et mon mari déclare :

— Pas pour moi. Je crois que j'ai besoin d'un truc plus fort.

— Non, rien de lourd ni de tourbeux. Je suis assez d'humeur pour un breuvage facile.

Je hache des feuilles de basilic. Leur senteur forte et fraîche me réconforte jusqu'à ce que je me souvienne que je n'ai aucune raison de l'être.

Nous discutons de cocktails depuis une heure. Nous décidons, changeons d'opinion, revenons en arrière, alors que je prépare un dîner réconfortant de *Ragù alla Contadina*, avec version végétalienne. Étrange de se rendre compte qu'il nous est difficile de prendre des décisions sur des choses d'infime importance alors que nous parlons sans réserve des récentes horreurs. Nous abordons de manière résolue le fait de partir d'ici, de tout recommencer. Nous évoquons une incarcération, une invalidité, sans oublier la mort. Pourtant, nous paraissons incapables de trancher à propos d'une boisson : vin ou whisky ? Nous ne savons plus ce que nous voulons.

— C'est fou qu'on ne puisse se décider en faveur d'une chose de nature apaisante. Certes, la tension est un facteur habituel de notre vie. Pourtant, en général, elle ne dure pas si longtemps. Elle ne se montre pas si opiniâtre. Du coup, je ressens beaucoup plus d'empathie vis-à-vis des gens qui sont soumis à ce genre de stress en permanence. Rien d'étonnant à ce qu'ils trouvent un soulagement dans la cigarette ou l'alcool.

Benton a déjà fait, de façon répétée, ce commentaire au cours des derniers jours et il s'agit davantage d'une observation que d'une doléance.

Je fais couler un filet d'huile d'olive pressée à froid, non filtrée, sur les pâtes, et les mélange à l'aide de grandes cuillères en bois. J'approuve :

— Ce genre de médication me semble idéal en ce moment. Je ne me souviens plus quand je me suis sentie réconfortée, tant cela remonte à loin.

J'ajoute un peu de parmesan *reggiano*, de poivre rouge et de basilic écrasés.

— Je sais comment te réconforter.

Le second saladier de pâtes est destiné à Lucy et à Janet, et j'en omets le fromage. Je plaisante :

— Des promesses, des promesses ! Comme je viens de le dire, ça remonte à loin.

Benton trouve des verres dans un autre placard et commente :

— Eh bien, voilà qui peut s'arranger. Ne t'endors pas trop ce soir. Rouge, peut-être un valpolicella, assez civilisé, je trouve.

Il se dirige vers la cave à vins, l'ouvre, et la referme sans avoir sélectionné de bouteille.

Il se replonge dans le placard dans lequel nous conservons les alcools forts, criante illustration de ce que mon père répétait au sujet des actions qui dévoilent la vérité, des gens qui parlent avec leurs pieds. Benton pose deux verres en cristal à côté d'une bouteille de scotch, un Glenmorangie vieux de dix-huit ans. Le bouchon cède avec un plaisant petit pop.

Je mélange des olivettes écrasées à mes tagliatelles et la cuisine s'enrichit des arômes alléchants d'oignon, d'ail, et des herbes que j'ai prélevées dans les pots de terre que je conserve sous la véranda.

— Ne t'inquiète pas, je ne m'endormirai pas. Si quelqu'un préfère du vin, je recommande le rincione. Tant qu'à faire, ouvre la bouteille. Il faut que cela respire avant que Jill arrive.

Il rétorque :

— Oh, je suis certain qu'elle va opter pour du raide.

Cette remarque me déplaît.

— Mettons un freisa d'asti sur la glace. Après tout, pourquoi ne pas prétendre qu'il s'agit d'un dîner amical durant lequel s'échangeront des conversations distrayantes, plutôt qu'un interrogatoire que nous payons à l'heure ?

— Efforce-toi de ne pas être aussi négative à son sujet.

— Je ne suis pas négative. Simplement, l'idée de passer une soirée avec elle ne me rend pas extatique.

— Elle s'efforce de nous aider. Elle ferait n'importe quoi pour nous, Kay. À mes yeux, il s'agit d'une amie.

— Je comprends. Elle n'est en rien responsable de ce que j'angoisse à la perspective de la recevoir. Simplement, je n'ai pas envie de l'entendre en ce moment. Elle matérialise tout ce qui déraille dans notre vie. Elle n'y est pour rien, bien sûr. C'est moi qui l'associe à ma crainte de voir arraché à moi, détruit, ce qui m'importe.

Le regard de Benton se fait tendre, sa voix douce, et je sens son amour pour moi lorsqu'il dit :

— Rien d'important n'a été arraché ou détruit, Kay. Et nous ne le permettrons jamais.

— Je refuse que les paroles de Jill effraient Desi.

— Nous le protégerons, je te le promets. De toute façon, il n'est pas sourd et perçoit ce qui se passe. Il ne se laisse pas démonter.

J'ajoute un peu de vin à la sauce et renchéris :

— Peut-être mieux que moi. Cependant, je ne veux pas qu'il s'affole à l'idée que tante Lucy pourrait aller en prison. Ou pire encore, qu'elle est une méchante femme, qu'elle a utilisé le couteau suisse pour forcer l'arrière de mon fourgon et que son nounours d'enfance a fait partie d'un appareil de torture.

Les marques relevées sur la lame du tournevis plat concordent avec l'outil qui a servi à dévisser le feu arrière. En d'autres termes, le couteau suisse rouge et Mister Pickle sont des pièces à conviction utilisables contre Lucy. Je ne doute pas que ce détail faisait partie du plan de Carrie. Mon dernier espoir de passer une soirée détendue s'envole.

Benton m'embrasse et sert notre apéritif en remarquant :

— On ne peut y échapper, mais on va s'en sortir.

La visite de Jill Donoghue n'a rien de mondain. Elle virera au calvaire quand nous devrons l'informer de ce qui s'est déroulé, de ce qui nous attend, rien de moins que le chaos. Il faudra passer en revue les implications pénales et, pour couronner le tout, je m'attends à ce que Troy Rosado, sorti de son état critique, nous traîne aussi en justice.

Les autres sont morts. Je ne cesse de revoir leurs corps empilés dans une vieille stalle à vache. La vision s'impose, d'une intensité presque insoutenable, lorsque je m'y attends le moins. Une toile monstrueuse, gigantesque, qui semble envelopper mon esprit. Je vois la mort, un champ de ruines. Le futur s'annonce sinistre, et domine la hideuse conclusion que l'intégralité de ce que nous avons construit durant nos carrières est compromis. Peut-être nos existences ont-elles été saccagées au-delà du réparable. Pire encore, les affaires sur lesquelles nous avons travaillé seront renversées, tels des châteaux de cartes, et les monstrueux criminels que nous avions retirés de la circulation, libérés pour reprendre leurs agissements.

Je repose mon verre en cristal et demande :

— Un autre glaçon, s'il te plaît. Et tu peux doubler la rasade.

Benton s'est approché de la fenêtre sous laquelle est poussée la table du petit déjeuner. Il annonce :

— Elle vient de se garer.

— Elle est en avance.

J'éteins la cuisinière. Je dénoue mon tablier et passe les doigts dans mes cheveux d'un geste mécanique. Il n'existe aucun miroir dans la cuisine. Tant mieux ! Je n'ai rien de fringant, loin de là. J'ai passé la première partie de la semaine dans mes bureaux, sans dormir. Il ne s'agissait pas seulement de la charge de travail et des complications annexes, innombrables. Cependant, je n'osais pas quitter le Centre, ni même fermer les yeux, tant qu'Amanda Gilbert rôdait dans les parages et que les fédéraux grouillaient partout.

L'enquête du FBI a viré à la frénésie. Ils n'ont rien négligé en termes de communication. Leur obsession consistait à déterminer comment quatre de leurs agents, dont Erin Loria, avaient été abattus, *a priori* sans lutte. Sans doute ont-ils été attirés au sous-sol de la même façon que Benton et moi, et Carrie est parvenue à les électrocuter. J'ai pu court-circuiter le piège électrique dont je suis certaine qu'il était destiné à tuer Benton.

626

Je m'interrogerai toujours sur la nature des échos qui nous parvenaient dans ce souterrain. La question me hantera et m'angoissera pour le restant de mes jours. Les « boum », les sons creux en succession rapide. Je suis terrorisée à l'idée qu'en réalité, j'entendais les quatre agents à l'agonie. Je n'aurai jamais de certitude à ce sujet, cependant, je ne m'ôterai pas de l'idée que Carrie les exécutait au moment où Benton et moi inspections la maison Gilbert.

Elle a tiré les corps loin dans le boyau. Elle les a entassés dans la même stalle, celle où nous avons découvert le cadavre de Hyde. Du moins est-il mort de façon moins pénible que les autres, poignardé à la nuque à l'aide d'une flèche de cuivre, ensuite introduite à l'arrière de mon fourgon. Sans doute n'a-t-il pas vu venir le coup et n'a-t-il pas souffert. La moelle épinière a été sectionnée et la mort instantanée.

Je récupère le verre de scotch des mains de Benton après qu'il a ajouté quelques glaçons et suggère :

— Un peu de musique ? Je doute qu'elle nous apaise mais ça rendra les choses plus agréables. *La Flûte enchantée ?*

Benton se dirige vers la chaîne stéréo dissimulée dans un placard du couloir et remarque :

— De la sorte, et pour rester dans l'univers d'un amateur d'opéra, nous nous souviendrons des épreuves qui conduisent à l'édification. Tout cela avant de rejoindre la nuit éternelle.

L'ouverture commence. Je débite du céleri environnée par les cuivres auxquels répondent un piccolo raisonneur et des cordes empressées.

Benton apporte un plat de viandes fumées et du pain. Il les dépose sur la table en teck du jardin où nous sommes installés et annonce :

— Les bases de données du FBI et du CFC ont été piratées. Sans doute d'autres aussi, qui restent à déterminer.

Jill Donoghue récupère son verre. Je perçois les effluves du scotch vieilli en fûts de xérès en passant derrière elle pour distribuer assiettes et serviettes. L'avocate demande :

— Vous pensez que nous découvrirons qu'elle s'est introduite dans d'autres bases ?

Benton s'installe à côté de Janet. La jeune femme contemple Lucy, qui fait le cheval avec Desi, Jet Ranger et notre lévrier secouru, Sock.

— Oui, répond-il.

Ma nièce ramasse une balle de caoutchouc verte abandonnée sur la pelouse et la jette. Alors qu'elle court et esquive, tout au jeu, j'aperçois le pistolet calibre 40 fourré dans son holster de cheville. Jet Ranger trotte quelques mètres, puis juge qu'il a eu assez d'exercice. Il s'assied. Sock s'écarte pour rejoindre son coin privé favori, un massif de rosiers, et Desi se précipite sur la balle. Il rit à gorge déployée. Il la lance de toutes ses forces à Lucy au moment où la porte moustiquaire se referme dans un claquement. Marino émerge, une bouteille de bière Red Stripe à la main. Son pistolet pend à la ceinture de son jean. Janet et Benton sont également armés. D'ailleurs, aucun de mes proches ne s'éloigne d'une arme en ce moment. Nous ignorons où Carrie se terre. Nous n'en avons pas la moindre idée.

Donoghue présente le problème ainsi qu'elle le voit :

— Il nous est impossible d'exclure que certaines affaires aient été altérées *via* l'informatique.

Janet renchérit :

— C'est tout le problème. L'ensemble des pièces et rapports auxquels elle a pu accéder sera remis en question. Les avocats de la défense vont se frotter les mains de bonheur.

— Ce serait mon cas.

Benton corrige :

— Pas *serait* mais *sera*.

— Des criminels vont sortir de prison.

— Tout juste.

Janet déguste une gorgée de son vin pétillant, le regard sur Lucy et Desi. Elle complète :

— Des ordures s'empresseront d'envoyer à Benton et à Kay un petit message de remerciements.

— Ça me paraît une menace très sérieuse, approuve Jill Donoghue. Qui sait dans quel crâne germera l'idée, d'autant qu'aujourd'hui il n'est guère compliqué de trouver l'adresse de quelqu'un.

Janet renchérit :

— Une revanche classique de la part de Carrie.

— Était-ce son but ?

— Tout tourne autour de son besoin de domination, résume Benton. De son envie de devenir un dieu.

La Californie est un des endroits où nous pourrions déménager. Nous y serions plus en sécurité qu'ici, incontestablement. De surcroît, l'idée d'un déracinement nous rebute, et je doute qu'il arrangerait quoi que ce soit. Nous ne pourrons pas échapper à

Carrie. Si elle ne veut pas que nous la retrouvions, nous ne parviendrons jamais à mettre la main sur elle, même si elle se cache sous notre nez. Nous avons inspecté une maison qu'elle habitait, sans jamais nous en douter. Ahurissant ! Durant presque six mois, elle s'est terrée dans un souterrain condamné depuis la guerre d'Indépendance. Selon Lucy, la tueuse l'aurait découvert de la même façon que d'autres. En consultant de vieux documents. Il suffisait d'y penser.

Benton continue sa démonstration au profit de Donoghue :

— Et le moyen ultime pour prendre le pouvoir consiste à traquer sa cible, puis à usurper son identité et, enfin, son existence entière.

Jill Donoghue jette un regard pensif à Lucy qui joue avec Sock. Elle réfléchit :

— Ce qu'elle a fait à Chanel Gilbert.

Lucy crie :

— Lâche-la, lâche !

Sock crache la balle verte d'un air de profond ennui.

Le parfum des rosiers qui poussent le long du mur arrière de notre maison me parvient. La brise assez fraîche pour un mois d'août s'est levée. Un énorme soleil orangé brille au-dessus des toits et des arbres. Je vais devoir réintégrer la cuisine afin de terminer la préparation du dîner. Là n'est pas mon unique raison. Je n'ai pas envie d'être assise ici. Il m'est difficile d'écouter ces histoires. Je les ai entendu répéter tant de fois, et jamais elles ne s'améliorent au fil des redites.

Chanel Gilbert a commencé sa carrière comme photographe sous-marin pour la Navy. Elle l'a ensuite quittée pour travailler à la CIA. L'un de ses alias n'était autre qu'Elsa Mulligan, le nom dont s'est servie Carrie lorsqu'elle a prétendument « découvert » le cadavre et s'est présentée comme la femme de ménage. Une histoire affreuse, la pire des histoires. Tout est lié au cyber-terrorisme. L'homme qui a été assassiné dans un hôtel de Boston il y a quelques mois, Joel Fagano, appartenait aussi à la CIA. Lui et Chanel Gilbert étaient collègues, espions. Janet a rencontré Chanel avant Lucy, et personne ne m'a précisé ce que cela signifiait.

Benton creuse ce qui ne peut être vraiment expliqué, du moins pas entièrement :

— Nous ignorons quand, au juste, Carrie a pris Chanel dans son viseur.

Janet suppute :

— Peut-être lorsqu'elle a commencé à conseiller les services de sécurité ukrainiens. Hormis cela, qui peut savoir pourquoi quelqu'un termine sur le radar de Carrie Grethen ?

Marino avale une longue gorgée de bière et remarque :

— C'est aussi subjectif et personnel que le désir. L'attirance pour quelqu'un. Je l'ai toujours pensé.

Benton fait tourner les glaçons dans son verre et observe :

— Les gens sont plus semblables que différents les uns des autres. Ils tombent amoureux d'un être qui leur ressemble. Chanel était dans une forme éblouissante avec un goût marqué pour les sports extrêmes. Elle était séduisante, irrésistible, d'une façon assez androgyne. Elle a dû flatter le narcissisme de Carrie.

Jill Donoghue déclare alors d'un ton tellement impressionné que c'en est agaçant :

— Du coup, elle usurpe l'une des identités de Chanel et investit dans la foulée sa propriété à Cambridge ? Elle se débrouille pour récupérer une Range Rover, le fameux SUV que ni la police ni le FBI ne parviennent à retrouver ? Reconnaissez qu'elle est audacieuse au possible, dépourvue de toute crainte.

Une idée déplaisante me traverse l'esprit : l'avocate frétillerait de convoitise à l'idée de représenter un monstre aussi célèbre que Carrie.

Mon mari reprend :

— La meilleure façon de cacher un objet, c'est encore de le laisser en pleine vue. Des voisins ont vu une Range Rover rouge entrer et sortir. Ils ont aperçu une jeune femme. Pourquoi auraient-ils pensé qu'il y avait quelque chose de louche ? Carrie a dû monter ce genre de combines un nombre incalculable de fois, un peu partout dans le monde.

Donoghue poursuit :

— Et donc, elle a piraté la vie ou, plutôt, les vies de Chanel. Qu'est-ce qui a pu la décider à la tuer à son retour des Bermudes ?

— Peut-être le côté pratique. Chanel n'avait pas mis les pieds dans la maison de Brattle Street depuis longtemps. Carrie se l'est appropriée. Elle a assassiné Chanel dès que celle-ci est rentrée chez elle.

Lucy nous rejoint et s'assied avant d'observer :

— Pourtant, un événement a servi de déclencheur. Selon moi, Carrie est restée à proximité après t'avoir tiré dessus avec le fusil sous-marin. (Elle me regarde et tend la main vers la bouteille de freisa d'asti qui repose dans un seau à glace.) Elle a vu Chanel t'aider, te remonter à la surface, en d'autres termes, te sauver la vie. À ses yeux, cela justifiait une sentence de mort. Carrie a marqué sa prochaine victime.

De la même façon que Carrie t'a marquée. Je repousse cette idée. Je ne veux plus imaginer la libellule tatouée sur le ventre de Lucy. Je ne veux pas revoir Carrie la frappant avec ce couteau suisse, celui qu'elle a transformé en mobile sadique dix-sept ans plus tard.

Lucy ajoute :

— Je ne dis pas qu'elle n'avait pas dans l'idée d'annihiler Chanel à un moment quelconque.

Benton lâche :

— Oh, elle en serait arrivée au meurtre, de toute façon. Toutefois, lorsque Chanel a sauvé la vie de Kay, les limites de Carrie ont été atteintes. Pour autant que nous puissions simplifier à l'extrême avec une criminelle aussi inhumaine.

Il y a deux mois et une semaine, j'ai failli mourir. J'ignorais que d'autres bateaux de plongeurs, présents dans cette zone, appartenaient aux opérations spéciales. Rétrospectivement, ça ne me surprend pas. Benton savait à quel point Carrie devait être redoutée. Il n'aurait jamais permis que nous plongions à trente mètres de profondeur, dans une eau sombre et boueuse, sans s'assurer de notre sécurité. Néanmoins, nous étions en danger. Pour preuve, les deux plongeurs de la police. Les plongeurs tactiques étaient « trop peu, trop tard » pour citer Marino. Pourtant, ils ont concouru à me sauver la vie, notamment Chanel Gilbert.

Jill Donoghue revient sur le sujet :

— Qu'est-ce qui a pu pousser Carrie à l'assassiner ce soir-là ? J'essaye de comprendre.

Je réplique :

— Je doute que vous y parveniez.

Benton déguste une gorgée et suggère :

— La jalousie. Le ressentiment. Chanel était le héros de l'histoire. Elle avait volé le premier rôle à Carrie. C'est l'hypothèse à laquelle nous parviendrons pour déterminer ce qui a aiguillonné Carrie, la faisant passer à l'action. Sans certitude. Il n'existe pas d'équation magique.

Lucy intervient :

— Difficile, en effet. Nous ignorons les détails, et ne les apprendrons peut-être jamais. Ainsi, je ne suis pas certaine de la relation ayant existé entre Carrie et Chanel.

L'avocate questionne :

— En partageaient-elles une ?

— Possible.

Je me lève pour m'occuper du dîner. Je n'en peux plus d'écouter cet échange. Janet lance :

— L'un des problèmes avec les gens des services de renseignements, c'est qu'ils ne semblent jamais savoir de quel côté ils se tiennent. Une position assez dingue, quand on y pense.

J'emporte mon verre dans la cuisine.

Lucy et Janet me demandent si j'ai besoin d'aide. Je réponds par la négative. Je jette à la cantonade que je vais apporter notre repas, qu'ils se détendent et savourent leurs boissons et les antipasti. J'ouvre la moustiquaire. Une pression froide à l'arrière de ma jambe blessée. Je m'immobilise et caresse le long museau duveteux de Sock.

Je le laisse pénétrer à l'intérieur et lui parle :

— Je vois. Tu n'as pas envie de rester avec nos invités. Tu ne peux pas m'aider mais ta compagnie me fait plaisir.

Je continue à discuter avec mon lévrier moucheté, si timide, alors que je repêche d'autres légumes et crudités du tiroir d'un des réfrigérateurs, des laitues acidulées ou sucrées, et des tomates que j'ai cultivées avec amour. D'un ton enjoué, j'explique à Sock que je vais les rincer et les égoutter dans le panier à salade, avant d'ajouter une ou deux pincées de poivre grossièrement moulu et du sel.

— Nous n'ajouterons le vinaigre qu'en dernier, de sorte que la salade ne brûle pas.

Je parle avec un chien qui ne répond ni n'aboie. Soudain, j'entends la porte de l'arrière se refermer à nouveau.

Je sursaute. Puis je me souviens aussitôt que je suis chez moi et entourée. J'entends un pas léger qui se rapproche. Je débite des tomates lorsque Desi me rejoint dans la cuisine. Il veut savoir pourquoi je pleure. J'accuse, bien sûr, l'oignon Vidalia que je viens d'éplucher. Toutefois, Desi ne manque pas de perspicacité. Il se tient debout au milieu de la cuisine, les mains sur les hanches. Ses cheveux châtains en bataille tombent devant ses grands yeux bleus.

Il ouvre un tiroir et rassemble des couverts puis m'explique :

— Tante Janet dit que je dois aider à mettre le couvert. Est-ce que tu veux dîner dans la véranda, ou alors est-ce que tu as peur ?

Notre véranda est protégée de cloisons de verre.

— De quoi aurais-je peur ?

J'examine différentes bouteilles de vinaigre et opte pour un bordeaux. Nous ne resterons pas dans la véranda. Le petit garçon continue :

— Cette méchante femme qui t'a fait du mal. Elle pourrait nous apercevoir par les vitres si on dîne là-bas. C'est pour ça que tu pleures ?

— Elle pourrait aussi nous voir installés dans le jardin.

— Je sais. Dis, tu vas pas pouvoir rester encore ici ?

Il tire une des chaises de la table du petit déjeuner et s'installe en concluant :

— Mais tu m'emmèneras avec toi.

— Où irions-nous ?

— On doit rester ensemble, tante Kay.

En réalité, si nous avions un lien de sang, je serais sa grand-tante.

Je lui tends des assiettes et des serviettes pliées avant de préciser :

— Tu sais où se trouve la salle à manger. Tu passes la porte, et sur la gauche. Nous allons faire dans l'élégance et dîner à l'intérieur.

— C'est pas pour ça.

— On allumera le lustre et on prétendra que nous faisons partie d'une famille royale.

— J'ai pas envie de faire semblant. Il faut pas qu'on s'installe près des fenêtres. C'est pour ça que tu veux pas qu'on dîne dans la véranda, hein ? Je veux pas que cette mauvaise femme nous fasse du mal.

— Personne ne nous fera de mal.

Je récupère des verres dans un placard et suis Desi. Je m'interroge sur la façon dont nous mentons aux enfants.

Je ne peux pas expliquer la vérité au petit garçon. Je ne veux pas qu'il vive dans la peur. Nous ne sommes pas en sécurité. S'il le savait, cela n'arrangerait rien. Au contraire, cela envenimerait encore les choses.

J'allume le lustre d'albâtre de la salle à manger. Je tire les doubles rideaux devant les larges baies qui donnent sur le jardin et propose :

— Je vais te montrer un tour. Enfin, si tu as envie d'en apprendre un.

— Oh, oui ! Montre-moi !

Je tire des sets d'un vaisselier et l'aide à dresser la table. Je lui apprends comment plier les serviettes de lin en arbre, en fleur, en cheval, en nœud papillon. Lorsque nous en arrivons au chapeau d'elfe, il glousse, puis rit sans retenue. Je plie ensuite une serviette en forme de cœur, la dépose sur une assiette, et indique :

— C'est là que tu t'installeras. Et tu sais ce que cela signifie, n'est-ce pas ?

Je me penche et l'enveloppe de mes bras.

— Ça veut dire que je m'assieds ici !

— Cela signifie que je t'ai offert mon cœur.

— Parce que tu m'aimes !

Je dépose un baiser sur le haut de son crâne et souris :

— Oui. Je pense que oui. Peut-être juste un peu.

Patricia Cornwell
au Livre de Poche

Les enquêtes de Kay Scarpetta

Postmortem n° 37110

Lori est la quatrième. Violée, torturée, étranglée par le meurtrier psychopathe qui terrorise Richmond. Aucune piste, hormis celles que pourront peut-être fournir les ordinateurs et les laboratoires de Kay Scarpetta, médecin légiste. Mais qui a intérêt à pirater le système informatique, à organiser les fuites vers la presse, au risque de saboter l'enquête ? Pas facile pour Kay de s'y reconnaître, quand tout semble organisé pour faire retomber sur elle les erreurs de la police. Pas facile pour une femme de s'imposer face au dédain – voire à l'hostilité – d'un monde traditionnellement masculin et même macho… Avec ce thriller couronné par le prix Edgar Poe et le prix du Roman d'aventures, Patricia Cornwell nous offre un suspense lancinant, sur les pas d'une héroïne qui a déjà séduit d'innombrables lecteurs et lectrices.

Mémoires mortes n° 37109

Beryl Madison, romancière à succès, a fui l'homme qui la harcèle depuis des mois pour se terrer à Key West. Le manque d'argent la contraint à rentrer à Richmond, le temps de vendre sa maison. C'est alors qu'on la retrouve violée et égorgée. Kay Scarpetta est perturbée : des témoignages incohérents, des rencontres déplaisantes troublent ses recherches. Au fond, elle le sait, ni son ancien amant, qui resurgit sous un bien piètre prétexte, ni cet homme de main qu'elle surprend fouillant dans les bureaux de la morgue ne la mettront sur la bonne piste. En revanche, cette multitude de fibres étranges qu'elle découvre sur le corps ensanglanté de Beryl est cruciale. Des fibres si inhabituelles qu'elle aura du mal à percer leur mystère...

Et il ne restera que poussière   n° 37111

En deux ans, quatre couples ont disparu dans la région de Williamsburg. On a retrouvé leurs voitures et, plusieurs semaines après, leurs restes… Trop peu de choses en vérité pour que Kay Scarpetta puisse déterminer les causes du décès. Mais, cette fois, tout va changer : l'étudiante qui circulait avec son petit ami à bord d'une Jeep Cherokee est la fille d'une des femmes les plus puissantes des États-Unis, numéro un de la lutte antidrogue, qui est bien décidée à remuer ciel et terre pour élucider cette disparition, entraînant Kay Scarpetta dans son sillage. Un suspense haletant et toute la rigueur de la procédure policière : on retrouve ici l'alliage subtil qui a fait le succès de Patricia Cornwell.

Une peine d'exception   n° 37112

Étrange cérémonial que de préparer l'autopsie d'un homme qui n'est pas encore mort… C'est pourtant ce à quoi s'occupe le médecin légiste Kay Scarpetta, en ce soir de décembre, en attendant le corps de Ronnie Joe Waddell, qui ne sera officiellement déclaré mort sur la chaise électrique qu'à 23 h 05. Cette même nuit, le corps d'un adolescent de treize ans est découvert, mutilé, contre une benne à ordures. Et l'on relève sur les lieux du crime l'empreinte digitale d'un homme qui ne peut pas être coupable – celle de Ronnie Waddell…

La Séquence des corps   n° 37113

Crime sadique à Black Mountain, une petite ville endormie au fin fond de la Caroline du Nord : Emily, onze ans, n'a été retrouvée que plusieurs jours après sa disparition, et bien des indices mènent au sinistre Temple Gault, que n'ont sûrement pas oublié les lecteurs d'*Une peine d'exception*... L'affaire se complique gravement lorsqu'un policier local, Ferguson, est retrouvé mort à son tour, victime d'une mise en scène érotique des plus singulières. Le séduisant Benton Wesley et le dévoué Marino – macho incurable – épaulent le docteur Kay Scarpetta dans cette nouvelle enquête, où l'on retrouve la sensibilité féminine et la technologie scientifique haut de gamme qui confèrent aux romans de Patricia Cornwell leur ambiance inimitable.

Une mort sans nom   n° 37114

La jeune femme est adossée, nue dans la neige, à une fontaine de Central Park. Tuée selon un rituel dont le célébrant, à l'évidence, n'est autre que Temple Gault, le meurtrier psychopathe qui échappe encore à toutes les recherches... Deux questions pour Kay Scarpetta et ses collègues, Marino et Wesley : pourquoi a-t-il voulu les attirer à New York ? Et comment cette inconnue a-t-elle pu se laisser déshabiller et assassiner sans qu'on relève la moindre trace de résistance de sa part ? Célèbre depuis *Postmortem*, le trio formé par la jeune médecin légiste et les deux policiers affronte ici un ennemi retors autant qu'implacable. Le début d'un suspense qui culminera dans le labyrinthe du métro new-yorkais...

Morts en eaux troubles   n° 17032

Le cadavre de son ami journaliste Ted Eddings, retrouvé au fond de l'eau dans une zone militaire interdite, lance le médecin légiste Kay Scarpetta sur les traces d'une secte manipulée par un réseau terroriste international. En compagnie de Lucy, sa nièce, devenue agent du FBI, et de son complice Marino, le flic macho au grand cœur, Kay affronte d'implacables ennemis, tout au long d'un suspense où les technologies de pointe et la réalité virtuelle bouleversent les données de l'enquête criminelle...

Mordoc
n° 17077

Des cadavres, Kay Scarpetta en a vu beaucoup dans sa carrière de médecin légiste. Souvent démembrés, découpés, étranglés... Mais elle n'en avait pas encore vu dont la peau présente, comme signe distinctif, les symptômes de la même maladie. Une maladie depuis trente ans éradiquée de la planète ! Qui est donc Mordoc, tueur en série assez audacieux pour se présenter à Kay sur Internet, assez diabolique et assez fou pour propager un virus mortel ? Après *Post-mortem, Une mort sans nom* et *Morts en eaux troubles*, la reine du thriller, au succès international, parvient à repousser un peu plus loin les limites de la terreur.

Combustion
n° 17134

Un tueur machiavélique, qui se sert du feu pour couvrir la trace de ses crimes : aux yeux de Kay Scarpetta, cela pourrait n'être qu'une enquête de plus. Mais elle acquiert la conviction que son ennemie mortelle, Carrie Grethen, évadée de sa prison new-yorkaise, est mêlée à ces meurtres. Lorsque Carrie prend pour cible sa nièce, Lucy, l'enquête revêt une dimension personnelle, et la tragédie la rattrape.

Cadavre X
n° 17182

Un cadavre décomposé est retrouvé à bord d'un cargo belge faisant étape à Richmond. Malgré une autopsie minutieuse, Kay Scarpetta ne parvient à déterminer ni l'identité du mort ni les causes du décès. Seuls indices : un tatouage et des poils blonds. Encore hantée par la mort de Benton (*Combustion*), en butte aux intrigues de collègues rivaux, Kay, flanquée de son fidèle Marino, et toujours proche de Lucy, sa nièce, se lance dans une enquête qui la mènera en France, des bureaux lyonnais d'Interpol à la morgue de Paris, avant de la ramener en Virginie où l'attend un tueur monstrueux, le Loup-garou.

Dossier Benton n° 17220

Kay Scarpetta se remet à peine de l'attaque d'un monstrueux serial killer, Jean-Baptiste Chandonne. Le tueur vient d'être arrêté, mais le cauchemar n'est pas terminé pour autant. Car, de victime, Kay risque de se retrouver sur le banc des accusés. Qui est derrière cette machination ? Avec l'aide de Lucy et de Pete Marino, Kay découvre que tout la ramène à un passé qu'elle tente désespérément d'oublier : la mort de son amant, Benton Wesley.

Baton Rouge n° 37070

Baton Rouge, Louisiane, 230 000 habitants : la ville détient le triste record du crime, de la corruption, des trafics de toutes sortes. C'est là que débarque, à l'appel d'un juge, Kay Scarpetta, marquée par la mort de l'homme de sa vie, Benton. Sa mission : enquêter sur d'énigmatiques disparitions de femmes… Et si c'était un piège ? Et si elle était loin d'en avoir fini, comme elle le croyait, avec les figures de cauchemar qui hantent sa mémoire – au premier rang desquelles les sinistres frères Chandonne ? Dans ce douzième thriller, où l'on retrouve autour de Scarpetta sa nièce Lucy et son collègue Pete Marino, Patricia Cornwell réserve à ses millions de lecteurs des frissons intenses et des surprises de taille !

Signe suspect n° 37115

Kay Scarpetta s'est installée en Floride. Elle a quitté la médecine légale institutionnelle pour l'expertise privée. Pourtant, elle va devoir revenir dans cette ville de Richmond qui lui a tourné le dos cinq ans plus tôt. Sur place, des surprises désagréables l'attendent. La démolition de ses anciens bureaux est presque achevée ; le médecin-légiste expert qui lui a succédé est un parfait incompétent ; son ancien assistant en chef est plongé dans des problèmes personnels qu'il refuse d'aborder. Privée de l'aide de Wesley et de sa nièce Lucy, Scarpetta se résout à élucider les causes du décès d'une adolescente de quatorze ans. Elle doit démêler l'écheveau des pistes, traquer des signes suspects afin de révéler une vérité qu'elle ne parviendra peut-être pas à tolérer.

Sans raison   n° 37270

Kay Scarpetta, promue consultante à l'Académie nationale des sciences légales de Floride, se trouve plongée dans une affaire de meurtres où les indices matériels divergent mais semblent confirmer l'hypothèse d'un tueur agissant sans mobile. Parallèlement, elle enquête sur l'étrange disparition, dans un quartier en apparence tranquille, de quatre personnes. Marino, lui, découvre, dans une maison voisine, le corps martyrisé d'une femme... Pour élucider ces affaires, Kay Scarpetta dispose des seules informations que lui fournit un psychopathe : est-ce pour l'aider ou, au contraire, pour brouiller les pistes, *sans raison* ?

Registre des morts   n° 31256

À la morgue, tous les décès sont consignés au registre des morts. Ce livre va bientôt revêtir une signification différente pour Kay Scarpetta. Lorsqu'elle s'installe à Charleston, en Caroline du Sud, pour y ouvrir, avec sa nièce Lucy et Pete Marino, un cabinet de médecine légale, elle pense commencer une nouvelle vie. Mais très vite, elle entre en conflit avec des politiciens locaux ; on cherche visiblement à saboter son projet. C'est alors que va se produire une série de morts violentes : un meurtre rituel, un enfant victime de sévices, une joueuse de tennis retrouvée mutilée à Rome, sans autre lien entre ces affaires qu'une patiente d'un prestigieux hôpital psychiatrique de Nouvelle-Angleterre. D'autres noms vont s'ajouter au *Registre des morts*, peut-être même celui de Kay...

Scarpetta n° 31720

Blessé, terrorisé, Oscar Bane exige d'être admis dans le service psychiatrique de l'hôpital de Bellevue. Il prétend avoir échappé au meurtrier de sa petite amie, et ne se laissera examiner que par Kay Scarpetta, médecin légiste expert, l'unique personne en qui il ait confiance. À la demande du procureur, Jaimie Berger, Kay se rend à New York avec son époux, Benton, et sa nièce, Lucy.

Une chose est sûre : une femme a été torturée et tuée, et d'autres morts violentes sont à craindre. Très vite une vérité s'impose à Kay : le tueur sait précisément où se trouve sa proie, ce qu'elle fait, et pire encore, il est au courant des progrès de l'enquête. Kay Scarpetta doit affronter l'incarnation du mal...

L'Instinct du mal n° 32149

Kay Scarpetta est experte en sciences légales sur CNN et conseillère auprès du médecin en chef de l'institut médico-légal de New York. Le producteur de CNN souhaite que Scarpetta lance une nouvelle émission. Mais cette notoriété accrue semble déclencher une série d'événements inattendus. Alors qu'elle intervient en direct au sujet d'une affaire très médiatisée, la disparition et la mort présumée d'une millionnaire, Kay reçoit un appel surprenant d'une téléspectatrice, qui se révèle être une ancienne patiente de son mari Benton Wesley, et, de retour chez elle, elle trouve un inquiétant paquet. Scarpetta, dont la vie est menacée, se lance alors dans une enquête qui implique un acteur célèbre, qu'on accuse d'un crime sexuel, et sa nièce Lucy, qui aurait eu des liens avec la millionnaire disparue...

Havre des morts n° 32541

À Dover, sur l'unique base aérienne militaire américaine qui reçoit les corps des soldats tués au combat, Kay Scarpetta se forme aux techniques révolutionnaires de l'autopsie virtuelle.

Elle est très vite mise à l'épreuve : un jeune homme a été trouvé mort près de chez elle, à Cambridge. Crise cardiaque, selon les premières constatations. Mais comment expliquer qu'il ait saigné après son arrivée à la morgue, sinon parce qu'il était encore vivant ? Une radiographie en 3D révèle des blessures que Scarpetta n'a jamais vues. Elle se trouve dès lors confrontée à un passé qu'elle croyait enfoui et à un dilemme plus que complexe. Déterminée à conclure avant qu'il ne soit trop tard, le Dr Scarpetta utilise les techniques de pointe apprises au Havre des morts pour confirmer ses soupçons.

Voile rouge   n° 32891

Kay Scarpetta, bien déterminée à découvrir les raisons du meurtre de son assistant Jack Fielding, se rend au pénitencier de femmes de Géorgie, où une prisonnière affirme détenir des informations sur ce dernier. Elle évoque aussi d'autres assassinats sans relations apparentes : une famille d'Atlanta décimée des années auparavant et une jeune femme dans le couloir de la mort. Peu après, Jaime Berger, ancienne procureur de New York, convoque Kay Scarpetta à un dîner, mais dans quel but ? Kay comprend que le meurtre de Fielding et celui auquel elle a échappé autrefois constituent le début d'un plan destructeur. Face à un adversaire malade et dangereux, elle traverse enfin le voile rouge qui l'empêchait de comprendre.

Vent de glace   n° 33322

Une éminente paléontologue disparaît d'un site de fouilles renfermant des ossements de dinosaures au fin fond du Canada. Un message macabre parvient à Kay Scarpetta, lui laissant la détestable impression qu'il pourrait correspondre à cette disparition. Quand elle est appelée peu après à repêcher dans le port de Boston un cadavre de femme, les événements s'enchaînent. Kay Scarpetta se retrouve face à un tueur en série fort intelligent et n'ayant aucune crainte d'être arrêté. Comme les indices semblent établir un lien avec d'autres affaires non résolues, les sciences médico-légales les plus pointues sont sollicitées. La chasse du coupable commence dans la ville de Boston prise sous un vent de glace.

Traînée de poudre   n° 33907

À la suite d'une enquête sur une tuerie de masse, Kay Scarpetta reçoit un appel des plus troublants. Le corps d'une jeune femme a été découvert sur le campus du Massachusetts Institute of Technology à Boston. La victime, jeune et riche diplômée du MIT, est morte moins de deux semaines avant son procès contre la très confidentielle société fiduciaire Double S. Son corps est positionné de manière particulière et recouvert d'un résidu fluorescent de couleur rouge sang, vert émeraude et bleu saphir. Ces deux indices semblent lier l'affaire à une série d'homicides sur lesquels travaille Benton, agent du FBI et mari de Kay. Le docteur Scarpetta est entraînée dans un univers sordide de corruption et de meurtres. Avec, comme seul fil conducteur pour traquer le meurtrier, quelques traînées de poudre.

Monnaie de sang   n° 34215

Kay Scarpetta s'apprête à célébrer son anniversaire à Miami en compagnie de son mari, Benton Wesley, quand elle remarque sept pièces de monnaie alignées à son insu sur le mur derrière leur maison. À cet instant, un appel du détective Pete Marino l'informe qu'un professeur a été abattu non loin de chez elle. Le tireur a agi avec précision et personne n'a rien vu ni entendu. Il pourrait s'agir du tueur ayant déjà fait des victimes dans le New Jersey, mais rien ne permet encore de l'affirmer. Kay soupçonne que le lien, s'il existe, se trouve sous ses yeux. Lorsque la menace se profile dans son entourage, il devient clair que quelqu'un cherche à la faire payer en monnaie de sang.

Le Livre de Poche s'engage pour
l'environnement en réduisant
l'empreinte carbone de ses livres.
Celle de cet exemplaire est de :
500 g éq. CO₂
Rendez-vous sur
www.livredepoche-durable.fr

PAPIER À BASE DE
FIBRES CERTIFIÉES

Composition réalisée par Nord Compo

Imprimé en France par CPI
en février 2017
N° d'impression : 3021296
Dépôt légal 1ʳᵉ publication : mars 2017
LIBRAIRIE GÉNÉRALE FRANÇAISE
21, rue du Montparnasse - 75298 Paris Cedex 06

64/3296/3